STAR TREK
DEEP SPACE NINE®

JUDITH & GARFIELD
REEVES-STEVENS

STAR TREK
DEEP SPACE NINE®
DIE REALISIERUNG EINER IDEE

Aus dem Amerikanischen übersetzt
von
RALPH SANDER

Herausgegeben
von
WOLFGANG JESCHKE

Deutsche Erstausgabe

WILHELM HEYNE VERLAG
MÜNCHEN

HEYNE SCIENCE FICTION & FANTASY
Band 06/5550

Titel der amerikanischen Originalausgabe
The Making of
STAR TREK
DEEP SPACE NINE
Deutsche Übersetzung von Ralph Sander

Redaktion: Rainer-Michael Rahn

Printed in Germany 1996
Umschlagbild: Paramount Pictures
Satz: Schaber Satz- und Datentechnik, Wels
Druck und Bindung: RMO-Druck, München

ISBN 3-453-10982-1

Für

›Stephen E. Whitfield‹

der den ersten Schritt machte
und eine
ganze Generation inspirierte.

Inhalt

Einführung: Wie können wir es nur wagen?

»Es schadet nie, dem Chef in den Hintern zu kriechen.«

Die 33. Erwerbsregel der Ferengi

Als Ausführender Produzent[1] und Drehbuchautor für drei Fernsehserien und einen Kinofilm, die sich alle in verschiedenen Entwicklungs- und Produktionsphasen befinden, arbeitet Rick Berman an einem Tag mehr als die meisten Menschen in einer ganzen Woche. Es ist daher auch nicht verwunderlich, daß er wenig Interesse an oberflächlicher Konversation hat.

Das ist auch der Grund, warum er bei unserem Treffen in Sachen DEEP SPACE NINE im Februar 1993 direkt auf den Punkt kam. Wir hatten uns kaum auf die Couch seines Büros gesetzt und hielten Stifte und Notizblocks griffbereit, da sagte er zu uns: »Ich habe gerade eineinhalb Jahre meines Lebens damit verbracht, diese Serie auf die Beine zu stellen – wie können Sie es da wagen, zu mir zu kommen und von mir zu erwarten, daß ich Ihnen darüber in zwanzig Minuten eine Zusammenfassung liefere?«

Er war nicht zum Scherzen aufgelegt. Er war ernsthaft verärgert.

Hätten wir ihn aus dem Grund aufgesucht, den er vermutete, dann hätte er auch verärgert sein dürfen. Aber das war nicht der Grund, und wir versuchten, ihn rasch aufzuklären.

Dieses erste Treffen mit Berman, um das wir gebeten hatten, sollte nicht so sehr DEEP SPACE NINE betreffen, als vielmehr dem Zweck dienen, uns und unser Projekt vorzustellen. Diese zwanzig Minuten, die uns auf unsere Anfrage hin so großzügig bewilligt worden waren, bedeuteten pures Gold im Leben eines Mannes, dessen Tage auf die Minute verplant sind und der oft genug rasche Entscheidungen über den Einsatz von mehreren Millionen Dollar treffen muß.[2]

1 Siehe Anhang I für eine vollständige Beschreibung der Berufsbezeichnungen und Funktionen aller im Vor- und Nachspann des Pilotfilms von DEEP SPACE NINE Aufgelisteten.

2 Zu der Zeit beschäftigte sich Berman täglich mit bis zu elf verschiedenen Episoden von THE NEXT GENERATION und DEEP SPACE NINE; zudem entwickelte er VOYAGER und regelte die Vorbereitung des siebten Star Trek-Films, STAR TREK GENERATIONS. Wir fragten Bermans Assistentin Kristine Fernandes, ob wir einen Ausdruck seines Tagesplans bekommen könnten, um ihn hier abzudrucken. Fernandes erklärte, Bermans Termine wechselten so oft, daß es keinen Sinn mache, eine gedruckte Fassung zu erstellen. Statt dessen wurde sein Terminkalender mit Bleistift sowie auf einer abwaschbaren Tafel vor seinem Büro geführt, so daß beide den ganzen Tag über auf den neuesten Stand gebracht werden konnten.

Tatsächlich ist bei der Fernsehproduktion Zeit der kostbarste Faktor – es gibt von ihr nie genug, und die wenige Zeit, die zur Verfügung steht, ist ungeheuer kostspielig. Und doch waren wir jetzt hier, zwei Autoren, die ihm von Pocket Books aufgehalst worden waren, die nicht nur *seine* Zeit in Anspruch zu nehmen gedachten, sondern auch die von jedem einzelnen Mitglied der DEEP SPACE NINE-Crew, vom Bühnenarbeiter über die Schauspieler bis hin zum Spezialisten für virtuelle Effekte.

Wahrhaftig: Wie können wir es nur wagen?

Aber wir waren der Ansicht, daß wir einen guten Grund hatten, so etwas zu wagen: das Buch, das Sie jetzt in den Händen halten. Eine Chronik, die sich nicht so sehr mit der trockenen, technischen Seite einer Fernsehproduktion befaßt, sondern sich mehr darauf konzentriert, wie und warum kreative Entscheidungen während der Entwicklung und fortwährenden Produktion einer einstündigen, episodischen, dramatischen Fernsehserie getroffen werden.

26 Jahre zuvor schrieb Stephen E. Whitfield mit der Unterstützung von Gene Roddenberry ›The Making of Star Trek‹ – eine Chronik der Entstehung der ursprünglichen STAR TREK-Serie. Es ist ein Klassiker geworden. Nicht nur als Chronik der Ursprünge dessen, was einmal ein unerwartetes, *Milliarden Dollar* schweres Unterhaltungs-Franchise werden sollte, nicht nur als ein Blick auf einen reichhaltigen Fundus an Trivialwissen für die hartgesottenen STAR TREK-Fans, sondern auch als eine faszinierende Beschreibung der schöpferischen Realität der Produktion einer wöchentlich ausgestrahlten Fernsehserie in den Sechzigern.

Unsere dreiste Annahme war nicht die, Rick Berman zu bitten, achtzehn Monate seiner Bemühungen und der darauf folgenden Widrigkeiten in zwanzig Minuten zusammenzufassen; wir waren vielmehr der Ansicht, ein ebenbürtiges Buch für die Neunziger schreiben zu können.

Als wir das geklärt hatten, entspannte sich Rick Berman, und wir unterhielten uns schließlich *dreißig* Minuten. Nicht nur über DEEP SPACE NINE, auch über Paramount, die Zukunft des Fernsehens, über die Schauspieler, über Führungspersönlichkeiten und über die dreizehn entscheidenden Monate zwischen November 1991 und Dezember 1992, in denen aus der einfachen Anfrage seitens der Paramount-Chefetage eine völlig neue Fernsehserie entstand, die ein Erfolg hinsichtlich der Einschaltquoten *und* hinsichtlich der Kritik werden sollte.

Als wir nach diesem Treffen Rick Bermans Büro verließen, hatten wir seinen Segen. Eine Woche später hatten wir auch den Segen des anderen Ausführenden Produzenten und Miterfinders Michael Piller.

Für das kommende Jahr hatten wir umfassenden Zugang zur gesamten Produktion von DEEP SPACE NINE. Wir wohnten den Sitzungen des Autorenstabs bei, in denen die Geschichten erarbeitet wurden, beobachteten Armin Shimerman, wie er um sechs Uhr am Morgen unter einer Maske verschwand, saßen hinter der Kamera, wenn Odo und Quark am Replimat gefilmt wurden, und schlenderten durch die cardassianischen Korridore einer Raumstation, um mit den Video- und den Tontechnikern zu reden, die sich hinter den Kulissen versteckt hielten.

Wir saßen in Siskos Quartier, wir wichen den umhereilenden Bühnenarbeitern aus, sahen uns mit den Produzenten die gefilmten Szenen des jeweiligen Tages an – die sogenannte Dailies –, sprachen mit den Schauspielern in ihren Wohnwagen, erlebten mit, wie mit Hilfe zahlreicher, uns komplex erscheinender Computermonitore Phaserexplosionen gewissenhaft Bild für Bild in eine Szene eingefügt wurden, Monitore, die dem glichen, was wir auf der *U.S.S. Enterprise* erwarten würden.

Wir sahen zu, wie Requisiten hergestellt und repariert wurden, hörten zu, wie die Musik instrumentiert wurde, sahen die echte Station Deep Space Nine, wie sie für eine Motion-control-Kamera montiert wurde, während Techniker knifflige Kamerabewegungsabläufe programmierten.

Wir sprachen mit Programmverantwortlichen, wohnten Produktionsbesprechungen bei, lasen Überarbeitung nach Überarbeitung der Drehbücher, um zu sehen, welche Veränderungen – manchmal geringfügig, manchmal gravierend – in jede Episode einflossen.

Wir sahen, wie scheinbar beschwerliche Szenen sich dank der Fähigkeiten und der Kunstfertigkeit des Cutters veränderten. Wir erlebten mit, wie nichtentdeckte Mängel von einem Graphikprogramm eines hochmodernen Computers korrigiert wurden, und wir sahen, wie Odos Metamorphose in einen fließenden und beeindruckenden Bewegungsablauf verändert wurde, wenige Stunden bevor das Filmmaterial das Studio verließ, um für die Ankündigung der Episode der nächsten Woche benutzt zu werden.

Und überall, in der Kulisse, in Wohnwagen, in den Büros auf dem Paramount-Gelände oder in den Büros externer Zulieferer, weigerte sich nicht ein einziger Mensch, auf unsere Fragen zu antworten, nicht ein einziger Mensch ließ es sich nehmen, ein paar kostbare Augenblicke seiner Zeit mit uns zu teilen und etwas über seinen Beitrag zu Serie zu sagen.

Tatsächlich hörten wir in dem gesamten Jahr, das wir mit der Crew und der Besetzung von STAR TREK: DEEP SPACE NINE verbrachten, nur eine einzige Klage. Die kam vom Überwachenden Produzenten David Livingston, der uns erzählte, daß wir umfassenderen Zugang zu den einzelnen Stufen der Nachbearbeitung einer von ihm in Szene gesetzten Episode hatten als er selbst!

Diese Freundlichkeit, die uns entgegengebracht wurde, die Geduld mit der unsere oft naiven Fragen beantwortet wurden, die Ratschläge, die uns gegeben wurden, um

Der Hollywood-Schriftzug, vom Paramount-Gelände aus gesehen – dem einzigen großen Film- und Fernsehstudio, das sich noch in Hollywood befindet.

andere Aspekte der Produktion zu erforschen, an die wir ursprünglich nicht gedacht hatten – diese alles umfassende Großzügigkeit, mit der wir behandelt wurden, wird immer der Höhepunkt unseres Besuchs in der Welt von DEEP SPACE NINE bleiben.

Am Anfang waren wir verdutzt angesichts der Leichtigkeit, mit der wir Zugang erhielten – die wenigen Fernsehproduktionen, die wir zuvor gesehen hatten, waren üblicherweise ein verbissenes Rennen gegen die Zeit. Aber während die Monate vergingen und unser Bestand an Interviews beständig wuchs, erkannten wir ein System in der Art, wie wir behandelt wurden.

Natürlich spielte auch Stolz eine Rolle. Ob man nun STAR TREK- oder Science Fiction-Fan ist oder nicht, es gibt keinen Zweifel daran, daß DEEP SPACE NINE zusammen mit STAR TREK – THE NEXT GENERATION eine der bestproduzierten Fernsehserien ist, gleichgültig ob für ein Network oder für Syndication[3]. Völlig zu Recht sind die Menschen, die an der Serie beteiligt, erfreut, wenn ihr Beitrag Anerkennung findet.

Aber es war nicht nur der Stolz. Auch war es nicht lediglich einer Bitte der Ausführenden Produzenten, zu den ›Buchschreibern‹ nett zu sein.

Der Hauptgrund dieses offenen Empfangs, der uns ausnahmslos bereitet wurde, war das, was Rick Berman uns ganz zu Beginn unseres ersten Treffens gesagt hatte: »Ich habe gerade eineinhalb Jahre meines Lebens damit verbracht ...«

Die Produktion einer einstündigen dramatischen Fernsehserie wie DEEP SPACE NINE ist nicht ein 8-Stunden-Job. Es ist eine alles beanspruchende Aufgabe, die manchmal einen 16-Stunden-Tag, manchmal einen 24-Stunden-Tag notwendig macht und dabei ständig die volle Aufmerksamkeit fordert.

So erlaubten uns die Mannschaft und Besetzung von DEEP SPACE NINE nicht einfach einen Einblick in ihre Arbeit, sondern sie ließen uns an ihrem Leben teilhaben. Wenn

3 ›Sy bezeichnet den Verlauf von Serien an private Fernsehsender – *Anm. d. Übers.*

wir ihre Büros, ihre Kabinen, ihre Wohnwagen oder die Studios betraten, traten wir in ihr Zuhause ein. Wenn wir ihren Mitarbeitern vorgestellt wurden, machte man uns mit ihren Familien und ihren Freunden bekannt.

Und wenn wir, so wie Millionen andere auch, das Ergebnis ihrer Arbeit sehen – Tausende von Arbeitsstunden und über eine Million Dollar teuer –, destilliert in 42 Minuten und 30 Sekunden DEEP SPACE NINE pro Woche, dann sehen wir nicht auf ein Produkt, sondern teilen einen Lebensabschnitt mit nahezu 200 Leuten, die sich selbst schöpferisch und körperlich stark engagiert haben, um etwas zu schaffen, das ein wenig mehr bedeutet als nur einige schöne Bilder, die entworfen wurden, um die Zuschauer einzulullen, damit sie Werbespots betrachten.

Die technischen Produktionsdetails, über die Sie lesen werden, sind mehr oder weniger die gleichen bei jeder einstündigen Serie, die heute fürs Fernsehen produziert wird. Aber die gefühlsbetonten Details sind, so glauben wir, nur bei diesem Teamgeist anzutreffen, der die Produktion von DEEP SPACE NINE erfüllt.

Es wäre schön, wenn dieses familiäre Gefühl die optimistischen Ideale widerspiegeln würde, die Gene Roddenberry in STAR TREK eingebracht hatte. Vielleicht ist es auf irgendeine Weise auch so.

Aber soweit wir das sagen können, entstehen die Kameradschaft, der Drang nach Perfektion und die von allen geteilte Hingabe für DEEP SPACE NINE durch die zwei Männer, die die Serie geschaffen und das Team zusammengestellt haben – Rick Berman und Michael Piller. Die Organisation, die sie aufgebaut haben, spiegelt wie alle großen Unternehmungen ihren persönlichen Stil wider; sie ist ein Spiegelbild ihrer Art, ihre Arbeit anzugehen – so wie sie ihr Leben angehen.

Wir danken ihnen, daß sie es uns erlaubten, dieses Leben mit ihnen zu teilen. Wir hoffen, daß das Jahr, das wir damit verbracht haben, aus dem Hintergrund zuzuschauen, ein Tagebuch hervorgebracht hat, das ihren Talenten und denen ihres Teams gerecht wird.

Für eine Auflistung aller, denen wir neben Berman und Piller unseren Dank aussprechen möchten, laden wir die Leser ein, den Vor- und Nachspann einer der nächsten DEEP SPACE NINE-Episoden zu lesen. Ob es eine knappe Antwort auf eine knappe Frage war, während wir durch eine Halle liefen, oder ein zwangloses Gespräch während eines Essens in der Paramount-Kantine – mehr Leute trugen etwas zu diesem Buch bei, als Platz verfügbar ist, um sie alle aufzulisten, obwohl viele dieser Namen im Verlauf dieses Buchs genannt werden. Es gab dennoch einige Leute, deren Zusammenarbeit mit uns alles übertraf, was wir uns in unseren optimistischsten Vorstellungen erträumt hatten. Dies sind die Koordinatorin der Spezialeffekte Laura Lang-Matz, die uns voller Enthusiasmus durch das Labyrinth der Nachbearbeitung führte; Cutter Dick Rabjohn, der uns die Augen öffnete für einen künstlerischen Prozeß, der Woche für Woche nur wenigen Zuschauern auffällt – wir hoffen, daß dieses Buch weitere Augen öffnen wird; Produktionsdesigner Herman Zimmerman, der seine Akten für die Production Art plünderte, die in diesem Buch enthalten ist, und der viele besinnliche Einsichten über die unterschwelligen Themen in Gene Roddenberrys Star Trek lieferte; der langjährige STAR TREK-Illustrator, Designer und technische Berater Rick Sternbach, der uns mit der reichlich detaillierten Geschichte des cardassianischen Raumstationdesigns versorgte, die in diesem Buch enthalten ist; Mike Okuda und Denise Okuda, die uns eine Welt zeigten, die sich noch hinter dem befindet, was man als ›hinter den Kulissen‹ bezeichnet; das Team der künstlerischen Abteilung von DEEP SPACE NINE, eingeschlossen Jim Martin und Doug Drexler: Story Editor Robert Hewitt Wolfe, der es unerschrocken zuließ, daß seine Arbeit in viel zu vielen Phasen genau untersucht wurde; Drehbuchkoordinatorin Lolita Fatjo, die alle Episodenakten für uns öffnete; und der Überwachende Produzent David Livingston, der uns freundlicherweise seine Drehplanskizzen für ›In the Hands of the Prophets‹ überließ und der den auf Seite

DS9

TELEVISION CALL SHEET

Production Number 011-40511-721	Day TUESDAY — Date AUGUST 18, 1992
Production Name "STAR TREK: DEEP SPACE NINE"	1 Day out of 22 Days
Producer BERMAN/PILLER	Crew Call 7A
Director DAVID CARSON	Shooting Call 730A
Episode "EMISSARY"	Rehearsal/Leave Call — LUNCH: 1p-2p
PRODUCTION OFFICE: (213) 956-8818	Location STAGE 4

SCHEDULE

SET • SET	SCENES	CAST	D/N	PAGES	LOCATION
INT OPS	30, 31 pt	1, 2, 3, Atmos	D-1	1 3/8	STAGE 4
INT BAJOR OFFICE	31 pt, 32 pt	9A	D-1	1/8	
INT COMMANDERS OFFICE	32 pt	1, 2, 3, ATMOS	D-1	2 5/8	
INT COMMANDERS OFFICE	90 pt	1, 2 (V.O.), 23A, A	D-4	3/8	
INT UNIVERSITY ON EARTH	90 pt	23A	D-4	1/8	
INT OPS	91	1, 2, 3, 12 (V.O.), A	D-4	4/8	✓

* NOTE: VIDEO CREW: SHOOT VARIOUS ANGLES OF OPS F/ "SECURITY" MONITORS

* NOTE: POSSIBLE WATER BASE SMOKE ATMOS ON STAGE — LIGHT CRACK LEVEL

(x) = Minors under 18 * = ND BREAKFAST

TALENT — TOTAL PAGES - 5 1/8

CAST AND DAY PLAYERS	ROLE	MAKE-UP/LEAVE	SET CALL	REMARKS
1. AVERY BROOKS (N)	SISKO	* 6A	7A	RPT TO MU
2. NANA VISITOR (N)	KIRA	* 445A	7A	
3. COLM MEANEY (N)	O'BRIEN	* 6A	7A	
9A GENE AAMOR (W/F)	BAJORAN OFFICIAL	5A	7A	
23A JOHN CARTER (W/F)	CHANCELLOR	11A	2P	✓

HAPPY LIFT-OFF!

GOOD LUCK!

NOTES: (1) ALL CALLS SUBJECT TO CHANGE BY A.D. (2) NO FORCED CALLS WITHOUT A.D./U.P.M. APPROVAL. (3) CLOSED SET - NO VISITORS WITHOUT CLEARANCE FROM PRODUCTION OFFICE. (4) NO SMOKING, FOOD OR DRINKS ON SET, NO SMOKING ON STAGES. (5) DO NOT LEAN ON OR TOUCH WALLS ON SET.

ATMOSPHERE AND STANDINS	SPECIAL INSTRUCTIONS
3 SI (JW. ANDREA, PFLUG) RPT TO ST 4 @ 7A	SFX: SMOKE, TURBO'S DOORS WORK. VFX: MONITORS, BURN IN (32 pt), B.S.
ATMOS: 3 M STARFLEET 630A	
NDB 1 F STARFLEET 6A	
* 3 F BAJORANS IN 5AM BRKFST 630-7 RDY 730	
* 2 M BAJORANS IN 530 BRKFS 630-7	
NDB 1 M BAJORAN IN 6A	
SPECIAL INSTRUCTIONS	
GRIP/ELEC: AERO CRANE: 2 SETS LIT F/ LIVE FEED, STARFIELD, B.S.	
CAMERA: LIVE FEED VIDEO (31 pt, 90 pt), BURN-IN, LOCK-OFF (32 pt)	

ADVANCE SHOOTING NOTES

SHOOTING DATE	PAGE	SET NAME	LOC	CAST	SCENE NUMBER
WEDNESDAY 8-19-92	5 1/8	INT OPS INT OPS INT OPS	ST. 4	1 (VO), 2, 3, 6, A 3, A 3, A * NOTE ORDER CHANGE	108, 110, 113, 114, 118, 124, 128 189, 191, 195, 197 219 pt, 220 pt
THURSDAY 8-20-92	3 1/8	INT AIRLOCK INT SISKO'S QUARTERS INT SISKO'S/JAKE'S QTRS INT COMMANDER'S OFFICE	ST. 4	1, 3, 8, A 1, 3, 8 1, 2 (V.O.), 3 1, 12, A	23 29 66, 67 94

SPVR PROD: D. LIVINGSTON PHONE: 4879 — OZOLS-GRAHAM / CAZANJIAN
UNIT PROD. MGR.: B. DELLA SANTINA PHONE: 8818 — ASST. DIR.: BAXTER / MATLOVSKY
PROD. DESIGNER: H. ZIMMERMAN PHONE: 5606
ART DIRECTOR: R. McILVAIN PHONE: 8547 — SET DECORATOR: T. ROYSDEN PHONE: 5250

Issued by Operations Date — Time — Approved by

FORM NO. PF 820 Rev. 1981

Es trägt kein Logo, und die Namen der Stars sind alle handgeschrieben, aber das ist der Aufrufplan, mit dem DEEP SPACE NINE startete. Wenn Sie sich fragen, wer der ›Chancellor‹ sein mag – das erfahren Sie in Kapitel 13.

20 abgedruckten ›Erdbeben‹-Aufruf mit Anmerkungen versah. Livingstons Tag ist so fest verplant wie der von Rick Berman, darum wissen wir seine Geduld, Großzügigkeit und seinen Sinn für Humor zu schätzen.

Außerdem möchten wir Livingstons Assistentin Cheryl Gluckstern danken, die Aufnahmen von den Sets machte, lange bevor sie überhaupt von diesem Buch wußte; STAR TREK-Studiofotograf Robbie Robinson, der die Kulissenfotos speziell unseretwegen durchforstete; Paula Block von Viacom Consumer Products, die für die Fotos sorgte und stets wußte, wen wir ansprechen mußten, um diese ›letzte‹, schwer erhältliche Aufnahme zu bekommen – alle 20; und ganz besonders Diane Castro, Loree McBride und Jennifer Kissell vom Public Relations-Unternehmen Bender, Goldman & Helper, die unglaubliche Opfer brachten, um trotz ihrer unmöglichen Terminpläne sicherzustellen, daß wir Zugang zu den Sets und den Stars von DEEP SPACE NINE bekamen.

Wir stehen auch tief in der Schuld von Tom Barron und der Crew seines Unternehmens Image G, für den unglaublichen freien Zugang, den sie uns zu ihrem hochmodernen Motion-control-Studio gestatteten. Wir danken besonders Tim Stell, der alle unsere Fotoanfragen koordinierte, und Chris Schnitzer, der gutgelaunt Holzkisten öffnete und für uns Modelle wieder zusammensetzte.

Ein letztes, von Herzen kommendes Danke geht an Kevin Ryan, unseren Herausgeber bei Pocket Books, der dieses Projekt vorgeschlagen hat, für seinen unerschütterlichen Enthusiasmus, seine Unterstützung und Kreativität. Durch ihn wurde aus einem ohnehin schon großartigen Auftrag eine Arbeit, die Spaß machte.

In jeder Chronik dieser Art, die auf der Erinnerung so vieler Leute basiert, die unter so großem Druck arbeiten, war es nicht zu vermeiden, daß wir mancher Darstellung eines Ereignisses begegneten, die verschiedene Leute unterschiedlich im Gedächtnis hatten. In diesen Fällen hielten wir es für erforderlich, einen Mittelweg zu finden. In manchen Fällen war ein Mittelweg nicht möglich, da einzelne Entscheidungen, die einen grundlegenden Einfluß auf die Entwicklung von DEEP SPACE NINE hatten, nicht mehr recherchiert werden konnten. In wiederum anderen Fällen kamen wir aufgrund des vorliegenden Materials zu einer eigenen Interpretation, manchmal abweichend von anderen veröffentlichten Berichten. Zweifellos haben wir Fehler gemacht, die einzig und allein aus unserer Arbeit entstanden sind, nicht durch diejenigen, die mit einem Beitrag halfen. Wir entschuldigen uns bereits im voraus für diese Fehler, hoffen, daß sie von minderer Bedeutung sind, und bitten den Leser um Hinweise, die zur Überarbeitung zukünftiger Ausgaben dieses Buchs führen könnten, insbesondere da, wo wir es versäumten, Dank zu sagen, wo er erforderlich gewesen wäre.

Vor 26 Jahren schrieb Stephen E. Whitfield in seiner Einführung zu ›The Making of Star Trek‹: »... das STAR TREK-Team ist wahrhaftig eine einzigartige Mannschaft, vielleicht wie kein anderes Team auf der Welt. Und so sollte es auch sein. Denn STAR TREK ist eine einzigartige Serie, wie keine andere auf der Welt.«

Trotz aller technischer Veränderungen, die sich im vergangenen Vierteljahrhundert ergeben haben, ist diese Aussage heute für eine neue Inkarnation von STAR TREK so wahr wie damals.

Was eine andere Beobachtung von Stephen Whitfield betrifft: »Jeder, der eine Fernsehserie produzieren will (insbesondere eine so komplexe wie STAR TREK) muß 1. ein Genie sein, 2. völlig verrückt sein.« Wir stimmen ihm in Punkt 1 zu und enthalten uns hinsichtlich Punkt 2 eines Kommentars. Vielleicht soll ja auch über STAR TREK: VOYAGER ein Buch geschrieben werden ...

J. & G. Reeves-Stevens

DER LUSTIGSTE WITZ IM UNIVERSUM

EINS

Sie werden einverleibt werden.
Widerstand ist zwecklos.

Picard/Locutus

Das Zitat, mit dem dieses Kapitel beginnt, war der erste Dialog, der in ›Emissary‹ – dem Pilotfilm von DEEP SPACE NINE – gesprochen wurde. In dieser Geschichte bezieht sich Picards Drohung auf das Schicksal jener, die von den Borg unterworfen wurden – einer fremden Rasse, bei der das Individuum mit einem einzigen Kollektivbewußtsein verbunden ist. Das ist für die Science Fiction eine gute Idee, aber es ist noch viel besser geeignet als Metapher für die gemeinschaftlichen Anstrengungen, die die Schaffung einer Fernsehserie erfordert. Als ein Beispiel möchten wir uns ein paar anderen Dialogzeilen zuwenden, die vor der Kamera während der Dreharbeiten zu diesem Pilotfilm gesprochen wurden, Worte, die nicht ganz so bekannt sind wie Picards Drohung, da sie nie im Drehbuch standen. Sollten Sie diese Worte verpaßt haben – sie erzählen den lustigsten Witz im Universum. Und sie lauteten so:

Biblistischer Fingerspitzel. Obligatorischer Quotienten-Witzpartner. Kokosnuß-Ziehharmonika kosmologisches Argument. Dämmt Fallfischgeschichte ein. Gebt Minuteman die Schuld! Streß bestätigt Lecithin? Hartherziges Dill, ich dominiere Gedankenleser sechsfache Gartenfliege Geißblattmüll, Geflügelrandfeuer?! GREENPEACE!! Veränderung ist die ultimative Lösung.

Nun, vielleicht geht in der schriftlichen Fassung etwas verloren. Aber die Geschichte, die sich hinter diesen Worten verbirgt – wie sie entstanden, wer sie sprach und was mit ihnen in der endgültigen Fassung des Pilotfilms geschah –, ist eine Miniaturausgabe der Geschichte, die die Entstehung der Fernsehserie DEEP SPACE NINE erzählt: ein höchst gemeinschaftlicher, gnadenlos chaotischer und außergewöhnlich kreativer Prozeß, der nahezu 200 Personen an sich bindet und in jeder Season mehr als 30 Millionen Dollar kostet. Und weil die Geschichte der Sinn und Zweck dieses Buchs ist,

ROBBIE ROBINSON

Mark Allan Shepherd, auch bekannt als Morn, bei einer Pause.

Morns erstes Erscheinungsbild, so wie es von Michael Westmore auf die Rückseite eines Drehbuchs gezeichnet wurde.

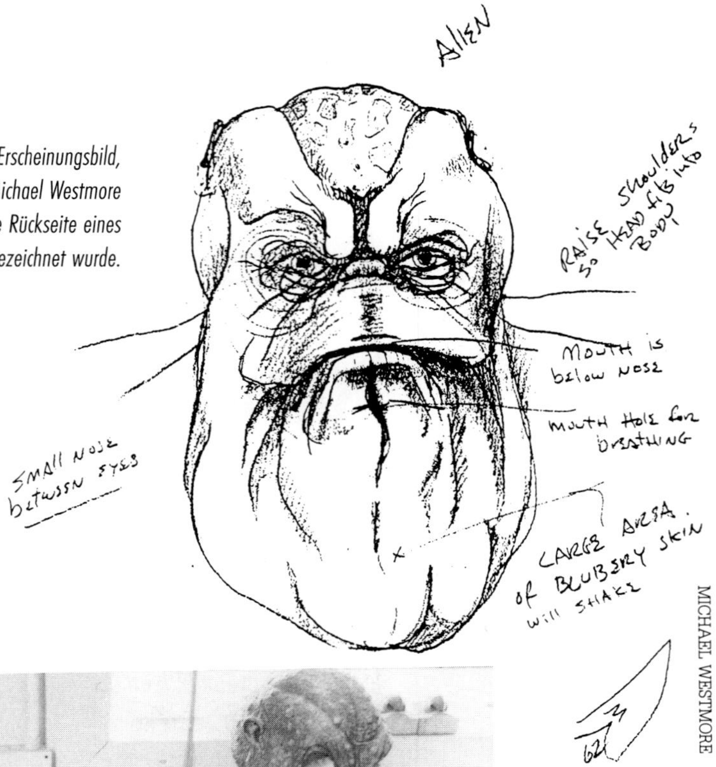

MICHAEL WESTMORE

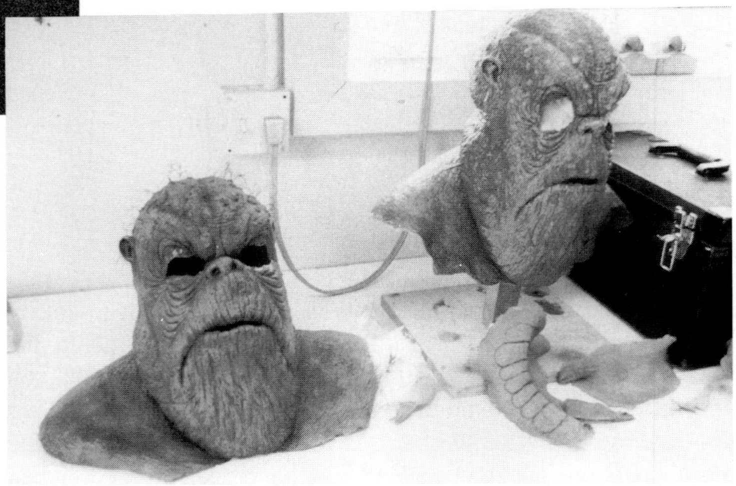

ROBBIE ROBINSON

Neue Morns entstehen in Michael Westmores Studio.

wollen wir zunächst einmal nachvollziehen, wie der lustigste Witz des Universums entstand.

Zunächst wurde der fragliche Witz von einem regelmäßig anwesenden, aber wenig bekannten Mitglied des DEEP SPACE NINE-Ensembles erzählt. Als der Pilotfilm entstand – in den Monaten August und September 1992 – hatte diese Rolle keinen Namen. Im Studio nannte man ihn einfach den ›Grinch‹, ein großer, massiger Alien mit einem faltenzerfurchten, kinnlosen Gesicht, dessen Zweck es sein sollte, als einer der Stammgäste in der Bar auf der Promenade zu fungieren, die im Pilotfilm als ›Quark's‹ bezeichnet wurde. Nachdem aber ein paar Episoden mehr gedreht worden waren und DEEP SPACE NINE nicht mehr die alleinige Kreation seiner Produzenten, Autoren, Schauspieler und des Produktionsteams war, sondern eine Wirklichkeit geworden war, die von Millionen ergebener Zuschauer geteilt wurde, erhielt der Alien einen Namen – Morn, der Lurianer. Einigen Aussagen zufolge wurde der Name ausgewählt als Hommage an eine andere, recht ähnliche Rolle, die in einer anderen Bar auf dem Paramount-Gelände herumhing – Norm aus *Cheers*.

Die Umgebung für Morns Witz war ›Quark's‹, ein Set auf der sich über mehrere Etagen erstreckenden Promenade der Raumstation Deep Space Nine, die ihrerseits Bühne 17 auf dem Paramount-Gelände belegte. Eine der ersten Erwähnungen dieses wichtigen Mittelpunkts des Lebens an Bord der Station taucht in einer ersten

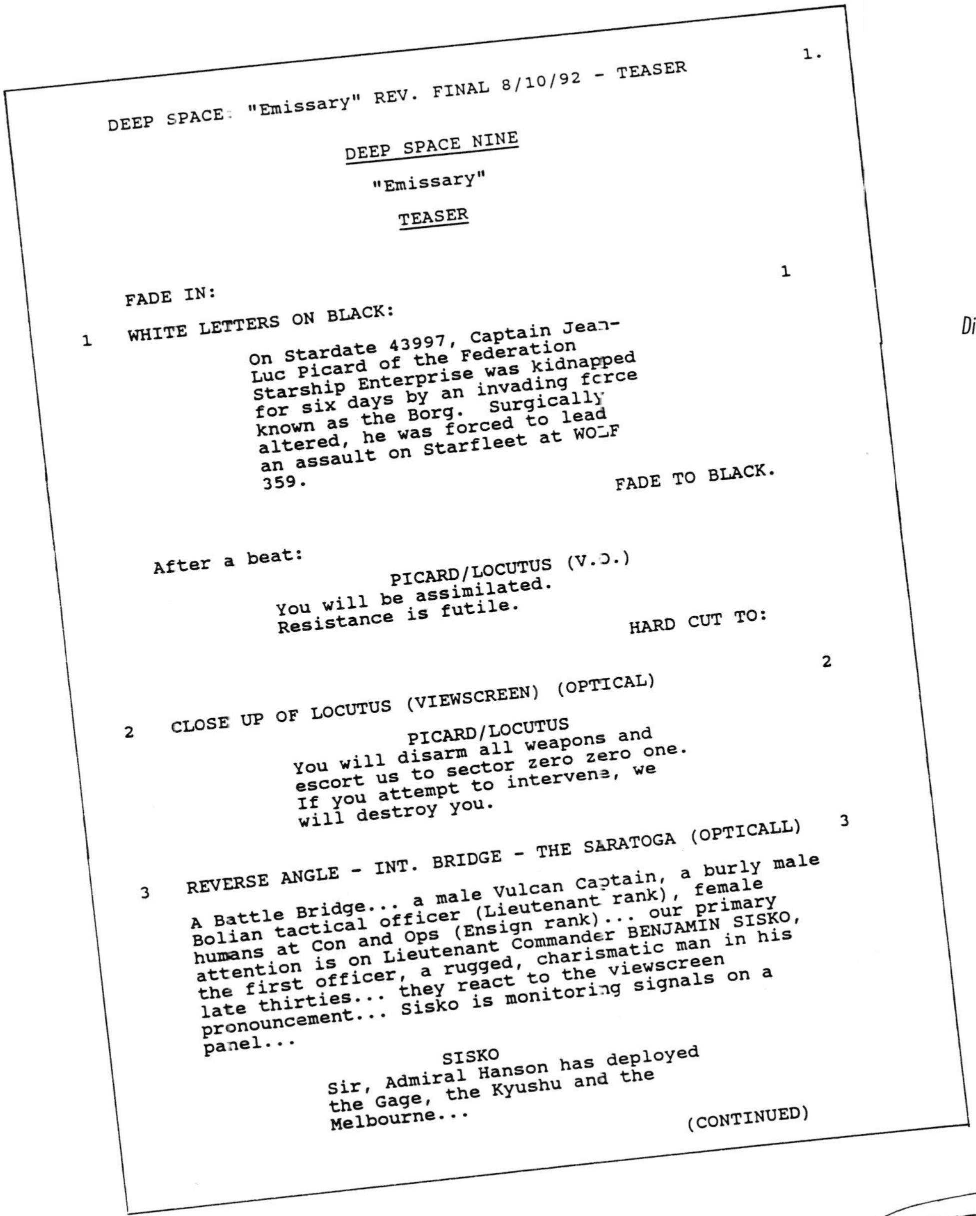

DEEP SPACE: "Emissary" REV. FINAL 8/10/92 - TEASER 1.

DEEP SPACE NINE

"Emissary"

TEASER

FADE IN: 1

1 WHITE LETTERS ON BLACK:

On Stardate 43997, Captain Jean-Luc Picard of the Federation Starship Enterprise was kidnapped for six days by an invading force known as the Borg. Surgically altered, he was forced to lead an assault on Starfleet at WOLF 359.

FADE TO BLACK.

After a beat:

PICARD/LOCUTUS (V.O.)
You will be assimilated. Resistance is futile.

HARD CUT TO:

2

2 CLOSE UP OF LOCUTUS (VIEWSCREEN) (OPTICAL)

PICARD/LOCUTUS
You will disarm all weapons and escort us to sector zero zero one. If you attempt to intervene, we will destroy you.

3 REVERSE ANGLE - INT. BRIDGE - THE SARATOGA (OPTICALL) 3

A Battle Bridge... a male Vulcan Captain, a burly male Bolian tactical officer (Lieutenant rank), female humans at Con and Ops (Ensign rank)... our primary attention is on Lieutenant Commander BENJAMIN SISKO, the first officer, a rugged, charismatic man in his late thirties... they react to the viewscreen pronouncement... Sisko is monitoring signals on a panel...

SISKO
Sir, Admiral Hanson has deployed the Gage, the Kyushu and the Melbourne...

(CONTINUED)

Die erste Seite der ersten Episode.

Die Musik, die in Quarks Bar zu hören war, kam schließlich von dieser sonderbaren Konstruktion, die in einer frühen Fassung des Drehbuchs zum Pilotfilm als ›seltsames, dreifaches Keyboard‹ beschrieben wurde. Jetzt ist es nur noch ›ein seltsames Instrument‹.

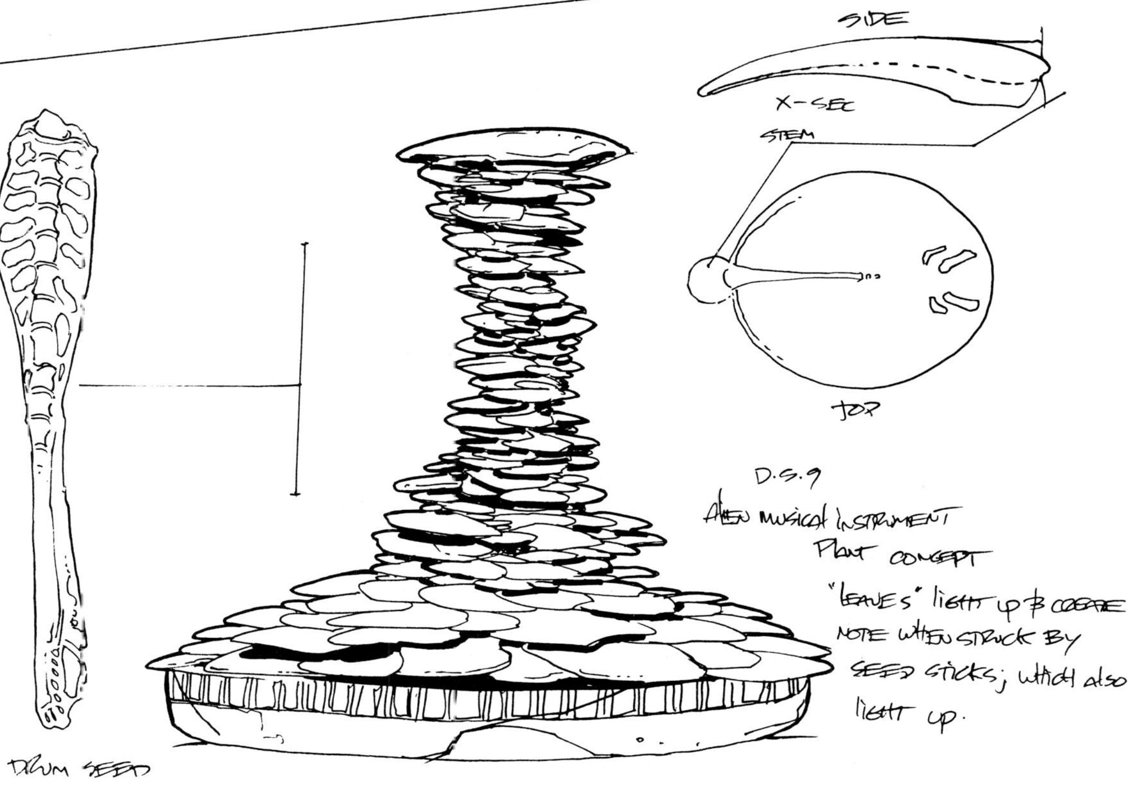

RICARDO DELGADO

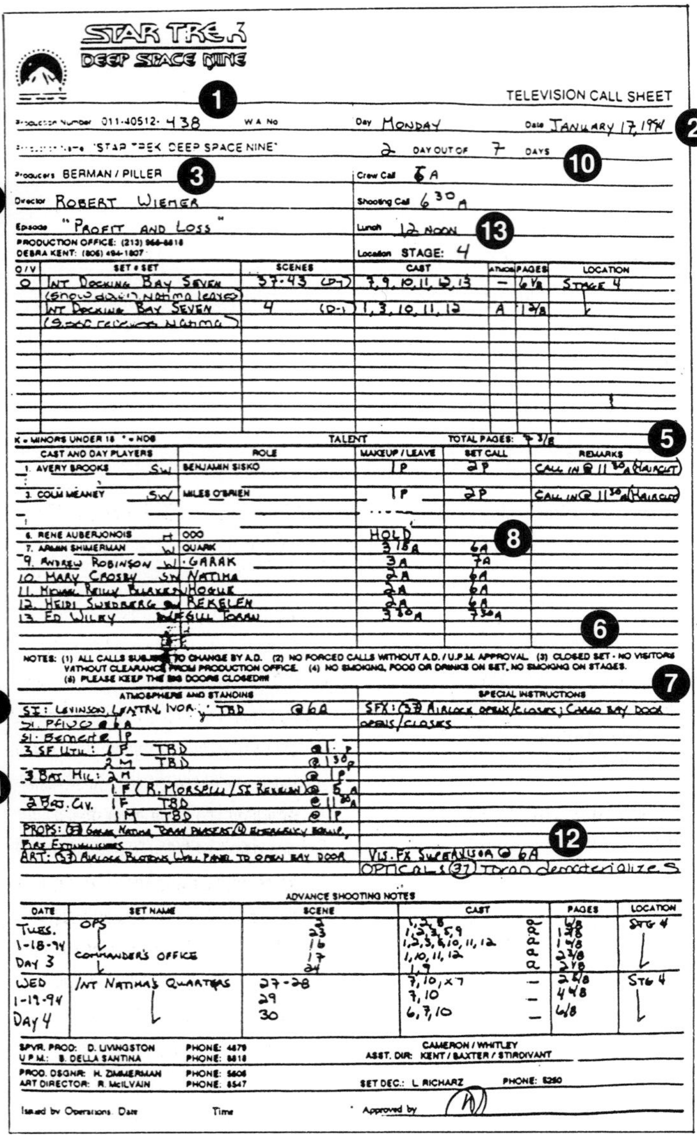

STAR TREK DEEP SPACE NINE

TELEVISION CALL SHEET

Production Number 011-40512-438 W.A. No Day MONDAY Date JANUARY 17, 1994

Production Name "STAR TREK DEEP SPACE NINE" 2 DAY OUT OF 7 DAYS

Producers BERMAN / PILLER Crew Call 6A

Director ROBERT WIEMER Shooting Call 6 30 A

Episode "PROFIT AND LOSS" Lunch 12 NOON

PRODUCTION OFFICE: (213) 956-8816
DEBRA KENT: (806) 494-1807

Location STAGE: 4

D/N	SET # SET	SCENES	CAST	ATMOS	PAGES	LOCATION
D	INT DOCKING BAY SEVEN (SHOOTOUT, NATIMA LEAVES)	37-43 (D7)	7, 9, 10, 11, 12, 13	–	6 1/8	STAGE 4
	INT DOCKING BAY SEVEN (SPOCK RESCUES NATIMA)	4 (D-1)	1, 3, 10, 11, 12	A	1 2/8	

X = MINORS UNDER 18 * = NDB TALENT TOTAL PAGES: 7 3/8

CAST AND DAY PLAYERS		ROLE	MAKEUP / LEAVE	SET CALL	REMARKS
1. AVERY BROOKS	SW	BENJAMIN SISKO	1P	2P	CALL IN @ 11 30 A (HAIRCUT)
3. COLM MEANEY	SW	MILES O'BRIEN	1P	2P	CALL IN @ 11 30 A (HAIRCUT)
6. RENE AUBERJONOIS	H	ODO	HOLD		
7. ARMIN SHIMERMAN	W	QUARK	5 15 A	6A	
9. ANDREW ROBINSON	W	GARAK	3A	7A	
10. MARY CROSBY	SW	NATIMA	2A	6A	
11. MICHAEL REILLY BURKE	SW	HOGUE	2A	6A	
12. HEIDI SWEDBERG	SW	REKELEN	2A	6A	
13. ED WILEY	SW	GUL TORAN	3 30 A	7 30 A	

NOTES: (1) ALL CALLS SUBJECT TO CHANGE BY A.D. (2) NO FORCED CALLS WITHOUT A.D. / U.P.M. APPROVAL (3) CLOSED SET - NO VISITORS WITHOUT CLEARANCE FROM PRODUCTION OFFICE (4) NO SMOKING, FOOD OR DRINKS ON SET, NO SMOKING ON STAGES. (6) PLEASE KEEP THE BIG DOORS CLOSED!!!

ATMOSPHERE AND STANDINS / SPECIAL INSTRUCTIONS

SI: LEVINSON, LENTRY, IVOR, TBD @ 6A
SI: PFUND @ 6A
SI: BEMENT @ 1P
3 SF UTIL: 1F TBD @ 1P; 2M TBD @ 1 30 P
3 BAJ. MIL: 2M @ 1P
1F (R. MORSELLI / SI REKELEN) @ 5A
2 BAJ. CIV. 1F TBD @ 11 30 A; 1M TBD @ 1P

SFX: (37) AIRLOCK OPENS / CLOSES; CARGO BAY DOOR OPENS / CLOSES

PROPS: (37) GARAK, NATIMA, TORAN BLASTERS (4) EMERGENCY SIGNAL, FIRE EXTINGUISHERS
ART: (37) AIRLOCK BLOWS, WALL PANEL TO OPEN BAY DOOR
VIS. FX SUPERVISOR @ 6A
OPTICALS (37) TORAN dematerializes

ADVANCE SHOOTING NOTES

DATE	SET NAME	SCENE	CAST		PAGES	LOCATION
TUES. 1-18-94 DAY 3	OPS	3, 23	1, 3, 8 / 1, 2, 3, 5, 9		1 2/8, 1 4/8	STG 4
	COMMANDER'S OFFICE	16, 17, 24	1, 2, 3, 6, 10, 11, 12 / 1, 10, 11, 12 / 1, 9		2 2/8, 2 1/8	
WED 1-19-94 DAY 4	INT NATIMA'S QUARTERS	27-28, 29, 30	7, 10, X 7 / 7, 10 / 6, 7, 10	–	2 4/8, 4 4/8, 4/8	STG 4

SPVR. PROD: D. LIVINGSTON PHONE: 4679
U.P.M.: S. DELLA SANTINA PHONE: 6818
PROD. DSGNR: H. ZIMMERMAN PHONE: 5606
ART DIRECTOR: R. McILVAIN PHONE: 6547
ASST. DIR: CAMERON / WHITLEY, KENT / BAXTER / STIRDIVANT
SET DEC.: L. RICHARZ PHONE: 5250

Issued by Operations: Date Time Approved by

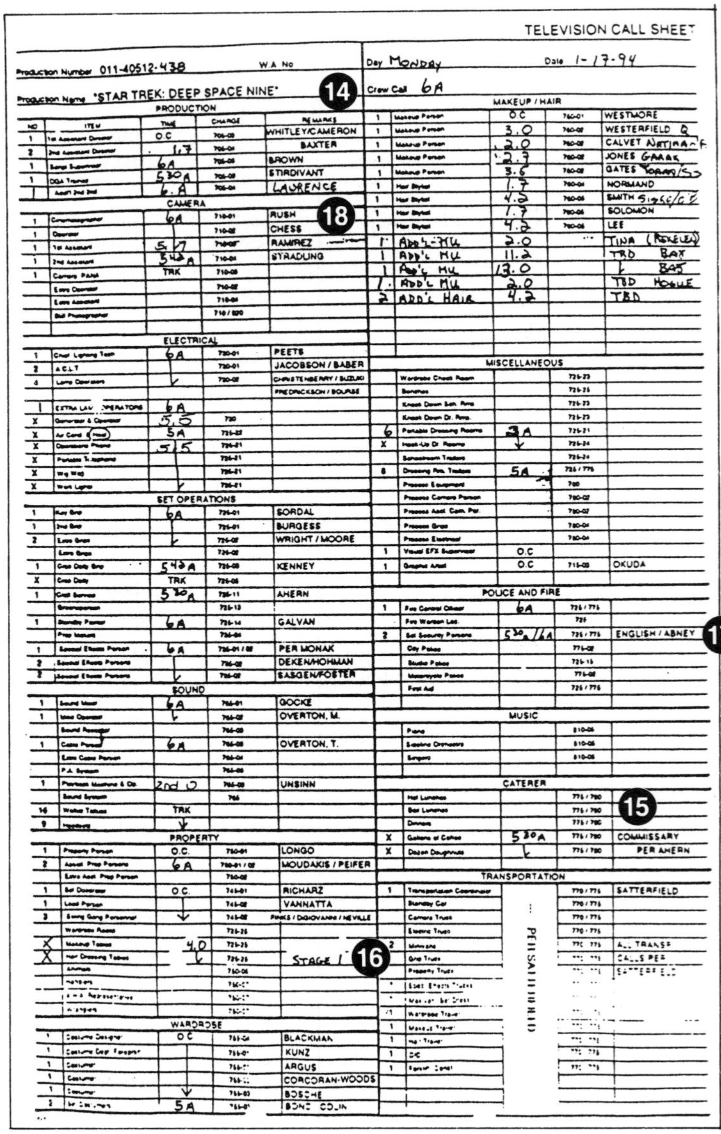

TELEVISION CALL SHEET

Production Number 011-40512-438 W.A. No Day MONDAY Date 1-17-94

Production Name "STAR TREK: DEEP SPACE NINE" Crew Call 6A

PRODUCTION: 1st Assistant Director OC – WHITLEY / CAMERON; 2nd Assistant Director 1 30 – BAXTER; BROWN; Script Supervisor 6A – STIRDIVANT; DGA Trainee 5 30 A – LAURENCE

CAMERA: Cinematographer 6A – RUSH; Operator – CHESS; 1st Assistant – RAMIREZ; 2nd Assistant 5 42 A – STRADLING; Camera Push TRK

ELECTRICAL: Chief Lighting Tech 6A – PEETS; ACLT – JACOBSON / BABER; Lamp Operators – CHRISTENBERRY / SUZUKI, FREDRICKSON / BOURSE

SET OPERATIONS: Key Grip 6A – SORDAL; 2nd Grip – BURGESS; Extra Grips – WRIGHT / MOORE; Crab Dolly Grip 5 42 A – KENNEY; Craft Service 5 30 A – AHERN; Standby Painter 6A – GALVAN; Special Effects Person 6A – PER MONAK; DEKEN / HOHMAN; SASGEN / FOSTER

SOUND: Sound Mixer 6A – GOCKE; Boom Operator – OVERTON, M.; Cable Person 6A – OVERTON, T.; Playback 2nd U – UNSINN

PROPERTY: Property Person O.C. – LONGO; Assistant Prop Persons 6A – MOUDAKIS / PEIFER; Set Decorator O.C. – RICHARZ; Lead Person – VANNATTA; Swing Gang – PINKS / DIGIOVANNI / NEVILLE; Makeup Tables / Hair Dressing Tables 4.0 – STAGE 1

WARDROBE: Costume Designer OC – BLACKMAN; KUNZ; ARGUS; CORCORAN-WOODS; BOSCHE; 5A – BONE, COLIN

MAKEUP / HAIR: OC – WESTMORE; 3.0 – WESTERFIELD; 2.0 – CALVET NATIMA; 2.7 – JONES GARAK; 3.6 – GATES TORAN; 1.7 – NORMAND; 4.0 – SMITH; 1.7 – SOLOMON; 4.2 – LEE; ADD'L MU 2.0 – TINA (REKELEN); ADD'L MU 11.2 – TBD BAJ; ADD'L MU 13.0 – BAJ; ADD'L MU 2.0 – TBD HOGUE; ADD'L HAIR 4.2 – TBD

MISCELLANEOUS: Portable Dressing Rooms 3A; Dressing Rm. Trailers 5A; Visual EFX Supervisor O.C.; Graphic Artist O.C. – OKUDA

POLICE AND FIRE: Fire Control Officer 6A; Set Security Persons 5 30 A / 6A – ENGLISH / ABNEY

MUSIC

CATERER: Gallons of Coffee 5 30 A – COMMISSARY; Dozen Doughnuts – PER AHERN

TRANSPORTATION: Transportation Coordinator – SATTERFIELD

Der Aufrufplan für Morns großen Tag in Quarks Bar, wo der lustigste Witz des ganzen Universums erzählt wurde. Da Morn zu dieser Zeit noch keinen Namen hatte, wird er als einer von drei ›männlichen abscheulichen Aliens‹ bezeichnet, die unter ›Atmosphäre and Stand-Ins‹ aufgelistet werden. Dieser Aufrufplan nennt außerdem den ersten Auftritt des ›Glop-am-Stiel‹.

DAVID LIVINGSTONS FÜHRER DURCH EINEN AUFRUFPLAN

Als Überwachender Produzent für DEEP SPACE NINE und THE NEXT GENERATION hatte David Livingston zu der Zeit, da wir mit ihm sprachen, Freizeit im Überfluß, die er damit verbrachte, in seinem Büro herumzuhängen, gedankenverloren die Wolken zu betrachten und seine arbeitsfreien Stunden damit zu füllen, uns mit Material für dieses Buch zu versorgen. Zwischen den Nickerchen an einem ansonsten ereignislosen Tag versah Livingston freundlicherweise den Aufrufplan mit Anmerkungen, der für einen Produktionstag erstellt worden war, der sich nie ereignete: für den 17. Januar 1994, als ein Erdbeben der Stärke 6,7 (auf der Richterskala) den Großraum Los Angeles erschütterte und dem Arbeitstag, der um 2.00 Uhr in der Nacht begonnen hatte, ein frühes Ende zu setzen.

1 Unsere 38. DEEP SPACE NINE-Episode

2 Der Tag des 6,7-Erdbebens. Das Beben ereignete sich um 4.31 Uhr. Armin, fünf Gastschauspieler, 12 Make-up-Künstler und Friseure (siehe Rückseite) sowie Michael Baxter, unser unerschrockener zweiter 2. Regieassistent, waren bereits bei der Arbeit. Nach dem Beben wurden alle nach Hause geschickt, die Dreharbeiten wurden abgesagt. Armin und Ed Wiley trugen bereits ihre Masken, aber sie wollten schnellstens nach Hause – also verließen sie das Studio als Ferengi bzw. als Cardassianer. Welch ein surreales Bild – zwei sonderbare Aliens fahren nach einem Erdbeben durch die verlassenen und düsteren Straßen von Los Angeles.

3 Der Grund dafür, daß die anderen Namen auf der Liste sind. Der Grund dafür, daß dieser Vordruck existiert. Der Grund für meinen Arbeitsplatz. Die Götter von DEEP SPACE NINE. Unsere Erfinder. (33. Erwerbsregel der Ferengi: »Es schadet nie, dem Boß in den Hintern zu kriechen.«)

4 Seine erste DEEP SPACE NINE-Episode. Ein NEXT GENERATION-Veteran.

5 Unseren Schauspielern werden normalerweise vor Beginn einer Episode die Haare geschnitten.

6 Sie werden es nicht für möglich halten, wie viele Leute durch das Studio geführt werden möchten.

7 SFX steht für Spezialeffekte. Dazu gehört das Öffnen und Schließen der Türen. Die Leute stehen so, daß die Kamera sie nicht erfaßt, und ziehen an einem Seil, um die Türen zu bewegen. Aber sagen Sie das bitte nicht weiter.

8 Diese Schauspieler, die Cardassianer spielen, brauchen vier Stunden für Make-up, Frisur und Kostüm. Armin hat Glück, er braucht keine drei Stunden. Jeder Cardassianer wird von einem Mitarbeiter ›bearbeitet‹, manchmal auch von zwei. (Siehe Punkt 11)

9 ›SI‹ bedeutet Stand-Ins. Wenn die zu filmende Szene ausgeleuchtet wird, nimmt eine Person, die dem Schauspieler in seiner körperlichen Erscheinung entspricht, dessen Platz ein, während der Schauspieler seinen Text durchgeht, seine Maske erhält oder ein Doughnut ißt.

10 Der zweite Drehtag für die Episode. Eine Episode nimmt zwischen sieben und acht Tagen in Anspruch. Ein Drehtag dauert 13 oder mehr Stunden, Mittagessen eingeschlossen.

11 Statisten mit bajoranischen Nasen kosten etwa 200 $ am Tag. Cardassianer kosten 1500 $ und mehr. Wie gut, daß Rick und Michael sich entschieden haben, die Cardassianer von der Station abziehen und die Bajoraner dort zu lassen – und nicht umgekehrt.

12 Überwacher für optische Effekte kommen ins Studio, wenn eine Szene gefilmt wird, der sie in der Nachbearbeitung einen Effekt hinzufügen müssen. (In diesem Fall wird ›Toran‹ mit einem Phaser ins Jenseits befördert.) Sie wollen sichergehen, daß wir unsere Arbeit richtig machen, weil die Korrektur eines Fehlers später Tausende Dollar kosten kann.

13 Die Mittagspause dauert eine Stunde. Das gilt nicht für die Regieassistenten, die ihre Flüssignahrung intravenös zu sich nehmen, um nicht in ihrem Bewegungsdrang unterbrochen zu werden.

14 Das Filmteam besteht meistens aus etwa 60 Personen. An besonderen Tagen mit umfangreichen Dreharbeiten können es inklusive Schauspieler und Statisten über 100 Personen sein.

15 Kaffee ist für die Mitarbeiter das, was Treibstoff für Ihr Auto ist.

16 Dieser Abschnitt mußte geändert werden, weil wir für die vielen Make-up-Künstler und Friseure zusätzlichen Raum benötigen.

17 Russ und Miles, unsere beiden Wächter, halten die Lastwagen an, wenn wir drehen (der Lärm dringt sonst durch die Studiowände), halten unerwünschte Besucher draußen und die Schauspieler und das Produktionsteam drinnen, wenn einer von ihnen einen Fluchtversuch unternimmt.

18 Rush ist Marvin Rush, A.S.C., unser unermüdlicher Kameramann. Er hat während der 12 bis 14 Stunden pro Drehtag nicht genug Bewegung, daher fährt er häufig mit dem Fahrrad zur Arbeit (hin und zurück knapp 58 km)

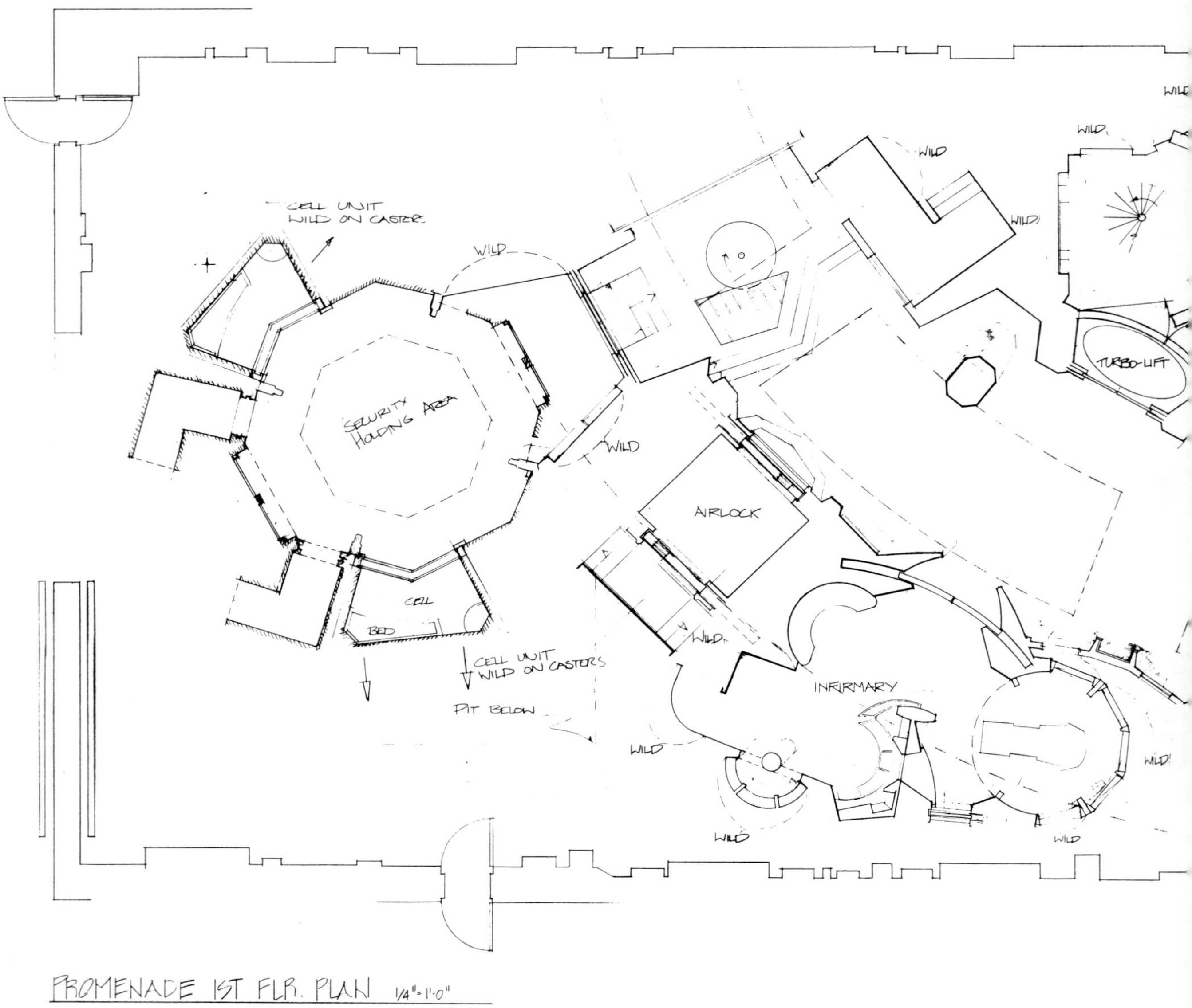

35 Jahre zuvor war Bühne 17 der Ort, an dem die Ranch der Cartwrights in Bonanza stand. Heute ist das die Heimat eines Abschnitts (des einzigen Abschnitts) der Promenade von Deep Space Nine.

Beschreibung der Serie auf – der sogenannten ›Bibel‹ –, die von Rick Berman und Michael Piller geschrieben worden war und das Datum 8. April 1992 trägt.

Ein Aspekt des Lebens auf der Raumstation hat sich seit dem Abzug der Cardassianer nicht geändert. Während ihrer ›Amtszeit‹ verkauften sie Handelskonzessionen an den Meistbietenden, um den Minenarbeitern Dienstleistungen zur Verfügung zu stellen. Das Ergebnis ist die Promenade ..., die anders ist als alle Weltraumeinrichtungen, die jemals in STAR TREK zu sehen waren. Es ist eine Mischung aus Freihafen und Flohmarkt, wo sich Aliens aller Art tummeln, sobald ein Schiff angedockt hat ... faszinierende und ungewöhnliche Charaktere an jeder Ecke. Es gibt Glücksspiel und Schmuggel ... gaunerische Aliens sind hier aktiv ... Bars mit Sex-Holosuiten in der Etage darüber ... direkt neben einem tradi-

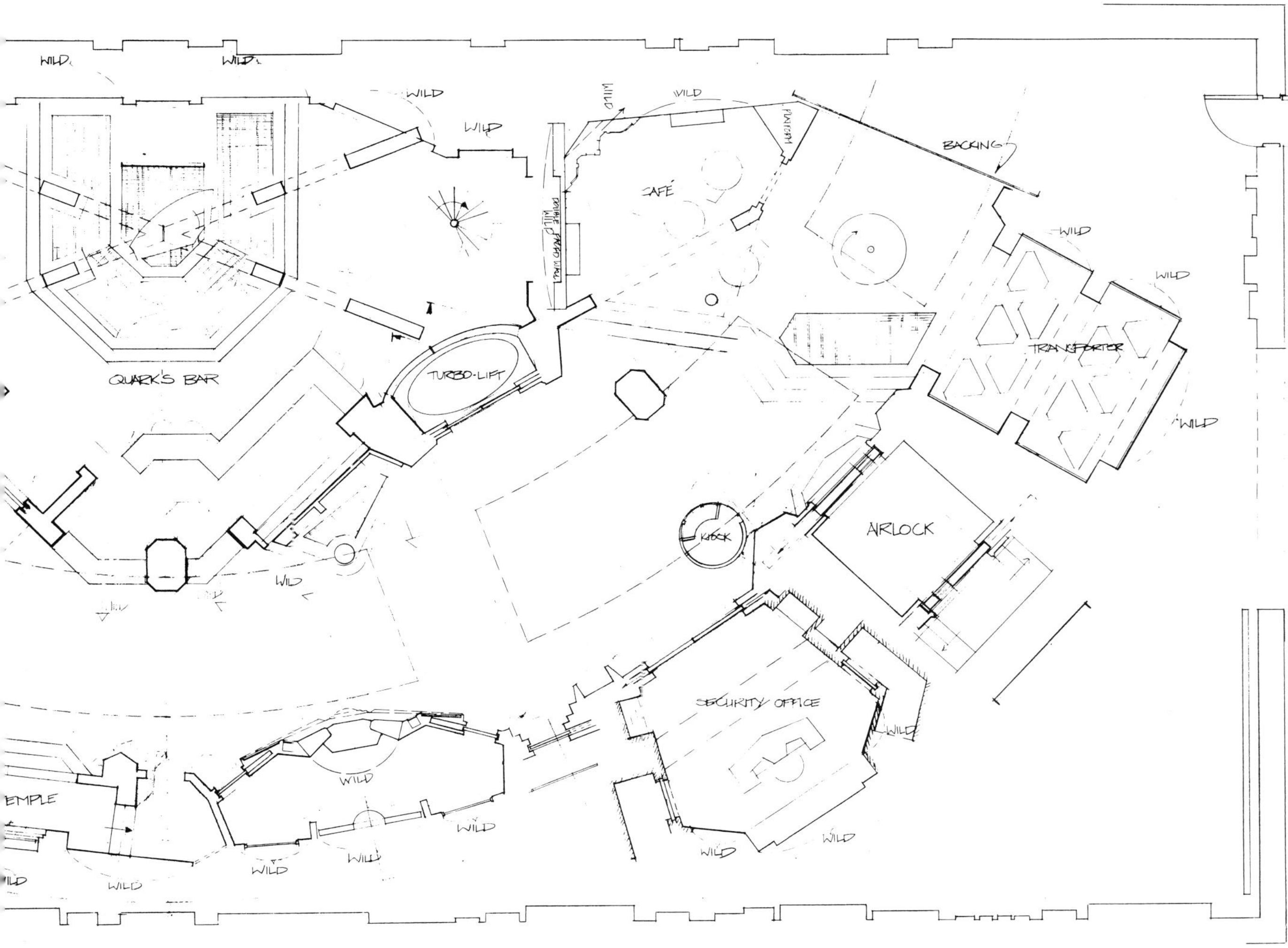

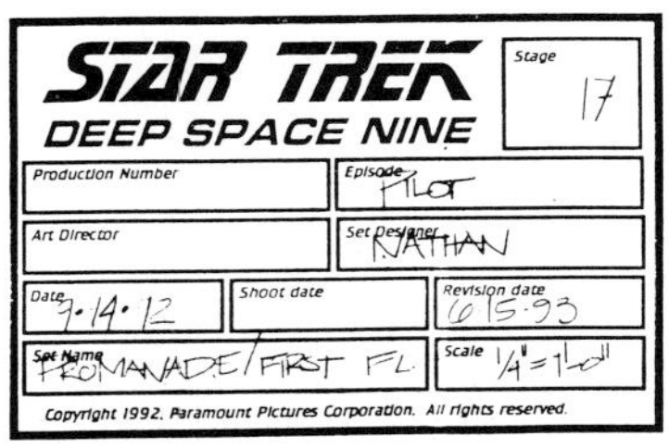

tionellen Geschäft, einem bajoranischen Tempel und einem Imbiß, der lebendes Essen serviert.

Später wird in dieser Bibel ein wenig mehr Information geliefert, als der Charakter Quark beschrieben wird.

Quark besitzt viele der Unterhaltungskonzessionen auf DS9, darunter die Bar, das Restaurant, das Spielcasino und die Holosuiten in der Etage darüber (in denen jede Phantasie ausgelebt werden kann).

Und das ist auch schon alles. Selbst in der überarbeiteten Fassung der Bibel, die vom 4. Oktober 1992 datiert, wird wenig mehr Information mitgeteilt.

***Quark's.* Der interstellare Platz, an dem man sich trifft und wo man etwas trinkt. Ein Set über drei Etagen, wo exotische Getränke aus allen Winkeln der Galaxis angeboten werden, ›ehrliches‹ Glücksspiel und die berüchtigten Sex-Holosuiten in der Etage darüber.**[1]

Wie die magere Beschreibung der Serienbibel und der Drehbücher durch komplett errichtete und detaillierte Sets mit Leben erfüllt wird, werden wir in späteren Kapiteln

1 Die Sex-Holosuiten wurden so berüchtigt, daß Mitarbeiter der Serie Autoren regelmäßig darauf hinweisen, sie nicht als *Sex*-Holosuiten zu bezeichnen. Welch ein Glück, daß wir hier nur die Ausführenden Produzenten zitieren.

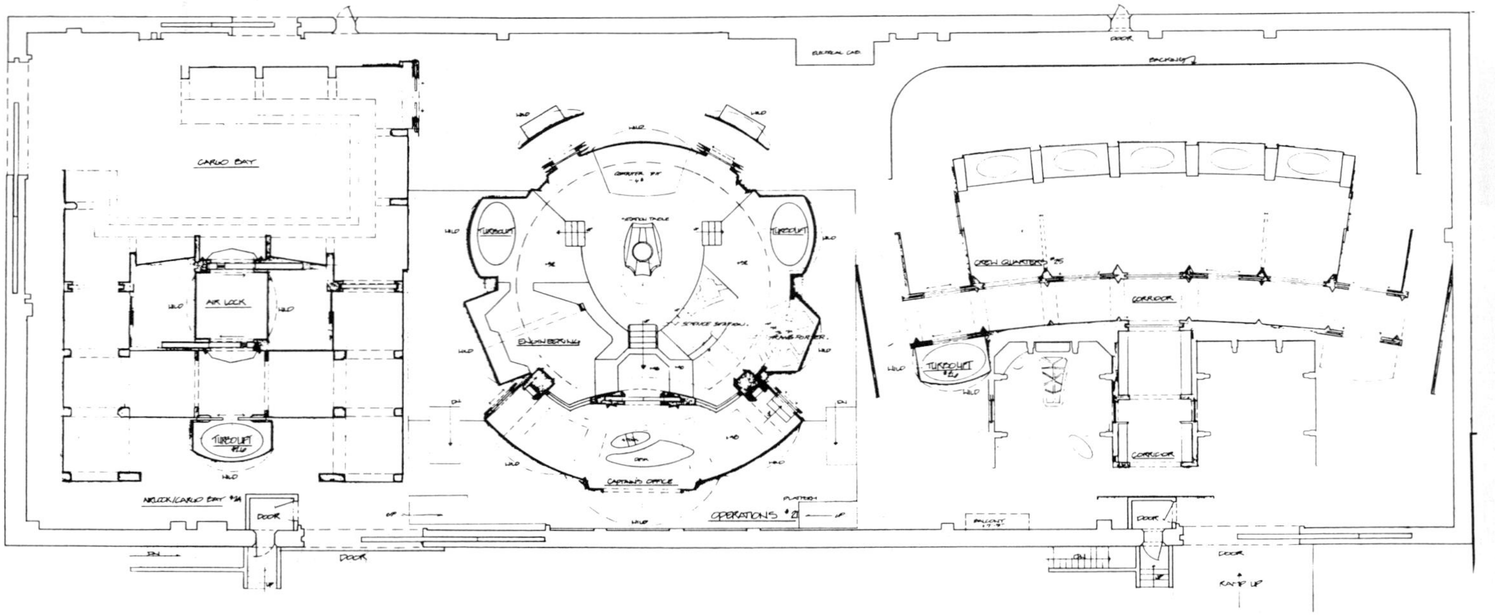

Oben:
Auf Bühne 4 können die als ›Crew Quarters‹ gekennzeichneten Bereiche als Privatquartier von Commander Sisko und seinem Sohn genutzt werden, als Quartier der O'Briens oder als Quartier für jedweden Besucher auf der Station. Wenn eine Szene es erforderlich macht, daß Personen durch eine Luftschleuse einen Flitzer betreten oder verlassen, wird ein Teil der Flitzer-Kulisse von Bühne 18 zum Frachtraum auf Bühne 4 verschoben.

Unten:
Der größte Teil der Bühne 18 kann für jedes Set verwendet werden, das für eine einzelne Episode benötigt wird, zum Beispiel als Planetenlandschaft oder als das Innere eines fremden Raumschiffs. Das gleiche, vielseitig verwendbare Areal erhielt bei THE NEXT GENERATION den Spitznamen ›Planet Hölle‹. Bei DEEP SPACE NINE ist bislang kein Spitzname vergeben worden.

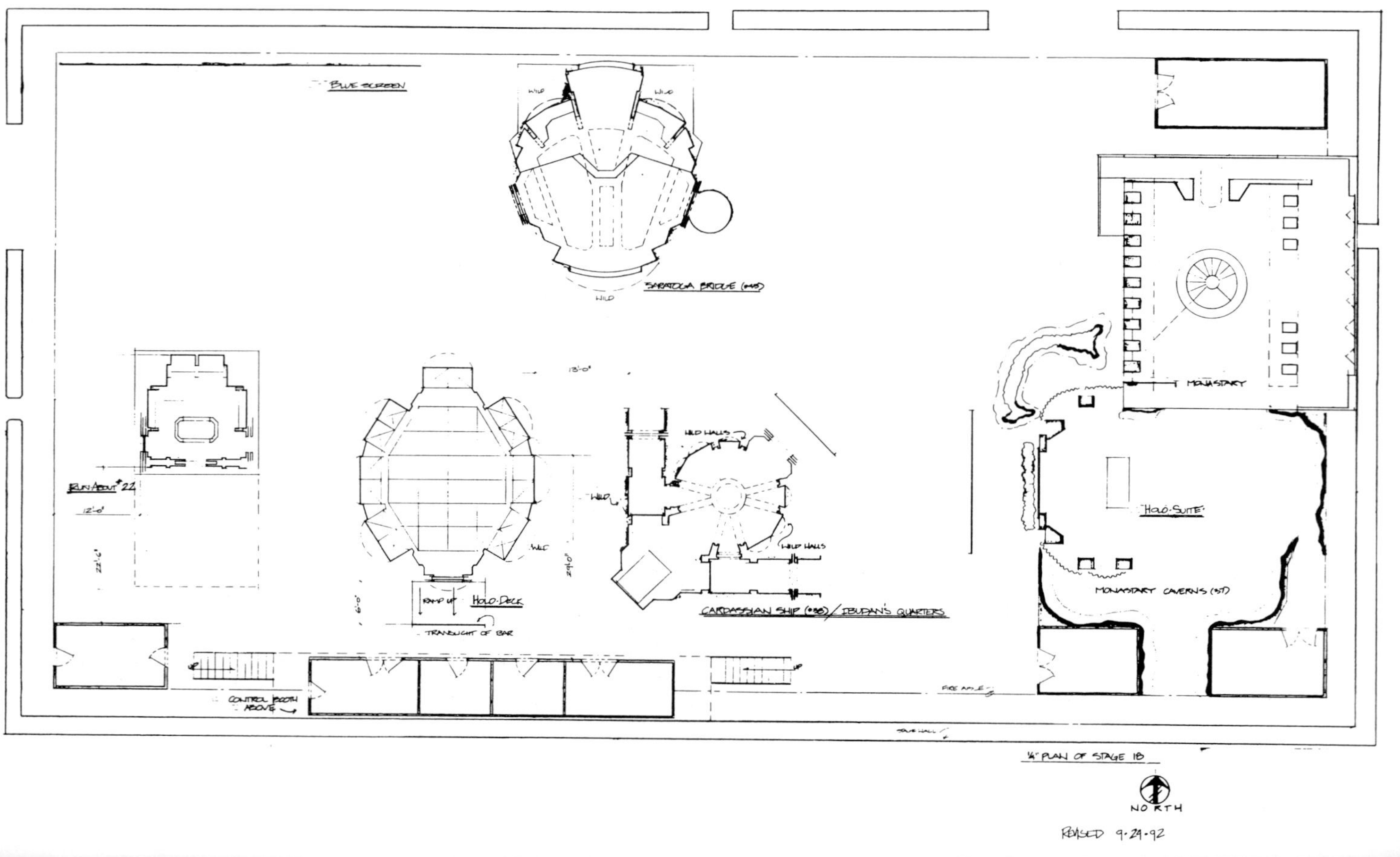

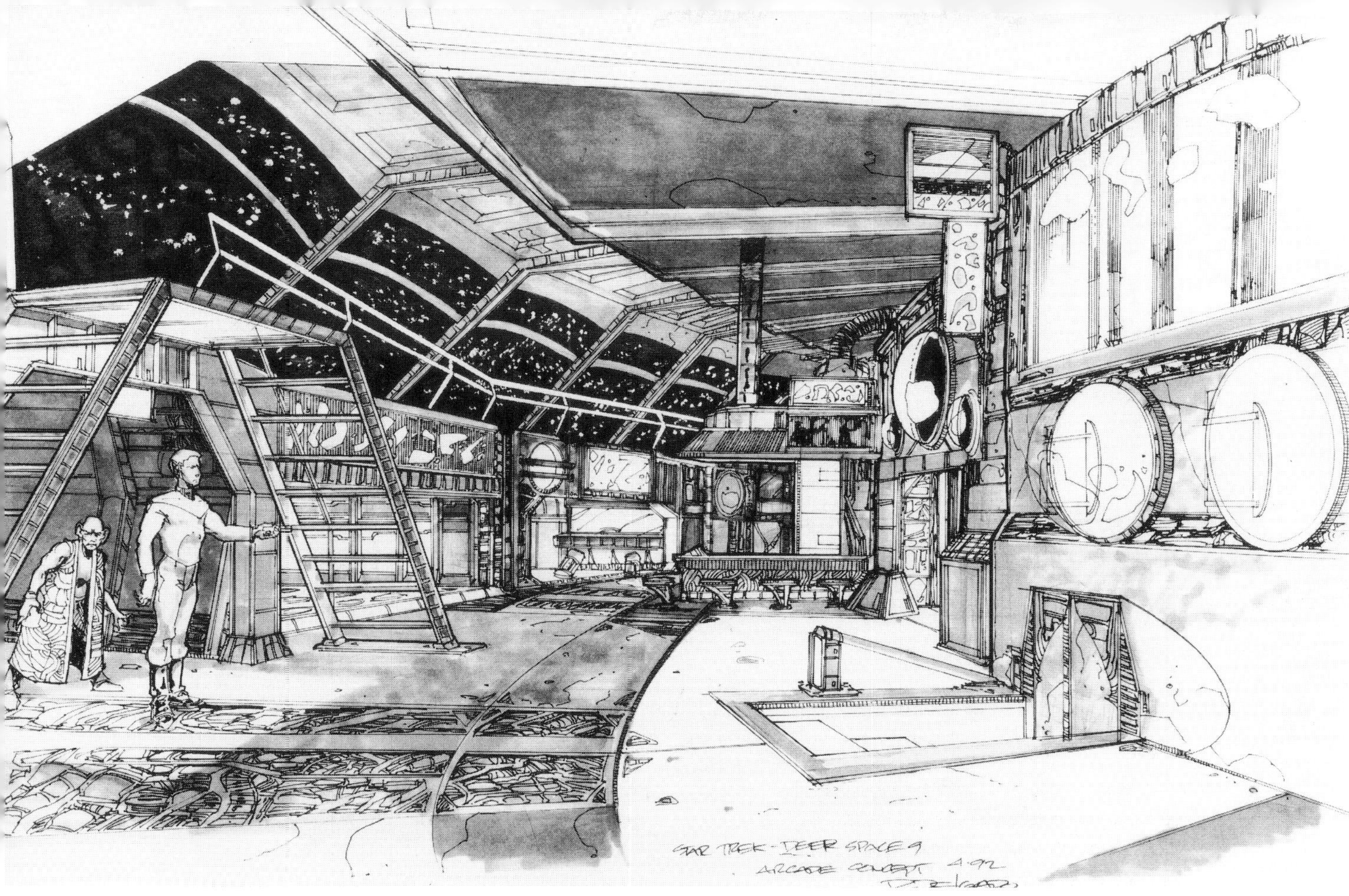

RICARDO DELGADO

Ein früher Entwurf für die Promenade von Deep Space Nine, hier noch als ›Arcade‹ bezeichnet.

näher untersuchen. Für den Moment ist das die gesamte Information, die den Autoren schwarz auf weiß vorliegt, um auf die Umgebung für den lustigsten Witz im Universum zu skizzieren.

Die Szene, in der Morn seinen Witz erzählt – im technisch korrekten Jargon Szene 68 des Pilotfilms ›Emissary‹ – ereignet sich in etwa nach den ersten dreißig Minuten, als Commander Sisko Quarks Bar zum ersten Mal betritt. Und so wurde die Szene auf Seite 43 der endgültigen Fassung des Drehbuchs vom 8. August 1992 beschrieben.[2]

---

68 INNENAUFNAHME PROMENADE

Auf den Turbolift, als Sisko ankommt ... reagiert auf etwas, was wir noch nicht sehen können ... aber wir hören fremde Musik und während er uns dorthinführt, erfahren wir, daß ›Quark's‹ geöffnet ist ... Es ist ein Leuchtfeuer für dem ansonsten unbeleuchteten Durchgang ... Leute kommen an ... wir können zum ersten Mal fröhliche Gesichter sehen ...

»Wir können zum ersten Mal fröhliche Gesichter sehen ...« Nachdem dieser einfache Satz durch das Produktionsdesign von Herman Zimmerman, durch die Make-up-Abteilung von Michael Westmore, durch die Phantasie des Regisseurs David Carson und durch den kombinierten Einsatz von mindestens einem Dutzend anderer Mitarbeiter der Abteilung in Dutzenden von Produktionsbesprechungen gewandert ist, ist das Ergebnis die stimmungsvolle Szene, die wir im Fernsehen sehen können, als Sisko auf eine Promenade kommt, deren Nebel die farbigen Lichter dämpft, und ein Set betritt, in dem sich 40 Akteure drängen, die alle in Bewegung sind. Unter diesen Schauspielern, feste Rollen und

2 Es sei angemerkt, daß diese Szene in einer frühen Drehbuchfassung vom 12. Juni 1992 exakt so beschrieben wurde, auch wenn es sich da noch um Szene 66 handelte. Andere Szenen wurden – wie wir noch sehen werden – beträchtlich umgearbeitet.

Ein späterer Entwurf für Quarks Bar, der dem endgültigen Entwurf, nach dem das Set gebaut wurde, sehr nahekam.

Statisten gleichermaßen, befanden sich Personal von Starfleet, Bajoraner, mehrere Ferengi, darunter Quark und sein Bruder[3] (der seinen Namen Rom erst noch erhalten würde) sowie ausgewählte andere Aliens, darunter ein Musikant, der ein Instrument spielte, das aussah wie ein Stapel Schieferplättchen auf einer Spindel, und zwei Dabo-Mädchen – davon eine humanoid, die andere mit einem Fischkopf. In der Masse befand sich auch ein Alien, der schließlich den Namen Morn bekommen würde, der eine Gruppe Bajoraner an der Bar mit seiner Version des lustigsten Witzes im Universum fesselte – ein Witz, der Morns Zuhörer offensichtlich immens amüsierte.

Da aber im Drehbuch Morn und sein Witz nicht erwähnt werden, stellt sich die Frage: Woher kommen beide? Die trügerisch einfache Antwort ist die: Sie sind aus dem Gemeinschaftsprozeß Fernsehen entstanden.

Noch während das Drehbuch für den Pilotfilm geschrieben und überarbeitet wurde – die Titelseite des endgültigen überarbeiteten Drehbuchs führt 21 Überarbeitungen auf, allein in der Zeit zwischen dem 12. August und dem 15. September 1992 –, wurden Produktionsbesprechungen abgehalten, in denen festgelegt wurde, wie die Raumstation Deep Space Nine aussehen sollte, wie sich Dinge anhören und anfühlen sollten. Wie wir später sehen werden, wurde dem Produktionsdesigner Herman Zimmerman und seinen Mitarbeitern die Verantwortung übertragen, das cardassianische Design zu entwickeln, das die einzigartige Architektur der Station von der der Raumbasen der Föderation und der der klingonischen Kriegsschiffe unterscheidet. Rick Sternbach half, die cardassianische Technologie zu entwickeln, dazu ein Mischmasch von Geräten anderer Kulturen des STAR TREK-Universums. Mike Okuda, bestens bekannt für die besonderen und phantasievollen (und manchmal mutwillig amüsanten) grafischen Darstellungen, die er für einige STAR TREK-Filme und für STAR TREK – THE NEXT GENERATION entwarf, versuchte eine völlig andere Annäherung an cardassianische Zeichen und Kontrolltafeln. Das wichtigste während dieses gesamten Prozesses war die Tatsache, daß niemand für sich arbeitete. Ständige gegenseitige Befruchtung war an der Tagesordnung, die Ausführenden Produzenten und gemeinschaftlichen Erfinder Rick Berman und Michael Piller nahmen an jeder Stufe teil.

Eine der entscheidendsten Phasen in diesem ersten Designprozeß war die Erschaffung eines eigenständigen Erscheinungsbildes für die Bewohner und die Besucher auf DS9 – jene Figuren, die wir im Hintergrund sehen, bekannt als Statisten oder als ›Atmosphäre‹.

Statisten für DEEP SPACE NINE werden allgemein in Kategorien zusammengefaßt,

3 Zu der Zeit, als der Pilotfilm gedreht wurde, war Quarks Bruder – Rom, der Vater von Nog – noch nicht als Figur entwickelt. Der Schauspieler Max Grodénchik, der in THE NEXT GENERATION einen anderen Ferengi gespielt hatte, war in der engeren Wahl für die Rolle des Quark. Als jedoch die Entscheidung gefällt wurde, Armin Shimerman zu nehmen, der in ›The Last Outpost‹ den ersten Ferengi der NEXT GENERATION gespielt hatte, erhielt Grodénchik die Rolle des FERENGI PIT BOSS in dieser Szene. Die spätere Entscheidung, Nog zu Quarks Neffen zu machen, führte zu der Notwendigkeit, daß Quark einen Bruder oder einen Schwager brauchte. Die Produzenten waren erfreut, als Grodénchik die Rolle übernahm, da sie so die beiden von ihnen favorisierten Ferengi gegeneinander antreten lassen konnten.

die ihr Erscheinungsbild widerspiegeln: Zivilisten oder Mehrzweckoffziere in Starfleet-Uniform; Bajoraner (die wegen des Stegs auf ihrer Nase auch als ›Nasen-Jobs‹ bezeichnet werden); Humanoide und Aliens.[4] Die Entscheidung, wie viele jeder Gruppe für eine bestimmte Szene benötigt werden, wird üblicherweise im Verlauf einer Produktionsbesprechung im gegenseitigen Einvernehmen getroffen. Der Regisseur fordert üblicherweise so viele Statisten an, wie er im Bühnenbild unterbringen kann, um so viel Bewegung und Leben in die Szene zu bringen wie möglich. Die Produktionsmitarbeiter, die für das Make-up und die Kostüme der Statisten zuständig sind sowie für Mahlzeiten und Anweisungen, umreißen die Bedingungen, unter denen sie die jeweilige Anzahl Statisten versorgen können – Bedingungen, die üblicherweise zusätzliche Kosten betreffen. (Ein Dabo-Mädchen mit einem Fischkopf beispielsweise kostet schätzungsweise 1000 Dollar mehr als ein humanoides Dabo-Mädchen. Diese Mehrkosten werden verursacht durch das sorgfältige Make-up und den Fachmann, der erforderlich ist, um das Make-up aufzutragen und es während der Dreharbeiten zu restaurieren.) Schließlich schlagen Rick Berman und Michael Piller, die als die Ausführenden Produzenten die gemeinsame Verantwortung dafür tragen, die Produktion der Serie im Zeitplan und im Budget zu halten[5], vor, daß der Regisseur mit einer kleineren Zahl Statisten auskommen sollte, womit sie manchmal bewirken, daß der Regisseur zu stottern beginnt und seine Gesichtsfarbe wechselt. Nach den Verhandlungen zwischen allen beteiligten Parteien einigt man sich in einem zügigen, wenngleich auch manchmal temperamentvollen, aber friedlichen Prozeß auf eine vernünftige Anzahl Statisten, die den Bedürfnissen der Geschichte gerecht wird und mit denen jeder glücklich ist.

In einer dieser ersten Produktionsbesprechungen zum Pilotfilm wurde Morn geboren, als ein weiterer Alien, der von Make-up-Designer Michael Westmore geschaffen wurde und zu einer exotischen Atmosphäre beitragen sollte. Aber anders als viele der Aliens in der Serie, war Morn auf dem besten Weg, eine Eigendynamik und ein eigenes Leben zu entwickeln.

Nachdem Michael Westmores Entwürfe für Morn abgesegnet worden waren, wurde das Gesicht modelliert, Formen wurden angefertigt, Gußstücke aus Latex wurden zusammengesetzt, um Morns vertrautes, an eine getrocknete Pflaume erinnerndes Gesicht zu bilden. Der nächste Schritt war, jemanden zu finden, der den Plastikkopf und ein gepolstertes Kostüm tragen würde – was eine altehrwürdige Hollywood-Tradition wiederaufleben ließ, den sogenannten ›Cattle Call‹.

Ein ›Cattle Call‹ ist ein offener Besetzungstermin. ›Offen‹ bedeutet in diesem Fall, daß wenige bis gar keine Einschränkungen hinsichtlich der Qualität oder Qualifikation der sich vorstellenden Schauspieler gemacht werden. Dagegen mußte beispielsweise für den Schauspieler, der die Rolle von Commander Siskos Sohn Jake spielen würde, zwangsläufig die Einschränkung gemacht werden, daß es ein afro-amerikanischer Junge sein mußte, der in der Lage war, eine permanente, mit Text versehene Rolle zu besetzen. In einem offenen Aufruf für Statisten für DEEP SPACE NINE ist die wichtigste Frage hinsichtlich der Schauspieler die: Haben sie die richtige Größe, um in ein bereits existierendes Kostüm zu schlüpfen? Kostüme werden natürlich geändert, damit sie jedem Gaststar in einer Episode passen, aber die finanzielle Wirklichkeit der Fernsehproduktionen bedeutet, daß selten Geld ausgegeben wird, um Kostüme für zweitrangige Charaktere zu ändern.

An dem Tag, an dem die Rolle des Morn besetzt werden sollte, brachte der offene Besetzungsaufruf für die Statisten schätzungsweise 300 Schauspieler jeden Alters, Geschlechts und jeder Größe zum Paramount-Gelände, Fotos und Lebensläufe griffbereit. Besetzungsassistenten teilten die Schauspieler auf in die Gruppen, die an dem Tag erforderlich waren: Bajoraner und abscheuliche Aliens.

Einer dieser 300 Schauspieler war Mark Allan Shepherd, ein junger Mann, der

4 Der Begriff ›Alien‹ hat im STAR TREK-Universum eine besondere Bedeutung. Wesen wie die Bajoraner und die Vulkanier werden als ›Humanoide‹ bezeichnet, weil sie den Menschen ähneln. Aliens sind somit jene Kreaturen, die völlig unmenschlich aussehen. Auf die Praxis bezogen, werden diese Unterscheidungen benutzt, um die Kosten für das Make-up einer nichtmenschlichen Figur zu bestimmen. Aliens in der Art von Morn – die oftmals eine detaillierte, das ganze Gesicht oder den ganzen Kopf bedeckende Maske und spezielle Hände und Füße und ein besonderes Kostüm erfordern – sind im allgemeinen wesentlich teurer als ›Humanoide‹, die selten mehr als eine seltsame Nase oder eine ungewöhnliche Hautfarbe benötigen. Schauspieler, die zu Bajoranern gemacht werden, werden üblicherweise ›genast‹.

5 Als gemeinsame Erfinder und Ausführende Produzenten von DEEP SPACE NINE sind Rick Berman und Michael Piller in allen Aspekten gleichberechtigte Partner. Für ihre tägliche Arbeit haben sie aber ihre Funktionen verteilt, so daß Piller sich auf die Drehbücher konzentriert, während Berman sich um die Produktion kümmert. Es muß aber bemerkt werden, daß auch Berman umfassend auf die Drehbücher eingeht, insbesondere in der Entwicklungsphase, so wie Piller Einfluß auf alle die Produktion der Serie betreffenden Aspekte hat.

Michael Westmore: Wenn das Drehbuch einen ›Alien‹ verlangt

ROBBIE ROBINSON

Michael Westmores Studio.

ROBBIE ROBINSON

Fremdartige Höcker werden auf dem Abdruck des Hinterkopfs eines Schauspielers angebracht.

Michael Westmore verkörpert die dritte Generation einer Make-up-Dynastie in Hollywood, die mit seinem Großvater George Westmore begann. Der arbeitete seit den zwanziger Jahren für Hollywood-Produktionen. Michael Westmores Vater Monty leitete die Make-up-Abteilung von Selznick International, sein Onkel Perc und sein Onkel Ern – Zwillinge – leiteten die gleiche Abteilung bei Warner Bros. bzw. bei 20th Century Fox. Ern ging später zu RKO. Michael Westmores Onkel Wally leitete die gleiche Abteilung bei Paramount, sein Onkel Bud die von Universal. Frank, der jüngste von allen, arbeitete sowohl für Wally als auch für Bud.

Heute arbeiten zwei Brüder von Michael Westmore in der Make-up-Branche, ferner ein Neffe, eine Nichte und ein Cousin. Einmal abgesehen von den Make-up-Künstlern in der Familie, arbeitete sein Sohn, Michael Westmore II, bei THE NEXT GENERATION als Cutterassistent und als derjenige, der die elektronischen Bauteile schuf, die immer dann benötigt wurden, wenn Data geöffnet und sein elektronisches Inneres sichtbar wurde.

Michael Westmore gewann einen Oscar für sein Make-up im Film *Mask*, ferner sieben Emmys, darunter zwei für seine Arbeit für THE NEXT GENERATION und einen für DEEP SPACE NINE. Er ist eine Kombination aus Künstler und Techniker, der Tausende von STAR TREK-Aliens im wahrsten Sinn des Wortes zum Leben erweckt hat.
Doch trotz aller Erfahrungen, die er bei THE NEXT GENERATION sammeln konnte, war und ist DEEP SPACE NINE seine größte Herausforderung.

Als Überwacher des Make-ups für THE NEXT GENERATION, DEEP SPACE NINE und VOYAGER arbeitet Westmore mit einem Team von vier Make-up-Künstlern und vier Friseuren; je nach Bedarf werden weitere Kräfte kurzfristig angeheuert. Dieser Bedarf ergibt sich immer dann, wenn er ein Drehbuch erhält und nach dem magischen Wort sucht – ›Alien‹.

Meistens ist dieses Wort alles, was er bekommt. »Ab und zu«, sagt er, »kommt es vor, daß das Drehbuch einen reptilienartigen Alien benennt oder etwas anderes, wenn der Autor aus einem bestimmten Grund ein besonderes Aussehen fordert.«

Das Drehbuch zu ›Captive Pursuit‹ war ein solches Drehbuch. Es erzählt die Geschichte von Tosk – einem Alien, der großgezogen wird, um in einer tödlichen Jagd die Beute zu spielen. Als Westmore sah, daß das Drehbuch den Begriff ›reptilienartig‹ erhielt, dachte er: »Gott, wir haben Schlangen gemacht und Echsen – wir haben alles Erdenkliche gemacht. Zufällig geriet mir eine Ausgabe des *Smithsonian*-Magazins in die Finger, auf dessen Titelbild ein im Wasser treibender Alligator zu sehen war. Die Hautstruktur für Tosk basierte tatsächlich auf der Färbung und dem Aussehen des Alligators. Vom Bauchnabel über das Gesicht bis auf den Rücken. Das gleiche bei den Händen. Dann ließen wir Kontaktlinsen herstellen, ich fertigte neue Zähne für ihn an. Alles Kleinigkeiten, für die wir normalerweise keine Zeit haben.

Aber sobald im Drehbuch ›Alien‹ steht, lese ich weiter, um herauszufinden, welche Persönlichkeit dieser Alien hat.«

Westmore wollte früher einmal Kunstlehrer werden, daher besitzt er ein umfangreiches Wissen über Kunst und Kunstgeschichte. »Das gibt mir eine ziemlich große Bandbreite«, sagt er. »Auch in historischer Sicht, also was verschiedene Rassen und Epochen betrifft, Bemalung des Gesichts, Tätowierungen, alle diese Dinge. Also bringe ich alle diese Elemente in die Figur ein, mit der ich mich befasse.«

Aber es gibt noch mehr in Westmores Vorgeschichte, was sich auf seine STAR TREK-Arbeit auswirkt und was den dramaturgischen Aspekt eines Make-ups perfekt unterstützt. »Als ich in der Army war, zeichnete ich Cartoons für die Army-Zeitung. So entwickelte ich ein Gefühl dafür, was ich beim Modellieren einer Maske berücksichtigen mußte. Wenn ich zum Beispiel einen bösartigen Charakter habe, dann gibt es Dinge, die man mit der Stirn machen kann, mit den Augenbrauen, mit den Nasenflügeln, die den Leser die Figur sofort als bösartig erkennen lassen – so, als würde er etwas Unangenehmes riechen oder die Stirn in Falten legen. Wenn es eine nette Person ist, dann kann man kleine Details in die Skulptur einbringen, die ihr etwas Freundliches und Nettes verleihen. Die Linien in den Gesichtern können nach oben oder nach unten verlaufen, je nachdem, welche Art von Charakter gewünscht ist.« Selbst wenn diese Figur kein Wort spricht, wissen die Zuschauer, mit welcher Art von Charakter sie zu tun haben.

Regelmäßige Zuschauer von THE NEXT GENERATION und DEEP SPACE NINE bemerkten recht bald, daß es in DEEP SPACE NINE mehr verschiedene Aliens gab als in THE NEXT GENERATION. Westmore erklärt, daß dies eine direkte Folge der Anweisung von Rick Berman ist.

»Anders als bei THE NEXT GENERATION«, so erklärt Westmore, »wo wir praktisch die Season starteten und abwarteten, was auf uns zukommen würde, begannen wir bei DEEP SPACE NINE einige Wochen im voraus. Wir fertigten Zeichnungen und Entwürfe an, erhielten für ein gewisses Kontingent an Aliens die Erlaubnis und begannen, sie zu modellieren.« Diese Vorbereitung erlaubte es der Produktion, auf ein reichhaltiges Angebot an Aliens zurückzugreifen, die über eine längere Zeit entstanden waren, als dies bei wöchentlicher Produktion möglich ist. Das gab Westmore und seinem Team Zeit, die Masken besser auszuarbeiten.

Ein anderer Unterschied zwischen THE NEXT GENERATION und DEEP SPACE NINE ist der, daß in THE NEXT GENERATION »die Figur nach ihrem Einsatz nicht wieder zum Einsatz kam. Bei DEEP SPACE NINE dagegen ist es so, daß ein Alien, den wir schaffen, Bestandteil der Promenade wird. Wenn wir also spätere Episoden sehen, dann ist es nicht so, daß ein bestimmter Alien hinzukam und dann wieder verschwand – dieser Alien ist immer noch da.«

Westmore weist darauf hin, daß es, dem hohen Produktionsniveau der STAR TREK-Serien entsprechend, hinsichtlich der Qualität und Komplexität keinen Unterschied gibt, ob es sich um eine Maske für einen der Stammschauspieler oder für einen der Statisten handelt, der lediglich im Hintergrund zu sehen sein wird. »Die meisten der Köpfe, die wir haben, mindestens 90 Prozent, erlauben es dem Schauspieler zu sprechen. Es gibt nur ungefähr acht Köpfe, bei denen das nicht möglich ist. Der Mund läßt sich bewegen, aber die Schauspieler können nicht damit sprechen.« Morn zählt zu den 90 Prozent. »Morn könnte sprechen«, sagt Westmore, »wenn man das wollte. Wir könnten die Lippen so befestigen, daß er einen Satz sprechen könnte.«

Der relative Luxus an Zeit, den Westmore bei Produktionsbeginn hatte, ging rasch verloren, als die Produktion in vollem Umfang angelaufen war. Westmore erklärt den Entstehungsprozeß, der sich vom Drehbuch zur fertigen Maske abspielt: »Ich *fertigte* Zeichnungen an – als wir noch die Zeit dafür hatten.« Jetzt, mitten in der Produktion, muß Westmore ein Maskenbildner genügen, der auf einem Gesichtsabdruck des Schauspielers unter der Anleitung von Westmore Lehmstücke anbringt, um die Gesichtsmerkmale des Alien zu kreieren. Manchmal hat Westmore für das Entwerfen, Modellieren und Anpassen der Maske nur sechs Tage Zeit. Sein Erfahrungsreichtum ist unter derartigen Bedingungen von größter Bedeutung, weil »keine Zeit da ist, um ein Make-up zu testen. Es ist keine Zeit, um eine Zeichnung anzufertigen.« Westmore macht auch darauf aufmerksam, daß die Erstellung einer Zeichnung manchmal Zeitverschwendung ist, wenn er nicht weiß, wer für die Rolle genommen wird – ausgenommen, er arbeitet an einem Hintergrundgesicht, also eine jener Masken, die entworfen wird, damit sie von einem der Statisten getragen werden kann. Die Gesichtsform eines Schauspielers kann das Make-up spürbar beeinflussen, besonders wenn die Maske nur einen kleinen Teil des Gesichts bedecken wird.

Westmore denkt zurück an die Zeiten, als er für Kinofilme arbeitete, darunter *Clan of the Cave Bear* (Oscar-Nominierung 1987), *2010* (Oscar-Nominierung 1984), *Blade Runner*, *Iceman*, *Masters of the Universe*, *Rocky I*, *II*, *III* und *V*, *Roxanne* sowie der hervorragende, aber leider mißachtete Science Fiction-Film *The Blood of Heroes*, dessen kreative Vision alle Mad Max-Filme in den Schatten stellte. Nachdem er den auf sechs Tage beschleunigten Zeitplan für Entwurf und Fertigung einer Maske für DEEP SPACE NINE bereits beschrieben hat, macht Westmore darauf aufmerksam: »Für *Mask* hatte ich drei Monate Zeit, um eine Maske zu entwerfen. Bei *Masters of the Universe* hatte ich für jeden der Hauptakteure einen Monat Zeit, um die Masken zu schaffen, sie in Details zu verändern und mit den Entwürfen von Bill Stout zu experimentieren. Heute dagegen haben wir für die komplexen Charaktere von DEEP SPACE NINE nur eine Woche Zeit.«

Tatsächlich produziert Westmore in einem Monat fünf bis acht neue Masken, außerdem paßt er den Gastschauspielern bereits existierende Masken an. »Bei THE NEXT GENERATION«, sagt er, »schuf ich in einer einzigen Season Gußformen, die einer ganzen Tonne Modelliermasse entsprachen. Mittlerweile verfüge ich über Gußformen, die neun bis zehn Tonnen entsprechen, auf die ich zurückgreifen kann, um neue Abdrücke zu schaffen oder um sie zu verändern.«

Obwohl er zu STAR TREK mit einer beeindruckenden Erfahrung kam, sagt Westmore, daß er fortlaufend dazugelernt hat, nicht zuletzt durch den immensen Arbeitsumfang, den er erledigt. »Ich treibe die Dinge voran«, sagt er. »Ich habe Dinge vorangetrieben, die nicht funktionieren. Und dann sagte ich: ›Oh, das war nichts.‹ Also haben wir das bei der nächsten Episode nicht mehr versucht.

Aber dann stößt man immer wieder auf Dinge, die funktionieren. Zum Beispiel der Entwurf eines beweglichen Augenlids. Oder eine Blase (die eine Maske scheinbar von innen pulsieren läßt), die irgendwo angebracht wird. Diese Serien haben mir beträchtlichen Spielraum gegeben, um zu experimentieren. Ich habe wahrscheinlich – nein, nicht wahrscheinlich: Ich *habe* in den letzten sieben Jahren hier mehr geschaffen, als ich oder irgendein anderer Make-up-Künstler in seiner gesamten Karriere. Ich meine, ich habe Tausende von Aliens entworfen. Und wenn ich die nächsten sieben Jahre für VOYAGER überlebe, dann kann diese Produktivität niemand mehr aufholen.« Wenn diese letzten sieben Jahre in irgendeiner Weise beispielhaft sein sollen, dann werden die kommenden sieben Jahre spektakulär werden.

ROBBIE ROBINSON

Michael Westmores Studio, in dem der Begriff Wanddekoration eine völlig neue Bedeutung erhält.

An jedem Drehtag versieht Michael Westmore Terry Farrell von Hand mit den Trill-Punkten. Da jedes Make-up einzigartig ist, einigten sich Westmore und Farrell darauf, daß es sich um Kunstwerke handelt. Westmore hat uns daher mitgeteilt, daß er jeden Satz Punkte nunmehr signiert und numeriert, wenn er ihn fertiggestellt hat. Wir fragten nicht nach den Details, wo er signiert und numeriert.

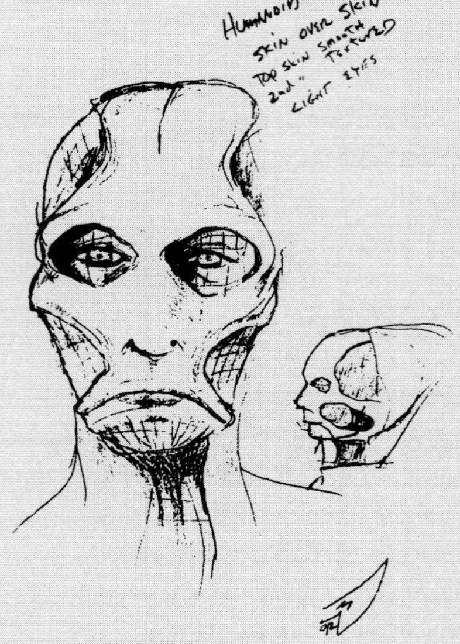

Eine Auswahl von Westmores beeindruckender und erstaunlicher Arbeit für DEEP SPACE NINE, angefangen bei kleinen Veränderungen an den Ohren, über einen leichten Hauch des Seltsamen an einem Hals bis hin zu einer den ganzen Kopf bedeckenden Alien-Maske.

Salli Elise Richardson als Nidell in ›Second Sight‹.

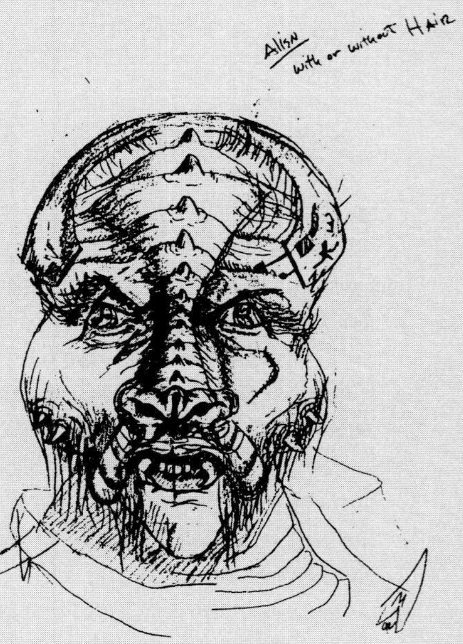

Randy Oglesby als Ah-Kel in ›Vortex‹.

Einige der ersten Zeichnungen für DEEP SPACE NINE, darunter auch Kai Opaka als Mann.

Scott MacDonald als Tosk in ›Captive Pursuit‹.

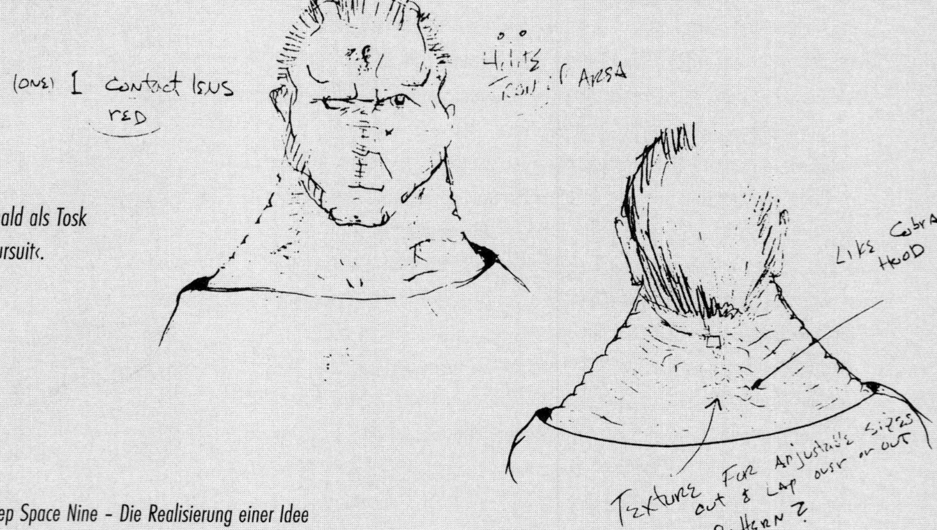

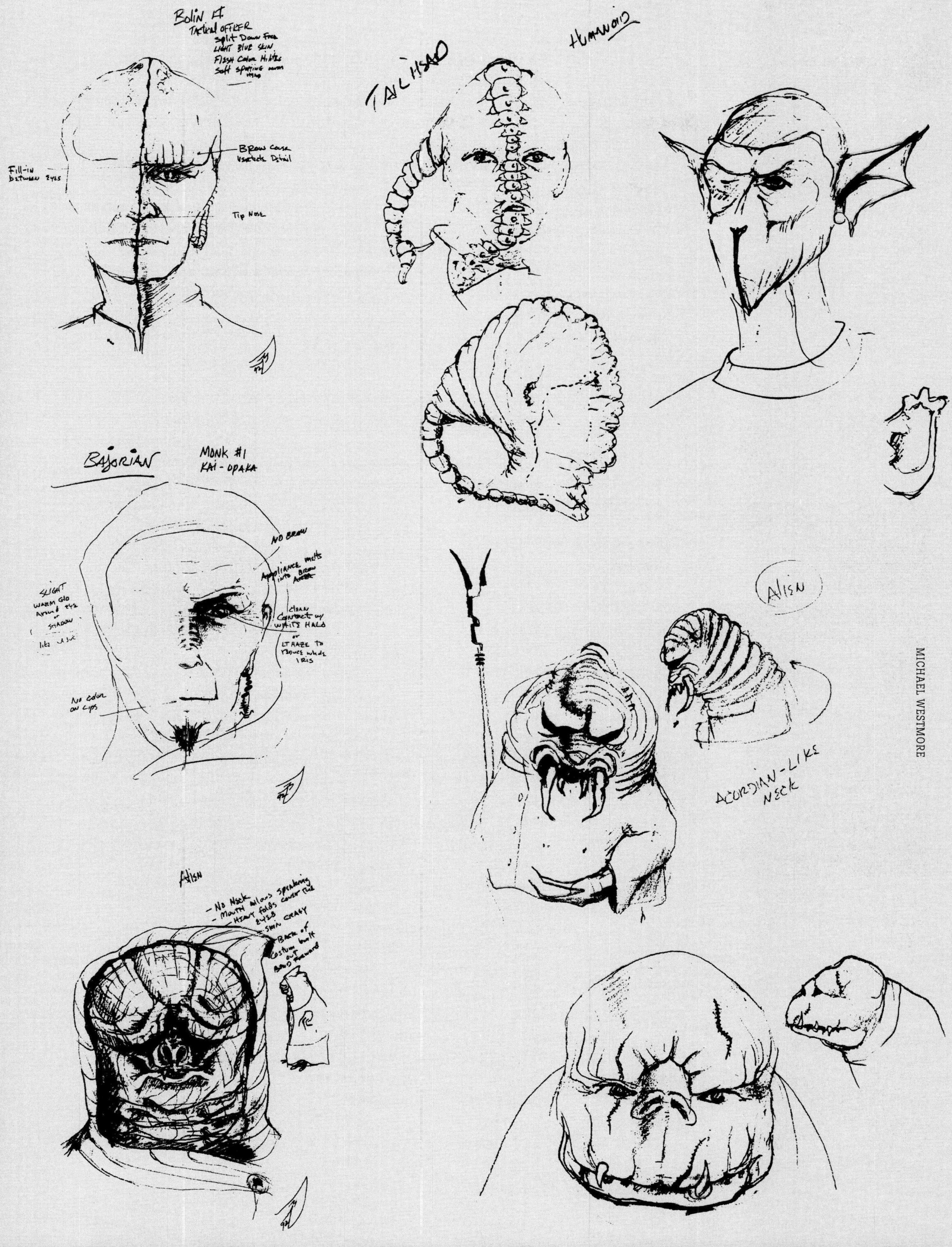

MICHAEL WESTMORE

gerade erst seinen Abschluß in Musik gemacht hatte und andere Theater-, Film- und Videofächer studiert hatte. Nachdem er erfahren hatte, für welche Rollen der Serie an diesem Tag Ausschau gehalten wurde, suchte sich Shepherd die Rolle aus, für die er vorsprechen würde: den humanoiden Doktor. Die Szene im Pilotfilm würde die sein, in der wir sehen, wie Jadzia ihren Symbionten Dax erhält.

Die Besetzung, wie so vieles andere in der Fernsehproduktion, war eine Kombination aus endlosen Wartezeiten, unterbrochen von einem Wirbel schneller und wilder Action. Jeweils in Gruppen von fünf bis zehn Personen wurden die Schauspieler in ein kleines Büro geschickt. In diesem Büro saßen drei für die Besetzungen verantwortliche Leute an einem Tisch und sahen sich – anders als bei Besetzungsterminen für eine Sprechrolle – die Gruppe an, während die Fotos der jeweiligen Mitglieder auf dem Tisch lagen. Nach weniger als einer Minute wurden die Schauspieler schnell aus dem Büro herausgeführt.

Glücklicherweise läuft der Entscheidungsprozeß für Statisten auch schneller ab. Etwa zehn Minuten später fragte eine Mitarbeiterin Shepherd, ob es ihm nichts ausmachen würde, eine ›Vorrichtung‹ auf seinem Kopf zu tragen. Shepherd erklärte sich mutig einverstanden, obwohl er keine Ahnung hatte, welche Art von Vorrichtung die Mitarbeiterin sich vorstellte. Mit dieser Antwort bekam er den Job und damit die Rolle des Morn.

Wie Shepherd recht schnell erfuhr, bezeichnet man im Make-up-Jargon ein modelliertes Stück Latex als Vorrichtung, das auf den Körper geklebt wird. Die runzlige bajoranische Nase, die beträchtlichen Ferengi-Ohren, das Exoskelett am Nacken der Cardassianer – alles sind Vorrichtungen. Und so ist das auch mit dem großen, walroßnackigen Kopf von Morn.

Shepherd verließ das Paramount-Gelände an diesem Tag, erfreut darüber, für wohl eine Woche eine Arbeit zu haben, auch wenn seine Freunde und seine Familie ihn auf dem Bildschirm niemals erkennen würden. Aber einen Job angeboten zu bekommen und ihn tatsächlich zu bekommen, das können manchmal zwei verschiedene Dinge sein.

Mehrere Tage vergingen, in denen Shepherd vergeblich darauf wartete, vom Produktionsbüro angerufen zu werden, wann er im Studio benötigt wird. Im Fernsehen, besonders bei Pilotfilmen, ist eine derartige fließende Planung üblich. Tatsächlich wurde bereits eine Woche für den Pilotfilm gedreht, als Terry Farrell für die Rolle des Trill/Wissenschaftsoffiziers Jadzia Dax unter Vertrag genommen wurde. Und es dauerte weitere zwei Wochen, bevor sie zum ersten Mal ins Studio kam und mit den Dreharbeiten begann. Und selbst dann, nach nur zwei Tagen, entschieden sich die Produzenten, daß das Make-up nicht so viel von Terry Farrells Gesicht bedecken sollte, es umgestalten und ließen sie alle Szenen noch einmal spielen. Von daher machte sich Shepherd zunächst keine Gedanken, daß man ihn nicht anrief.

Als er jedoch wochenlang nichts hörte, entschloß sich Shepherd, zum Studio zu gehen und sich nach dem Stand der Dinge zu erkundigen. Heute nennt er diese Entscheidung Intuition, und es war zweifellos ein außerordentlicher Glücksfall, weil der Tag, an dem Shepherd sich entschied, zu Paramount zu gehen, zugleich der Tag war, an dem Morn zum ersten Mal mitwirken sollte, obwohl der namenlose Alien auf der Besetzungsliste für den Tag nicht eingetragen worden war. Wenn ein Star nicht zur geplanten Zeit erscheint, beginnt der Produktionsstab herumzutelefonieren und nach ihm zu suchen. Wenn aber ein Statist nicht rechtzeitig erscheint, wird der nächste, dem das Kostüm paßt, verpflichtet. Wenn Shepherd nicht erschienen wäre, was durch Zufall oder Intuition oder Glück geschehen war, dann wäre sicherlich jemand anders Morn geworden. Und der lustigste Witz des Universums wäre nie in Quarks Bar erzählt worden.

Endlich war Shepherd bereit, mit seiner Arbeit zu beginnen: Seine Maske – eine der zeitsparendsten aller Aliens bei DEEP SPACE NINE, weil sie den Kopf in einem Stück bedeckt – saß fest, und sein gepolstertes Kostüm war sicher verschlossen. Dann wurde er in die höhlenähnliche, weiße Struktur der Bühne 17 geführt und auf die Promenade, die von Bühnenarbeitern mit Bergen von Schutt und beschädigten Ausrüstungsgegenständen ›verziert‹ worden war, um zu zeigen, wie die abziehenden Cardassianer die Station zurückgelassen hatten. Beleuchtungsassistenten richteten die Scheinwerfer in Quarks Bar aus, Bühnenarbeiter hatten sich in die engen Öffnungen zwischen den Schutzwänden gequetscht, um das Öffnen der Turbolifttüren zu koordinieren, durch die Sisko eintreten würde. Make-up-Künstler folgten den Schauspielern, denen sie zugeteilt waren, mit tragbaren Make-up-Ausrüstungen, Bürsten und Tüchern am Gürtel, um kleine Mängel auszubügeln. Und irgendwann, aus irgendeinem Grund, mitten in diesem chaotischen Set, entschied der Regisseur David Carson, daß der Grinch-artige Alien an der Bar sitzen sollte, genau zwischen zwei Pfeilern, wo die Kamera ihn sehen konnte, während diese Sisko vom Turbolift zum Eingang von Quarks Bar folgte.

Aber einfach dazusitzen, ist nicht genug. Die Aufgabe eines Statisten ist es, ein Bühnenbild und eine Szene mit Leben zu füllen; so war es für Morn erforderlich, daß er etwas tat, als sich die Kamera auf ihn richtete. David Carson veranlaßte, daß sein Regieassistent ein paar mehr Statisten um Morn versammelte, dann gab er Morn die Anweisung: »Erzähl den lustigsten Witz des Universums.«

Das besondere Talent eines Schauspielers ist es, nach einer derartigen Anweisung eine Rolle schaffen zu können, anstatt in Panik zu erstarren. Mark Allan Shepherd war an diesem Tag aus einer Laune heraus zum Paramount-Studio gekommen. Man hatte ihn in ein stickiges Kostüm gesteckt, das Hören und Sehen einschränkte, und er hatte erwartet, daß man ihn die nächsten sechzehn Stunden von einer Stelle zur nächsten scheuchen würde, wobei er niemals ein Wort sagen dürfe.[6] Aber der Regisseur hatte ihn in die Mitte der Bühne gesetzt und ihm gesagt, er solle einen eigenen Text beisteuern. Umgehend wurde die Szene für eine Probe vorbereitet. Und in den wenigen Minuten zwischen der Regieanweisung und der ersten Probe der Szene mußte Shepherd überlegen, welchen Witz er erzählen würde. Es wurde der, den wir weiter oben in diesem Kapitel vorgestellt haben.

Um ehrlich zu sein: Shepherd hatte diese Zeilen schon zu einem früheren Zeitpunkt einmal benutzt. Sie waren Bestandteil einer Aufführung, die er in der High School entwickelt hatte – eine zufällige Ansammlung von Wörtern, die *beinahe* einen Sinn ergaben. Und da er auf seine Ausbildung als Schauspieler zurückgreifen konnte, war Shepherd darauf vorbereitet, jegliche Erfahrung aus seiner Vergangenheit wiederzuverwenden, um seine Arbeit zu tun. Was er dann auch tat.

Die Worte kraftvoll genug ausspuckend, um jenseits des dämmenden Materials seiner Maske gehört zu werden, wandte sich Shepherd seinem Publikum aus Kostatisten zu, ausschweifend gestikulierend, während er seinen Witz erzählte, wie es nur ein Lurianer kann. Am Ende dauerte sein Auftritt vor der Kamera weniger als fünf Sekunden. Aber diese wenigen Sekunden veränderten die Rolle, den Schauspieler und – in geringem Maße – auch die Serie.

Shepherd hatte angenommen, daß die Rolle, für die man ihn unter Vertrag genommen hatte, nur den Pilotfilm betraf. Ein paar Tage Arbeit und eine angemessene Bezahlung waren alles, was er erwartete. Die Gelegenheit, im Studio einer bedeutenden Fernsehproduktion zu sein, zu beobachten und dazuzulernen, war ein Vorteil am Rande. Dann würde er sich nach einem anderen Job umsehen, wobei sein Plan darin bestand, dabeizubleiben und irgendwann eines fernen Tages lange genug in einem Studio zu sein, daß jemand von ihm Notiz nahm und etwas bemerkte, das ihn von den anderen Statisten unterschied.

Aber in Shepherds Fall war langes Warten nicht erforderlich.

Nach einigen Drehtagen erklärte der Produktionsstab ihm, daß seine Rolle den

6 Das Produktionsbudget des Fernsehens erhebt wieder sein Haupt. Statisten, die Sätze sprechen, werden besser bezahlt und erhalten für jede Wiederholung Tantiemen. Das erklärt auch, warum so oft, wenn Dr. Bashir einem seiner medizinischen Mitarbeiter einen Auftrag erteilt, dieser Mitarbeiter nur nickt und sich an die Arbeit begibt, anstatt »Ja, Doktor« zu sagen, was jeder höfliche Mitarbeiter machen würde. Diese zwei Worte, gesprochen von einem Statisten, können die Produktion letztlich Tausende von Dollar kosten.

Produzenten aufgefallen war. Sie betrachteten den entwickelten Film von jedem Tag der Dreharbeiten (die bereits weiter oben erwähnten Dailies), und irgend etwas an Morn hob ihn von Anfang an von den anderen ab. Es waren nicht nur die Maske und das Kostüm – die Produzenten waren damit vertraut gewesen, lange bevor die Rolle mit Shepherd besetzt worden war. Und es war auch nicht Shepherds Bildschirmpräsenz, die immerhin unter einigen Pfund Latex begraben war. Aber auf irgendeine Weise hatte Shepherd eine besondere Art, sich in einer von Michael Westmore geschaffenen Maske zu bewegen, in einem von Robert Blackman Kostüm entworfenen, in Übereinstimmung mit der Regieanweisung von David Carson, in einem Bühnenbild, entworfen unter der Leitung von Herman Zimmerman, in einer Welt, geschaffen von Rick Berman und Michael Piller, in einem Universum, dem erstmals von Gene Roddenberry Leben eingehaucht worden war... Und irgendwie in diesem komplexen kreativen Eintopf hatte Shepherd einen neuen STAR TREK-Charakter zum Leben erweckt.

»Sie könnten hier Karriere machen«, sagte jemand vom Produktionsstab zu Shepherd in dieser ersten Woche. Shepherd hielt es für einen Witz, aber dieser Jemand hatte recht.

Schon bald tauchte der namenlose Alien in weiteren Episoden auf. Er erhielt in der Episode ›Progress‹ seinen Namen und eine Heimatwelt. Er sitzt in Quarks Bar, wenn sie geöffnet ist, und schläft auf einer Bank in Odos Sicherheitsbüro, wenn die Bar geschlossen ist.

Hinter den Kulissen wird angenommen, daß Morn ein Holophiler ist, mit einer regelrechten Sucht nach Quarks Holosuite-Phantasien. Einige der Autoren haben sogar vorgeschlagen, daß Morn und Odo eine gemeinsam Vergangenheit haben sollten, die eines Tages in einer noch zu schreibenden Episode eine Rolle spielen könnte.

Aber der schöpferische Prozeß endet nicht da, und Shepherd fand sich in der Situation, einen kleinen Teil zum Hintergrund von DEEP SPACE NINE beizusteuern, der weit über seine Rolle als Statist eines abscheulichen Alien hinausging. Wenn sie während der 16-Stunden-Tage, die zu fünf bis acht Minuten verwendbaren Filmmaterials führen, nicht vor der Kamera stehen, gibt es viele Gelegenheiten für die Schauspieler, sich mit dem Produktionsstab zu unterhalten. Während eines solchen Gesprächs in der ersten Season bekam Mickey Michaels – ein Dekorateur der ersten Season – mit, daß Shepherd abstrakte Bilder malt – eine weitere seiner Beschäftigungen. Um es kurz zu machen: Diese Gemälde endeten als Teil der Dekoration in Jake Siskos Schlafzimmer, noch ein Beispiel für den kaum vorhersehbaren Gemeinschaftsprozeß einer TV-Produktion.

Aber obwohl das Fernsehen gerne die kreativen Beiträge aller daran Beteiligten nutzt, ist es auch ein Prozeß ohne Mitleid. Shepherds ›Witz‹ wurde am ersten Tag aufgenommen, aber er taucht im Pilotfilm nicht auf – und auch kein anderes Wort, das Morn in den ersten zwei Seasons gesagt hat.

Vielleicht werden wir eines Tages Morns Vergangenheit kennenlernen, erfahren, wie seine Beziehung zu Odo ist – wenn sie überhaupt existiert –, und herausfinden, welches Ereignis seiner Vergangenheit ihn dazu gebracht hat, ein Holophiler zu werden. Bis dahin dient Morn als Beispiel für das Beste an einer Fernsehproduktion – das unerwartete Ergebnis einer nicht zu planende Mischung kreativer Leute, um etwas Unvorhersehbares und zugleich Unterhaltendes zu schaffen.

Obwohl dies nur die Geschichte einer Nebenrolle von DEEP SPACE NINE ist, so ist es zugleich doch auch die Geschichte der Serie an sich und die aller guten Fernsehserien, wie wir noch feststellen werden. Aber bevor wir uns tiefgehend mit dieser Erweiterung des STAR TREK-Universums befassen, wollen wir uns kurz ansehen, wo DEEP SPACE NINE eigentlich begann.

DIE VERGANGENHEIT DER ZUKUNFT

ZWEI

Der Fernsehautor und -produzent sieht sich einer fast unmöglichen Aufgabe gegenüber, wenn er versucht, eine anspruchsvolle Fernsehserie zu schaffen und zu produzieren. Angenommen er entwirft eine Serie von solcher Bedeutung, daß sie letztlich das Gesicht von Amerika verändern könnte – er würde sie wahrscheinlich nicht ins Programm bekommen oder dort halten können.

Gene Roddenberry[1]

Manche Menschen teilen die Generationen danach ein, ob sie am Tag Präsident Kennedys Ermordung schon geboren waren oder noch nicht. In der STAR TREK-Welt unterscheiden sich die Fan-Generationen dadurch, daß die eine sagt: »STAR TREK und diese neue Serie«, und die andere: »STAR TREK und diese alte Serie.« Anders als jede andere Fernsehserie, auch jene, die während jahrzehntelanger Wiederholungen verschiedene Generationen angesprochen haben, ist STAR TREK die einzige, die in zwei verschiedenen Inkarnationen *und* in zwei verschiedenen Generationen erfolgreich ist – die Originalserie in den Sechzigern und THE NEXT GENERATION in den Achtzigern und den Neunzigern. Noch bemerkenswerter ist dabei, daß DEEP SPACE NINE und die vierte STAR TREK-Serie, VOYAGER, die im Januar 1995 ihr Debüt feierte, dazu bestimmt zu sein scheinen, STAR TREK einer dritten Generation in einem neuen Jahrtausend nahezubringen. Und all das beruht auf einer Serie des Jahres 1966, die wegen schlechter Einschaltquoten nur mit Mühe drei ganze Seasons überlebte.

Die Geschichte des unerwarteten Erfolgs von STAR TREK ist in erster Linie die Geschichte der kreativen Menschen dahinter, allen voran Gene Roddenberry, der die Originalserie schuf und mithalf, die Beiträge zu gestalten, die über die folgenden Jahre hinweg von den vielen Autoren, Regisseuren, Schauspielern und Mitarbeitern der Produktionsstäbe, die an allen Variationen von STAR TREK mitgearbeitet haben, eingebracht wurden. Aber es ist auch eine Geschichte der Sender- und Studiopolitik, der widerstrebenden und der befürwortenden Persönlichkeiten, des Geldes, des wechselnden Publikums und all der anderen unbeständigen Elemente eines viele Millionen Dollar schweren Unternehmens in einer höchst wettbewerbsorientierten und dabei manchmal gnadenlosen Industrie. Da es unser Anliegen ist, so direkt wie möglich auf DEEP SPACE NINE zu sprechen

1 Mit diesem Zitat begann Stephen E. Whitfield das erste Kapitel von *The Making of Star Trek*. Fast dreißig Jahre später ist es wunderbar zu wissen, daß Gene Roddenberry noch miterleben konnte, wie seine Kreation – die uns die Vorstellung einer positiven Zukunft gab – ein klein wenig das Gesicht Amerikas (und das der Welt) veränderte.

JIM MARTIN

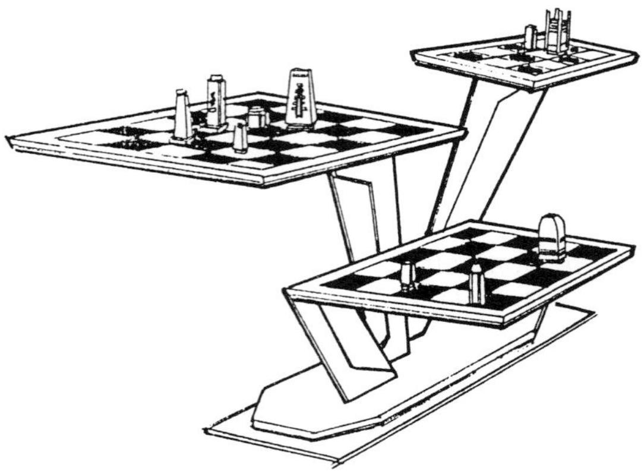

Andere Entwürfe für ein 3D-Schachspiel auf Deep Space Nine.

ROBBIE ROBINSON

Der Geist der klassischen Serie lebt in Siskos Quartier weiter. Dieses 3D-Schachspiel ist oft im Hintergrund zu sehen – eine Hommage an das Arrangement, mit dem Kirk und Spock spielten.

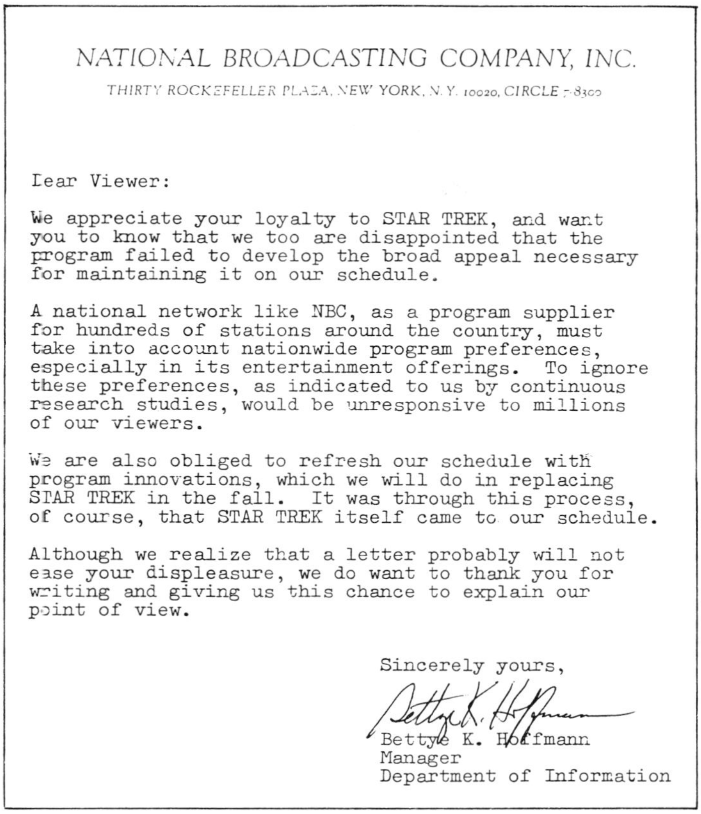

NATIONAL BROADCASTING COMPANY, INC.

THIRTY ROCKEFELLER PLAZA, NEW YORK, N. Y. 10020, CIRCLE 7-8300

Dear Viewer:

We appreciate your loyalty to STAR TREK, and want you to know that we too are disappointed that the program failed to develop the broad appeal necessary for maintaining it on our schedule.

A national network like NBC, as a program supplier for hundreds of stations around the country, must take into account nationwide program preferences, especially in its entertainment offerings. To ignore these preferences, as indicated to us by continuous research studies, would be unresponsive to millions of our viewers.

We are also obliged to refresh our schedule with program innovations, which we will do in replacing STAR TREK in the fall. It was through this process, of course, that STAR TREK itself came to our schedule.

Although we realize that a letter probably will not ease your displeasure, we do want to thank you for writing and giving us this chance to explain our point of view.

Sincerely yours,

Bettye K. Hoffmann
Manager
Department of Information

MIT FREUNDLICHER GENEHMIGUNG VON DOUG DREXLER

NBC's offizielle Antwort an die Tausende, die ihren Protest gegen die Streichung der klassischen Serie geäußert hatten. Eine Kopie dieses Schreibens hängt im Art Department von DEEP SPACE NINE, wo jeder sich über den Inhalt amüsieren kann.

zu kommen, ist das folgende eine *kurze* Geschichte von STAR TREK, frei von politischen Aspekten, die den einfachsten und direktesten Weg von der ersten *U.S.S. Enterprise* bis zur cardassianischen Raumstation nahe dem bajoranischen Wurmloch beschreibt.

Als Einstimmung hier zunächst das, was *das* Journal des Showgeschäfts – *Variety* – über die erste STAR TREK-Serie nach dem Debüt am 8. September 1966 zu sagen hatte. Die Kritik datiert vom 14. September 1966 und war nach dem Betrachten der ersten ausgestrahlten Episode verfaßt worden, ›The Man Trap‹, die unter den Fans als die ›Salzvampir‹-Episode bekannt ist.

›Star Trek‹ bemüht sich offensichtlich um die absolute Bereitschaft, etwas Unwirkliches zu glauben. Aber es wird nicht funktionieren. Selbst innerhalb des Bezugsrahmens der Science Fiction war es ein unglaubliches und mieses Schlamassel aus Verworrenheit und Vielschichtigkeit. Bestenfalls ist so etwas für das Kinderprogramm am Samstagmorgen geeignet. Das interplanetarische Raumschiff schleppte sich durch eine nicht enden wollende Stunde voller Gewalt, Töten und Hypnose-Getue – von einem geschmacklosen, häßlichen Monster ganz zu schweigen ... Unter Aufbietung aller Phantasie könnte (die Serie) eine kleine Gruppe von Kindern anlocken; doch dafür müßte sie zu einer anderen Sendezeit ausgestrahlt werden.

So viel zu Kritiken.

In der ersten Season erhielt die Originalserie fünf Emmy-Nominierungen, gewann aber keinen. Die Quoten brachten die Serie selten einmal unter die ersten 50, und NBC traf – in Anbetracht dieser Umstände – die korrekte Entscheidung, die Serie einzustellen.[2]

Aber dann machte sich die erste Andeutung dessen, was aus STAR TREK werden sollte, bemerkbar. Treue Fans starteten eine Briefkampagne, die die NBC-Programm-

2 Fast 20 andere Serien debütierten neben STAR TREK zur besten Sendezeit und wurden nicht verlängert. Zu diesen Serien gehörten unter anderem *The Monroes, The Man Who Never Was, Occasional Wife, The Hero, Pistols'n'Petticoats, The Road West* und *Hey, Landlord*. Von all diesen Serien war die, an die man sich (abgesehen von STAR TREK) noch am ehesten erinnerte, eine nur eine halbe Season überlebende Polizeiserie namens *Hawk*. Und das in erster Linie, weil in dieser Serie Burt Reynolds seine erste große Rolle hatte.

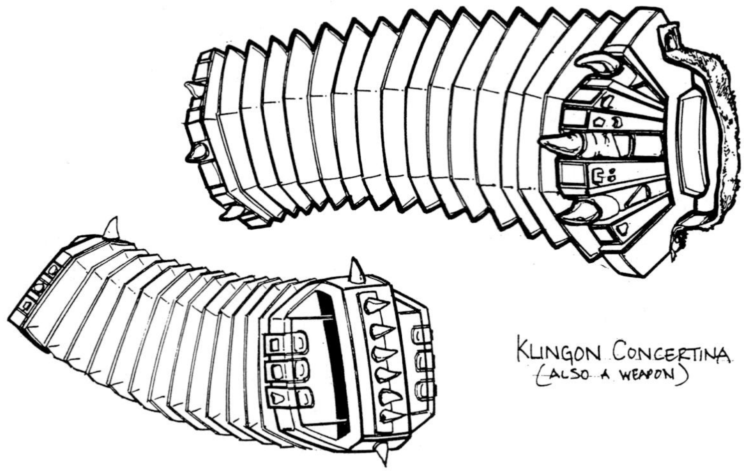

JIM MARTIN

In DEEP SPACE NINE ist mehr über die Klingonen bekanntgeworden, die erstmals in der klassischen Serie auftauchten. Beachten Sie bitte, daß diese Ziehharmonika, die vom Eigentümer des klingonischen Restaurants auf Deep Space Nine gespielt wird, auch als Waffe benutzt werden kann.

Ein weiterer Geist aus der Vergangenheit. In der Mitte dieser cardassianischen Kontrolltafel sieht man die vertraute Silhouette eines Schläferschiffs vom Typ DY-100, mit dem Khan in Kirks Zeitalter gelangte.

Ein DEEP SPACE NINE-Frachtetikett beweist, daß die Tantalus-Kolonie aus der klassischen Serie immer noch in Betrieb ist.

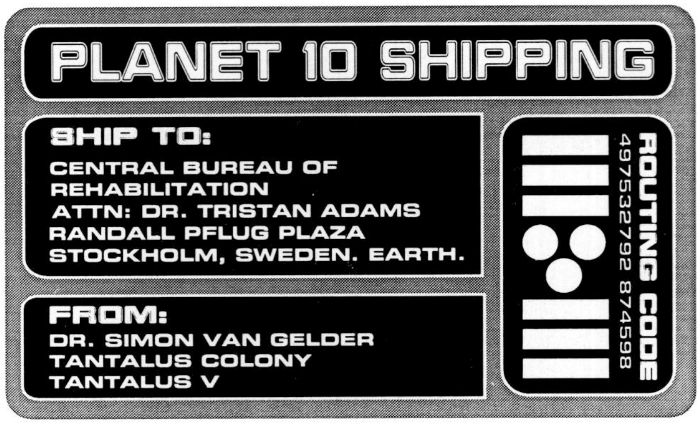

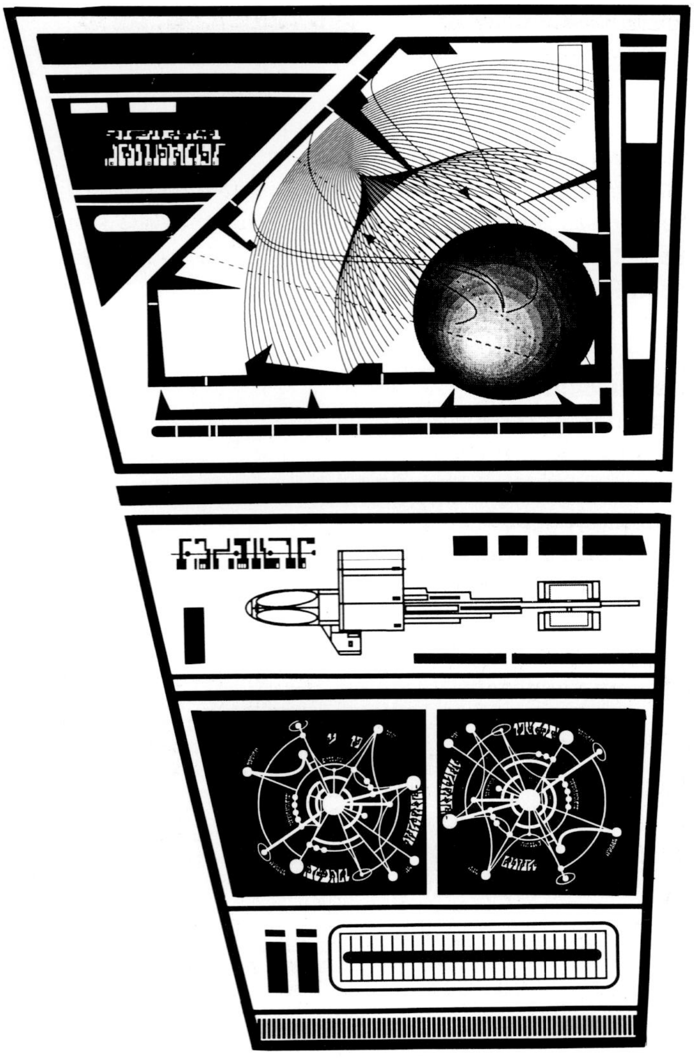

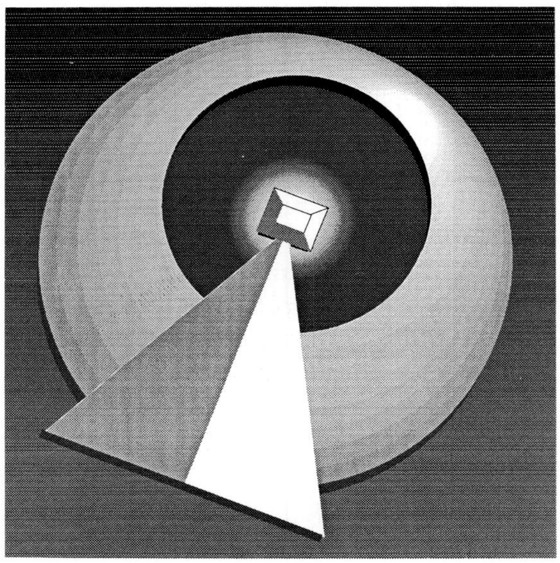

Das vulkanische IDIC (UMUK), das seinen ersten STAR TREK-Auftritt als von Spock getragenes Medaillon hatte, ist zum Symbol für alles Vulkanische auf Deep Space Nine geworden. IDIC (UMUK) steht für Infinite Diversity in Infinite Combinations (Unendliche Vielfalt in Unendlicher Kombination).

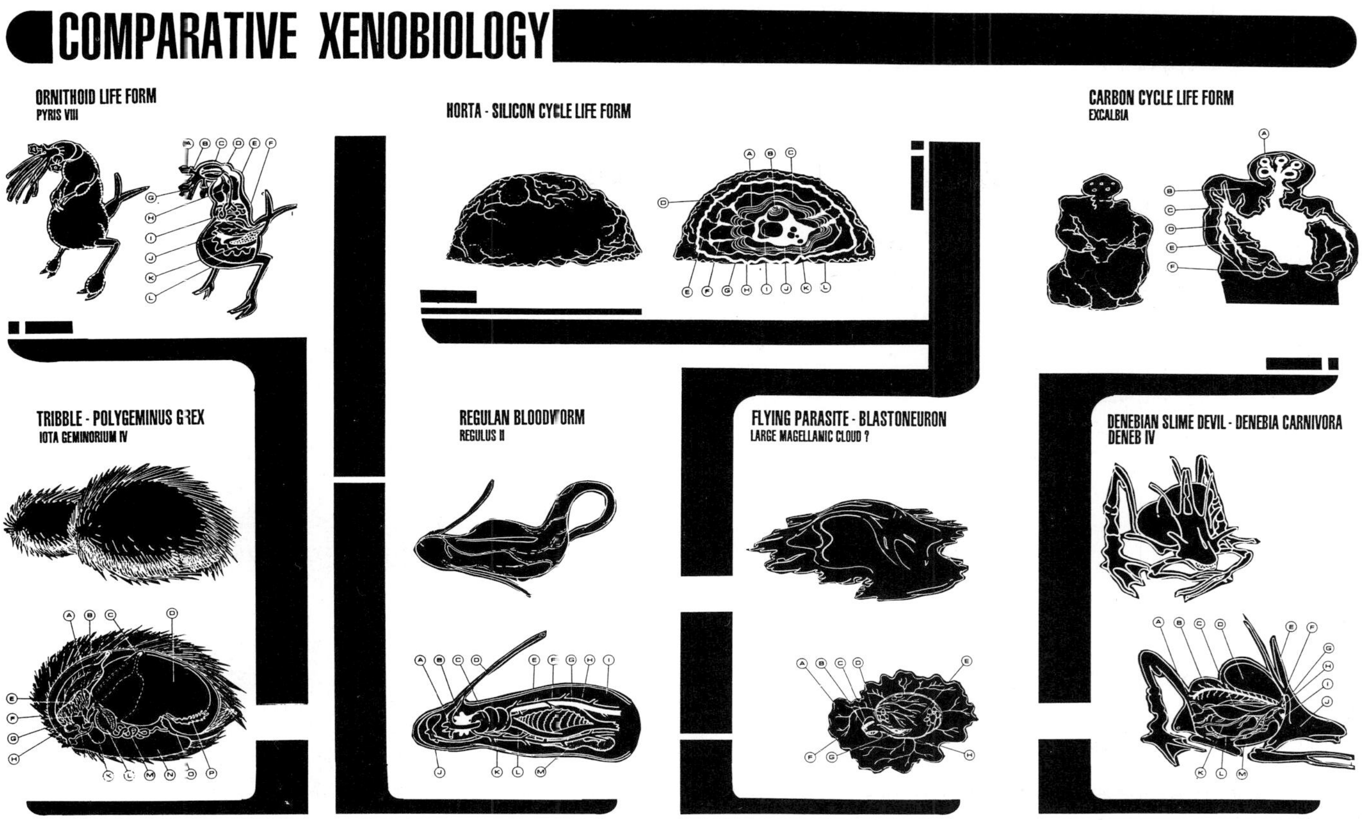

Die fremden Lebensformen, denen Kirk und die Original-Enterprise begegneten, werden in Keikos Klassenzimmer immer noch studiert, so wie diese Lehrtafel der Föderation zeigt.

chefs ihre Entscheidung rückgängig machen ließen. Nach einer unerwarteten, über den Nachspann der letzten Episode der ersten Season gesprochenen Ankündigung wurde STAR TREK um eine Season verlängert.

Diese zweite Season wurde aber zur falschen Sendezeit ausgestrahlt – freitags um 22 Uhr; STAR TREK schmachtete am unteren Rand der Zuschauergunst dahin und sah sich ein weiteres Mal von der Absetzung bedroht. Erneut überschwemmte eine Flut von Protestbriefen NBC.

STAR TREK kehrte ein zweites Mal zurück, aber zunächst nur mit dem Auftrag für eine Anzahl Episoden, die eine halbe Season füllen konnten. Schließlich, den Bemühungen der Fans und der Tatsache zum Trotz, daß es eine volle dritte Season geworden war, wurde die Serie im Frühjahr 1969 aus dem Programm genommen. Ein paar Monate später machten Neil Armstrong und Buzz Aldrin ihre ersten Schritte auf dem Mond. Die Ära der echten Reise zu anderen Welten hatte begonnen, als gerade eine Ära fiktiver Reisen zu Ende gegangen war.

Aber natürlich war STAR TREK nicht zu Ende. Diese Absetzung nach lediglich 79 produzierten Episoden war einfach nur der Anfang eines unfaßbaren Wachstums.

Passenderweise war die erste Reinkarnation von STAR TREK eine Syndication-Serie. 1970 begann Paramount[3], die Serie an den Syndication-Markt zu verkaufen. Bald lief STAR TREK am Nachmittag und am frühen Abend bei Lokalsendern quer durch die Vereinigten Staaten und überall auf der Welt – und damit konnte die Serie eine völlig neue Zuschauerschicht in ihren Bann schlagen.

Zwei Jahre später, 1972, wurde im Statler-Hilton Hotel in NYC die STAR TREK Convention abgehalten, die als die erste ihrer Art gilt. STAR TREK-Fans hatten sich bereits früher häufig versammelt, auch als NBC die Serie noch ausstrahlte,

3 STAR TREK wurde ursprünglich von Desilu produziert, der Produktionsfirma von Lucille Ball und Desi Arnaz, die als eine der ersten die beträchtlichen Gewinne erkannten, die sich durch den Verkauf von Wiederholungsrechten für alte Episoden – insbesondere ihrer eigenen Serie *I Love Lucy* – auf dem Syndication-Fernsehmarkt erzielen ließen. Die Rechte gingen auf Paramount über, als das Studio 1967 Desilu aufkaufte. Das Gebäude, in dem sich die Produktionsbüros von Desilu befanden, steht noch heute auf dem Paramount-Gelände.

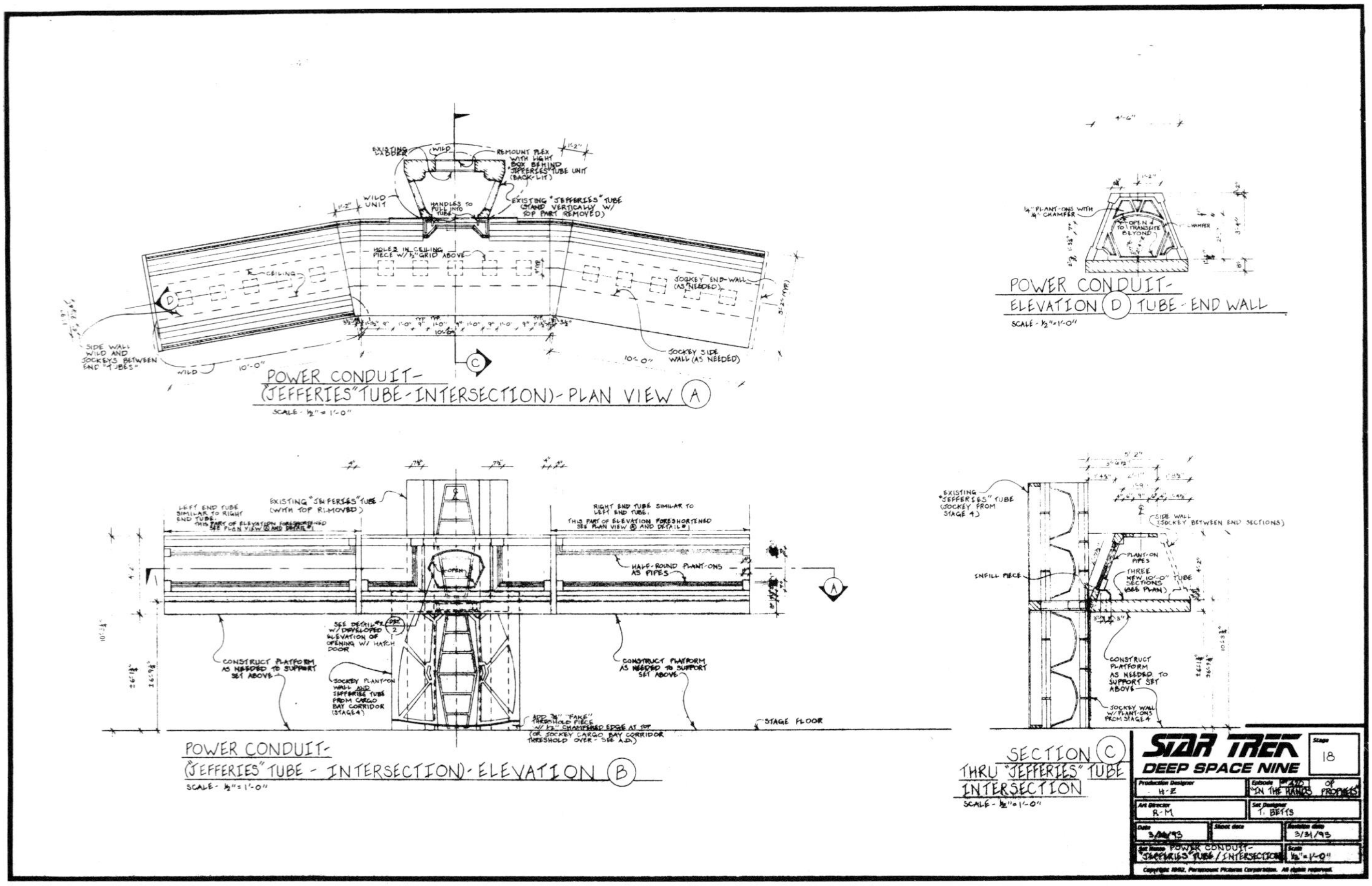

Benannt nach Matt Jeffries, dem Art Director der klassischen Serie, haben die Jeffries-Röhren - über die man Zugang zu vielerlei wichtigen Schiffsfunktionen hat - Einzug in DEEP SPACE NINE gehalten.

oft auch als Teil einer allgemeinen SF-Convention. Doch die Convention im Statler-Hilton war die erste in einem Hotel veranstaltete Convention, die sich ausschließlich mit STAR TREK befaßte, und sie war die erste, die Gastredner aus der Serie hatte.

Anstelle der erwarteten paar hundert Fans kamen Tausende. Überrascht über die wachsende Fangemeinde, und vielleicht als Folge der ersten *Variety*-Kritik, brachte Paramount STAR TREK als Zeichentrickserie zurück, die 1974–75 ins Samstagmorgenprogramm genommen wurde. Die 22 Episoden, die produziert wurden und die als Sprecher die Originalbesetzung vorweisen konnten, laufen noch heute - was sonst? - bei kleinen Sendern.

STAR TREK war zu dieser Zeit nicht das einzige SF-Gut, das sich wachsenden Erfolgs erfreuen konnte. Eine fundamentale Verschiebung in der Erwartung der Zuschauer entwickelte sich, und Paramount und Gene Roddenberry wußten das. Als die Zeichentrickserie ausgestrahlt wurde, saß Gene Roddenberry in seinem Büro bei Paramount (heute Michael Pillers Büro) und entwickelte den Kinofilm

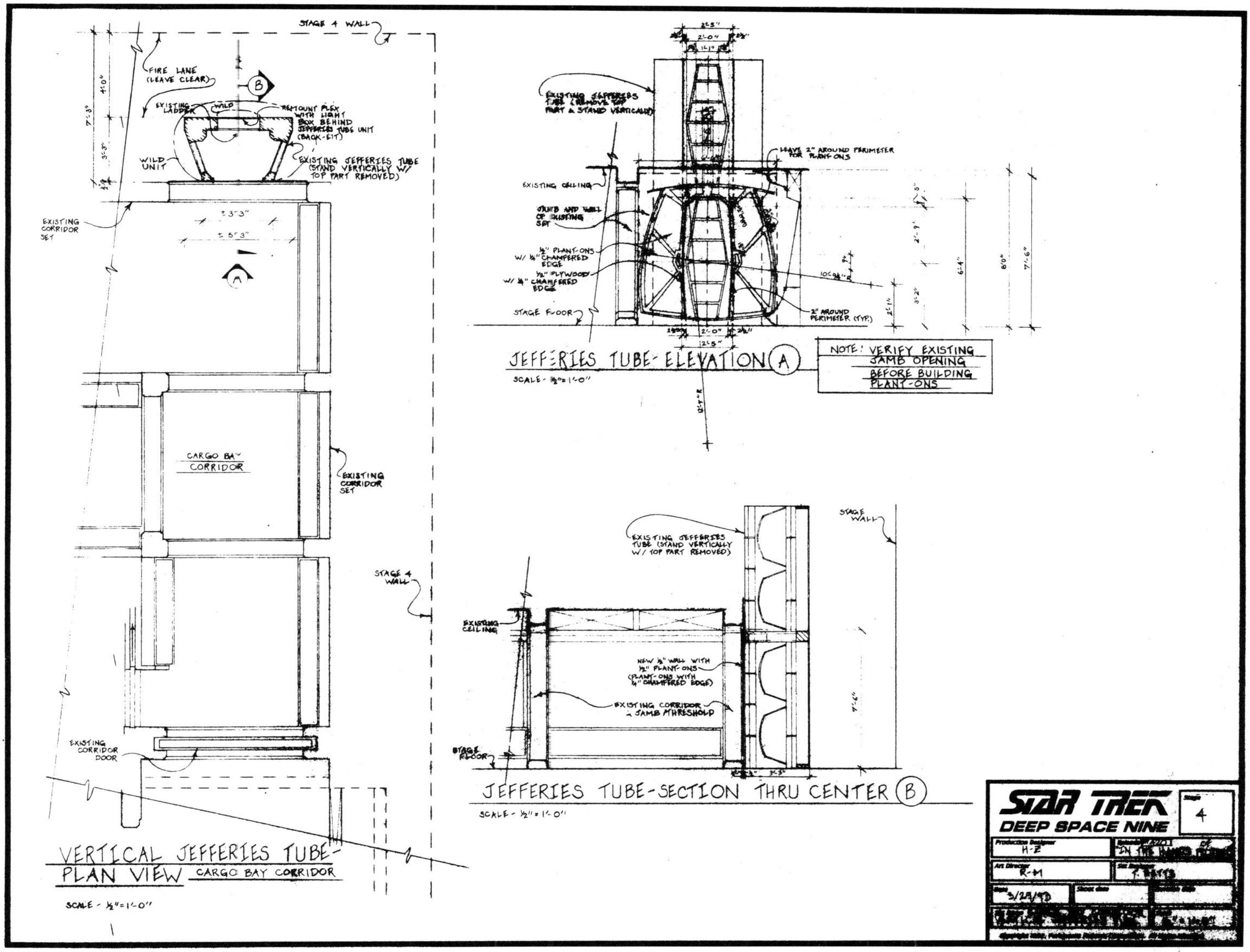

STAR TREK II, der zu Weihnachten 1975 in die Kinos kommen sollte. Es kam zu Verzögerungen. Die Premiere wurde auf den Sommer 1976 verlegt. Aber im Januar dieses Jahres entschied Paramount, aus STAR TREK II einen Fernsehfilm zu machen. Im April 1976 gab Paramount den Plan bekannt, daß STAR TREK nun wieder ein Kinofilm werden sollte, und wollte sich damit die Aufmerksamkeit der Öffentlichkeit zunutze machen, die durch die Namensgebung für das erste amerikanische Spaceshuttle geweckt worden war – 400000 Briefeschreiber hatten NASA davon überzeugt, das Shuttle *Enterprise*[4] zu nennen. Aber es kam zu weiteren Verzögerungen, und im Juni 1977, als der Film eigentlich in die Kinos kommen sollte, befand sich STAR TREK erneut auf dem Weg ins Fernsehen. Es war endgültig, daß es eine zweite STAR TREK-Serie geben sollte – nicht STTNG, sondern STAR TREK: PHASE II.

Nach einer raschen Umbenennung in ST II wurde die Serie angelegt als die weiteren Abenteuer während der zweiten Fünfjahresmission der *Enterprise*, nach wie vor unter dem Kommando von Captain Kirk. (Auf der geschäftlichen Seite hoffte Paramount, mit

4 Diese Enterprise war jedoch niemals dazu bestimmt, im All zu fliegen. Sie wurde nie mit einem Antrieb ausgestattet und diente lediglich Flugtests in der Erdatmosphäre. Sie ist heute im Smithsonian Institute ausgestellt.

›Q-LESS‹

›THE FORSAKEN‹

In Michael Pillers ersten handgeschriebenen Notizen für die DEEP SPACE NINE-Bibel stellte er sich dieses Treffen zwischen Lwaxana Troi aus THE NEXT GENERATION (Majel Barrett) und dem Sicherheitschef von Deep Space Nine, Odo (René Auberjonois), so vor: »Madam, in der Nacht verwandele ich mich in eine Flüssigkeit.« Lwaxana: »Das macht nichts, ich kann schwimmen.«

Q und Vash (John DeLancie und Jennifer Hetrick), zwei beliebte Figuren aus THE NEXT GENERATION, haben auch DEEP SPACE NINE einen Besuch abgestattet, wodurch die diversen STAR TREK-Serien stärker miteinander verbunden werden.

dieser Serie den Grundstein zu legen für das geplante PTS – Paramount Television Service, ein viertes TV-Network.) Alle Schauspieler mit Ausnahme von Leonard Nimoy in der Rolle des Spock sollten wieder mitspielen. Neue Sets und eine überarbeitete Enterprise wurden entworfen. Neue Drehbücher wurden in Auftrag gegeben und geschrieben. Es waren keine weiteren Verzögerungen in Sicht. Alles schien bereit zu sein, damit STAR TREK ins Fernsehen zurückkehren könnte.

Aber dann geschah – wie so oft in der Fernsehindustrie – etwas Unerwartetes.

DREI

EIN $EHR WICHTIGES KAPITEL IN DIESEM BUCH – GENAUGENOMMEN DAS WICHTIGSTE

Alles, was getan zu werden wert ist,
ist es wert, für Geld getan zu werden.

Die 13. Erwerbsregel der Ferengi

1977 ereignet sich etwas Unerwartetes: Ein junger Farmerjunge mit Namen Luke Skywalker erhob sich gegen ein böses galaktisches Imperium. Und am Devil's Tower in Wyoming landete ein gigantisches außerirdisches Raumschiff.

Als die Führungskräfte der Filmindustrie begannen, die phänomenalen Einspielergebnisse von *Star Wars* und *Close Encounters of the Third Kind* zusammenzurechnen, kamen sie zu der überraschenden, aber nicht zu übersehenden Erkenntnis, daß SF-Filme nicht länger ein Randprodukt waren, das dazu bestimmt war, Teenager um ihr Taschengeld zu erleichtern. Science Fiction war eine Goldmine.

Konsequenterweise wechselte im November 1977 Paramount den Kurs und gab seine Pläne auf, ein viertes Network zu gründen; die zweite STAR TREK-Serie wurde gestrichen, noch bevor sie in Produktion gegangen war.[1] Statt dessen wurden alle vorbereitenden Arbeiten, die bereits vollendet oder in Angriff genommen waren, von Paramounts Fernseh- an die Filmabteilung delegiert, und STAR TREK – THE MOTION PICTURE erhielt grünes Licht. Der Film kam 1979 in die Kinos, fünf Jahre nach der Entscheidung des Studios, STAR TREK wiederzubeleben.

Wieder einmal wiederholte sich die Geschichte. Erste Kritiken zu STAR TREK – THE MOTION PICTURE waren zum Teil vernichtend. Aber die Fans besuchten den Film wie-

1 1993 verkündete Paramount ein weiteres Mal die Absicht, ein eigenes Network zu gründen, obwohl es dann nicht mehr das vierte, sondern durch das zwischenzeitlich ins Leben gerufene Fox Network das fünfte Network sein würde. Im Januar 1995 nahm UPN – das United Paramount Network – seinen Betrieb auf und präsentierte als Flaggschiff die jüngste STAR TREK-Serie STAR TREK: VOYAGER.

Der Große Nagus, Führer der raffgierigen, gewinnstrebenden und oft skrupellosen Ferengi. Jede Ähnlichkeit mit Agenten in Hollywood ist rein zufällig.

der und wieder 1982, drei Jahre später, fand die Premiere der ersten Fortsetzung statt: STAR TREK II – THE WRATH OF KHAN. Die folgenden Jahre brachten STAR TREK III – THE SEARCH FOR SPOCK (1984), STAR TREK IV – THE VOYAGE HOME (1986), STAR TREK V – THE FINAL FRONTIER (1989), STAR TREK VI – THE UNDISCOVERED COUNTRY (1991) und STAR TREK GENERATIONS (1994).

25 Jahre, nachdem *Variety* geschrieben hatte, STAR TREK würde nicht funktionieren, erkannte man dort die ersten fünf STAR TREK-Filme als die erfolgreichste SF-Filmserie der Filmgeschichte an, die gesamten Einspielergebnisse beliefen sich auf 400 Millionen Dollar. STAR TREK VI hat diese Summe auf über 500 Millionen Dollar erhöht, und der erste THE NEXT GENERATION-Film – STAR TREK GENERATIONS – wird diese Summe weiter steigern. Die Einnahmen aus allen Quellen zusammengerechnet, führen dazu, daß STAR TREK seit 1966 Paramount schätzungsweise mehr als 1,3 Milliarden Dollar eingebracht hat.

Aber die Filme sind nur die halbe Geschichte. Als die Paramount-Verantwortlichen die Einnahmen aus den ersten drei STAR TREK-Filmen[2] würdigten und die Bitten der Fernsehstationen hörten, doch neue Episoden der Originalserie für die Syndication zu produzieren, wurde ihnen klar, daß STAR TREK möglicherweise kein Entweder-oder-Thema war, als das man es angesehen hatte, als die Entscheidung fiel, die STAR TREK II-Fernsehserie zu stoppen, um STAR TREK – THE MOTION PICTURE zu drehen. Vielleicht könnte dieser Stoff gleichzeitig im Kino und im Fernsehen erfolgreich sein.

Das einzige Problem war, daß eine neue Serie mit den Schauspielern aus der Originalserie zu teuer werden würde. Von wenigen Ausnahmen abgesehen, können sich Fernsehproduktionen selten die gleichen Gehälter leisten wie Filmproduktionen. Zudem hatten einige der Stamm-Schauspieler neue Karrieren eingeschlagen und wären möglicherweise nicht scharf darauf, zur täglichen Schinderei einer wöchentlichen Serie zurückzukehren. Obwohl sie von vielen anderen kreativen und geschäftlichen Faktoren bereits in ihrer Bewegungsrichtung gelenkt wurden, entschieden Paramount und Gene Roddenberry, eine neue STAR TREK-Serie zu schaffen, die viele Jahrzehnte nach der Originalserie spielen sollte – STAR TREK: THE NEXT GENERATION.

Diesmal waren die Reaktionen gemischt. Jedes Network, Fox eingeschlossen, wollte die Serie. Aber keines der Networks wollte sich verpflichten, mehr als einen Pilotfilm und dreizehn Episoden zu nehmen. Das war für Paramount keine akzeptable finanzielle Basis. Schließlich ist Geld *der* Grund, warum *›Ein Sehr wichtiges Kapitel in diesem Buch‹* tatsächlich das wichtigste Kapitel in diesem Buch ist.

Ganz egal, wie provozierend und ehrfurchtgebietend und auch einfach nur unterhaltend STAR TREK-Geschichten sind, ganz egal, wie leidenschaftlich sich die Leute, die sie machen, zur Qualität verpflichten, und ganz egal, wie leidenschaftlich STAR TREK-Fans und -Freunde und ›normale‹ wöchentliche Zuschauer an ihrer Serie interessiert sind – die Basis für die Unterhaltungsindustrie im allgemeinen und für das Fernsehen im besonderen ist Geld.

Paramount gibt Jahr für Jahr Millionen Dollar für STAR TREK-Geschichten aus, und da es sich um eine private und somit profitorientierte Gesellschaft handelt, müssen die Führungskräfte, die die Ausgaben genehmigen, darauf achten, daß das Unternehmen für jeden ausgegebenen Dollar Gewinn erzielt. Wenn der Profit verschwindet, verschwindet auch das Projekt. Es ist die gleiche Logik, die NBC dazu veranlaßte, die Originalserie zu streichen, und diese Logik ist auch heute noch gültig.

Die Menschen, die THE NEXT GENERATION und DEEP SPACE NINE machen, sind wunderbar kreativ und äußerst motiviert, Qualitätsarbeit zu produzieren, auf die sie stolz sein können und von der sie hoffen, daß sie viele Generationen nach ihnen unterhalten wird, so wie es die Originalserie immer noch tut. Aber die brutale Wirklichkeit ist die, daß sie ein Teil des Geschäfts sind; und damit STAR TREK im Fernsehen, im Kino und in wie auch immer gearteten kommenden Medien weiterexistieren kann, müssen alle Aspekte von STAR TREK wie ein Geschäft behandelt werden.

Nachdem wir nun das Geld als die grundlegende und wichtigste Kraft in der Produktion von STAR TREK festgelegt haben, kehren wir zum Thema Geld zurück, dem sich Paramount stellen mußte, als man dort darauf brannte, die Produktion von THE NEXT GENERATION anlaufen zu lassen. Zugleich werfen wir einen kurzen Blick auf die finanziellen Realitäten des heutigen Fernsehens.

Im allgemeinen kostet es mehr, eine einstündige Episode einer Fernsehserie zu produzieren, als das Network dafür zu zahlen bereit ist. Daher deckt die Produktionsfirma den Fehlbetrag aus eigenen Mitteln, in der Hoffnung, dieses Geld – und noch viel mehr – wiederzusehen, wenn die Serie schließlich an die kleinen Privatsender verkauft wird. Paramount hatte sehr klare Vorstellungen davon, wieviel eine Episode einer STAR TREK-Serie in der Syndication wert sein würde. Die Episoden der Originalserie Mitte der

2 STAR TREK: THE MOTION PICTURE kostete 44 Mio. $ und spielte 80 Mio. $ in den Kinos ein. STAR TREK II kostete 12 Mio. $ und spielte 70 Mio. $ ein. STAR TREK III kostete 16 Mio. $ und spielte gleichfalls 70 Mio. $ in den Kinos ein. Werbung und Vertriebskosten eingeschlossen, muß ein Film mindestens das dreifache seiner Produktionskosten einspielen, um ohne Verlust zu enden. Angesichts der Einnahmen aus den Kinoeinsätzen außerhalb der USA, der Fernsehrechte und insbesondere der Videoauswertung haben die STAR TREK-Filme Paramounts Investitionen mehr als eingespielt.

ROBBIE ROBINSON

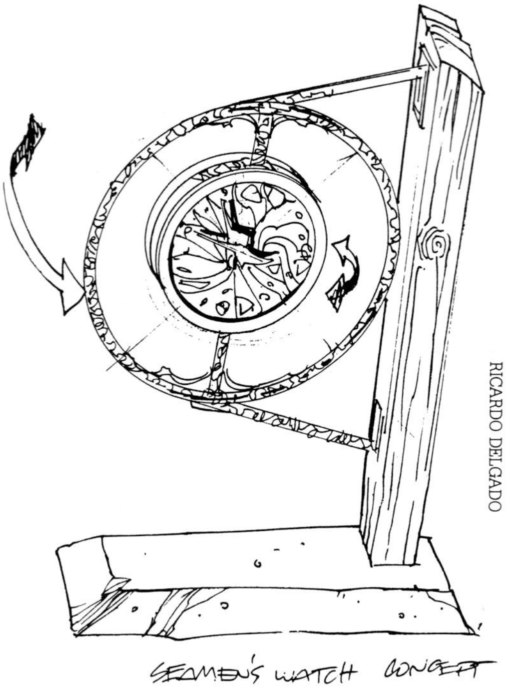

RICARDO DELGADO

So wie bei allen anderen STAR TREK-Serien ist Geld die treibende Kraft hinter praktisch jeder Produktionsentscheidung. Eine frühe Fassung von ›Dramatis Personae‹ aus der ersten Season verlangte, daß Sisko davon besessen ist, Uhren verschiedener Rassen nachzubauen. Ricardo Delgado fertigte mehrere Entwürfe an, aber jede einzelne hätte 1000 bis 2000 Dollar in der Herstellung gekostet. Letzten Endes entschieden die Produzenten, daß Siskos Besessenheit genauso wirkungsvoll, aber wesentlich preisgünstiger dargestellt werden konnte, wenn er nur eine einzige Uhr konstruiert. (Foto oben.)

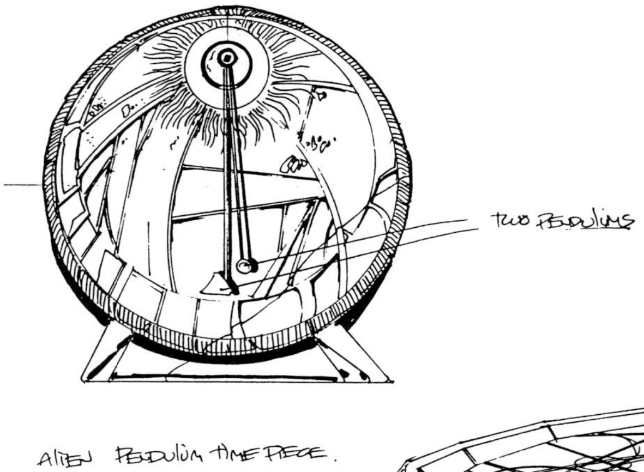

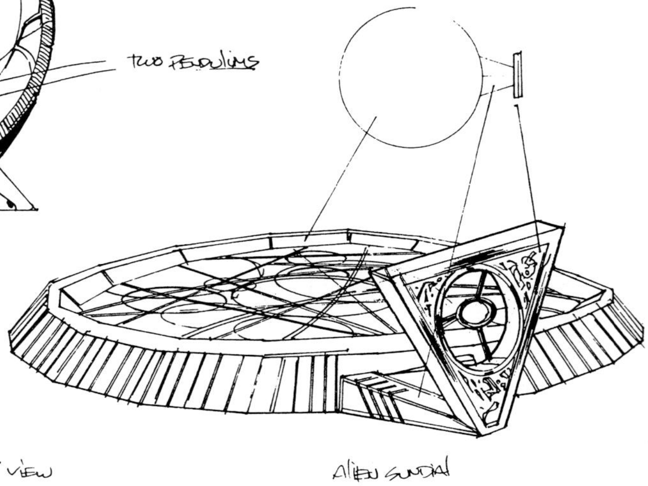

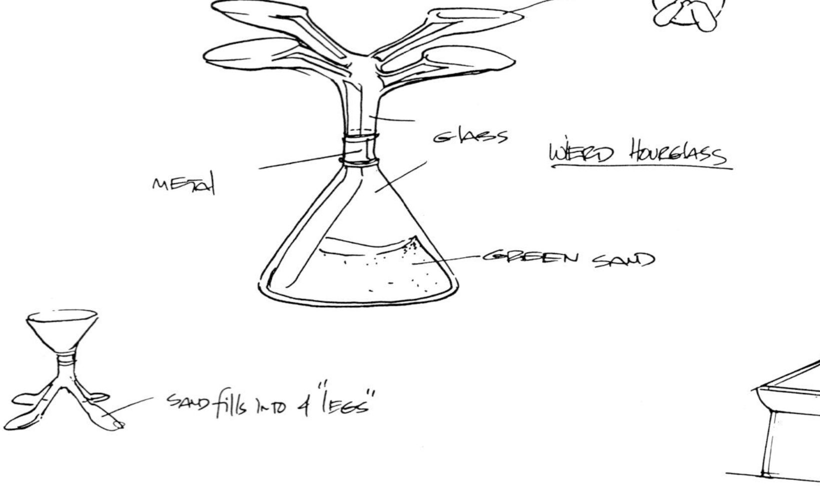

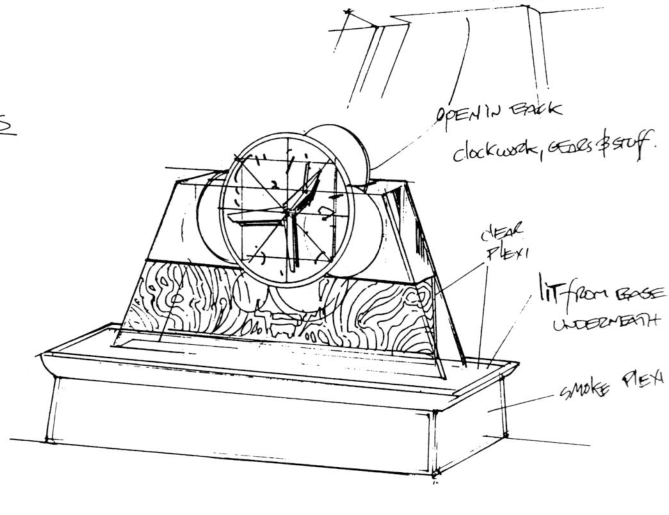

sechziger Jahre hatten in der ersten Season 190 000 Dollar an Produktionskosten verursacht und waren in der dritten Season unter 180 000 Dollar gesunken. Sie hatten mehr als eine Million Dollar pro Episode aus Syndication-Gebühren eingebracht, und sie waren zwei Jahrzehnte alt. Neue Episoden würden deutlich mehr einbringen, selbst in Anbetracht der Tatsache, daß das Budget für eine Episode der ersten Season von THE NEXT GENERATION bei schätzungsweise 1,2 Millionen Dollar lag.[3]

Aber obwohl Paramount bereit war, den Fehlbetrag zwischen diesen 1,2 Millionen Dollar pro Episode und den 400 000 bis 500 000 Dollar hinzunehmen, die ein Network als Lizenzgebühr zahlen würde, war eine Abnahmegarantie von dreizehn Episoden einfach zuwenig. Um in der Syndication erfolgreich zu sein, benötigt eine Serie normalerweise 65 Episoden, die es dem Sender erlauben, sie zu ›strippen‹, sie also 13 Wochen lang an jeweils 5 Tagen zu senden.

Paramount wollte keine Festlegung für 65 Episoden, weil dies eine völlig unrealistische Forderung war. Aber die Gesellschaft wußte, daß sie in der Lage sein mußte, mehr als 13 Episoden von THE NEXT GENERATION zu produzieren, um sie für ein Syndication-Paket interessant zu machen.

Also unternahm Paramount einen zu dieser Zeit als riskant zu betrachtenden Schritt. Man ließ die Networks fallen und entschied sich, STAR TREK: THE NEXT GENERATION unmittelbar für den Syndication-Markt zu produzieren, damit die Networks und deren nationale Senderketten zu umgehen und die Serie einer Station nach der anderen zu verkaufen.

Der Markt der direkten Syndication existierte seit den fünfziger Jahren. Serien wie die von ZIV produzierten *Sea Hunt* und *Highway Patrol* waren lukrative Syndication-Erfolge gewesen. Einige von ihnen waren sogar bahnbrechend, so wie *Cisco Kid* (ebenfalls von ZIV produziert), die 1950 die erste in Farbe gedrehte amerikanische Fernsehserie wurde.

Fernsehserien in direkter Syndication waren bis 1986 durchaus üblich, obwohl es sich dabei meist um halbstündige Spielshows handelte, die auf den frühen Abend ausgerichtet waren – auf einen wochentäglichen Sendeplatz in der Hauptsendezeit, an dem die Networks nicht senden dürfen.[4] Oder sie waren Zeichentrickserien für Kinder oder billige ›Reality‹-Produktionen für frühere oder wesentlich spätere Sendeplätze.

Aber Paramount ging einfach weiter und bot eine brandneue, anspruchsvolle, einstündige dramatische Serie an, mit den Produktionsstandards einer Network-Produktion in der besten Sendezeit. Und – recht passend für das Studio, das die ›Pate‹-Filme produziert hatte – Paramount machte ein Angebot, dem die Sender nicht widerstehen konnten. Die Gebühr für die Ausstrahlung der ersten 26 Episoden von THE NEXT GENERATION betrug ... nichts.

In der Welt des Syndication-Verkaufs gibt es drei grundsätzliche Wege, um eine Sendung an den Mann zu bringen. Der erste wird ›all cash‹ genannt und erfordert von jedem Sender, den Verkäufer bar zu bezahlen, entsprechend der Größe der örtlichen Zuschauerschaft und der geschätzten Einschaltquote, die jede Episode der Serie erzielen wird, üblicherweise unterteilt in demographische Kategorien. Beispielsweise kann eine Serie – auch wenn sie keine insgesamt hohen Einschaltquoten erzielt – als Zielgruppe 18- bis 25jährige Männer haben, die zu erreichen manche Werbestrategen zur Zahlung von Spitzenpreisen verleitet. Um das zu verdeutlichen, ein Beispiel: Als die Erfolgsserie *Roseanne* angeboten wurde, zahlte KCOP-Los Angeles dem Anbieter VIACOM etwa 75 000 bis 80 000 Dollar pro Episode; WWOR-New York zahlte 60 000 Dollar; und in St. Louis, dem achtzehntgrößten Sendegebiet der Vereinigten Staaten, zahlte der Sender, der den Zuschlag erhielt, 20 000 Dollar.

Bei diesem Prinzip verkauft der Sender idealerweise Werbezeit für die Serie, von der er sich erhofft, daß sie das ausgegebene Geld wieder einspielt und einen Profit erbringt.

3 Tatsächlich orientieren sich die meisten Fernsehserien nicht an einem so exakten, für jede Episode festgelegten Budget, was die so unterschiedlichen Angaben über die Kosten von THE NEXT GENERATION und DEEP SPACE NINE erklärt. Üblicherweise wird das Budget für die gesamte Season festgelegt, dann werden einzelne Episoden dazu bestimmt, den anteiligen Etat zu unter- bzw. zu überschreiten. Zum Ende einer Season ist es daher manchmal üblich, daß die Episoden weniger Spezialeffekte enthalten, daß weniger Gaststars auftreten und daß weniger individuelle Sets gebaut werden, um so vorangegangene kostspieligere Episoden wettzumachen.

4 Diese Regelung – PTAR genannt, Prime Time Access Rule, und 1971 von der FCC eingeführt – verpflichtet die den Networks angeschlossenen Stationen in den fünfzig wichtigsten Fernsehmärkten, von Montag bis Samstag in der ersten Stunde der Hauptsendezeit – der sogenannten Prime Time, die je nach Region um 18.00 Uhr bzw. um 19.00 Uhr beginnt – Sendungen auszustrahlen, die nicht von den Networks geliefert werden. Diese Regelung verbietet es den Stationen auch, Wiederholungen von Serien zu senden, die ursprünglich von einem Network ausgestrahlt wurden. Sinn des Ganzen ist, den Einfluß der Networks auf die besten Sendezeiten zu beschränken und andere Produktionsfirmen dazu zu bewegen, Serien anzubieten.

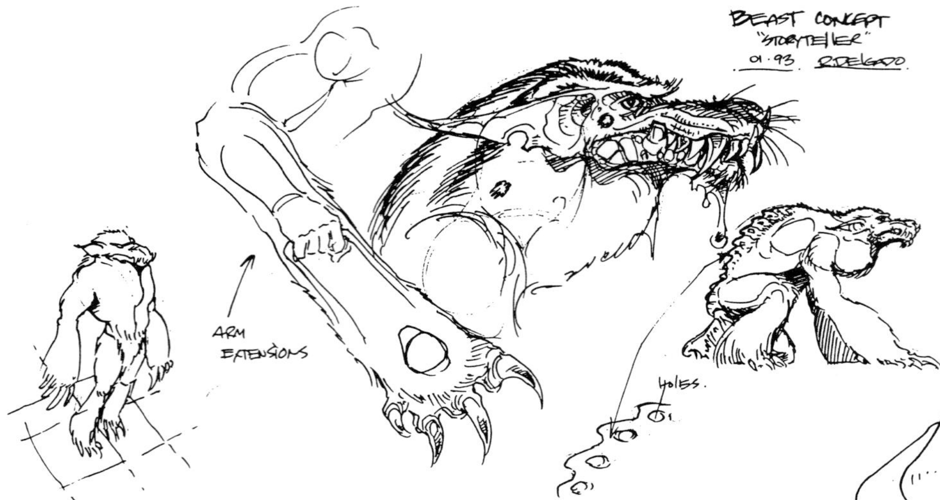

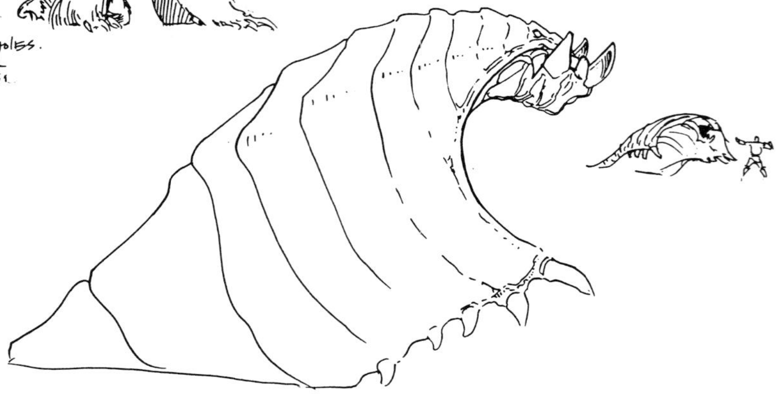

Andere Dinge für DEEP SPACE NINE, die nicht Wirklichkeit wurden. Diese ausgearbeiteten Entwürfe für die Episode ›Storyteller‹ wurden bereits früh in der Vorbereitungsphase fallengelassen, weil es zu teuer gewesen wäre, sie in die Realität umzusetzen.

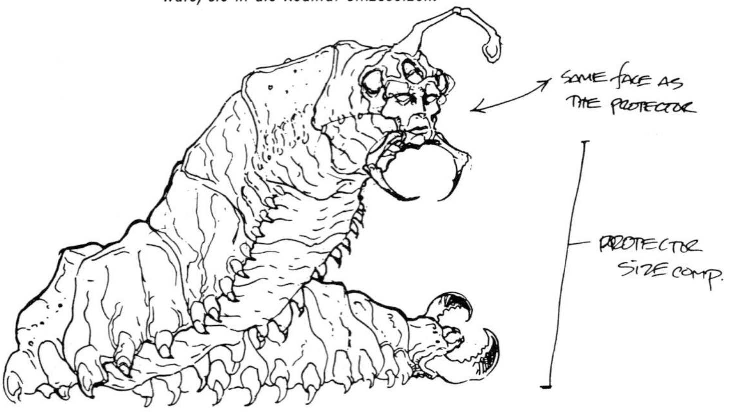

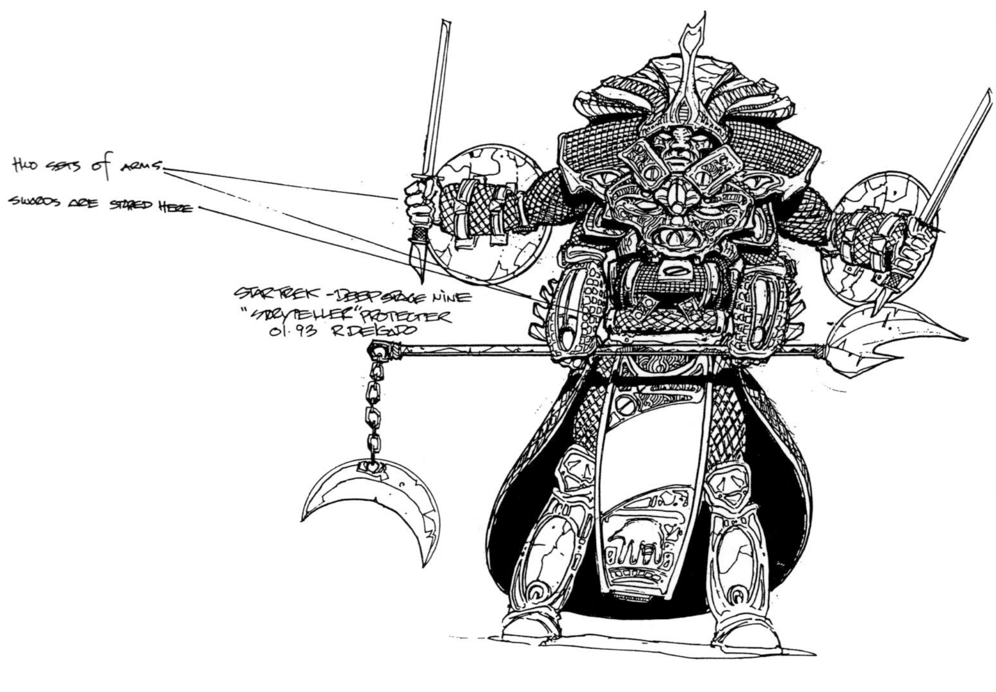

RICARDO DELGADO

Die zweite Verkaufsmethode wird ›cash plus barter‹ genannt. Dabei zahlen die Sender dem Anbieter einen geringeren Barbetrag und stellen ihm eine gewisse Anzahl Werbeminuten pro Episode zur Verfügung, die der Anbieter direkt verkaufen kann. Diese Methode wurde für spätere Seasons von THE NEXT GENERATION gewählt und wird derzeit auch für DEEP SPACE NINE benutzt.

Aber für die erste Season von THE NEXT GENERATION bot Paramount den Stationen die dritte Verkaufsmethode an – ›All barter‹ genannt. Dabei müssen die Sender nichts dafür zahlen, um die Serie zu bekommen. Paramount erhält statt dessen sieben Minuten für landesweit identische Werbung, während die Einnahmen für die restlichen ca. fünf Minuten dem Sender direkt zufließen, die er an örtliche Werbeinteressenten verkauft, so daß es nach Abzug der Kosten, um diese Minuten zu verkaufen, nur Gewinn geben kann. Um den Sendern das Angebot noch schmackhafter zu machen, erklärte sich Paramount bereit, daß die Sender bei einem Mißerfolg der Serie und bei dem sich anschließenden Ausbleiben einer zweiten Season die erste Season zusammen mit den alten STAR TREK-Episoden ›strippen‹ durften. Der einzige Beteiligte, der bei der Sache einen Verlust machen konnte, war Paramount. Dort war man bereit, Aktionärsgelder in Höhe von mehr als 30 Millionen Dollar auszugeben mit der Aussicht, durch die Einnahmen aus dem Verkauf von Werbezeiten gerade einmal die Hälfte dieses Betrages zurückzubekommen.[5]

Da aber Paramount ein großes Risiko einging, war es nur recht, daß das Studio als der große Gewinner dastehen würde, wenn die Rechnung aufging. Und die Rechnung ging auf.

Trotz der Tradition für neue STAR TREK-Produktionen – einige erste Kritiken waren alles andere als grandios – fand THE NEXT GENERATION seinen Platz auf dem Fernsehmarkt und wurde die erfolgreichste wöchentliche dramatische Serie.[6] Die Syndication-Einnahmen von mehr als einer Million Dollar pro Episode, für die die Originalserie mehr als 20 Jahre benötigt hatte, wurden von THE NEXT GENERATION in weniger als fünf Jahren erreicht. Während der fünften Season waren die Werbepreise bei THE NEXT GENERATION die höchsten, die je eine Serie erzielt hatte, und beliefen sich angeblich auf 100 000 Dollar pro 30-Sekunden-Werbespot. 1991, während des THE NEXT GENERATION-Zweiteilers ›Unification‹, in dem Leonard Nimoy einen Gastauftritt als Mr. Spock hatte, erreichte der 30-Sekunden-Werbespot einen Rekordbetrag von 200 000 Dollar. Dieser Rekord wurde erstaunlicherweise übertroffen von den Kosten für die gleiche Werbezeit während der letzten Episode von THE NEXT GENERATION – 700 000 Dollar![7] In seiner siebenjährigen Geschichte hat THE NEXT GENERATION Paramount schätzungsweise Einnahmen in Höhe von 511 Millionen Dollar eingebracht, davon 293 Millionen Dollar Gewinn.

STAR TREK war nun nicht nur die erfolgreichste SF-Filmreihe aller Zeiten, sondern auch die erfolgreichste dramatische Syndication-Serie aller Zeiten. Und wenn man die Millionen Dollar aus den zusätzlichen Einnahmen durch Bücher, Spielzeug, Poster und Dutzende anderer Vermarktungslizenzen hinzurechnete, war STAR TREK möglicherweise sogar das erfolgreichste Unterhaltungsfranchise aller Zeiten.

Aber wie bei jedem verantwortungsvollen Geschäft, das sich eines enormen Erfolges erfreuen konnte, so stellten sich die Verantwortlichen die potentielle und deprimierende Frage: Wann würde das alles enden?

Die Antwort auf diese Frage setzte sich aus drei Faktoren zusammen. Der erste war die Zuschauerreaktion: Gab es irgendein Anzeichen, daß Kinogänger, Videothekenbesucher und Fernsehzuschauer der STAR TREK-Helden müde wurden? Die Antwort war damals – wie heute –: nein. Wenn überhaupt, dann wuchs – und wächst – das STAR TREK-Publikum kontinuierlich.

Der zweite Faktor war die Kreativität. Wie oft konnten die Mannschaften von Captain Kirk und Captain Picard das Universum retten? Rechnet man beide Serien und die

5 Die Einnahmen aus den Werbezeiten der ersten Season wurden auf annähernd 18 Mio. $ geschätzt, hinzu kam eine Garantiesumme von 6,5 Mio. $ für die Verkäufe der Videorechte ins Ausland. Insgesamt hätte Paramount also einen Verlust von fast 7 Mio. $ gemacht, wenn THE NEXT GENERATION nicht erfolgreich gewesen wäre. Leitende Angestellte der Studios verlieren ihren Arbeitsplatz regelmäßig schon bei viel kleineren Beträgen.

6 In den letzten Seasons tauchte THE NEXT GENERATION üblicherweise auf dem dritten oder vierten Platz der wöchentlichen Serien-Hitparade der USA auf; auf den Plätzen davor befanden sich meist *Oprah* und *Wheel of Fortune*. DEEP SPACE NINE lag zu der Zeit ebenfalls stets unter den zehn besten, meist ein oder zwei Plätze hinter THE NEXT GENERATION, obwohl diese Serie von etwa zehn Sendern weniger ausgestrahlt wurde. Ironischerweise hatten Episoden von THE NEXT GENERATION in Erstausstrahlung im Durchschnitt genauso viele Zuschauer wie Episoden der klassischen Serie in Erstausstrahlung: etwa 17 Millionen. In den späten Sechzigern war diese Zahl ein Grund, eine Serie abzusetzen, aber in den Neunzigern stellt sie einen triumphalen Erfolg dar.

7 Das bedeutet nicht, daß Paramount den gesamten Betrag für den 30 Sekunden langen Werbespot erhält. Zunächst einmal kann der Preis heruntergehandelt werden, wenn ein Werbeinteressent eine große Anzahl Werbezeiten über einen bestimmten Zeitraum kauft. Dann erhält jede Agentur, die zwischen Paramount und dem Werbenden vermittelt, eine Provision von 10 Prozent. Auf der anderen Seite des Geschäfts können die Verkaufskosten für den Anbieter (den Syndicator) noch einmal 10 bis 15 Prozent ausmachen, gefolgt von der Provision für den Syndicator, die im Durchschnitt 35 Prozent ausmacht. Im Falle von Paramount verbleibt diese Provision aber im eigenen Haus, da Paramount sein eigener Syndicator ist. Das ist ein beträchtlicher Vorteil und zudem eine zusätzliche Einnahmequelle.

Im allgemeinen erhält Paramount somit knapp die Hälfte des Preises, der für die Werbezeit bezahlt werden muß. Aus diesen Einnahmen muß Paramount dann alle Zahlungen an Produzenten, Autoren, Regisseure und Schauspieler bestreiten. Danach bleibt für Paramount nur zu hoffen, daß mit allen anderen Einnahmequellen die Ausgaben gedeckt werden können. Bei THE NEXT GENERATION war und bei DEEP SPACE NINE ist das der Fall.

Arbeit, die sich bezahlt macht

Wenn Schauspieler, Autoren und Regisseure beim Fernsehen für ihre Arbeit an einer bestimmten Episode bezahlt werden, dann gibt diese Bezahlung dem Produktionsunternehmen üblicherweise das Recht, diese Episode nur einmal auszustrahlen. Bei jeder Wiederholung muß eine weitere Zahlung auf der Basis der ersten Zahlung erfolgen. Da wir nicht den Versuch unternommen haben, jeden einzelnen Vertrag der für DEEP SPACE NINE arbeitenden Personen einzusehen, sind die folgenden Zahlen Beispiele für derartige Zahlungen, die den Schauspielern aufgrund der Mindestvorschriften zustehen, die von der AFTRA, der American Federation of Television and Radio Artists, und der SAG, der Screen Actors Guild – der Gewerkschaft der Schauspieler, die für TV-Serien zuständig ist, die (wie die STAR TREK-Serien) auf Film (nicht unmittelbar auf Video) aufgenommen werden –, festgelegt werden.

Für die ersten beiden Wiederholungen bei einem Network erhält der Darsteller jeweils 75 Prozent der Mindestgage, die er ursprünglich erhalten hat. (Beispielsweise erhält ein Darsteller in einer Sprechnebenrolle einer einstündigen Serie in der Hauptsendezeit eine Mindestgage in Höhe von etwa 600 $ pro Drehtag. Bei der Wiederholung erhält er dann 450 $ für jeden Tag, an dem er beschäftigt war.) Für die dritte, vierte und fünfte Wiederholung erhält er 50 Prozent. Die sechste Wiederholung bringt ihm 10 Prozent, für die siebte und jede nachfolgende Wiederholung erhält er 5 Prozent. (Für in Syndication laufende Serien, die an mehr als 200 Stationen im ganzen Land verkauft werden können, basiert die Bezahlung auf den landesweiten Wiederholungsrechten für eine Episode, nicht auf *jeder* Ausstrahlung durch irgendeine dieser Stationen.

Während Wiederholungen in Syndication und bei Kabelsendern mit einem geringeren Prozentsatz vergütet werden, können einzelne Personen – insbesondere diejenigen, die in einer erfolgreichen Serie mitspielen – Gagen aushandeln, die über den Mindestbeträgen liegen. Selbst die 5-Prozent-Vergütungen zahlen sich aus, wenn man eine Serie wie THE NEXT GENERATION nimmt, die zweifellos noch bis ins nächste Jahrhundert hinein wiederholt werden wird. Zusätzliche Zahlungen müssen beim Verkauf auf Videokassette und Laserdisc erfolgen – gegenwärtig 2,5 Prozent der Bruttoeinnahmen bis zur ersten Million, danach 3 Prozent, die unter den Hauptakteuren und den anderen Schauspielern im Verhältnis 2:1 aufgeteilt werden. Für Ausstrahlungen außerhalb der USA gelten besondere Bedingungen. Die Erstsendung einer Episode in Großbritannien bringt dem Schauspieler 25 Prozent der ursprünglichen Gage, in den meisten Ländern von Resteuropa 10 Prozent. Für Wiederholungen außerhalb der USA werden in der Regel 5 Prozent fällig. Für Autoren und Regisseure gelten ähnlich strukturierte Zahlungsvereinbarungen.

Grundlage dieses Systems ist – völlig zu Recht – der Gedanke, daß, solange die Produktionsgesellschaft für ein Produkt Einnahmen erzielt, auch diejenigen, die für das Produkt verantwortlich sind, an diesen Einnahmen teilhaben sollen. Ironischerweise besagten diese Bestimmungen zur Zeit der klassischen Serie, daß die Zahlungen für die Erstsendung und für die ersten dreizehn Wiederholungen zu erfolgen hatten. Die unglaubliche und unerwartete Langlebigkeit der Serie half dabei, das System zu überarbeiten, das in der heutigen Zeit hinsichtlich der Anzahl der Wiederholungen keine Grenzen setzt.

Für Schauspieler in einer erfolgreichen Serie bedeutet dies, daß sie nach einer entsprechenden Anzahl von Wiederholungen ohne den üblichen finanziellen Druck arbeiten können.

Filme zusammen, dann waren bis 1991 über 200 STAR TREK-Geschichten verfilmt worden, und die jeweiligen Autoren bemühten sich – mit nur einer Handvoll Ausnahmen, niemals eine frühere Geschichte zu wiederholen. Wie lange noch konnten sie interessante Geschichten erzählen, ohne das wachsende Publikum zu enttäuschen? Und wie lange würden die Stars der Serie bereit sein, sechzehn Stunden am Tag Charaktere darzustellen, die für sie schauspielerisch nicht länger eine Herausforderung sein mochten? Selbst wenn der Lohn für die harte Arbeit, die sie zuvor getan hatten, ihnen auf Jahre hinaus finanzielle Sicherheit bot.

Der dritte und wichtigste Faktor war die Frage, wie lange THE NEXT GENERATION aus finanzieller Sicht noch laufen würde – eine Sicht, die sich aus zwei Komponenten zusammensetzte. Die erste Komponente waren die Einnahmen. Die Anbieter besaßen nun 79 Episoden der Originalserie sowie – da die fünfte Season von THE NEXT GENERATION damals schon fest eingeplant war – voraussichtlich mindestens 125 Episoden dieser Serie; und es sollten noch mehr werden, wenn es eine sechste und siebte

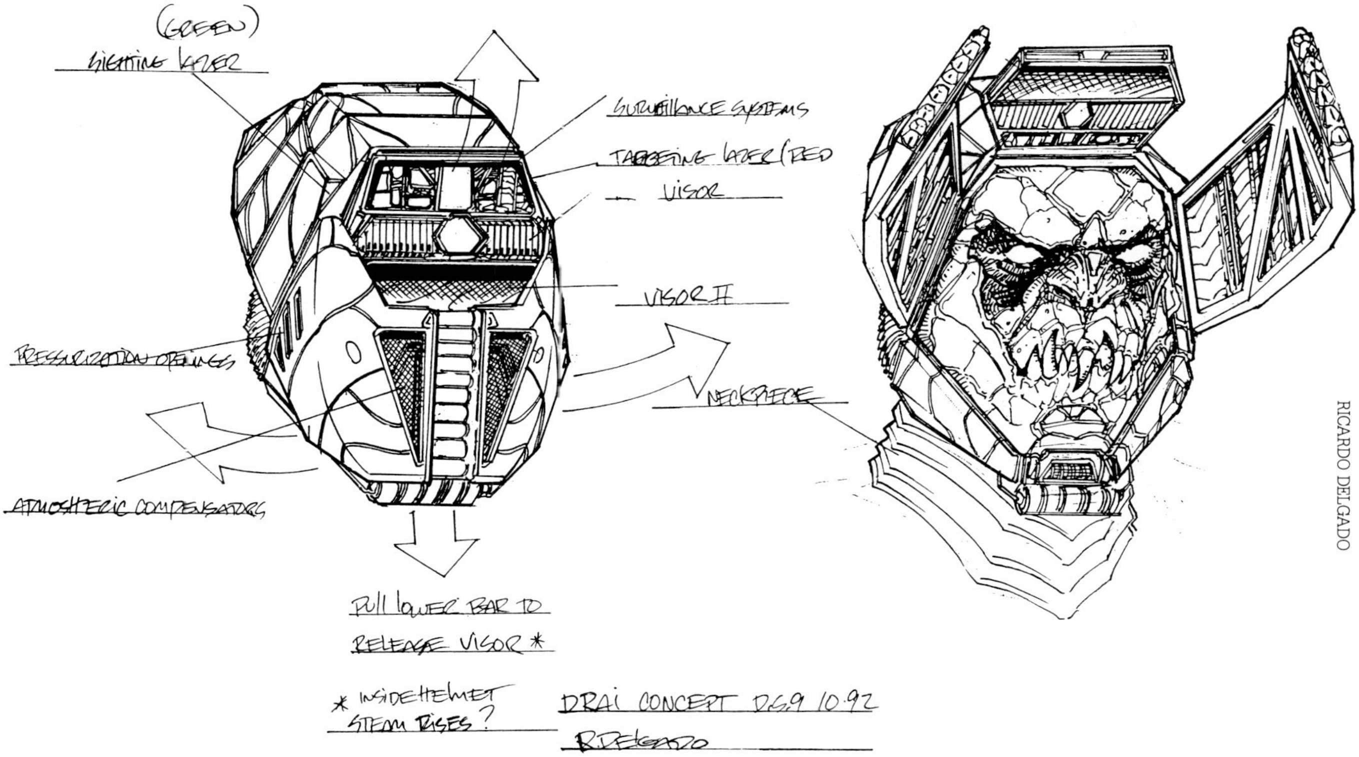

RICARDO DELGADO

Dieser komplexe Entwurf für die Jäger aus ›Captive Pursuit‹ wurde kosteneffektiver gemacht, indem die Beschreibung des Aliens unter dem Helm geändert wurde: »Ein ziemlich gewöhnliches, humanoides Gesicht, sehr ähnlich dem eines Menschen.«

Season geben würde. Und wie bei allen Dingen im Fernsehen stiegen die Kosten für diese Serien Jahr für Jahr. Brandon Tartikoff, Vorsitzender von Paramount Pictures während der Zeit, in der die dritte STAR TREK-Serie vorgeschlagen wurde, erklärte die Situation so: »Nach gut sieben Jahren würde die Serie, obwohl sie so erfolgreich war, wahrscheinlich vom Markt genommen werden, weil die Sender schon zu viele Episoden hatten.« Kerry McCluggage, gegenwärtiger Vorsitzender der Paramount TV Group, bestätigt diesen Schluß: »Wir wollten nicht, daß die Sender die Episoden verheizten. Die Originalepisoden waren hervorragend, aber sobald sie anfangen, sie fünf Tage pro Woche zu wiederholen, werden mit der Zeit die Quoten sinken.«

Die zweite Komponente betraf die Kosten. Einspielergebnisse im Kino und die Einnahmen für Werbespots waren kein Geheimnis. Jeder, der mit STAR TREK im Kino und im Fernsehen zu tun hatte, wußte, wie erfolgreich die Produktionen waren, und wollte – völlig verständlich – seinen Anteil am Erfolg haben. Nahezu jeder Film brachte eine Gehaltserhöhung und/oder einen höheren prozentualen Anteil an den Bruttoeinnahmen für die Stars und die Produzenten, die Regisseure und die Autoren mit sich. Nahezu jede Neuverhandlung der Fernsehverträge erhöhte die Gagen für die meisten der Leute mit sich, die an THE NEXT GENERATION beteiligt waren. Außerdem stiegen auch alle anderen Produktionskosten mit jeder neuen Season, nicht wegen der zu erwartenden Inflation, sondern wegen der anhaltenden kreativen Notwendigkeit, den Zuschauern neue Dinge zu präsentieren – Bühnenbilder, Requisiten, Raumschiffe und kunstvolle Aliens, mit neuen verbesserten und teureren optischen Effekten. 1993 waren die Durchschnittskosten der ersten Season von 1,2 Millionen Dollar auf nahezu 2 Millionen angestiegen. Ein Ende war nicht in Sicht.

Das Ergebnis dieses finanziellen Drucks war leicht vorhersehbar. Irgendwann würden STAR TREK-Produktionen unrentabel werden.

Gesegnet mit einem wachsenden Publikum, aber auch unter dem Fluch eines potentiellen kreativen Ausbrennens, ansteigender Kosten und der Aussicht auf sinkende

Einnahmen, war es unvermeidbar, daß sich irgendwo bei Paramount die einzige – um es so auszudrücken – logische Lösung ankündigte ...

Eine dritte STAR TREK-Serie.

Das Schöne an dieser Idee war, daß sie allen drei Faktoren gerecht wurde, die für ihre Entstehung maßgeblich gewesen waren.

Die Tatsache, daß das Publikum zwei verschiedene STAR TREK-Gruppen in sein Herz geschlossen hatte, war ein Anzeichen dafür, daß der gesamte Kontext des STAR TREK-Universums gefiel, nicht allein die Charaktere, die es bevölkerten. Daher war es nur vernünftig anzunehmen, daß die Zuschauer auch eine dritte Schauspielergruppe so leicht akzeptieren würden wie die beiden ersten, vorausgesetzt, daß viele der vertrauten Bestandteile von STAR TREK präsent sein würden – Klingonen, Transporter, die Föderation, Phaser, Ferengi, Starfleet usw.

Zweitens – und das war vielleicht der riskanteste Teil der Gleichung – könnte man vielleicht einen völlig neuen Aspekt des STAR TREK-Universums eröffnen, wenn man die dritte Serie nicht auf einem Raumschiff spielen lassen würde, das sonst wiederum eine neue Version der *Enterprise* einige Jahrzehnte weiter in der Zukunft sein würde. Hinzu kam, daß neue Geschichten aus der Perspektive eines neuen Sets und neuer Hauptcharaktere entstehen würden. Viele neue Drehbücher, angesiedelt in einer unverbrauchten Umgebung, konnten geschrieben werden.[8]

Vom finanziellen Standpunkt aus war die Idee einer dritten Serie die sinnvollste. Das bedeutet zum Beispiel, daß neue Schauspieler mit weniger astronomischen Gagen verpflichtet werden konnten. Indem man die dritte Serie in die gleiche Zeit wie THE NEXT GENERATION legte, gab es einen Bühnenbildfundus aus sieben Jahren, ebenso Requisiten und Kostüme, aus denen reichlich geschöpft werden konnte, wodurch die Produktionskosten weiter gesenkt werden konnten. Andere Einsparungen konnten nicht in Zahlen gefaßt werden, waren aber existent: Aussehen und Atmosphäre des STAR TREK-Universums waren bekannt, also sollte die Entwicklung des Erscheinungsbildes der neuen Serie unkompliziert und somit nicht so teuer sein.[9] Und außerdem konnte die Besetzung aus THE NEXT GENERATION eine Reihe von Kinofilmen starten.

Herman Zimmerman erinnert sich daran, was Gene Roddenberry beim Abschluß des Pilotfilms für THE NEXT GENERATION sagte: »Es heißt, man kann nie wieder nach Hause zurückkehren. Aber wir haben soeben bewiesen, daß es unter den richtigen Bedingungen doch möglich ist.«

Bedauerlicherweise starb Gene Roddenberry am 26. Oktober 1991, bevor DEEP SPACE NINE formell vorgeschlagen worden war. Aber seine Schöpfung wurde von Tag zu Tag beliebter. Paramount ging daher gelassen daran, ein weiteres Mal mit der 26 Jahre alten SF-Idee, die ›nicht funktionieren‹ würde, in unerforschte Gebiete vorzudringen.

8 Michael Piller hat darauf aufmerksam gemacht, daß neue Charaktere und neue Handlungsorte nicht unbedingt ausreichen, um neue Geschichten zu garantieren. Die emotionalen und thematischen Aspekte einer guten STAR TREK-Geschichte sind von besonderer Bedeutung, egal ob es die Crew der ursprünglichen Enterprise, der neuen Enterprise oder der Station Deep Space Nine ist. Es ist nach wie vor eine Herausforderung für den Autorenstab, ansprechende Geschichten zu finden, um sich mit dem Hauptthema von STAR TREK – was bedeutet es, ein Mensch zu sein? – auseinanderzusetzen und dabei inhaltlich nicht zu sehr eine bereits existierende Episode zu imitieren.

9 Das dachten jedenfalls die Führungskräfte im Hause Paramount. Als die Entwicklungsphase für DEEP SPACE NINE begann, legte Rick Berman fest, daß so wenig wie möglich aus THE NEXT GENERATION wiederverwendet werden sollte, um der Serie eine neue und eigene Identität zu geben. Daher hat DEEP SPACE NINE beispielsweise ›Flitzer‹. Das Personal von Starfleet hat andere Uniformen als die Besatzung der Raumschiffe. Außerdem führte Herman Zimmermans Entwicklung eines cardassianischen Designs zu einem völlig neuen Erscheinungsbild einer STAR TREK-Produktion.

VIER

DIE GRUNDSTEINE WERDEN GELEGT

Der Trick besteht darin, in eine Situation - sei es eine Science Fiction-Serie wie STAR TREK oder eine Actionserie wie SIMON AND SIMON - Menschlichkeit einzubringen. Man muß es als Gelegenheit benutzen, den menschlichen Aspekt zu erforschen.

Michael Piller

Es sollte ein Set unter freiem Himmel sein, eine Stunde entfernt von Los Angeles, irgendwo im Norden. Es würde ein Grenzposten sein – eine Version von Fort Laramie im 24. Jahrhundert, an der äußersten Grenze. Die fremdartige Station war von den Cardassianern geplündert und verbrannt worden – eine Version von Los Angeles im 24. Jahrhundert, nach den Unruhen zum Rodney-King-Prozeß.

In diesem Außenposten, irgendwo in der unerforschten Wüste des Planeten Bajor, würden wir Woche um Woche den Abenteuern solcher Figuren wie Lieutenant Ro Laren und Dr. Julian Amoros folgen, während Starfleet versucht, den Bajoranern dabei zu helfen, ihre Welt wieder in Ordnung zu bringen.

Oft im Widerstreit mit den Zielen von Starfleet würde Kai Opaka sein – der Mann, der der religiöse Führer der Bajoraner war. Besucher, die sich mit dem Kai trafen, mußten sich entkleiden, während der Kai ihre pagh *erforschte, indem er eine tief ins Gewebe dringende Massage an ihren Füßen vollzog ...*

Was? Klingt davon *irgend etwas* vertraut?

Als wir sie zum letzten Mal sahen, befand sich Ro Laren auf Picards Enterprise (obwohl sie in der Zwischenzeit ohne Erlaubnis Starfleet verlassen und sich dem Maquis angeschlossen hat). Dr. Julian Bashir wurde auf eine Raumstation nahe Bajor versetzt, nicht aber auf einen Außenposten *auf* dem Planeten. Kai Opaka ist (oder besser: war) eine Frau. Ihre Besucher mußten sich *niemals* ausziehen. Religiöse Führer der Bajoraner erforschen die *pagh* anderer Leute üblicherweise, indem sie deren Ohrläppchen ergreifen, nicht jedoch deren Füße massieren. Und die festen Sets für DEEP SPACE NINE sind alle sicher untergebracht im Inneren von drei gigantischen Hallen auf dem Paramount-Gelände in Los Angeles.

Nein, diesen ersten Absätze waren keine Parodie oder ein falsch abgeschriebenes

JIM MARTIN

Jim Martins erste Entwürfe für ›Shadowplay‹, eine Episode, in der die ganze Welt eine Bühne ist – das Prinzip des Holodecks bis zum äußersten getrieben.

Interviewband. Sie waren ein kleiner Blick auf das, was DEEP SPACE NINE hätte sein können – eine Zusammenstellung einiger der Möglichkeiten, die man erforscht und während der Entwicklung und Verfeinerung der Serie verworfen hatte, lange bevor eine einzige Rolle festgelegt wurde oder eine Designzeichnung existierte. Bedenkt man diese Möglichkeiten und denkt man zugleich an Astronomen, die die auseinandertreibenden Galaxien kartographieren und sich dabei vorstellen, wie vor ferner Zeit alle Galaxien an einem einzigen Punkt in Raum und Zeit zusammengepreßt gewesen sein mußten, dann geht einem unvermeidlich die Frage durch den Kopf: Wann und wie entstand der erste Funke für DEEP SPACE NINE?

Beispielsweise ist die Geschichte von Roy Huggins in Hollywood bestens bekannt. 1960 rief Huggins seine Frau zu sich, damit sie von ihm ein Foto machen sollte, was sie auch tat. Als sie ihn dann nach dem Grund fragte, antwortete Huggins, daß ihm soeben eine großartige Idee für eine Fernsehserie gekommen sei: »Ich wollte den historischen Augenblick aufzeichnen, an dem ich daran dachte.«

Das Foto, das Huggins' Frau an jenem Tag von ihm gemacht hatte, hängt noch immer – 34 Jahre später – in seinem Schlafzimmer. Es zeigt Huggins, wie er selbstgefällig in die Kamera lächelt – aus gutem Grund. Die Serie, die er sich gerade ausgedacht hatte, erhielt den Namen *The Fugitive*, die – wie STAR TREK – viele Jahre nach ihrem Ende im Fernsehen zu einem erfolgreichen Kinofilm wurde. (Natürlich wußte Huggins genau, wann er eine gute Idee für eine Serie hatte. Er schuf *Maverick, 77*

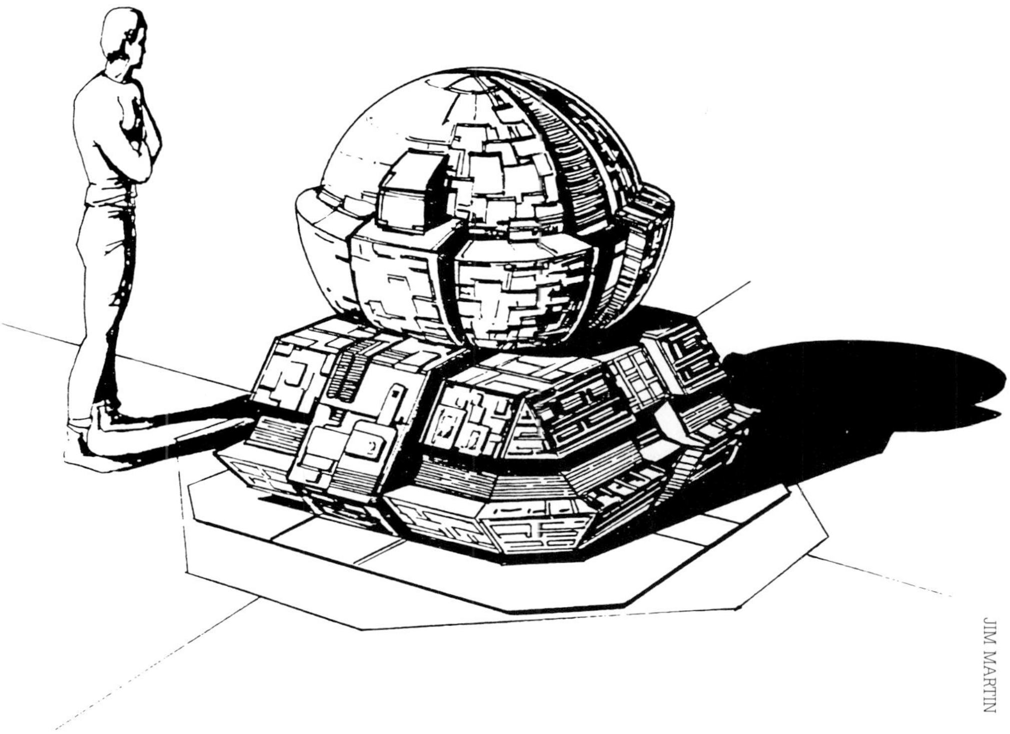

JIM MARTIN

Sunset Strip, *Run For Your Life* und – gemeinsam mit Stephen J. Cannell – *The Rockford Files*.)

Im Fall von DEEP SPACE NINE dagegen scheint es keinen ähnlichen, exakten Moment der Entstehung zu geben, hauptsächlich, weil die Serie Teil des andauernden Kontinuums von STAR TREK ist. In Anbetracht der Ausdauer dieses Kontinuums war eine dritte Serie – zumindest rückblickend – unvermeidlich, und die Art, wie sie entstand, war eine Folge einer für die Fernsehindustrie typischen Reihe von Ereignissen. Um diese Reihe zu verstehen, gehen wir eine Tür weiter und erlauben uns einen kurzen Blick darauf, wie die Dinge in der Filmindustrie laufen.

Unter denjenigen, die Kinofilme entwickeln und produzieren, ist eine der beliebtesten Phrasen, um eine Geschichte einzuordnen, die vom ›großen Konzept‹. Ein Film mit einem ›großen Konzept‹ ist einer mit einer Geschichte, die ein potentielles Publikum mit einem einzigen erläuternden Satz fesseln kann. Dinosaurier werden durch Gentechnik wiederbelebt und randalieren in einem Freizeitpark, der gebaut wurde, um sie genau dort gefangenzuhalten. – Ein unbeliebter arbeitsloser Schauspieler verkleidet sich als Frau, um Arbeit zu bekommen, und wird als Frau ein besserer Mensch, als er es als Mann jemals war. – Eine junge Frau wird von einem unaufhaltsamen Cyborg aus der Zukunft gejagt, weil sie das Kind zur Welt bringen wird, das in einem zukünftigen Krieg die Maschinen besiegen wird ... Alle diese Ideen sind prägnant und ansprechend. Und sie sind zu höchst erfolgreichen Filmen verarbeitet worden.

Aber hätten sie auch als Fernsehserie funktionieren können? Wollen wir einmal darüber nachdenken.

Millionen Menschen sahen mit Begeisterung die unglaublich überzeugenden Dinosaurier, die für *Jurassic Park* geschaffen worden waren. Aber wie interessant würden diese Dinosaurier noch sein, wenn wir Woche für Woche zusehen könnten, wie sie außer Kontrolle geraten? Auf wie viele verschiedene Arten kann letzten Endes ein T.Rex einen Staatsanwalt fressen? [1]

1 Als dieses Buch entstand, kursierten – trotz Dementi von Steven Spielberg – Gerüchte, daß eine kindgerechte Zeichentrickfassung von *Jurassic Park* entwickelt werden sollte. Bei Kindersendungen kann es aber – anders als bei Serien für Erwachsene – funktionieren, Woche für Woche anhaltende Action zu zeigen. Den Beweis erbringt der Erfolg von *The Mighty Morphin' Power Rangers*.

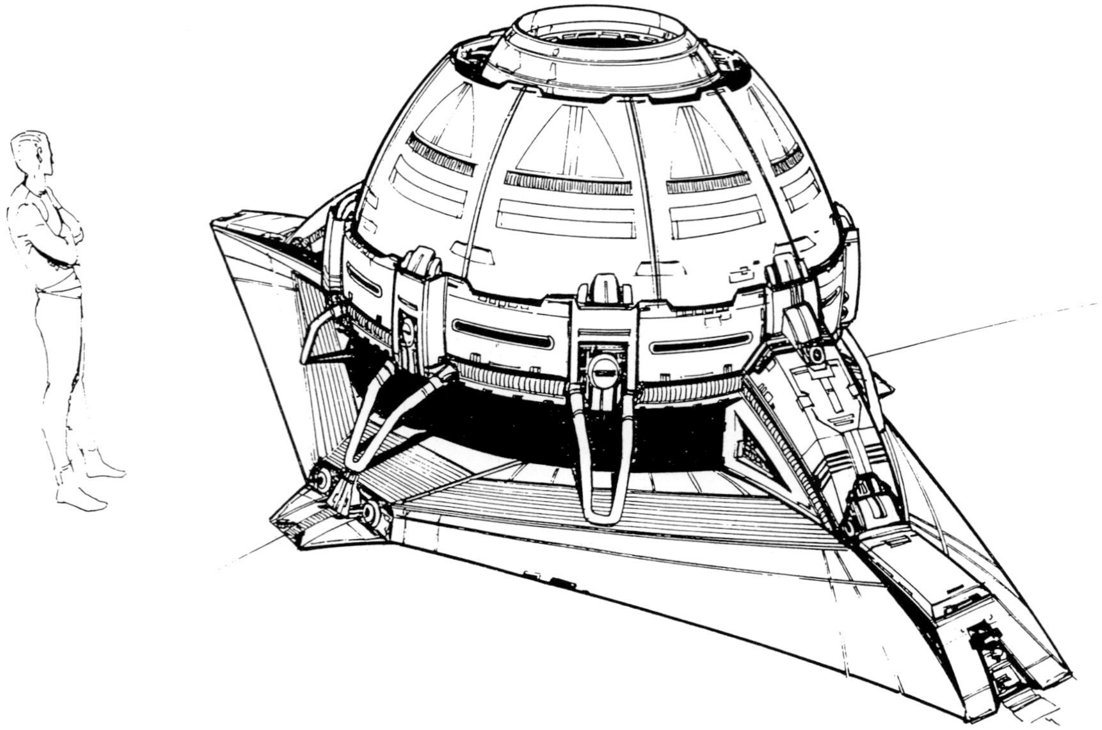

JIM MARTIN

Auf einer weniger gewalttätigen Ebene: Nachdem ›Tootsie‹ seinen Job bei der Soap Opera erhalten und seine Lektion über das Leben gelernt hat – was kann er sonst machen? Soll er sich als Frau verkleiden, um jede Woche in einer neuen Branche einen Job zu bekommen? Und das sechsundzwanzig Wochen im Jahr?

Und was ist mit Sarah Connor, die vom Terminator verfolgt wird? Klingt diese Situation vertraut? Könnte das bei einer Fernsehserie funktionieren? Die Antwort darauf ist: Natürlich. Indem man die Tatsache streicht, daß ihr Verfolger ein Cyborg aus der Zukunft ist, und indem man den Grund, aus dem sie gejagt wird, verändert und in ein Umfeld setzt, das einer größeren Zahl von Zuschauern verständlich ist. Und schon befindet man sich auf dem Erfolgskurs, da aus James Camerons *Terminator* Roy Huggins' *The Fugitive* wird.

Reduziert auf ihre elementaren Voraussetzungen, sind *Terminator* und *The Fugitive* Jäger/Gejagter-Geschichten, in denen der Verfolgte – Sarah Connor und Dr. Richard Kimble – sein Leben verliert, wenn der Verfolger – der Terminator bzw. Lieutenant Gerard – ihn fängt.

Was ist aber nun mit den Details, die diesen einfachen Vorgaben hinzugefügt werden? Was läßt die eine für einen Kinofilm geeignet erscheinen? Was läßt die andere fürs Fernsehen geeignet erscheinen?

Der Film *Terminator* war voller Action, Gewalt, atemberaubenden Fluchtszenen und unglaublichen Risiken – nicht nur Sarah Connor würde ihr Leben verlieren, wenn der Roboter sie fangen sollte, die Welt der Zukunft würde dann von Maschinen beherrscht, die alle Menschen töten wollen.

Die Fernsehserie *The Fugitive* wies wenig Action oder Gewalt auf, und die Fluchtszenen wurden nicht für aufregende Stunts benutzt, sondern für die Spannung dieser Jagd. Worauf sich die Serie konzentrierte, war der Verfolgte selbst, Dr. Richard Kimble, der – mit Roy Huggins' Worten – »ein Mann war, der in Schwierigkeiten war, sobald er am Morgen aus dem Bett aufstand«.

Der *Terminator*-Film konzentrierte sich auf *die Jagd*. Die Serie *The Fugitive* konzentrierte sich darauf, *wie* Richard Kimble mit dieser Jagd *umging*.

JIM MARTIN

Der Film konzentrierte sich auf die Action. Die Serie konzentrierte sich auf den wichtigsten Aspekt des Geschichtenerzählens im Fernsehen – den Charakter.[2]

Es gibt da eine Geschichte, die Michael Piller gerne erzählt, um die Bedeutung der Charaktere in Fernsehserien zu beleuchten. Jahre zuvor, als er sich entschlossen hatte, Autor zu werden, aber noch nicht den Mut gefaßt hatte, seinen Hauptberuf zu kündigen, war er zum Abendessen bei seiner Mutter. »Ich fühlte mich elend«, sagte Piller, »weil ein Mädchen mit mir Schluß gemacht hatte. Und meine Mutter sagte: ›Nun, du wirst nie ein großer Autor, wenn du nicht gequält wirst.‹ Ich sagte: ›Mom! Was sagst du da? Möchtest du lieber, daß ich ein großer Autor und gequält werde – oder daß ich glücklich bin und dafür nur ein mittelmäßiger Autor?‹« Pillers Mutter dachte eine Sekunde nach, dann antwortete sie: »Ein großer Autor.«

Piller fährt fort und erklärt: »Die Wahrheit ist, daß die Zeit zwischen meinem 30. und 40. Lebensjahr – vielleicht sogar zwischen dem 25. und 40. – für mich aus vielerlei Gründen schmerzhafte Jahre waren. Es hatte mit der Familie zu tun, mit Beziehungen und mit drastischen Erfahrungen über mich und die Leute um mich herum, und darüber, in welchem Verhältnis ich zu anderen stand. Ich glaube, wenn man sich in Therapie begibt, dann beginnt man, seinen Charakter und den der anderen Menschen auf eine viel tiefergehende Art zu betrachten. Man geht unter die Oberfläche dessen, was man im Fernsehen als Leben sieht – und man beginnt, das Leben *zu leben*.

Und wenn man Erfahrungen sammelt und harte Zeiten durchmacht, dann lernt man, aus diesen Erfahrungen und den damit zusammenhängenden Gefühlen zu schöpfen. Mit einem Mal beginnen all diese Konflikte und der Kummer und die Tragödien als Teil deines Lebens mitzuschwingen. Man bekommt ein Verhältnis zu ihnen, man hat Gefühle, die man mit ihnen teilt. Wenn man schreibt, besteht der Trick darin, in eine Situation – sei es eine Science Fiction-Serie wie STAR TREK oder eine Actionserie wie SIMON AND SIMON – Menschlichkeit einzubringen. Man muß es als Gelegenheit benutzen, den menschlichen Aspekt zu erforschen. Man erzählt eine Geschichte, die einen interessiert, aber sie dient eigentlich dem Zweck, über Personen zu reden. Und

2 Natürlich sind viele hervorragende und erfolgreiche Filme entstanden, die sich auf Charaktere statt auf Action konzentrieren, zum Beispiel *Terms of Endearment (Zeit der Zärtlichkeit)* und *The Big Chill (Der große Frust)*. Tatsächlich sind einige der beliebtesten Filme die, die überzogene Action mit intensiver Charakterdarstellung verbinden, so wie der erste Film der *Lethal Weapon*-Reihe. Aber mit wenigen Ausnahmen – vor allem im Kinderprogramm – sind Fernsehserien, die der Action Vorzug vor den Charakteren geben, selten erfolgreich, *The A-Team* ausgenommen.

diese Personen, diese Charaktere sind der Weg, sich mit der Seele des Menschen zu befassen.

Als ich auf dem College war, konnte ich nicht verstehen, wie man Charaktere schreibt, da ich noch nicht gelebt hatte. Heute habe ich das Gefühl, daß Charaktere meine Stärke sind. Als ich mich zum ersten Mal mit Gene Roddenberry für THE NEXT GENERATION traf, sagte ich: ›Sehen Sie, ich kann hier nicht mit 15 Science Fiction-Stories ankommen. Das ist nicht das, womit ich mich auskenne. Aber ich kann über Charaktere schreiben, ich kann über Beziehungen schreiben. Ich kann dazu beitragen, daß die Figuren wachsen.‹ Und im wesentlichen ist es das, was ich dann auch tat.

Und so sind die Themen, die mir gefolgt sind, hauptsächlich die, die die Familie und die Beziehungen der Personen untereinander und den menschlichen Aspekt an sich erforschen. Ich glaube, daß das letztlich das Kennzeichen für hervorragendes Fernsehen ist. Man kann eine Menge guter Actiongeschichten erzählen, aber es wird wirklich die Mühe erst wert, wenn man die Zuschauer auf einem Niveau erreicht, das ihr eigenes Leben berührt.«

Einige Leute mögen nicht der Ansicht sein, daß die Erfahrungen einer Gruppe von Weltraumerforschern und Aliens in einer Jahrhunderte entfernten Zukunft jemals für ein heutiges Fernsehpublikum von Bedeutung sein könnten. Für Piller dagegen ist der STAR TREK-Hintergrund hilfreich, um den emotionalen Gehalt der Serie darzustellen. »Man möchte den Zuschauern etwas Distanz einräumen, ihnen ein wenig Raum verschaffen. Andere Menschen nennen das ›Wirklichkeitsflucht‹. Ich nicht. Ich glaube, daß man die Zuschauer von den schlimmsten Dingen ihres Alltags ablenken möchte, aber nur so weit, daß sie eine neue Perspektive gewinnen können. Dann gibt man ihnen das auf eine neue und veränderte Weise, und plötzlich können sie Objektivität entwickeln und durch diese Erfahrung vielleicht etwas lernen. Es ist keine erzieherische Situation. Es ist kein Vorbeten. Aber es ist eine Gelegenheit, den menschlichen Aspekt mit ein wenig Abstand von ihrem täglichen Leben zu untersuchen.«

Um diese wichtige Unterscheidung zwischen Charakter und Action in den zwei Erzählbereichen Fernsehen und Film noch weiter zu verstärken, erinnern wir uns daran, wie der Handlungsverlauf der Fernsehserie *The Fugitive* für die erfolgreiche und für einen Oscar nominierte Filmversion des Jahres 1993 verändert wurde. Zunächst einmal nahm man Action in großen Mengen hinzu – das aufregende Zugunglück, die Flucht vom Staudamm und der Hubschrauberangriff auf dem Hoteldach. Dann wurde das Risiko erhöht – Kimble war nicht nur das Opfer widriger Umstände, er war das Opfer einer Verschwörung, die direkt gegen ihn gerichtet war und ihn mit einer kriminellen Pharma-Firma in Verbindung brachte. Und schließlich rannte Kimble nicht nur vor der Polizei fort, während er versuchte, den berüchtigten einarmigen Mann zu finden, der seine Frau umgebracht hatte – er wurde ein aktiver Ermittler des Mordes; diese Action erhöhte die Gefahr, in der er sich befand. Das ist eine gute Steigerung für einen zweistündigen Film, aber wir würden sicherlich die Geduld verlieren, wenn die Handlung sich so wie die Fernsehserie *The Fugitive* über vier Jahre erstrecken würde.

Ob man es nun glauben möchte oder nicht, diese Diskussion über die unterschiedlichen Erzählweisen in Film und Fernsehen bringt uns zurück zu STAR TREK und DEEP SPACE NINE.

STAR TREK II – THE WRATH OF KHAN ist ein perfektes Beispiel für einen Actionfilm, voller aufregender Weltraumgefechte und optischer Effekte, gesteigert durch große Gefahren und angetrieben durch eine klarumrissene, dem ›großen Konzept‹ folgende Handlung einer besessenen Rache. Tatsächlich waren wesentliche Elemente für Ricardo Montalbans Texte als Khan unmittelbar aus einer der großartigsten Geschichten über eine besessene Jagd entliehen, aus *Moby Dick*. Hinzu kam, daß die Beziehungen zwischen den Charakteren vielschichtig und abwechslungsreich waren (eine Tatsache, die sehr viel dem Umstand verdankte, daß durch das Fernsehen die

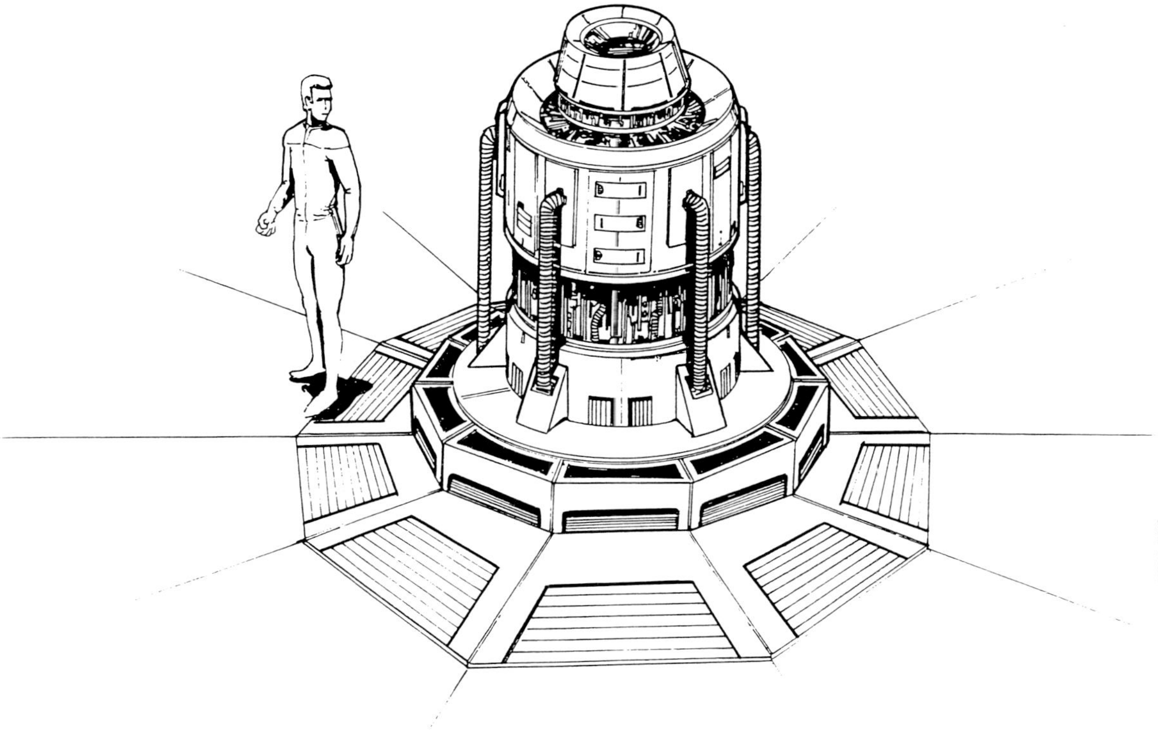

JIM MARTIN

meisten Zuschauer mit den Charakteren und ihren Beziehungen untereinander bestens vertraut waren, lange bevor sie das Kino betraten - ein Vorteil, den die wenigsten Filme besitzen.)

Aber die Originalserie hatte nicht den Luxus von hochmodernen optischen Effekten und ausgedehnten Gefechten im Weltall. Obwohl der übergreifende Handlungsrahmen der Geschichten, die erzählt wurden, der der futuristischen Weltraumerforschung war, so war dieser Zusammenhang nicht der beherrschende Faktor der Serie. Statt dessen ging es darum, wie die *Menschen*, die an dieser Erforschung beteiligt waren, mit ihren Entdeckungen und ihren Erfahrungen *umgingen*. Und - das sollte nicht überraschen - was die Hauptpersonen entdeckten und erlebten, unterschied sich nicht von dem, was den Zuschauern in ihrem eigenen Leben widerfuhr, auch wenn die Handlung sich vor einem phantastischen Science Fiction-Hintergrund abspielte.

Wer war noch nie versucht, alle Verantwortung von sich zu werfen und ein einfacheres, freieres Leben zu beginnen - so wie es Mr. Spock in ›This Side of Paradise‹ tat? Wer hat sich noch nicht mit der Aussicht befassen müssen, in seiner Arbeit von einem effizienteren System ersetzt zu werden - so wie Captain Kirk in ›The Ultimate Computer‹? Und wer sah sich noch nicht dazu gezwungen, in die Rolle eines Gangsters der zwanziger Jahre zu schlüpfen, um Frieden zwischen sich bekämpfenden Gangs zu stiften - na ja, im Fernsehen gibt es, wie überall, sonst auch die Ausnahme von der Regel.

Aber insgesamt sind die Charaktere der wichtigste Aspekt jeder Fernsehserie - zugängliche, verständliche und unterhaltende Menschen, mit denen wir uns identifizieren können, die wir wieder und wieder sehen wollen.

Davon ausgehend bedeutet die Schaffung einer Fernsehserie nicht unbedingt, daß man auf den Ausbruch einer plötzlichen Inspiration warten muß. Statt dessen ist es meist ein langsamer und sorgfältiger Prozeß logischer Überlegungen, bei dem alle Regeln des Geschichtenerzählens im Fernsehen Anwendung finden, um etwas zu schaffen, das sich genügend von allem Dagewesenen unterscheidet, dabei aber das gleiche ist wie alles, das in der Vergangenheit erfolgreich war.

Damit sahen sich Rick Berman und Michael Piller 1991 konfrontiert, als die Paramount-Verantwortlichen Brandon Tartikoff, John Pike und John Symes Rick Berman baten, eine neue Serie zu schaffen, die in der Lage sein würde, die schon bald zu teuer werdende THE NEXT GENERATION zu ersetzen. Dabei waren die drei darauf bedacht, das Franchise-Unternehmen STAR TREK als eine der Paramountschen Kronjuwelen zu behandeln.

Insbesondere Tartikoff hatte einige erste Ideen, welche Richtung die neue Serie einschlagen könnte. Im Frühsommer 1991 diskutierte er mit anderen Führungspersönlichkeiten und mit Rick Berman diese Ideen.

Basierend auf Gene Roddenberrys knapper Beschreibung für die Originalserie als ›*Wagon Train* ins All‹, schlug Tartikoff zunächst vor, die neue STAR TREK-Serie mit ›*The Rifleman* im All‹ zu umschreiben.[3] Er schlug vor, daß die Hauptfigur dieser Serie der von Chuck Connors in der alten Westernserie ähneln sollte, und daß er ein Kind bei sich haben könnte – vielleicht als blinden Passagier oder als offizielles Besatzungsmitglied. Zuschauer von DEEP SPACE NINE können in dieser Idee die Entstehung von Commander Benjamin Sisko und die seines Sohnes Jake entdecken.

Tartikoff erklärt weiter: »Ich schlug diese Idee Berman vor, und er sagte, er würde darüber nachdenken. Und unmittelbar danach starb Gene Roddenberry, und seine Witwe Majel[4] stand dieser Idee, den Abschluß schnell über die Bühne zu bringen, sehr offen gegenüber. Ich glaube, daß DEEP SPACE NINE irgendwo in dieser Idee seine Wurzeln hat, obwohl es eine eigenständige Sache geworden ist.«

Glücklicherweise hatte Berman, so wie es kreative Menschen nun einmal tun, über ein Jahr lang mit Piller über ein Projekt in der von Tartikoff vorgeschlagenen Art gesprochen – als Folge einer Reihe von Diskussionen über andere Fernsehprojekte, denen sie sich möglicherweise in der Zukunft widmen könnten. Bis zu Bermans Treffen mit den Paramount-Chefs waren diese Gespräche nicht mehr als ein Gedankenaustausch ohne jede Eile gewesen. Aber jetzt, da sie einen Auftrag hatten, war es an der Zeit, ernsthaft an die Arbeit zu gehen. Und nachdem Rick Berman über die Anfrage von Paramount nachgedacht hatte, rief er Michael Piller an und fragte ihn, ob er an der Entstehung der neuen Serie gerne beteiligt wäre. Piller – das wissen wir heute – sagte ja.

Aber bevor wir uns damit befassen, wie Berman und Piller DEEP SPACE NINE erfanden, wollen wir uns mit Berman und Piller selbst befassen.

3 Bis zu dem Tag, an dem Brandon Tartikoff im Alter von 43 Jahren in seiner Funktion als Vorsitzender von Paramount Pictures eine erste rohgeschnittene Fassung von STAR TREK VI: THE UNDISCOVERED COUNTRY vorgeführt bekam, hatte er von keiner STAR TREK-Serie eine vollständige Episode gesehen. Das ist nicht so erstaunlich, wie es klingen mag. Es ist durchaus normal, daß die Leute, die für das Fernsehen arbeiten, viel weniger Zeit vor dem Bildschirm verbringen als jeder andere Teil der Zuschauerschaft. Der Grund mag der gleiche sein, der Taxifahrer davon abhält, an ihrem freien Tag Spazierfahrten zu machen.

4 Majel Barrett zeichnet sich dadurch aus, daß sie in allen Variationen von STAR TREK mitgewirkt hat. Im ersten Pilotfilm von STAR TREK spielte sie ›Number One‹, den weiblichen Ersten Offizier unter Captain Pike. In STAR TREK war sie dann als Schwester Christine Chapel zu sehen (aus der in den Filmen Dr. Chapel wurde), als Lwaxana Troi in THE NEXT GENERATION und DEEP SPACE NINE. Außerdem war bzw. ist sie in allen Serien als Stimme der Föderationscomputer zu hören.

DIE MACHER

FÜNF

Es könnte gut möglich sein, daß -
wenn ich nicht mehr bin - andere kommen und
so gut sein werden, daß die Leute sagen
werden: »Oh, dieser Roddenberry.
So gut war er niemals.« Aber ich werde mit
dieser Feststellung zufrieden sein.

Gene Roddenberry [1]

Rick Berman ist ein großer, imposanter Mann mit einer scheinbar gelassenen Haltung. Scheinbar, weil niemand in der Lage sein sollte, Ausführender Produzent für zwei der teuersten und komplexesten Fernsehserien zu sein, die es je gab, dabei auch noch eine dritte Serie zu entwickeln *und* außerdem zur gleichen Zeit einen Kinofilm zu produzieren. Aber Rick Berman schafft das irgendwie, ohne dabei auszusehen, als befinde er sich am Rande eines Nervenzusammenbruchs.

Er erklärt, daß das Geheimnis, derart viel Arbeit unter Kontrolle zu haben, darin besteht, daß eine Gruppe außergewöhnlicher Menschen für ihn arbeitet. Und damit hat er zweifellos recht. Aber darüber hinaus besitzt Rick Berman das, was alle großen Fernsehproduzenten auszeichnet - einen unglaublich kritischen Blick für Kleinigkeiten und einen computerähnlicher Verstand, der sich in allen Punkten auf dem laufenden hält, der problemlos umschaltet zwischen dem Schnitt einer Actionsequenz für DEEP SPACE NINE und einem Kommentar zu einem neuen Drehbuch für THE NEXT GENERATION und gleichzeitig Unterstützung leistet bei der Planung eines Make-up-Effekts für einen Alien des NEXT GENERATION-Films. Und all diese intensiven, kreativen Aktivitäten hängen mit dem zusammen, was er als enorme Verantwortung empfindet: alles was er tut, alles was in den verschiedenen Projekten unter seiner Aufsicht geschieht, im Sinne der Vision von Gene Roddenberry zu bewahren, dem Erfinder von STAR TREK.

Rick Berman vergißt nie diese Verpflichtung. Eine handliche Büste von Roddenberry steht auf seinem Schreibtisch als Mahnmal. Es ist wahr, daß diese Büste von Zeit zu Zeit eine rote Augenbinde trägt, aber das geschieht nur im Sinne eines von Herzen kommenden Humors. Die meistgestellte Frage in den Büros, die den Produktionsstab und die Autoren für THE NEXT GENERATION und DEEP SPACE NINE

1 *Los Angeles TV Times*, 3. bis 9. Januar 1993, ›Star Trek's New Frontier‹ von Daniel Cerone.

Das ist das gigantische, von hinten beleuchtete Wandgemälde, das über den Spielern und den Spieltischen in Quarks Bar thront.

beherbergen, ist: Ist das im Sinn von Gene Roddenberry? Der tiefe Respekt, der Roddenberry und seiner Kreation entgegengebracht wird, ist stets spürbar, aber stets mit einem Sinn für bodenständigen Humor, den Roddenberry selber zu Lebzeiten förderte und den er heute sicher gutheißen würde.

Neben der Bewunderung für sein Talent und seine Fertigkeiten wird Rick Berman auch als einer der glücklichsten Menschen im Fernsehen betrachtet. So wie Mark Allan Shepherd genau zum richtigen Zeitpunkt in die Paramount-Studios kam, um sich seinen Job als Statist bei DEEP SPACE NINE zu sichern, und durch eine unvorhersehbare Verkettung glücklicher Umstände seinen eigenen kleinen Beitrag zum Hintergrund von STAR TREK beisteuerte, so fand sich auch Rick Berman zur genau richtigen Zeit auf dem Paramount-Gelände, um das gleiche zu tun, wenn auch auf einer anderen Ebene.

Berman wechselte 1984 von Warner Bros. zu Paramount. Bei Warner war er Director of Dramatic Development für die Fernsehabteilung des Studios. Von 1982 bis 1984 produzierte er für HBO *What on Earth?* und das PBS-Special *The Primal Mind*. Zuvor war er Senior Producer von *The Big Blue Marble* für ABC gewesen, wofür er einen Emmy Award in der Kategorie Herausragende Kinderserie erhielt.

Noch vor diesen bemerkenswerten Leistungen hatte Berman Erfahrungen in vielen der Funktionen sammeln können, die er später als Ausführender Produzent von THE NEXT GENERATION und DEEP SPACE NINE überwachen würde. Nachdem er das College verlassen hatte (das er in wahrer Hollywood-Manier in der Hoffnung besucht hatte, Schauspieler zu werden), arbeitete er für eine Vielzahl von Produktionsgesellschaften und versuchte sich in allem, von der Autorentätigkeit bis hin zum Assistenten des Kameramanns. Sieben Jahre lang produzierte er gemeinsam mit verschiedenen Filmteams überall auf der Welt Dokumentationen für die Vereinten Nationen, die als eine der Inspirationen für die Vereinte Planetenföderation in STAR TREK gedient hatte.

Obwohl in manchen Branchen diese wechselhafte Vergangenheit ein Stirnrunzeln auslösen könnte, ist ein abwechslungsreicher Lebenslauf in Sachen Produktion für Hollywood eine gute Sache, weil er davor bewahrt, in die Schublade ›ausschließlicher Produzent für Kinderserien‹ oder ›ausschließlicher Dokumentationen-Produzent‹ abgelegt zu werden. Da Berman eine breite Palette an Projekten produziert hatte, war er bekannt als ein *Produzent*. Punkt. Die positive Konsequenz daraus war, daß er alles produzieren könnte. Was er auch tat.

Die Frage stellt sich: Was genau *ist* ein Produzent? Wir alle kennen Menschen, die – als sie noch Kinder waren – sagten: »Ich will schreiben« oder: »Ich will schauspielern.« Aber welches Kind verkündet: »Ich möchte produzieren«? Ein Grund für diesen Mangel an Verständnis für die Rolle eines Produzenten ist, wie Berman selber sagt, daß »›Produzent‹ ein sehr mißverständliches Wort ist. Und ich glaube, einer der Gründe dafür ist, daß ein Produzent in verschiedenen Medien ganz verschiedene Dinge macht.

In der Filmwelt ist ein Produzent mehr ein Verkäufer und Aufpasser. Aber beim Fernsehen hat ein Produzent die Verantwortung, die mehr der eines Filmregisseurs gleicht.« Mit anderen Worten ist ein Fernsehproduzent, insbesondere einer in Bermans Position, jemand, der letztendlich für das verantwortlich ist, was wir im Fernsehen sehen und hören.

Berman faßt es kurz und knapp zusammen: »Ich bin an *allem* beteiligt.« Die Intensität seiner Beteiligung variiert von Gebiet zu Gebiet, aber wenn er gebeten wird, das genauer zu erläutern, dann macht Berman das im Detail. »(Zunächst einmal) bin ich sehr stark an den Drehbüchern beteiligt. Ich befasse mich mit den Konzepten und dann, wenn die Geschichten die verschiedenen Fassungen durchleben, setze ich mich

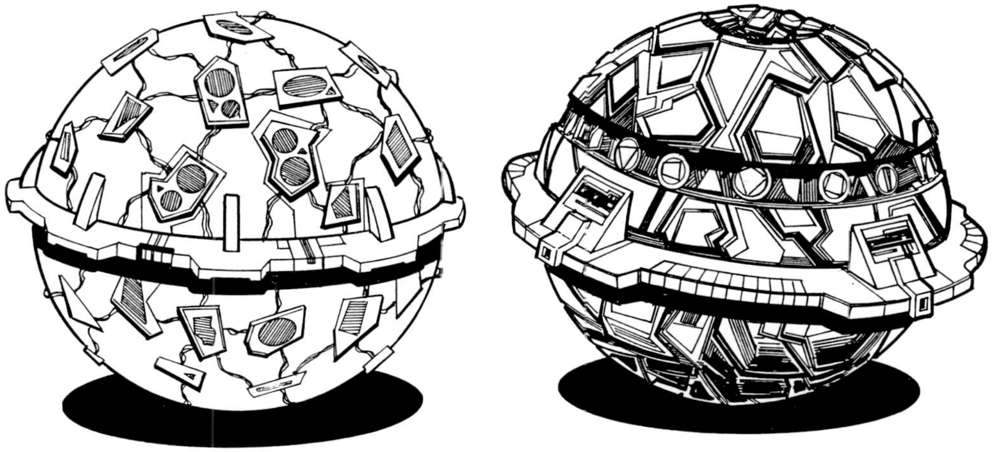

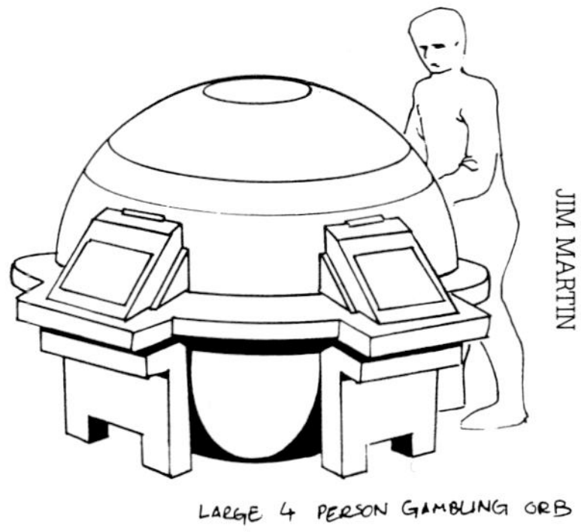

Ob es das permanent ausgetragene Pokerspiel auf der Enterprise-D oder eines der vielen Glücksspiele in Quarks Bar ist – so wie diese ›Causal Orbs‹ aus ›Rivals‹ –, scheint Glücksspiel eine unterschwellige Rolle in vielen Aspekten von STAR TREK zu spielen – vielleicht ein Hinweis darauf, was die Produzenten empfinden, wenn sie Serien erschaffen, die Millionen Menschen über lange Zeit unterhalten sollen.

mit Michael und den Autoren zusammen und gebe Hinweise, normalerweise im Überfluß. Ich bin auch beteiligt an der letzten Dialogbearbeitung des Drehbuchs, obwohl ich zu keinem Zeitpunkt annähernd so sehr an der Strukturierung der Bücher beteiligt bin wie Michael.

Dann leite ich die Produktionsbesprechungen. Und alle Designelemente – sei es das Design des Bühnenbilds, der Kostüme, des Make-ups oder der Frisuren – gehen über meinen Schreibtisch. Während des Verlaufs der Dreharbeiten betrachte ich die Dailies, und diskutiere sie mit den Regisseuren und mit dem Überwachenden Produzenten David Livingston. Dann bin ich intensiv an der Nachbearbeitung beteiligt, was auch alle ›Opticals‹[2] in ihren verschiedenen Stufen einschließt. Ich befasse mich zwei oder drei Tage mit jeder Episode, arbeite mit dem Cutter und dem Überwachenden Cutter an der letzten Fassung.

Dann bin ich am ›Spotting‹[3] der Geräusche und der Musik beteiligt, und schließlich betrachte ich jeden der ›Dubs‹[4]. Wenn Probleme mit den Schauspielern oder den Mitarbeitern oder mit allen anderen Dingen, die mit dem Studio zu tun haben, auftreten, bin ich derjenige, der diese Dinge aus der Welt schaffen muß.«

Da verwundert es nicht, daß die besten Produzenten, wie Berman, über eine breitgefächerte Arbeitserfahrung verfügen müssen.

Als Berman 1984 zu Paramount kam, war seine Position die des Director of Current Programming, in der er dafür verantwortlich war, die erfolgreichen Paramount-Sitcoms *Cheers*, *Family Ties* und *Webster* zu überwachen. Bevor das erste Jahr um war, war er zum Executive Director of Dramatic Programming aufgestiegen. Er überwachte die Produktion der ABC-Miniserien *Space*[5], *Wallenberg: A Hero's Story* und die höchst erfolgreiche, einstündige dramatische Abenteuerserie *MacGyver*. Bermans Talente und Fähigkeiten waren jeder Art von Fernsehproduktion gewachsen, von der Dokumentation über Miniserien bis hin zum Drama.

Die nächste Beförderung stand an, und im Mai 1987 wurde er Vizepräsident für Longform[6] und Special Projects, in dem Monat, da Paramount die Besetzung der neuen Syndication-Serie THE NEXT GENERATION ankündigte, die im Herbst dieses Jahres ausgestrahlt werden sollte.

2 Ein ›Optical‹ ist jeder Spezialeffekt, bei dem ein Bild verändert wird, nachdem es gefilmt worden ist. Dazu gehören Phaserstrahlen, Modellaufnahmen, Bildschirmanzeigen, Odos Verwandlungsszenen sowie jegliche Art computerunterstützter Techniken, die eingesetzt werden, um eine Aufnahme zu verbessern. Mehr dazu in Kapitel 14.

3 Eine ›Spotting Session‹ ist ein Treffen, bei dem sich die Produzenten mit dem Komponisten oder – bei Geräuscheffekten – mit dem Sound Editor zusammensetzen, um festzulegen, wo Musik oder Geräusche hinzugefügt werden sollten. Für die Musik wird ein Videoband der geschnittenen Episode mit Punkten und Linien versehen, um dem Komponisten zu zeigen, wo genau die Musik einsetzen und enden soll und welche Handlungselemente durch die Musik hervorgehoben werden sollen.

4 ›Dub‹ bezieht sich in diesem Zusammenhang auf die verschiedenen Versionen, die eine bestimmte Episode in der Nachbearbeitung erlebt, z.B. eine Version mit den optischen Effekten, eine mit den Geräuschen, eine mit der Musik, eine mit Einfügungen der Zweiten Dreheinheit.

5 Die Serie *Space*, die auf James Micheners fiktiver Geschichte des Raumfahrtprogramms der USA basiert, kann als Science Fiction im Grenzbereich bezeichnet werden, da eine der herausragenden Szenen die fiktive Mondflugmission Apollo 18 zeigte (die in der Realität wegen Budgetkürzungen gestrichen wurde), die die Astronauten nicht überlebten. Abgesehen davon konnte Rick Berman auf keine besondere Vorgeschichte in Sachen Science Fiction verweisen, als er sich der STAR TREK-Familie anschloß.

6 ›Longform‹ bezeichnet ein Fernsehprojekt, das länger als eine Stunde ist. Dazu gehören der *Film der Woche* und Miniserien, die im wesentlichen auch ein *Film der Woche* sind, der lediglich an mehr als einem Abend gezeigt wird.

"TONGO" TABLE REVISION

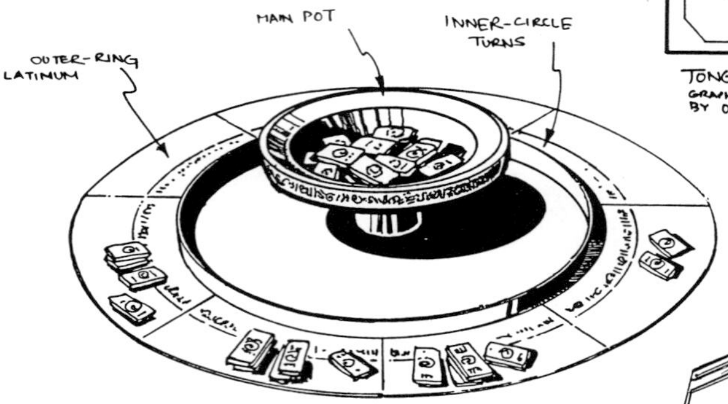

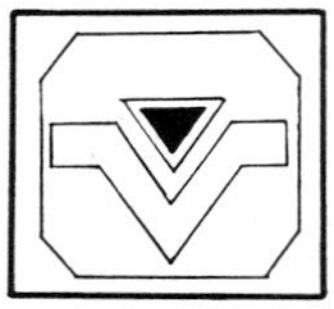

TONGO CARDS — GRAPHICS TO BE DETERMINED BY OKUDA!

JIM MARTIN

TONGO BETTING OCCURS DURING ALL LEVELS OF PLAY — BETTING CHIPS ARE PLACED IN INNER-RING AND LATINUM IS PLACED IN POT.

TONGO-DICE

1) DICE IS ROLLED IN CENTER
2) CARDS ARE DEALT
3) BETS ARE PLACED WITHIN OUTER CIRCLE

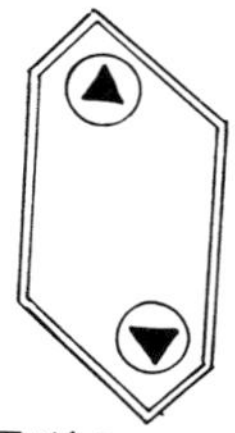

TONGO CARDS

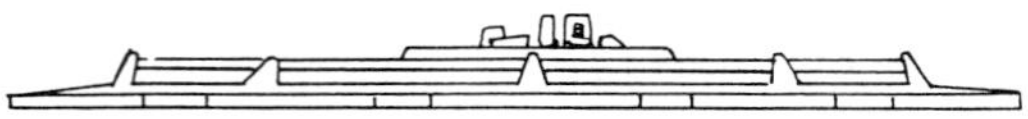

FERENGI "TONGO" TABLE

NUMBER OF PLAYER SLOTS CAN BE REDUCED AS DICTATED.

TONGO CARDS

Erste Entwürfe für Tongo – ein Glücksspiel, das in Quarks Bar sehr beliebt ist.

Wie sich herausstellte, waren die Worte ›Special Projects‹ der Begriff in Bermans neuem Titel, auf den es besonders ankam, denn zur gleichen Zeit, da er diese neue Position übernahm, kam Paramount zu dem Schluß, daß Longform-Fernsehproduktionen finanziell nicht vielversprechend waren, woraufhin man sich entschied, diesen Arbeitsbereich abzustoßen. Bermans Vorgesetzter war mit einem Mal ohne Arbeit, und wenn Bermans einzige Zuständigkeit ›Longform‹ gewesen wäre, hätte er die Aussicht auf einen sehr leeren Schreibtisch gehabt. Doch da war dieses eine besondere Projekt, das sich bei Paramount in den Startlöchern und in den Wehen der Vorproduktion befand und unter einigen nachvollziehbaren Kinderkrankheiten litt – THE NEXT GENERATION. Da er, wie er selbst sagt, die ›niedrigste‹ Führungspersönlichkeit des Studios war, bat das Studio Berman, Verbindungsmann zur Serie zu sein, in der Rolle eines Beobachters, der – wenn notwendig – Ratschläge geben konnte, und der generell ein wachsames Auge darauf haben sollte, wie sich alles für die Gesellschaft entwickelte, die für das gewagte Unternehmen Geld ausgab. Berman selber bezeichnete diesen Job als ›Der Typ vom Studio‹.

Nach zwei Wochen in dieser neuen Position lud Gene Roddenberry Berman zum Mittagessen ein. Die beiden kamen so gut zurecht, daß Berman das Treffen als ›Liebe auf den ersten Blick‹ bezeichnet. Roddenberrys Reaktion war direkter: Am nächsten Tag fragte er bei Paramount an, ob Berman bei der Serie als Produzent arbeiten könnte. Berman erinnert sich, daß er »im Verlauf der ersten drei Monate vom Produzenten zum Überwachenden Produzenten zum Ausführenden Ko-Produzenten aufstieg, und in der Mitte der ersten Season hielt ich zusammen mit Gene die Serie am Laufen«. Obwohl es zu dieser Zeit niemand wissen konnte, hatte Gene Roddenberry den ersten Schritt dahin getan, die Fackel der Verantwortung für STAR TREK weiterzureichen.

Einige Jahre später, auf einer STAR TREK-Convention in Los Angeles, ein Jahr vor seinem Tod, sprach Gene Roddenberry zu den versammelten Fans über die Zukunft von STAR TREK. Er hatte mitangesehen, wie seine Schöpfung Generationen von Zuschauern begeisterte, er hatte gehört, wie die Fans der Original- und der neuen Serie über die Vor- und Nachteile beider Serien diskutierten, und obwohl es zu dieser Zeit keine formellen Gespräche über eine dritte Serie gab, sprach er darüber, wie er die Zukunft von STAR TREK sah, wenn er nicht mehr sein würde.

Roddenberry sagte, er hoffe, daß in den folgenden Jahren die kommenden Generationen der Fans die neuen Produktionen mit Namen STAR TREK betrachten und sagen würden: »Das ist das *wahre* STAR TREK. Die anderen Leute, damals am Anfang, die konnten es nicht halb so gut.«

Deutlich sah der zu dieser Zeit 69jährige Roddenberry den Erfolg, dessen sich seine Schöpfung erfreute, und er verstand, daß STAR TREK ohne ihn weiter existieren würde. Zu dieser Zeit begann THE NEXT GENERATION ihre vierte Season und war erfolgreicher als je zuvor; Rick Bermans Name erschien neben dem von Roddenberry im Nachspann. Es war für Insider offensichtlich, an wen Roddenberry die Fackel weiterreichen wollte. Gleichermaßen deutlich erkennbar war in diesen Bemerkungen Roddenberrys Gewißheit, daß Rick Berman derjenige sein würde, der seine Schöpfung übernehmen und sie zu neuen Höhen führen würde.

Das Treffen, in dem Berman gebeten wurde, eine dritte STAR TREK-Serie zu entwickeln, fand kurz vor Roddenberrys Tod statt. Berman hatte die Gelegenheit, Roddenberry zu fragen, wie er über die Idee einer dritten STAR TREK-Serie dachte. Laut Berman hielt Roddenberry das für großartig und erklärte, daß sie sich schon bald darüber unterhalten sollten.

Dieses Gespräch kam unglücklicherweise nie zustande. Aber niemand, der

RICARDO DELGADO

Erste Entwürfe für die Spielsteine in der Episode, die den Titel ›Move Along Home‹ erhalten sollte (und hier noch ›Sore Losers‹ heißt).

mit STAR TREK verbunden ist, zweifelt daran, daß Gene Roddenberry etwas anderes als Vertrauen und Begeisterung für die Art empfunden hätte, in der Rick Berman seine Idee lebendig gehalten hatte, die Schaffung von DEEP SPACE NINE eingeschlossen.

Aber so wie Gene Roddenberry zahlreiche talentierte Individuen zusammenholte, die fortwährend ihren Beitrag zu seiner Kreation leisten sollten, so war auch DEEP SPACE NINE nicht Rick Bermans alleinige Kreation. Als Paramount ihn auf eine neue Serie ansprach, wandte sich Berman an die Person, die für die hochgelobten Drehbücher verantwortlich war, die THE NEXT GENERATION seine höchsten Einschaltquoten und höchstes Lob der Kritiker eingebracht hatten – Michael Piller.

Das ›Members Directory of the Writers Guild of America‹, Jahrgang 1994, führt Michael Pillers Leistungen wie folgt auf:

> **TV: *Cagney & Lacey*, Orion; *Hard Time on Planet Earth*, Touchstone (3 Episoden); *Legmen*, UTV (Universal Television); *Miami Vice*, UTV; *Sidekicks*, Disney; *Simon & Simon*, UTV (11 Episoden); *Star Trek: The Next Generation*, Paramount (12 Episoden); *Star Trek: Deep Space 9*, Paramount; *The Dukes of Hazzard*, WB (Warner Bros.).**

Es ist typisch für Piller, daß diese Liste so kurz ausfällt, nicht weil dies seine einzigen Arbeiten als Autor wären – was sie nicht sind –, sondern weil er keinen Versuch macht, die Auslassungen des Directory zu korrigieren. Zuallererst ist Michael Piller ein Autor, und alles andere – seine Familie ausgenommen – ist nicht annähernd so wichtig. Die gleiche intensive und kritische Detailtreue, die Rick

Berman der Produktionsseite von DEEP SPACE NINE entgegenbringt, widmet Piller seinen Drehbüchern. Er und Berman bilden eine perfekte Fernsehpartnerschaft.

Das Chula-Spielbrett aus ›Move Along Home‹.

Jeder, der in Los Angeles mit der Fernsehindustrie vertraut ist, könnte Piller als Autor aus zwanzig Metern Entfernung erkennen. Das liegt daran, daß er oft die ›Uniform‹ der Fernsehautoren trägt, leicht ausgeblichene Jeans, weiße Turnschuhe und eine Baseballmütze. Was ihm jedoch im Gegensatz zu den typischen Fernsehautoren fehlt, ist der gehetzte, leicht blasse Eindruck der Verzweiflung, der normalerweise von zu vielen zu langen Nächten kommt, um die viel zu knappen Termine einzuhalten. So wie Rick Berman umgibt auch Piller eine unerwartete Aura der Gelassenheit, verbunden mit einer schnellen und ehrlichen Bereitschaft zum Lächeln, als ob das Schicksal von zig Millionen Dollar einer Fernsehproduktion nicht 24 Stunden am Tag auf seinen Schultern lasten würde.

Kurzum, Michael Piller sieht man den Erfolg an – eine Eigenschaft der Menschen, die hart arbeiten und die dadurch belohnt werden, daß ihre Arbeit sowohl Respekt als auch breite Anerkennung erfährt. Wie zu erwarten, ist das eine Einstellung, die von vielen geteilt wird, die für DEEP SPACE NINE arbeiten; sie trägt zu der bemerkenswert ruhigen Atmosphäre bei, die praktisch alle Produktionsphasen der Serie erfüllt.

Anders als Rick Berman kam Michael Piller aber gezielt mit STAR TREK in

Verbindung. Jedoch waren das, was er beabsichtigte, und das, was er schließlich erreichte, zwei grundlegend verschiedene Dinge.

Piller wollte stets Autor werden, und mit diesem Ziel vor Augen belegte er am College einen Kurs für kreatives Schreiben. Das war der Anfang jenes schmerzhaften Weges, auf den er sich in Kapitel 4 bezog. Piller formuliert es so: »Ich machte eine sehr, sehr schlechte Erfahrung: Der Lehrer in diesem Kurs war ein – jedenfalls zu dieser Zeit – recht bekannter Autor, der seinen Unterricht eröffnete, indem er seinen Studenten sagte: ›Es gibt da draußen genug schlechte Autoren, und wenn ich das Gefühl habe, daß Sie nicht schreiben können, dann werde ich alles in meiner Macht Stehende tun, um Sie zu entmutigen.‹ Ich war einer jener Teilnehmer, bei dem er der Ansicht war, ich hätte nicht das Zeug dazu.«

Piller erinnert sich, daß der Lehrer seine Arbeiten im Unterricht vorlas, sie verriß, und die anderen im Unterricht lachten. »Es war schrecklich. Als das Ganze vorüber war, konnte ich mich keiner Schreibmaschine nähern. Ich wollte nicht länger schreiben.« Piller wandte sich dem Journalismus zu. Auf diesem Weg konnte er weiterhin schreiben, aber es würde etwas anderes sein als kreatives Schreiben. Fünf Jahre lang schrieb er kein weiteres fiktives Wort.

»Dann, an einem Abend in New York, besuchte ich eine frühe Vorstellung von *Chorus Line*«, erklärt Piller. »Eine der jungen Frauen im Chor erzählt die Geschichte des Schauspiellehrers, der seine Studenten in seinem Unterricht dazu anhielt, sich vorzustellen, daß sie auf einem Schlitten bergab fahren. Und im wesentlichen sagt er, daß, wenn man kein Talent hat, man auch nicht den Schnee und den Wind im Gesicht spüren wird. Und wenn man nicht beginnt, den Wind zu spüren, dann wird man es niemals schaffen. In dem Lied, das de Frau im Chor singt, gesteht sie, daß sie *nichts* fühlt.

Und da sitze ich auf der äußersten Kante meines Sessels und sage mir: Das ist meine Geschichte! Ich kenne diesen Lehrer. Und die junge Frau aus dem Chor geht zu ihrer Kirche und betet zur Heiligen Maria, um von ihr Rat zu erhalten. Und dann kommt die Stimme der Heiligen Maria und erklärt ihr: ›Dieser Kurs ist *nichts*. Der Lehrer ist *nichts*. Geh und finde einen besseren Kurs.‹ Und ich fragte mich: Warum habe ich nicht daran gedacht?

So hatte ich ein sehr religiöses Erlebnis, während ich mir *Chorus Line* ansah. Es war ein bedeutsamer Abend für mich, und da begann ich wieder zu schreiben.«

Es sollte aber nicht verschwiegen werden, daß Piller in den fünf Jahren, in denen er nicht schrieb, hart gearbeitet hatte. Seinen veränderten Zielen gerecht werdend, begann er seine Karriere damit, Lokalnachrichten für die CBS-Nachrichten für New York zu schreiben. Das führte zu der Position des Managing Editor der WBTV-TV News in Charlotte, North Carolina, und der des Senior News Producer bei WBBM-TV, der CBS-Tochter in Chicago. Bei WBBM-TV wurde Piller Senior Produzent der Fünf-Uhr- und der Zehn-Uhr-Nachrichten und produzierte zwei Nachrichtensondersendungen, die je mit einem Emmy Award ausgezeichnet wurden. Eine Sendung war eine Reihe von Kurzdokumentationen über das Leben mit Krebs, die andere eine Zusammenfassung der Ereignisse des abgelaufenen Jahres. Seine Nachrichtensendung gewann außerdem den Associated Press Award for Best Newscast in den Vereinigten Staaten.

Aber Fernsehjournalismus war nicht das, womit Piller den Rest seines Lebens verbringen wollte. Und trotz seiner Erfolge war er unzufrieden und unglücklich. Er wollte ins Unterhaltungsfach, und schließlich ergab sich eine Gelegenheit, die er nutzte.

Ihm wurde ein Job bei CBS in Los Angeles angeboten, als Teil eines ›Network Departments for Broadcast Standards and Practices‹, spezialisiert auf dramatisierte Dokumentationen. Mit anderen Worten: Piller kam nach Los Angeles, um als Zensor für Fernsehfilme zu arbeiten. Es sollte eine lehrreiche Erfahrung werden.

»Als Zensor las ich jeden Tag ein Drehbuch, und ich befand mich in der Abteilung, die mit einigen der besten Autoren arbeitete: David Rintels[7], Stanley Greenberg[8] und anderen phantastischen Fernsehautoren. Und so las ich einige sehr gute Drehbücher und auch einige sehr schlechte Drehbücher. Und ich sagte zu mir: Das kann ich auch. Also begann ich zu schreiben.

Zugegeben, die ersten Drehbücher waren nicht besonders. Ich brauchte zwei Jahre Schreiberfahrung, bis ich ein gutes Drehbuch schrieb. Zu der Zeit wurde ich befördert in die Unterhaltungsabteilung von CBS und arbeitete für Serien in der Hauptsendezeit[9]. Ich begann, auf gut Glück Bücher zu schreiben[10]. Einige der Leute, mit denen ich arbeitete, konnte ich dazu bewegen, sie zu lesen; sie ermutigten mich ein wenig mehr, bis ich mich entschloß – meine Karriere bei CBS schien in einer Sackgasse –, zu kündigen und Autor zu werden. Mein Vater sagte, ich sollte das nicht tun – er hatte hier als Autor schlechte Erfahrung gemacht –, aber ich zog es durch und erhielt meine ersten zwei Aufträge. Einer kam von Barney Rosenzweig von *Cagney and Lacey*, und einer von Richard Chapman und Phil De Guere von *Simon and Simon*. Beide Drehbücher wurden verfilmt, und kurz darauf wurde ich angestellt bei *Simon and Simon*, wo ich drei Jahre blieb und schließlich Produzent wurde.«

Nach diesem Aufenthalt bei *Simon and Simon* arbeitete Piller für eine Reihe anderer Serien, außerdem war er Miterfinder und Coproduzent der Syndication-Serie *Code One Medical*.

Aber es war während seiner Arbeit für Disney an der kurzlebigen Serie *Hard Time on Planet Earth*, als Piller seinen unerwarteten ersten Kontakt mit STAR TREK hatte.

»Ich hatte Maurice Hurley[11] angerufen, um ihn über einen Autoren zu befragen, den wir in Erwägung gezogen hatten und der für STAR TREK gearbeitet hatte. Ich wollte seine Meinung über diesen Autoren hören, und im Verlauf unseres Gesprächs erzählte ich Maurice, wie gut mir THE NEXT GENERATION gefiel. Ich hatte die Serie die letzten zwei Jahre zusammen mit meiner Familie gesehen und hielt sie für phantastisch.

Daraufhin sagte er: ›Hey, falls du an der Serie interessiert bist: Ich höre auf. Du solltest dich mit Gene Roddenberry treffen.‹ Und so arrangierte er ein Mittagessen mit Rick Berman, Gene Roddenberry und ihm selbst, damit wir uns gegenseitig kennenlernen konnten. Wir hatten ein sehr schönes Essen im Le Chardonnay, und in der vorangegangenen Woche war, glaube ich, ›Measure of a Man‹ zum ersten Mal gelaufen. Und ich sagte ihnen, für wie bemerkenswert ich diese Serie hielt.[12] Wir verstanden uns recht gut.«

Da Hurleys Entscheidung, die Serie zu verlassen, vor diesem Mittagessen gefallen war, überrascht es nicht, daß man bereits einen Ersatz gefunden hatte – Michael Wagner, der als Story Editor für die hochgelobte Serie *Hill Street Blues* gearbeitet hatte.

»Wie es sich so oft in dieser Stadt trifft«, erinnert sich Piller, »waren Michael und ich alte Freunde. Er war der Miterfinder einer Serie namens *Probe*[13] gewesen, und ich war einer der Produzenten dieser Serie. Also sagte ich: ›Vielleicht kann ich eine Episode schreiben.‹ Ein paar Wochen nachdem Michael seine Arbeit aufgenommen hatte, rief er mich an und sagte: ›Ich habe eine Idee (für ein Drehbuch). Möchtest du vorbeikommen und das übernehmen?‹ ›Sicher‹, sagte ich.

Dann rief ich meinen Agenten an und erklärte, daß ich als freier Mitarbeiter ein Drehbuch für THE NEXT GENERATION schreiben wollte. Er sagte: ›Tu das nicht! Man wird dich als freien Autor abstempeln. Du wirst nie wieder in einem Autorenstab arbeiten!‹«

Es erübrigt sich zu sagen, daß Piller den Rat seines Agenten ignorierte. Er

7 Zu Rintels anderen Arbeiten gehören die Fernsehfilme *Andersonville* und *Execution*, die Hallmark Hall of Fame-Produktion *Gideon's Trumpet* und der Kinofilm *Not Without My Daughter (Nicht ohne meine Tochter)*.

8 Zu Greenbergs anderen Arbeiten gehören die Fernsehfilme *Blind Ambition*, *Huey Long*, *Missiles of October* und die Kinofilm *Soylent Green (Jahr 2022 ... die überleben wollen)* und *Skyjacked (Endstation Hölle)*.

9 Darunter auch *The Incredible Hulk*, *The Dukes of Hazzard (Ein Duke kommt selten allein)* und *Cagney & Lacey*.

10 Im Anhang III erfahren Sie mehr über die Bedeutung solcher auf gut Glück geschriebener Drehbücher für den Beginn einer Karriere als Drehbuchautor.

11 Zu dieser Zeit war Hurley Mitausführender Produzent von THE NEXT GENERATION. Er und Piller hatte zusammen für *Simon & Simon* gearbeitet.

12 ›Measure of a Man‹ wurde in der Woche ab dem 13. Februar 1989 ausgestrahlt. Es war das erste verwirklichte Fernsehdrehbuch von Melinda Snodgrass und erzählt die Geschichte einer Verhandlung, bei der die Rechte des Androiden Data als Lebensform in Frage gestellt wurden. Das Drehbuch wurde für einen Writers Guild Award nominiert und war ein perfektes Beispiel für das Ziel, das sich Gene Roddenberry mit STAR TREK gesetzt hatte – die Frage zu erforschen: Was bedeutet es, ein Mensch zu sein? Piller hätte sich für sein Lob keine bessere Episode aussuchen können.

13 Der andere Beteiligte an dieser Serie war der gefeierte Science Fiction-Autor Isaac Asimov. Die Serie über einen Verbrechen aufklärenden Wissenschaftler lief von März bis Juni 1988.

schrieb für die dritte Season zusammen mit Wagner die Episode ›Evolution‹. Die Handlung war ein solides, wenngleich auch trockenes Science Fiction-Konzept, in dem Wesleys wissenschaftliches Projekt – eine Kooperation zwischen zwei mikroskopischen medizinischen Objekten mit Namen ›Naniten‹ – die Enterprise bedroht. Aber Piller schaffte es, dem Drehbuch eine persönliche Note zu geben – genau das, was seine Drehbücher auszeichnet und seinen Stil kennzeichnet, den THE NEXT GENERATION unter seiner Leitung annahm und der auch DEEP SPACE NINE von Beginn an prägte.

»Ich erinnere mich, daß ich mich hinsetzte und mich fragte: Wie wird daraus eine persönliche Geschichte? Es ist eine der ersten Episoden, in denen Beverly Crusher aus ihrem ›Winterschlaf‹ während der zweiten Season zurückkehrt. Warum nutze ich das nicht als Gelegenheit, das Publikum wieder mit ihr bekannt zu machen, mit der Beziehung zwischen ihr und ihrem Sohn? Sie ist für mindestens ein Jahr fortgewesen, da wird sich zwischen ihnen eine Menge abspielen.

Wenn man sich die Episode ansieht, ist es letztlich eine Geschichte geworden über Wesley und seine Beziehungen, nicht nur zu seiner Mutter, die wieder da ist, sondern auch zu dem Wissenschaftler, der von seiner Arbeit vereinnahmt ist, von seinem Beruf, von seiner Erfolgssucht, davon, ein Problem zu lösen, das ihm diesen einen ruhmvollen Moment einbringen wird.

Ich dachte, daß der Schlüssel – der Durchbruch – dieser Episode der war, daß ich den Wissenschaftler als erwachsene Personifizierung von Wesley Crusher konzipierte. Das Publikum konnte sehen, daß Wesley, würde er seinen gegenwärtigen Kurs weiterverfolgen, zu einem derart einsamen, unglücklichen und besessenen Erwachsenen werden würde. Und im Verlauf der Episode entscheidet er sich, nicht diesem Weg zu folgen. Das war das, was es aus meiner Sicht wert war, die Episode zu schreiben. Sie zielte auf den Kern der Besessenheit dieses Mannes und auf die Entscheidung eines jungen Mannes, welche Art von Leben er führen wollte.«

Die Ironie des Pillerschen Wunsches, eine Episode für eine seiner meistgeliebten Fernsehserien und zugleich für einen alten Freund zu schreiben, bestand darin, daß dieser Freund – Michael Wagner – sich entschieden hatte, nicht bei der Produktion zu bleiben. Er verließ die Serie.

»Das war der Augenblick, als sie mich riefen«, erinnert sich Piller, »und sagte: ›Sieh mal, du bist der einzige, der ein Drehbuch geschrieben hat, das wir in diesem Jahr verwenden können. Schließ dich unserem Autorenstab an.‹ Ich sagte zu.«

Diese Position im Autorenstab – von der sein Agent gesagt hatte, er würde sie nie wieder erhalten – brachte Pillers ersten Job als Ausführender Coproduzent einer dramatischen Fernsehserie mit sich. Und obwohl Hollywood den Ruf hat, eine unbarmherzige Stadt zu sein, hat Piller noch immer den gleichen Agenten, der ihm gesagt hatte, er solle nicht für THE NEXT GENERATION schreiben. Heute, so Piller, nimmt sein Agent natürlich den gesamten Ruhm für Pillers Aufstieg für sich in Anspruch.

Michael Pillers Position bei THE NEXT GENERATION brachte eine frische Perspektive und neue Tiefe in die Geschichten, was von den Zuschauern sehr geschätzt wurde. Die Quoten stiegen, und obwohl die Serie von mehr Sendern ausgestrahlt wurde als jede andere dramatische Serie, kamen immer noch neue Sender und nahmen die Serie in ihr Programm auf. In der vierten Season erreichte die Serie ein Rekordhoch in den Syndicationquoten, und in der fünften Season, die mit dem 25jährigen Jubiläum von STAR TREK zusammenfiel, kletterten die Quoten so hoch, daß sie sogar die Network-Serien in den Schatten stellten, darunter *Cheers*, *Roseanne*, *60 Minutes* und – völlig überraschend – *Monday Night Football*!

Im Lauf der Jahre war Michael Pillers Beitrag zu STAR TREK beträchtlich. Er schuf so etwas wie einen roten Faden im Denken einer Gruppe von festen Autoren, die der Serie eine willkommene Beständigkeit gaben, die lebenswichtig ist, um das anhaltende Interesse der Zuschauer zu bewahren. Piller trug zweifellos dazu bei, ein 25 Jahre altes Franchise-Unternehmen für eine neue Zuschauergeneration noch attraktiver zu machen.

Und selbst wenn jemand den Wunsch verspürt, über die Bedeutung der Charaktere in Fernsehdrehbüchern zu debattieren, so macht der Erfolg von THE NEXT GENERATION und DEEP SPACE NINE Pillers Ansicht über jeden Zweifel erhaben. Und diese Erkenntnis bringt uns zurück zu DEEP SPACE NINE oder – wie die Serien in ihrer Anfangsphasen kurzzeitig hieß – zu *The Final Frontier*.

SECHS

DER ANFANG

Niemand weiß irgend etwas.

William Goldman

Kreativ zu sein, heißt, an einem Prozeß teilzunehmen, dessen Ausgang unbekannt ist. Erst *nach* dem Akt des Erschaffens ist es manchmal möglich, den Weg zurückzuverfolgen zu den ersten unerwarteten Schritten, die von den Startbedingungen zum Resultat geführt haben. In der Mathematik nennt man diesen Prozeß ›chaotisch‹. Das bedeutet nicht, daß ein Prozeß schlampig oder außer Kontrolle geraten ist. Es bedeutet einfach, daß der Prozeß so unfaßbar komplex ist, daß sein Ausgang nicht vorhergesagt werden kann, sondern erst im nachhinein durch Näherungswerte umrissen und verstanden werden kann.

Die ersten Schritte bei der Erschaffung von DEEP SPACE NINE sind keine Ausnahme. Sicher, die Ursprünge gewisser Namen, gewisser Situationen und gewisser Charaktere können präzise identifiziert werden. Aber in Anbetracht der Komplexität des kreativen Prozesses – die Art, wie ein Autor eine komplette Persönlichkeit, völlig ausgearbeitet, in einem plötzlichen Ausbruch von Inspiration schaffen kann, die alle Probleme eines bestimmten Punkts in der Handlung beseitigt, später aber tagelang vergeblich versucht, die einfachste und offensichtlichste Lösung für ein Problem zu finden – gibt es keine Möglichkeit, um sich mit diesem Teil der Entstehung von DEEP SPACE NINE zu befassen, außer durch Näherungswerte.

In diesem Kapitel wollen wir versuchen, den Prozeß nachzuvollziehen, durch den Rick Berman und Michael Piller das reichhaltige Geflecht von Charakteren, Handlungsumfeld und Geschichten für ihre Serie schufen. Einige dieser Stufen, die wir beschreiben, ereigneten sich in einem einzigen Augenblick. Andere dauerten Monate. Und sehr wenig davon ereignete sich in der klaren und logischen Reihenfolge, die wir beschreiben, obwohl es die Reihenfolge ist, die – rückblickend – am ehesten Sinn macht.

Eine erste Studie des Planeten Bajor nach der cardassianischen Besatzung.

Während Sie diese geordnete Darstellung der Entstehung der Serie lesen, bedenken Sie bitte, daß sich die meisten dieser Phasen gleichzeitig abspielten. Die Entwicklungstreffen zwischen Berman und Piller wechselten unaufhörlich zwischen Pilotfilmhandlung, Vorgeschichte der Charaktere[1] und Aussehen der Raumstation – alles durcheinander. Dies ist eine vereinfachte Darstellung, wie Berman und Piller diese Aufgabe durch ihre Talente und ihre Erfahrungen bewältigten und warum sie sich für die Richtungen entschieden, die sie einschlugen. *Warum* der menschliche Geist solche Dinge hervorbringt, das ist eher das Thema für psychologische Arbeiten.

Zunächst einmal war da die Aufgabe, mit der sich Berman und Piller im Sommer 1991 konfrontiert sahen. Sie war auf den ersten Blick recht einfach: Schaffen Sie die Voraussetzungen für eine dritte STAR TREK-Serie. Aber die Bedingungen, die an diese scheinbar einfache Anweisung geknüpft waren, erwiesen sich als erschreckend komplex.

Zunächst sollte die Serie das gleiche sein wie das, was sich zuvor bewährt hatte. Auf der untersten Stufe bedeutete das eine einstündige Science Fiction-Serie, irgendwo im Titel möglicherweise den Namen ›STAR TREK‹.

Wir sagen ›möglicherweise‹, weil verschiedene Erinnerungen an diese zentrale Entscheidung existieren. Rick Berman erinnert sich, daß man ihn bei den ersten Gesprächen mit den Paramount-Verantwortlichen, vor allem mit Brandon Tartikoff, lediglich gebeten hatte, eine neue Science Fiction-Serie zu entwickeln, für die Paramount damit werben konnte, daß sie von dem Mann produziert wurde, der in den vergangenen fünf Jahren für STAR TREK verantwortlich gewesen war. Michael Piller erinnert sich, daß in dem Augenblick, als Berman ihn an Bord geholt hatte, sie beide die Studiobosse davon überzeugen mußten, daß ein STAR TREK-Ableger[2] der beste Weg sein würde.

Brandon Tartikoff dagegen glaubt, daß die Entscheidung, aus der neuen Serien einen Teil von STAR TREK zu machen, nie wirklich in Frage stand, hauptsächlich aus finanziellen Erwägungen. »Bei Paramount«, so erklärt Tartikoff, »wurde es von Anfang an als Renner betrachtet. Wenn man in die Bücher schaute, sah man, daß THE NEXT GENERATION jedes Jahr ein 25-Millionen-Dollar-Bonbon war. Das war der Gewinn, den es

1 ›Vorgeschichte‹ bezieht sich auf den fiktiven Hintergrund, der für Charaktere und Handlungsumfeld festgelegt wird, der nicht direkt mit einer bestimmten Geschichte verbunden ist, sondern der Beschreibung des Charakters dient. Beispielsweise gehört zur Vorgeschichte von Sisko die Tatsache, daß er mehrere Brüder hat, ein Hinweis auf seine Person, die noch Teil einer zukünftigen Episode von DEEP SPACE NINE werden kann. Erwähnung fand sie in der Episode ›Paradise‹ in der zweiten Season.

2 Technisch ist THE NEXT GENERATION eine Fortsetzung der klassischen Serie, weil sie ihr nachfolgt. DEEP SPACE NINE ist ein Ableger, ein sogenannter Spin-Off, weil diese Serie sich parallel zu THE NEXT GENERATION abspielt.

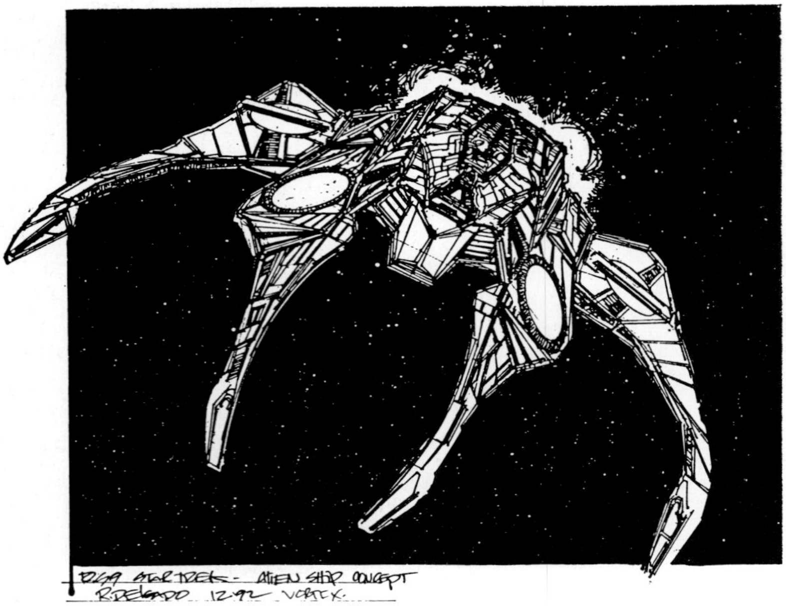

Neue Raumschiffentwürfe für die neue Serie.

RICARDO DELGADO

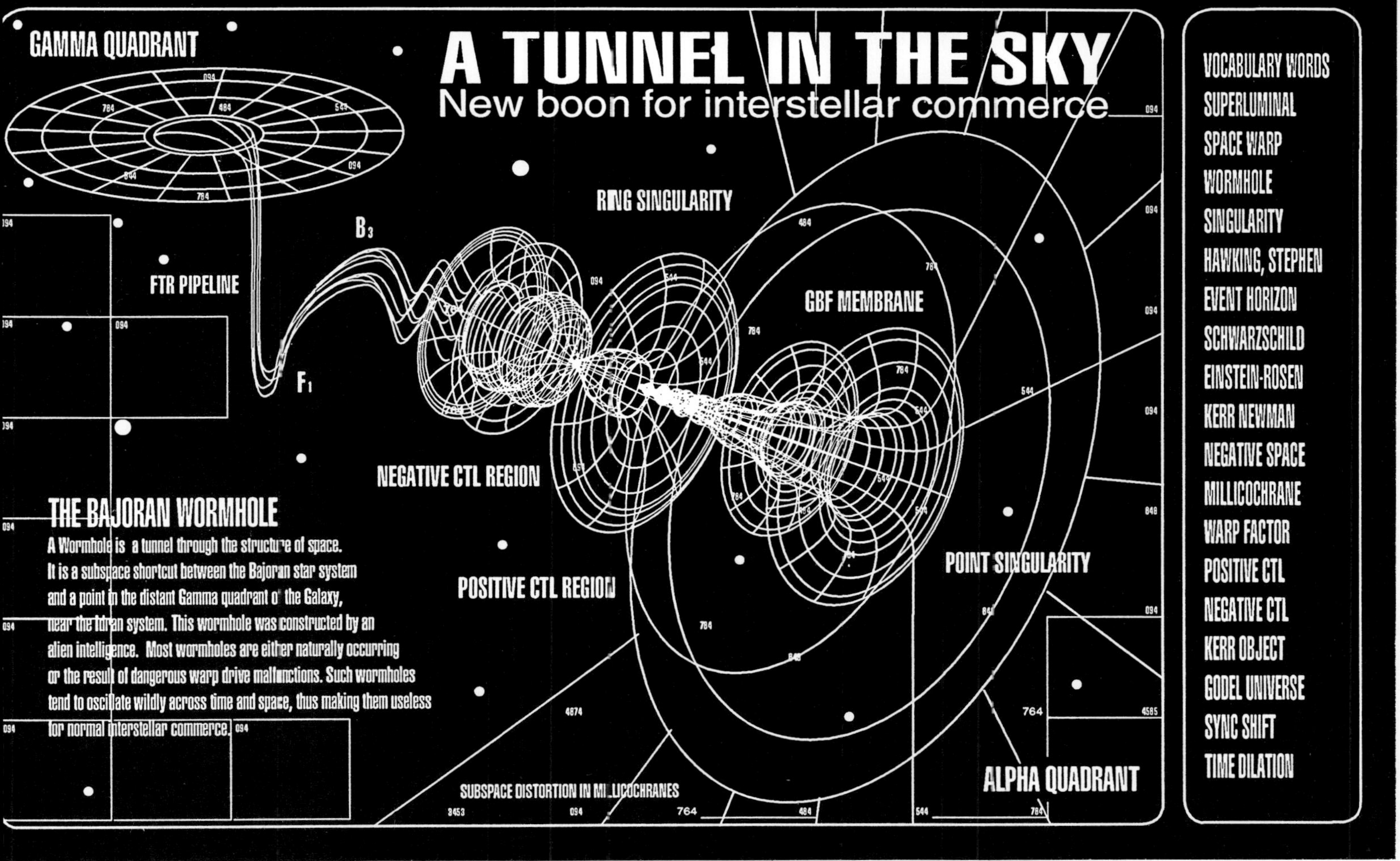

Ein Wurmloch à la STAR TREK.

für Paramount abwarf. So glich die Entscheidung einer Einwilligung, ein weiteres 25-Millionen-Dollar-Baby auf die Welt zu bringen ...«

Zweifellos haben alle Beteiligten andere Erinnerungen zu diesem Thema – aus dem einfachen Grund, daß so viele Führungspersönlichkeiten über so viele Monate an den Gesprächen beteiligt waren, daß die Bedingungen des Projektes sich ständig veränderten. Aber ganz gleich, wie die Entscheidung zustande kam – als sich Berman und Piller zusammensetzten, um ihren endgültigen Entwurf zu überarbeiten, sollte ›STAR TREK‹ in jedem Fall Bestandteil des Titels der neuen Serie sein, mit dem gesamten Themenkomplex, der mit diesen wenigen Worten verbunden wurde.

Während sich die Serie im Rahmen des Bekannten abspielen sollte, sollte sie doch – ganz der Tradition der klassischen doppelten Denkweise des Fernsehens – deutlich anders sein, damit sie frisch und neu sein würde. Da die neue Serie höchstwahrscheinlich ins Programm genommen würde, wenn THE NEXT GENERATION noch lief, schied die Möglichkeit einer auf einem Raumschiff spielenden Serie aus und ließ nur wenige Alternativen übrig.

Oder wie es Michael Piller formuliert: »Wenn man eine Serie im Weltraum spielen läßt, hat man grundsätzlich drei Möglichkeiten – auf einem Raumschiff, auf einem fremden Planeten oder auf einer Raumstation.«

Nachdem die Raumschiff-Variante für den Moment[3] ausschied, entschieden sich Berman und Piller, die Serie in einer anderen gewohnten STAR TREK-Umgebung zu plazieren – in einer Raumstation. Für kurze Zeit dachten sie an eine Raumbasis auf einem fremden Planeten. Dieser fremde Planet, der ihnen in den Sinn kam, war Bajor – eine Welt, die sie für ihr NEXT GENERATION-Drehbuch ›Ensign Ro‹ erfunden hatten.

In dieser Episode war kurz ein behelfsmäßiges bajoranisches Flüchtlingslager auf

3 Aber nicht für die Ewigkeit. Die jüngste, seit 1995 laufende Serie STAR TREK: VOYAGER spielt auch wieder auf einem Raumschiff, wenn auch mit einem bemerkenswerten Unterschied. Im Falle der *Voyager* ist das Schiff auf die andere Seite der Galaxis transportiert worden, wodurch kein Kontakt mit Starfleet und der Föderation möglich ist. Die Besatzung – die aus zwei politisch gespaltenen Gruppierungen besteht – muß ganz auf sich gestellt, mit dieser Situation zurechtkommen.

Die fehlende Bajoranerin: Fähnrich Ro

›Ensign Ro‹ war die dritte Episode der fünften Season von THE NEXT GENERATION. Das Buch stammte von Rick Berman und Michael Piller, das Drehbuch von Michael Piller, Regie führte Les Landau.

Die Absicht dieser Episode war, der Crew eine weibliche Figur mit Ecken und Kanten hinzuzufügen. Eine Figur mit der Stärke und der Würde eines Starfleet-Offiziers, aber mit einer bewegten Vergangenheit, die ihrer Persönlichkeit das gewisse Etwas gab, das manche bei den anderen Figuren vermißten.

In der Geschichte wird erklärt, daß Bajor in den letzten 40 Jahren von den Cardassianern besetzt war. Fähnrich Ro Laren (gespielt von Michelle Forbes) ist eine Bajoranerin, die im Alter von sieben Jahren mitansehen mußte, wie ihr Vater von den Cardassianern zu Tode gefoltert wurde. Die Episode beginnt damit, daß Ro von einem Admiral auf die *Enterprise* versetzt wird, nachdem sie einen Befehl verweigert hatte, während sie Mitglied eines Landeteams der *Wellington* war. Als Folge dieser Befehlsverweigerung kamen acht Leute ums Leben. Einige auf der *Enterprise*, darunter Picard und Riker, sind gegen ihre Anwesenheit auf dem Schiff.

Ros Versetzung auf die Enterprise hat politische Hintergründe. Als Preis für ihre Freiheit soll sie den Führer des bajoranischen Widerstands in eine cardassianische Falle locken, um die Föderation so davon zu überzeugen, daß sie sich auf die Seite der Cardassianer und damit gegen die Bajoraner stellen soll. Bis dahin hat sich die Föderation unter Berufung auf die erste Direktive aus dem Konflikt herausgehalten. Als Picard von der Falle erfährt, greift er so in die Situation ein, daß die wahren Absichten der Cardassianer offensichtlich werden. Die Episode endet damit, daß Picard Ro einen festen Posten auf der *Enterprise* anbietet, den sie unter einer Bedingung annimmt: Sie darf das Zeichen ihrer Herkunft tragen, den bajoranischen Ohrring.

Zu dieser Zeit ahnte niemand, was aus dieser einen, bei den Zuschauern beliebten Episode entstehen würde.

ROBBIE ROBINSON

Michelle Forbes als Fähnrich Ro in der gleichnamigen Episode.

der Planetenoberfläche gezeigt worden. Berman und Piller hatten gleichfalls kurzzeitig daran gedacht, diese Idee zur Umgebung der neuen Serie zu machen – als eine außerirdische Version einer Hong Kong-Kolonie, gebaut als Drehort unter freiem Himmel, nördlich von Los Angeles.

Aber in Anbetracht der Kosten für eine komplette ›First Unit‹[4], die sich bei 5000 bis 6000 Dollar pro Stunde bewegten, und in Anbetracht der Summen, die Woche für Woche in den zweieinhalb benötigten Tagen entstehen würden, um die Produktion von den Studios auf dem Paramount-Gelände zu dem angenommenen – räumlich noch nicht festgelegten – Drehort und zurück zu transportieren, gaben Berman und Piller diese Idee sehr schnell auf. Und da es schwierig ist, Szenen unter freiem Himmel im

4 Das ›First Unit‹-Team ist der Produktionsstab, der unter der Leitung des Regisseurs verantwortlich ist für die Aufnahme aller wichtigen Szenen mit den Hauptdarstellern. Das ›Second Unit‹-Team, das einen eigenen Regisseur hat, arbeitet unterstützend. Bei DEEP SPACE NINE ist Regisseur der ›Second Unit‹ meistens Dan Curry, der schon bei THE NEXT GENERATION diese Position besetzt hatte. Curry erklärt, daß bei DEEP SPACE NINE die ›Second Unit‹ »Nahaufnahmen filmt, Hände, die Dinge bedienen, Monitore, Bluescreen-Aufnahmen, manchmal

Die realistische Nachbildung natürlicher Beleuchtung im Studio ist eine beeindruckende Leistung, die STAR TREK von den meisten anderen Serien unterscheidet. In dieser Szene – die im Studio gefilmt wurde – aus ›The Alternate‹ zeigt Dr. Weld Ram (Matt McKenzie) Dr. Mora Pol (James Sloyan) und Odo eine winzige Lebensform, die mit Odo verwandt sein könnte.

Der Aufrufplan für die ›Second Unit‹ von DEEP SPACE NINE. An diesem Tag sollte sie auf Bühne 18 Aufnahmen für vier verschiedene Episoden – 434, 435, 436 und 437 – erledigen. Wenn Sie sich jetzt fragen, warum wir ›sollte‹ schreiben, dann sehen Sie sich das Datum auf dem Vordruck an und schlagen nach in David Livingstons Anmerkungen in Kapitel Eins.

Ein erster Entwurf für den Obelisken in ›The Alternate‹.

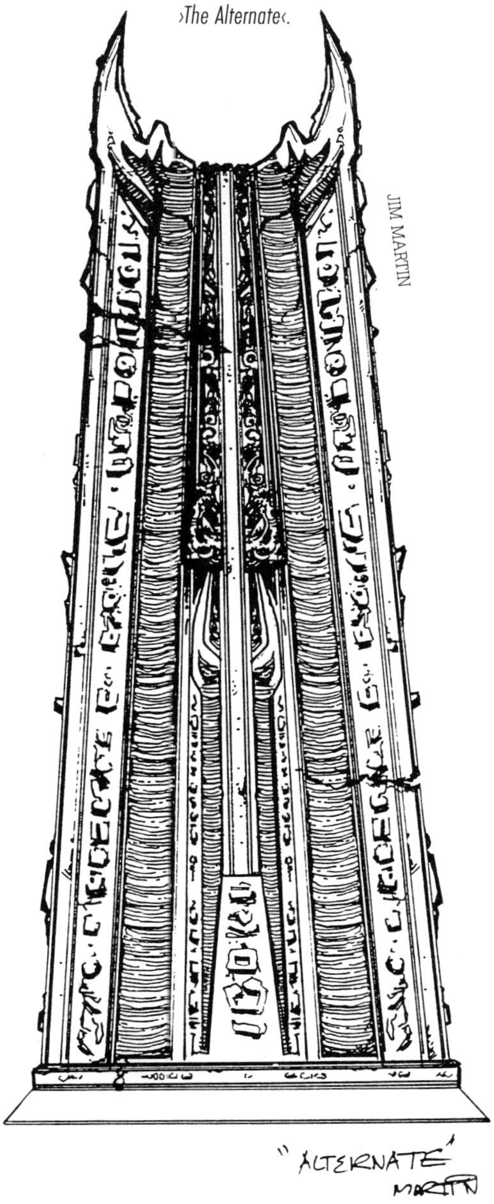

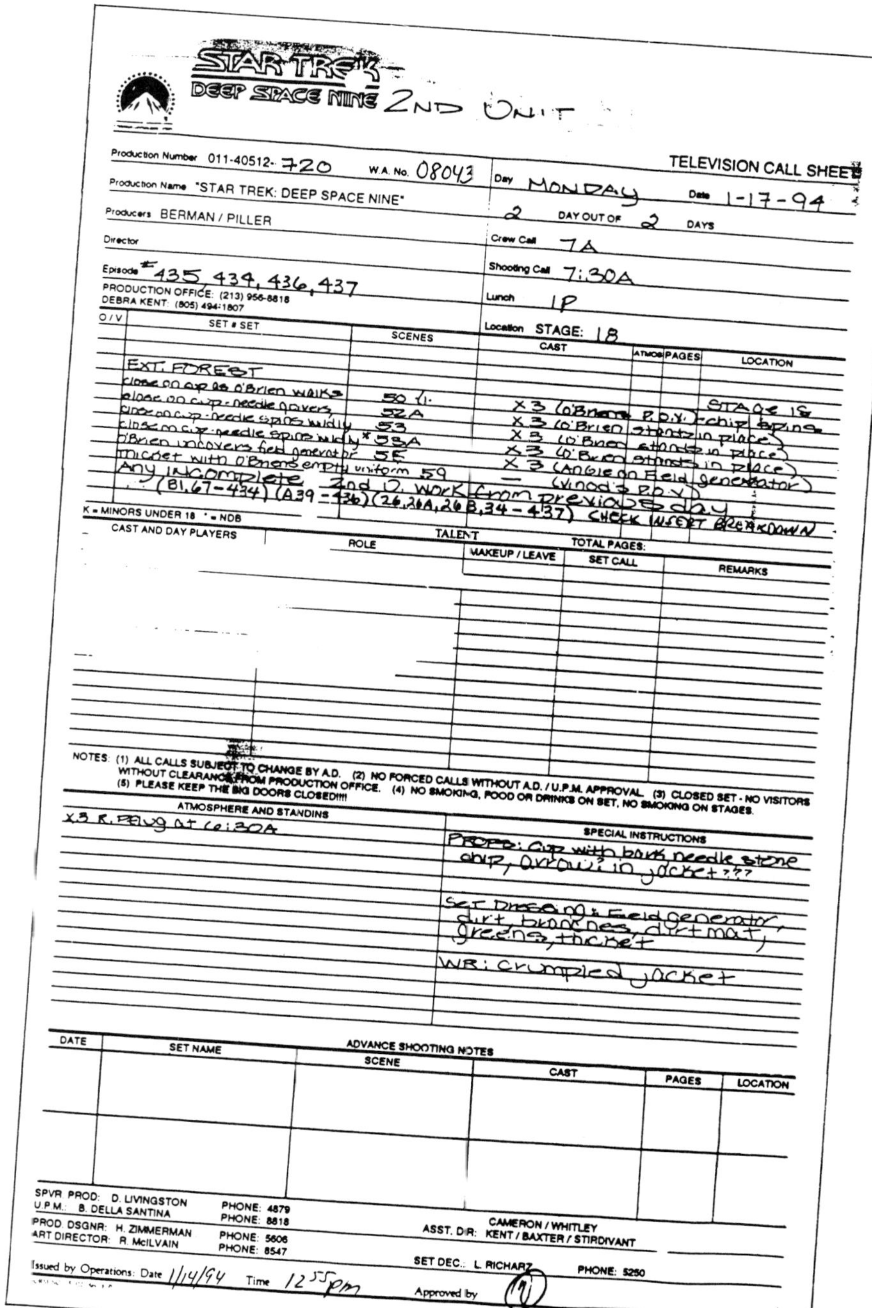

STAR TREK DEEP SPACE NINE 2ND UNIT

TELEVISION CALL SHEET

Production Number 011-40512-720 W.A. No. 08043
Production Name "STAR TREK: DEEP SPACE NINE"
Producers BERMAN / PILLER
Director
Episode # 435, 434, 436, 437
PRODUCTION OFFICE: (213) 956-8818
DEBRA KENT: (805) 494-1807

Day MONDAY Date 1-17-94
2 DAY OUT OF 2 DAYS
Crew Call 7A
Shooting Call 7:30A
Lunch 1P
Location STAGE: 18

O/V	SET # SET	SCENES	CAST	ATMOS	PAGES	LOCATION
	EXT. FOREST					
	close on cup as O'Brien walks	50				
	close on cup - needle quivers	52A	X3 (O'Brien's P.O.V.)			STAGE 18
	close on cup - needle spins wildly	53	X3 (O'Brien stands in place)			chip spins
	close on cup - needle spins wildly	*53A	X3 (O'Brien stands in place)			
	O'Brien uncovers field generator	5E	X3 (O'Brien stands in place)			
	thicket with O'Brien's empty uniform	59	X3 (Angle on Field generator)			
	Any INCOMPLETE 2nd U. work from previous day		— (Vinod's P.O.V.)			
	(81, 67 – 434) (A39 – 436) (26, 26A, 26B, 34 – 437) CHECK INSERT BREAKDOWN					

K = MINORS UNDER 18 * = NDB

CAST AND DAY PLAYERS	ROLE	TALENT	MAKEUP / LEAVE	SET CALL	REMARKS

TOTAL PAGES:

NOTES: (1) ALL CALLS SUBJECT TO CHANGE BY A.D. (2) NO FORCED CALLS WITHOUT A.D. / U.P.M. APPROVAL (3) CLOSED SET - NO VISITORS WITHOUT CLEARANCE FROM PRODUCTION OFFICE. (4) NO SMOKING, FOOD OR DRINKS ON SET, NO SMOKING ON STAGES. (5) PLEASE KEEP THE BIG DOORS CLOSED!!!!

ATMOSPHERE AND STANDINS
X3 R. Pelug at 6:30A

SPECIAL INSTRUCTIONS
PROPS: Cup with box needle, stone chip, arrow? in jacket???
Set Dressing: Field generator, dirt, branches, dirt mat, greens, thicket
WB: crumpled jacket

ADVANCE SHOOTING NOTES

DATE	SET NAME	SCENE	CAST	PAGES	LOCATION

SPVR. PROD: D. LIVINGSTON PHONE: 4879
U.P.M.: B. DELLA SANTINA PHONE: 8818
PROD. DSGNR: H. ZIMMERMAN PHONE: 5606
ART DIRECTOR: R. McILVAIN PHONE: 8547
ASST. DIR: CAMERON / WHITLEY KENT / BAXTER / STIRDIVANT
SET DEC.: L. RICHARZ PHONE: 5250
Issued by Operations: Date 1/14/94 Time 12[55] pm
Approved by

Studio realistisch nachzustellen[5], führte das die beiden zur dritten Möglichkeit, der Raumstation.

Neben der Vereinfachung der Produktionsanforderungen für die neue Serie lieferte eine Raumstation zudem viele Vorteile für die Geschichten. Da sich die Station nicht wie die *Enterprise* zu neuen Welten begeben konnte, mußten die neuen Welten zu ihr kommen. Und was bot sich Besseres an, um Aliens von Tausenden von neuen Welten – bekannten und unbekannten – zu einem besetzten Planeten zu locken, als die Positionierung der Raumstation in die Nähe einer anderen vertrauten Idee aus dem STAR TREK-Universum – eines Wurmlochs.

›Wurmloch‹ ist ein von Albert Einstein geprägter Begriff, um einen theoretischen Ableger seiner Relativitätstheorie zu beschreiben. Es bezeichnet einen Weg zwischen zwei entfernten Punkten in der Art, daß die Entfernung durch das Wurmloch kürzer ist als die Entfernung zwischen den beiden Punkten im normalen Raum-Zeit-Kontinuum.

Heutzutage sind Wurmlöcher ein allgemein anerkannter – wenngleich auch noch nie beobachteter – Teil der modernen Physik, von denen man annimmt, daß sie unglaublich klein sind und gleichermaßen für unglaubliche kurze Zeit existieren.[6]

Im Universum von STAR TREK sind Wurmlöcher vertraute Phänomene – jedenfalls für all jene, die sich an STAR TREK: THE MOTION PICTURES erinnern, in dem der erste Test des neuen Warpantriebs der *Enterprise* ein instabiles Wurmloch erzeugt und das Schiff beinahe zerstört wird.[7] Ein Wurmloch spielte auch eine wichtige Rolle in der dritten Season von THE NEXT GENERATION, in der Episode ›The Price‹, geschrieben von Hannah Louise Shearer. Diese Episode enthielt einige zentrale Elemente, die dann für DEEP SPACE NINE verwendet wurden. In ›The Price‹ versuchen die Bewohner des Planeten Barzan, die Nutzungsrechte an einem in ihrem Sonnensystem entdeckten Wurmloch zu verkaufen, da sie auf einen kommerziellen Glückstreffer hoffen. Dieses Wurmloch erstreckte sich über 70 000 Lichtjahre in den Delta-Quadranten, so wie das bajoranische Wurmloch sich 70 000 Lichtjahre in den Gamma-Quadranten erstreckt. Unglücklicherweise erwies sich das Wurmloch der Barzaner als instabil, wodurch es für regelmäßige Reisen nutzlos wurde.

Was aber, so überlegten Berman und Piller, wenn sich ihre bajoranische Raumstation in der Nähe eines stabilen, stets geöffneten Wurmlochs befand? Ein Wurmloch, das eine Abkürzung zwischen zwei weit entfernten Regionen des Weltalls darstellte, eine Art interstellarer Panamakanal. In diesem Fall würden stets Schiffe die Station anfliegen, viele davon von Welten und Rassen, die man noch nie zuvor gesehen hatte. Nach der Einigung auf diese Rahmenbedingungen rückte DEEP SPACE NINE dem Start näher und näher, war aber immer noch namenlos.

Ein weiteres wichtiges Element einer jeden erfolgreichen Fernsehserie ist Konflikt. Konflikt ist die Quelle für Geschichten. Detektive befinden sich im Konflikt mit Kriminellen. Ärzte kämpfen gegen Tod und Krankheit. Junge Menschen an der Highschool erleben wegen ihrer Liebesaffären Konflikte. Wo aber war die Quelle für Konflikte auf einer namenlosen Raumstation in der Nähe eine bajoranischen Wurmlochs?

Der offensichtlichste Konflikt, der bereits geschaffen worden war, war der zwischen den Bajoranern und den Cardassianern. Aber die Idee, eine Science Fiction-Serie in einem andauernden interplanetarischen Krieg anzusiedeln, war keine Idee für STAR TREK. STAR TREK befaßt sich mit Themen des Friedens und der Zusammenarbeit. Jede STAR TREK-Episode, die in ihrer Handlung einen interplanetarischen Konflikt benutzt hat, war üblicherweise darauf ausgerichtet, diesen Konflikt zu beenden, nicht aber an ihm teilzunehmen.

Erneut brachte eine logische Antwort die Serie einen Schritt weiter – sie würde damit beginnen, als die Cardassianer Bajor *verlassen*. Anstatt sich mit dem Krieg zu befassen,

mit den Hauptdarstellern und mit Aufnahmen von Geräuschen«.

Die kleinere ›Second Unit‹ wird außerdem eingesetzt, wenn eine komplexe Aufnahme erforderlich ist, die zu zeitraubend ist, um alle Schauspieler und die ›First Unit‹ damit zu beschäftigen. »Angenommen, wir haben eine komplexe Odo-Verwandlungsszene«, sagt Curry, »oder Aufnahmen kleiner umherspringender Bestien – Dinge, die aus Zeit- oder aus technischen Gründen bequemer mit einer kompletten Crew gefilmt werden. Manchmal gibt es etwas, was nur für Sekunden auf dem Bildschirm zu sehen ist, was aber einen stundenlangen Aufbau erfordert, weil es sehr präzise ablaufen muß. Damit will die First Unit sich nicht befassen.«

5 Es sollte aber erwähnt werden, daß das Team von THE NEXT GENERATION eindrucksvolle Fortschritte gemacht hat, wenn es darum geht, in einem Studio eine überzeugende ›Außenaufnahme‹ zu erzeugen. Diese Tradition findet bei DEEP SPACE NINE (und bei VOYAGER) ihre Fortsetzung. Achten Sie einmal darauf, wie oft in anderen Serien – besonders in der klassischen STAR TREK-Serie – Außenaufnahmen im Studio gemacht werden und die Schauspieler durch die Beleuchtung drei oder vier verschiedene Schatten bekommen. Diesen Mangel kann man in jeder der neuen STAR TREK-Serien nur sehr selten entdecken.

6 In der Realität könnte die Reise durch ein Wurmloch dazu führen, daß Informationen sich schneller als das Licht weiterbewegen, was gemäß der modernen Physik nicht möglich ist, obwohl jüngste aufregende Experimente Hinweise darauf gegeben haben, daß es nicht *völlig* unmöglich sein muß. Die Raumschiffe in STAR TREK reisen aber seit den Tagen der klassischen Serie mit Überlichtgeschwindigkeit, so daß wissenschaftliche Genauigkeit hier kein Thema war.

7 Was STAR TREK für die Wissenschaft tut, ist von der Gemeinschaft der Wissenschaftler nicht ignoriert worden. In dem humoristischen Magazin *The Journal of Irreproducible Results* (Vol. 38 No. 3), wo Wissenschaftler Dampf ablassen, indem sie ernsthafte wissenschaftliche Arbeiten persiflieren, tauchte in einem Artikel über neue Verwendungsmöglichkeiten einer üblichen Technik, die Eigenart der Raumzeit zu illustrieren – ›The Use of Feynman Diagrams to Model Macrosopic Phenomena‹ von Martin Phipps, McGill University –, folgende Fußnote auf:

> 1. Es besteht Hoffnung, daß Schleifendiagramme genutzt werden könnten, um Prozesse darzustellen, die sich ohne die Beschränkungen linearer Zeit ereignen.
> Siehe R. Berman und M. Piller, ›Wormholes and Non-linear Time‹, *Federation Journal of Physics*, Vol. 1 No. 1, 1993.

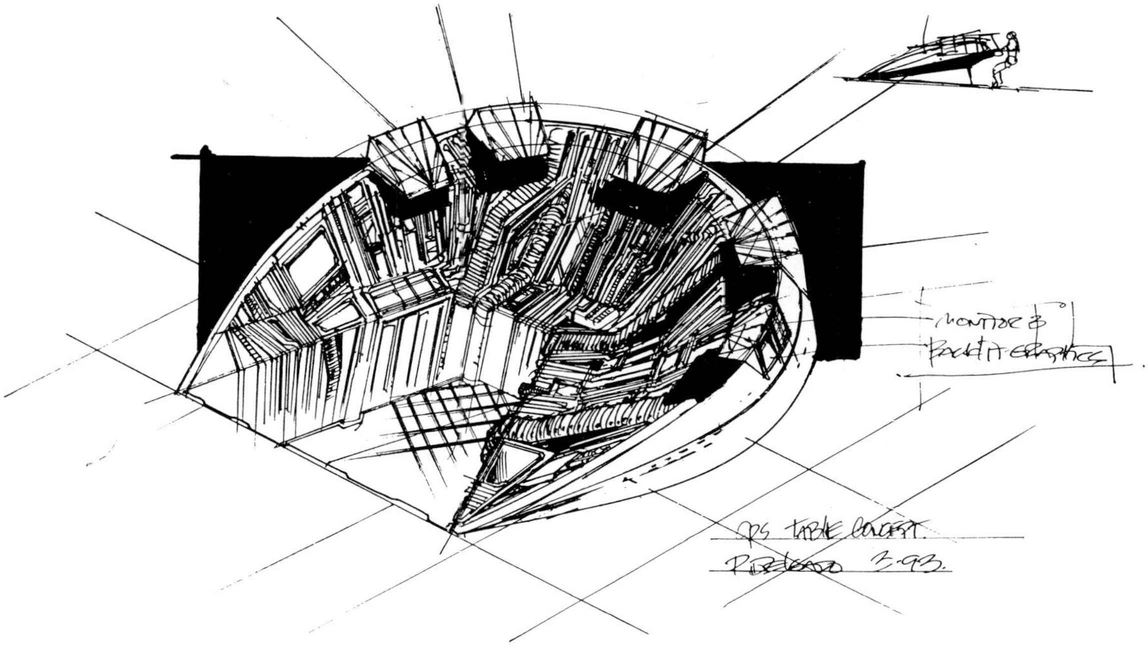

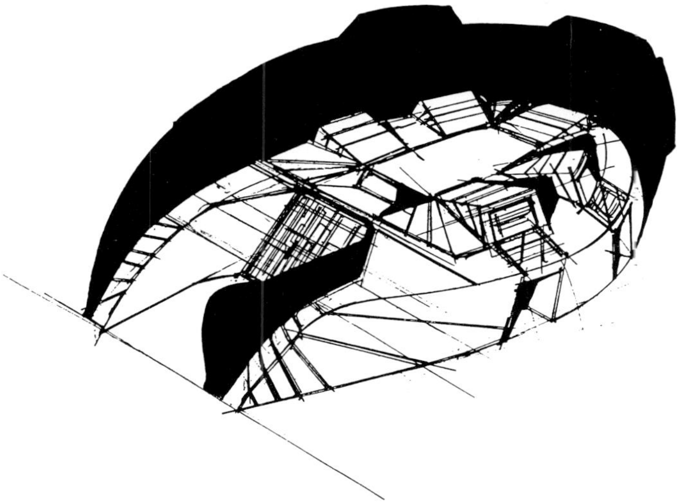

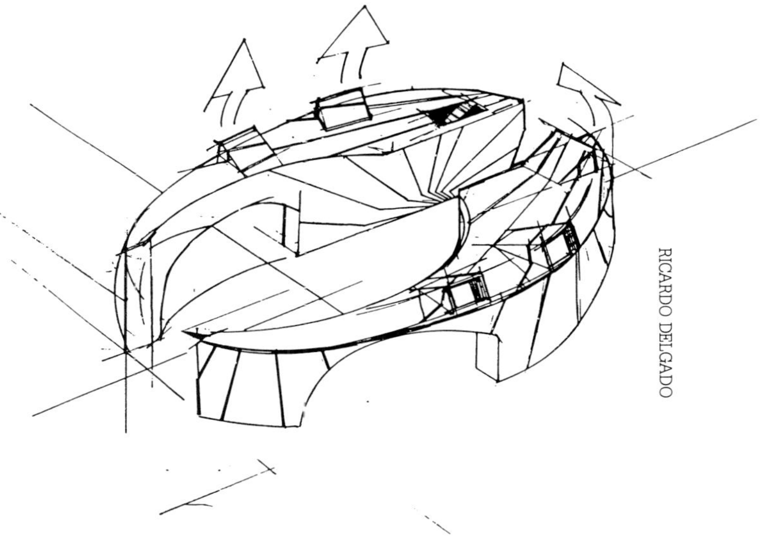

RICARDO DELGADO

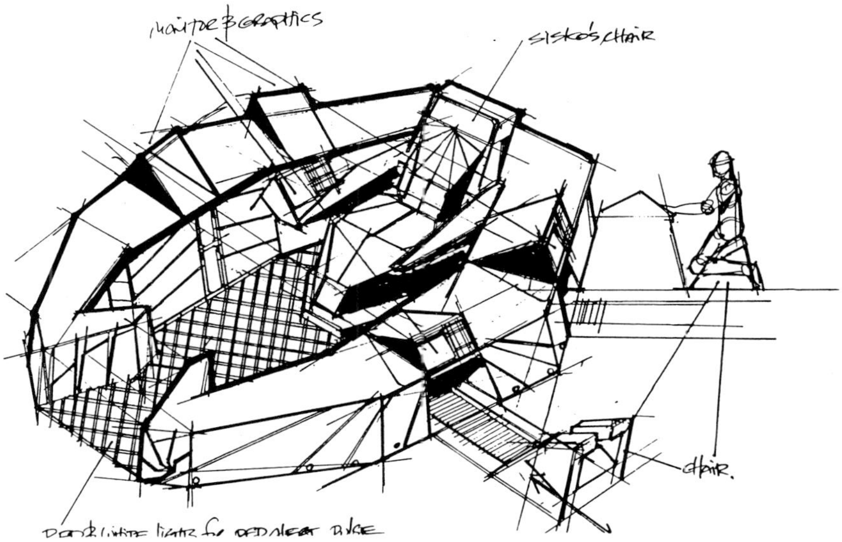

Erste Entwürfe für OPS.

sollte sich die Serie auf eine Gesellschaft konzentrieren, die sich von den Kriegsfolgen erholt und den Neubeginn in Angriff nimmt. *Das* waren STAR TREK-Themen.

In dieser Entwicklungsphase brachte jede Lösung für eine dramatische Frage mehr Fragen mit sich. Manchmal wurden sie während langer Besprechungen zu Höllenqualen. Dann wieder wurden sie so schnell gelöst, wie Berman und Piller sie aufschreiben konnten.

Fragen: Warum verließen die Cardassianer Bajor? Warum würde irgend jemand ein stabiles Wurmloch aufgeben? Antwort: Die Cardassianer wußten nichts von der Existenz des Wurmlochs. Von daher konnte sich die erste Episode mit seiner Entdeckung beschäftigen.

Frage: Wie sollte sich die Serie von THE NEXT GENERATION unterscheiden? Antwort: Man verzichtet auf den hotelgleichen Komfort einer Föderationseinrichtung und macht die Raumstation zur Konstruktion von Aliens, die nie für Menschen gedacht war. Man erhöhe das Niveau der Unbequemlichkeit, indem man festlegt, daß die Station sabotiert und ausgeschlachtet wurde.

Rick Berman erklärte das Anziehende dieser Grundvoraussetzung, indem er verglich, was man von einer Person denken würde, die in Los Angeles das schicke Beverly Center-Einkaufszentrum besuchen würde und sich entschließt zu bleiben, im Gegensatz zu einer Person, die das südliche Los Angeles nach den Unruhen von 1992 besuchen und die gleiche Entscheidung treffen würde. Eine zerrissene Stadt ist eine viel interessantere Umgebung als ein Einkaufscenter, und jemand, der bleiben würde, um diese zerrissene Stadt wiederaufzubauen, ist viel interessanter als jemand, der nicht mit einem solch komplexen und potentiell beschwerlichen Dilemma konfrontiert worden ist.[8]

Und so setzte sich der Prozeß fort. Die Schaffung einer Fernsehserie verdankt viel mehr einer Reihe logischer Schritte als dem plötzlichen Geistesblitz, der den Prozeß ins Rollen bringt.

Berman liefert einen anderen Vergleich, um den Prozeß zu beschreiben, den er und Piller durchmachten – die Errichtung eines Hauses. Er erklärt es so: Wenn man viele Jahre in einem Haus gelebt hat und die Zeit gekommen ist, ein neues zu bauen, dann gibt es gewisse Einrichtungen, von denen man weiß, daß man ohne sie nicht leben kann, und andere, die man ganz entschieden verändern wird. So wie er es sah, war die Gelegenheit, eine neue STAR TREK-Serie zu schaffen, zugleich die Chance, all die Elemente zu nehmen, die in der Vergangenheit vorteilhaft gewesen waren, während man die Elemente eliminierte, die sich als umständlich erwiesen hatten.

Die wichtigste Veränderung in der neuen Serie, zu der sich Berman und Piller entschlossen, war die Absicht, neuen Schwung ins STAR TREK-Universum zu bringen, indem man einen der ungeliebtesten Aspekte von THE NEXT GENERATION aufgab und das tat, was in jener Serie strikt verboten war: Sie schufen die Bedingungen für Konflikt zwischen den Hauptcharakteren.

Betrachtet man andere beliebte Fernsehserien, so stellt man fast immer fest, daß sich einige der Figuren im Konflikt mit anderen befinden: das permanente Intrigieren und Verleumden in *L.A. Law*; die romantische Attraktion zwischen den Titelfiguren in *Lois & Clark*, die durch dauerndes Gezänk getarnt werden; die zahllosen einsamen Cops, die gegen den Wunsch des Vorgesetzten auf eigene Faust Kriminelle verfolgen; und – nicht zu vergessen – die unaufhörlichen Streitigkeiten zwischen Mr. Spock und Dr. McCoy.

Zweifellos war das Fehlen solcher Konflikte eine der größten Hürden, mit denen die Autoren bei THE NEXT GENERATION zu kämpfen hatten. Als er seine Rahmenbedingungen für das Leben im 24. Jahrhundert festlegte, machte Gene Roddenberry deutlich, daß er davon ausging, daß die Menschen bis dahin gelernt haben würden, über kleinlichen Konflikten zu stehen, insbesondere die Ausgewählten, die in der Flotte

8 Die Entscheidung, den Zustand der Raumstation zu ändern, wurde getroffen, nachdem Piller eine erste Drehbuchfassung geschrieben hatte, die eine Eröffnungsaufnahme enthielt, die Paramount hatte haben wollen – eine Aufnahme der Promenade in all ihrem Glanz, mit Leuten, die Glücksspiele machten. Piller fand, daß dies keine ansprechende dramatische Situation war. In der nächsten Fassung des Drehbuchs war die Promenade bereits verwüstet, und Sisko mußte sofort mit den Aufräumungsarbeiten beginnen.

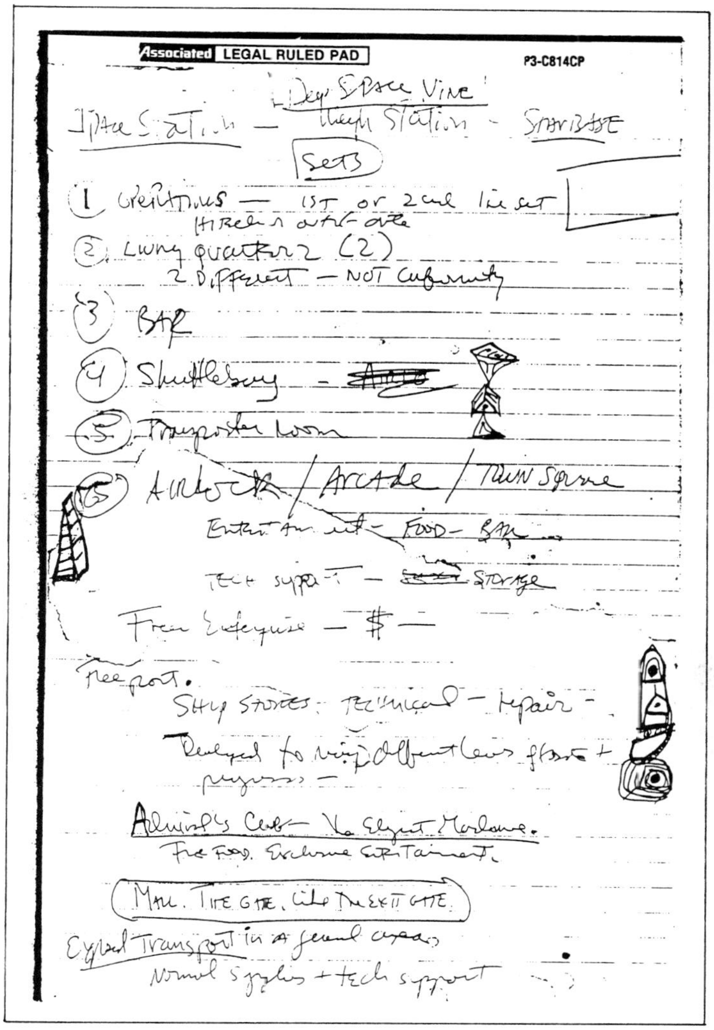

Michael Pillers ungewöhnlichste Begabung könnte die sein, seine eigene Handschrift lesen zu können. Auf diesen Seiten von Anfang 1992 finden wir die ersten Ideen von Piller und Rick Berman für die neue Serie, darunter auch die ersten Hinweise auf DEEP SPACE NINE als Name der Station.

MIT FREUNDLICHER GENEHMIGUNG VON MICHAEL PILLER

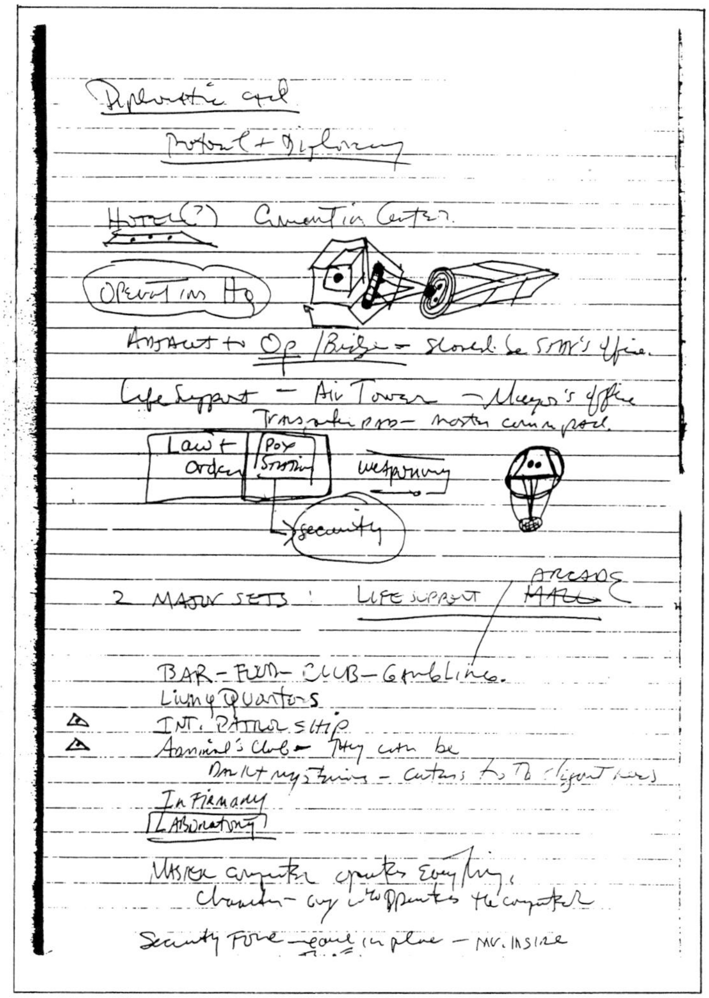

Die Kästchen in der Mitte lassen erkennen, daß Berman und Piller der Sicherheit auf der Station große Bedeutung zukommen ließen. Hier wird die Promenade noch als Arcade bezeichnet; eine Notiz weist auf die Notwendigkeit hin, eine Figur haben zu müssen, die mit dem Zentralcomputer der Station umgehen kann; eine letzte Notiz legt fest, daß die Sicherheitskräfte bereits ihre Arbeit aufgenommen haben, verantwortlich ist ›Mr. Inside‹ – der erste Hinweis auf Odo.

Die erste Notiz auf dieser Seite erwähnt den Raum ohne Schwerkraft, möglicherweise für den Computerexperten, der in normaler Schwerkraft einen Rollstuhl benötigt. Obwohl diese Idee für eine feste Rolle fallengelassen wurde, kehrte sie in Form der Gastrolle Melora zurück. Auf dieser Seite werden auch die beiden Wesen erwähnt, die sich nicht voneinander entfernen können, da sie sonst sterben – der erste Schritt hin zu einem bereits aus THE NEXT GENERATION bekannten Trill auf der Station. Die letzte Notiz erwähnt zum ersten Mal einen Gestaltwandler, bei dem darauf hingewiesen wird, daß er sich in eine Flüssigkeit verwandelt und in einem Eimer lebt. Hier wird auch gesagt, daß der Gestaltwandler einen sehr unangenehmen Geruch verbreiten würde. Glücklicherweise nahm man von dieser Idee wieder Abstand.

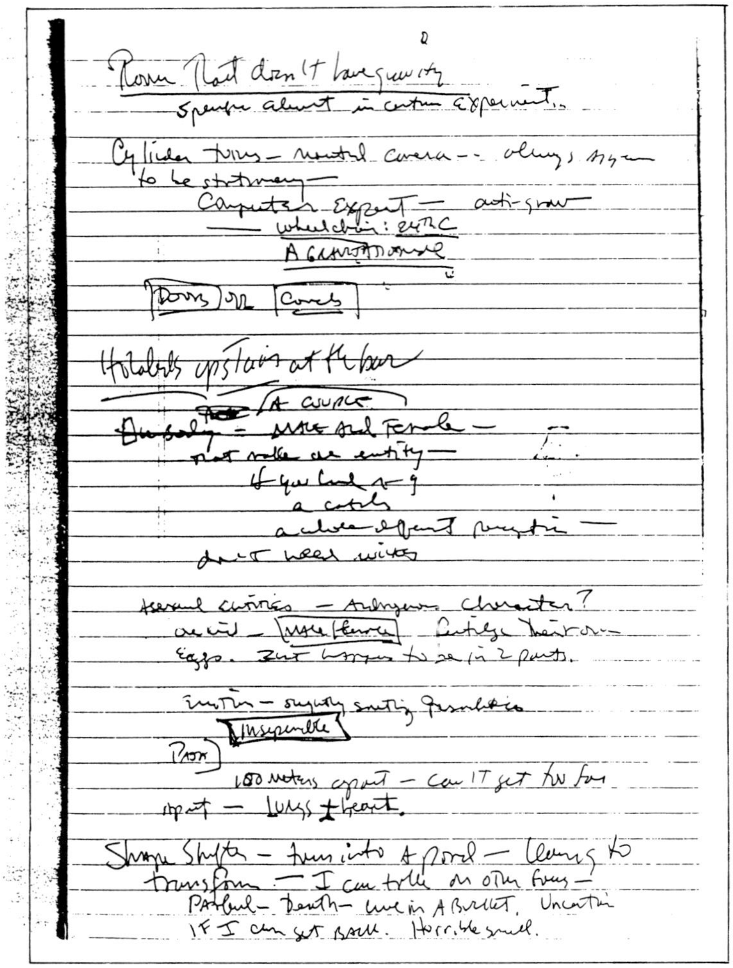

MIT FREUNDLICHER GENEHMIGUNG VON MICHAEL PILLER

dienten. Und so konnten die zentralen Figuren auf der *Enterprise* 1701-D von der ersten Episode an untereinander nicht streiten, wie es die Führungsoffiziere der Original-Enterprise getan hatten. Indem er den für die Entwicklung von Geschichten so notwendigen Konflikt untersagte, verschloß Roddenberry zugleich den Zugang zu einer wichtigen Quelle für Geschichten, den Berman und Piller für die neue Serie wieder öffnen wollten.

Da es aber dennoch eine STAR TREK-Serie sein würde, fühlten sich beide der hoffnungsvollen Zukunftsvision von Gene Roddenberry verpflichtet. Sie kamen zu dem Schluß, daß einige der Hauptrollen in der neuen Serie Mitglieder von Starfleet waren, darauf trainiert, miteinander auszukommen. *Aber* einige der Hauptfiguren würden nicht zu Starfleet gehören, so daß Roddenberrys Vorgaben auf sie nicht zutrafen. Damit konnten die Charaktere in einer STAR TREK-Serie wieder streiten und zanken, und es eröffneten sich unendlich viele Handlungsmöglichkeiten – zumindest aber so viele, um ebenfalls für sieben Seasons auszureichen.

Nachdem aber nun Umfeld und Tonfall in groben Zügen festgelegt waren, kam der maßgeblichste Teil der Serie: Wer sollten die Personen sein, die die Szene bevölkern würden – wer würden die äußerst wichtigen Hauptfiguren sein, die die Zuschauer verleiten sollten, Woche für Woche einzuschalten?

Zunächst einmal erforderte die STAR TREK-Tradition einen Commander. Da sich die Fans der ersten zwei Serien beschwert hatten, daß die Zuschauer auf keiner Enterprise genug von Besatzungsmitgliedern mit niedrigeren Diensträngen[9] zu sehen bekommen

9 Kirks Crew bestand aus 430 Frauen und Männern. Picard war für 1012 Besatzungsmitglieder und Zivilisten verantwortlich.

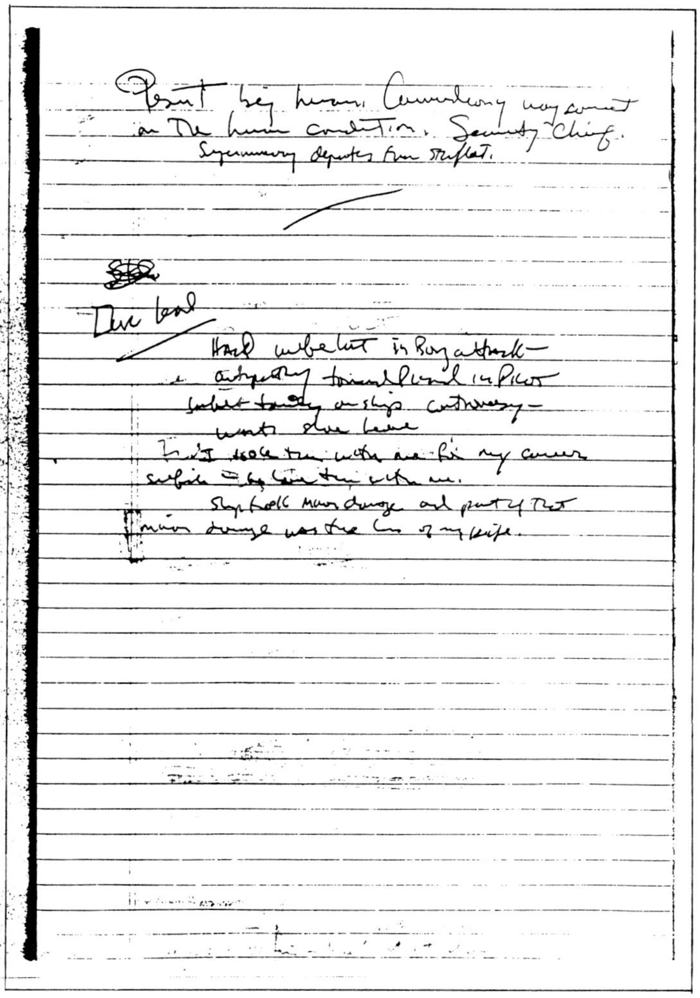

Weitere Ideen zu Odo, der noch immer keinen Namen hatte. Diese Notizen besagen, daß dieser Charakter geeignet wäre, das menschliche Verhalten zu kommentieren, seit jeher ein wichtiger Punkt bei STAR TREK. Obwohl der mittlere Abschnitt schwer zu entziffern ist – auch für Michael Pillers Assistentin –, scheint es sich hier um die ersten Notizen für die Figur zu handeln, aus der Commander Sisko entstehen sollte, da seine Beteiligung an der Schlacht mit den Borg erwähnt wird, die in der verbitterten Aussage endet: »Das Schiff wurde nur leicht beschädigt. Und Teil dieser leichten Schäden war der Verlust meiner Frau.«

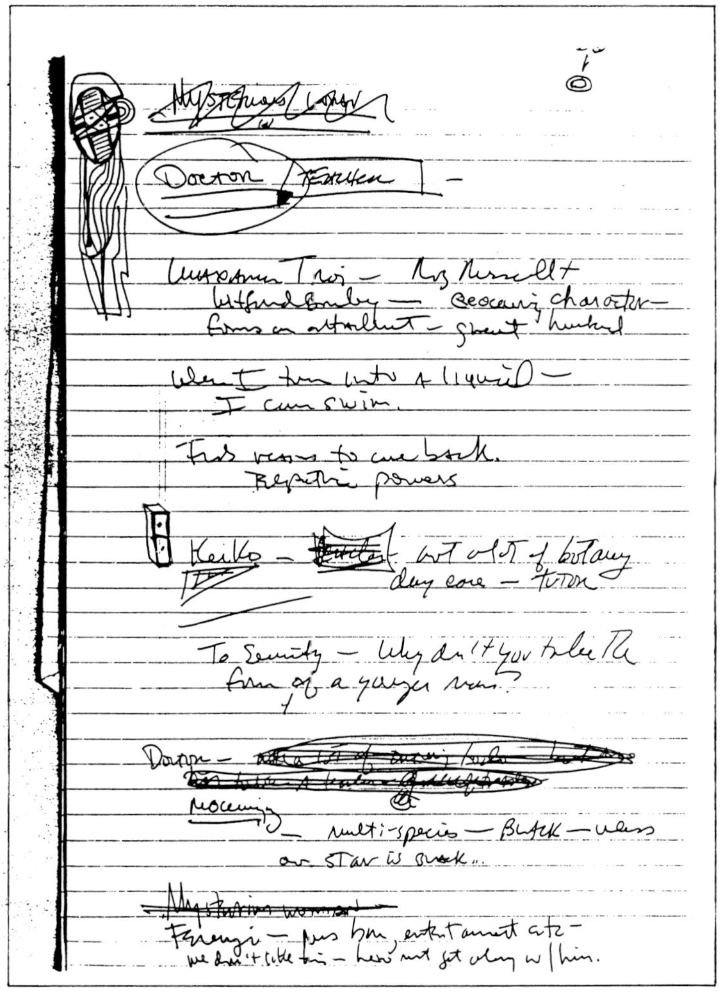
Doctor
Lwaxana Troi
When I turn into a liquid —
I can swim.
Keiko
To Security — Why don't you take the form of a ...
Ferengi

Weitere Gedanken zu Charakteren, darunter auch eine mögliche Liaison zwischen Lwaxana Troi und dem Gestaltwandler. »Ich verwandele mich in eine Flüssigkeit. – Ich kann schwimmen.« Keiko, die Frau von Chief O'Brien, wird ebenfalls erwähnt, versehen mit dem Hinweis, daß sie eine Kindertagesstätte leiten oder sogar eine Lehrerin sein könnte. Die Rolle des Doktors ist noch nicht festgelegt; sie könnte mit einem schwarzen Schauspieler besetzt werden, es sei denn, die Hauptfigur wird ein Schwarzer. Am Fuß der Seite dann die erste Erwähnung des Charakters, der den Namen Quark bekommen würde. »Ferengi – seine Bar, Vergnügungsstätte usw. – wir mögen ihn nicht – der Held kommt mit ihm nicht zurecht.« Abgesehen davon, daß wir ihn doch mögen, trifft das auf Quark zu.

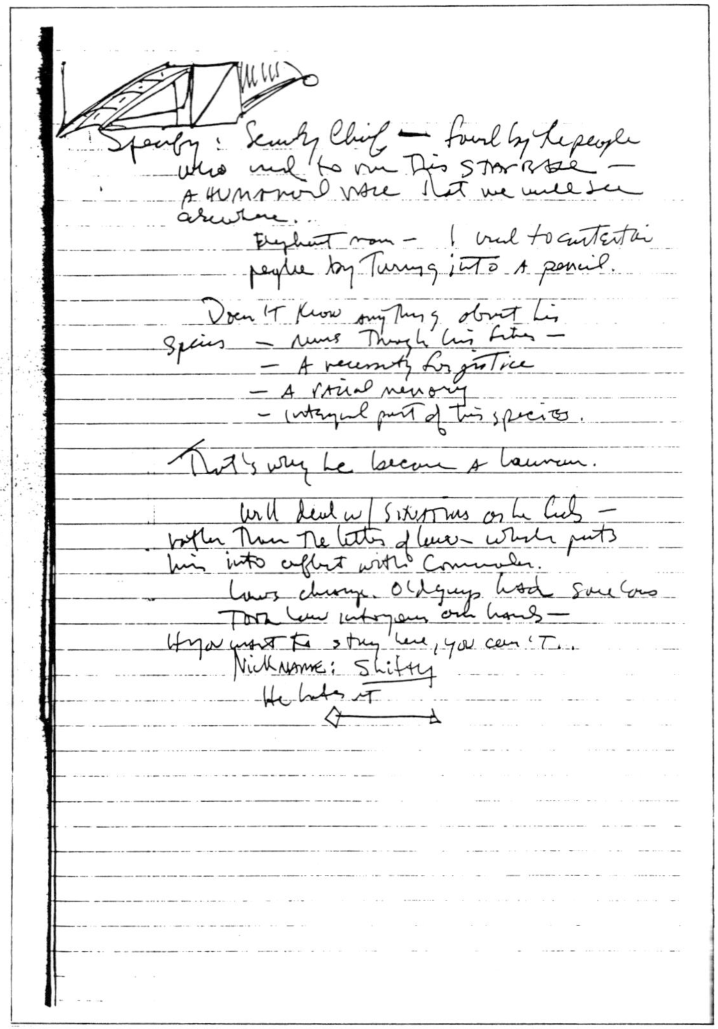

Security: Security Chief — found by the people who used to run this starbase — A humanoid race that we will see elsewhere..

Elephant man — I used to entertain people by turning into a pencil.

Doesn't know anything about his species — runs through his father —
— A necessity for justice
— A racial memory
— integral part of this species.

That's why he became a lawman.

Will deal w/ situations on his code — rather than the letter of law — which puts him into conflict with Commander.
Laws change. Old guys had some laws
Then new integers on hands —
If you want to stay here, you can't.
Nickname: Shifty
He hates it

Weitere erste Gedanken, die die Entwicklung von Odo betreffen.

MIT FREUNDLICHER GENEHMIGUNG VON MICHAEL PILLER

hatten, war es sinnvoll, sich auf das Kommandoniveau zu konzentrieren. Dort werden die endgültigen Entscheidungen gefällt. Dort sind die Risiken am größten. Also würde die Raumstation auch einen Commander haben. Ein Mensch, damit die Zuschauer zu ihm einen Bezug haben konnten. Und am wahrscheinlichsten ein Starfleet-Offizier, so daß er sich fehl am Platze fühlen und – genau – im Konflikt mit seiner Umgebung sein würde.

Möglicherweise erhielt er dank Brandon Tartikoffs Bemerkung vom ›*Rifleman* in Space‹ ein Kind, aber keinen Ehepartner. Somit würde der Commander nicht nur damit befaßt sein, einen verwüsteten fremden Planeten wiederaufzubauen, sondern er würde sich auch mit den recht irdischen Problemen befassen müssen, die ihm als alleinerziehender Vater – oder Mutter – begegneten.

Da sich die Hauptfiguren in Konflikt miteinander befanden, was gab es Besseres, als eine zweite Figur zu nehmen, die fast den gleichen Rang wie der Commander hat, aber andere Ansichten über den Weg, der für den Wiederaufbau von Bajor richtig sein würde? Die Rolle schrie förmlich nach einem Bajoraner, und THE NEXT GENERATION hatte bereits einen, der sich bei den Zuschauern als beliebt erwiesen hatte – Ensign Ro Laren. Sie war willensstark, hatte eine streitlustige Persönlichkeit und sollte der bajoranische Verbindungsoffizier auf der Station sein. Mit einer Frau in einer so wichtigen Position sollte der Commander ein Mann sein, so wie Lucas McCain in *The Rifleman*, und er sollte einen Sohn im Teenageralter haben.

Nun weitete sich die Suche nach Charakteren aus. Die STAR TREK-Tradition und die Handlungslogik hatte gezeigt, daß für Science Fiction-Geschichten ein Wissenschafts-

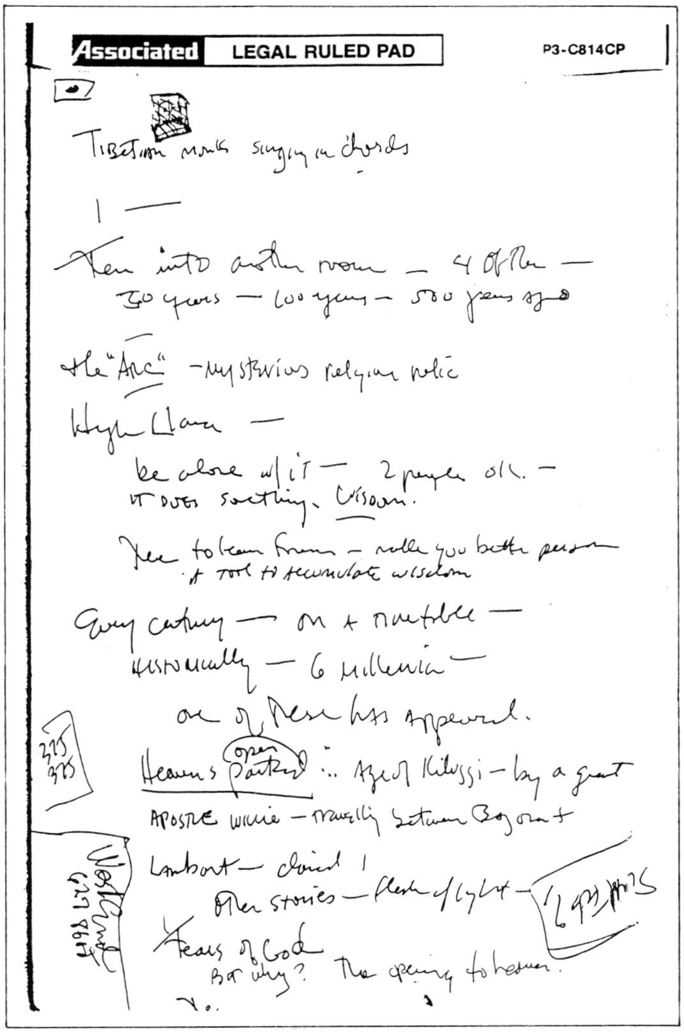

Associated LEGAL RULED PAD P3-C814CP

Tibetan monks singing in chords

Then into another room — 4 of them —
30 years — 100 years — 500 years ago

the "Arc" — mysterious religious relic

be alone w/ it — 2 people ok. —
it does something. Wisdom.

Every century — on + more often —
historically — 6 millennia —
one of these has appeared.

Tears of God
But why? The opening to heaven.

Weitere Seiten aus Michael Pillers Notizblock zeigen die Entwicklung verschiedener wesentlicher Ideen. Hier werden zum ersten Mal die ›Tränen der Propheten‹ erwähnt und die Art, wie sie auf Bajor erscheinen.

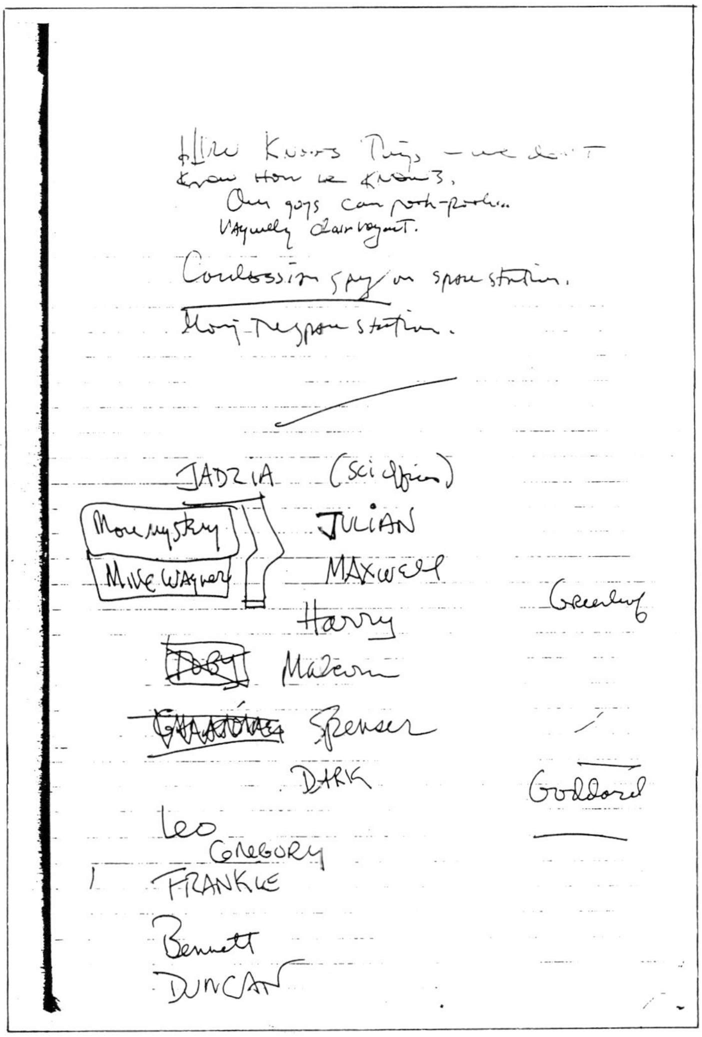

Cardassian spy on space station.

JADZIA (sci officer)
More mystery
Mike Wagner
JULIAN
MAXWELL
Harry
TOBY
Malcolm
Spenser
DIRK
Goddard
Leo
GREGORY
FRANKIE
Bennett
DUNCAN

Die erste Idee für die Figur Garak wird zu Anfang der Seite mit den Worten »cardassianischer Spion auf der Station« fixiert. Wir sehen außerdem einige Namen, die für die Hauptpersonen in Erwägung gezogen wurden.

Hier können wir miterleben, wie eine Geschichte entsteht. Der Autor stellt sich selbst Fragen und versucht, darauf Antworten zu finden. Hier finden sich auch die ersten Verweise auf die Notwendigkeit, die Station fortzubewegen, und auf die Wesen im Wurmloch, die Sisko für nicht aufnahmefähig halten und daher entscheiden, das Wurmloch zu verschließen. Der letzte Satz legt deutlich Siskos traditionelle STAR TREK-Rolle fest: »Unser Mann muß sie davon überzeugen, daß wir in Ordnung sind…«

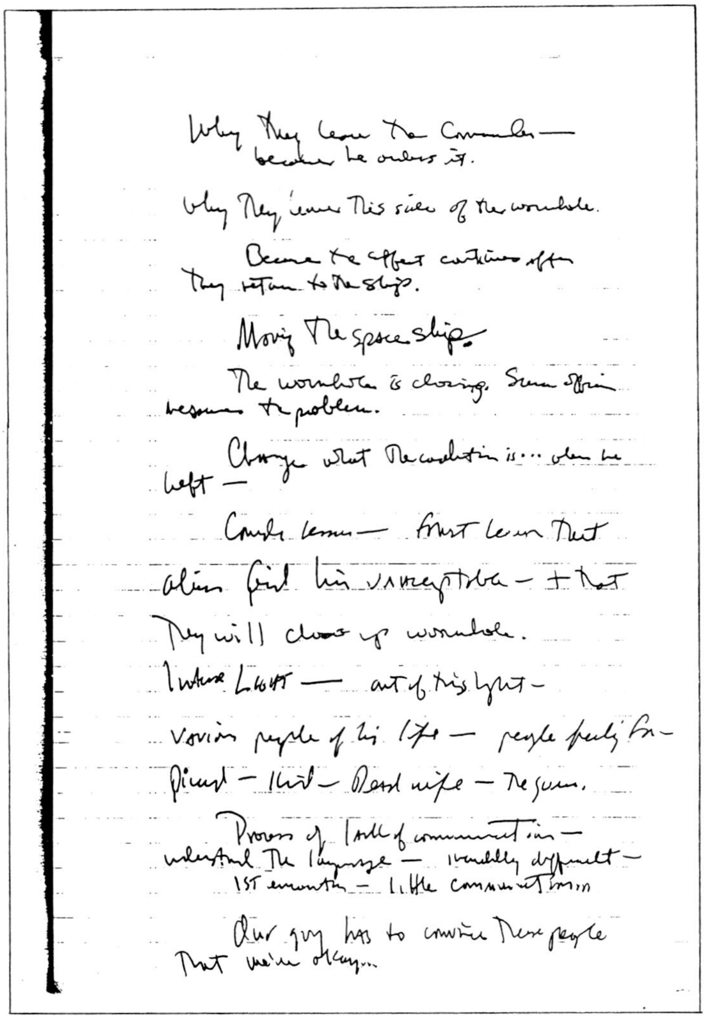
Why they leave the Commander —
because he orders it.
Why they leave this side of the wormhole.
Because the effect continues after they return to the ships.
Moving the space ship.
The wormhole is closing. Sisko becomes the problem.
Change what the condition is… when he left —
Cmdr. leaves — first learn that Alien find him unacceptable — & that they will close up wormhole.
Intense Light — out of this light —
various people of his life — people familiar — Picard — Kid — Dead wife — the gun.
Process of lack of communication — understand the language — incredibly difficult — 1st encounter — little communication
Our guy has to convince these people that we're okay…

MIT FREUNDLICHER GENEHMIGUNG VON MICHAEL PILLER

offizier, ein Arzt und ein Ingenieur[10] gute Figuren waren, deren Anwesenheit den Geschichten half, sich schneller zu entwickeln.

Auf der ersten *Enterprise* war Dr. McCoy ein älterer Mann gewesen, in vieler Hinsicht erfahren, immer eine mäßigende Stimme der Erfahrung. Warum sollte man diese Figur nicht völlig in ihr Gegenteil verkehren und einen Doktor nehmen, der soeben das Medizinstudium abgeschlossen hatte, frech und unerfahren? Dieser Charakter eignete sich, gleich und zugleich anders zu sein.

Was den Wissenschaftsoffizier betraf, so hatte sich ein Alien in der ersten Serie bewährt; das sollte vielleicht auch hier funktionieren. Aber welche Art von Alien? Einen, den die Zuschauer bereits kannten, einen Vulkanier oder einen Ferengi? Oder etwas völlig Unbekanntes, ein Gestaltwandler oder ein Wesen, das aus zwei Körpern besteht? Oder anstelle eines Alien… wie wäre es mit einem Menschen, der unter anderen Bedingungen aufgewachsen war? Die Idee einer Frau von einer Welt mit geringer Schwerkraft, die auf der Raumstation nur in ihrem Rollstuhl sitzend arbeiten konnte, war ansprechend. Und um der Figur noch mehr Science Fiction-Ambiente zu verleihen, konnte sie in ihrer Freizeit in ihrem Quartier die Schwerkraft abschalten und fliegen!

Für die Rolle des Ingenieurs brauchte man jemanden, der mit einer funktionsuntüchtigen, fremdartigen Ausrüstung und einem Mangel an Werkzeugen und Ersatzteilen zurechtkommen mußte. Wer war da geeigneter als Miles O'Brien, Transporterchef der *Enterprise*, der mit Frau und Kind auf die Station kommen würde?

Doch das waren nur die Personen der Kommandoebene – was war mit den anderen

10 THE NEXT GENERATION hatte ohne Chefingenieur in der Stammbesetzung begonnen. In der zweiten Season wurde LaForge zum Chefingenieur befördert, womit auch dem Witz, daß die Enterprise von einem Blinden durchs All gesteuert wurde, ein Ende gesetzt wurde. Zugleich wurde es damit einfacher, Handlungselemente in die Drehbücher aufzunehmen, die die Technik betreffen.

Weitere Notizen zu den Charakteren, die aus den Gesprächen mit Rick Berman entstanden sind, um die Bibel festzulegen. Der Gestaltwandler wird demnach keinen Schmerz empfinden, wenn er seine Form verändert. Der neue Doktor ist der beste, den Starfleet hat; er weiß alles und muß ›reifen‹. Weiter unten auf der Seite findet sich ein Hinweis auf den Wissenschaftsoffizier, der außerhalb der Station in der Schwerelosigkeit problemlos arbeiten kann. Damit war die Idee eines Wissenschaftsoffiziers von einer Welt mit geringer Schwerkraft noch nicht vom Tisch. Unmittelbar darunter wird ein Charakter erwähnt, der ein 500 Jahre alter Offizier sein sollte, der sich in symbiotischer Verbindung mit einem Wesen in bester physischer Verfassung befinden würde – die noch laufende Entwicklung von Jadzia Dax.

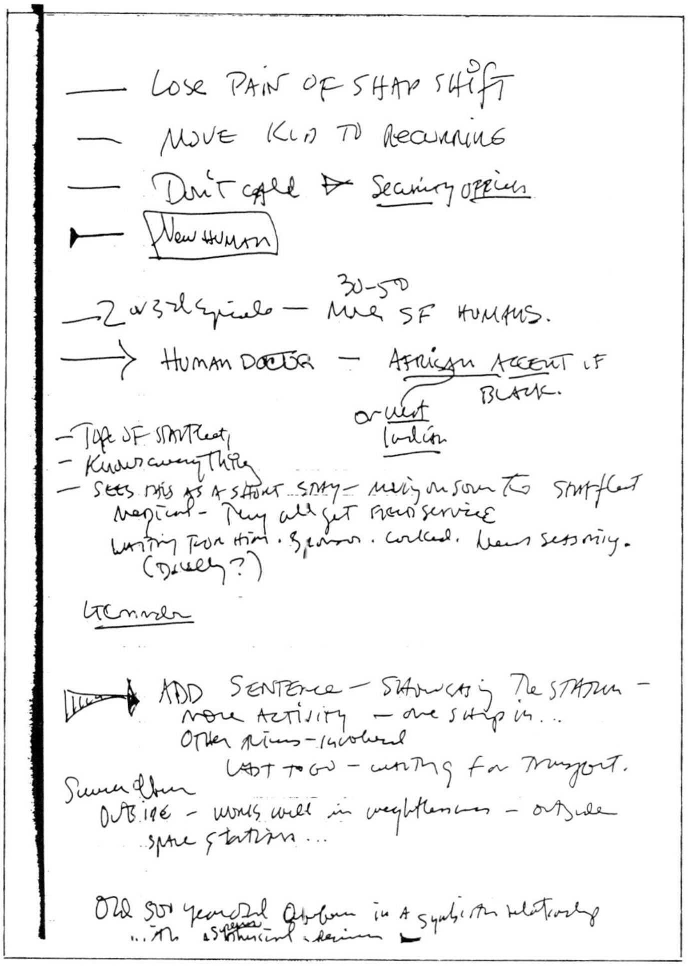

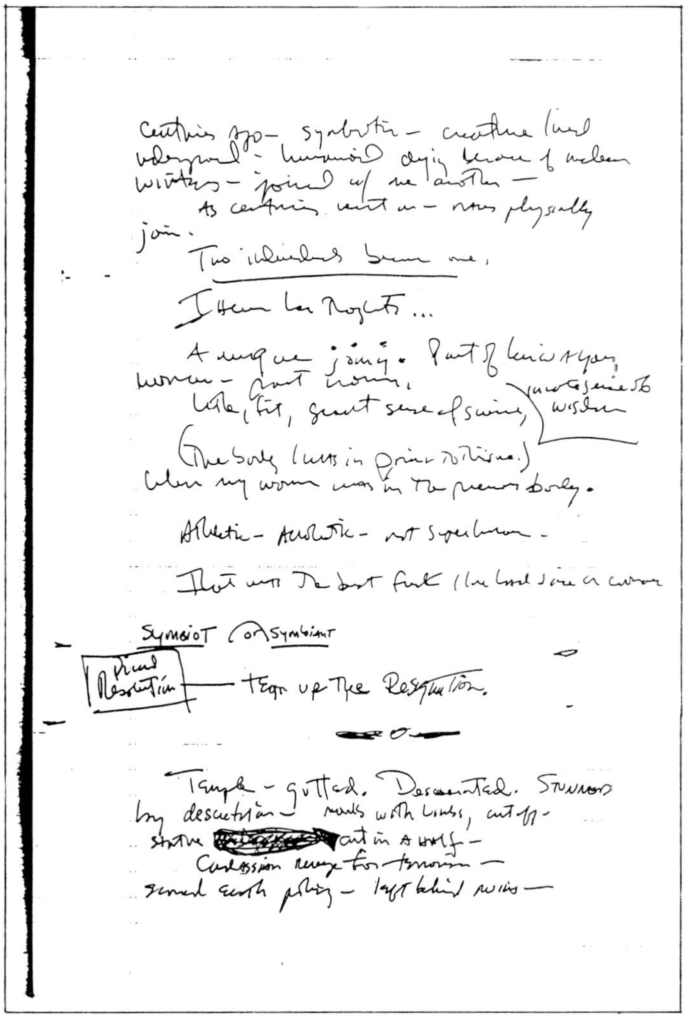

Weitere Notizen über den Symbionten. Hier sieht man, wie ein Autor einen Eindruck des Charakters entwickelt, indem er Text schreibt, den dieser Charakter sprechen würde. »Ich höre ihre Gedanken… Als mein Wurm sich im vorangegangenen Körper befand…« Dann, mitten in den Notizen zu den Charakteren, findet sich ein Handlungselement – »Picardsche Lösung – Zerreißen Sie das Rücktrittsgesuch.« Das bezieht sich auf den Schluß von ›Emissary‹ und Siskos Entscheidung, Commander zu bleiben. Die letzten Notizen auf dieser Seite beziehen sich auf den Zustand des bajoranischen Tempels, den Sisko im Pilotfilm besucht. »Tempel – zerstört. Entweiht. Gelähmt von der Entweihung – Mönche, denen Gliedmaßen abgetrennt wurden, zerschlagene Statuen, die Rache der Cardassianer für den Terrorismus.«

Hier sehen wir die Ausgangspunkte der komplexen Verhältnisse von DEEP SPACE NINE, als Sisko zu den Kugeln gebracht wird und deren Geschichte erfährt. Was nicht komplex ist, ist der letzte Vermerk, der besagt, daß diese Kugeln »unglaubliche Geheimnisse [besitzen] und nicht in die Hände der Cardassianer fallen dürfen«.

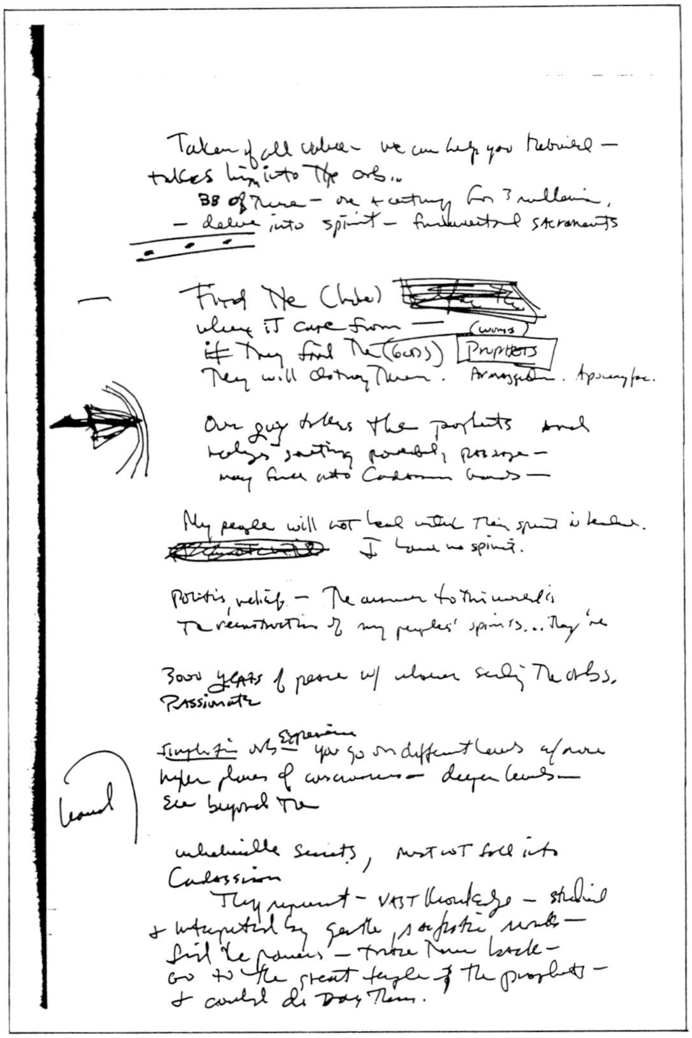
Taken of all [illegible] – we can help you rebuild –
takes him into the orbs..
[illegible] – one a century for 3 millenia,
– deliver into spirit – fundamental sacraments

Find the (tribe) [illegible]
where it came from –
if they find the (gods) Prophets
They will destroy them. Armageddon. Apocalypse.

Our guy [illegible] the prophets and
[illegible] possibly [illegible] –
may fall into Cardassian hands –

My people will not heal until their spirit is healed.
I have no spirit.

Politics, relief – The answer to this world is
the reconstruction of my peoples' spirits... They're

3000 years of peace w/ [illegible] the orbs.
Passionate

Simplify orbs – Experience – you go on different levels of [illegible]
higher planes of consciousness – deeper levels –
See beyond the

unbelievable secrets, must not fall into
Cardassian
They represent – vast knowledge – studied
& interpreted by gentle, [illegible] monks –
[illegible] – [illegible] –
go to the great temple of the prophets –
& [illegible].

MIT FREUNDLICHER GENEHMIGUNG VON MICHAEL PILLER

Aspekten des Lebens auf einer Raumstation? Grundsätzlich sollte es ein Zentrum für Reisende, für Schmuggler und für Entdecker sein – ›Casablance im Weltall‹.[11] Würde es ein ›Rick's Café‹ auf der Station geben? Und wer würde die zivilen Sektionen der Station bewachen, wenn Schmuggler und andere Gauner außer Kontrolle gerieten? Die Aufgabe, eine Fernsehserie zu schaffen, wurde für den Moment übertroffen von den Problemen, eine Gemeinschaft im Weltall zu planen.

Aber auch nachdem in groben Zügen das Umfeld und die *Art* der Charaktere – wenngleich auch keine exakten Personen – festgelegt worden waren, die der Serie dienen sollten, lagen mehr als genug Puzzleteile auf Bermans und Pillers Tisch. Nach allen Möglichkeiten, die sie eingebracht hatten, war es nun Zeit, *die* Geschichte zu finden, aus der sich die Serie herauskristallisieren würde. Man wußte jetzt – in der Terminologie des Journalismus – über das *Wer, Wann* und *Wo* Bescheid. Doch Berman und Piller mußten nun die Antworten auf das *Warum* und das *Wie* finden. Es war Zeit, über den Pilotfilm nachzudenken – und über einen Titel.

Die Sache mit dem Titel war einfach, weil sie so schwierig war. Schwierig genug, daß Berman und Piller nichts fanden, was ihnen gefiel. So oder so, jedenfalls würde STAR TREK Teil des Titels sein. *The Final Frontier* war ein Erinnerungen wachrufender Begriff aus dem Eröffnungstext der ersten beiden Serien, und er besaß eine gewisse Anziehungskraft. Aber es war auch der Titel von STAR TREK V gewesen, dem erfolglosesten aller STAR TREK-Filme.

Logischerweise würde die Station einen cardassianischen oder bajoranischen

11 Mit diesem Vergleich wurde auch die erfolgreiche Science Fiction-Serie *Babylon 5* von Warner Bros. beschrieben, die auch auf einer Raumstation spielt, welche sich in der Nähe eines ›Überlicht-Sprungpunktes‹ befindet. Es wurde großes Aufheben darum gemacht, daß *Babylon 5* und DEEP SPACE NINE innerhalb weniger Tage vorgestellt wurden und daß beide Serien viele gleiche Elemente besaßen, insbesondere da J. Michael Straczynski, der Erfinder von *Babylon 5*, die Idee für diese Serie ursprünglich bei Paramount vorgelegt hatte. Dort wollte man sie aber nicht haben, da sie laut Straczynski mit STAR TREK konkurrieren würde. Die Quoten, die *Babylon 5* erreicht, und die Tatsache, daß die Serie bereits die dritte Season erreicht hat, zeigen, daß das heutige Fernsehen Platz für mehr als eine Zukunftsvision bietet.

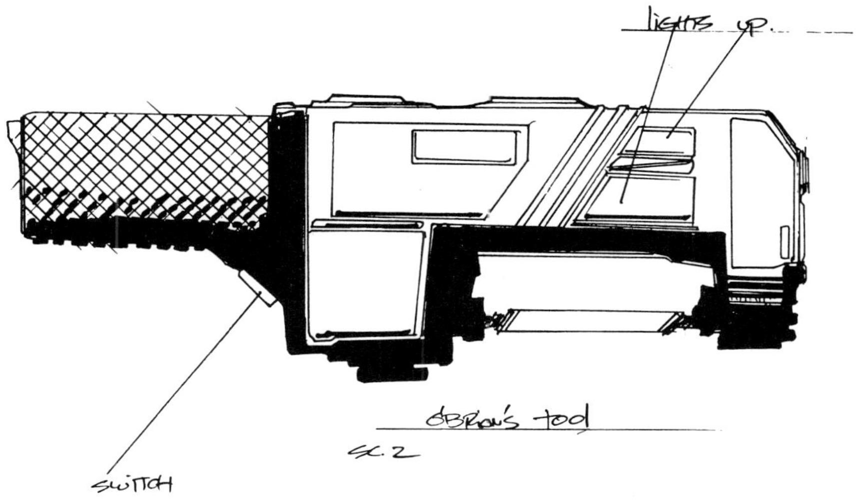

Skizzen neuer Werkzeuge, die O'Brien für seine neuen Aufgaben benötigen würde.

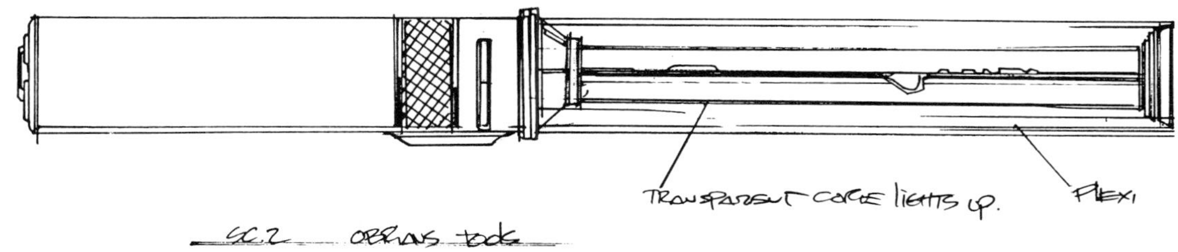

WERKZEUGE: RICARDO DELGADO

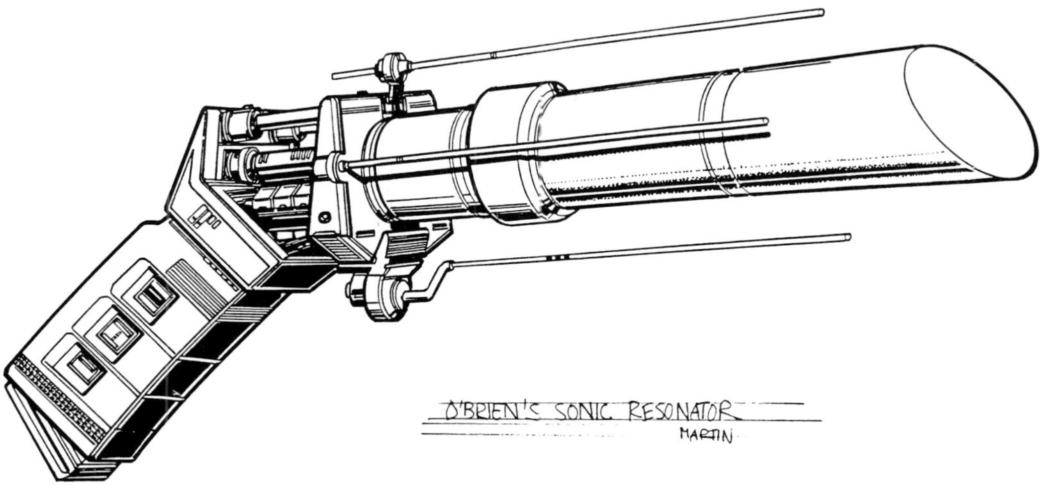

RESONATOR: JIM MARTIN

Namen haben, in der Episode ›Cardassians‹ in der zweiten Season wurde der cardassianische Name für DEEP SPACE NINE mit Terok Nor festgelegt. Aber sowohl Berman als auch Piller wollten einen fremden Namen im Titel vermeiden. Doch auch ihre ursprüngliche, kühle Bezeichnung für die Station – Raumbasis 362 – schien gleichfalls nicht zu funktionieren. Schließlich, fast schon aus Verzweiflung, schlug Berman Deep Space Nine vor, ohne erkennbaren Grund. Niemand war sonderlich begeistert, aber niemandem mißfiel es genug, um etwas anderes vorzuschlagen. Es gab wichtigere Dinge zu entscheiden. Vor allem die Entwicklung des Pilotfilms.

Es gibt zwei grundsätzliche Strategien, um einen Pilotfilm für eine Fernsehserie zu entwickeln. Die eine, bekannt als die CBS-Methode, ist die Produktion einer ganz typischen Episode, so, als sei die Serie bereits seit ein oder zwei Monaten im Programm und die Zuschauer seien vertraut mit der Umgebung und den Figuren. Die andere Methode, ein Favorit im Hause NBC, ist die Gestaltung einer Geschichte, die die Vorgeschichte erzählt – wie kamen die Charaktere in diese Umgebung, wer verhält sich wie und warum?

Die ersten beiden STAR TREK-Serien hatten beide Strategien benutzt. Beide Pilotfilme für die Originalserie [12] zeigten ein typisches Abenteuer der *Enterprise*-Besatzung, wobei festgelegt wurde, daß sich das Schiff bereits auf der Fünfjahresmission befand. Aber der Pilotfilm für THE NEXT GENERATION, ›Encounter at Farpoint‹, spielte während des ersten Auftrags für die *Enterprise* unter dem Kommando von Captain Picard und zeigte, wie einige der Hauptfiguren zum ersten Mal an Bord kamen.

Für den Pilotfilm zur nächsten STAR TREK-Serie war klar, daß die zweite Strategie die bessere sein würde – aus einem wichtigen Grund. Da die Vorgaben auf einem roten Faden basierten, der sich durch viele STAR TREK-Jahre zog, würde es für die Zuschauer möglicherweise zu schwierig sein, beiläufige Bemerkungen und Querverweise in den ersten Episoden als solche zu erkennen. Durch den Anfang mit einer die Grundlagen erklärenden Geschichte konnten die Zuschauer zur gleichen Zeit wie die Hauptfiguren das Handlungsumfeld erfahren. Und anstatt, wie bereits erwähnt, in Erfahrung bringen zu müssen, was das Wurmloch ist, konnte der Pilotfilm die Geschichte der Entdeckung diese Wurmlochs erzählen.

So war es simple Logik, die es erforderlich machte, eine Liste der Handlungselemente zu erstellen, die in die erste Episode eingearbeitet werden mußten:

- Die Cardassianer verlassen Bajor; in der Folge geben sie ihre Raumstation auf und verwüsten sie.
- Starfleet-Personal kommt an, um Bajor zu helfen,
- sich von der cardassianischen Besetzung zu erholen – obwohl manche Bajoraner diese Hilfe nicht wollen.
- Im Verlauf der Handlung werden die folgenden Hauptfiguren ankommen und/oder vorgestellt werden: ein Commander der Sternenflotte mit seinem Sohn; Miles O'Brien mit Familie; Ro Laren; ein ungehobelter junger Arzt; ein Wissenschaftsoffizier im Rollstuhl; der Eigentümer der Bar im Stile von ›Rick's Café‹; sowie ein ziviler Vollzugsbeamter für Recht und Ordnung.
- Nachdem die Cardassianer abgezogen sind, wird das stabile Wurmloch entdeckt, das die Raumstation zu einer interplanetarischen ›Straßenkreuzung‹ macht.

Es gab auch noch ein letztes wichtiges Handlungselement für den Pilotfilm, der nie in Frage gestanden hatte:

- Die Enterprise und einige ihrer Besatzungsmitglieder müssen an der Geschichte beteiligt sein.

Das war nicht nur notwendig, um den Stammbaum der neuen Serie zu definieren, sondern auch um sicherzustellen, daß ein beträchtlicher Teil der NEXT GENERATION-Zuschauer sich auch diesen Pilotfilm ansehen würde. Am Ende dieses Tages vergaß niemand, *warum* er an diesem schöpferischen Prozeß beteiligt war.

Das Entstehungsmuster, dem hier gefolgt worden war – ein übliches Muster in der Entwicklung praktisch jeder Fernsehserie –, hatte seine nächste Stufe erreicht.

Der Prozeß hatte mit einer einzigen kreativen Idee begonnen: eine neue STAR TREK-Serie auf einer Raumstation zu schaffen. Der Prozeß hatten sich dann verlagert: Eine Reihe von Fragen wurde gestellt, deren Antworten von den kreativen und finanziellen Bedürfnissen des Fernsehens bestimmt wurden. Nachdem nun die Grundsteine zusammengetragen worden waren, war es Zeit, sie zusammenzusetzen, was zwangsläufig eine Rückkehr zum schöpferischen Prozeß des Schreibens bedeutete.

12 Im ersten Pilotfilm ›The Cage‹ spielte Jeffrey Hunter den Captain Christopher Pike. NBC lehnte den Pilotfilm ab, fand aber die Grundidee interessant genug, um überraschend einen zweiten Pilotfilm zu finanzieren. ›Where No Man Has Gone Before‹ präsentierte dann William Shatner als Captain Kirk. Teile von ›The Cage‹ fanden in dem Zweiteiler ›The Menagerie‹ Verwendung. Später wurde dann auch ›The Cage‹ in seiner Originalfassung im Fernsehen ausgestrahlt und als Videocassette auf den Markt gebracht.

Eine erste Zeichnung des wiederaufgebauten Bajor.

Indem die zentralen Handlungselemente, die in den ersten Besprechungen festgelegt worden waren, miteinander verknüpft wurden, war die Handlung des Pilotfilms auf den ersten Blick einfach: Ein Starfleet-Commander kommt mit seinem Personal auf die von den Cardassianern verlassene Raumstation in der Nähe von Bajor, um das Kommando über sie zu übernehmen. Seine Aufgabe, Bajor zu helfen, trifft auf Opposition, während er in die Entdeckung eines stabilen Wurmlochs verwickelt wird.

Unter Verwendung aller Handlungselemente, die sie in ihrer ›Bibel‹ versammelt hatten, gingen Berman und Piller an die Arbeit, um die ›Beats‹[13] zu schaffen für die so wichtige, grundlegende Geschichte. Am 8. April 1992 war es soweit. Die geistigen Väter von DEEP SPACE NINE übergaben den Paramount-Bossen eine erste ›Bibel‹ und ein Treatment für den zweistündigen Pilotfilm ›The Ninth Orb‹.

13 ›Beats‹ ist Autorenjargon und bezeichnet wesentliche Handlungsverläufe. Die Auflistung der Beats einer Episodenhandlung von Anfang bis Ende wird als ›Beat Outline‹ bezeichnet. Der Prozeß, diese Handlung zu erstellen, als ›Beating out‹ bezeichnet, wird also als eine Prozedur, in deren Verlauf die wichtigsten Elemente der Handlung herausgearbeitet werden. Mehr dazu in Anhang III.

SIEBEN

DIE ERSTE PRÄSENTATION

Die Zeit ist reif für preiswerte Hühnchen.

Rick Berman [1]

Im Fernsehen ist eine ›Bibel‹ ein Entwurf für eine in der Entstehung befindliche Serie. Sie präsentiert kurze Beschreibungen der Charaktere und alle besonderen Gegebenheiten, die in der Serie eine Rolle spielen. Noch wichtiger ist, daß sie die Beziehungen der Hauptfiguren untereinander beschreibt – wer mit wem zurechtkommt, und wer mit wem nicht. Sie beschreibt die Atmosphäre oder Stimmung, in der die Geschichten erzählt werden sollen – leichtherzig, düster, ironisch und so weiter. Oft enthält sie einige beispielhafte Dialogzeilen, die es erleichtern, einen Charakter zu definieren, oder sich auf verschiedene Handlungsvorgaben beziehen, die die Grundlage zukünftiger Drehbücher bilden sollen.

Die Bibel verfolgt zwei Absichten. Zunächst ist sie ein maßgebliches Verkaufsmittel, das dazu bestimmt ist, das Serienkonzept den Verantwortlichen zu präsentieren, die über die Produktion entscheiden. Egal, wie gut ein Pilotfilmdrehbuch ist – die erste Frage, die ein Studiochef stellt, lautet: »Woher kommen die übrigen Geschichten?« Wenn die Vorgabe nicht ausreicht für eine endlose Reihe von Episoden – oder zumindest für 65, jener magischen Nummer für das ›Stripping‹ in der Syndication –, dann ist sie nicht für das Fernsehen geeignet.

Der zweite Zweck der Bibel ist die Funktion als Leitfaden für andere Autoren, üblicherweise mit Ergänzungen, die die Länge der Drehbücher festlegen, die Struktur der Aufteilung in einzelne Akte [2], Beschreibungen und/oder Zeichnungen der Sets sowie andere technische Angelegenheiten, die während der Produktion der Pilotepisode erkennbar geworden sind. In dieser Form wird die Bibel normalerweise ›Writer's Guide‹ genannt, also eine Anleitung für die Drehbuchautoren.

Im allgemeinen wird die Bibel zusammen mit der Handlung des Pilotfilms ent-

1 Das ist Rick Bermans Aufforderung, mit der Arbeit zu beginnen. Den Grund erklärt er folgendermaßen: »Michael und ich erledigen unsere Arbeit während des Mittagessens. Wenn man Essen in der Studiokantine bestellt und Hühnchen haben möchte, dann stehen zwei Sorten zur Auswahl: eine ausgefallene Hühnchensorte mit Haut und Hühnchen ohne Haut, mit rohem geschnittenem Gemüse. Diese Sorte bevorzugen wir, und wir nennen sie ›preiswertes Hühnchen‹. Wenn es also heißt, daß es Zeit ist, Platz zu nehmen und preiswerte Hühnchen zu essen, dann heißt das für uns, daß es Zeit ist, sich zum Mittagessen zusammenzusetzen und sich mit der Arbeit zu befassen.«

2 Ein ›Akt‹ ist der Teil einer Episode zwischen zwei Werbeunterbrechungen. Bei den meisten dramatischen Serien von einer Stunde Laufzeit wird die Episode in vier Akte zerlegt, die alle einigermaßen gleich lang sind. Manchmal enthält diese 4-Akte-Struktur einen kurzen Vorspann – den sogenannten Teaser – und eine kurze, zusammenfassende Szene am Schluß – den Epilog. THE NEXT GENERATION brach aber mit dieser Tradition und legte einen aus fünf Akten und Teaser bestehenden Episodenaufbau fest. Der Grund für diese Änderung war der, daß die Zahl der Werbeunterbrechungen erhöht werden konnte,

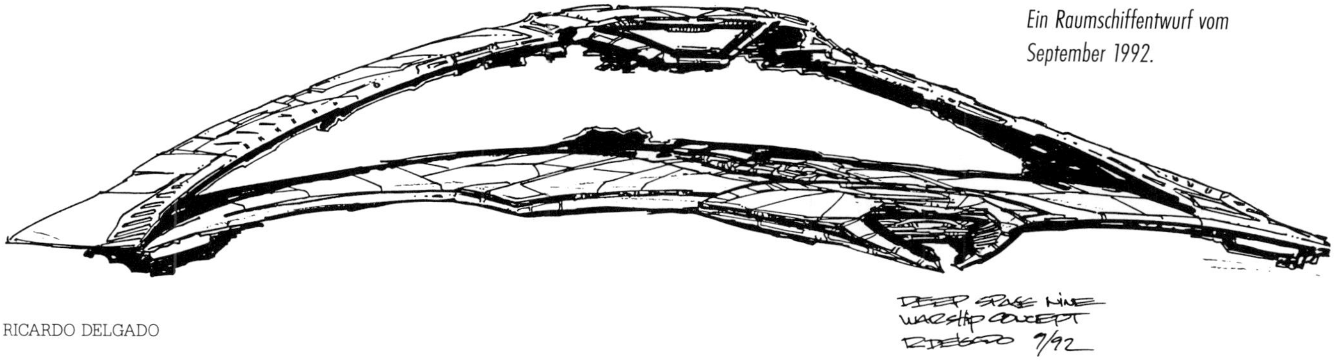

Ein Raumschiffentwurf vom September 1992.

RICARDO DELGADO

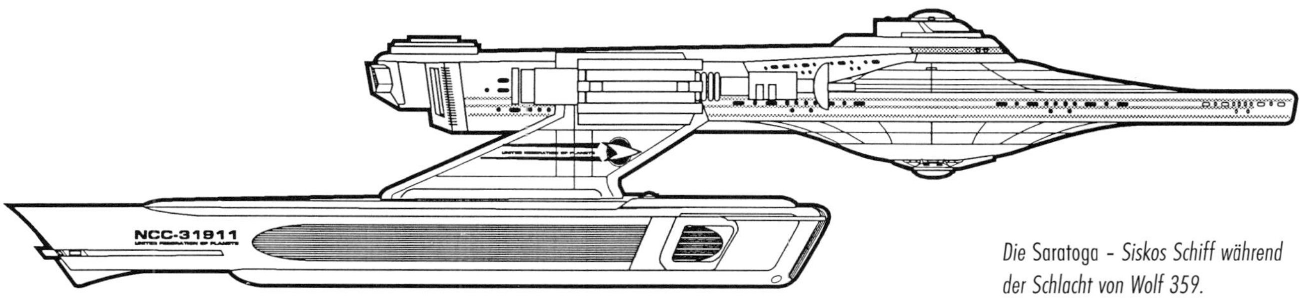

Die Saratoga – Siskos Schiff während der Schlacht von Wolf 359.

wickelt, wenn nicht sogar erst mit dessen Drehbuch, was bei DEEP SPACE NINE der Fall war. Sie ist in keinem Fall ein endgültiges Dokument, sowenig wie ein erster Drehbuchentwurf das endgültige Drehbuch darstellt. Aber sie ist vergleichbar mit einer Landkarte, die auf eine Vielzahl von Wegen hinweist. Falls eine Serie die Zustimmung für die Produktion erhält, werden einige dieser Wege unberücksichtigt bleiben, andere werden verfolgt, dann werden auch sie fallengelassen, wieder andere bilden schließlich die feste Grundlage für die neue Spielwiese des Geschichtenerzählens.

So wie eine Bibel nur eine Straßenkarte für eine Serie ist, so ist ein Treatment eine Straßenkarte für ein Drehbuch. Das endgültige Drehbuch für den Pilotfilm von DEEP SPACE NINE war 124 Seiten stark, das erste Treatment beschrieb die Handlung auf 29 Seiten.

Normalerweise versucht ein Treatment nicht, die Handlung in Akte zu unterteilen; es gibt sie in fortlaufender Erzählweise wieder. Einige wichtige Dialogzeilen können aufgenommen werden, aber insgesamt ist es eine konzentrierte Fassung der Struktur eines noch zu schreibenden Drehbuchs. Der wesentliche Vorteil eines Treatment ist, daß es schneller geschrieben ist und daß wesentliche Änderungen in einer 29 Seiten langen Geschichte leichter berücksichtigt werden können als in einem 124 Seiten umfassenden Drehbuch.

Die folgenden Seiten sind Auszüge aus der Originalbibel und dem Treatment des Pilotfilms, geschrieben von Rick Berman und Michael Piller, mit dem Datum 8. April 1992. An dieser Präsentation war nichts extravagant. Die Bibel war neunzehn Seiten lang, ein Computerausdruck mit doppeltem Zeilenabstand. Das Treatment, mit 29 Seiten, sah genauso aus. Wenn man fürs Fernsehen schreibt, zählt extravagante Präsentation überhaupt nichts; der Inhalt ist alles.

wobei ein Werbeblock zwischen Teaser und erstem Akt und einer zwischen letztem Akt und Nachspann eingefügt wurde.

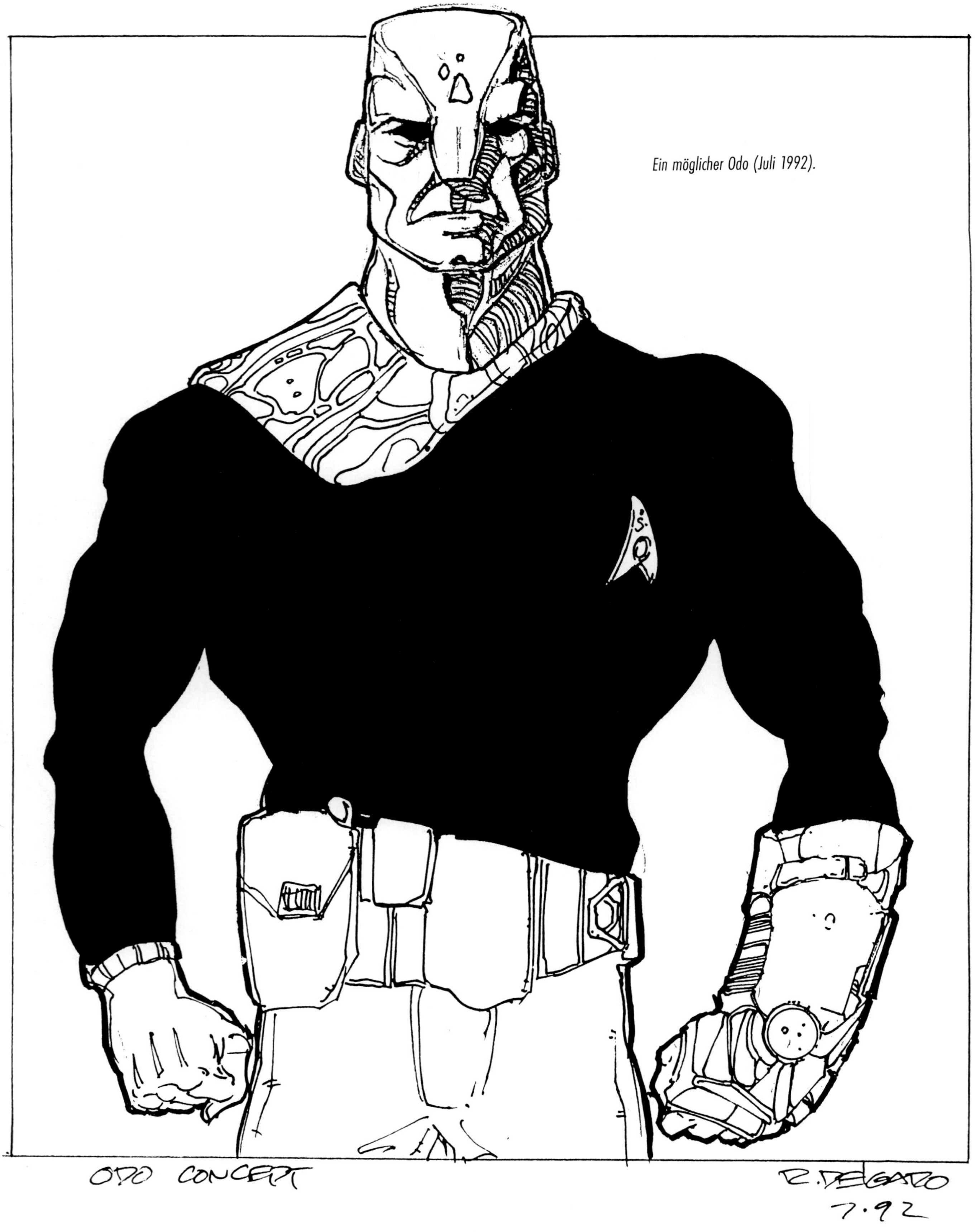

Ein möglicher Odo (Juli 1992).

RICARDO DELGADO

GRAPHIKEN: DOUG DREXLER

Eine in der Zukunft auf einer fremden Welt spielende Fernsehserie erfordert nicht nur die Erschaffung großer Sets und anderer wichtiger Elemente. Dazu gehört auch die Herstellung all der Kleinigkeiten des täglichen Lebens – Taschenlampen, Bücher, Taschen – um das fiktive Universum in jeder Hinsicht glaubhaft wirken zu lassen.

Symbol der bajoranischen Armee.

Symbole für die Streitmacht der Bajoraner.

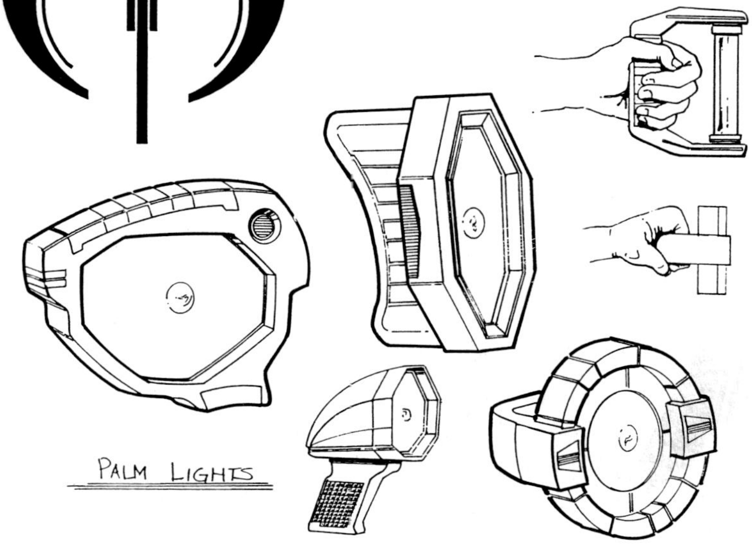

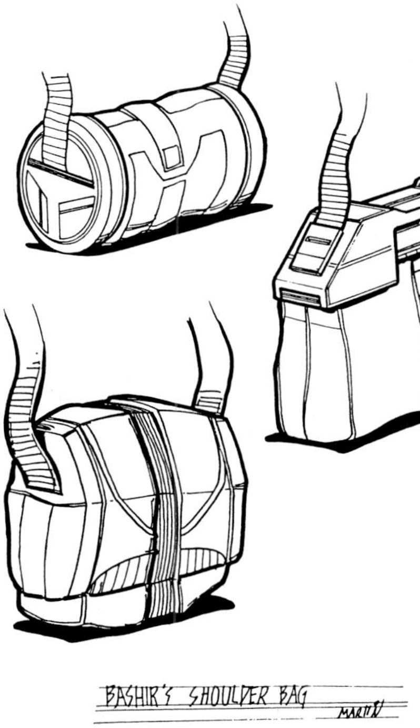

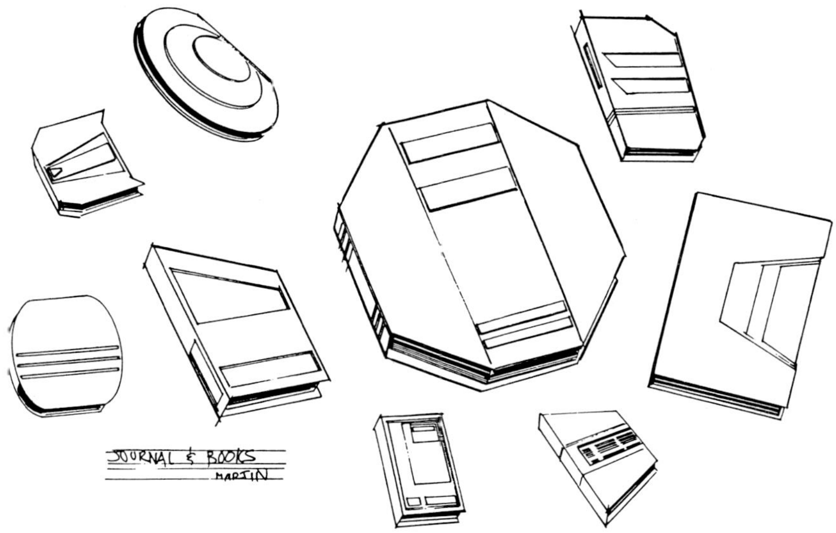

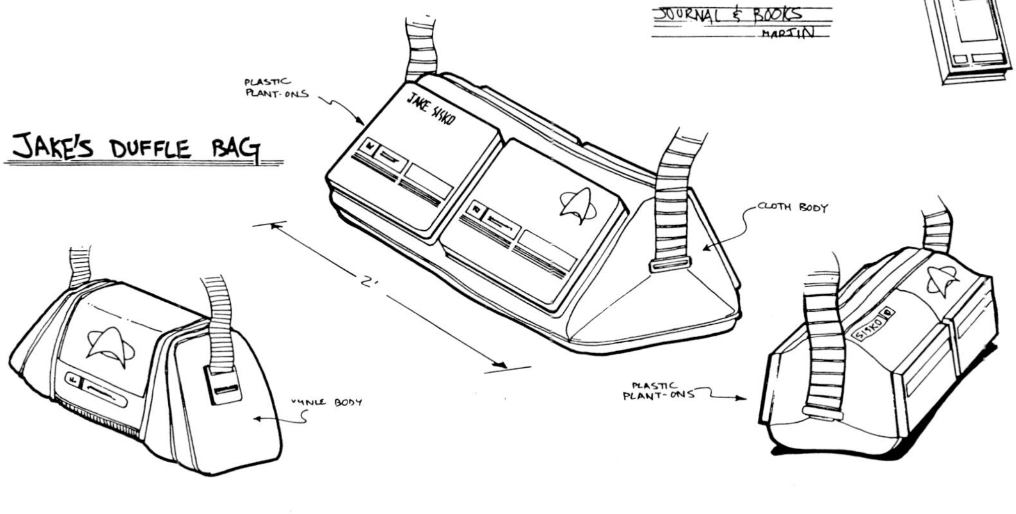

ZEICHNUNGEN: JIM MARTIN

RICARDO DELGADO

Diese frühen Entwürfe der Promenade zeigen bereits die Entstehung des aus mehreren Etagen bestehenden Bühnenbilds.

D.S. NINE ARCADE CONCEPT

R. DELGADO

Diese Versionen wurden den Studiobossen vorgelegt, die Berman gesagt hatten, daß sie von ihm eine neue STAR TREK-Serie sehen wollten.

STAR TREK: DEEP SPACE NINE, eine Serie angesiedelt in der ›nächsten Generation‹ der Star Trek-Geschichte, folgt einer Gruppe von Offizieren der Sternenflotte, die das Kommando über eine fremde Raumstation übernehmen, die sich in der Nähe eines bajoranischen Wurmlochs befindet, einer der strategisch bedeutendsten Standorte in der Galaxis.

In Hollywood entsteht viel durch die Reduzierung der komplexesten Handlungsabläufe auf eine Ein-Satz-Vorgabe. Und die obengenannten Worte sind exakt das, womit Berman und Piller die Präsentation ihrer neuen Serie einleiteten.

Die Serie stellt ohne jeden Zweifel weit mehr dar, als man in einem Satz beschreiben kann, aber mit diesen 48 Worten, insbesondere mit der Erwähnung von THE NEXT GENERATION, kann der Leser sofort die Umgebung, den Stil und die Hauptfiguren erfassen. Alles, was in der Bibel folgt, ist eine detaillierte Erweiterung.

Das erste Thema, mit dem sich die Bibel befaßt, ist die umfassende Beschreibung des Wurmlochs; sie enthält Einzelheiten über die Entfernung, über die es sich erstreckt, die optischen Effekte, die man während des Transits in beide Richtungen sehen kann, die Erkenntnis, daß es sich um ein künstlich erzeugtes Wurmloch handelt, und die Tatsache, daß man den Wesen, die es gebaut haben, während des Pilotfilms begegnet. Dabei erfahren wir, daß diese Wesen für die geheimnisvollen Kugeln verantwortlich sind, die den Bajoranern geschickt wurden. Nur ein Detail dieser kurzen, eine Seite umfassenden Beschreibung änderte sich, als die Produktion des Pilotfilms begann: Ursprünglich sollte sich das Wurmloch im ›Denorios-Asteroidenfeld‹ befinden. Warum diese Kleinigkeit geändert wurde, dazu kommen wir im nächsten Kapitel, weil sie dazu geeignet ist, die Art von Reaktion während der Produktion zu demonstrieren, die die Bibel ans Licht bringen soll.

Nach der Beschreibung des Wurmlochs wird dieses Handlungselement mit einer kurzen, eineinhalb Seiten umfassenden Beschreibung der Vergangenheit Bajors und der Beziehung zu den Cardassianern in einen großen Zusammenhang gebracht. Dieser Abschnitt ist überschrieben als ›Der Hintergrund‹ und ist im wesentlichen eine Geschichtslexikon. Wir erfahren, daß die Cardassianer Bajor hundert Jahre zuvor besetzt hatten, daß ihre Bergbauaktivitäten nun abgeschlossen sind und der Planet ausgeplündert ist, so daß sie nun einseitig entschieden haben, sich zurückzuziehen. Als Antwort auf den Terrorismus der Bajoraner haben sie eine ›Verbrannte Erde‹-Politik betrieben und den Planeten verwüstet.

Berman und Piller erklären, daß Bajor um Aufnahme in die Föderation gebeten hat, aber wegen der verworrenen politischen Situation wird es nicht als ratsam angesehen, einen Föderationsstützpunkt auf dem Planeten selbst zu errichten. Daher bittet die Übergangsregierung, daß die Sternenflotte eine verlassene Raumstation übernimmt, die, der Bibel zufolge, »in heutiger Terminologie eine UN-Basis ist, die sich im Hoheitsgebiet einer souveränen Nation befindet«.

Nachdem die groben Rahmenbedingungen abgesteckt worden waren, richteten Berman und Piller ihre Aufmerksamkeit auf die Einzelheiten des Handlungsortes, Deep Space Nine. Wie wir in Kapitel 10 sehen werden, gab es in den vorangegangenen Monaten viele Variationen hinsichtlich der fiktiven Herkunft der cardassianischen Raumstation, darunter auch die Überlegung, ob sie überhaupt cardassianisch sein sollte. Aber im April 1992 wurde in der Bibel folgendes festgehalten:

Die Station, die von Starfleet als DS9 bezeichnet wird, war über mehrere Jahre hinweg von cardassianischen und bajoranischen Arbeitern und jedem anderen, der zufällig seine Dienste zu einem guten Preis anbot, willkürlich zusammengebaut worden. Sie wurde von den Cardassianern hauptsächlich genutzt, um die Bergbauaktivitäten auf Bajor zu überwachen und den Besatzungen ankommender und abreisender Schiffe eine Unterkunft zur Verfügung zu stellen. Etwa zweihundert Personen, vor allem Bajoraner, leben noch immer dort. Ab Episode Drei werden etwa fünfzig Offiziere und Personal von Starfleet dort stationiert sein.
Als die Cardassianer Bajor verließen, entrissen sie der Station alle moderne Technik sowie die Verteidigungseinrichtungen ... und das Starfleet-Team hat eine gewaltige Aufgabe, alles wieder flottzumachen. Tatsächlich wird sie nie ganz unseren Anforderungen entsprechend funktionieren, und sie wird den Technikern stets eine Menge Kopfschmerzen bereiten.

Im Anschluß beschreibt die Bibel zentrale Bestandteile der Station, einschließlich Ops, Shuttlehangars und Promenade. Die Bibel nimmt auch Bezug auf eine Schlüsselfunktion der Station, die – wie wir sehen werden – gestrichen wurde, bevor der Pilotfilm in Produktion ging. Nach der Beschreibung der Art der Besucher, die DS9 besuchen könnten, sagt die Bibel:

Alle ihre Schiffe müssen an DS9 andocken, um mit speziellen Impulsenergiedämpfern ausgestattet zu werden, damit sie sicher durch das Wurmloch reisen können. (In der ersten Episode erfahren wir, daß die Energiequellen der Schiffe das Ionenfeld zerstören, das die Heimat der Aliens ist, die das Wurmloch konstruiert haben, und in dem sie in einer anderen Zeitebene leben. In dieser Folge wird uns erklärt, wie man das Wurmloch durchfliegen kann, ohne ihnen Schaden zuzufügen.)

Später mehr dazu, was mit diesem Handlungselement geschah.

Es folgt eine kurze Beschreibung der Flitzers, denen besondere Bedeutung zukommt, weil sie »das Symbol der Anwesenheit der Föderation in diesem Sektor sind... die einzige Starfleet-Technik in dieser eklektischen Umgebung«. In der Bibel wird ihre Höchstgeschwindigkeit mit Warp 4,7 angegeben, woran man sich aber in der Serie nicht gehalten hat.

Der letzte Abschnitt der Bibel beschreibt Bajor und den kontinuierlichen Konflikt mit den Bajoranern, da diese »einer religiösen Philosophie ergeben sind, was dem logischen, wissenschaftlichen Weg der Föderation widerspricht«.

Nachdem die Orte des Geschehens auf nur sechs Seiten festgelegt worden waren, konzentriert sich die Bibel auf das Herz einer jeden Fernsehserie – die Hauptpersonen.

Benjamin Sisko wird als erster vorgestellt, als Starfleet-Commander mit einem zwölf Jahre alten Sohn, und einem »sanften, energischen und freundlichen Verhalten, das über ein Temperament hinwegtäuscht, das er konstant zu kontrollieren versucht«. Wesentliche Elemente von Siskos Charakter sind seine Liebe zum Baseball – im 24. Jahrhundert eine vergessene Sportart –, die Trauer über den Verlust seiner Frau in der Schlacht bei Wolf 359 durch den ›borginfizierten‹ Captain Picard und sein Widerwille, das Kommando über Deep Space Nine zu übernehmen. Die Erklärung, daß Sisko durch die Begegnung mit den Aliens im Wurmloch geholfen wird, sein Leben wieder in den Griff zu bekommen, endet mit den Worten: »Seine wichtige Arbeit auf DS9 gibt ihm eine neue Richtung, aber sein Leben ist nach wie vor geprägt von einer Tragödie.«

Der nächste Charakter, der beschrieben wird, schaffte es nicht bis in die Serie – Ro Laren.

Etabliert bei STAR TREK: THE NEXT GENERATION. Sie wird ordnungsgemäß als Lieutenant Ro angesprochen, da Bajoraner ihren Familiennamen an erster Stelle führen. (Hinweis: Sie wird in einer Episode von STAR TREK: THE NEXT GENERATION vom Fähnrich zum Lieutenant befördert, bevor diese Serie beginnt.) Als Bajoranerin ist Ro stets besorgt um die Unabhängigkeit ihres Volkes. Aus diesem Grund meldete sie sich freiwillig für den Dienst auf der Raumstation. Sisko weigerte sich zunächst, dieser Versetzung zuzustimmen ... er wollte nichts zu tun haben mit jemandem, der einen so unrühmlichen Lebenslauf und Ruf hat wie sie. Aber im Verlauf der ersten Episode beweist sie, daß sie für ihn von Wert ist, und wird sein erster Offizier.

Wie bereits angemerkt, ist Ro eine Frau mit einer bewegten Vergangenheit; sie mißtraut Autoritäten und befolgt nicht alle Befehle. In einem Fall führte dies scheinbar zum Tod eines Landeteams. Sie wurde verurteilt und inhaftiert. Picard bot ihr an, Mitglied seiner Besatzung zu werden, nachdem sie während einer Mission bajoranische Terroristen enttarnt hat. (STAR TREK: THE NEXT GENERATION-Episode ›Ensign Ro‹)

Sie haßt die Cardassianer. Als Kind hatte man sie gezwungen zuzusehen, wie ihr Vater von Cardassianern gefoltert wurde und starb. Als sie Picard von diesem Vorfall in ›Ensign Ro‹ erzählt, sagt sie: »Ich erinnere mich, daß ich mich geschämt habe, als mein Vater um Gnade bettelte ... Ich schämte mich für ihn, weil er so schwach war. Ich schämte mich, eine Bajoranerin zu sein. Später begann ich zu verstehen, wie fehlgeleitet meine Empfindungen waren. Und doch sind sie irgendwie ein Teil von mir geblieben. Ich möchte mich nicht länger für meine Herkunft schämen.«

Sie war auch in den folgenden STAR TREK: THE NEXT GENERATION Episoden zu sehen: ›Disaster‹, ›Conundrum‹, ›Power Play‹, ›Cause and Effect‹ und ›The Next Phase‹.

Sie hat den Ruf, rasch die Waffe zu ziehen ... ein Ruf, den sie einsetzt, wann immer es nützlich zu sein scheint.

Es gibt ständig Reibereien zwischen Ro und den Starfleet-Offizieren, die sich an die Vorschriften halten.

Später mehr zum Schicksal von Fähnrich Ro.

Miles O'Brien ist der nächste. Er wird vorgestellt als »einer *der* Offiziere, der sich oft in Auseinandersetzungen mit Ro befindet«. Seine Rollenbeschreibung enthält Hinweise auf seine Frau Keiko und seine dreijährige Tochter Molly.

Um den Konflikt zu verstärken, den O'Brien in die Serie bringen kann, enthält sein Abschnitt einen Rückblick auf Einzelheiten über seine Vergangenheit aus einer Episode von THE NEXT GENERATION. In ›The Wounded‹ erfahren wir, daß O'Brien an einer erbitterten Schlacht mit den Cardassianern beteiligt gewesen war, als er auf der *U.S.S. Rutledge* diente. Er sah cardassianische Grausamkeiten mit an, er verlor enge Freunde während des berüchtigten Massakers bei Setlik III, und die erste Person, die er tötete, war ein Cardassianer, der ihn angriff, als O'Brien patrouillierte. Ein Teil einer Unterhaltung zwischen O'Brien und einem Cardassianer in ›The Wounded‹ wird zitiert: »Ich habe niemals zuvor irgendein Lebewesen getötet. Als ich ein Kind war, konnte ich nicht einmal ein Moskito zerdrücken. Es ist nicht, daß ich Sie als Cardassianer hasse. Ich hasse, was aus mir geworden ist ... Ihretwegen.«

Die nächste ist Jadzia Dax, Wissenschaftsoffizier. Ein kurzer Hintergrund ihrer ›vereinten‹ Spezies, der Trill, wird auf der Basis der Erklärungen in der NEXT GENERATION-Episode ›The Host‹ gegeben. Im wesentlichen ist sie eine attraktive, 28 Jahre alte Frau, Jadzia, die ihr Bewußtsein mit einem 300 Jahre alten Wurm teilt, Dax, der in ihrem Körper lebt.

So wie einige Details sich hinsichtlich der Station Deep Space Nine veränderten, so wurden auch Einzelheiten über Jadzia Dax' Vorgeschichte zwischen der folgenden Version der Bibel und der Produktion des Pilotfilms verändert.

Wie wir in der ersten Episode sehen, wird der Symbiont von Chirurgen entfernt, wenn der Wirtskörper stirbt. (Im Falle von Dax war der Wirt ein älterer Mann.) Der Wurm ›gräbt‹ sich dann in den neuen Wirtskörper ein. Dax und Jadzia wurden vereint, als sie sechs Jahre alt war.
Ro, die eine enge Freundschaft mit Dax verbindet, fordert sie immer auf, lockerer zu werden. Dax bewundert Ro für ihre jugendliche Energie, ihre Zielstrebigkeit, und sie wird eine Art Mentor für Dax.
Dax und Ben Sisko haben eine gemeinsame Vergangenheit. Sie arbeiteten zusammen auf dem Mars, kurz bevor sie nach DS9 kamen. Eine potentielle Liebesbeziehung zwischen ihnen kann nie Wirklichkeit werden wegen seiner Unfähigkeit, sein Leben wieder in den Griff zu bekommen. Er bestreitet das – er macht Witze darüber, daß er sich nicht an die Tatsache gewöhnen könnte, daß sie ein 300 Jahre alter Wurm ist ... und auch noch einer, der einmal ein Mann war ... oder zumindest Teil eines Mannes. Es gibt zwischen ihnen eine sexuelle Spannung, der sie beide widerstehen. Aber er verbirgt nicht den Respekt und die Zuneigung, die er für sie hat.

Odo kommt als nächster. Sein natürlicher Zustand wird beschrieben als ›eine gallertartige Flüssigkeit‹.

Seine Vorgeschichte enthält die Details, daß er der bajoranische Vollzugsbeamte auf Deep Space Nine während der cardassianischen Herrschaft war. Wegen seiner Vertrautheit mit der Promenade und den Stammkunden hat Starfleet ihn in dieser Position belassen. Es wird auch erklärt, daß er fünfzig Jahre zuvor in einem geheimnisvollen Raumschiff im Denorios-Asteroidengürtel gefunden worden war, ohne Erinnerung, wer er war oder woher er kam. Zu Beginn wurde er wie der ›Elefantenmensch‹ behandelt, wobei er kleine Kunststücke machte, indem er sich beispielsweise in einen Stuhl oder einen Stift veränderte, bis ihm klarwurde, daß er eine humanoide Form annehmen mußte, um in der bajoranischen Gesellschaft eine Funktion erfüllen zu können. Aber, so fügt die Bibel an, es mißfällt ihm.

Im Ergebnis erfüllt Odo eine einzigartig wichtige Rolle in der Gruppe – er ist die Figur, die menschliche Werte erforscht und kommentiert ... Und weil er gezwungen ist, als einer von uns durchzugehen, hat sein Blickpunkt gewöhnlich eine zynische und kritische Note.
Er sieht seine Arbeit so: Gesetze ändern sich, Gerechtigkeit ist Gerechtigkeit. Das bringt ihn in Konflikt mit dem Commander, der ihm erklärt, daß er nicht das Gesetz in seine Hände nehmen kann, wenn er auf DS9 bleiben will. Ro empfindet seine negative Haltung gegenüber

Vorgesetzten als erfreulich; die beiden verbindet eine bajoranische Kameradschaft.
Einmal am Tag muß er in seine gallertartige Form zurückkehren.

Über den Barkeeper, den Ferengi Quark, findet sich die einleitende Bemerkung, daß die Rasse der Ferengi seit Beginn von THE NEXT GENERATION ein Teil der STAR TREK-Geschichte ist. Nach einer kurzen Beschreibung der für Ferengi typischen Habgier und Quarks vielfältiger Geschäftsinteressen auf der Station sagt die Bibel über Quark, daß er...

... eine interessante Beziehung zu Sisko entwickelt. Tatsächlich macht es ihnen Spaß, sich zu streiten. Und hin und wieder ist der Ferengi behilflich, um für den Commander ein Problem zu lösen ... solange dabei etwas für ihn herausspringt. Seine erkennbar sexistische Haltung macht Ro zu einer offensichtlichen Gegnerin. Er verzehrt sich vor Leidenschaft für Dax.

Als Beweis dafür, wie sich Dinge im Fernsehen verändern, dient der Teil über Quarks Beziehung zu Sisko. Er scheint nun, da die Serie in Produktion ist, Quarks Beziehung zu Odo zu beschreiben.

Dr. Julian Amoros wird als Mensch Mitte Zwanzig beschrieben, mit dem Hinweis: »Er könnte, abhängig von der Besetzung, einen Akzent haben.«

Der Julian Amoros, der beschrieben wird, gleicht sehr dem Julian Bashir der Serie, aber ein weiteres Mal begann die Beziehung zwischen wesentlichen Charakteren anders, als es dann realisiert wurde.

O'Brien wird Amoros' Vertrauensperson ... Als ein Mann, der den Kampf erlebt hat, als ein ausgezeichneter Veteran im Dienst von Starfleet ist O'Brien ein Vorbild für den jungen Doktor. Er wird O'Brien um Rat fragen, um sicherzugehen, daß er nicht etwas Vorschriftswidriges macht. Er geht gerne mit O'Brien zum Phaserschießstand, um zu üben.

O'Brien würde sagen: »Verdammt wenig Ähnlichkeit.«

Nachdem die ursprünglichen sieben Hauptrollen vorgestellt worden waren, lenkte die Bibel auf den letzten dreieinhalb Seiten die Aufmerksamkeit auf die übrigen Charaktere.

Jake Sisko, der sich nicht an das Leben auf der Erde erinnert und eine unterdrückte Verbitterung darüber mit sich herumträgt, daß er im Weltall leben muß, weil er weiß, daß seine Mutter noch leben würde, wenn seine Familie auf der Erde geblieben wäre.

Jake, so heißt es außerdem, besitzt kein Technikverständnis und kämpft mit seinen Hausaufgaben, zweifellos ein Kurswechsel weg von den traditionellen Wunderkindern, die in Fernsehserien so beliebt sind, eingeschlossen Wesley Crusher in THE NEXT GENERATION.

Keiko O'Brien ist nicht glücklich mit der Versetzung ihres Mannes nach DS9. Die Bibel hebt hervor: »Es gibt einen interessanten zeitgemäßen Konflikt, der sich hier widerspiegelt... darüber, wie ein Ehepartner etwas opfern muß zum Nutzen der Karriere des anderen.« Dennoch wird Keiko gezeigt als jemand, der das Beste aus einer schlechten Situation macht, als sie »in einer frühen Episode ernste Mängel in den Unterrichtseinrichtungen entdeckt und sich freiwillig als Lehrerin der Station meldet«.

Der nächste Charakter, der in den ersten drei Seasons nur zweimal aufgetreten ist, ist Lwaxana Troi, die Mutter von Deanna Troi aus THE NEXT GENERATION. Ihre Liebe zu Odo wird festgehalten, zusammen mit einem im Gedächtnis bleibenden Dialogbeispiel, das in der ersten Season in der Episode ›The Forsaken‹ auftauchen würde: »Er versucht, sie zu entmutigen: Ma'am, ich nehme über Nacht einen flüssigen Zustand an. Lwaxana: Ich kann schwimmen.«

Der junge Ferengi Nog wird als nächster aufgeführt; er ist Jake Siskos bester Freund auf der Station, obwohl – so die Bibel – er »eines der Kinder ist, mit denen uns unsere Eltern nicht sehen wollen«. Da die Figur des Bruders von Quark, Rom, noch nicht existierte, wird Nog als der jugendliche Sohn eines Ferengi beschrieben, der in Quarks Bar arbeitet, nicht aber als Quarks Neffe.

Gul Dukat erhält einen Absatz, der ihn als den vormaligen ›Eigentümer‹ von DS9 unter cardassianischer Herrschaft identifiziert, als er die Rolle des Präfekten der bajoranischen Provinz spielte. Er »repräsentiert die permanente Bedrohung für unsere Leute«.

Die letzte Figur der Stammcharaktere erfuhr eine Geschlechtsumwandlung, bevor sie in der Serie auftauchte – Kai Opaka. *Er* wird beschrieben als »der geistige Führer der Bajoraner, der einen harten Kontrapunkt zur weltanschaulichen Einstellung von Starfleet« darstellt. In dieser Version der Bibel heißt es auch, daß der Kai von seinen Gästen fordert, sich zu entkleiden, und daß er ihre *pagh* durch tief ins Gewebe eindringende Fußmassage erforschte.

Nachdem die Stammcharaktere vorgestellt waren, ist das abschließende Element der Bibel eine einfache Zusammenfassung der vorangegangenen 19 Seiten:

> **STAR TREK: DEEP SPACE NINE bringt in das STAR TREK-Universum eine neue Gruppe von Charakteren, die so unterschiedlich und denkwürdig sind wie die Besatzungen der ersten beiden Serien. Die Serie liefert zudem weit mehr Konflikt zwischen den Hauptpersonen, als wir ihn zuvor im 24. Jahrhundert gesehen haben. Wenn, wie Gene Roddenberry stets sagte, STAR TREK ›*Wagon Train* im Weltall‹ ist, dann muß man sich Deep Space Nine als Fort Laramie am Rand der Grenze vorstellen.**

Aber die Bibel war nur eine Beschreibung der *Bestandteile*, die Berman und Piller für ihre Serie geschaffen hatten. Damit eine Serie erfolgreich sein kann, müssen diese Teile zu einer Geschichte zusammengefügt werden.

Am 8. April 1992 trug das Treatment für den Pilotfilm den Titel ›The Ninth Orb‹. Die Grundlagen für DEEP SPACE NINE waren deutlich zu erkennen.

Rick Berman & Michael Piller
8. 4. 1992

STAR TREK: DEEP SPACE NINE
Zweistündiges Treatment
›The Ninth Orb‹

Schwarzes Bild, Schrift: WOLF 359, STERNZEIT 44002.3. Wir hören die Stimme von Picard/Locutus: »Sie werden einverleibt werden. Widerstand ist zwecklos.«

Picards Gesicht, von den Borg verändert, ist das erste Bild, das wir sehen – auf dem Bildschirm eines Starfleet-Schiffs. Die Brückencrew tritt in Aktion, angeführt von ihrem Captain und dem Ersten Offizier, Commander Benjamin Sisko, einem charismatischen Mann Ende Dreißig, der der Besatzung Befehle erteilt ...

Die Geschichte hat den folgenden Kampf als den blutigsten in den Annalen der Föderation verzeichnet. Zum ersten Mal werden die Star Trek-Zuschauer sehen, wie das einzelne Borgschiff unter dem Kommando von Picard die Armada vernichtete.

Unser Mittelpunkt ist Sisko, der das Kommando übernimmt, als sein Captain tödlich verwundet wird ... Anstatt sich zurückzuziehen, kommt er einem anderen Schiff der Sternenflotte zur Hilfe, das von den Borg angegriffen wird. Siskos Schiff erleidet einen schweren Treffer in der Sektion, in der sich die Offiziersquartiere befinden. Sisko weiß, daß seine Familie sich dort unten befindet. Sein Schiff ist kampfunfähig, und er wird schließlich zum Rückzug gezwungen ... Sisko beginnt die Rettungsbemühungen zu koordinieren ... Er findet sein Quartier in Flammen ... Er ist in der Lage, seinen neunjährigen Sohn zu retten, aber seine Frau ist tot, begraben unter Trümmern. Die Evakuierung wird angeordnet, da das Schiff jeden Augenblick explodieren wird ... Sisko weigert sich zu gehen und muß vom Sicherheitschef aus dem Quartier gezerrt werden. Sie klettern mit einigen anderen Besatzungsmitgliedern in eine Rettungskapsel, die in sichere Entfernung befördert wird, er hält seinen Sohn in seinen Armen ... und sieht, wie das Schiff explodiert, auf dem sich seine Frau befindet ... Die Kamera zeigt groß sein Gesicht. Abblende.

Schrift: Sternzeit XXXXXXX. Drei Jahre später.

Einblenden in eine friedliche, aufsehenerregende Umgebung ... ein Fluß in den Bergen von Colorado ... zwei Personen angeln ...

Sisko und sein Sohn, jetzt 12 Jahre alt, führen eine unangenehme Unterhaltung. Jake ist nicht glücklich über den neuen Posten seines Vaters. Du hast versprochen, wir würden auf einem Planeten bleiben, sagt der Junge. Es wird wie auf einem Planeten sein, sagt Sisko. Es ist eine Raumstation. Sie befindet sich im Orbit um einen Planeten namens Bajor, eine wunderschöne Welt mit einer alten Kultur. Jake fragt, warum sie nicht auf dem Planeten leben können. Sisko erklärt kurz die Unruhen, die seit dem Abzug der Cardassianer auf Bajor herrschen. Starfleet hat entschieden, daß der beste und sicherste Platz für uns auf der Raumstation ist. Jake ist nicht überzeugt. Werden Kinder da sein?

Auf jeden Fall, sagt Sisko und hofft, daß er die Wahrheit spricht.

Ihre Unterhaltung wird von einer Stimme aus dem Interkom unterbrochen: ein Offizier informiert Sisko, daß sie Deep Space Nine erreicht haben ... Sisko befiehlt dem Computer, das Programm zu beenden. Die Holodeck-Wände ersetzen die Aussicht auf Colorado; sie verlassen das Deck und gelangen in einen Korridor (nicht auf der Enterprise) ... Sie begeben sich zu einem Aussichtsfenster, um die Raumstation zu sehen ... ein seltsames, faszinierendes Objekt im Orbit um Bajor ...

Als sie ankommen, hat die Enterprise bereits an der Station angedockt im Verlauf einer Hilfsmission für die Bajoraner, über die wir später etwas erfahren werden. Als Sisko und Jake die OPS betreten, ist O'Brien bereits am Werk ... Er stellt sich Sisko vor: ›Ich bin Ihr Chief Operations Officer, Sir‹ ... (Wir sorgen für die Beförderung entweder in einer vorangehenden NEXT GENERATION-Episode oder schreiben es so, als habe sie sich vor unserer Ankunft ereignet.) Ein Bajoraner bringt Jake in sein Quartier.

O'Brien erklärt Sisko, daß die Cardassianer alle hochentwickelte Technik mitgenommen haben, als sie die Raumstation verließen ... Es fehlen einzelne Elemente, Stationen sind funktionsuntüchtig, praktisch keine Verteidigungssysteme, die Replikatoren stellen nur felogianische Waffeln her, die Lebenserhaltungssysteme sitzen bei 31 Grad Celsius fest. Ein Dutzend Probleme muß auf einmal bewältigt werden.

Sisko erkundigt sich nach dem Wissenschafts- und dem medizinischen Offizier, und O'Brien erklärt, daß sie am nächsten Tag eintreffen. Er sagt Sisko, daß Captain Picard ihn so schnell wie möglich sehen möchte. Sisko reagiert ein wenig gereizt auf den Namen und ignoriert die Dringlichkeit der Bitte ... er möchte sich zunächst umsehen.

Während Sisko über die Promenade geht, sehen wir etwa ein Dutzend Mannschaftsmitglieder verschiedener Rassen – einige in Starfleet-Uniformen –, die Teil der Hilfsmaßnahme sind. Sie sind an den Aktivitäten beteiligt, die diese außergewöhnliche Umgebung zu bieten hat ... Einige besorgen Vorräte in einem der Geschäfte, andere haben frei und sehen sich um ... Es gibt einen Imbiß, der lebendes Essen serviert ... Ein seltsam aussehender gaunerischer Alien (Rulod) versucht, den Passanten Schmuggelware zu verkaufen; er zieht sich zurück, als er den neuen Starfleet-Offizier vorbeigehen sieht. Sisko blickt in seine Richtung und bewegt sich auf den Saloon zu.

Musik und Gelächter erfüllen den Raum, als Sisko eintritt und sich umsieht. Er sieht Mitglieder von Starfleet und Aliens an den von Ferengi betriebenen Spieltischen um Geld spielen ... Kunden warten auf die Öffnung der Sex-Holosuiten in der Etage darüber ... Sisko geht zur Bar.

Am anderen Ende unterhält sich der Ferengi-Barkeeper (Quark) mit einem seltsam aussehenden Humanoiden (Odo), der ohne ausgeprägte Gesichtszüge ›unfertig‹ aussieht. Quark kommt herüber, nimmt die Bestellung auf und fragt Sisko, ob er der neue Commander ist, auf den sie warten. Sisko bestätigt das. Quark will ihm Insiderinformationen über seinen Auftrag entlocken, die er zu seinem wirtschaftlichen Vorteil gebrauchen könnte. Während der Unterhaltung erfahren wir, daß Bajor vorübergehend Aufnahme in die Föderation gewährt worden ist und daß Sisko den Befehl hat, die schwierigen diplomatischen und wissenschaftlichen Bemühungen zu leiten, die die Eintrittsprozedur begleiten. Auf Bitten der Übergangsregierung Bajors hat Starfleet das Kommando über die Raumstation übernommen.

Plötzlich kommt es am Spieltisch zu einer Schlägerei ... Zwei Aliens sind unübersehbar schlechte Verlierer, die den Ferengi des Betrugs bezichtigen; einer zieht eine scharfe Waffe. Kunden weichen zurück, während Odo rasch einschreitet. Er wirft den Alien, der die Waffe hält, mit gewaltiger Kraft durch den Raum und verpaßt dem anderen einen harten Schlag, als der es mit ihm aufnehmen will ... Der erste wirft die Waffe durch den Raum auf Odo ... er reagiert, indem er den gesamten mittleren Teil seines Körpers in eine neue Form bringt ... Die Waffe fliegt durch ihn hindurch, ohne Schaden anzurichten ... Aber Odo ist jetzt wütend und greift den Mann an, der die Waffe geworfen hat ... Ein Phaserschuß über ihre Köpfe hinweg stoppt sie.

Das reicht, sagt Sisko, der den Phaser hält. Und er befiehlt den beiden Aliens, die Station zu verlassen. Odo, der wütend ist über Siskos Einschreiten, gibt sich dem Commander als Sicherheitschef zu erkennen. Er erklärt, daß er keine Waffen auf der Promenade duldet, das gilt auch für Phaser. Sisko sagt, daß es besser wäre, Phaser anstelle öffentlicher Prügeleien zu haben. Odo erwidert, er brauche keinen Starfleet-Offizier, der ihm vorschreibe, wie er seinen Job zu machen habe. Dann geht er.

Sisko blickt zu Quark ... der dem Commander sagt, daß Odo ein wenig wie ein Brummbär ist, daß es aber gut ist, ihn auf seiner Seite zu haben. Vielleicht, sagt Sisko.

Neugierig geworden, fragt er Quark über den Gestaltwandler aus ... Quark berichtet ihm, daß Odo als neugeborenes Kind in einem Raumschiff gefunden wurde ... er war scheinbar aus dem Nichts erschienen, in der Nähe des Denorios-Asteroidengürtels. Nur er war an Bord. Er ist der einzige seiner Art, den man jemals gesehen hat.

Sie werden unterbrochen von einem Ruf von O'Brien ... Die Enterprise hat sich noch einmal gemeldet ... Captain Picard wartet darauf, Sisko zu sehen. Dieser bestätigt und geht, um den Mann zu treffen, dem er die Schuld am Tod seiner Frau gibt.

Die Enterprise. Als Sisko an Bord gebeamt wird, begegnet er Lieutenant Ro ... sie muß mit ihm reden. Er sagt ihr höflich, daß er über ihre Bitte, nach DS9 versetzt zu werden, ernsthaft nachgedacht hat, daß er aber als Ersten Offizier jemanden mit anderen Qualifikationen braucht. Ro weiß, daß er sie loswerden will, aber das wird sie nicht akzeptieren ... Sie folgt ihm in den Turbolift und hält ein Plädoyer in eigener Sache. Sie redet gegen Wände. Auch wenn er es ihr nicht sagt, so will er nichts mit jemandem zu tun haben, der einen so unrühmlichen Lebenslauf und Ruf hat wie sie.

Er betritt den Aussichtsraum ... und sofort ist Spannung da. »Es ist lange her, Captain.«

»Haben wir uns schon einmal getroffen?«

»Ja, Sir, wir sind uns im Gefecht begegnet. Ich war auf der Saratoga bei Wolf 359.«

Picard gibt zu erkennen, daß er die Bemerkung verstanden hat, und fährt fort. Er berichtet Sisko in Kurzform alles weitere, was wir über die politische Situation auf Bajor wissen müssen. Die Enterprise hat die Hilfsaktion überwacht ... von ihr aus wurden die Verteilung der medizinischen Vorräte und die technische Unterstützung koordiniert, um diesem Volk beim Wiederaufbau beizustehen. Sisko fragt nach der aktuellen Situation hinsichtlich der bajoranischen Terroristen, die die

Cardassianer geplagt haben. Unsicher, antwortet Picard. Sie halten sich bedeckt.

Es wird in der Diskussion klar, daß Sisko sich gegen die Versetzung auf diesen abgelegenen Außenposten ausgesprochen hat ... daß er einen Sohn aufziehen muß. Er hatte um Versetzung auf die Erde gebeten, nicht um das hier. Picard ist von Starfleet Command bereits auf Siskos Unzufriedenheit hingewiesen worden ... Er erwidert, daß sie ihn hier brauchen, daß qualifizierte Offiziere seines Rangs noch immer knapp sind. Sisko deutet sogar an, daß er erwägt, die Flotte zu verlassen.

Picard reizt Sisko noch mehr, als er Lieutenant Ro zu dem Gespräch hinzuruft... Picard sagt, daß sie wertvolle Erkenntnisse über die bajoranische Situation besitzt, die er sich anhören soll. Widerstrebend willigt er ein.

Ro sagt, daß sich Bajor am Rande eines Bürgerkriegs befindet. Splittergruppen, die während der Opposition gegen die Cardassianer vereint waren, haben ihre alten Konflikte wieder aufleben lassen. Es ist unmöglich festzustellen, wer oder was die wirklich rechtmäßige Regierung ist ... ganz zu schweigen davon, die Bemühungen für ihren Eintritt in die Föderation zu koordinieren.

Die einzige Kraft, die diese Leute zusammenhält, ist ihr religiöser Glaube, sagt Ro. *Der* Mann, den sie alle respektieren und achten, ist ihr geistiger Führer Opaka, eine symbolische Figur bekannt als der Kai. Wenn Kai Opaka vortreten und zur Einigkeit aufrufen würde, dann würden sie zuhören. Sie empfiehlt, daß Sisko nach Bajor reist, um ihn zu sehen. Sie betont, daß es nicht mehr lange dauern wird, bis die Übergangsregierung zusammenbricht.

Während der Unterhaltung ist Sisko beeindruckt von Ros Kenntnissen über die Situation der Bajoraner und von ihrer Leidenschaft für ihr Volk.

Bajor. Die Hauptstadt. Mystisches Erscheinungsbild, mit runden Kuppeln und sphärischen Formen. Beeindruckende antike Architektur gibt der Landschaft ihren Charakter.

Nahaufnahme eines Mönchs, der in traurigem Tonfall singt ... Wir finden Sisko bei der Ankunft im Kloster des Kai wieder, wo er schockiert reagiert, als er sieht, wie sehr das Gebäude von den Cardassianern vor ihrem Rückzug zerstört worden ist. Statuen sind geköpft, Fenster zerbrochen, Wände sind herausgesprengt worden ... die Schändung ist erschreckend.

Kai Opaka will ihn sehen, aber Sisko erfährt, daß er sich entkleiden muß. Er erhält von einem Mönch einen Umhang und wird in einen Raum geführt, in dem Opaka, ein seltsamer, älterer Bajoraner, auf dem Boden sitzt ... seine Ohren werden von einem Mönch massiert.

Der Kai scheint ein Bewußtsein auf einer höheren Ebene zu besitzen, da er Dinge weiß, die er unmöglich wissen kann. Er spricht in vagen, mystischen und indirekten Worten und zwingt so den Zuhörer, deren Bedeutung zu suchen.

Opaka weckt sofort Siskos Aufmerksamkeit, als er ihn fragt, ob ihm bekannt ist, daß die Raumstation als Basis für den Schwarzmarkthandel mit medizinischen Vorräten, die eigentlich für sein Volk bestimmt sind, benutzt wird. Sisko erklärt ruhig, daß dies ab sofort nicht mehr der Fall sein wird.

Opaka entläßt den Mönch, zieht sich eine Robe an und entschuldigt sich bei seinem Gast für den Zustand des Tempels. Es ist die letzte Grausamkeit der Cardassianer ... Rache für jahrelangen Terrorismus, der aus dem bajoranischen Untergrund geleitet wurde. Vier Mönche wurden zu Tode gefoltert. Obwohl er sich unter Kontrolle hat, fühlt der Kai offensichtlich den Schmerz des bajoranischen Volkes ... und er leidet mit ihm.

Sisko fühlt mit ihm und bittet Opaka, an die Öffentlichkeit zu treten, um sein Volk zu einen und, den politischen Aufruhr zu beenden, der in einen Bürgerkrieg zu münden droht. Doch der Kai erwidert, daß das geistige Leben der Bajoraner in großer Gefahr ist, und das sei viel wichtiger als der politische Kampf oder der Beitritt zur Föderation. Sisko ist voller Anteilnahme, aber als ein praktisch orientierter Mensch des 24. Jahrhunderts sind seine Prioritäten deutlich anders. Ihre Diskussion droht, zu einer frustrierenden Auseinandersetzung zu werden ... bis der Kai Sisko höflich bittet, sich zu setzen. Sisko folgt der Bitte, der Kai erforscht den ›pagh‹ des Commanders (grob übersetzt: Energiemeridian), indem er langsam mit seinen Händen über den einen und dann den anderen Fuß streicht, wobei er tief ins Gewebe eindringt. Als er einen schmerzenden Punkt trifft, schüttelt er seinen Kopf traurig, so als spreche der Fuß zu ihm über den Mann. Er fragt Sisko über sein Leben aus ... und deutet an, daß dies vielleicht nicht nur eine weitere Mission ist, sondern der Beginn einer persönlichen Reise für ihn. Und als er endet, sieht er Sisko mit neuer Wertschätzung an. Ich habe Sie falsch beurteilt, sagt Opaka. Sie sind zu uns geschickt worden, um den Himmelstempel der Propheten zu finden. Aber Sisko glaubt nicht an Himmelstempel, sondern versucht, über Politik zu reden ... Opaka ignoriert das, während er ihn nach unten führt, in einen Raum unter dem Kloster, wo er eine Vitrine öffnet ... Darin befindet sich eine seltsame schwebende Kugel, in der Form einer Sanduhr – leuchtend grün und transparent.

›Was ist das?‹ fragt Sisko.

›Die Träne des Propheten‹, ist Kai Opakas vage Erwiderung ... und während Sisko hört, wie sich hinter ihm die Tür schließt, dreht er sich um, und der Kai ist verschwunden. Plötzlich passiert etwas Seltsames mit der Kugel ... und mit Sisko. Er findet sich zu dem besten Tag seines Lebens zurückversetzt ... an jenen wunderbaren Augenblick, da er seiner Frau begegnete ... und er begegnet ihr noch einmal ... mit dem vollen Bewußtsein, daß sich ein Wunder ereignet. Er versucht ihr zu erklären, was sie ihm bedeutet, aber sie glaubt, daß er verrückt ist, da sie ihm noch nie begegnet ist. Er kann es fast nicht ertragen, als die Vision endet und er wieder alleine im Raum des Kai ist ... Opaka ist zurückgekehrt.

Sisko versucht, die Wirkung des Ereignisses auf seine Gefühle zu verbergen, als er den Kai fragt, ob die Kugel eine Art holographisches Objekt ist. Nein, sagt Opaka, es ist untersucht und dokumentiert worden, seit es vor einem Jahrtausend aus dem Himmel zu ihnen kam ... Was Sie erlebt haben, ist keine Illusion. Keine Illusion? fragt Sisko. Opaka: Es ist ein Schritt in Ihre Seele.

Er sagt, daß das, was Sisko erlebt hat, noch kaum die Fähigkeiten der Himmelskugel erkennen läßt. Er erklärt, daß in den letzten tausend Jahren neun Kugeln entdeckt wurden.. Sie sind von den Mönchen seit Generationen untersucht worden, die ihre Kräfte für geistige Führung genutzt haben. Nun aber sind die acht anderen Kugeln in den Händen der Cardassianer, die sie während der Schändung des Klosters gestohlen haben. Nichts wird sie aufhalten, um die Kräfte der Kugeln zu entfesseln ... und um ihre Herkunft festzustellen. Wenn sie damit Erfolg haben, könnten die Cardassianer sogar die Propheten vernichten. Die Auswirkungen wären katastrophal. Der Kai sagt Sisko, daß er die Propheten finden und warnen muß. Er bietet dem Commander die letzte Kugel als Zeichen des Vertrauens an.

Sisko erwartet nicht, einen Himmelstempel zu finden, aber er fragt sich, woher diese machtvollen fremden Objekte kamen ... und er weiß, daß sich die Cardassianer die gleiche Frage stellen. Er fragt den Kai: Wenn ich das tue, um was Sie mich bitten, werden Sie mir helfen, meine Mission zu erfüllen? Opaka lächelt freundlich, nickt, fügt aber hinzu: Meine Hilfe wird bedeutungslos, wenn Sie nicht die Propheten warnen.

Sisko kehrt zurück und findet in der OPS Chaos vor ... O'Brien hat alles zerlegt und versucht, es wieder richtig zusammenzubauen ... er beschwert sich darüber, daß er so übereilt die Anlagen funktionstüchtig machen muß. Und jetzt reist die Enterprise ab, und er wird nicht die technische Unterstützung haben, die er nach wie vor benötigt. Er bittet den Commander um Erlaubnis, auf die Enterprise zurückzukehren und seiner Frau zu helfen, ihren Umzug zum Abschluß zu bringen. Sisko genehmigt es und bittet O'Brien, Lieutenant Ro mitzuteilen, daß sie sich bei ihm melden soll ...

In der Zwischenzeit geht er in die Bar und spricht Quark auf die Schwarzmarktgeschäfte an, von denen ihm Opaka berichtet hatte. Quark gibt unumwunden zu, daß er zu jedem Geschäft bereit ist, wenn es Profit verspricht ... aber es gibt einen Ferengi-Ehrenkodex. Einen sehr kurzen ... aber immerhin ein Kodex – er würde kein Kapital aus der verzweifelten Nachfrage nach medizinischen Vorräten schlagen. Es könnte jedoch sein, daß er jemanden kennt, der dies tun würde. Dann lenkt er Siskos Aufmerksamkeit auf Rulod, der an einem Ecktisch sitzt.

Sisko begibt sich zu Rulod und erklärt ihm mit beherrschter Stimme, daß er auf DS9 nicht willkommen ist ... Als sich Rulod weigert, die Station zu verlassen, gewinnt Siskos Temperament die Oberhand ... Er tritt den Stuhl unter Rulod weg, dann hebt er ihn am Kragen hoch. Wenn Sie morgen noch hier sind, sagt Sisko, dann beschlagnahme ich Ihr Schiff und werfe Sie in den ›Bau‹. Er geht hinaus, Rulod blickt ihm verbittert nach ...

Während Sisko die Promenade entlanggeht, trifft Ro auf ihn ... Sisko: Ich habe Ihrer Versetzung zugestimmt, Lieutenant. Nachdem mir die Füße massiert worden sind, bin ich zu dem Entschluß gekommen, daß ich jede Hilfe gebrauchen kann, um Ihr Volk zu verstehen. Ro ist erleichtert. Sie diskutieren die oberste Priorität, die Kugel zu untersuchen. Sie werden unterbrochen von einer Stimme aus dem Interkom: Der gannetianische Transporter hat angelegt, Lt. Dax, der Wissenschaftsoffizier, und Doctor Amoros sind bereit, an Bord der Station zu kommen. Ro und Sisko gehen, um sie zu begrüßen ... Sisko, der vor nicht allzu langer Zeit mit Dax auf dem Mars gearbeitet hat, nutzt die Gelegenheit, um Lieutenant Ro unterwegs kurz zu erklären, was ein Trill ist ...

Dax und Amoros kommen aus der Luftschleuse ... und treffen auf Ro und Sisko. Wir können eine sexuelle Spannung zwischen Dax und Sisko bemerken.

Ro bietet sich an, ihnen ihre Quartiere zu zeigen, aber Sisko möchte, daß Dax sofort die Kugel sieht; er begleitet sie, während Ro den Doktor eskortiert. Unterwegs machen Dax und Sisko Anspielungen auf ihre Vergangenheit. Auf dem Mars wurde eine mögliche Liebesbeziehung nicht Wirklichkeit, da er nicht in der Lage war, sein Leben wieder in den Griff zu bekommen. Er bestritt das – er machte Witze, daß er sich nicht daran gewöhnen konnte, daß sie ein dreihundert Jahre alter Wurm ist ... und zudem ein Wurm, der einmal ein Mann war ... oder zumindest ein Teil eines Mannes.

Währenddessen geht Amoros mit Ro zu seinem Quartier ... und erzählt ihr in einer amüsanten Szene von seinen Erwartungen in Sachen Abenteuer bei Starfleet. Er ist naiv und charmant und anmaßend zugleich ... ein Alleswisser. Er hat diesen abgelegenen Außenposten gewählt anstelle eines bequemen Jobs, der ihm bei der Medizinischen Abteilung Starfleets angeboten worden war, weil hier die Action stattfindet, weil hier in der Wildnis Helden gebraucht werden ... Ro bemerkt ironisch: Diese Wildnis ist meine Heimat ... Er versucht, seine Bemerkung anders zu erklären, während sie ihm sagt, er solle schon einmal über das Abenteuer nachdenken, die durch defekte Essensreplikatoren verursachte Ruhr unter Kontrolle zu bringen.

Auf der Enterprise geht O'Brien in sein Quartier und trifft auf die weinende Keiko. (Das ist das erste Mal, daß wir sie in dieser Geschichte sehen.)

Er tröstet sie ... Ein interessanter zeitgenössischer Konflikt spiegelt sich hier wieder ... wie ein Partner einer Ehe ein Opfer bringen muß zum Nutzen der Karriere des anderen Partners. Sie fragt, was eine Botanikerin auf der Station tun soll. Sie war glücklich auf der Enterprise. Es ist nicht für lange, sagt O'Brien. Und wir haben uns darauf geeinigt, daß die Beförderung eine unglaubliche Gelegenheit ist. Sie nickt, lächelt, aber in späteren Episoden wird wieder erkennbar, wie unglücklich sie ist. Die drei Jahre alte Molly ist sicherlich glücklich.

Er schickt sie los, damit sie sich nach DS9 transportieren lassen, während er eine letzte sentimentale Runde durch die Enterprise macht ... Er hat einen letzten, wichtigen Moment mit Picard in seinem alten Transporterraum ... Picard empfängt ihn und erlaubt ihm, das Schiff zu verlassen. Er betritt die Transporterplattform, und Picard bedient die Kontrollen. O'Brien entmaterialisiert.

Die Enterprise legt ab.

Dax studiert die Kugel, die in einem Labor in einem Kraftfeld gehalten wird. Ihre wissenschaftliche Neugier gewinnt die Oberhand ... und sie schaltet das Kraftfeld ab.

Plötzlich ist sie sechs Jahre alt ... Sie sieht in die Augen eines sehr alten und kranken Mannes in einer medizinischen Station ... er nimmt ihre Hand und lächelt sie an. Sie wird von einem Doktor, den wir nicht zu sehen bekommen, auf ein Krankenbett gelegt, das sich neben dem Bett des alten Mannes befindet ... und während sie daliegt, sehen wir, wie der Arzt einen Einschnitt in die Brust des alten Mannes macht und einen nassen, wurmähnlichen Symbionten herausholt ... Er legt ihn auf den Unterleib des kleinen Mädchens. Und während der Symbiont sich seinen Weg in ihren Körper bahnt, ereignet sich die Verbindung, eine Erleuchtung, ein Wunder, das sich auf dem Gesicht des Mädchens widerspiegelt. Dann ist alles vorüber, und Dax ist allein mit der Kugel im Laboratorium. Sie reagiert auf dieses außergewöhnliche Erlebnis ...

Jake spaziert über die Promenade, er sieht recht einsam aus ... bis eine Stimme aus dem Off sagt: Hi ... Jake dreht sich um und sieht einen jungen Ferengi, Nog ... Nachdem beide sich kurz vorgestellt haben, fragt Nog Jake, ob er ein wenig Spaß haben möchte ... Er zeigt Jake etwas in seiner Tasche ... eine kleine Schachtel mit winzigen farbigen Wesen darin. Was ist das? fragt Jake. Garanianische Boliten, sagt Nog. Und mit einem verschwörerischen Augenzwinkern: Komm mit, ich zeig's dir.

O'Brien ruft Sisko in die OPS ... auf dem Bildschirm: Ein riesiges cardassianisches Kriegsschiff nähert sich. Dessen Commander hat angekündigt, daß er und einige seiner Offiziere an Bord kommen.

Jake versteckt sich und beobachtet Nog, der beiläufig die Schachtel öffnet und sie bei einer Bank abstellt, wo ein Mann und eine Frau sich unterhalten ... dann kommt Nog zu Jake und versteckt sich ebenfalls, um zu beobachten, daß das Paar sich plötzlich wie von Flöhen befallene Hunde zu kratzen beginnt und in Panik reagiert, als sich ihre Haut grün und lila verfärbt.

Sie schreien um Hilfe, bis sie ein paar Sekunden später wieder normal sind. Jakes und Nogs kurzer Spaß wird unterbrochen durch den dramatischen Auftritt Dutzender Cardassianer, die auf dem Weg zur Bar sind, um dort zu spielen. Der cardassianische Commander Gul Dukat stellt sich unterdessen Sisko vor. Dukat ist allzu freundlich, wie ein klassischer Tyrann ... Er erklärt, daß er der frühere Präfekt der bajoranischen Provinz ist ... und damit der frühere Eigentümer der Raumstation. Er kennt sie gut ... beklagt sich, daß auch er die Replikatoren nicht dazu bringen konnte, ordentlich zu funktionieren. Er war nicht glücklich, die Station zu verlassen, sagt er, und fügt sarkastisch hinzu, daß die cardassianische Regierung offensichtlich die Bedürfnisse des Imperiums kennt ... weit besser, als das ein niederer Präfekt kann. Es wird erkennbar, daß Dukat nichts lieber tun würde, als wieder die Kontrolle zu übernehmen.

Sisko fragt, was er möchte. Dukat lächelt und sagt: Ich möchte nur behilflich sein, Commander. Sie sind weit weg von der Flotte der Föderation, allein auf diesem abgelegenen Außenposten, mit ärmlichen Verteidigungssystemen. Ihre cardassianischen Nachbarn werden schnell auf jegliches Problem reagieren, das Sie haben könnten.

Dukat ist mißtrauisch, was die Motive der Föderation betrifft, nach Bajor zu kommen. Er erzählt Sisko, er wisse, daß der Commander sich auf den Planeten begeben hat, um den Kai zu sehen. (Schrecklich, was mit ihrem Tempel geschehen ist, seufzt er, schrecklich.) Er weiß, daß Sisko eine der Kugeln mitgebracht hat. Er sagt: Wir glaubten, wir hätten alle. Sisko sagt, daß er nicht weiß, wovon Dukat redet. Dukat ignoriert diese abschlägige Antwort, fährt fort und sagt: Unsere Wissenschaftler arbeiten hart daran, das Geheimnis ihrer Kraft zu entschlüsseln. So wie Ihre Leute auch. Vielleicht, schlägt er vor, könnten wir Informationen austauschen, unsere Kräfte vereinen. Sisko bestreitet weiterhin, irgend etwas über die Kugel zu wissen. Dukat zuckt die Achseln und sagt, er werde in der Nähe bleiben, für den Fall, daß Sisko seine Meinung ändert. Das wird seinen Leuten die Gelegenheit geben, sich der Annehmlichkeiten der Promenade zu erfreuen.

Die Cardassianer ziehen ihr Schiff einen Kilometer von der Station zurück ... eine bedrohliche Anwesenheit, während Dax und Sisko das Geheimnis der Kugel zu ergründen versuchen. Sisko fragt sich, wie die Cardassianer von der Existenz einer neunten Kugel erfahren haben ... er ist besorgt, da es überall Spione gibt.

Dax hat mit den Historikern von Opaka Kontakt aufgenommen, und sie haben begonnen, zweitausend Jahre bajoranischer Überlieferungen zu analysieren ... wie ein Archäologe arbeitet sie daran, jede noch so kleine Information zu durchforsten, die irgendeinen Hinweis auf die Herkunft der Kugeln geben könnte. Dank ihrer Begabung hat Dax ein Muster von Ereignissen gefiltert, die eine Verbindung schaffen zwischen dem Auftauchen der Kugeln und einem fernen Teil des bajoranischen Systems in der Nähe des Denorios-Asteroidengürtel.

Sie wissen, daß sie diese Gegend nicht erforschen können, während die Cardassianer an der Hintertür lauern. Irgendwie müssen sie das Kriegsschiff lange genug ausschalten, um mit einem Flitzer unbemerkt davonfliegen zu können.

In der Bar hatte eine Gruppe cardassianischer Soldaten an den Spieltischen eine Glückssträhne ... und eine Menge Gold gewonnen. Plötzlich kommen Ro und O'Brien herein und erklären, daß das Lokal auf Anweisung von Starfleet geschlossen wird. Quark ist außer sich, und es kommt zu einem Wortgefecht, aber Ro setzt sich durch, und die Cardassianer sind verärgert, während sie ihr Gold in einen Sack packen, den Quark ihnen gegeben hat. Als die Cardassianer gegangen sind, zeigt unsere letzte Aufnahme Quark, der mit Ro und O'Brien ein seltsames Lächeln austauscht.

Auf dem cardassianischen Kriegsschiff packt der Soldat den Sack in einen Schrank und begibt sich auf seinen Posten ... Einen Augenblick später sickert eine seltsame Substanz aus den Ritzen des Schranks, sammelt sich auf dem Boden und verwandelt sich in Odo ...

Er geht zum Maschinenraum ... verwandelt sich in einen Computermonitor, um nicht entdeckt zu werden ... Als einer der Cardassianer versucht, ihn zu bedienen, und er nicht funktioniert, geht er. Odo nimmt seine ursprüngliche Form wieder an und schafft es schnell, das cardassianische Schiff zu sabotieren ... Er bringt alle Systeme durcheinander ... Maschinen und Sensoren sind ausgefallen ... und während auf dem cardassianischen Schiff das Chaos herrscht, verlassen Sisko und Dax die Station unbemerkt in einem Flitzer ... O'Brien kann Odo problemlos zurückbeamen, da auch die Schilde des Schiffs ausgefallen sind.

Sisko und Dax fliegen zum Asteroidengürtel ... Sie registrieren einige ungenaue Sensoranzeigen, die schwer zu verstehen sind. Als sie zu diesen Koordinaten vorstoßen, finden sie sich plötzlich inmitten eines packenden Flugs wieder, mit einem unglaublichen Lichterspiel voll brillanter Farben um sie herum. Sie durchbrechen das Raum-Zeit-Kontinuum. Schließlich ist alles vorüber. Während sie sich wundern, was zum Teufel sie gerade erlebt haben, stellen sie fest, daß sie sich im Gamma-Quadranten befinden ... eine Entfernung, für die man bei Warp Neun normalerweise mehr als 60 Jahre benötigt.

Ihnen wird klar, daß sie durch ein Wurmloch gereist sind ... aber nicht durch ein gewöhnliches. Alle anderen bekannten Wurmlöcher waren instabil ... aber keine der gewöhnlichen Fluktuationen in den Energieanzeigen waren hier festzustellen. Sie mutmaßen: Wenn die

Kugeln durch das Wurmloch gekommen sind ... und das vor tausend Jahren ... dann könnte das ein stabiles Wurmloch sein, das erste bekannte seiner Art. Es ist eine Entdeckung, die das Erscheinungsbild dieses Quadranten verändern würde ... Mit einer dauernden Abkürzung durch das All vor der Haustür wird Bajor ein Zentrum für Handel und wissenschaftliche Erforschung in dem Sektor werden. Sisko lächelt ironisch – er merkt an, daß der alte Opaka vielleicht wußte, was er tat, als er ihn auf die Suche nach dem Himmelstempel schickte.

Sie bringen das Schiff zurück ins Wurmloch ... (es ist ein anderer optischer Effekt auf dem Rückflug) ... aber sie kommen nicht auf der anderen Seite an ... ihre Anzeigen sind unverständlich ... und plötzlich müssen sie feststellen, daß sie angehalten haben ... Irgendwie sind sie gelandet, gefangen irgendwo im Wurmloch ...

Blendendes Licht dringt durch die Fenster ein ... die Sensoren registrieren eine Umgebung mit atembarer Atmosphäre ... Sie öffnen die Luke und steigen aus, um sich umzusehen. Dabei nimmt Sisko eine rauhe Umgebung wahr: Felsen, Finsternis, umgeben von seltsamen elektrischen Stürmen, Stürme wirbeln um sie herum. Als wir zu Dax' Wahrnehmung wechseln, ist die gleiche Umgebung idyllisch, ein Garten, ruhig ... Wie ist es möglich, daß sie diese Welt auf so unterschiedliche Weise sehen?

Sie begegnen einem Alien, den Sisko als alten Humanoiden sieht, ... für Dax ist es ein junges Mädchen. Der Alien ruft Dax and Sisko Satzbruchstücke zu, die keinen Sinn ergeben ... der Alien ist erregt, unglücklich ... und nach einer Minute vergeblicher Kommunikationsversuche gibt es einen außergewöhnlichen optischen Effekt, während die Universen von Sisko und Dax regelrecht vor unseren Augen auseinandergerissen werden ... Sisko versinkt in einem See aus weißem Licht wie in Treibsand ... Dax versucht ihn zu erreichen, aber sie ist umgeben von wirbelnden Lichtfäden, die die Form einer Kugel annehmen ... Während Sisko im Licht versinkt, wird sie plötzlich in den Weltraum geschleudert.

Wir sehen, wie das Wurmloch Gestalt annimmt, als die Kugel mit Dax in den Asteroidengürtel zurückkehrt. (Wurmlöcher sind nur zu sehen, wenn etwas ein- oder austritt.)

Schnitt ... Wir befinden uns auf der Oberfläche eines Asteroiden, wo der Schmuggler Rulod sein ›Warenhaus‹ für seine Schwarzmarktoperationen hat. Er reagiert, als er das Wurmloch sieht. Nach einer kurzen Überlegung öffnet er einen Kanal und ruft Gul Dukat.

Auf der Raumstation hat O'Brien den Asteroidengürtel mit Langstreckensensoren beobachtet, seit der Flitzer verschwunden ist ... Er entdeckt das Objekt, prüft die Sensoren und teilt Ro mit, daß die Anzeigen auf eine menschliche Lebensform hinweisen. Sie beamen sie an Bord. Als es auf der Transporterplattform erscheint, lösen sich die wirbelnden Lichter auf und geben Dax frei. Sie erzählt ihnen, was passiert ist.

Auf der Promenade trifft Quark auf Odo und erzählt ihm, daß im Asteroidengürtel ein Wurmloch entdeckt worden ist ... Woher weiß er das? Der Schmuggler Rulod hat es mit eigenen Augen gesehen ... Odo reagiert.

In der OPS plant Dax eine Rettungsaktion zusammen mit Ro, O'Brien und Amoros ... als Odo eintrifft und über das Wurmloch Fragen stellt.

Die Starfleet-Leute reagieren auf die Neuigkeit, daß sich das herumgesprochen hat ... als O'Brien bemerkt, daß das cardassianische Schiff seine Position verlassen hat und sich direkt auf die Koordinaten des Wurmlochs zubewegt. Ro erkennt: Wenn die Cardassianer die Bedeutung des Wurmlochs herausfinden, wird ihre gesamte verdammte Flotte anrücken.

Ro fragt O'Brien, was notwendig ist, um die Raumstation in diesen Sektor zu bewegen. O'Brien sagt, daß das unmöglich ist ... so wie die Station gebaut ist, würde sie die Belastung nicht aushalten. Ro befiehlt ihm, sich an die Arbeit zu begeben und die Struktur der Station zu verstärken. Die Bajoraner müssen das Wurmloch für sich beanspruchen, und die Anwesenheit der Föderation ist notwendig, um diesen Anspruch durchzusetzen. Wenn die Cardassianer oder jemand anderes versuchen sollte, das Wurmloch einzunehmen, dann müssen sie eine Föderationsbasis überrennen, und nicht viele werden sich dazu entschließen. Sie schicken einen Hilferuf an Starfleet Command, aber das nächste Schiff ist Tage entfernt.

Ro und Dax werden die Rettungsaktion leiten, und Ro erklärt Amoros, daß es Zeit ist, ein Held zu sein: Doc, Sie kommen mit uns ... Dax stellt die Ausrüstung zusammen. Auf dem Weg zum Flitzer bittet Odo Ro, sie auf der Rettungsmission begleiten zu dürfen. Das ist ein Einsatz der Flotte, Constable, sagt sie. Ich kann Sie nicht bitten, Ihr Leben zu riskieren.

Er erklärt ihr, daß er im Denorios-Asteroidengürtel gefunden wurde. Er weiß nicht, woher er kommt, und auch nicht, ob es andere von seiner Art gibt ... er erklärt, wie er gezwungen wurde, sich als Humanoider einzufügen, immer von der Frage verfolgt, wer er wirklich ist. ›Die Antworten auf viele meiner Fragen könnten sich auf der anderen Seite des Wurmlochs befinden, Commander.‹ Es ist eine rührende und verbindende Szene für diese beiden Charaktere. Und sie beschließt, ihn mitzunehmen.

Sisko befindet sich währenddessen in einer weißen formlosen Umgebung ... In einer Reihe von Szenen, die sich immer wieder mit der Handlung auf der Raumstation abwechseln, versucht er, die Verständigungsbarriere zu den Aliens zu überwinden. Sie erscheinen ihm als Menschen aus seinem eigenen Leben ... offensichtlich Bilder aus seinem Gehirn ... Als erstes sieht er seine Frau ... und da ist Picard und der Kai und andere. Während dieser Sequenz werden sie mehr über die Natur der Menschen erfahren, indem sie Siskos Leben untersuchen ... Auf einer anderen Stufe muß Sisko auch sein eigenes Leben untersuchen ... und mit Fragen und Schmerzen zurechtkommen, mit denen er sich nicht auseinandersetzen wollte. Er wird schließlich eine Reise durch seine Gefühle erleben, die es ihm ermöglichen wird, die Trauer über den Tod seiner Frau zu überwinden.

Das Landeteam startet den Flitzer ... und O'Brien gibt die Befehle, um mit dem Schleppen zu beginnen. Die Raumstation zu schleppen, ist kompliziert – eine enorm dramatische Aktion im Weltall, mit detaillierten Effektaufnahmen, die mit O'Briens Anstrengungen abwechseln, der Toscanini beim Dirigieren eines Orchesters gleicht.

Im Flitzer beobachtet das Team Dukats Schiff ... Es fliegt direkt auf das Wurmloch zu ... bei der gegenwärtigen Geschwindigkeit wird es in weniger als zwei Minuten eintreten. Ro hat für die Cardassianer nichts übrig, aber sie entscheidet sich schließlich, daß sie sie warnen muß. Sie ruft Dukat und erklärt, daß sie bereits Sisko verloren haben ... Fliegen Sie nicht hinein, Sie könnten niemals zurückkommen. Dukat glaubt, daß die Warnung ein Ablenkungsmanöver ist, um ihn hereinzulegen, während Sisko mit den Aliens verhandelt, um das Geheimnis der Kugeln zu erfahren. Er steuert das Schiff ins Wurmloch.

Szenenwechsel: Als die Cardassianer das Wurmloch durchfliegen, reagieren die Aliens, die bei Sisko sind, mit Wut ... so als würden sie Schmerzen empfinden ... die Energiequellen des cardassianischen Schiffs zerstören die Ionenfelder, in denen sie existieren. Während weiterer Szenenwechsel sehen wir die Reaktionen der Cardassianer, während ihr Schiff das Wurmloch im Gamma-Quadranten verläßt. Sisko beginnt zu verstehen, daß die Aliens, die in verschiedenen Zeitebenen gleichzeitig existieren, uns als unglaublich primitiv und unterentwickelt betrachten ... in keiner Weise das, was sie von anderen Lebensformen erwartet hätten ... nicht das, was sie erhofft hatten, was auf ihre Sonden antworten würde. Wir können nicht einmal erkennen, welchen Schaden unsere Ankunft ihrer Existenz bereits zugefügt hat. Unsere Existenz als dreidimensionale Humanoide, die in der linearen Zeit leben, stellt für sie eine unglaubliche Bedrohung dar ... Die Aliens leiden erneut, während wir zum Flitzer wechseln, als er gerade ins Wurmloch fliegt ... Dax ist angespannt, beobachtet die Anzeigen und kommt zu einer unglaublichen Erkenntnis: Basierend auf den Beweisen, die wir haben, glaube ich, daß dieses Wurmloch kein natürliches Phänomen ist, sagt sie. Nicht natürlich? fragt Ro. Sie wollen sagen, es wurde gebaut? Dax: Ich würde sagen, daß derjenige, der die Kugeln geschaffen hat, auch dieses Wurmloch geschaffen hat.

Plötzlich werden sie durchgeschüttelt von einer unfaßbaren Energiewelle ... Dax reagiert, sagt, daß dies beim letzten Mal nicht geschah ... sie werden zurückgeschleudert, während das Wurmloch schreckliche Verzerrungen durchmacht ... Und während sie zurück in den Asteroidengürtel geschleudert werden, wo die Raumstation ihre neue Position erreicht hat, wird das Wurmloch in einer unglaublichen optischen Darstellung von Explosionen gesprengt. Es ist zusammengebrochen. Sisko ist tot. Die Cardassianer sitzen hundert Jahre entfernt in der Falle.

Die Aliens geben dieses Ereignis weiter, indem sie Sisko sagen, daß die Existenz des Wurmlochs beendet worden ist; kein weiterer seiner Art wird sie je wieder bedrohen. Sisko, der versteht, daß wir auf diese Aliens wirken müssen wie Godzilla auf die Menschen, versucht ihnen zu erklären, daß wir nicht ihre Feinde sind. Wenn unsere Maschinen ihre Umgebung zerstören, dann können wir technische Veränderungen vornehmen, sie während des Durchflugs sogar abschalten. Die Aliens sind nicht überzeugt.

Auf der Raumstation hat Ro die traurige Pflicht, Jake mitzuteilen, daß sein Vater verschollen ist ... sie werden unterbrochen von O'Brien, der alle Offiziere in die OPS ruft.

Als sie ankommt, sieht sie auf dem Bildschirm sechs cardassianische Kriegsschiffe. Der cardassianische Commander Gul Jasad ruft sie. Ro tritt als Erster Offizier nach vorne und antwortet auf den Ruf. Der Cardassianer will mit dem Commander sprechen. Sie sagt, daß er nicht verfügbar ist. Gul Jasad erwidert, daß er es nicht gewohnt ist, mit einem Lieutenant zu sprechen. Ich bin alles, was Sie bekommen können, antwortet sie. Wo ist unser Kriegsschiff? will er wissen. Auf der anderen Seite des Wurmlochs, antwortet sie. Unsere Sensoren zeigen keinen Hinweis auf ein Wurmloch, sagt der Cardassianer. Das liegt daran, daß es zusammengebrochen ist. Er kauft ihr das nicht ab. O'Brien meldet, daß sie ihre Phaser aktivieren. Schilde hoch, befiehlt Ro. Welche Schilde? sagt O'Brien.

Währenddessen nehmen die Aliens im Wurmloch die Gestalt von Personen aus Siskos Erinnerungen an; dabei erfahren sie mehr über die Menschheit, aber es ist wie ein vermintes Feld, voll verwirrender Beobachtungen und Mißverständnissen, durch die Sisko sie geleiten muß.

Auf der Raumstation gibt O'Brien Ro einen entmutigenden Bericht. Die Enterprise ist auf dem Weg, aber immer noch einen Tag entfernt. Ro sagt, daß sie irgendwie durchhalten müssen, bis sie ankommt. Vorschläge? Er kann einen Teil der Energie in die Schilde leiten, aber wenn sie eines der unteren Decks treffen, wird die Station schwere Schäden davontragen. Bei den Angriffswaffen funktioniert nur die Hälfte der Phaserbänke; die Station hat Torpedoabschußrampen, aber nur eine Handvoll Photonentorpedos. Ro weist Odo an, alle in die oberen Decks zu bringen.

Der cardassianische Gul ruft Ro, nachdem er sich mit den Commandern der anderen Schiffe beraten hat, und sagt, sie müßten davon ausgehen, daß das verschwundene Schiff von Starfleet vernichtet wurde ... Er fordert die Kapitulation der Raumstation. Die Starfleet-Offiziere werden nach Cardassia gebracht und dort vor ein Gericht gestellt. Ro und O'Brien kennen die Cardassianer gut; beide haben eine Vergangenheit, die ihre Verbitterung ihnen gegenüber rechtfertigt. Sie wissen, daß die Cardassianer ihre Gefangenen foltern ... und sie haben keine Veranlassung, einen Außenposten der Föderation diesen Bastarden zu überlassen. Sie erklärt Gul Jasad, daß sie einen Tag für die Vorbereitung der Übergabe benötigen. Der Cardassianer erwidert: Sie haben eine Stunde. Ro wendet sich einem sehr nervös aussehenden Amoros zu. Ro: Habe ich Ihnen eigentlich gesagt, daß Helden oft jung sterben, Doc?

Im Wurmloch ist die letzte Personifikation der Aliens Siskos Sohn Jake, der die Zukunft darstellt. Als Sisko ein Gefühl des inneren Friedens erreicht, liefert er unabsichtlich den Schlüssel zum Verständnis zwischen beiden Spezies. Als ›Jake‹ die Hand seines Vaters berührt, verwandelt sich der Junge plötzlich in blendendes Licht ... und Sisko findet sich im Cockpit des Flitzers wieder ... Das Licht dringt wie zuvor durch die Fenster ein ...

Auf DS9 ist die Stunde um, und Gul Jasad fordert eine Antwort. Ro gibt sie ihm, indem sie alle vier verfügbaren Photonentorpedos als Warnung abfeuert ...

Sie glauben doch nicht, daß Starfleet uns auf diese Raumstation geschickt hat ohne die Möglichkeit, uns zu verteidigen? sagt sie dem cardassianischen Gul. Der Cardassianer erwidert, sie sei verrückt. Es gebe keine Möglichkeit, die Raumstation gegen den Angriff auch nur eines einzigen cardassianischen Kriegsschiffs zu verteidigen.

»Sie haben vielleicht recht«, sagt Ro. »Wenn Sie mit einem vernünftigen Starfleet-Offizier verhandeln würden, würde er einsehen, daß wir uns in einer ausweglosen Situation befinden. Aber ich habe den Ruf, daß meine Waffe locker sitzt. Wenn Sie also einen Krieg wollen, dann bekommen Sie ihn.« Dann schaltet sie ab.

Der cardassianische Gul fragt sich, ob sie blufft ... Nach einem kurzen Nachdenken gibt er den Befehl: Zerstört die Raumstation. Die cardassianischen Schiffe feuern einige Male ... die Schilde werden geschwächt ... ein außerhalb gelegenes Treibstofflager explodiert ...

Als die Schilde zusammenbrechen und die Lage hoffnungslos scheint, erscheint plötzlich das Wurmloch wieder; es erleuchtet den Himmel, und der kleine Flitzer kommt heraus, Sekunden später gefolgt von dem großen cardassianischen Kriegsschiff.

Sisko kehrt auf die Raumstation zurück, hat ein rührendes Wiedersehen mit seinem ›echten‹ Sohn ... dann ruft er Dukat. Er sagt ihm, daß er das Geheimnis für eine sichere Reise durch das Wurmloch mitgebracht hat. Jeder, der durch das Wurmloch reisen möchte, wird die erforderlichen Veränderungen an seinem Schiff auf DS9 vornehmen lassen müssen. Sonst wird das Schiff auf den Weg in den Gamma-Quadranten verlorengehen. Das Wurmloch wird in Zusammenarbeit mit den Wesen, die es geschaffen haben, benutzt oder gar nicht. ›Wenn Sie deren Entschluß testen möchten, dann schlage ich vor, daß Sie ins Wurmloch zurückfliegen.‹ Den Cardassianern bleibt nichts anderes übrig als zuzustimmen. Wer sind diese Wesen? fragt Dukat. Sisko lächelt ... Die Propheten des Himmelstempels.

Opaka begrüßt Sisko im Kloster. Alles ist so eingetreten, wie es prophezeit wurde, sagt er. Sie haben meinem Volk einen großen Dienst erwiesen. Sisko: Ich muß Ihnen einiges über die Propheten erzählen. Aber Opaka will nichts über die Propheten hören ... Erzählen Sie mir von *Ihnen*, sagt er zu Sisko. Sie hatten recht, als Sie sagten, daß dies eine andere Art von Reise für mich sein würde, sagt Sisko und zitiert die während der Fußmassage gemachte Vorhersage des Kai. Der Kai sieht ihn an und lächelt geheimnisvoll. Opaka: Das ist nur der Anfang Ihrer Reise, Commander.

Szenenwechsel: Die Rückkehr der Enterprise.

Picard und Sisko begegnen sich erneut, Picard drückt seine Bewunderung aus für die Art, wie Sisko die Krise gemeistert hat. Sisko nimmt das Kompliment dankbar und ohne Verbitterung an. Sisko habe sich seit ihrem letzten Gespräch verändert, bemerkt Picard. Vielleicht, stimmt Sisko zu. Die Begegnung im Wurmloch hat ihn zum Nachdenken angeregt ... aber in einer Sache ist er ganz sicher. Er ist nicht länger im Zweifel über seine Karriere bei Starfleet. Denn er weiß aus zuverlässiger Quelle, daß er da ist, wo er sein soll. Er beabsichtigt zu bleiben. Picard verläßt ihn und wünscht ihm alles Gute.

Als Sisko in die OPS zurückkehrt, berichtet ihm O'Brien, daß drei frunalische Forschungsschiffe vier Stunden entfernt sind und um Andockerlaubnis gebeten haben ... O'Brien beklagt sich, daß während des Schlepps alle Luftschleusen beschädigt wurden ... Amoros fragt O'Brien, wo er mit seinem Phaser üben kann.

Schnitt: Die Station DS9, wie sie im All schwebt ... die Schiffe kommen an und ...

Ausblenden

ENDE

ACHT

ERSTE ÜBERARBEITUNGEN

Die Situation muß nichts sein,
was ich oder sonst jemand jemals gesehen hat. Aber
man kann es verstehen, einen Bezug dazu haben,
wenn man den Leuten darin glauben kann.

Morris Chapnick [1]

Nach dem Erhalt und der Begutachtung dieser Bibel und des Treatments – und nach der Teilnahme an Dutzenden früheren Treffen – gaben die Paramount-Verantwortlichen ihre Zustimmung zum Pilotfilm, zusammen mit einem Auftrag für achtzehn Episoden der ersten Season. Das kalkulierte Budget für die Episoden – je nach Quelle zwischen 32 und 40 Millionen Dollar [2] – war höher als die erste Kalkulation für die erste Season von THE NEXT GENERATION, aber wirklich niemand in der Chefetage hatte das Gefühl, daß Paramount damit ein Risiko einging, das auch nur annähernd so groß war wie 1987.

Aber diese Überzeugung wurde nicht auf Anhieb von Berman und Piller geteilt. Besser als jeder andere wußten sie, daß die Entscheidung, eine Serie zu produzieren, nicht das Ende des Entwicklungsprozesses war – sondern nur der Anfang. Bis dahin hatten sie lediglich an Ideen gearbeitet. Jetzt war die Zeit gekommen, sich mit Fakten zu befassen, um diese Ideen Realität werden zu lassen. Und wie jeder, der mit der Serie vertraut ist, nach der Lektüre der ersten Bibel und des Treatments wissen wird, sollten viele Veränderungen kommen.

Nehmen wir einige von ihnen unter die Lupe, indem wir Teile der Bibel vom 4. April mit den Gegenstücken der Version vom 10. September vergleichen, die etwa in der Mitte der Dreharbeiten zum Pilotfilm vervollständigt wurde. Der hieß nicht länger ›The Ninth Orb‹.

Zunächst einmal war da die Kleinigkeit mit Namen ›Denorios-Asteroidenfeld‹. Einfach gesagt: Asteroiden kosten Geld. Jeder Brocken Weltraumgestein würde den Bau eines Modells erforderlich machen (obwohl in der Praxis ein einziges Modell aus vielen verschiedenen Perspektiven gefilmt werden kann, um den Eindruck zu erwecken, es han-

1 Chapnick war einer der Chefs bei Paramount und wurde ursprünglich als Assistent für Gene Roddenberry und dessen Arbeit am ersten Pilotfilm zur klassischen Serie eingestellt. Sein Kommentar zur Bibel der ersten Serie hat noch heute Gültigkeit.

2 Einigen Berechnungen zufolge belief sich das Budget des zweistündigen Pilotfilms auf etwa 10 Mio. $, hinzu kamen 2 Mio. $ für nach- oder neugedrehte Szenen und für andere unerwartete Erfordernisse. Diese Summe von schätzungsweise 12 Mio. $ betrug deutlich mehr als das Doppelte dessen, was die Produktion von zwei Stunden THE NEXT GENERATION kostete, aber es war immer noch weit von dem entfernt, was ein Kinofilm gekostet hätte. Da die Serie aus dem Nichts entstand, waren auch viele Startausgaben notwendig, darunter allein 2 Mio. $ für die permanenten Sets. Unterschiedlichen Quellen zufolge bewegen sich die durchschnittlichen Kosten einer Episode zwischen 1,2 Mio. und 1,7 Mio. $. Verständlicherweise werden diese Zahlen nicht bestätigt, um die Einzelbeträge, die an Mitarbeiter und Fremdfirmen gezahlt werden, vertraulich zu behandeln. Die Summe von 1,7 Mio. $ erscheint allerdings hoch, auch wenn man bedenkt, daß die Serie in jeder Season annähernd 40 Mio. $ durch den Verkauf von Werbezeiten einbringen soll.

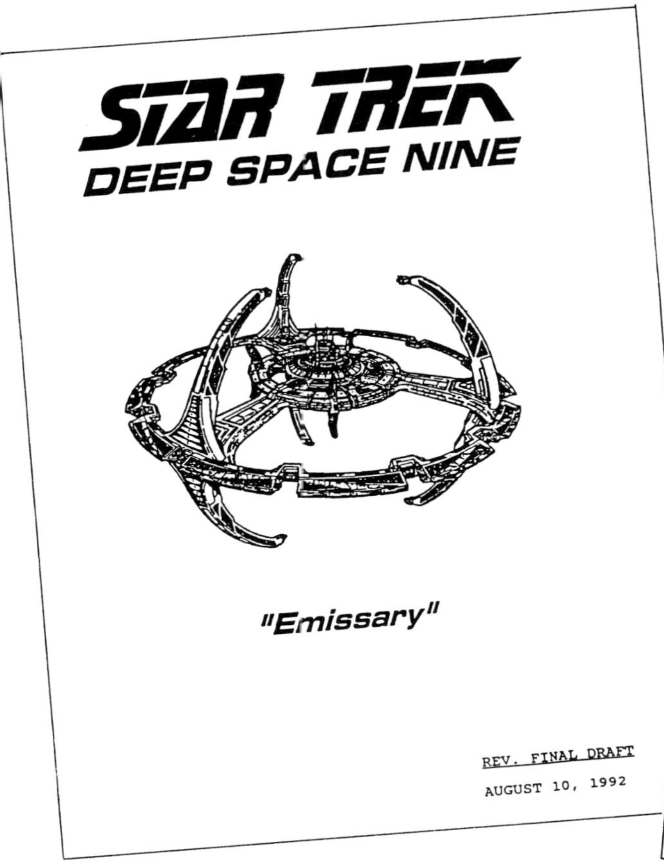

STAR TREK
DEEP SPACE NINE

"Emissary"

REV. FINAL DRAFT
AUGUST 10, 1992

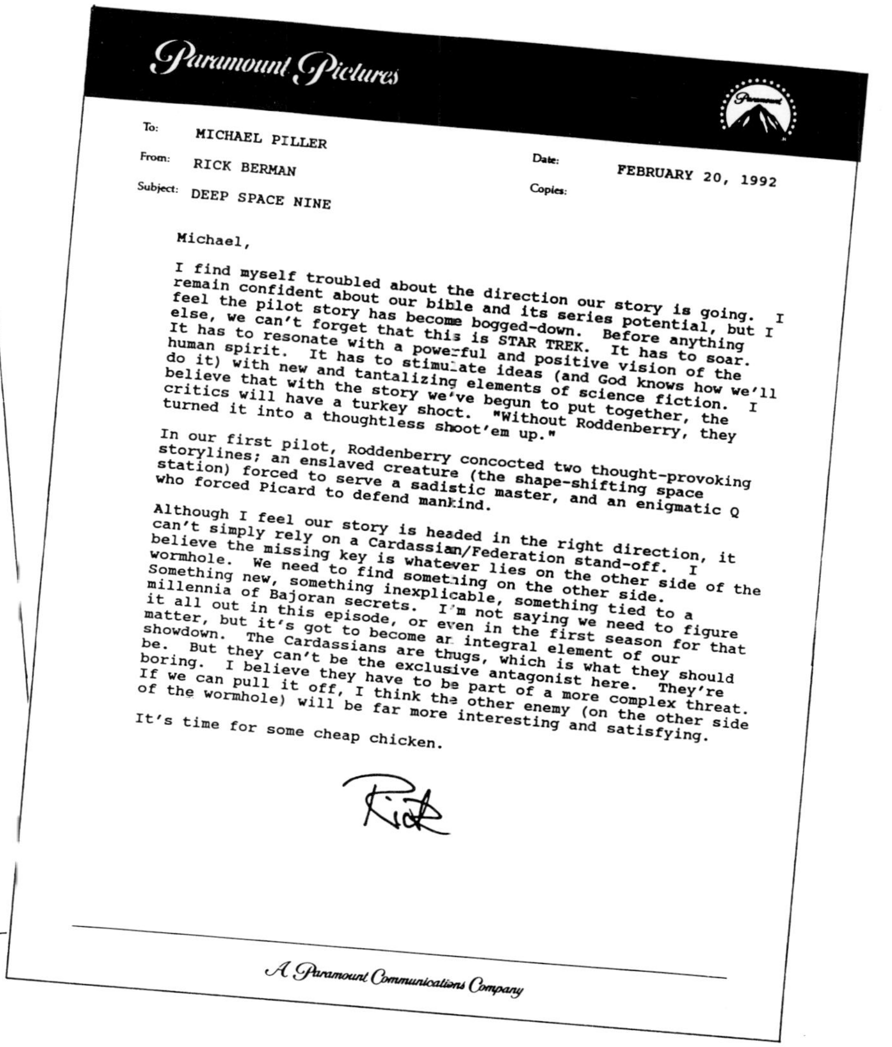

Paramount Pictures

To: MICHAEL PILLER
From: RICK BERMAN
Subject: DEEP SPACE NINE
Date: FEBRUARY 20, 1992
Copies:

Michael,

I find myself troubled about the direction our story is going. I remain confident about our bible and its series potential, but I feel the pilot story has become bogged-down. Before anything else, we can't forget that this is STAR TREK. It has to soar. It has to resonate with a powerful and positive vision of the human spirit. It has to stimulate ideas (and God knows how we'll do it) with new and tantalizing elements of science fiction. I believe that with the story we've begun to put together, the critics will have a turkey shoot. "Without Roddenberry, they turned it into a thoughtless shoot'em up."

In our first pilot, Roddenberry concocted two thought-provoking storylines; an enslaved creature (the shape-shifting space station) forced to serve a sadistic master, and an enigmatic Q who forced Picard to defend mankind.

Although I feel our story is headed in the right direction, it can't simply rely on a Cardassian/Federation stand-off. I believe the missing key is whatever lies on the other side of the wormhole. We need to find something on the other side. Something new, something inexplicable, something tied to a millennia of Bajoran secrets. I'm not saying we need to figure it all out in this episode, or even in the first season for that matter, but it's got to become an integral element of our showdown. The Cardassians are thugs, which is what they should be. But they can't be the exclusive antagonist here. They're boring. I believe they have to be part of a more complex threat. If we can pull it off, I think the other enemy (on the other side of the wormhole) will be far more interesting and satisfying.

It's time for some cheap chicken.

Rick

A Paramount Communications Company

dele sich um mehrere unterschiedliche Modelle). Jedes Modell müßte für eine Motion control-Kamera montiert werden[3], um mindestens dreimal gefilmt zu werden, damit die unterschiedlichen Lichtquellen berücksichtigt werden können und den Felsen der Sternenhintergrund hinzugefügt werden kann. Die einfache Aufnahme eines Flitzers, der in den Denorios-Gürtel fliegt, bei der beispielsweise 15 Asteroiden über den Bildschirm trudeln, würde 45 einzelne Aufnahmen erfordern, die – zusätzlich zu den vier oder fünf Elementen, die für den Flitzer und den Sternenhintergrund benötigt werden – in jedes einzelne Bild einkopiert werden müßten. Bei THE NEXT GENERATION waren oft viel kompliziertere Aufnahmen erforderlich, und DEEP SPACE NINE würde hinsichtlich der Anzahl der Belichtungen in einer einzigen Aufnahme neue Rekorde aufstellen, also zweifelte niemand daran, daß ein Asteroidengürtel realistisch dargestellt werden könnte. Da sich das Wurmloch aber in einem Asteroidengürtel befand, wurde klar, daß Asteroiden für jede Episode gefilmt werden müßten, in denen das Wurmloch auftauchte – also praktisch in jeder Episode. Da die Asteroiden aber für die Geschichten ohne Bedeutung waren – die in STAR TREK bereits eingeführten Deflektorschilde hielten sie von Schiffen und der Station fern –, wurden sie ersetzt durch ein ›geladenes Plasmafeld‹, das dem Zweck diente, die Gegenwart des Wurmlochs bislang zu tarnen. Es konnte als wiederverwendbarer Bewegungsablauf im Hintergrund für weit weniger Geld verwirklicht werden.

Oben links: Das Cover für das Drehbuch, mit dem alles begann. Am 10. August 1992 hatte das Drehbuch einen neuen Titel, die Station war entworfen, aber es gab noch kein Logo für die Serie. Das Drehbuch sollte bis in den September hinein überarbeitet werden, als die Dreharbeiten bereits angelaufen waren.

Oben rechts: Memo vom 20. Februar 1992 von Rick Berman an Michael Piller. Berman bezieht sich auf ein erstes Treatment, nicht auf ein Drehbuch. In diesem Memo wird der Grundstein für das gelegt, was uns im Inneren des Wurmlochs erwartet.

3 Siehe hierzu Kapitel 14.

4/27

Re: DS9 first three acts (en route)

Rick ---

Here's what we may want to do.

1. Start act one with Picard and Jake arriving at the promenade instead of Ops...using the gags from scenes 30-32. This showcases our hot set right off the bat and playing it with the kid could be funnier.

2. Then go to OPs for scene 27. Have Picard summon him immediately.

3. Lose all of Odo & Quark intro & barfight. Some general exposition will have to be resituated. I realize I haven't been writing logs.

4. Go to Ro (?)/Picard sequence, play through to the end of act one. This pushes the story up sooner, makes for better pace.

5. Play act two through the whole Opaka/fantasy sequence to end.

6. Open act three with Ops sequence as written. Then add a short scene at the security office where Sisko and we meet Odo for the first time...Sisko starts to tell him about the black market...

7. Go to the saloon where we meet Quark for the first time...he fingers Rulod...make Rulod more dangerous with a gang...the fight breaks out here, we see Odo do his shape shifter gag...

8. Outside the bar, Odo gives a little of his own backstory to Sisko before Ro shows up.

This will yield a savings of about four and a half pages, significantly improve the storytelling pace. I can trim another 2 pages with line cuts. It ain't 20 pages but it's a start.

Off the issue question: to give this a different look, do we want to put video monitors in the set for internal comm..or would the additional opticals kill us?

No notes yet...I make changes every day.

Michael

1

Paramount Pictures

To: RICK

From: MICHAEL

Subject: DS9 1ST DRAFT

Date: MAY 18, 1992

Copies:

I haven't made this work yet.

It's not that there hasn't been progress, because there has. It's not that what's here isn't interesting, because it is. But as I try to get a feeling for the whole thing, I am plagued by fundamental questions that I cannot easily answer. In many ways, they are the same note.

1. So what? Truly, the success of this script depends on Sisko's personal journey but what is it? It starts with: I'm not going to stay long because I'm unhappy (which is a petulant, whiny kind of thing to say anyway) and ends with: okay, I'll stay. Not a very high arch to our arc. I've already made changes to make his crisis more pronounced when we meet him. But it seems to build to nowhere and ends with a psychobabbling climax that I fear will be disappointing. I've tried to make it work with mirrors. Maybe I'm too close to it. I understand why he feels the way he does, but as an audience, I have no doubt from the first frame that he'll see the light...and I am not attached emotionally to the struggle.

2. Once the hero meets the aliens, he isn't very heroic. Sisko is generally passive while the aliens dissect his life. (You will see rewrite attempts by me to make him seem less passive and they may seem like band-aides in context.) Yes, it is his essence as a man that saves the day, but that isn't slaying a dragon. In a sense, we kind of cooked our goose when we said the aliens "inadvertently" understand through the process of exploring Sisko's life...because it may not allow Sisko to be active enough.

Some minor things that I haven't quite fixed yet -- the aliens are rather convenient in their knowledge - knowing some things like fear and hate and not knowing others like pleasure and pain. As I've made them more threatening, in my attempts to make Sisko more active, the question is raised why did they so easily allow Dax to leave if they are so concerned about what Sisko represents.

Michael

1

A Paramount Communications Company

Oben links: Memo vom 27. April 1992 von Michael Piller an Rick Berman. Rulod ist noch im Rennen, Ro vielleicht nicht mehr.

Oben rechts: Memo vom 18. Mai 1992 von Michael Piller an Rick Berman. Hier sehen wir, wie Michael Piller sich Siskos Begegnung mit den Wesen im Wurmloch annähert – der emotionale Kern der Geschichte.

Somit enthält die Bibel vom 10. September die folgende Erläuterung des Denorios-Asteroidenfeldes:

Das Wurmloch befindet sich im Denorios-Gürtel, der im bajoranischen Raum liegt. Er enthält ein ›geladenes Plasmafeld‹. Die Region ist mit dem bloßen Auge praktisch nicht zu erkennen, ausgenommen schwache bläuliche Lichtstreifen, verursacht durch Weltraumstaub. Die elektromagnetischen Eigenschaften der Region haben sie für Jahrhunderte zu einer großen Gefahr für die Navigation gemacht. Moderne Ausrüstung und spezielle Schilde machen es nun möglich, das Gebiet zu durchqueren. Das erklärt, warum das Wurmloch bislang nicht entdeckt worden ist.

Da Konflikt in Geschichten fürs Fernsehen eine gute Sache ist, ist eine große Menge Konflikt noch besser. So enthielt die Bibel vom 10. September auch die folgende Ergänzung zur ursprünglichen Beschreibung der Cardassianer und ihrer Gründe, Bajor zu verlassen.

(Und auch wenn die Cardassianer es nicht zugeben würden, so liegt ein anderer Grund für ihren Rückzug in Machtverschiebungen und Unstimmigkeiten auf ihrem Heimatplaneten, die mehr Aufmerksamkeit erfordern als die entfernten Kolonien.)

Dieser einfache Satz legte zugleich den Grundstein für Geschichten aller Art, in denen die Cardassianer sich untereinander bekämpfen würden.

Einige personelle Veränderungen wurden in der überarbeiteten Bibel ebenfalls vorgenommen; die bemerkenswerteste war der Austausch von Fähnrich Ro Laren. Für diese Änderung gab es keinen dramatischen oder technischen Grund. Es war einfach so, daß Michelle Forbes, die Ro gespielt hatte, sich nicht für eine Serie verpflichten wollte. Sie mochte die Figur. Sie mochte es auch, gelegentlich in Episoden von THE NEXT GENERATION aufzutauchen. Aber in Anbetracht des zu erwartenden Erfolgs war es nur vernünftig anzunehmen, daß eine Hauptrolle bei DEEP SPACE NINE eine Verpflichtung für fünf oder sogar sechs Jahre mit sich brachte. Forbes verfolgte aber andere schauspielerische Ziele und lehnte Bermans und Pillers leidenschaftlich vorgetragene Bitten ab, an Bord zu kommen.

Es gab aber auch einen unerwarteten Vorteil durch diesen Verlust von Fähnrich Ro. Von Anfang an hatten Berman und Piller sicherstellen wollen, daß es Konflikt zwischen den Hauptcharakteren gab. Wieviel Konflikt konnte – rückblickend – zwischen Ro und Sisko bestehen, waren sie doch beide Starfleet-Offiziere. Wenn aber Siskos bajoranischer Verbindungsoffizier nicht Starfleet angehörte, wenn er/sie *nicht* verpflichtet war, irgendeinen seiner Befehle auszuführen, oder wenn sie ihn nicht mochte, dann bekam das Spiel eine ganz neue Dimension.

Indem sie Ro als Ausgangspunkt benutzten, entwickelten Berman und Piller ihre Nachfolgerin – Major Kira Nerys. In der Bibel vom 10. Spetember wird sie so beschrieben:

MAJOR KIRA NERYS
Sie wird ordnungsgemäß angesprochen als Major Kira, da Bajoraner ihren Familiennamen an erste Stelle setzen. Sie ist Anfang dreißig. Ein früheres Mitglied der Untergrundbewegung. Nach der Befreiung Bajors erhielt sie von den neugegründeten provisorischen Kräften den Rang des ›Major‹. Sie ist der bajoranische Attaché auf DS9 und Siskos Erster Offizier. Kira ist eine offene Kritikerin der Übergangsregierung. Da sie ihr ganzes Leben lang für Freiheit gekämpft hat, macht es sie wütend, wenn sie sieht, wie die Welt, für die sie sich eingesetzt hat, sich in widerstreitende Gruppen aufsplittert. Es ist gut möglich, daß sie nach DS9 geschickt wurde, um sie kaltzustellen. Sie ist aggressiv, hartnäckig und voller Leidenschaft für ihr Volk. Zunächst ist Kira keine Unterstützerin der Idee, daß Bajor Mitglied der Föderation wird; sie würde es lieber sehen, wenn ihre Welt frei von allen äußeren Einflüssen bliebe. Als Vertreterin der Bajoraner auf der Station hat sie kein Vertrauen in Sisko, als er ankommt.
Kira haßt die Cardassianer. Sie beging Graumsamkeiten gegen die Besatzer im Namen der Freiheit, von denen sie einige quälen. Als im bajoranischen Untergrund schließlich eine neue Welle des Terrorismus vorbereitet wird, gerät sie in ein moralisches Dilemma, da sie die Terroristen ausfindig machen und der gerechten Bestrafung zuführen soll. Frühere Terroristen betrachten sie als Mitläuferin.

Eine andere, leichte Veränderung einer Figur betraf Jadzia Dax, den Trill und Wissenschaftsoffizier. In der Bibel vom 8. April wird eine sexuelle Spannung zwischen Sisko und Jadzia Dax erwähnt, entstanden aus einer nicht zustande gekommenen Beziehung zwischen ihnen, als sie beide auf dem Mars dienten. Die Zuschauer werden sich daran erinnern, daß in der produzierten Serie Sisko und Jadzia Dax lediglich eine enge Freundschaft verband, keine potentielle Beziehung zwischen einem Mann und einer Frau, hauptsächlich weil bei ihrer ersten Begegnung Dax – die wurmartige Hälfte der symbiotischen Lebensform – sich in seinem vorangegangenen Wirtskörper befand, dem alten Mann Curzon.

In der Bibel vom 10. September wird die Veränderung wie folgt beschrieben:

Dax und Ben Sisko haben bereits zuvor zusammengearbeitet. Das einzige Problem ist, daß Dax sich damals noch im Körper eines älteren Mannes befand ... der für Sisko eine Art Mentor war. Ihr sexuell anziehendes neues Erscheinungsbild wird eine gewisse Spannung zwischen ihr und Sisko schaffen, der sie beide widerstehen werden. Immerhin hat er immer noch seine Schwierigkeiten, sich an die Tatsache zu gewöhnen, daß sie einen 300 Jahre alten Wurm beherbergt. Aber er verbirgt nicht den Respekt und die Zuneigung, die er für sie empfindet.

Diese Veränderung diente einem nützlichen Zweck, da Sisko dadurch zu einem der wenigen Männer auf der Station wurde, der sich nicht nach Jadzia Dax verzehrte. Zudem kam ein amüsantes Science Fiction-Element in ihre Beziehung, da Sisko Jadzia oft als ›alter Knabe‹ bezeichnet.

Ein Handlungselement, das geändert werden mußte, um der Veränderung in der Bibel zu entsprechen, war Jadzias Alter, als sie die Symbiose einging. Im Treatment zeigt die Erinnerung, die sie unter dem Einfluß der Kugel durchlebt, sie als sechs Jahre altes Kind, als sie den wurmartigen Symbionten aufnimmt. Da jedoch mit der neuen Vergangenheit unterstellt wurde, daß Jadzia den Symbionten innerhalb der letzten drei Jahre erhalten haben mußte, (also in der Zeit nach dem Tod von Siskos Frau und seiner Versetzung auf den Mars, wo er Curzon begegnete), wurde Jadzias Alter angehoben, so daß sie bereits erwachsen war, als sie den Symbionten erhielt.

Andere personelle Veränderungen waren von geringer Bedeutung. Zwei davon betrafen Odo: Die erste war eine Folge einer Eigenschaft, die René Auberjonois eingebracht hatte – der hochgelobte Schauspieler, der Odo mit Leben erfüllte; die zweite fügte eine Beschränkung zu Odos gestaltwandlerischen Fähigkeiten hinzu, um ihn davon abzuhalten, zu mächtig zu werden.

In der überarbeiteten Bibel wurden die Veränderungen folgendermaßen beschrieben:

Seine Stimme ist rauh ... seine unverblümte Art ist dazu bestimmt, jeden auf Distanz zu halten und um seine innere Verletzlichkeit zu verbergen, da er sie nicht zu erkennen geben kann.

Er kann seine Form nur sechs Stunden aufrechterhalten, bevor er sich verjüngen muß[4] – was ihn und andere gelegentlich in Gefahr bringt.

Man beachte Odos ›innere Verletzlichkeit‹! Wenn Konflikt gut ist, dann ist eine Figur im Konflikt *mit sich selbst* für die Geschichten Gold wert. Mr. Spock aus der Originalserie, dessen menschliche Hälfte sich immer im Konflikt mit der vulkanischen Hälfte befand[5], ist sicherlich ein ideales Beispiel für die Art von gequältem Charakter, der das Publikum fasziniert.

Eine interessante Ergänzung wurde in die Beschreibung des Dr. Julian Amoros eingefügt, der in Bashir umbenannt worden war. Im zweiten Absatz, in dem erklärt wird, warum er zweiter in seiner Klasse war, bringt die überarbeitete Bibel den folgenden Grund vor:

Er verwechselte während der mündlichen Prüfung eine praeganglionäre Faser mit einem postganglionären Nerv, sonst wäre er erster geworden.

4 Das wurde später wieder geändert und auf 16 Stunden festgesetzt.

5 STAR TREK-Experten werden wissen, daß dieser Konflikt in STAR TREK: THE MOTION PICTURE beigelegt wurde.

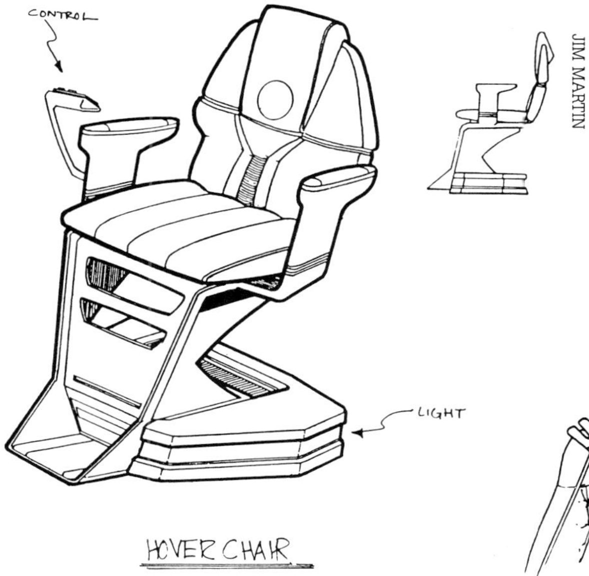

Erster Entwurf für Meloras schwebenden Rollstuhl‹, als man noch hoffte, daß sie ein Modell des 24. Jahrhunderts verwenden könnte.

Erster Entwurf für Meloras Exoskelett.

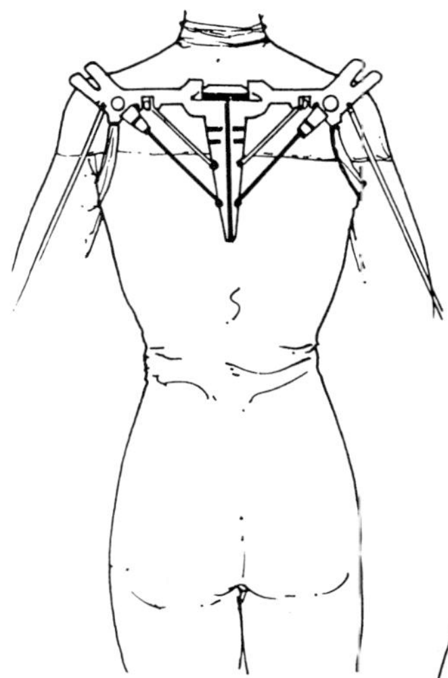

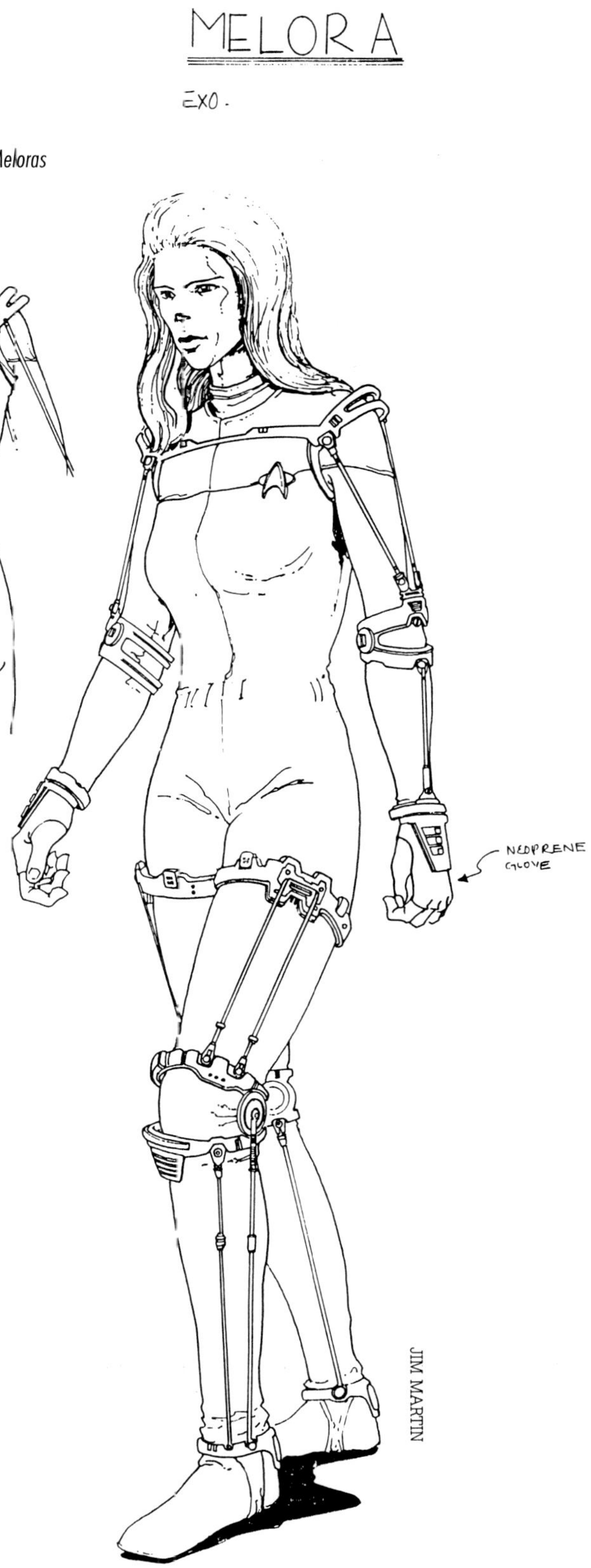

Daphne Ashbrook als Melora Pazlar in ihrem ›antiken‹ Rollstuhl.

Diese Erklärung geriet aufgrund einer Textzeile in die Bibel, die Bashir in einer der früheren Versionen des Pilotfilms sagen sollte.[6] Der Satz wurde schließlich aus dem Pilotfilm genommen, tauchte aber ein Jahr später in der Episode ›Melora‹ auf.[7]

›Melora‹ liefert ein weiteres Beispiel dafür, wie eine Idee für eine Figur zurückgestellt, aber nicht aufgegeben wurde. Wie bereits bemerkt, hatten Berman und Piller bei ihren ersten Unterredungen eine feste Rolle in Erwägung gezogen, die auf einer Welt mit niedrigerer Schwerkraft aufgewachsen war und die deswegen an einen Rollstuhl gebunden sein würde, um sich in den Bereichen der Station mit normaler Schwerkraft bewegen zu können. Sie sollte aber in der Lage sein, in einer Umgebung mit minimaler Schwerkraft in ihrem Quartier zu fliegen. Unglücklicherweise führten die zusätzlichen Dekorationen und die damit verbundenen Kosten einer realistisch dargestellten Flugszene in Quasi-Schwerelosigkeit dazu, daß die Figur gemeinsam mit dem Denorios-Asteroidengürtel zurückgestellt wurde. Die Figur, die den Namen Melora erhielt, war jedoch faszinierend genug, um sie für eine einzige Episode ins Leben zu rufen, in der sie DS9 besucht, was die Flugeffekte nur einmal erforderlich machte.[8]

Ein anderes frühes Konzept, das ebenfalls in Erwägung gezogen worden war – der Alien, der als zwei vereinte Individuen existierte, die nahe beisammen bleiben mußten –, fehlte auch in der Bibel. Das Konzept der dualen Natur des Alien taucht in Jadzia Dax wieder auf.

Die letzte, eine Rolle betreffende Änderung in der überarbeiteten Bibel hat mit Kai Opaka und mit Elementen des bajoranischen Mystizismus zu tun. Aus dem Mann, der Kai Opaka hatte sein sollen, wurde eine Frau, um einer weiteren starken weiblichen Figur einen Platz in der Serie zu geben. Sich für den Kai auszuziehen und durch sie den *pagh* durch Fußmassage erforschen zu lassen, mochte lächerlich aussehen, und es würde der Handlung und der Produktion Zeit rauben, alle erforderlichen Szenen in die Handlung mitaufzunehmen. Der Einfachheit halber wurde die Lage des *pagh* in die Ohrläppchen verlegt, die Idee des Ausziehens wurde fallengelassen.

Die Originalbibel erwähnt auch einige Handlungselemente aus dem Treatment für den Pilotfilm, die aus dem endgültigen Drehbuch gestrichen wurden. Darunter die, daß DS9 zum Wurmloch geschleppt wurde und daß Schiffe an der Station anlegen müssen, um mit speziellen Impulsenergie-Dämpfern ausgerüstet zu werden, damit sie das Wurmloch durchfliegen können, ohne die Wesen zu gefährden, die darin leben. Diese veränderten Punkte führen uns nun zu den Änderungen, die zwischen dem ersten Treatment und dem letztendlichen Drehbuch für den Pilotfilm gemacht wurden.

Änderungen auf dem Weg vom Treatment zum Drehbuch finden bei zwei wichtigen Kategorien statt: bei Handlung und Personen. Die Handlungsänderungen für den Pilotfilm sind relativ unbedeutend und lassen zugleich die insgesamt vorhandene Geschlossenheit der dramatischen Struktur des ersten Treatments erkennen.

Zunächst einmal ist Rulod, der seltsam aussehende, gaunerische Alien, verschwunden. Der Grund ist einfach der, daß er keinem anderen Zweck diente, als derjenige zu sein, der sich zur rechten Zeit am rechten Ort befindet, um zu sehen, wie sich das Wurmloch öffnet, und der die Cardassianer von dessen Existenz in Kenntnis setzt. Man bedenke: Wie groß ist der Denorios-Gürtel? Wie viele Asteroiden befinden sich in ihm? Und Rulod versteckt *rein zufällig* seine Vorräte auf dem einen Asteroiden, der das Wurmloch in dem Augenblick passiert, als es sich öffnet? Es ist eine Sache, eine Handlung durch einen so großen Zufall ins Rollen zu bringen, aber es ist üblicherweise unbefriedigend, einen so großen Zufall zu benutzen, der so spät in der Handlung einen weiteren Kniff hinzufügt.

Für das Drehbuch kam Michael Piller auf eine einfachere Lösung. Auf Seite 76, als Dax soeben aus dem Wurmloch ausgestoßen wird …

6 Der Dialog, den Berman geschrieben hatte, las sich tatsächlich wie folgt:

AMOROS

Ich verwechselte ein MEDTECH mit einem MEDTECH während der mündlichen Prüfung, sonst wäre ich erster geworden.

Wenn in einem Drehbuch für DEEP SPACE NINE der Begriff TECH oder MEDTECH benutzt wird, bedeutet das Arbeit für einen der technischen Berater der Serie. In diesem Fall schlugen Rick Sternbach und Mike Okuda die Verwendung der Begriffe ›praeganglionäre Faser‹ und ›postganglionärer Nerv‹ vor.

7 Die Szene mit Jake und Nog und den Garanianischen Boliten wurde ebenfalls aus dem Pilotfilm-Drehbuch gestrichen, tauchte aber in unveränderter Form in der Episode ›A Man Alone‹ wieder auf.

8 ›Melora‹ ist auch ein Beispiel dafür, wie Ideen gelegentlich unter dem starken Zeitdruck der Produktion fehlschlagen können. Ursprünglich war vorgesehen, daß Melora in dieser Episode in einem dem 24. Jahrhundert entsprechenden, schwebenden ›Rollstuhl‹ auftreten sollte, der sich der Antischwerkraft-Technik bedient, die seit den Tagen der klassischen Serie ein festes Element in STAR TREK war. Da in der THE NEXT GENERATION-Episode ›Too Short a Season‹ ein solcher Stuhl zu sehen gewesen war, entschied sich das Produktionsteam, den Stuhl aus dem Lager zu holen, ihn ein wenig umzuarbeiten und in dieser Episode wiederzuverwenden. Dieser Stuhl allerdings war für die großzügigeren Sets der *Enterprise* konstruiert worden und konnte in den beengten Korridoren der cardassianischen Station nicht verwendet werden. Als dies jedoch festgestellt wurde, war keine Zeit mehr, einen kleineren, futuristisch wirkenden Rollstuhl zu bauen, so daß sich ein gedämpftes Gefühl der Panik ausbreitete. Dann kam der Autorenstab mit der rettenden Lösung. Das Drehbuch wurde umgearbeitet, und es wurde festgelegt, daß aus irgendeinem Grund die künstliche Schwerkraft der einst cardassianischen Station die Benutzung eines Antischwerkraft-Rollstuhls unmöglich machte, so daß die Replikatoren lediglich einen altmodischen Rollstuhl des 21. Jahrhunderts herstellen konnten. Ein solcher Rollstuhl konnte mit geringem Aufwand aus einem heutigen elektrischen Rollstuhl hergestellt werden. Batterien und Motor wurden verkleidet und ein spezielles Geräusch wurde aufgenommen, um den Rollstuhl anders als die heute üblichen Modelle klingen zu lassen. Problem gelöst.

156 INNENAUFNAHME OPS

O'Brien an seiner Station ... Kira am Hauptbildschirm ... bajoranische Hilfskräfte an verschiedenen Stationen ...

O'BRIEN
(reagiert auf die Sensoren)
Eine weitere Neutrinostörung ...

KIRA
Die Scanner registrieren ein Objekt nahe ihren letzten bekannten Koordinaten ... es ist kein Schiff ...

O'BRIEN
(prüft das)
Major, da ist etwas in seinem Inneren ... irgendeine Lebensform

Die Sensoren liefern mehr Informationen.

KIRA
Registrieren die Sensoren der Cardassianer das?

O'BRIEN
Die sollten jetzt wieder arbeiten ... Wir müssen davon ausgehen, daß sie alles wissen, was wir wissen ...

Kira braucht einen Moment, um die Konsequenzen abzuwägen ...

Dieser eine Satz von O'Brien – »Wir müssen davon ausgehen, daß sie alles wissen, was wir wissen ...« – macht den Zufall mit Rulod überflüssig und beendet zugleich die ungelöste Nebenhandlung um den Schmuggel von medizinischen Vorräten.

Ein zentrales Element in der Bibel und im Treatment, das völlig verschwunden ist, ist die Erwähnung, daß der Impulsantrieb auf irgendeine Weise den Wesen gefährlich werden könnte, die das Wurmloch erbaut haben. Dieser Idee wird im Treatment große Bedeutung zugemessen, da Sisko aus dem Wurmloch zurückkehrt und erklärt, daß er das Geheimnis für den gefahrlosen Durchflug kennt. In der Bibel trägt das zu der Bedeutung von DS9 bei, da alle Schiffe, die das Wurmloch durchfliegen möchten, auf der Station mit einer besonderen Ausrüstung versehen werden müssen.

Und doch ist diese zentrale Idee völlig aus der Vorgeschichte von DEEP SPACE NINE verschwunden. Warum?

Der Hauptgrund ist Logik. Wenn es notwendig ist, ein Schiff mit besonderer Technik zu versehen, die es nur auf DS9 gibt, damit es in den Gamma-Quadranten reisen kann, wie könnten dann jemals Schiffe *aus* dem Gamma-Quadranten durch das Wurmloch fliegen? Teil der Anziehungskraft von DEEP SPACE NINE ist es, daß unbekannte Aliens aus dem Gamma-Quadranten jederzeit aus dem Wurmloch kommen können. Unter diesen Bedingungen wäre das aber niemals möglich.

Die Eliminierung dieser Idee schafft zugleich den bohrenden Widerspruch aus der Welt, daß Wesen mit gottgleichen Kräften von bloßer Technik der Menschheit zerstört werden sollten. Und außerdem: Wenn sie zu allen Zeiten gleichzeitig existieren, warum haben sie das nicht kommen sehen? Da war es besser, daß sie irritiert sein sollten angesichts des menschlichen Konzepts der linearen Zeit. Damit wird ihre Entscheidung, nicht in Erscheinung zu treten, ein emotional bedingter Entschluß, der nichts mit der Einmischung der Menschen zu tun hat. Immerhin würden sich DEEP SPACE NINE-Geschichten auf Dauer schrecklich wiederholen, wenn in Anbetracht jeder schlimmen Krise jemand sich ins Wurmloch schleichen, einen zerstörerischen Impulsantrieb aktivieren und die Wesen damit erpressen würde, helfend einzugreifen.

Weniger offensichtlich, aber wesentlich wichtiger war die Entscheidung, die Idee eines Geheimnisses zur sicheren Reise durch das Wurmloch zu streichen. Sie änderte die Art der Begegnung Siskos mit den Wesen. Und die Art, wie diese Begegnung verändert wurde, änderte auch den emotionalen Gehalt dieser Episode und der Serie. Womit wir bei den Änderungen der Figuren wären.

Die wesentlichsten Personenänderungen zwischen dem ersten Treatment und dem endgültigen Drehbuch, wenn man von der notwendigen Änderung durch den Ersatz von Kira für Ro absieht, sind scheinbar von geringer Bedeutung, haben tatsächlich aber grundlegende Auswirkungen auf den emotionalen Gehalt der Geschichte. Zwei von ihnen bieten einen beträchtlichen Einblick in den Prozeß, Qualitätsarbeit für das Fernsehen zu schreiben.

Die erste Szene, mit der wir uns befassen, ist Siskos erstes Treffen mit Quark. Im Treatment betritt Sisko Quarks Bar und schließt sich einer Unterhaltung zwischen Odo und Quark an. An einem Spieltisch kommt es zu einer Schlägerei. Odo schreitet ein und zeigt – als er angegriffen wird – seine gestaltwandlerischen Fähigkeiten, indem er der Waffe ausweicht. Sisko beendet den Kampf, indem er einen Phaserschuß abfeuert. Odo erklärt seinen Grundsatz, keine Waffen auf der Promenade zu erlauben, dann geht er. Sisko und Quark führen eine Unterhaltung, die in erster Linie dem Zweck dient, Odos Vorgeschichte festzulegen. Dann meldet sich O'Brien, und die Szene endet.

An dieser Szene ist so, wie sie geschrieben ist, nichts wirklich falsch, aber es fehlt etwas. Erinnern Sie sich an den Konflikt? Der existiert ganz sicher zwischen Odo und Sisko. Beide demonstrieren ihre unterschiedlichen Absichten, wenn sie zur Tat schreiten. Offenbar gibt es zwischen ihnen eine gewisse Reibung, und dieser Teil der Szene funktioniert bestens. Aber was ist mit Quark und Sisko? Quark ist in illegale Aktivitäten verwickelt. Sisko repräsentiert Recht und Ordnung. Und doch führen sie eine höfliche Unterhaltung, in der Informationen mitgeteilt werden. Wo ist *ihr* Konflikt? Wo sind die Gefühle zwischen ihnen? Überhaupt: Wie wird Quark durch das gesamte Treatment hindurch definiert? Er ist nur der Typ hinter der Bartheke, der als Verteiler für Informationen dient. Nicht sehr interessant.

Aber die Szene blieb nicht lange uninteressant. Nachfolgend nun, wie die Szene im endgültigen Drehbuch erschien, aus Quarks Bar in die verwüstete Promenade verlegt.

---

33 INNENAUFNAHME BÜRO

Ein nervöser jugendlicher Ferengi (NOG), hält an der Tür Wache, sieht nach hinten ...

NOG
Beeil dich.

Wir folgen seinem Blick, um zu sehen, daß die Einrichtung des Büros ausgebrannt ist ... Wir entdecken einen großen, häßlichen, erwachsenen Alien, der einen Safe um einige wertvolle

Mineralproben erleichtert ... Er packt sie in einen Beutel. Und während er sich auf die Tür zubewegt ...

34 INNENAUFNAHME PROMENADE

... sie gehen hinaus ... und reagieren, als sie Odo sehen ...

ODO
In Ordnung, bleibt, wo ihr seid.

Die Diebe kehren um und machen ein paar Schritte, bis sie Kira und Sisko kommen sehen, die ihnen auch diesen Fluchtweg abschneiden ... Nog weiß, daß er in der Falle sitzt, und ergibt sich. (HINWEIS: Er nimmt die Hände hoch.) Aber der andere Alien zieht eine messerähnliche Waffe ... und wirft sie auf ...

35

bis GESTRICHEN [9]

37

38 ODO (OPTISCHER EFFEKT/OPTICAL) [10]

der den gesamten mittleren Abschnitt seines Körpers verschiebt ... Die Waffe fliegt gefahrlos durch ihn hindurch und bleibt in einer Wand stecken ... Währenddessen versucht der Alien fortzulaufen, aber Odo verwandelt sich zurück ...

39 GRÖSSERE EINSTELLUNG (OPTISCHER EFFEKT/OPTICAL)

... und greift ihn in rauher Art und Weise ... Der massige Alien macht es ihm schwer, ihn zu bändigen ... und es sieht so aus, als würde es ein langer Kampf werden, aber noch bevor er überhaupt angefangen hat, werden sie von einem Phaserschuß über ihre Köpfe hinweg unterbrochen ... Beide reagieren [11] und drehen sich um, sie sehen ...

40 SISKO

der einen Phaser in der Hand hält ...

SISKO
Das ist genug.

ODO
Wer zum Teufel sind Sie?

KIRA
Das ist unser neuer Commander von Starfleet.

9 Diese Nummern für gestrichene Szenen stammen aus einer früheren Fassung des Drehbuchs, das bis zu diesem Punkt eine andere Anzahl Szenen besaß. Es wurde aber keine Handlung gestrichen.

10 (OPTICAL) ist ein Hinweis darauf, daß diese Szene optische Effekte enthält. In diesem Fall ist eine Verwandlungsszene mit Odo erforderlich.

11 Achten Sie einmal darauf, wie sparsam Piller diese Beschreibung einsetzt. Er nimmt sich nicht heraus, den Schauspielern vorzuschreiben, wie sie auf das Phaserfeuer reagieren sollen, z. B. ängstlich, entrüstet, wütend. Es ist Aufgabe des Schauspielers, die Reaktion darzustellen, die dem Charakter entspricht. Gute Drehbuchautoren reduzieren ihre Anweisungen an die Schauspieler auf ein Minimum und verlassen sich darauf, daß der Dialog dem Schauspieler genügt, um die Rolle zu interpretieren. Nur wenn eine emotionale Reaktion ein wesentliches Handlungselement darstellt, wird der Autor dies vermerken.

ODO
(unbeeindruckt)
Ich erlaube keine Waffen auf der Promenade. Phaser eingeschlossen.

QUARK
(aus dem Off/O.C.) [12]
Nog? Was geht hier vor sich?

Sie drehen sich um und sehen, wie Quark die Szene betritt (wir haben ihn schon früher in der Bar gesehen).

ODO
(zu Quark)
Der Junge ist in großen Schwierigkeiten.

Der Junge weicht Quarks fragendem Blick aus ...
Quark wendet sich an Sisko ...

QUARK
Commander, mein Name ist Quark. Mir gehörte das örtliche Glücksspiel-Etablissement ... Das ist der Junge meines Bruders ... Sicher ist Ihnen klar, daß er nur ganz am Rande in die Sache verwickelt ist ... Wir werden morgen abreisen ... Wenn wir die Erlaubnis bekommen könnten, ihn mitzunehmen, dann verspreche ich Ihnen, daß er ernsthaft ...

Siskos Hirn arbeitet ... er unterbricht ihn –

SISKO
Das wird nicht möglich sein.
(zu Odo)
Bringen Sie ihn in den Bau.

Odo bestätigt, dann führt er Nog und den Alien ab, während Quark Sisko verbittert anstarrt ... dann folgt er den anderen ...

KIRA
(schüttelt den Kopf) [13]
Wahrscheinlich hat Quark die beiden hierhergeschickt, um die Erzproben zu stehlen ...

SISKO
(in Gedanken)
Major, es gibt eine gesetzmäßige Tradition bei den Ferengi ... sie wird Bitthandel genannt. Ich könn-

12 ›O.C.‹ steht für Off Camera. Es bedeutet, daß die betreffende Person anwesend ist, aber aus dem gegenwärtigen Blickwinkel der Kamera nicht zu sehen ist. Einige Autoren benutzen die Abkürzung O.S. für Offstage, eine ältere Bezeichnung. O.C. unterscheidet sich von V.O., was für Voice Over steht. Das wiederum bedeutet, daß der Sprecher sich überhaupt nicht in der jeweiligen Szene befindet. Diese Abkürzung wird zum Beispiel bei Logbucheintragungen benutzt, wenn wir die Station sehen und dabei Siskos Stimme hören.

13 Diese Anweisung bezeichnet lediglich einen Vorschlag, wie die Schauspielerin ihren Text vortragen könnte, ohne eine bestimmte emotionale Reaktion zu beschreiben. In der gefilmten Szene schüttelt Nana Visitor nicht wirklich ihren Kopf, aber sie liefert ihren Text mit dem gleichen Ausdruck leichter Verärgerung, die die Anweisung vermittelte.

te den Jungen laufenlassen ... aber ich möchte etwas im Austausch von Mister Quark ... etwas sehr Wichtiges ...

Sie sieht ihn neugierig an, aber bevor sie fragen kann, wovon er redet ...

O'BRIENS STIMME ÜBER DAS INTERKOM DER STATION
O'Brien an Commander Sisko.

SISKO
(drückt auf sein Abzeichen)
Ich höre.

O'BRIENS STIMME
Sir, die Enterprise hat uns erneut gerufen. Captain Picard wartet darauf, Sie zu sehen.

SISKO
(blickt finster drein)
Verstanden.
(zu Major Kira)
Das wird nicht lange dauern.

Er geht in Richtung Luftschleuse ... sie sieht ihm nach.

AUSBLENDEN.

ENDE DES ERSTEN AKTES

Siskos erste Begegnung mit Odo, die im Treatment gut funktionierte, verläuft noch immer gleich. Aber die gesamte Dynamik des Zusammentreffens von Sisko und Quark hat sich völlig verändert. Sie sind nicht länger zwei Personen, die sich in einer Bar unterhalten. Sisko hat Quarks Neffen festnehmen lassen, sofort ist zwischen ihnen ein Konflikt entstanden. Quark hat geplant, die Station zu verlassen, aber jetzt sind seine Pläne durchkreuzt.[14] Sisko hat einen unausgesprochenen Grund; er will einen ›Bitthandel‹ mit Quark – aus welchem Grund? Die Zuschauer wollen das wissen. Diese Szene ist nun bereichert worden, außerdem gibt es eine Entwicklung der Figuren, und die Handlung schreitet voran – die Kennzeichen eines guten Drehbuchs. Diese Änderung hat einen zuvor flachen Teil der Handlung mit Leben erfüllt.

Aber diese Szene ist nicht alles, was sich durch den Konflikt zwischen Sisko und Quark verändert hat. Der Rest der ersten Hälfte der Handlung hat sich ebenfalls verändert, als Sisko Quark den Preis für die Freilassung von Nog nennt: Sisko will, daß Quark auf Deep Space Nine bleibt.

Das Ergebnis dieser Geschichte im Drehbuch ist das gleiche, das auch im Treatment erreicht wurde – Quarks Bar bleibt geöffnet. Indem aber aus der Tatsache, daß die Bar geöffnet ist, ein Triumph für Sisko und sein in gewisser Weise verschlagenes Verhandlungsgeschick gemacht wurde, hat Piller uns bereits viel über den neuen Commander von Deep Space Nine erzählt und zugleich den fortdauernden geistigen Kampf zwischen ihm und Quark ins Leben gerufen.

14 Quark erklärt dies Sisko in einer späteren Szene:

QUARK
Commander, ich habe Karriere gemacht, weil ich wußte, wann es Zeit war zu gehen. Diese provisorische bajoranische Regierung ist für meinen Geschmack viel zu provisorisch. Und wenn Regierungen gestürzt werden, dann werden Leute wie ich an die Wand gestellt und erschossen ...

Die faszinierendste und bedeutendste Änderung in der Entwicklung der Figuren, die Auswirkungen auf das gesamte Drehbuch hat, betrifft Sisko und seine Erlebnisse im Wurmloch. Piller mußte dem Treatment keine neuen Elemente hinzufügen, um diese Veränderung zu bewerkstelligen – alles war bereits da und mußte nur noch einen Kniff erhalten. Wie ein winziger Schneeball, der eine gigantische Lawine auslöst, so führte Pillers kleiner Kniff zu einem folgenreichen Ergebnis.

Im Treatment befindet sich Sisko in der nicht beneidendenswerten Rolle, einer fremden Rasse Erleuchtung zu bringen. Das ist in der heutigen Zeit eine arrogante Haltung, sie eignet sich nicht für eine wirklich verlockende Geschichte, und es ist auch keine STAR TREK angemessene Einstellung. Die Grundfrage ist: Wen interessiert es wirklich, ob die Wesen im Wurmloch die Menschen verstehen oder nicht?

Man kann fast Michael Piller fragen hören: Was macht es *persönlich*?

Bemerkenswerterweise ist das, was es persönlich macht, bereits halbwegs im Treatment enthalten. Es beginnt mit der schmerzhaften Eröffnungsszene, in der Sisko seine tote Frau zurücklassen muß. Als Sisko zum ersten Mal in das Wurmloch fliegt, heißt es Treatment: »... er wird schließlich eine seine Gefühle berührende Reise erleben, die es ihm ermöglicht, über der Verlust seiner Frau hinwegzukommen.« Es endet, als eines der Wesen sich in der letzten Personifikation zeigt, als Siskos Sohn Jake: »Als Sisko ein Gefühl des inneren Friedens erreicht, liefert er unabsichtlich den Schlüssel zum Verständnis zwischen beiden Spezies.«

Aber was ist eine ›seine Gefühle berührende Reise‹? Was bringt ihm das Gefühl des Friedens? Und warum ist diese Reise wichtig für das Geheimnis eines sicheren Flugs durch das Wurmloch?

Das war der Ansatzpunkt für den ersten Kniff: Siskos Reise war nicht erforderlich, um das Geheimnis für den Flug durch das Wurmloch zu erfahren, weil es dieses Geheimnis nicht gibt – das Handlungselement über die zerstörerischen Wirkungen des Impulsantriebs war gestrichen worden. Somit war diese Reise nur noch notwendig, um einen Schlüssel für die Begründung eines Verständnisses zwischen den beiden Spezies zu liefern. Aber im Fernsehen muß das Hauptaugenmerk auf den permanenten Charakteren liegen. Und da wir kein begründetes Interesse daran haben, was die Wesen von den Menschen halten, wird offensichtlich, daß die gesamte Aufmerksamkeit während Siskos Aufenthalts im Wurmloch Sisko selbst gelten mußte.

Eine hilfreiche Technik von Autoren, um sich einem Handlungsproblem von einer neuen Seite zu nähern, besteht darin, die Situation auf den Kopf zu stellen. Anstelle eines alten und erfahrenen Doktors nehme man einen jungen und naiven. Wenn Quark ein fester Bestandteil der Serie sein soll, zeige man ihn, wie er abreisen will. Man mache aus dem männlichen Kai eine Frau. Und man verändere die Handlung so, daß nur *ein Teil* des Pilotfilms sich mit der Entdeckung des Wurmlochs befaßt, während sich der Rest mit der Selbsterforschung des Commanders befaßt.

An diesem Punkt können wir auch verstehen, warum der Titel des Pilotfilms von ›The Ninth Orb‹ in ›Emissary‹ geändert wurde. Es war nicht länger eine Geschichte über eine Sache, es war eine Geschichte über eine Person – *unsere* Person, eine Person, deren Leben wir in den kommenden Jahren verfolgen würden, eine Person, deren Lebenserfahrung in der unseren mitschwingen würde.

Nachfolgend nun, wie Siskos Begegnung im Wurmloch im endgültigen Drehbuch aussah, wenn Sisko von Erinnerung zu Erinnerung springt, während er zu den Wesen spricht, die das Erscheinungsbild von Personen aus seiner Vergangenheit annehmen, und dabei zurückkehrt an einen Moment wenige Minuten vor der Zerstörung seines Schiffs durch die von Picard geführten Borg.

240 INNENAUFNAHME SARATOGA – SISKOS QUARTIER

Wie zuvor ... Sisko und der ›Taktischer Offizier‹-Alien ... Feuer und Rauch um sie herum ...

SISKO
Warum bringt ihr mich hierher zurück?

241 ›ANGLE‹[15] – ›JENNIFER‹-ALIEN UND ›JAKE‹-ALIEN

sind dort (Jennifer trägt ihr Kleid aus dem Park, Jake trägt seine Kleidung vom Teich) ... Sie stehen neben Jennifers Leichnam, während der bewußtlose Jake noch auf dem Boden liegt ...

›JAKE‹-ALIEN
Wir bringen dich nicht hierher.

›JENNIFER‹-ALIEN
Du bringst uns her.

›TAKTISCHER OFFIZIER‹-ALIEN
Du existierst hier.

Sisko blinzelt, er versteht nicht völlig ... aber er ist ungeduldig, weil es nicht endet ...

SISKO
Dann gebt mir die Macht, euch woanders hinzubringen.

242 ANGLE – ›KAI OPAKA‹-ALIEN

ist dort ...

›KAI OPAKA‹-ALIEN
Wir können dir nicht geben, was du dir selber verweigerst ...

Sisko reagiert, sieht sie an ... während sie die vertrauten Worte spricht ...[16]

›KAI OPAKA‹-ALIEN
Suche nach Lösungen im Inneren, Commander ...

SISKO #2 (O.C.)
Helft mir doch, sie zu befreien ...

Sisko dreht sich um und sieht ...

243 DIE GLEICHE SZENE

und eine Wiederholung der tatsächlichen Ereignisse (so wie das Picknick im Park) ... Sisko

15 ›ANGLE‹ ist eine allgemeine Kameraanweisung. So wie ein Autor nicht exakt vorschreibt, wie die Schauspieler eine Figur zu interpretieren haben, so sollte ein Autor dem Regisseur auch keine bestimmten Kameraeinstellungen vorschreiben, wenn davon nicht ein bestimmter Punkt der Handlung abhängt. In diesem Fall soll der Begriff ›ANGLE‹ dem Regisseur mitteilen, daß wir aus einer Perspektive auf die Szene blicken sollten, in der der ›Kai‹-Alien nicht zu sehen ist, bis die Blickrichtung geändert wird und wir plötzlich feststellen, daß der Alien anwesend ist. Ob die Szene als Nahaufnahme, von unten, von oben oder mit Kamerabewegung gefilmt wird, ist eine Entscheidung, die dem Regisseur überlassen bleibt.

16 Die wirkliche Kai Opaka sprach dieselben Worte zu Sisko zu einem früheren Zeitpunkt im Drehbuch.

und die Aliens in Gestalt von Jake, Jennifer, Opaka und des taktischen Offiziers betrachten Sisko #2 und den doppelten taktischen Offizier ...

TAKTISCHER OFFIZIER
Sie ist tot ... wir können nichts mehr tun ...

COMPUTERSTIMME
Warnung. Warpkern beschädigt. Schutzschilde versagen in zwei Minuten ...

Sisko #2 ergreift die Hand seiner toten Frau ...

SISKO #2
Sie gehen voran, Lieutenant. Nehmen Sie den Jungen.

Der Mann vom Sicherheitsteam TRITT EIN, und der taktische Offizier reicht Jake #2 an ihn weiter ... Der echte Sisko sieht zu, seine Augen haften auf dem Schrecken, sein Mund ist wie ausgetrocknet ...

SISKO
Ich war bereit, mit ihr zu sterben ...

›TAKTISCHER OFFIZIER‹-ALIEN
›Sterben‹ – was ist das?

Es ist ›Jennifer‹-Alien, der antwortet ... während das Verständnis zu wachsen beginnt ...

›JENNIFER‹-ALIEN
Die Beendigung ihrer linearen Existenz.

244 JENNIFER ALIEN UND SISKO (OPTISCHER EFFEKT/OPTICAL)

Sie betrachtet ihn aufmerksam und sieht seinen Schmerz ... dann streckt sie ihre Hand aus und legt sie tröstend auf seine Schulter ... Er reagiert auf die Berührung durch ihre Hand und sieht in ihre Augen ... sie sind nicht mehr so fremd ... Es ist der erste offenkundige körperliche Kontakt, den sie mit ihm aufgenommen haben ... eine Verbindung ... ein Verständnis ... sie blickt zurück auf die Szene –

TAKTISCHER OFFIZIER
Jetzt, Sir ...

Der taktische Offizier faßt ihn an der Schulter ... und zieht ihn aus dem Raum ...

SISKO #2
Verdammt ... ich kann sie nicht hierlassen ...

Während das geschieht, gelangt Sisko zu einer Erkenntnis ...

SISKO
Ich habe dieses Schiff nie verlassen ...

›JENNIFER‹-ALIEN
Du existierst hier.

SISKO
Ich ... existiere hier.

Der Taktische Offizier führt Sisko #2 hinaus ... Sisko tritt langsam nach vorne und bewegt sich auf seine tote Frau zu, dann nimmt er den Platz seines Doppelgängers ein ... er nimmt ihre Hand ...

SISKO
(zu den Aliens)
Ich weiß nicht, ob Sie das verstehen können. Ich sehe sie so jedesmal, wenn ich die Augen schließe ... in der Dunkelheit ... ist sie da ... so ...

›JENNIFER‹-ALIEN
Keines deiner vorangegangenen Erlebnisse hat dir geholfen, dich auf diese Konsequenzen vorzubereiten ...

Sisko schüttelt langsam seinen Kopf ...

SISKO
(sanft)
Und ich habe nie verstanden, wie ich ohne sie leben könnte.

›JENNIFER‹-ALIEN
Also hast du dich entschieden, hier zu existieren.

Er nickt, unfähig zu sprechen ... sie kommt ihm näher ...

›JENNIFER‹-ALIEN
Es ist nicht linear.

Die Wahrheit ist natürlich so einfach ...

SISKO
Nein. Es ist nicht ... linear.

Sisko läßt vorsichtig die Hand seiner toten Frau los... und er akzeptiert, daß dies wirklich das Ende ihres gemeinsamen Lebens ist. Tränen laufen über seine Wangen, und er beginnt über ihren Verlust zu trauern. Einen Moment später dreht er sich um ... und ›Jennifer‹-Alien ist nicht länger da. Er versteht, wechselt einen bedeutungsvollen Blick mit den verbliebenen drei Aliens (Taktischer Offizier, Opaka und Jake). In diesem Augenblick haben zwei Spezies schließlich gelernt, einander zu verstehen... vom anderen zu lernen ... es ist das Ende des Konflikts ... und der Beginn einer gemeinsamen Zukunft. Eine Art mitleidiges Lächeln des ›Jake‹-Alien besiegelt das ... und als Sisko dieses Lächeln erwidert, verbunden mit einer Würdigung für das, was sie getan haben ...

245 DER WEISSE BILDSCHIRM – SISKOS AUGEN (OPTISCHER EFFEKT/OPTICAL)

gedankenvoll, zeigt die Folgen dessen, was geschehen ist ... Herzschlag ... Atmen ...

Sehen Sie, wie die Story auf den Kopf gestellt worden ist? Sisko betritt das Wurmloch und entdeckt Wesen, die verblüfft sind, daß Menschen in der linearen Zeit leben. Sie bitten Sisko, ihnen das zu erklären. Er versucht es, *aber während er den Wesen das Konzept der linearen Zeit als menschliche Eigenschaft erklärt, erkennt er, daß* er selber *nicht diesem Konzept folgt*. Ob Sisko die Wesen erleuchtet hat, ist letztlich unwichtig. Wichtig *ist* die Tatsache, daß er sich selber erleuchtet hat.

Das Bemühen, sich von einer neuen Seite der Handlung zu nähern, hat aus ›Emissary‹ nicht nur eine bessere Geschichte gemacht, es wurde eine STAR TREK-Geschichte daraus – die sich mit der Empfindung von Menschen befaßte.

Aber es sollten noch viele Überarbeitungen und Veränderungen kommen. Insbesondere da die Produktion von DEEP SPACE NINE aus den Händen seiner Schöpfer auf die Spezialistengruppe überging, die dazu beitragen würde, Bermans und Pillers Vision mit Leben zu erfüllen.

Das Entwurf war festgelegt worden. Die Zeit war gekommen, die Serie aufzubauen.

DIE LESER SCHREIBEN

NEUN

Teil mir bitte Deine Reaktion auf alles mit,
was Du liest, solange sie gut ist.

Michael Piller [1]

An diesem Punkt der Entwicklung unterschied sich die Entstehung von DEEP SPACE NINE drastisch von der anderer Fernsehserien. Andere Serien entstehen nahezu in einem Vakuum. In einer schwierigen und zeitraubenden Startphase wird eine Mannschaft zusammengestellt, die mit den speziellen Produktionsanforderungen zurechtkommen kann.

Aber bei DEEP SPACE NINE wurde diese Phase erleichtert durch die Tatsache, daß ein komplettes Team bereits existierte, das über fünf Jahre Erfahrung verfügte – das Team, das THE NEXT GENERATION gemacht hatte. Logischerweise wandten sich Berman und Piller an die wichtigsten Mitglieder dieses Teams, um den Prozeß, DEEP SPACE NINE zum Leben zu erwecken, in die Wege zu leiten.

Unter ihnen befanden sich: Jeri Taylor, zu dieser Zeit Überwachende Produzentin [2] des Autorenstabs für THE NEXT GENERATION; Naren Shankar, wissenschaftlicher Berater der Serie; und zwei der besten technischen Berater von STAR TREK – Rick Sternbach und Michael Okuda, Senior Illustrator von THE NEXT GENERATION und Scenic Artist Supervisor.

In den folgenden drei Monaten der Planungs- und Vorbereitungsphase erhielt jede von diesen Personen zahlreiche Drehbuchentwürfe und wurde gebeten, alles zu kommentieren, vom Namen einer Figur bis zum technischen Hintergrund. Frühe Drehbuchfassungen gingen auch an David Livingston, einem der NEXT GENERATION-Produzenten, so daß er ein Budget für den Pilotfilm und die Serie planen konnte. Livingstons Analyse der Kosten und der Praktikabilität des Drehbuchs führten ebenfalls zu kleineren Überarbeitungen, die so wichtig waren wie die von jedem anderen der Berater.

Die folgenden Beispiele spezieller Beiträge aus Bermans und Pillers Team markieren eines der wichtigsten und zugleich frustrierendsten Elemente in der Fernsehproduktion – die Zusammenarbeit.

1 So in einem Memo an Jeri Taylor und den Autorenstab von THE NEXT GENERATION zusammen mit der Bibel und dem ersten Treatment für DEEP SPACE NINE.

2 In der Vergangenheit waren die Produzenten fast immer auch für die Logistik einer Fernsehserie verantwortlich. Heute wird zwischen der kreativen und der logistischen Seite einer Produktion unterschieden. Siehe Anhang I für eine detaillierte Beschreibung der einzelnen Nennungen und ihrer jeweiligen Bedeutung.

Paramount Pictures

To: JERI, JOE, RON, PETER, BRANNON
From: MICHAEL PILLER
Subject: DEEP SPACE NINE
Date: APRIL 14, 1992
Copies:

The studio is reportedly poised to approve our bible & premiere story for DEEP SPACE NINE and I've been wanting to show the material to you all for some time, but Rick and I agreed we should wait for the go ahead.

I hope you enjoy it... more than that, I hope it inspires some creative thought. Obviously we will not be asking writers of either staff to work on both shows, but at the same time, I see no reason why a writer could not write scripts for both shows, time permitting. (Maybe it could be done on a trade-off basis... if a DS9 writer has a TNG idea we want to do then the writer could be freed up to do a DS9 script.)

One thing I really want to emphasize is my commitment to make these staffs support one another. When pitches come in on one show, the staff hearing it should keep the other show in mind as well. An idea may be too similar to something TNG has already done but may work on DS9. I wouldn't be surprised to hear a lot of stories that don't fit one of the new DS9 characters, but might work well for one of the TNG regulars. Writers from both staffs should keep open lines of communication.

Please give me any reactions you have to what you read as long as they're good. I hope you can tell who the bad guys are.

MP/kf

A Paramount Communications Company

Memo vom 14. April 1992 von Michael Piller an den Autorenstab. Es wird deutlich, wie Piller seine Interessen als Autor und als Produzent gegeneinander abwägen muß.

Jeri Taylor

Jeri Taylor schloß sich dem Autorenstab von THE NEXT GENERATION als Überwachende Produzentin an, nachdem sie geholfen hatte, die Episode ›Suddenly Human‹ umzuschreiben. Zuvor hatte sie diverse Produzenten-Positionen innegehabt, so bei ›Jake and the Fatman‹, ›In the Heat of the Night‹, ›Magnum P.I.‹, ›Blue Thunder‹ und ›Quincy‹.

Vor ihrem Drehbuchauftrag für ›Suddenly Human‹, so gesteht Taylor, wußte sie nichts über STAR TREK – eine Situation, der sie schnell abhalf, indem sie sich in einem Marathon mit allen Episoden der Originalserie und von THE NEXT GENERATION sowie allen Filmen vertraut machte.

Taylor wurde Ausführende Produzentin von THE NEXT GENERATION und entwikkelte gemeinsam mit Berman und Piller STAR TREK: VOYAGER, wo sie an der exakt gleichen Art von Entwicklungsarbeit beteiligt war, in der Michael Piller steckte, als sie auf seine Bitte um einen Kommentar zum Treatment von ›The Ninth Orb‹ reagierte.

Hier nun einige Auszüge aus ihrem Memo an Piller, vom 4. Mai 1992.

... Die Handlung besitzt viele wunderbare Elemente und wird wahrscheinlich exakt so funktionieren, wie sie geschrieben wurde. Sie beginnt hervorragend, mit der Rückblende zu den Borg, mit dem Konflikt zwischen Sisko und Picard und mit der gestörten Beziehung zwischen

Sisko und seinem Sohn. (Ein Gedanke: Es scheint, als hätten wir eine Menge Vater-Sohn-Geschichten. Wäre es nicht origineller, wenn das Kind ein Mädchen wäre?)
Dann beginnt die Handlung ein wenig geschwätzig zu werden, sie bewegt sich ohne echten Antrieb von Gespräch zu Gespräch. Nichts passiert, nichts bringt die Handlung voran. Man möchte, daß sich etwas ereignet – vielleicht sogar eine (frühe) Entdeckung des Wurmlochs, die sich hier recht spät ereignet.
Die Szene mit dem Kai, eine wichtige Szene, auf der die Ereignisse der Serie aufbauen, scheint darunter zu leiden, daß sie sich in einer weiteren Reihe von Dialogszenen befindet. Es ist schwer, etwas für die Bajoraner oder die gesichtslosen ›Propheten‹ zu empfinden, und dennoch wird erwartet, daß wir uns sorgen, ob Sisko sie finden und warnen kann.
Ich bin sicher, daß die Szene besser ist, wenn Du sie geschrieben hast. Aber aus meiner Sicht ist die Figur des Kai nicht sehr interessant – Fußmassage eingeschlossen. Er wirkt wie eine direkte, berechenbare Kombination aus dem Dalai Lama, Maharishi, Gandhi, dem Typ, der mit den Heuschrecken sprach ... ein Klischee des weisen, ältlichen Gurus. Wäre es interessanter, wenn er nicht so direkt wäre, wenn er vielleicht sogar von einer Aura der Gefahr umgeben wäre, wirklich geheimnisvoll: Ist er das, was er scheint, oder was ist er? Kann den Mönchen vertraut werden? Gerät Sisko da in etwas möglicherweise Gefährliches, dem er aber dennoch nicht widerstehen kann? Ich glaube, daß man aus dieser Figur und der Szene mehr herausholen kann.
Siskos geistige ›Reise‹ und geistige Wandlung sind eine außergewöhnliche und faszinierende Idee. Ich bin sicher, daß Dir etwas vorschwebt, das uns das Ganze klarer machen wird; in Erzählform ist es etwas verworren, und es ist schwer zu sagen, wie die Zuschauer wissen werden, was mit ihm geschieht. Du gehst ein großes Risiko ein, indem Du die Hauptperson isolierst und sie in eine eigentlich passive Rolle bringst; aber große Risiken können sich auszahlen.
Ros Begegnung mit den Cardassianer ist gut und liefert ein Gefühl von Dringlichkeit, Dynamik und Action, was der Handlung Energie gibt. Ich würde mit dieser Szene nicht so kurzen Prozeß machen; sie wirkt ein wenig gestutzt, und wenn es eine Möglichkeit gäbe, sie zu verlängern, dann – glaube ich – würde sie das aushalten.
Marginale Beobachtungen: Ich bin sicher nicht die erste, die das Gefühl hat, daß Siskos Name die Leute dazu verleiten wird, ihn ›Kid‹ zu nennen... ›Quark‹ ist ein Begriff aus der Physik.
Was Dax' Rückblende zu dem Moment, da sie den Symbiont erhält, betrifft: Warum wird ein Einschnitt bei dem alten Mann vorgenommen, nicht aber bei dem kleinen Mädchen? Wir hatten festgelegt, daß Riker einen Einschnitt benötigte, aber auf der anderen Seite ist er ja auch ein Mensch. Was auch immer die Trill tun, so sollten wir konsequent bleiben.
Die Charaktere sind ergiebig und interessant und werden wunderbares Futter für Geschichten liefern. Die Umgebung ist großartig und verspricht viel Unterhaltung. Alles in allem zeichnet sie sich als eine Serie ab, die aufregend, provozierend und herausfordernd sein wird. Glückwunsch.

Wie wir in dem früheren Kapitel über die ersten Überarbeitungen gesehen haben, beschäftigte sich Piller tatsächlich mit vielen der Bereiche, von denen Taylor vorschlug, daß man sie umarbeitete. Aber eines der Vorrechte des Ausführenden Produzenten einer Fernsehserie ist, daß die letzte Entscheidung in kreativen Dingen allein auf seinen Schultern ruht. Taylor war nicht die einzige, die sich fragte, ob Quarks Name geeignet war. Aber Berman und Piller gefiel er.

Rick Sternbach & Michael Okuda

Rick Sternbach erinnert sich an das erste Mal, als er die Ankündigung für die Produktion einer zweiten STAR TREK-Serie hörte. Er verließ sofort die Autobahn, fuhr zum nächsten Telefon und rief in Gene Roddenberrys Büro an.

Sternbach – zweifacher Gewinner des in Science Fiction-Kreisen renommierten Hugo Award for Best Artist sowie des Emmy Award für seine Arbeit als Assistant Art Director bei der PBS-Serie *Cosmos* – hatte bereits an den STAR TREK-Filmen mitgearbeitet, und er wollte zurück ins Team. Roddenberry wollte ihn auch zurückhaben, und bald entwarf Sternbach Raumschiffe und Technologie für das STAR TREK-Universum, was er fortgeführt hat für die Filme, für DEEP SPACE NINE und für STAR TREK: VOYAGER.

Michael Okuda wechselte vom Production Design des Fernsehens auf Hawaii zu THE NEXT GENERATION. Sein erster Kontakt mit STAR TREK war entstanden, als er Entwürfe für STAR TREK IV vorgelegt hatte. Nicht nur, daß sein künstlerisches Talent bei den Produzenten Anklang fand, sie schätzten besonders die kostensparende Technik, um Kontrolltafeln und Bildschirmanzeigen zu schaffen. Anstatt Konsolen mit echten Schaltern und Lichtern zu verkabeln, schuf Okuda diese Bilder in Weiß oder Schwarz auf transparentem Film, dann füllte er die freien Flächen mit Stücken transparenter, farbiger Folie aus, die üblicherweise als Filter für Scheinwerfer benutzt wird und auch unter dem Begriff ›gels‹ bekannt ist. Wenn diese Transparentbilder von einem einfachen Satz Lichter von hinten beleuchtet wurden, sahen sie aus wie klare, hochmoderne Computeranzeigen – für einen Bruchteil der Kosten, die die anderen Techniken verursachten.

Nach ST IV wurde Okuda auch als Scenic Artist für THE NEXT GENERATION unter Vertrag genommen. Sein Zuständigkeitsbereich beinhaltete, das Design der auffallenden Grafiken zu überwachen, das in Computerkonsolen und Anzeigen benutzt wird, sowie alle anderen Zeichen und graphischen Elemente, die von Starfleet und den Myriaden anderer fremder Kulturen in STAR TREK benutzt werden. So wie bei Sternbach beinhaltet Okudas Tätigkeitsbereich auch DEEP SPACE NINE und VOYAGER. Tatsächlich hat Okudas Beitrag zu der sofort erkennbaren visuellen Umgebung von STAR TREK dazu geführt, daß der Produktionsstab die Graphiken, die von Okuda und seinem Stab produziert werden, als ›Okudagramme‹ bezeichnet.[3]

Aber zusätzlich zu ihrer Arbeit, einige der visuellen Aspekte von STAR TREK zu schaffen, fungieren Sternbach und Okuda auch als technische Berater bei beiden Serien. ›Technische Berater‹ bezieht sich in ihrem Fall auf das beeindruckende Wissen, das sie über die Wissenschaft des 24. Jahrhunderts und über die Geschichte der Zukunft zusammengetragen haben.[4]

Sternbach erinnert sich, daß er und Okuda damit begannen, Informationen zur Technik und zum roten Faden der Handlung zu liefern, »um sehr früh in der zweiten Season von THE NEXT GENERATION den Autoren und Produzenten zu helfen. Viele der technischen Memos, die kleinen Dinge, die wir an sie weiter-

3 Okuda und seine Frau Denise, die als Scenic Artist ebenfalls für DEEP SPACE NINE arbeitet, benutzen diesen Begriff äußerst selten. So bezeichnen sie die allgegenwärtigen cardassianischen Kennzeichnungen als ›zerdrückte Käfer‹.

4 Rick Sternbach und Michael Okuda nannten sich ab der Episode ›Captain's Holiday‹ in der dritten Season von THE NEXT GENERATION ›Technische Berater‹. Den STAR TREK-Fans sind sie bekannt als Autoren des Buchs *Star Trek: The Next Generation Technical Manual*. Michael und seine Frau Denise haben *The Star Trek Chronology* geschrieben, zusammen mit Debbie Mirek haben sie die umfangreiche *Star Trek Encyclopedia* verfaßt.

STAR TREK: DS9 -- Control Panel Art
CARDASSIAN USER INTERFACE

This is representative of the style of control panel layouts unique to Deep Space Nine and other Cardassian vessels

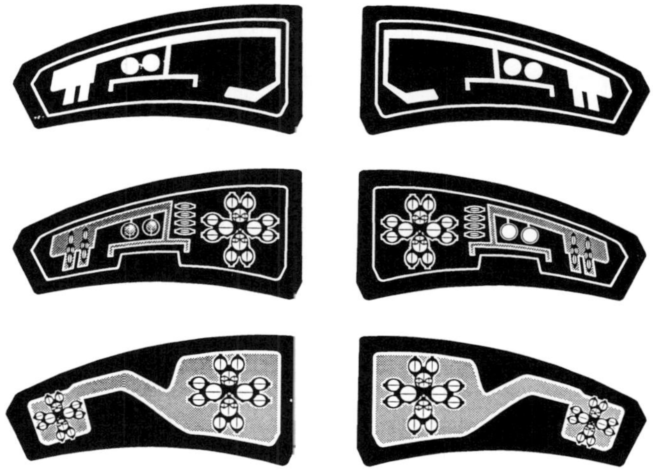

DS9 ART DEPARTMENT

Eine Auswahl ›Okudagramme‹. Das kreisförmige, von ausgestreckten ›Fingern‹ umgebene Design ist bekannt als ›Zerdrückter Käfer‹-Design. Die Finger sind Teil der cardassianischen Bärentatze.

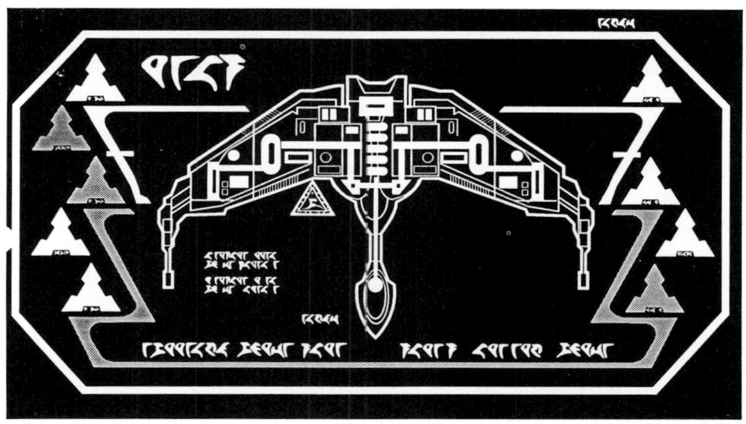

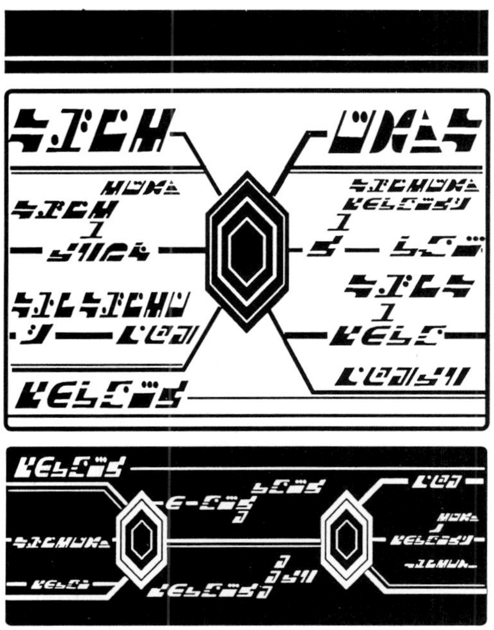

Technische Zauberer des 24. Jahrhunderts: Rick Sternbach und Michael Okuda in Aktion

Um mehr über die technischen Aspekte des 24. Jahrhunderts von Sternbach and Okuda zu erfahren und um zu verdeutlichen, wie die beiden zusammenarbeiten, stellten wir sie mit einer schwierigen Frage bezüglich der Wissenschaft in DEEP SPACE NINE auf die Probe.

FRAGE: Warum können bestimmte Dinge nicht repliziert werden? Insbesondere in Gold gepreßtes Latinum?

RICK STERNBACH: Latinum kann nicht repliziert werden?

FRAGE: Wie könnte es so wertvoll sein, wenn es jeder Replikator ausspucken könnte?

RICK STERNBACH: Oh, ja. Mike und ich haben solche Dinge diskutiert. Und wenn wir keine akzeptable Antwort finden können, dann ... dann lassen wir die Frage aus. (Er lacht.) Ich meine, wenn wir eine technische Erklärung finden müßten, dann würden wir sicherlich sagen, daß die Molekularstruktur es nicht möglich macht, verstehen Sie? ... Mike, warum kannst du Latinum *nicht* replizieren?

MICHAEL OKUDA: Äh, weil ... äh, wenn ... äh, das kommt daher, daß der ... äh, die Wertigkeit und die Molekularstruktur so ... so angeordnet sind ... der ... äh ... die ... äh ... Der Replikator erkennt bestimmte Wertigkeitsmuster – er erkennt, daß sie ... daß sie kopiergeschützt sind!

FRAGE: Kopiergeschützt?

RICK STERNBACH: Kopiergeschützt! O ja, das sind sie ... und wenn sie ...

MICHAEL OKUDA: Hey, das hatten wir doch schon mal.

RICK STERNBACH: Das stimmt, das stimmt! Ja, und wenn sie, wenn sie in der X-Achse polarisiert sind, dann sind sie ... dann sind sie in Ordnung. Wenn sie aber in der ... in der Y-Z-Achse polarisiert sind, dann sind sie eine Fälschung.

MICHAEL OKUDA: Genau.

RICK STERNBACH: So was machen wir den ganzen Tag.

FRAGE: Wir wußten, daß es einen Grund geben mußte.

MICHAEL OKUDA: Sie haben bestimmt geglaubt, daß wir uns das nur ausdenken.

RICK STERNBACH: Aber warum machen unsere Schiffe immer noch WHU-USCH, wenn sie vorüberfliegen?

MICHAEL OKUDA: Wir haben wohl sehr empfindliche Mikrofone.

RICK STERNBACH: Aha, gut.

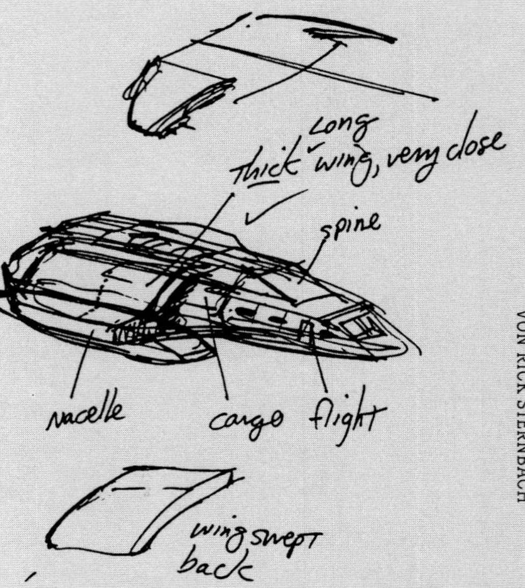

MIT FREUNDLICHER GENEHMIGUNG VON RICK STERNBACH

To: Rick Berman and Michael Piller
From: Mike Okuda and Rick Sternbach
Subject: Very preliminary tech notes on DS9: "Emissary"
Date: 2 June 1992

cc: Herman Zimmerman

Scene 5, page 2. Sisko: "Our phasers aren't penetrating their TECH at all." Suggest: "Our phasers aren't penetrating their shields at all." Or: "Absolutely no effect." Or: "Are we using the full frequency variation?"

Scene 10, page 3. Ops Officer: "Our shields are being drained... 94%, 85..." Suggest a smaller initial number and a bigger drop between the two numbers. Maybe: "Sixty five percent, fourty-two percent..."

Scene 26, page 12: O'Brien: "Those bloody Cardies! They didn't even leave us a TECH!" Suggest: Power outlet, instruction manual, usable data port, atmospheric regulator, gravity compensator, air filter.

Scene 26, page 14: O'Brien: "...I still haven't been able to find a TECH." Suggest: the master systems bypass, gravity systems controls, a way to adjust the gravity without pinning us all to the ceiling.

Scene 46, page 26: Sisko: "....Who served a year at Javos II?" Note: In "Ensign Ro," her term was served at Jaros II.

Scene 61, page 38. Kai Opaka: "This orb appeared in the skies over a thousand years ago..." Comment: In "Ensign Ro," we have established that Bajoran civilization flourished before humans were walking erect. Since Homo Erectus dates back about 450,000 years, this might mean that the Bajora go back at least that far. If this is so, then a 1,000 year old sphere seems like a rather recent event for such an ancient culture. Suggest the first orb might have been discovered "over 100,000 of your years ago." (Same comment for later lines relating to the age of the orbs.)

Scene 65, page 41. O'Brien: "Yessir... at least we have minimum shields now, but I had to steal a (TECH component) from the TECH system in order to make it work..." Suggest: "steal a field generator from the gravity system..."

Scene 67, page 44. Amoros: "I confused the MEDTECH with the MEDTECH during the orals or I would have been first." Suggest: "...I mistook a preganglionic fiber for a postganglionic nerve..."

Memo vom 2. Juni 1992 von Sternbach und Okuda an Berman und Piller, in dem die Begriffe ›praeganglionär/postganglionär‹ vorgeschlagen werden.

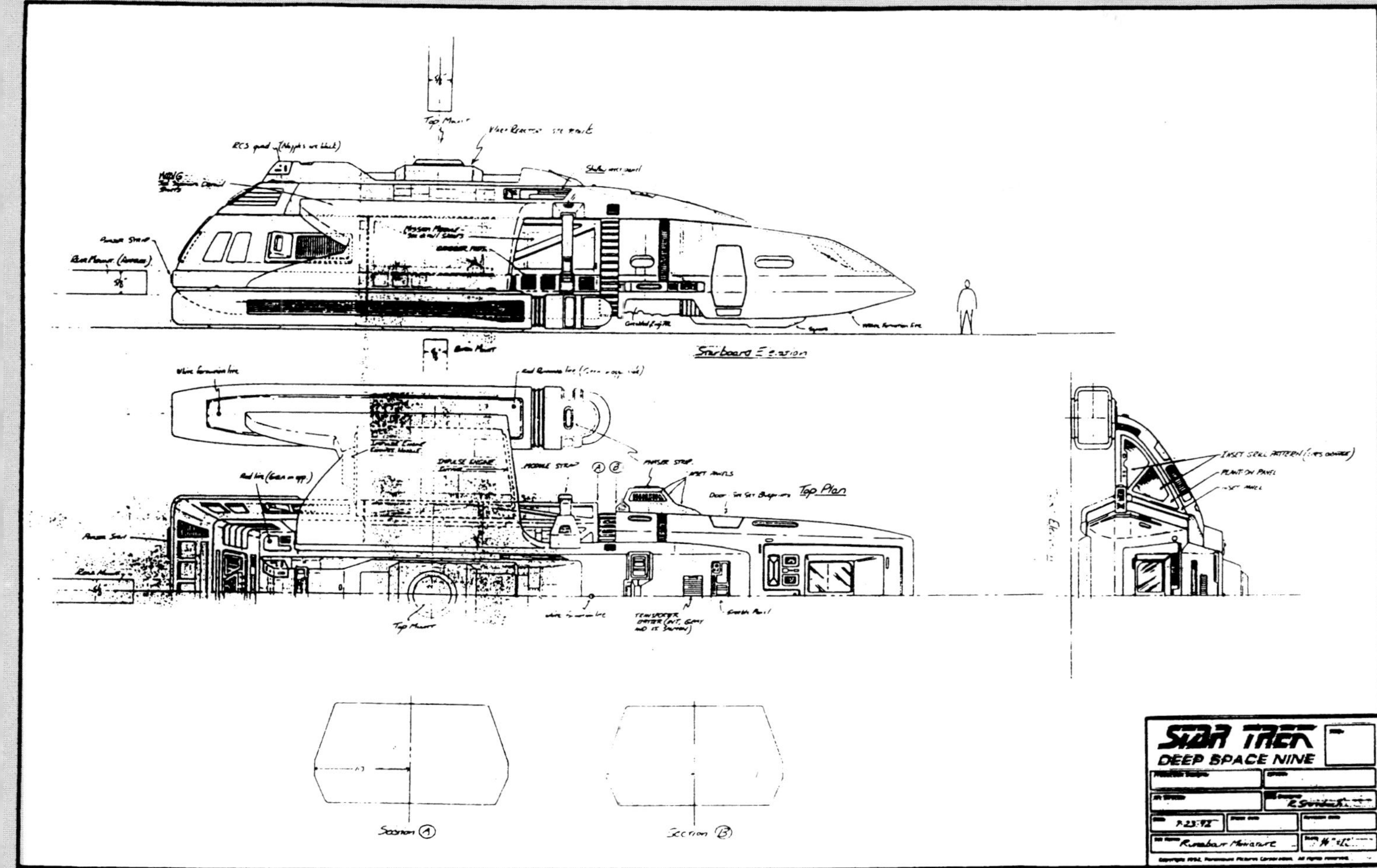

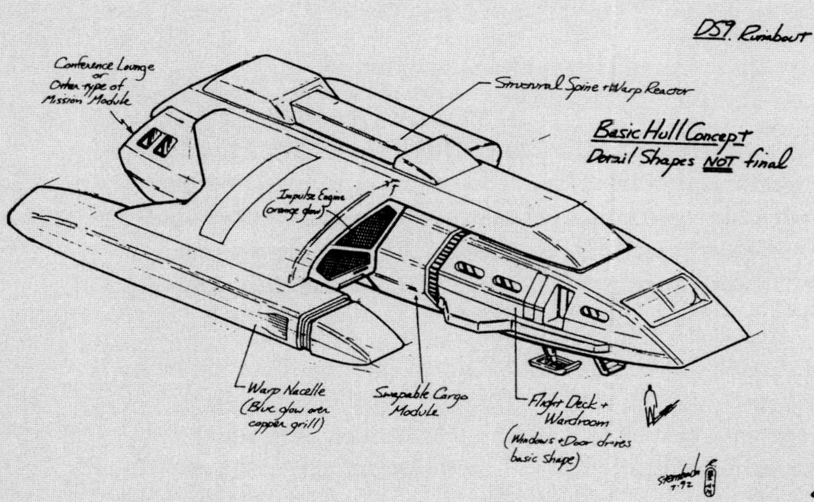

Von Kritzeleien auf der Rückseite eines Memos über die Produktion von ›Emissary‹, kreiert während einer vorbereitenden Produktionsbesprechung, bis hin zum endgültigen Design: Diese Zeichnungen verfolgen den Weg, den Rick Sternbach bei der Entwicklung der Flitzer genommen hat. Inspiriert wurde er von einem Shuttle, das in STAR TREK VI zu sehen war. Sternbachs endgültige und detaillierte Zeichnung findet sich im Farbfototeil dieses Buchs.

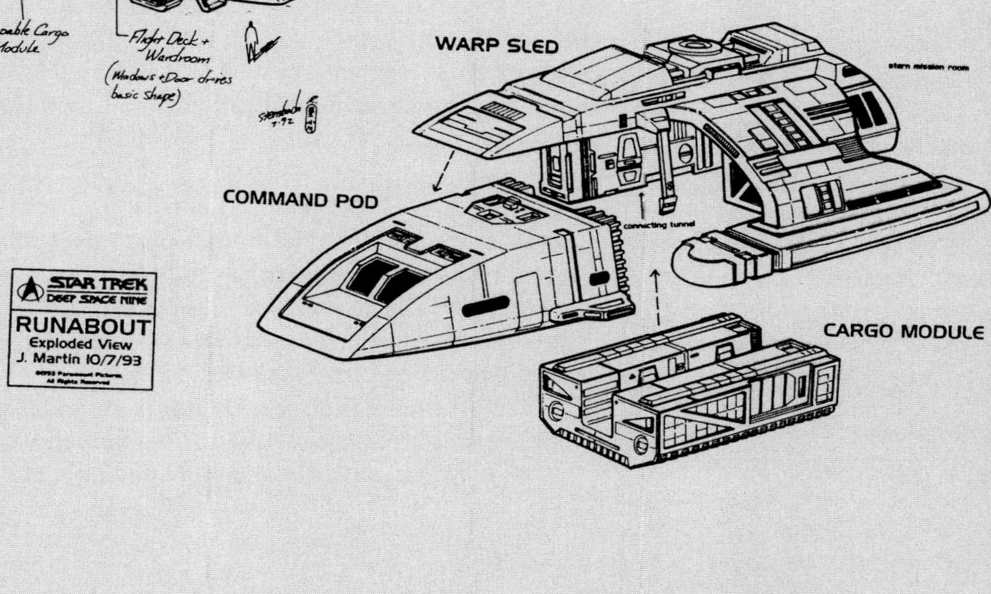

gaben, ergaben für sie offenbar Sinn. Sie begannen unseren Ansichten zu vertrauen, nicht nur was die Wissenschaft betraf, sondern auch, was die Science Fiction betraf.«

Sternbach merkt an, daß er nie zu den STAR TREK-Fans gehörte, die Conventions besuchen, »aber seit der Originalserie war ich ein Fan des Designs und der SF-Konzepte dieser Serie. Viele der Autoren, die an der Originalserie arbeiteten, waren Science Fiction-Autoren, und sie verstanden viel davon. Ich glaube, daß wir während der ersten Season von THE NEXT GENERATION davon noch etwas hatten. Dave Gerrold[5] war bei uns. Dorothy Fontana[6] war bei uns. Sie verstanden etwas von SF. Eine Menge anderer Autoren hatten es nicht so leicht mit SF-Konzepten. So kamen Mike und ich immer wieder mit einem Vorschlag an: Versucht es mit diesem Namen, versucht es mit diesem Begriff. Und die ganze Zeit über halfen wir dabei, genau festzulegen, wie ein Warpantrieb funktioniert, wie ein Phaser funktioniert. Wenn sie die Information brauchten, konnten wir sie ihnen geben. Wir wollten sie nicht mit einer Masse von Information überschütten und sagen: Hier, lest das. Sondern: Wenn ihr Hilfe braucht, sind wir da.«

Für DEEP SPACE NINE war es daher einfach eine Weiterführung von Pillers Verfahrensweise aus THE NEXT GENERATION, als er Sternbach und Okuda eine frühe Fassung des Pilotfilm-Drehbuchs gab und sie um technische Bemerkungen bat, sowohl in bezug auf Dialog als auch auf die Handlung. Hier nun einige Auszüge aus den darauf folgenden Memos.

AN:	**Rick Berman**
	Michael Piller
VON:	**Mike Okuda**
	Rick Sternbach
THEMA:	**Bewegung der Raumstation**
DATUM:	**26. Mai 1992**
KOPIE AN:	**Herman Zimmerman (Produktionsdesigner)**
	Doug Drexler (ILLUSTRATOR)

Eine Raumstation zu bewegen, ist in keiner Weise schwierig, besonders über eine relativ kurze Entfernung innerhalb eines einzelnen Sonnensystems. Wir gehen davon aus, daß wir unsere Raumstation über eine Strecke transportieren müssen, die der Strecke von der Erde bis zum Asteroidengürtel entspricht, und daß wir etwa 48 Stunden Zeit dafür haben.

Wir versetzen die Station um etwa 100 Millionen Meilen, also mit einer Durchschnittsgeschwindigkeit von 3 Millionen Stundenkilometern, oder mit einer Höchstgeschwindigkeit von 5 Millionen Stundenkilometern unter Berücksichtigung der Beschleunigungs- und Verzögerungszeit.

Was benötigt wird:

1. **Energiequelle. Woher kommt die Energie? Haben wir genug Energie? (Wahrscheinlich nicht ohne große Schwierigkeiten.)**
2. **Antrieb. Wie setzen wir die Energie um? Es könnte Impulsantrieb sein, Raketenantriebe, Traktorstrahlen, Segel. Wir werden uns wohl nicht mit dem Warpantrieb anlegen wollen.**
3. **Unversehrtheit der Struktur. Anders als ein Raumschiff ist eine Raumstation normalerweise als weitgehend statische Struktur konzipiert, was bedeutet, daß sie nicht geeignet ist, um den enormen**

5 David Gerrold verschaffte sich einen Platz im Herzen der STAR TREK-Fans, indem er eine der beliebtesten Episoden der klassischen Serie schrieb: ›The Trouble with Tribbles‹. Später wurde er ein angesehener Drehbuch- und Science Fiction-Autor.

6 D. C. Fontana schrieb mehrere Episoden der ersten Season der klassischen Serie, darunter die vielgelobte ›Journey to Babel‹, in der Spocks Eltern vorgestellt wurden. Sie wurde dann Drehbuchberaterin und schrieb später zusammen mit Gene Roddenberry den Pilotfilm für THE NEXT GENERATION.

Beschleunigungen standzuhalten, die mit Star Trek-Raumflug in Verbindung gebracht wird. Das ist nicht unbedingt ein Problem. Man kann es ausgleichen, indem man die Station einfach sehr vorsichtig anschiebt.

4. **Zeit. Hier ist das Problem. Wir können die Station sehr langsam bewegen, aber das bedeutet, daß es sehr lange dauern wird. Das ist ein Vorteil hinsichtlich der benötigten Energie (man kann mit weniger Energie auskommen), aber wir haben ein Zeitlimit, in dem das Wurmloch erreicht werden muß.**

Was folgt, ist eine seitenlange Diskussion darüber, woher die Energie für das Bewegen der Station kommen könnte. Dann wenden sie sich dem Problem zu, wie diese Energie in Antrieb umgewandelt werden kann.

O'Brien würde sich wohl wünschen, Hilfsantriebsaggregate an der Station zu befestigen (so wie wir es mit dem Müllfrachter in ›Final Mission‹ gemacht haben). Das Problem ist, daß wir keinen Zugriff auf die Ressourcen der Enterprise haben. Hier ist wieder die Zeit das Problem. Was wir tun könnten, ist, einen Flitzer auf eine schlaue Weise an die Station anzudocken und dessen Impulsantrieb zu nutzen, um mehr Antrieb zu bekommen. Aber auch hier müßten wir davon ausgehen, daß es einige Stunden dauert, um die Station zu beschleunigen, und dann wieder einige Stunden, um sie langsamer zu machen und anzuhalten. Ein anderer Gedanke: Wenn wir aus den Hauptreaktoren genug Energie holen können, könnten wir es schaffen, ein Warpfeld auf niedrigem Niveau um die Station herum aufzubauen. Das würde nicht dem Zweck dienen, ein Schiff auf Warpgeschwindigkeit zu bringen (was buchstäblich eine millionenfach höhere Energie erforderlich machen würde), aber wir würden in der Lage sein, einen Trick aus ›Déjà Q‹ zu wiederholen. Indem wir die ›scheinbare Masse‹ der Station reduzieren, könnten wir in der Lage sein, die Station leicht genug zu machen, um sie mit der verfügbaren Energie zu bewegen.

Obwohl die Station im Treatment zu ›The Ninth Orb‹ von Runabouts zum Wurmloch geschleppt werden sollte, ist die Warpfeld-Methode, die Sternbach und Okuda vorschlugen, weitgehend die Methode, mit der DS9 in der produzierten Episode bewegt wurde. Und hier nun, wie diese Strategie im endgültigen Drehbuch erreicht wird.

---

173 FORTGESETZT

O'Brien beobachtet die Sensoren auf seiner Anzeigetafel ... er reagiert, als er etwas sieht ...

O'BRIEN
Die Cardassianer verlassen ihre Position ... sie nehmen Kurs auf den Denorios-Gürtel.

Kira blickt finster drein ... steht da ...

KIRA
(kurze Pause/›Beat‹ [7], zu O'Brien)
Was würden Sie benötigen, um diese Station an den Eingang des Wurmlochs zu bewegen?

O'BRIEN
Das ist kein Raumschiff, Major. Wir haben sechs funktionsfähige Antriebsaggregate, die uns antreiben können, das ist alles. Eine Reise von 160 Millionen Kilometern würde mindestens zwei Monate dauern.

KIRA
Sie muß morgen dort sein.

O'BRIEN
(reagiert)
Das ist nicht möglich, Sir ...

KIRA
Diese Wurmloch könnte die Zukunft dieses gesamten Quadranten verändern. Die Bajoraner müssen es für sich beanspruchen ...
(Pause/Beat, ›Character Movement‹) [8]
Und ich muß gestehen, daß dieser Anspruch um einiges stärker wäre, wenn er durch die Anwesenheit der Föderation unterstützt würde.

DAX
(ruhig, zu O'Brien)
Könnten Sie nicht den Subraum-Feldausschuß der Deflektorgeneratoren modifizieren ... nur so viel, um ein Feld auf *niedrigem* Niveau um die Station herum zu schaffen ...

Eine Pause. O'Brien erkennt, worauf sie hinauswill ...

O'BRIEN
So daß wir die träge Masse reduzierten könnten ...

DAX
(nickt)
Wenn Sie die Station leichter machen könnten, wären diese

7 Der im Original verwendete Begriff ›Beat‹ bezeichnet eine kurze Pause, die anzeigen soll, daß die Figur über etwas nachdenkt oder den nächsten Schritt abwägt.

8 ›Character Movement‹ ist eine Anweisung, die daran erinnern soll, daß Kira eine lange Rede hat und sie nicht herumstehen sollte wie ein Fels in der Brandung. Dies ist ein historischer Moment. Sie sollte etwas tun. Was genau, das bleibt der Schauspielerin und dem Regisseur überlassen.

sechs Antriebsaggregate die gesamte Energie, die wir benötigen würden.

Interessanterweise war die Idee, den Wert der Trägheit zu verändern, zu der Zeit, da das Drehbuch geschrieben wurde und Sternbach und Okuda ihre technischen Bemerkungen lieferten, ein Science Fiction-Konzept, das so phantastisch war wie das Reisen schneller als das Licht und Teleportation - die drei wesentlichen Themen der STAR TREK-Wissenschaft. Eine kürzlich erschienene Ausgabe der Zeitschrift *Science* berichtet allerdings von einer neuen Theorie über die Trägheit, die zum ersten Mal zu verstehen gibt, daß »Trägheit, wenn man sie erst einmal versteht, kontrolliert werden könnte«.[9] Das ist in gewisser Weise ein Hattrick für Science Fiction-Konzepte, die wissenschaftliche Beachtung erreichen. 1993 gab es die erste theoretische Grundlagenbeschreibung für eine Technik der Materie-Teleportation[10]. Das andere war ein faszinierendes Experiment, das die Wirkung von Filtern auf die Übertragung von Licht zum Thema hatte. Dabei ergaben sich wiederholt Anzeichen, daß Photonen sich mit 1,7facher Lichtgeschwindigkeit bewegten, was - natürlich - unmöglich ist.[11] Die Wissenschaft des 24. Jahrhunderts erhält möglicherweise jetzt gerade ihre Grundlagen.

Abgesehen von diesen gewaltigen wissenschaftlichen Konzepten liefern Sternbach und Okuda manchmal technische Bemerkungen, die einem Drehbuch den STAR TREK-Flair verleihen, anstatt Vorschläge zu liefern, wie man mit einem Handlungselement umgehen soll. Hier nun einige andere Hinweise, die sie Berman und Piller in späteren Memos mitteilten.

2. Juni 1992
Szene 10, Seite 3. OPS-Offizier: »Unsere Schilde werden schwächer ... 94 % ... 85« Wir schlagen eine kleinere Anfangszahl und einen größeren Abfall zwischen beiden Zahlen vor. Vielleicht »65 %, 42 % ...«.

(Im endgültigen Drehbuch benutzte Piller die Prozentzahlen »64 % ... 42 % ...«.)

10. Juni 1992
Szene 176. O'Brien: Vorschlag: »Ich könnte nach wie vor in der Lage sein, das Transpondersignal des Flitzers zu empfangen ... und jetzt, da wir wissen, daß es ein Wurmloch ist, können wir einen TECH-Kompensator benutzen.« Das TECH-Gerät kann sein: Feldstärkenkompensator, Wellenformregulator, Baryonenfeldangleicher, Raumdruckkompensator (sieht so aus, als wären wir wieder mitten im Substantiv-Substantiv-Substantiv-Spiel), Raumdichtenprogrammierer. Was immer genommen wird, kann in Szene 277 usw. benutzt werden.

Obwohl sich die obigen Hinweise auf eine Dialogzeile beziehen, die aus dem endgültigen Drehbuch gestrichen wurde, ist es interessant, eine der Techniken zu beobachten, die Sternbach und Okuda nutzen, um TECH-Ersatzbegriffe zu finden.

Szene 219. O'Brien: Vorschlag: »Sind Sie sicher, daß es zusammengebrochen ist ... es könnte sich tiefer in den Subraum zurückgezogen haben.« Oder: »Sind Sie sicher, daß es zusammengebrochen ist ... es könnte tiefer in den Subraum abgetaucht sein.«

9 *Science*, Vol. 263, 4. Februar 1994, S. 612: »Inertia: Does Empty Space Put Up the Resistance?«

10 *Discover*, Vol. 15 No. 1, Januar 1994, S. 100: »Getting There is Half the Fun.« Der Artikel von Carl Zimmer berichtet über Forscher an der Universität von Innsbruck, die ein Gerät konstruieren, von dem sie hoffen, daß es ein einzelnes Proton transportieren kann.

11 *Nature*, Vol. 365 No. 6448, 21. Oktober 1993, S. 692: »Light faster than light?«

Dax: Vorschlag: »Wir haben kein Anzeichen gefunden, daß es sich zurückgezogen hat ... aber wir prüfen das noch.« Synonyme für ›zurückziehen‹ könnten ›entfernen‹ oder ›zurückweichen‹ sein. Etwas, das den Eindruck vermittelt, daß es zurückgezogen wurde.

Das Synonym, das Piller im endgültigen Drehbuch benutzte, war ›entfernen‹.

Szene 237. Cory:[12] Vorschlag: »Mister O'Brien, können Sie ein Hochleistungssubraumfeld* wiederaufbauen, bevor sie in Sensorenreichweite kommen ... Ich möchte nicht, daß sie unsere Verteidigungssysteme untersuchen können ...« Anmerkung: Die Cardassianer benutzten das in ›The Wounded‹, um zu verhindern, daß wir ihre Fracht untersuchen. Wir schlagen die Formulierung *wiederaufbauen* vor, weil O'Brien das bereits einmal getan hat, um die Station zu bewegen, er sollte es also wieder zustandebringen.

*** Wenn Ihr das Wort *Subraum* in diesem Zusammenhang nicht mehr hören könnt, könnt Ihr es durch jeden fiktiven Partikel- oder Wellennamen ersetzen (Antileptonenfeld, Thoronenfeld, Dianonenfeld usw.).**

Piller entschied sich für ›Thoronenfeld‹.

In den nächsten Anmerkungen sehen wir, daß Sternbachs und Okudas Hinweise sich manchmal tatsächlich sowohl auf ihre künstlerischen Pflichten als auch auf ihre Rolle als technische Berater beziehen.

9. Juni 1992
Szene 101. Den Turbowagen in einer Glasröhre an der Außenseite der Station sehen zu können, ist wahrscheinlich nicht einfach zu bewerkstelligen. Wir stellen uns vor, daß nahezu alle Turbolifte gut gesichert in der Struktur der Station untergebracht sind; die Szene könnte umgeschrieben werden, um in einer Luftschleuse zu spielen, angeschlossen an eine Flitzer-Kulisse.

Die Szene wurde in eine neue Umgebung verlegt, alle Turboschächte von Deep Space Nine befinden sich in der Station, nicht an der Außenseite.

Szene 128. Sie wollen feststellen, wo sie sind: Wir verfügen über verschiedene Möglichkeiten trigonometrischer Messungen, selbst wenn wir uns auf der anderen Seite der Galaxis befinden. Einige dieser Methoden funktionieren heute im 20. Jahrhundert mit üblichen Methoden der Sternenbeobachtung. (Szene ist o.k. bis zum ersten Satz des Computers): Computerstimme: Vorschlag: »Idran ... trinäres System, bestehend aus einem zentralen Roten Superriesen und Zwillingsbegleitern des Typs O.« (Später) Computerstimme: Vorschlag: »Identifizierung von Idran basiert auf der Analyse der stellaren Magnetopause und der Wasserstoff-Alpha-Spektralanalyse. Übereinstimmungen mit der Region, die zuerst im späten 22. Jahrhundert von der Sonde Quadros I im Gamma-Quadranten erforscht wurde.«
Dax: Vorschlag: »... Da gab es keine dieser üblichen Infrarot-Resonanzwellen.«

Und diese Szene lautete im endgültigen Drehbuch so:

12 Ein früher Name für Kira.

132 INNENAUFNAHME RUNABOUT (OPTICAL)

SISKO
Kannst Du unsere Koordinaten
feststellen ...?

DAX
(prüft)
Da ist ein Stern, weniger als fünf
Lichtjahre entfernt ... keine
Planeten der Klasse M ...
Computer, identifiziere dieses
System ...

COMPUTERSTIMME
Idran ... ein Dreiersystem, das aus
einem zentralen Superriesen und
Zwillingen des Typs O besteht ...

SISKO
(reagiert)
Idran ... das kann nicht stimmen ...

DAX
Computer, worauf basiert die
Identifizierung ...

COMPUTERSTIMME
Identifizierung von Idran basiert
auf der Wasserstoff-Alpha-
Spektralanalyse, die im 22.
Jahrhundert von der Sonde
Quadros I im Gamma-Quadranten
durchgeführt wurde.

SISKO
(verblüfft)
Der Gamma-Quadrant.
Siebzig*tausend* Lichtjahre von
Bajor entfernt? Ich würde sagen,
wir haben eben den Zugang zu
einem Wurmloch gefunden ...

DAX
Das ist anders als jedes Wurmloch,
das ich jemals gesehen habe. Es
gab keine der üblichen Resonanz-
wellen ...

Wir können jetzt das System erkennen, das in den Beiträgen von Sternbach und Okuda zu den STAR TREK-Drehbüchern zutage tritt. Die Figuren und deren Beziehungen liegen völlig in der Hand der Autoren, während der Science Fiction-/STAR TREK-Kontext dieser Beziehungen von dem detaillierten Wissen und der Beherrschung der Hintergrundinformationen von Sternbach und Okuda illustriert wird. Auf eine ähnliche Weise, wie die Darstellung der Schauspieler letztlich von überzeugenden Sets und optischen Effekten unterstützt wird. Die Geschichte ist das, was wichtig ist. Aber ein gutes Umfeld kann eine Story noch wirkungsvoller machen. Und Sternbach und Okuda schaffen es, all die verschiedenen Wege zu zeigen, wie man das Drumherum konsequent gestaltet.

Betrachtet man rückblickend die Änderungen, die Sternbach und Okuda vorschlugen, und vergleicht man sie mit den Entscheidungen, die Piller traf, diese Vorschläge in das Drehbuch einzubeziehen, dann mag aufmerksamen Lesern aufgefallen sein, daß anstelle der von Sternbach und Okuda vorgeschlagenen Bezeichnung ›trinäres Sternensystem‹ für Idran Piller die Bezeichnung ›Dreiersystem‹ benutzte. Das war kein Tippfehler oder ein neuer Science Fiction-Begriff. Es war der Beitrag eines anderen technischen Beraters von STAR TREK, dessen Spezialität die echte Wissenschaft des 20. Jahrhunderts ist.

Naren Shankar

Naren Shankar beteiligte sich erstmals an STAR TREK als Koautor (mit Ronald D. Moore) der Episode ›The First Duty‹ in der fünften Season von THE NEXT GENERATION. Aus seiner anfänglichen Position als interner Mitarbeiter des Autorenstabs der Serie wurde die des technischen Beraters für beide Serien, was er zum Teil seinem Ingenieursabschluß an der Cornell-Universität verdankte. Zum Glück für STAR TREK wollte Shankar nach seinem Abschluß nicht mehr wirklich Ingenieur werden. So kam er, wie viele andere auch, nach Los Angeles, um sich an einer Karriere als Autor zu versuchen.[13] Für Shankar wurde dieser Traum Wirklichkeit; in der siebten Season von THE NEXT GENERATION wechselte er von der Position des Beraters zum Story Editor.

Aber 1992 erhielt er als technischer Berater von THE NEXT GENERATION einen frühen Entwurf von ›Emissary‹ von Piller mit der Bitte um Hinweise. Hier nun einige Auszüge aus Shankars ersten Kommentaren, die seine wissenschaftlichen Kenntnisse ebenso belegen wie seinen kritischen Blick für Details.

TECHNISCHE HINWEISE
20. Juli 1992

Ein paar Punkte

- **1. Akt, Szene 32, Seite 19 (unten)**
  Odo: »Meine Sicherheitsphalanx ist ausgefallen ...«

Vorschlag ›Gitternetz‹

- **1. Akt, Szene 40, Seite 22 (Mitte)**
  Sisko: »... Bringen Sie *ihn* in den Bau.«

Da Odo Nog und den Alien mitnimmt, sollte Sisko sagen: »Bringen Sie *sie* in den Bau.«

- **2. Akt, Szene 64, Seite 40 (oben)**
  Kai: »... Sie (die Kugeln) werden seit einem *Jahrtausend* studiert und dokumentiert.«

Ich würde sehr empfehlen, die Kugeln älter als nur eintausend Jahre zu machen.

13 Ein alter Witz in Hollywood besagt, daß, wenn man einen Autor in Los Angeles fragt: »Wie geht's mit dem Drehbuch voran?«, man in neun von zehn Fällen die Antwort erhält: »Nun, ich habe da noch ein Problem im zweiten Akt, aber ...«

DEEP SPACE NINE

TECHNICAL NOTES

"Emissary"
by Michael Piller
Draft Teleplay
(including bf. revisions, 6/11/92)
June 11, 1992

• Teaser, sc. 10, p. 4 (top)
Conn Officer: "Attempting to come about... impulse engines aren't doing it, sir..."

I don't think this maneuver makes sense in the context of the battle, and furthermore, why bother with the impulse engines at all? Maybe he should be "attempting to engage warp engines" or something like that.

• Act 1, sc. 26, p. 12 (middle)
O'Brien.

A quick note: Has O'Brien been promoted? Usually a transfer like this would be accompanied by advancement in rank. Since it looks like he's going to be functioning as something like the Second Officer on DS9, he should probably be at least a Lieutenant.

• Act 1, sc. 26, p. 12 (bottom)
O'Brien: "...all the auto-TECH controls..."

Suggest: "interlock servos", "auto-seal controls", or "auto-closure controls".

• Act 1, sc. 26, p. 13 (top)
O'Brien: "...We've got some TECH emissions..."

Suggest: "stray nucleonic emissions".

Auszug aus einem Memo des wissenschaftlichen Beraters Naren Shankar mit Kommentaren zu einer frühen Fassung von ›Emissary‹.

In Szene 16 der NEXT GENERATION-Episode ›Ensign Ro‹ beschreibt Picard die ›antike‹ bajoranische Zivilisation: »... sie waren Architekten und Künstler, Erbauer und Philosophen ... *als die Menschen noch nicht aufrecht gehen konnten.*«
Wenn Du den roten Faden mit dieser Aussage bewahren willst, dann sollten die Kugeln irgendwo zwischen *50 000 und 100 000* Jahren alte sein.
Außerdem sind die ältesten Glaubensrichtungen auf der Erde (e. g. Konfuzius, Judentum) über 2000 Jahre alt. Ich glaube, es würde das Geheimnis der Kugeln – und das der bajoranischen Kultur – beträchtlich intensivieren, wenn sie viel älter wären.

Shankar geht dann über zu einer Liste jener Stellen im Drehbuch, in denen das Alter der Kugeln erwähnt wird. Sternbach und Okuda empfahlen ebenfalls, das Alter der Kugeln anzuheben, um mit dem übereinzustimmen, was zuvor über die bajoranische Kultur festgelegt worden war. Piller überarbeitete daraufhin das Drehbuch, so daß nun gesagt wurde, daß die erste Kugel vor mehr als 10 000 Jahren am bajoranischen Himmel erschien.

Shankar fuhr dann mit anderen Vorschlägen fort.

- **4. Akt, Szene 106, Seite 62 (Mitte)**
  Sisko: »... Ich schalte den Check der Startvorbereitungssysteme ein.«

Statt dessen einfach nur: *»Ich schalte die Startvorbereitungssysteme ein.«*

- **5. Akt, Szene 118, Seite 65 (Mitte)**
  Sisko: »Ich passe den Kurs an auf 53 *zu* 114 ...«

Wenn das eine Kursveränderung ist, dann sollte der Satz folgendermaßen lauten: »Ich passe den Kurs an: 53 Kennung 114«; wenn sie sich auf einen bestimmten Punkt im Gitternetz zubewegen, sollte es heißen: *»Ich setze Kurs auf Netzpunkt* 53 zu 114.«

- **5. Akt, Szene 121, Seite 66 (oben)**
  O'Brien: »Lieutenant, *in diesem Asteroidengürtel könnten Sie Chrondit-Echos entdecken* ...«

Dieser Satz erscheint ein wenig verwirrend. Ich schlage vor, ihn durch etwas in der folgenden Art zu ersetzen: »Lieutenant, *in Anbetracht der Zusammensetzung dieser Asteroiden könnten Sie Emissionen von Chronditzerfall empfangen* ...«

Shankar wendet sich dann den Wurmlochwesen zu, die das Prinzip der linearen Zeit nicht verstehen, dennoch die Vergangenheitsform in ihrer Unterhaltung mit Sisko verwenden. Im endgültigen Drehbuch sprechen die Wesen ausschließlich in der Gegenwart.

Eine andere Bemerkung hatte mit einem neuen Bestandteil des sich entwickelnden STAR TREK-Jargons zu tun.

- **9. Akt, Szene 247, Seite 114 (Mitte)**
  Kira: »... Feuern Sie sechs *Photonen* über Jasads Bug ...«
  O'Brien: »Wir haben nur sechs *Photonen,* Major ...«

Ich weiß zwar, daß wir gelegentlich den Begriff ›Photonen‹ benutzt haben, wenn wir uns auf Photonentorpedos bezogen. Ich würde aber dringend vom zukünftigen Gebrauch abraten. ›Photonen‹ sind Lichtpartikel; mit diesem Begriff eine Materie-Antimaterie-Bombe (was ein Photonentorpedo ist) zu beschreiben, ist verwirrend und technisch falsch. Ich würde vorschlagen, in beiden Fällen *›Photonentorpedos‹* zu benutzen.

Piller kam dem halb entgegen und ließ Kira O'Brien auffordern, sechs Photonentorpedos abzufeuern, woraufhin O'Brien erwidert, daß er nur sechs Photonen habe.

In einem früheren Memo vom 11. Juni 1992 teilte Shankar seine Reaktion auf den Namen des Barkeepers mit.

- **1. Akt, Szene 29, Seite 14 (unten)**
  Quark.

In der Physik sind ›Quarks‹ kleinste, unteilbare Elementarteilchen; es könnte unklug sein, das als Namen für einen Ferengi zu verwenden.

Wie Piller mit diesem Rat umging, ist uns bekannt.

Dann kommentierte Shankar die Identifikation des Sterns im Gamma-Quadranten, für die Sternbach und Okuda Änderungsvorschläge gemacht hatten.

- **5. Akt, Szene 135, Seite 73 (Mitte)**
  Computer: »Idran ... *trinäres System* bestehend ...«

Der Computer spricht normalerweise vollständigere Sätze als diesen. Zudem ist ›trinär‹ keine typische Wortwahl in der Astronomie; ›Dreier ...‹ wäre besser, obwohl ›dreifach‹ zu bevorzugen ist. Ich schlage folgendes vor: »Sternensystem identifiziert als Idran ... ein Dreiersystem ...«

Aus der Kombination der astronomischen Daten von Sternbach und Okuda und der Terminologie von Shankar wurde Idran ein Dreiersystem. Nur Astronomen würden den Unterschied erkennen, aber die Bemühungen, die für diesen kleinen Punkt gemacht wurden, zeigen den Enthusiasmus und die Aufmerksamkeit in Sachen Genauigkeit, die von allen in Bermans und Pillers Team geteilt wird – was eine gute Erklärung dafür ist, warum sie zum Startteam gehören.

Abseits der Themen Qualität und technische Genauigkeit gibt es einen anderen wichtigen Aspekt, auf den jedes Drehbuch untersucht werden muß, bevor es verfilmt werden kann: Ist es *rechtlich* ohne Beanstandungen?

Amerika ist ein Land der Prozesse, und Hollywood scheint die Hauptstadt der Prozesse zu sein. Jeder Name, den Berman und Piller erfanden, jedes fremde Wort und jeder Rang, jedes Science Fiction-Gerät und jeder extraterrestrische Ort mußten darauf geprüft werden, ob sie unabsichtlich mit irgend jemandem oder irgend etwas in Verbindung gebracht werden konnten. Sie kennen den Vorbehalt aus Tausenden von Filmen und Fernsehserien: Die Personen und Ereignisse in dieser Sendung sind fiktiv. Jegliche Ähnlichkeit mit lebenden Personen oder tatsächlichen Ereignissen ist unbeabsichtigt. Für DEEP SPACE NINE ist Joan Pearce Research Associates die Gesellschaft, der anvertraut worden ist, diese Aussage der Wahrheit entsprechen zu lassen. (Die Forscher dieser Gesellschaft haben sich zudem ein umfassendes Wissen des STAR TREK-Universums angeeignet, das zu mancher Anmerkung führt, die mehr mit innerer Kontinuität als mit rechtlichen Angelegenheiten zu tun hat. Aber schließlich ist es ein Gemeinschaftsunternehmen.)

Hier nun einige Auszüge aus ihrem ersten Bericht zum Drehbuch des Pilotfilms vom 30. Juli 1992.

KOMMENTAR
Dieses Drehbuch enthält zahlreiche Anspielungen auf die bereits existierende Serie STAR TREK: THE NEXT GENERATION. Es finden sich auch Personen aus jener Serie in diesem Drehbuch. Da es ein Drehbuch für den Pilotfilm zu einer neuen Serie ist, von der wir hoffen, daß sie viele Jahre produziert werden wird, haben wir die Namen und Bezüge noch einmal geprüft, die nicht Teil der *laufenden* Rollennamen oder des festgelegten STAR TREK-Universums sind. Das ist lediglich eine Vorsichtsmaßnahme, um sicherzustellen, daß Dinge, die kurz in einer vorangegangenen Episode auftauchten und zu dieser Zeit kein Problem darstellten, auch zur Zeit keinen Konflikt auslösen können.

ROLLENNAMEN
Picard/Locutus Seite 1
Etablierte Figur.

Lieutenant Commander Benjamin Sisko Seite 1
Wir finden keine aktuelle, einschlägige Erwähnung dieses speziellen Namens.

Jake Sisko Seite 6
Wir finden keine aktuelle, einschlägige Erwähnung dieses speziellen Namens.

Miles O'Brien Seite 11
Etablierte Figur.

***Quark* Seite 13**
Einfacher Name. Wir weisen darauf hin, daß das Wort von dem lebenden Physiker Murray Gell-Mann geprägt wurde, um ein theoretisches Partikel zu bezeichnen.[14]

Der Bericht fährt fort, für eine Vielzahl von Figuren »keine aktuelle, einschlägige Erwähnung dieses speziellen Namens« zu finden, bis ...

***›Ty Cobb‹-Alien* Seite 85**
Wir gehen davon aus, daß diese Figur ein frühes Trikot der Detroit Tigers tragen wird und daß er dem legendären Spieler Tyrus Raymond Cobb, 1886–1961, ähneln soll. Möglicherweise Erlaubnis der Tigers-Organisation erforderlich. Research kann die Telefonnummer liefern, wenn es gewünscht wird.[15]

Nach der Beschäftigung mit den Namen aller Personen des Drehbuchs befaßte sich der Bericht mit anderen Dingen, die auszugsweise vorgestellt werden.

SEITE	GEGENSTAND
1/1	***Bei Sternzeit 43997 wurde Jean-Luc Picard, Captain des Föderationsraumschiffs Enterprise, von den Borg entführt* – Bezug auf die vorherige Star Trek-Episode ›The Best of Both Worlds‹. Unsere Aufzeichnungen zeigen als Anfangssternzeit der Episode 43989.1.**
1/3	***The Gage* – Wir finden keine aktuelle, einschlägige Erwähnung für ein Kriegsschiff mit diesem Namen. Es gibt andere Handels- und Vergnügungsschiffe mit diesem Namen.**
12/24	***(die Einzelheiten des Bühnenbildes für den Einkaufsbereich)* – Research würde sich glücklich schätzen, die Namen für die verschiedenen Geschäfte zu prüfen. Bitte in Erwägung ziehen.**[16]
14/29	***Kumumoto* – legt den Heimatort von Keikos Mutter fest.**
19/32	***Eine Karte der Station* – Wir gehen davon aus, daß Ihr Art Department diese entwerfen wird und kein geschütztes Material benutzt wird.**
32/51	***Gesänge* – Freigabe der Musik?** [17]
42/67	***Teenager-Utensilien des 24. Jahrhunderts* – Research kann alle ›Warennamen‹, ›Künstlernamen‹ usw. prüfen, die für dieses Set benötigt werden.**
43/68	***Alien-Musik* – Freigabe der Musik?**
43/69	***Einige Spiele erkennen wir wieder, andere nicht* – Falls irgendwelche Markenspiele benutzt werden, wird eine Erlaubnis erforderlich. Research kann jede erforderliche Telefonnummer liefern, wenn die Endauswahl getroffen ist. Wir nehmen an, daß die anderen Spiele von Ihrer Requisitenabteilung hergestellt werden und daß keine Markenartikel nachgebildet werden.**

14 Tatsächlich übernahm Gell-Mann dieses Wort aus James Joyce' *Ulysses*, wo es keine offensichtliche Bedeutung besitzt.

15 Ty Cobb und die Detroit Tigers gelangten am Ende nicht in den Pilotfilm. Als das Drehbuch in Produktion ging, war der Ty Cobb-Alien durch einen lizenzrechtlich preiswerteren Alien-Schlagmann ersetzt worden. Die Trikots, die er und seine Sportskollegen während einer der Szenen mit Sisko im Wurmloch trugen, waren die der Chicago Cubs von etwa 1923. Der nächste Baseballspieler, der in DEEP SPACE NINE (in der Episode ›If Wishes Were Horses‹) auftauchte, war der legendäre Buck Bokai, der etwa im Jahr 2042 bei den London Kings spielte. Alle Lizenzgebühren, die für die Benutzung dieses Charakters gezahlt werden müssen, werden somit frühestens in 46 Jahren fällig.

16 Hmmm. Könnten es finanzielle Gründe sein, warum alle Geschäfte auf der Promenade andere als irdische Namen tragen?

17 Das bedeutet, daß alle Schritte getan sind, um den Komponisten ausfindig zu machen und zu bezahlen. Das ist bei DEEP SPACE NINE selten notwendig, da die von den bajoranischen Mönchen vorgetragenen Gesänge und die Musik, die in Quarks Bar zu hören ist, speziell für die Serie geschrieben werden. Wenn die Autoren aber einen Grund finden, warum jemand in der Serie sich Musik aus dem 20. Jahrhundert anhören sollte, dann müssen die Rechte geklärt und Tantiemen gezahlt werden.

Keone Young als der bald zur Legende werdende Buck Bokai von den London Kings, daneben Michael John Anderson als Rumpelstilzchen und Lieutenant Dax in ›If Wishes Were Horses‹.

43/70 ***Synthale*** **– Wir finden keine aktuelle, einschlägige Erwähnung dieses speziellen Namens.**

58/96 ***Denoriosgürtel*** **– Keine Erwähnung.**

66/92 ***Seltsam aussehender Glop am Stiel*** **– Dieser Begriff ist ein eingetragenes Warenzeichen des Mars Exploration Symposium ... war nur ein Scherz. Schenken Sie diesen unsterblichen Worten eigentlich Beachtung?** [18]

65/118 ***53 zu 114*** **– Bessere Star-Trek-Sprache: 53 Kennung 114.**[19]

68/132 ***Idran*** **– Keine Erwähnung.**

69/132 ***Quadros I*** **– Keine Erwähnung.**

69/132 ***Gamma-Quadrant*** **– Keine Erwähnung.**

106/236 ***Thoron field*** **– Keine Erwähnung.**

109/239 ***Massaker von Setlik III*** **– Keine Erwähnung.**

115/250 ***Roladan Wild Draw*** **– Keine Erwähnung.**

116/252 ***Duranium*** **– bereits früher festgelegt**

Und ob dieser letzte Begriff bereits früher festgelegt worden war! ›Duranium‹ geht zurück bis ins Jahr 1966 zur Episode ›The Menagerie‹ der Originalserie, geschrieben von Gene Roddenberry.

Das ist die Art von Liebe zum Detail, die Naren Shankar, Michael Okuda und Rick

18 Es dauerte bis zur letzten Episode der ersten Season, ›In the Hands of the Prophets‹, ehe der so beliebte Glop-am-Stiel einen richtigen Namen erhielt – Jumja-Stäbchen.

19 Wenn der wissenschaftliche Berater *und* Research auf den gleichen Begriff aufmerksam machen, dann ist es offensichtlich, daß STAR TREK einen eigenen Stil entwickelt hat.

Sternbach in ihre Drehbuchanmerkungen zum Vorteil derjenigen einarbeiten, die einer STAR TREK-Episode *ganz besondere* Aufmerksamkeit widmen.

Und doch schleichen sich immer wieder kleine Fehler ein – trotz der besten Bemühungen aller Beteiligten, jedes Wort und jeden Querverweis so gründlich wie möglich zu prüfen.

Ein Science Fiction-Autor, der bei THE NEXT GENERATION mitgearbeitet hatte, bemerkte mit einem Seufzer, daß trotz all der Leute, die über all die Monate der Vorbereitung das Drehbuch zu ›Emissary‹ gelesen hatten, offensichtlich niemand den Widerspruch bemerkt hatte, der im ersten Treatment erschien und der in jeder Fassung der Drehbuchs bis hin zur letzten verblieb.

Wie, fragte der Science Fiction-Autor, kann eine *Kugel* die Form einer *Sanduhr* haben?

Na gut. Um es mit den unsterblichen Worten von Rick Sternbach zu erklären: »Wenn wir keine annehmbare Antwort finden können, dann ... überspringen wir dieses Thema.«

FASZINIERENDES OBJEKT

ZEHN

Die Hauptanweisung der Produzenten dieser Serie war die, daß die Station an sich eine Hauptfigur der Handlung sein sollte, so wie es das Raumschiff Enterprise gewesen war.

Herman Zimmerman

Im vorangegangenen Kapitel befaßte sich eine der Anmerkungen, die Rick Sternbach und Michael Okuda zu einer frühen Fassung von ›Emissary‹ machten, mit der Anordnung der Turbolifte. Ihr Hinweis auf die technische Schwierigkeit, einen Turbolift zu zeigen, der sich durch einen transparenten Schacht bewegt, und ihr Vorschlag, alle Turbolifte sicher im Inneren der Station unterzubringen, waren nur die Spitze des sprichwörtlichen Eisbergs. Bis jetzt haben wir uns nur mit Geschriebenem befaßt, mit dem Handlungsfluß und mit der Glaubwürdigkeit der Personen. Aber Fernsehen ist ein visuelles Medium. Und ganz gleich, wie gut Pillers Drehbuch zu Anfang war, ganz gleich, wieviel besser es durch die Überarbeitungen unter Berücksichtigung der Kommentare der vertrauenswürdigen ersten Leser werden würde, alle Bemühungen würden vergebens sein, wenn DEEP SPACE NINE letztlich nicht gut *aussehen* würde.

Oder – wie es einer der an der Serie beteiligten Künstler später sagte: »Jene, die sich nicht an den Stil und das Kolorit erinnern, werden dazu verdammt, *Space Rangers* zu werden.« [1]

Aber wie nimmt man die Erfindung der Zukunft in Angriff? Bei THE NEXT GENERATION geschah dies seit Jahren, aber der Großteil der Entwürfe war die Variation *eines* Themas.

Starfleet-Einrichtungen hatten ein ganz eigenes, schnittiges und komfortables Aussehen. Starfleet-Technologie war leicht zu erkennen. Romulaner hatten ihr eigenes Aussehen, Klingonen ebenfalls. Das reichte von den Kostümen bis zur Einrichtung ihrer Schiffe.

Gewiß machte fast jede neue Episode von THE NEXT GENERATION neue Aliens erforderlich, neue Sets und neue Requisiten, doch die wurden nur für eine einzige Geschichte benötigt. Langlebigkeit war nicht erforderlich.

Aber im Fall von DEEP SPACE NINE benötigten Berman und Piller ein völlig neues Erscheinungsbild, auf dem eine Serie basieren sollte, die möglicherweise sechs oder sieben Jahre laufen könnte. Wir würden die Uniformen wiedererkennen, die die

1 *Space Rangers* war eine kurzlebige, von einem Network ausgestrahlte SF-Serie, die fast überall in den USA gemeinsam mit DEEP SPACE NINE im Fernsehen debütierte. Obwohl die Serie versuchte, die Erzählstruktur auf schnelle Action und zackige Dialoge zu konzentrieren, konnte sie die Zuschauer nicht lange halten und wurde aus dem Programm genommen, bevor alle der ersten sechs Episoden gesendet worden waren.

Abgesehen von der Erzählstruktur war einer der Mängel, der der Serie am meisten schadete, die Art der Spezialeffekte und des gesamten Designs. Obwohl jede Episode von *Space Rangers* weniger als halb so teuer war wie eine DEEP SPACE NINE-Episode, kümmerten sich die Produzenten nicht um die Tatsache, daß THE NEXT GENERATION einen Standard gesetzt hatte, an dem sich Science Fiction für das Fernsehen orientieren mußte. Jede Serie, die auf diesem Markt erfolgreich sein will, muß bei den optischen Effekten und dem allgemeinen Design mindestens die gleiche Qualität aufweisen wie die STAR TREK-Serien. Sonst werden die Zuschauer sie als billig oder amateurhaft abqualifizieren. *Babylon 5* mit seinen beeindruckenden computererzeugten Weltraumszenen kann in Sachen optische Effekte ohne Schwierigkeiten mit den STAR TREK-Serien mithalten. Der Produktionsstab der STAR TREK-Serien ist sich darin einig, daß der anhaltende Erfolg von *Babylon 5* auch für STAR TREK von Nutzen sein wird, weil diese Serie dazu beitragen wird, ein noch breiteres Publikum für qualitativ hochwertige Science Fiction-Serien zu interessieren.

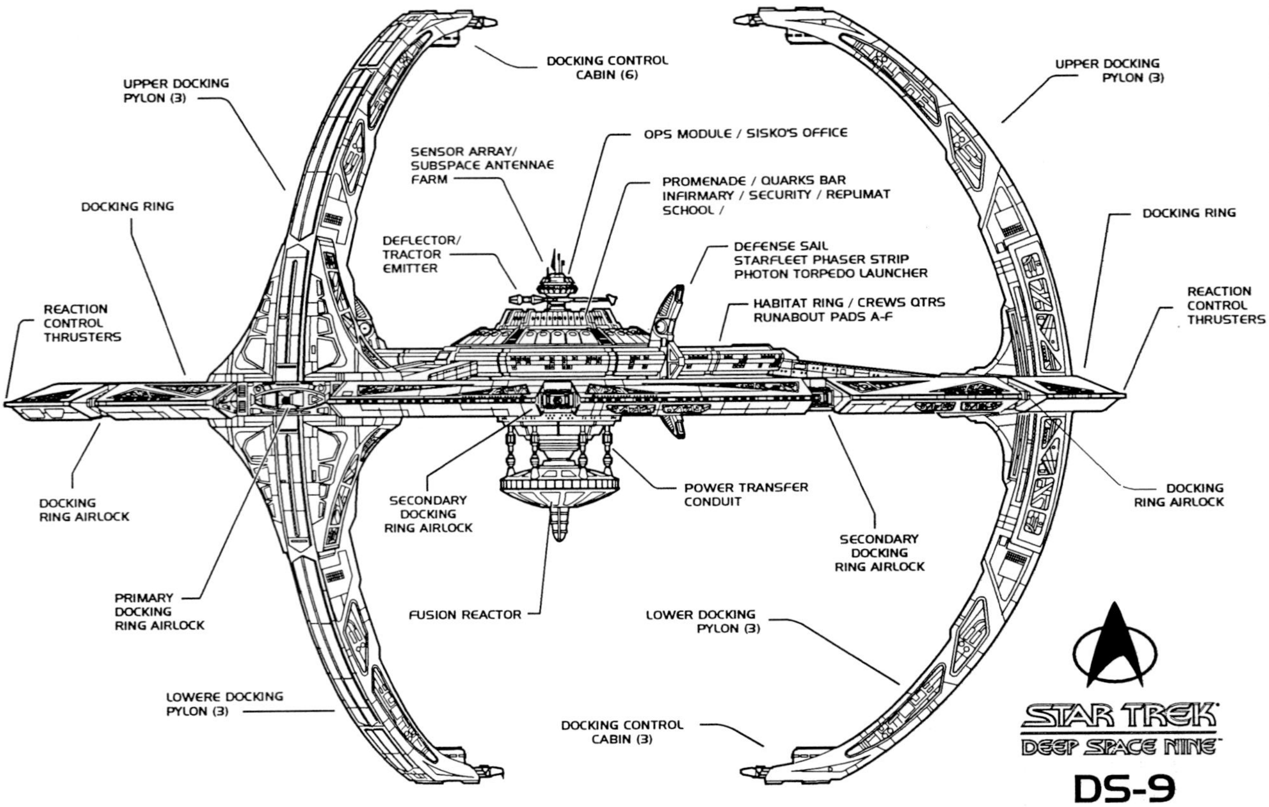

STAR TREK
DEEP SPACE NINE

DS-9

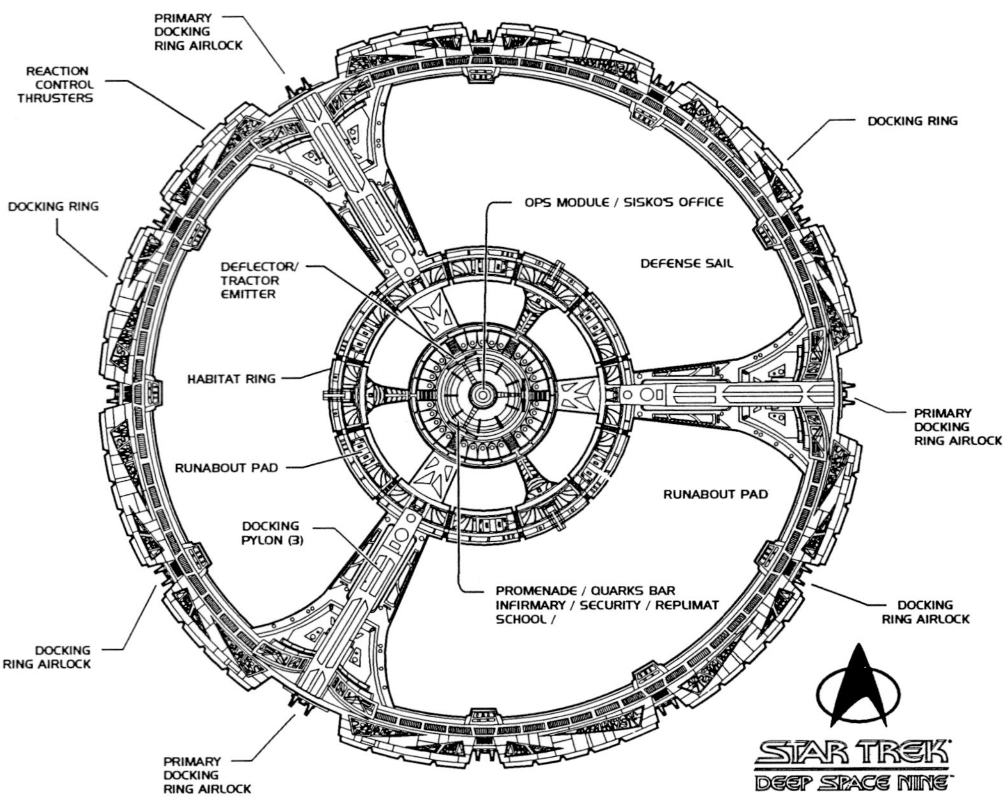

STAR TREK
DEEP SPACE NINE

TEREK NOR

DS-9

Old Cardassian mining station built in orbit of planet Bajor. Deep Space Nine was built in 2351, then abandoned in 2369 when the Cardassians relinquished their claim on Bajor, and retreated from the region. Starfleet assumed control of the facility shortly thereafter at the request of the Bajoran provisional government. The station assumed great commercial, scientific, and strategic importance shortly thereafter when the remarkable Bajoran wormhole was discovered, linking the Bajor system with the distant Gamma Quadrant.

Starfleet officer Benjamin was placed in charge of the station and his staff included Bajoran Liason Kira Nerys, Security Officer Odo, Chief Medical Officer Julian Bashir, Science Officer Jadzia Dax, and Chief of Operations Miles O'Brien.

Major features of the station include the Operations Center (from which all station functions are managed), the Promenade (a main thoroughfare containing numerous service facilities and stores, including Quarks Bar), three massive docking towers, and several smaller docking ports on an outer docking ring. There are normally about 300 permanent residents on the station, not counting visitor and crews of ships docked at the station.

Prior to being designated Deep Space Nine by Starfleet, the station had been called Terek Nor by the Cardassians.

Text excerpted from THE STAR TREK ENCYCLOPEDIA by Michael Okuda, Denise Okuda and Debbie Mirek, published by Pocket Books 1994

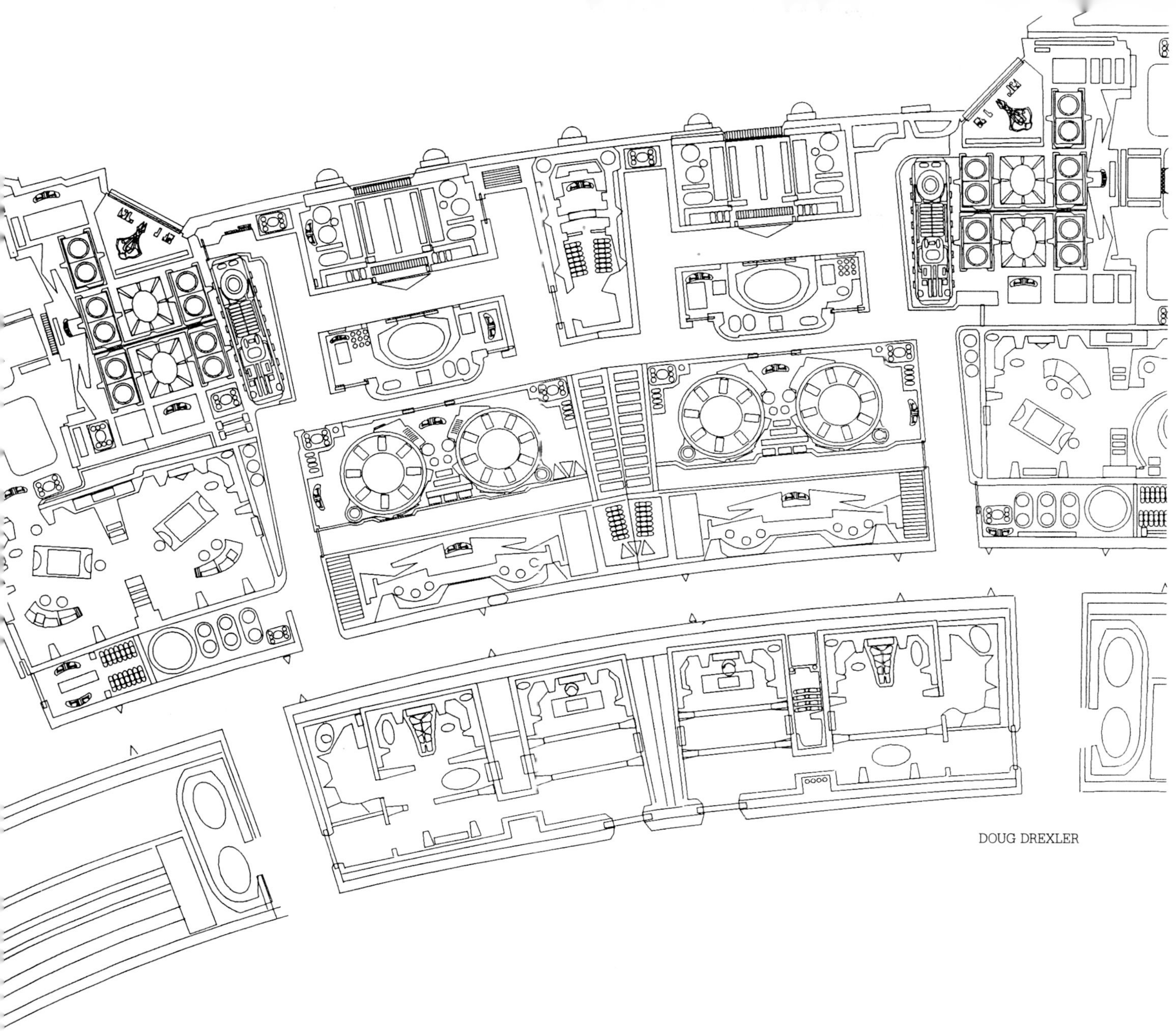

DOUG DREXLER

Besatzung von DS9 tragen sollte. Wir würden gewiß ihre Phaser und ihre Tricorder wiedererkennen. Aber die Station an sich, die nie zuvor zu sehen gewesen war, müßte eine dramatische Wirkung haben, visuell so interessant und von gleicher Langlebigkeit wie einer der dauerhaftesten Handlungsorte im Fernsehen – das *Raumschiff Enterprise*. Tatsächlich hatte Roddenberry STAR TREK-Autoren stets ermahnt, die Enterprise als Persönlichkeit zu betrachten. Berman und Piller gaben die gleiche Anweisung für Deep Space Nine.

Um das zu erreichen, gab es für Berman und Piller nur eine Person, an die sie sich wenden konnten – die gleiche Person, die so erfolgreich das Aussehen der ersten Season von THE NEXT GENERATION als Produktionsdesigner überwacht hatte, zudem die zwei jüngsten STAR TREK-Filme sowie eine Reihe anderer bemerkenswerter Filme, darunter auch Ridley Scotts optisch beeindruckenden *Black Rain*.

Ein allgemeiner Plan der Station Deep Space Nine. Er zeigt keine bestimmten Abschnitte oder eine bestimmte Etage, wird aber jedesmal benutzt, wenn ein Plan auf einem Bildschirm gezeigt werden soll.

Herman Zimmerman

Der Produktionsdesigner eines Films oder eine Fernsehserie ist mit Herman Zimmermans eigenen Worten »die Person, die für alles verantwortlich ist, was man auf dem Bildschirm sieht - mit Ausnahme der Darstellungen der Schauspieler«. Diese Verantwortung erfordert ein kompliziertes Ineinandergreifen von technischem Wissen: von Filmmaterial und Kameralinsen bis hin zu optischen Effekten, Garderobe, Bühnenbild, Design der Requisiten, alles kombiniert mit dem Blick eines Künstlers. Glücklicherweise besitzt Zimmerman all diese notwendigen Qualitäten, was man jede Woche in DEEP SPACE NINE sehen kann, zweifellos die Fernsehserie mit dem schönsten Design. (Zimmerman macht aber darauf aufmerksam, daß - egal wie gut das Design einer Fernsehserie ist - das Design niemand bemerken wird, wenn es nicht ordentlich gefilmt wird. Und niemand wird sich um das Design kümmern, wenn die Geschichten nicht gut sind.)

Wie so viele andere, die in der Film- und Fernsehindustrie arbeiten, strebte Zimmerman nicht den Job an, den er jetzt hat. Sein ursprüngliches Ziel war es gewesen, Schauspieler und Sänger zu werden; diese Fächer hatte er an der Northwestern University belegt. Als er auf seinen Abschluß zustrebte, mußte er ein Praktikum nachweisen, das er aber wiederum nur bekommen konnte, wenn er sein Hauptfach von Schauspiel und Regie auf Bühnenbilddesign verlegte. Das war der unbeabsichtigte Beginn seiner Karriere.

Zimmerman kam 1965 nach Los Angeles und wurde als Assistant Art Director für den Pilotfilm der neuen Soap Opera von NBC, *Days of Our Lives*, unter Vertrag genommen. Um Erfahrung zu sammeln, war der Job perfekt. Jede tägliche Episode erforderte zwischen fünf und sieben Sets, und das bei fünf Episoden pro Woche. Nach drei Monaten ging der eigentliche Art Director zu einer anderen Serie; Zimmerman, noch immer frisch vom College, wurde zum neuen Art Director befördert. Er erinnert sich, wie er zu später Stunde in das Art Department von NBC schlich, um sich die Arbeiten anderer Designer anzusehen - nicht um Ideen zu stehlen, sondern um herauszufinden, was genau man von ihm erwartete.

Zimmerman kam erstmals zum STAR TREK-Team, als Produzent Robert Justman ihn als Produktionsdesigner für die erste Season von THE NEXT GENERATION holte. Nach dieser Season kehrte Zimmerman zum Film zurück, darunter auch STAR TREK V und VI.

So wie für viele andere wichtige Leute in der STAR TREK-Produktionsfamilie ist auch für Zimmerman der wesentliche Grund für die Langzeitattraktivität von STAR TREK offensichtlich: Gene Roddenberrys positives Bild der Zukunft. Nach mehr als einem Vierteljahrhundert des Erfolgs von STAR TREK und angesichts der bewiesenen Attraktivität, ist Zimmerman immer noch erstaunt, daß keine andere Fernseh- oder Filmserie eine ähnliche Methode versucht hat.

Cardassianische Denkweisen

Im März 1992 sahen Berman und Piller den enormen Zeitdruck kommen, unter dem sie stehen würden, falls Paramount im April 1992 für die Serie grünes Licht geben würde, damit sie im Januar 1993 debütieren könnte. Also organisierten sie mit dem Überwachenden Produzenten von THE NEXT GENERATION, David Livingston, eine Designgruppe, zu der außer ihnen auch Herman Zimmerman, Rick Sternbach und Michael Okuda gehörten, um über das Design der cardassianischen Raumstation nachzudenken. Bis da war die einzige Beschreibung, an der sie sich orientieren konnten, das, was im Treatment zu ›The Ninth Orb‹ stand: »... ein seltsames, faszinierendes Objekt

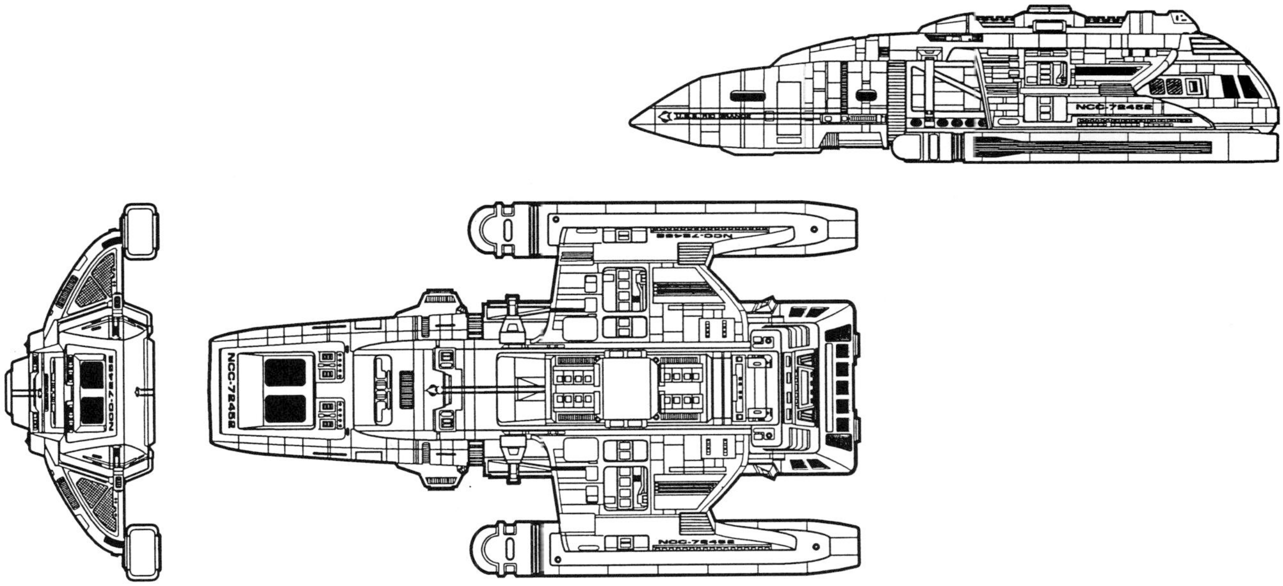

Verschiedene Ansichten und Kontrolltafeln eines Flitzers – ein Beispiel dafür, was Ira Steven Behr als das ›saubere Starfleet-Aussehen‹ bezeichnet. Das Design für cardassianische Raumschiffe sollte im Vergleich dazu extrem fremd wirken.

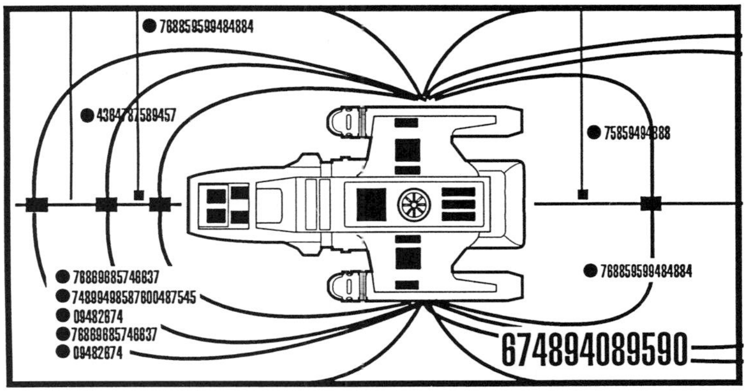

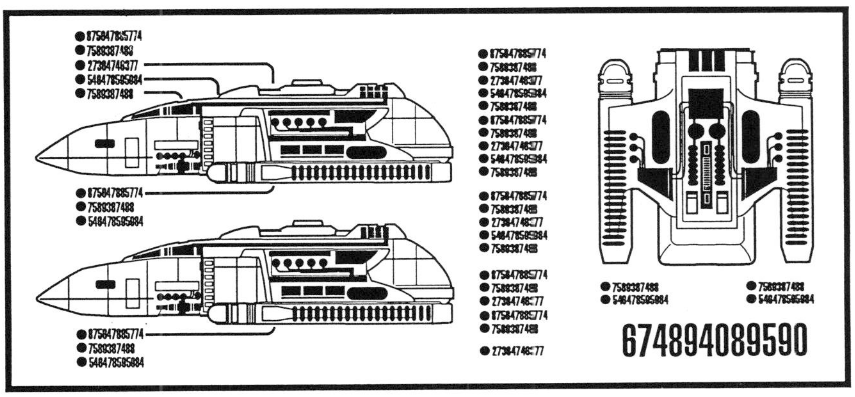

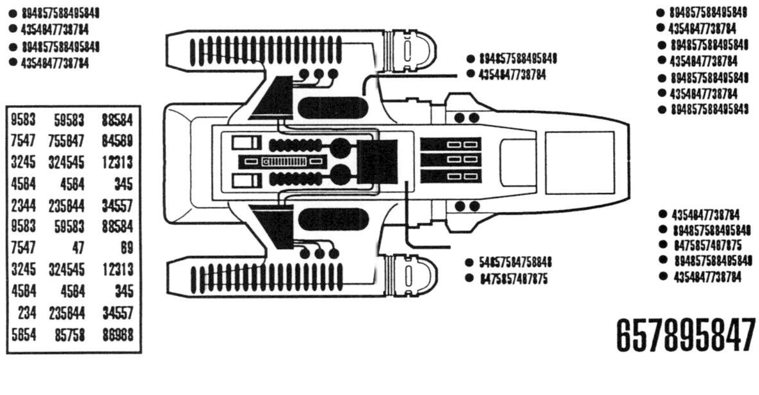

CHERYL GLUCKSTERN

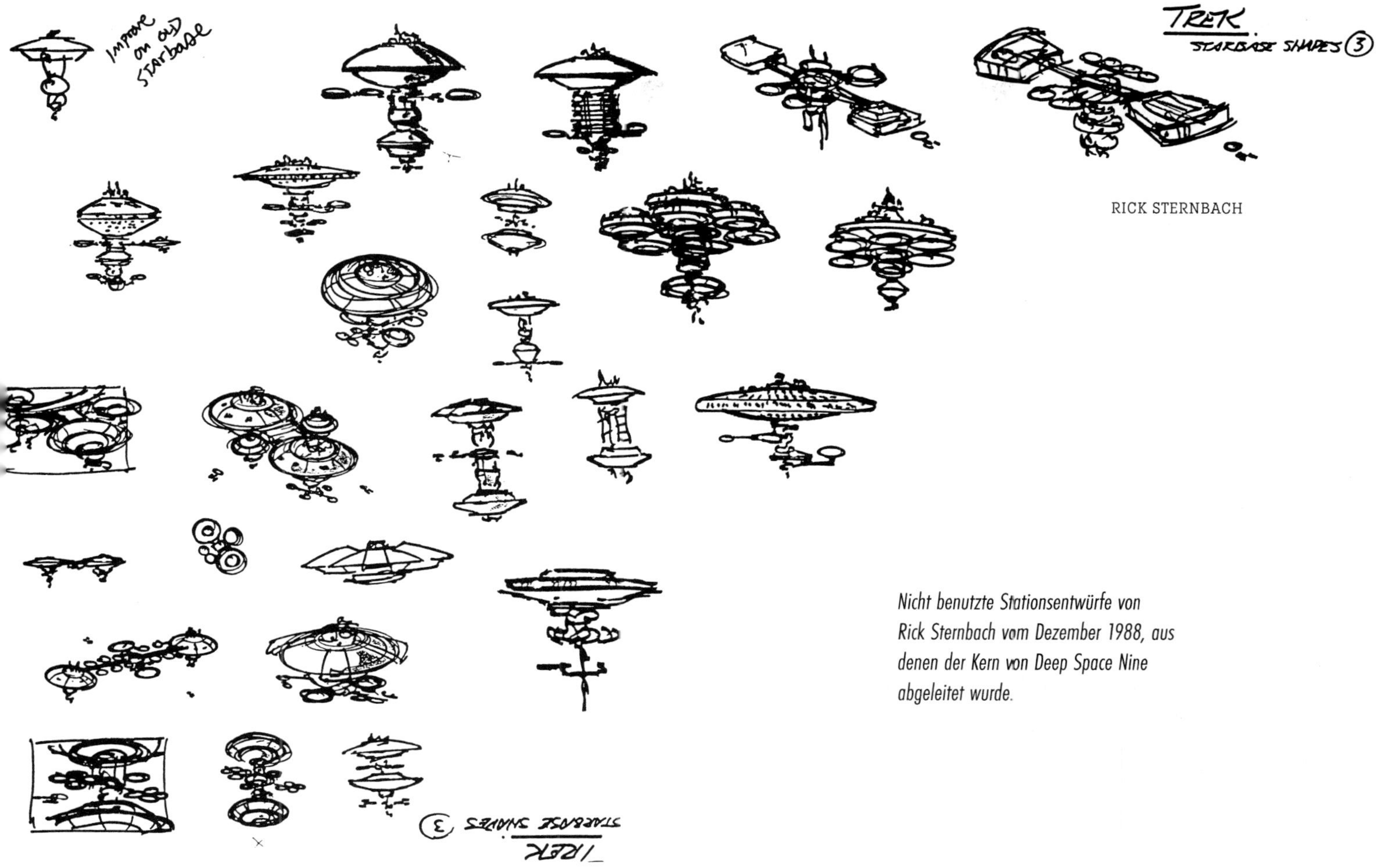

RICK STERNBACH

Nicht benutzte Stationsentwürfe von Rick Sternbach vom Dezember 1988, aus denen der Kern von Deep Space Nine abgeleitet wurde.

im Orbit um Bajor ...« Und die einzige visuelle Vorgabe, von der die Gruppe ausgehen konnte, war das Aussehen der Cardassianer an sich, wie Make-up-Künstler Michael Westmore und Kostümdesigner Robert Blackman sie geschaffen hatten, sowie das Aussehen des cardassianischen Kriegsschiffs, das Rick Sternbach entworfen hatte. Jenseits dieser quälenden Andeutungen über cardassianische Psychologie und Geschichte sah sich die Gruppe mit einem leeren Blatt konfrontiert.

Es gab natürlich viele Ansatzpunkte für ein so breitgefächertes Projekt, und die Designgruppe begann unter Herman Zimmermans Anleitung mit allen Aspekten gleichzeitig. Zur gleichen Zeit begann Zimmerman mit Bühnenbilddesignern zu arbeiten, um das Innere der Station zu entwerfen, noch bevor das äußere Erscheinungsbild festgelegt war. Die wichtigsten festen Bühnenbilder – OPS, die Promenade, die Quartiere, die wissenschaftlichen Laboratorien – mußten entworfen und gebaut werden, auch wenn niemand sicher war, wo sich diese Kulissen im Verhältnis zu den anderen letztlich befinden würden.

Sternbach ging zurück zu den NEXT GENERATION-Akten und suchte fallengelassene Entwürfe für Raumstationen heraus, die für die STAR TREK-Filme entwickelt worden waren; alle begannen sich durch Bücher und Zeitschriften zu kämpfen auf der Suche nach einer optischen Inspiration.

Ebenfalls in dieser ersten Phase schufen Berman und Piller unaufhörlich neue Variationen der Vorgeschichte der Station. In einer von ihnen war die Station 150 Jahre alt, erbaut von einer Reihe verschiedener fremder Rassen, nun im Zerfall begriffen, nur

Gegenüberliegende Seite: Die Promenade nimmt auf Bühne 17 Gestalt an. Extrem sorgfältige Koordination zwischen allen Mitarbeitern des Designteams von Herman Zimmerman stellten sicher, daß das Set dem Miniaturmodell der Station entsprechen würde.

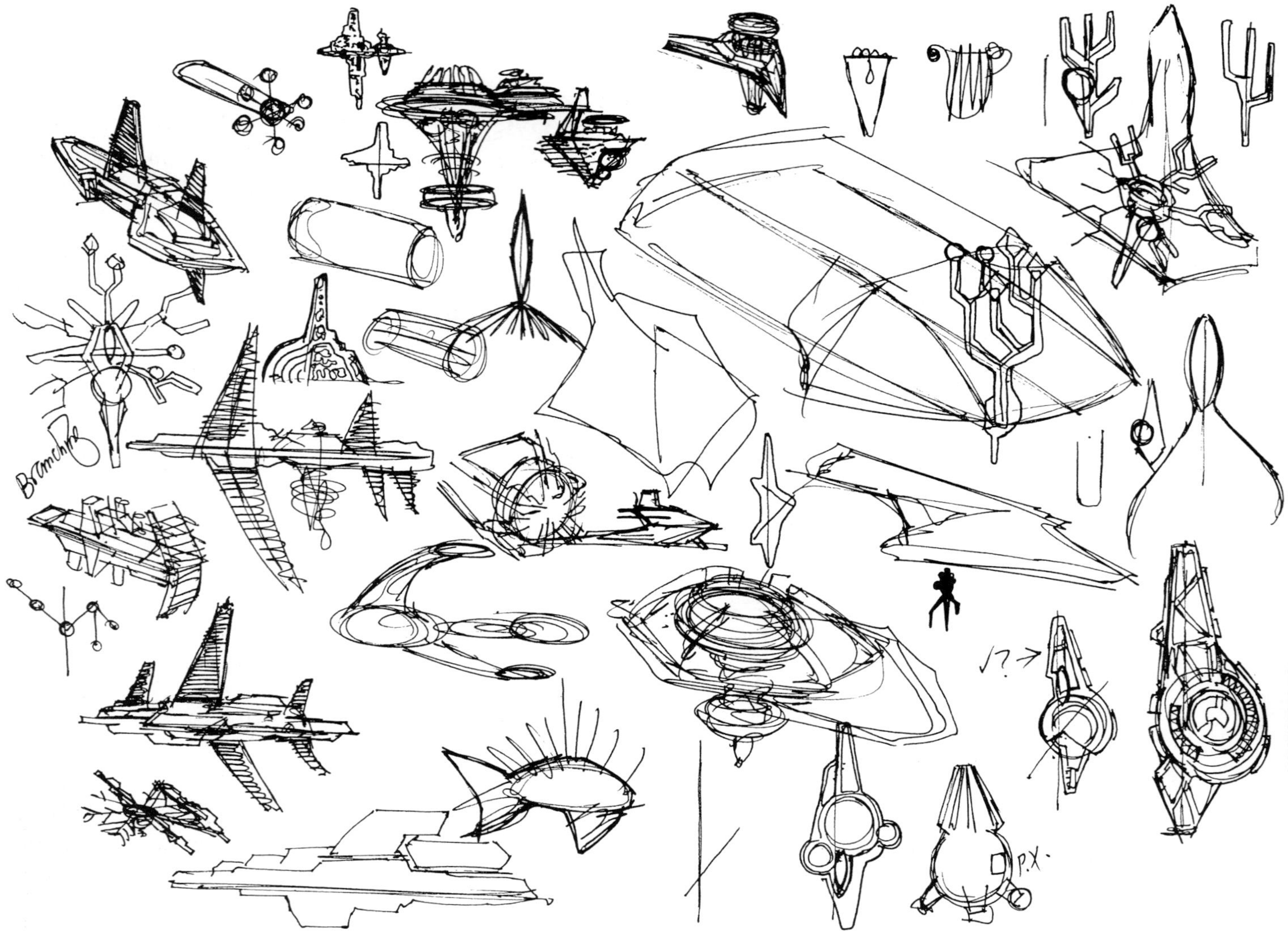

RICK STERNBACH

Kritzeln ist für den schöpferischen Prozeß des Zeichners das, was Fragen für einen Autor bedeuten. Rick Sternbach nennt diese schnellen Zeichnungen ›Odd Directions‹.

notdürftig repariert. In einer anderen Version glich sie mehr einer Ölbohrplattform in der Nordsee, über 1000 Jahre alt und von einer unbekannten Rasse erbaut, dann wieder war sie eine Kombination des Fisherman's Wharf in San Francisco und des Dulles International Airport von Washington. Und wieder eine andere besagte, daß es eine willkürliche Ansammlung von Modulen war, die über die Jahre gewachsen war, so als sei es das Zentrum einer Sargasso-See für Raummüll. Zu Anfang war die Station kleiner als die *Enterprise*. Schließlich sollte sie auf einen Durchmesser anwachsen, der der zweifachen Länge der *Enterprise* entsprach.[2]

Alle arbeiteten daran. Zimmerman auf seinem Zeichenblock, Okuda und Sternbach an ihren Computern. »Anders«, so Sternbach, »wären wir nicht in der Lage gewesen, all die verschiedenen Entwürfe in einer Form zu produzieren, die schnelle Veränderungen ermöglichte. Ich glaube, daß wir, hätten wir herkömmliche Zeichentechniken anwenden müssen, viele Wochen mehr gebraucht hätten, um Entwürfe zustande zu bringen, die die Zustimmung der Produzenten finden würden.«

Und die Zustimmung der Produzenten war nicht leicht zu bekommen. Okuda erinnert sich an ein Treffen mit Berman und Piller, in dessen Verlauf es »eine entsetzliche Phase von 15 Minuten gab, in denen wir mit ›die sind wirklich toll‹ begannen und mit ›zurück zum Zeichenbrett‹ endeten.«

In diesem Fall war das Zeichenbrett aber ein Computermonitor, die Möglichkeiten

2 Der Durchmesser von Deep Space Nine beträgt ca. 1350 Meter, also die 2,1fache Länge der Enterprise (642 Meter). Die Masse der Station beläuft sich auf 10,12 Mio. Tonnen. Diese Zahlen wurden von Sternbach und Okuda errechnet, die – wie wir erfahren haben – niemanden in dem Glauben lassen möchten, daß sie sich das nur ausdenken.

waren endlos. »Indem wir einige der 3D-Software von THE NEXT GENERATION benutzten, mit der wir vertraut waren«, erklärt Sternbach, »konnten wir, basierend auf dem, was Berman und Piller uns beschrieben, uns erneut auf die Entwürfe stürzen. In den frühen Phasen hatte niemand *die* Idee, wie dieses Ding letztlich aussehen würde. Wir gerieten in ein paar Sackgassen, aber wir kamen auf den Weg zurück und verfeinerten schließlich das Design zu dem, was man in der letzten radähnlichen Form sehen kann.«

Doch niemand blickt mit Bedauern auf die Sackgassen zurück und auf die verlorene Arbeit, die sie darstellen. »Diese Sackgassen halfen, einige der Designelemente zu verfeinern«, sagt Sternbach. »Wir haben nie alles weggeworfen. Einige Dinge behielten wir. Vom ersten bis zum letzten Moment war das Designelement, das uns treu blieb, der Kern.«

Der Kern in den Zeichnungen, die die Entwicklung von Deep Space Nine illustrieren, war stets als das Herz der Promenade betrachtet worden, das eines der wichtigsten permanenten Sets sein würde. Selbst die Entwürfe, die an Käfer erinnerten (die beruhten ursprünglich auf den cardassianischen Grafiken, die von ihren Kriegsschiffen abgeleitet worden waren; die wiederum hatte Sternbach nach dem ägyptischen Ankh entwickelt), hatten einen solchen Kern.

Obwohl die Arbeitsweise der Designgruppe und die konstanten Für-und-wider-Kommentare über die computererzeugten Kunstwerke die Anstrengungen, Deep Space

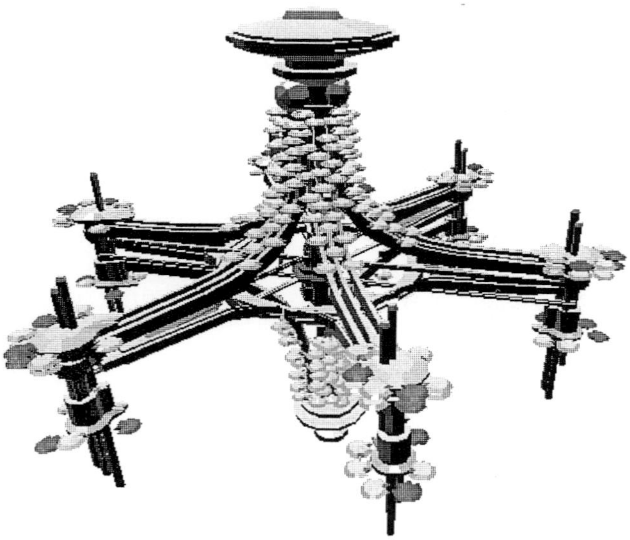

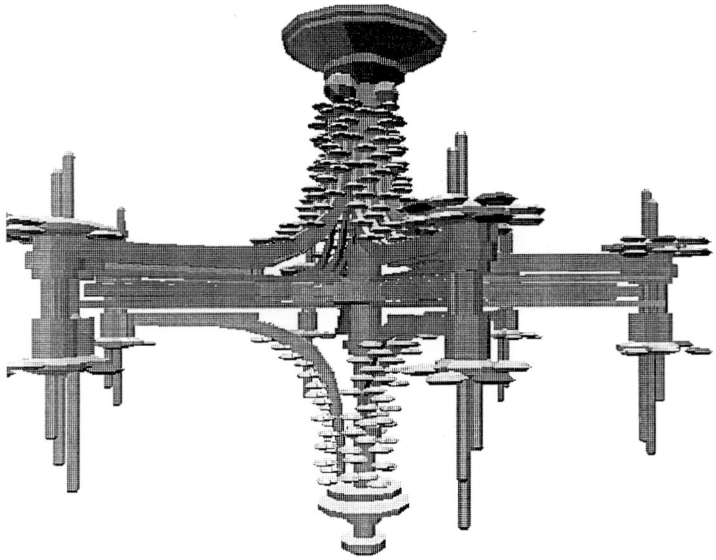

Diese ersten Entwürfe von Mike Okuda zeigen das stufenförmige Element, das es bis in die letzte Version schaffen sollte.

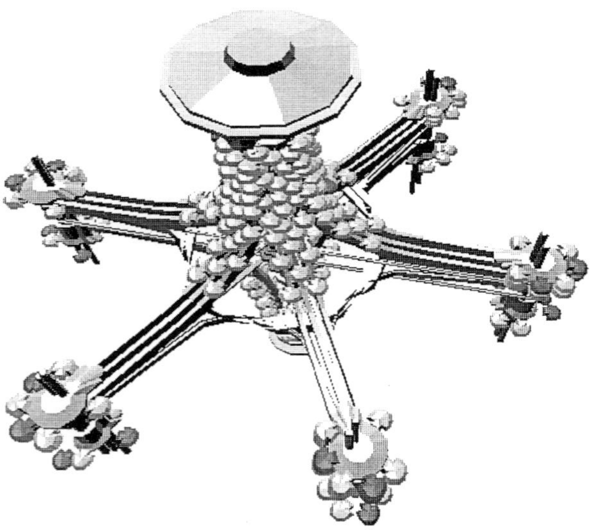

MIKE OKUDA

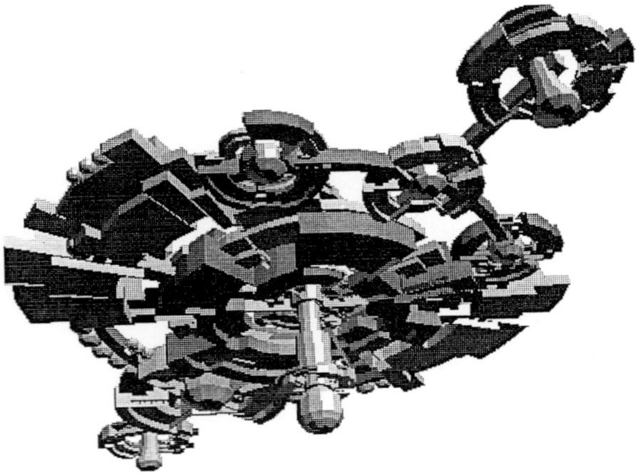

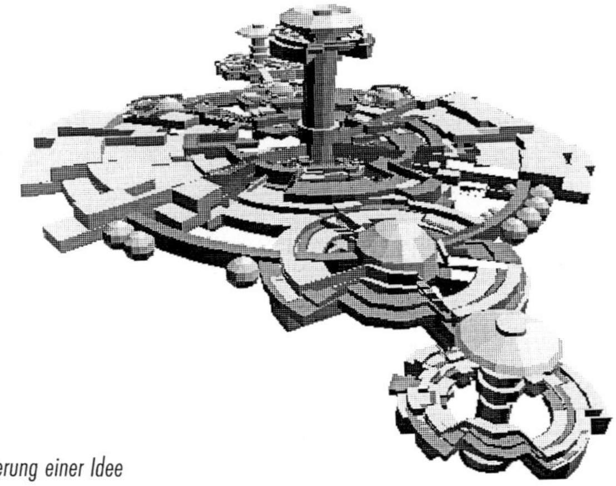

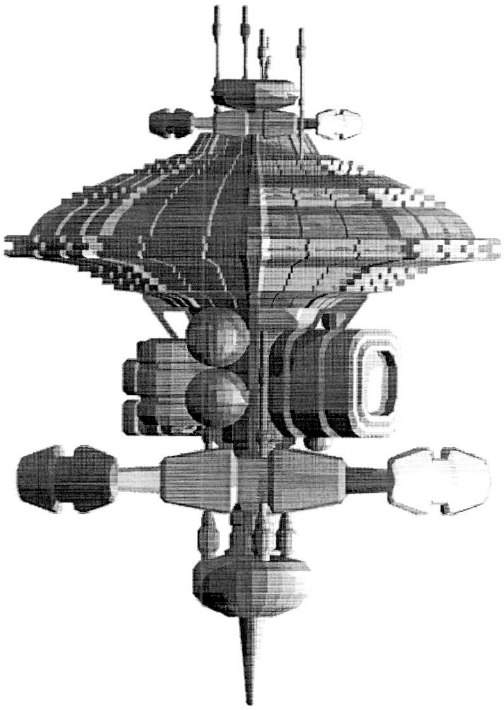

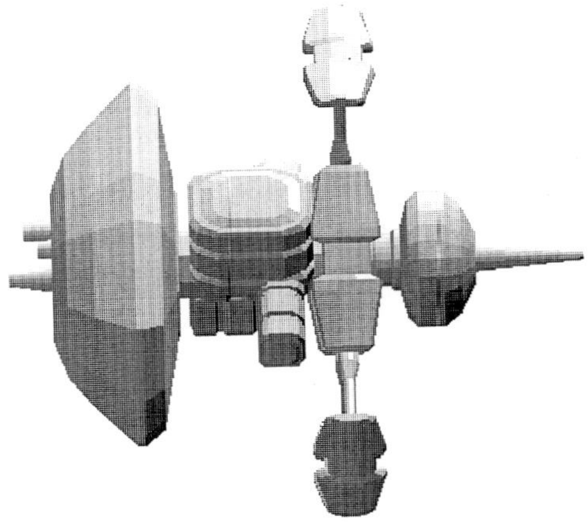

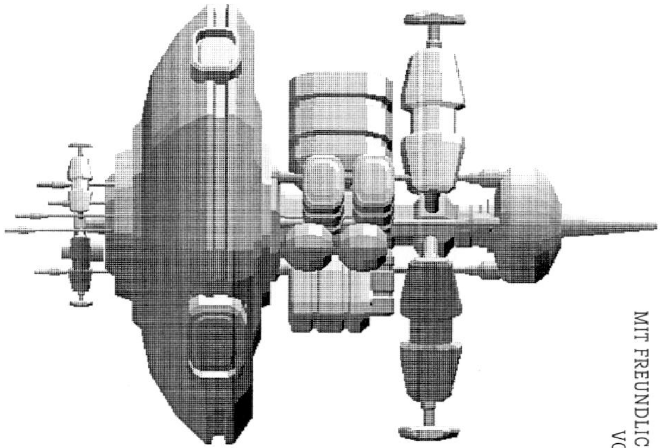

MIT FREUNDLICHER GENEHMIGUNG VON RICK STERNBACH

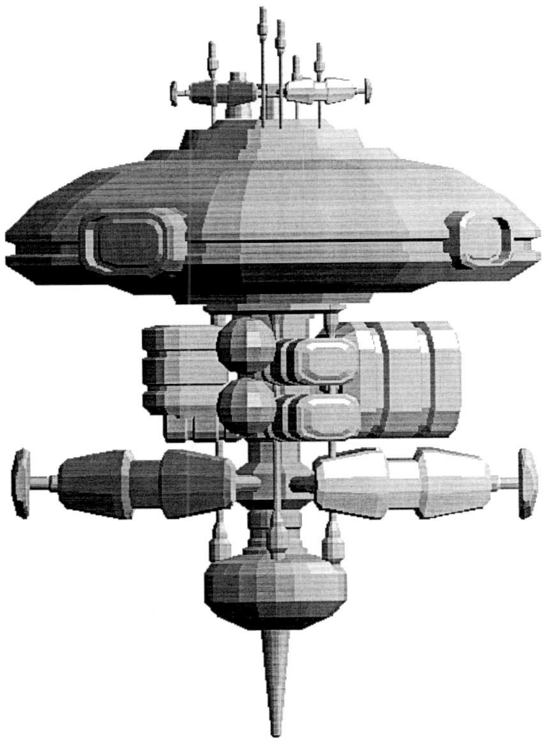

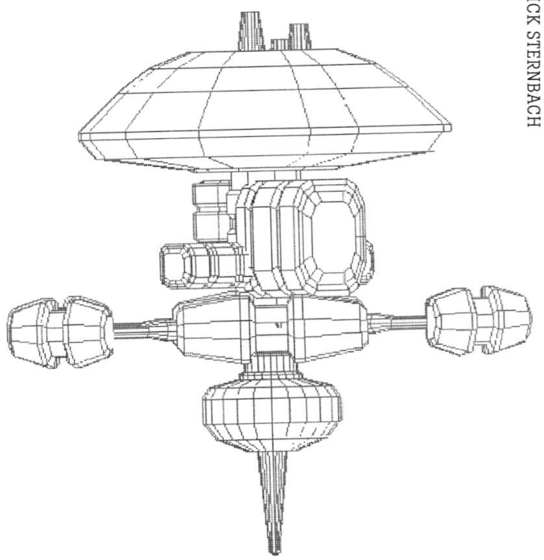

Verschiedene frühe, computererzeugte Entwürfe des zentralen Kerns von Rick Sternbach.

Nine zu entwerfen, wahrhaftig zu einer gemeinschaftlicher Aufgabe werden ließen, ist es immer noch möglich zu bestimmen, woher welches spezifische Designelement kam.

Okuda brachte das terrassenartige Aussehen in einen vorbereitenden Entwurf, das auf einem der alten Designs für Raumbasen beruhte, in dem die obere Sektion stark abgestuft war. Diese Abstufung findet sich jetzt im unteren Bereich des Kerns wieder.

In diesem Bereich befindet sich auch der Fusionsreaktor, ein weiteres von Sternbach vorgelegtes Element, das bis zum Ende überlebte. »Ich mochte diesen großen Fusionsreaktor sehr!« sagt er. »Weltraum-Hardware sollte, jedenfalls in meiner Denkweise, in einer gewissen logischen, praktischen Weise gebaut sein. Eine

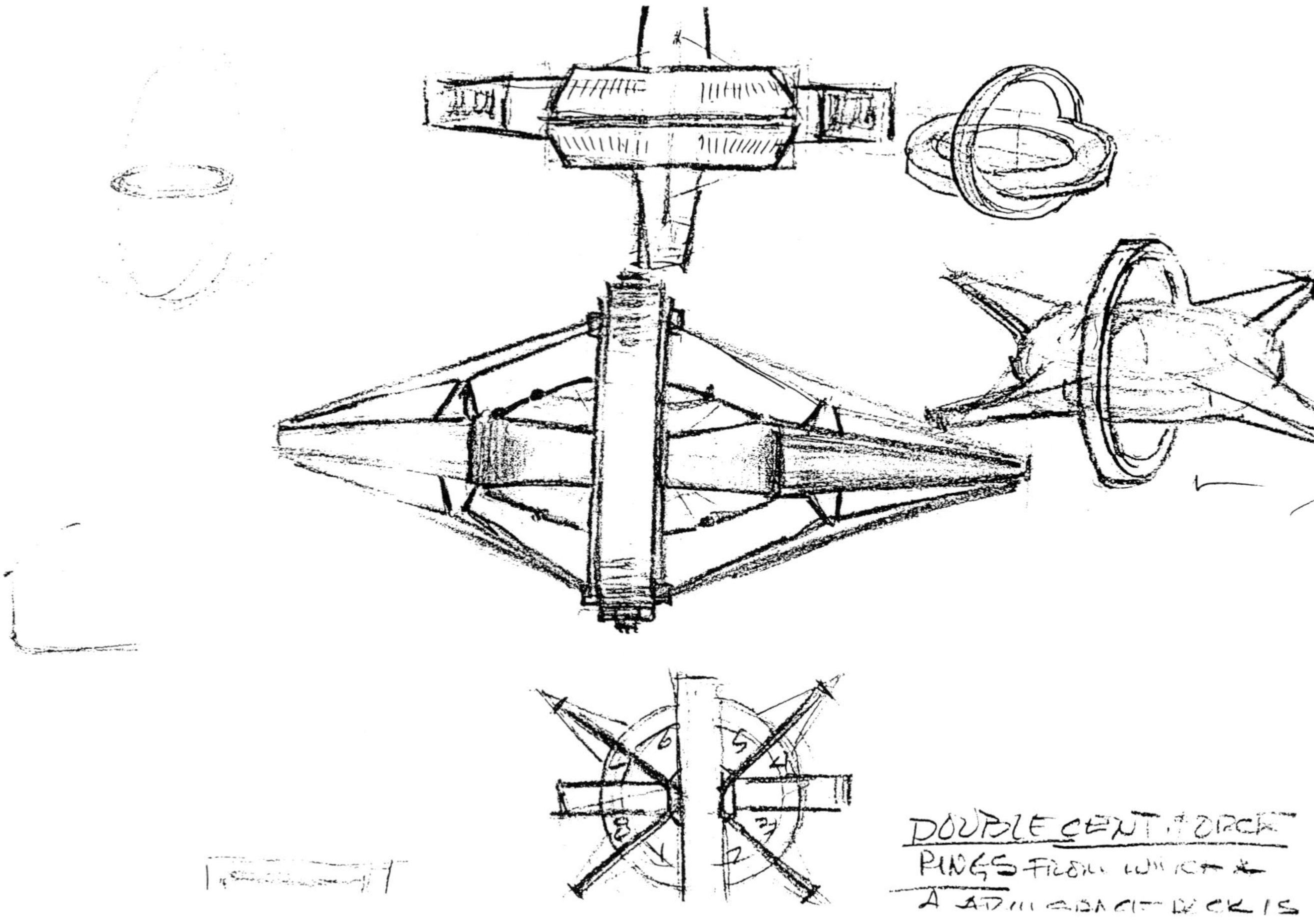

HERMAN ZIMMERMAN

Herman Zimmermans erste Zeichnungen der Station, die bereits das Kreis-im-Kreis-Design zeigen.

Raumstation muß ein Kraftwerk haben und etwas Wohnraum. Wenn das hier wirklich ein Bergbauunternehmen war, wie das Szenario es vorgab, würden wir Stellen benötigen, an denen Schiffe andocken konnten, um Fracht zu laden, um Erz abzuladen, und Platz, um das Erz zu verarbeiten. Alle diese verschiedenen Elemente mußten in Betracht gezogen werden, um das endgültige Design zu finden. Aber, wie man bei allen Variationen sehen kann, die wir hatten, gab es mehr als eine Lösung für das Problem des Designs.«

Nachdem er über mehrere erste Entwürfe nachgedacht hatte, fügte Rick Berman Sternbach zufolge der Mixtur eine neue Überlegung hinzu, die die Gruppe in ihre Entwürfe miteinbeziehen sollte. »Berman sagte uns: ›Das Design muß so einfach und elegant wie die *Enterprise* sein. Es muß etwas sein, was man mit ein paar Strichen zeichnen kann.‹«

Berman erklärte der Gruppe, daß jedes Kind im Land die Enterprise malen kann – ein Teller, eine Maschinensektion, zwei Antriebsgondeln, das war's. Für DS9 wollte er die gleiche Einfachheit für die grundlegende Form. Die technischen Details konnten so kompliziert und fremd sein, wie es die Designer für erforderlich hielten, aber die Grundform mußte etwas sein, was mit ein paar schnellen Strichen gezeichnet werden konnte.

Wieder begab sich die Designgruppe an die Arbeit, zu allem anderen nun auch noch nach Einfachheit strebend. Buchstäblich Hunderte von Zeichnungen wurden erstellt, und endlich näherten sie sich den Kernelementen dessen, was das endgültige Aussehen der Station sein würde. Ironischerweise kehrten sie zu einem der ersten von

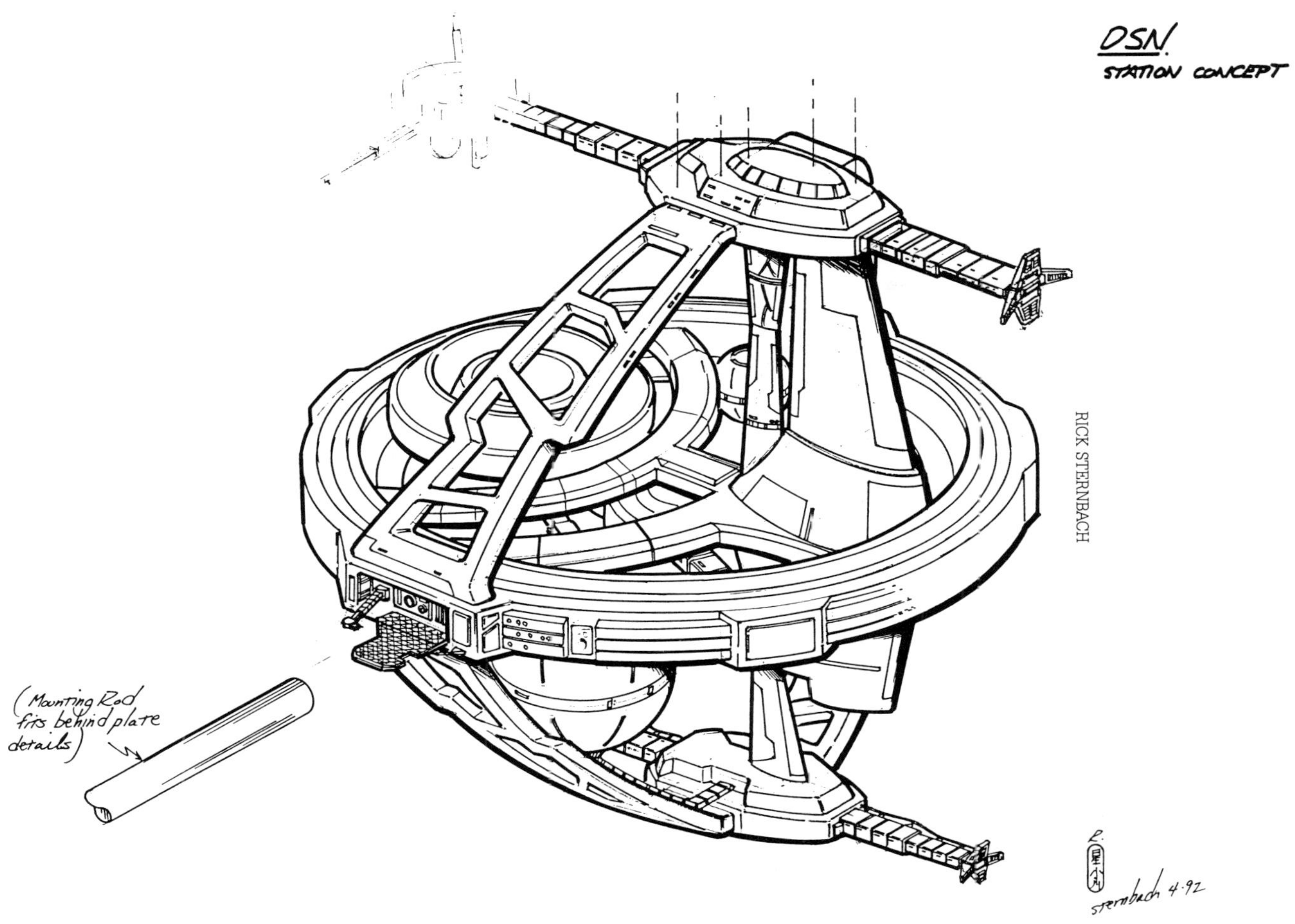

RICK STERNBACH

Herman Zimmerman gezeichneten Entwürfe zurück – eine einem Kreisel ähnliche Ansammlung, bestehend aus mehreren Bogen. Es war ein wunderbares Beispiel für die unerwarteten Wendungen, auf die man bei Fernsehproduktionen trifft. Der einzige Grund, daß diese Entwürfe existierten, war der, daß Zimmerman seine ersten Entwürfe der Station von der logischen Annahme her entwickelt hatte, daß die Station sich würde drehen müssen, um dem Inneren Schwerkraft zu geben. Nachdem man Zimmerman daran erinnert hatte, daß künstliche Schwerkraft stets Bestandteil des STAR TREK-Universums war, wiesen die neuen Entwürfe Eigenschaften auf, die für ein sich drehendes Modell nicht praktisch sein würden. Die Bogen wurden fallengelassen, aber nicht für lange.

Gerade als Rick Sternbach daran dachte, die Raumstation unter praktischen Gesichtspunkten zu entwerfen, wurde der Designgruppe klar, daß es eine andere Perspektive gab, in die sie sich versetzen mußte, wenn die Station überzeugend sein soll: Sie mußten anfangen, wie Cardassianer zu denken.

Zimmerman verband mit dem Begriff Cardassianer »eine kultivierte, spartanische Rasse: arrogant, intelligent und grausam, eine Rasse, für die Schönheit nur in Stärke besteht«. Als sie zum ersten Mal in der NEXT GENERATION-Episode ›The Wounded‹ aufgetaucht waren, hatte Make-up-Designer Michael Westmore die Cardassianer mit Exoskeletten versehen, mit einer Art doppelter Wirbelsäule, die an den äußeren Rändern ihres Nackens verliefen. Kostümdesigner Robert Blackman hatte sie mit spitzen Brustplatten versehen, die an Krustentiere erinnerten. Sternbachs cardassianisches Kriegsschiff der *Galor*-Klasse – so wie es von den STAR TREK-Modellbauern Ed Miarecki

Dieser Entwurf vom April 1992 lebte lange genug, daß Sternbach festlegen konnte, wie man das Modell für die Aufnahmen montieren könnte.

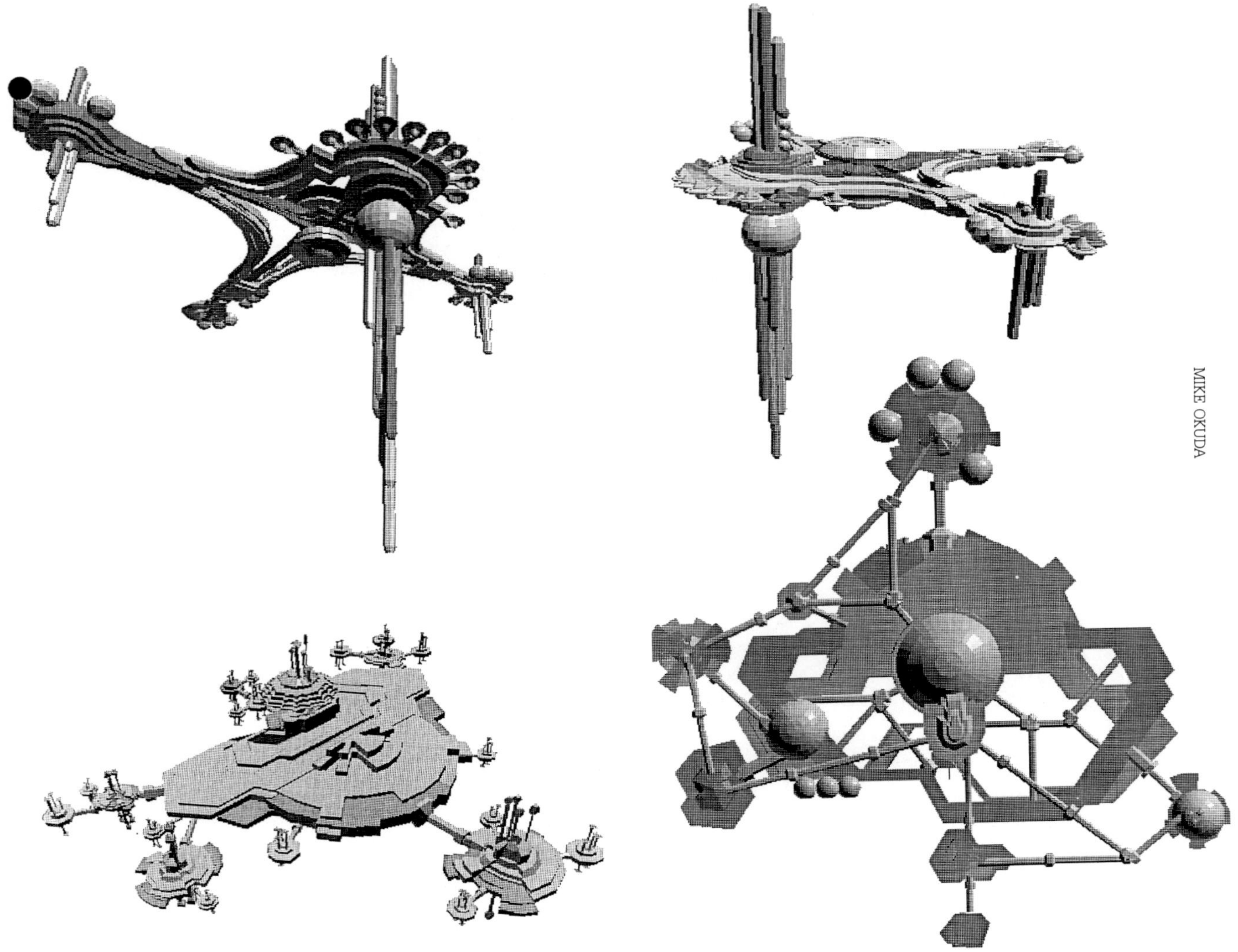

MIKE OKUDA

Weitere Entwürfe von Mike Okuda, hier die Modul-Varianten.

und Tom Hudson konstruiert worden war – besaß ein skorpionartiges Aussehen. Langsam nahm eine cardassianische Ästhetik Gestalt an.

Dann kam ein entscheidender Moment der Inspiration. In einem Architekturmagazin entdeckte Zimmerman eine Rißzeichnung eines Flughafengebäudes in Moskau. Die Zeichnung zeigte einen Kontrollturm und das Gebäude darunter, mit Geschäften und Parkplätzen und anderen Dienstleistungseinrichtungen – es war ein perfektes Arrangement für die OPS und die Promenade. Die Designgruppe sah die Zeichnung und sagte einstimmig: »Das ist es!«

Zwei Monate waren seit dem ersten Treffen vergangen, und jetzt war jeder überzeugt, daß sie sich einem endgültigen Design näherten.

Indem sie Zimmermans ursprüngliches Bogendesign als Grundlage nahmen, erstellte die Gruppe eine Reihe von Computerzeichnungen, die verschiedene Kombinationen von miteinander verbundenen, einen zentralen Kern umgebenden Bogen zeigte. Präsentationstafeln wurden für Berman und Piller vorbereitet, die die verschiedenen Versionen aus unterschiedlichen Blickwinkeln zeigten – fast immer mit der angedockten *Enterprise*, um ein Gefühl für die Größe zu bekommen.

Sie waren nahe dran. Sehr nahe. Aber es war noch immer etwas ... gar nicht Fremdartiges an diesem Design. Dann fragte sich Rick Berman, was wäre, wenn die Bogen nicht umlaufen würden. Unterbrecht sie, schlug er vor.

Es war das letzte Stückchen Inspiration für die Grundform der Station – Zimmermans Bogen mit Bermans Unterbrechungen, um Sternbachs Kern, mit Okudas Abstufungen,

RICARDO DELGADO

Ricardo Delgados adoptiert die Ringe von Zimmerman. Beachten Sie die Größe der Enterprise.

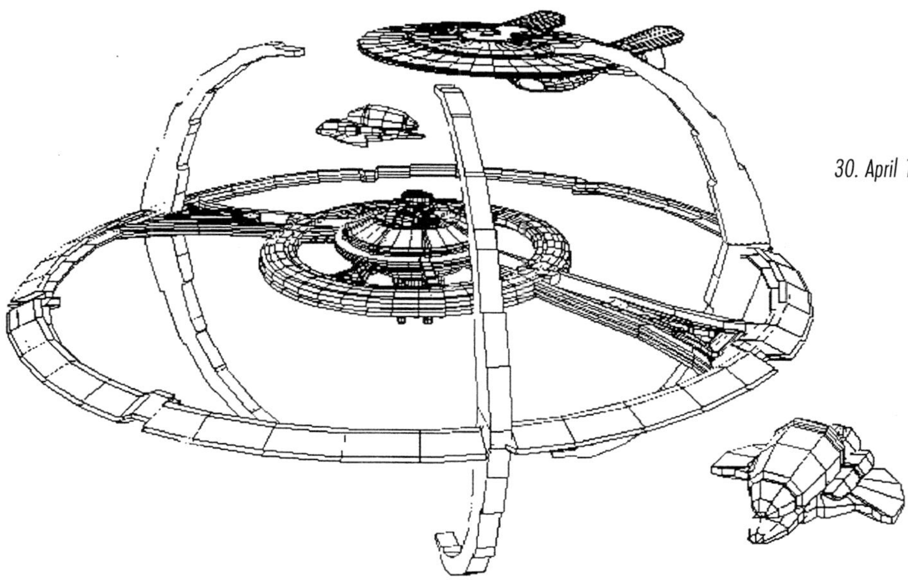

30. April 1992. Großer Gott, sie haben's!

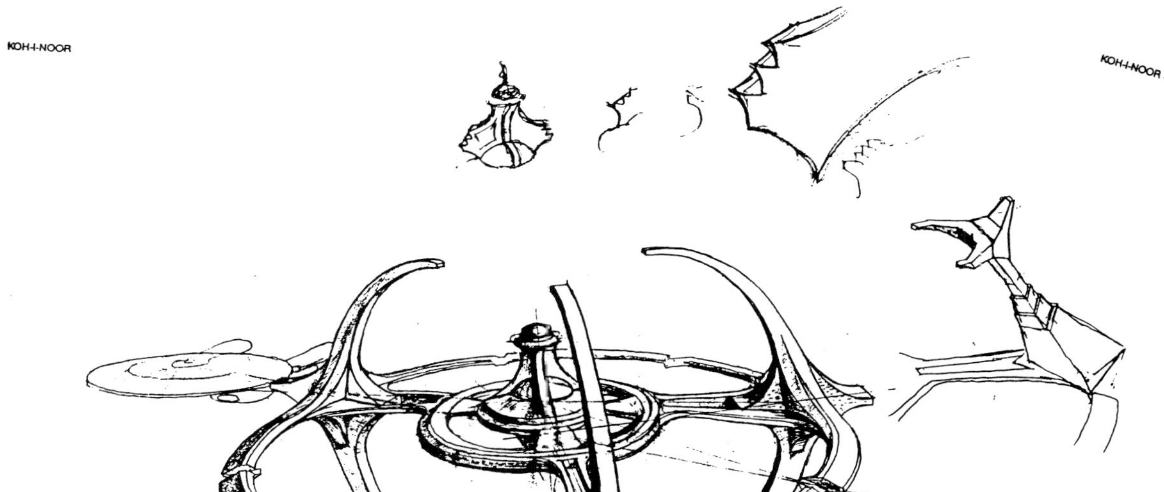

Zu dem computererzeugten Design vom 30. April kamen diesen gekrümmten Masten – eine Idee von Set-Designer Joseph Hodges.

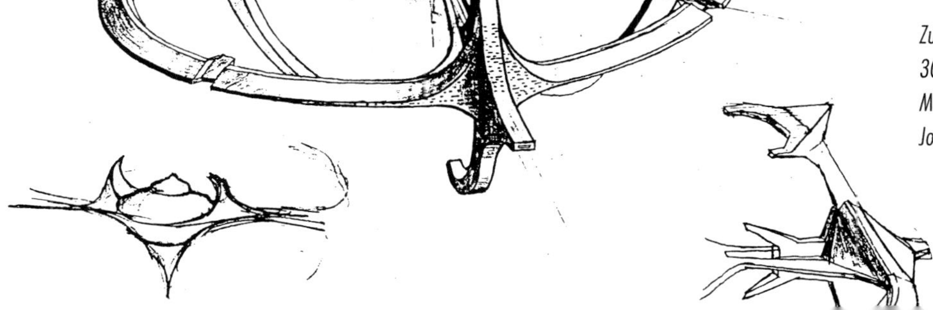

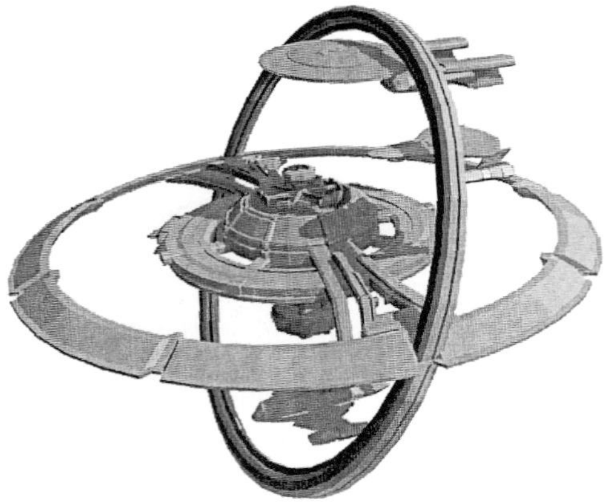

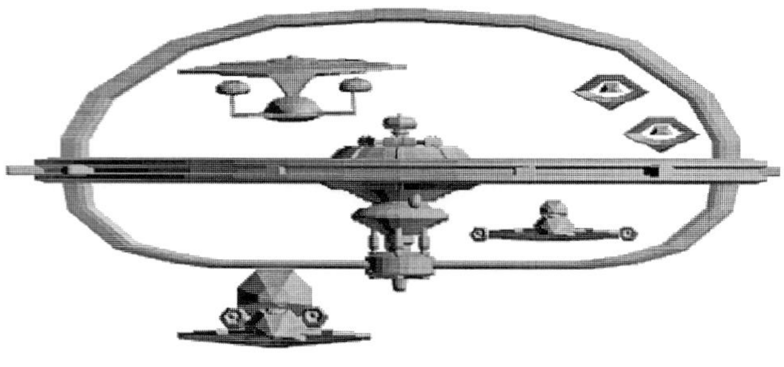
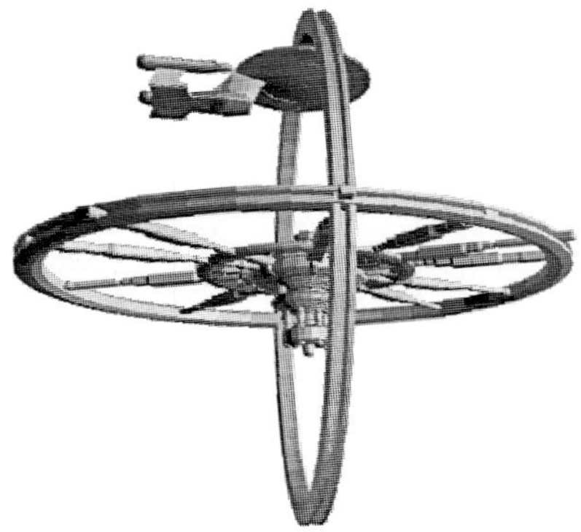
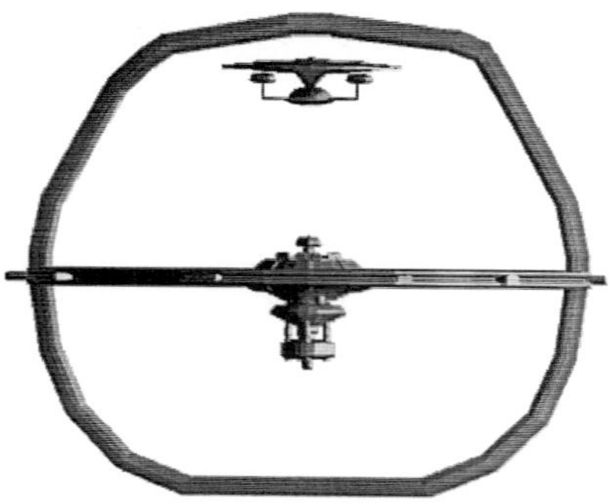

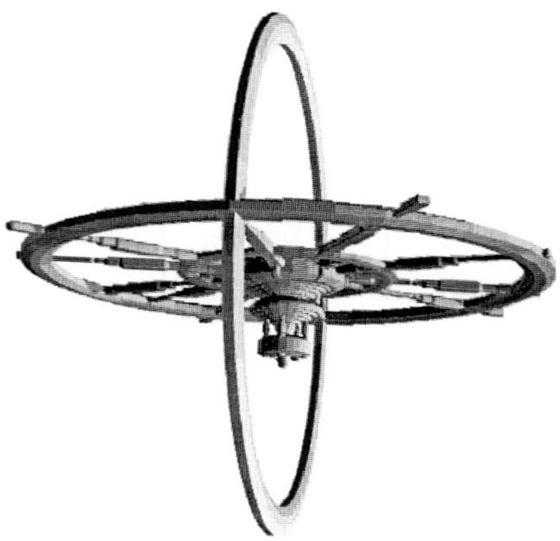

Zurück zu Zimmermans ursprünglichem Entwurf: Das vertraute Aussehen von Deep Space Nine nimmt in diesen computererzeugten Entwürfen, die in den meisten Fällen die Enterprise für eine Darstellung der Größenverhältnisse enthält, Gestalt an.

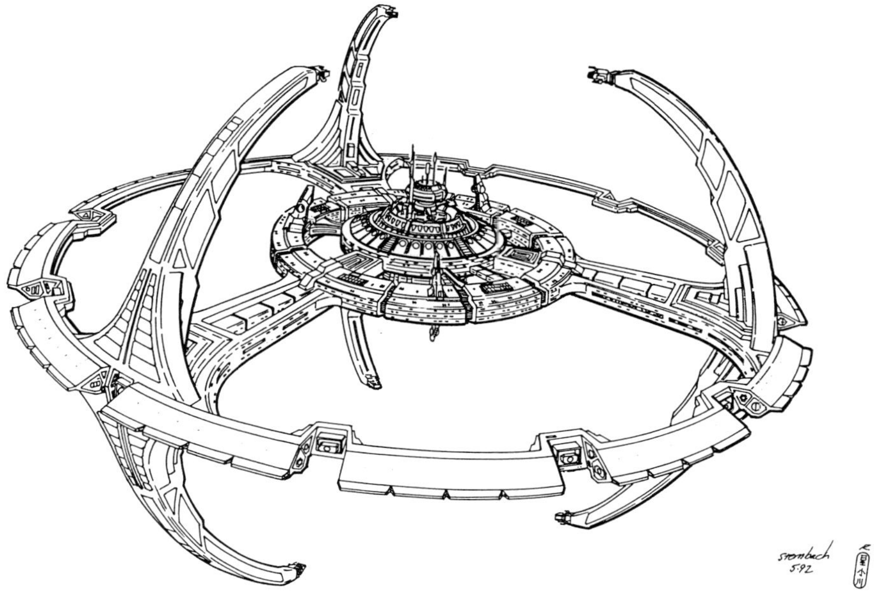

Mai 1992. Der erste komplette perspektivische Ansicht der Station. Kleine Details fehlen noch. Achten Sie auf die kleinen Andockmasten am inneren Ring. Sie werden von etwas größeren Ausführungen ersetzt werden, die nach außen gerichtet sind.

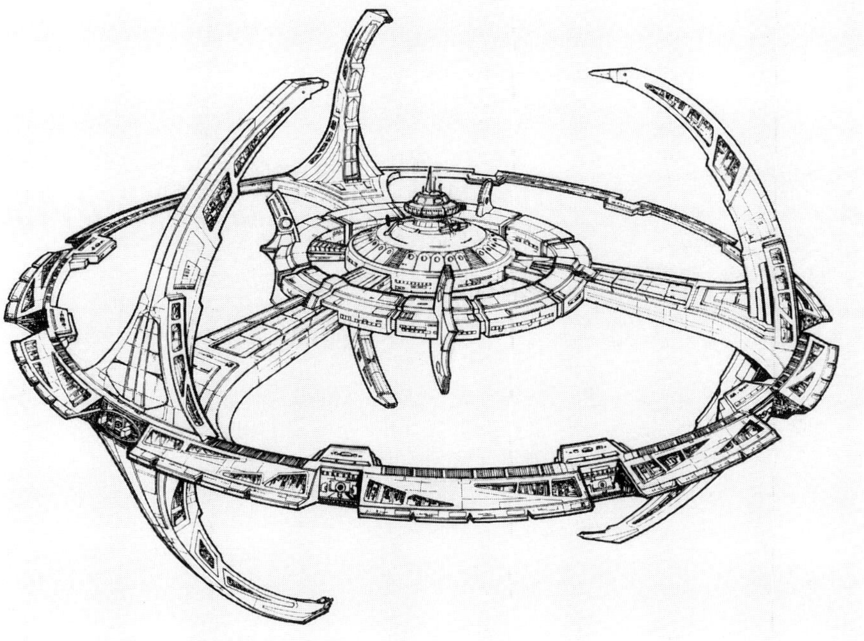

RICK STERNBACH

Die endgültige Version. Jetzt mußten sie sie nur noch bauen.

als Krönung der Moskauer Flughafen, zusammengetragen in fast zweieinhalb Monaten voller Diskussionen und Verfeinerungen von jedem, der mit dem Projekt zu tun hatte, einschließlich Doug Drexler und Denise Okuda, Scenic Artists bei DEEP SPACE NINE, Bühnenbildner Joe Hodges und Nathan Crowley, Series Artists Ricardo Delgado und Jim Martin sowie Gary Hutzel, Überwacher der optischen Effekte.

Deep Space Nine war wirklich ein Kind einer gemeinschaftlichen Anstrengung für das Fernsehen, auf dem Weg, ein Objekt der Schönheit und ein internationales Symbol für Science Fiction-Abenteuer zu werden.

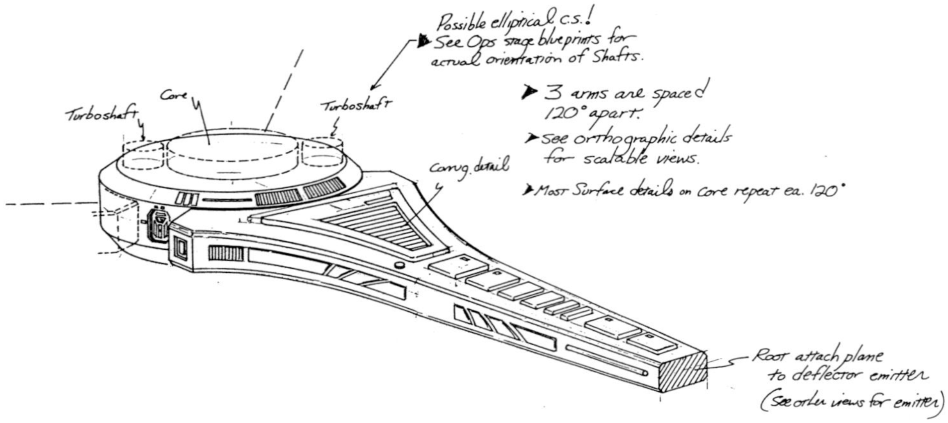

Details, Details, Details.

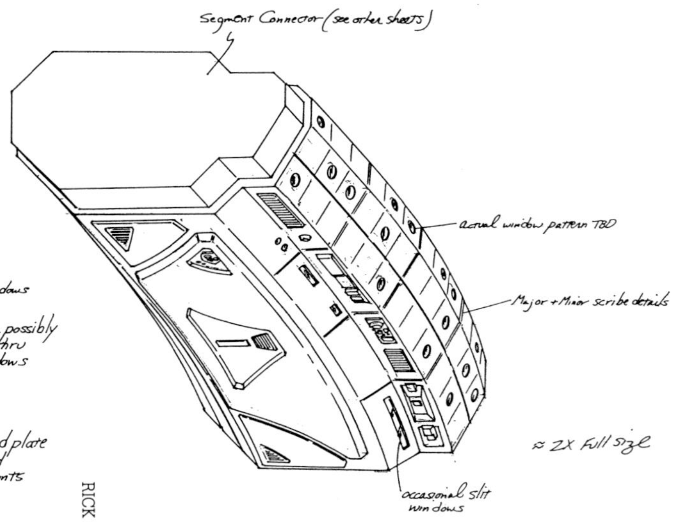

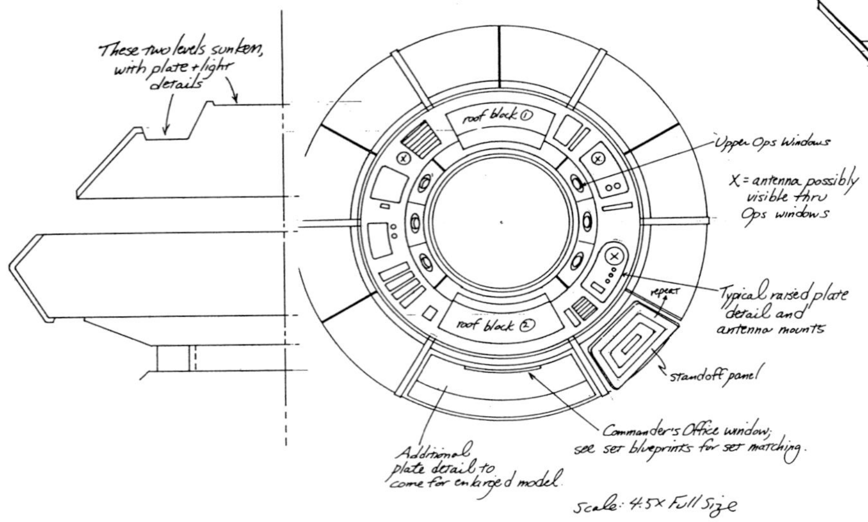

RICK STERNBACH

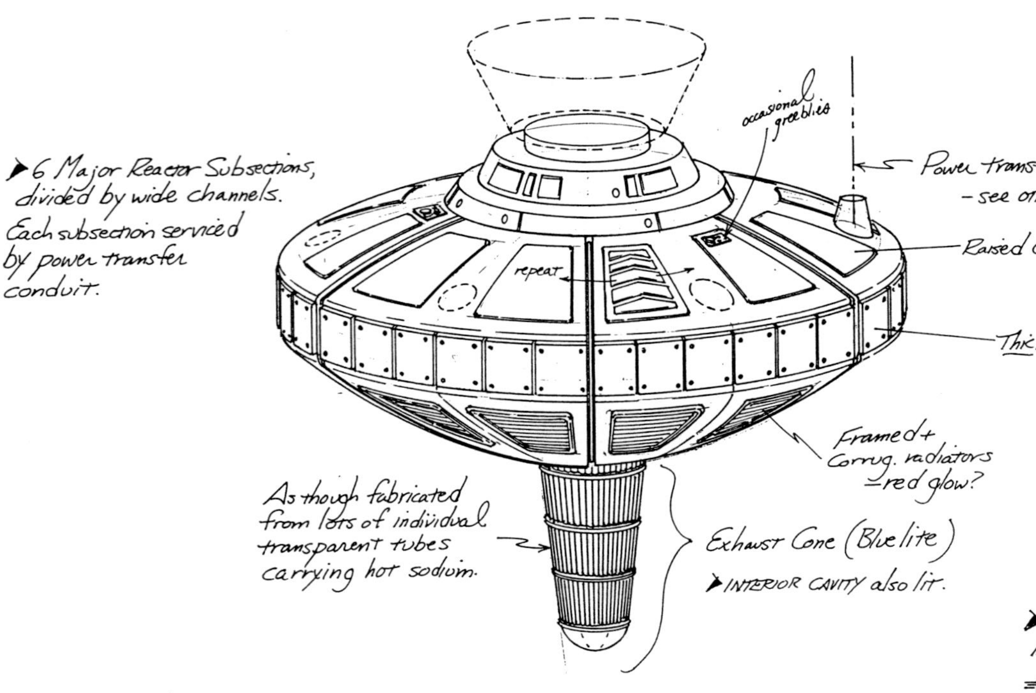

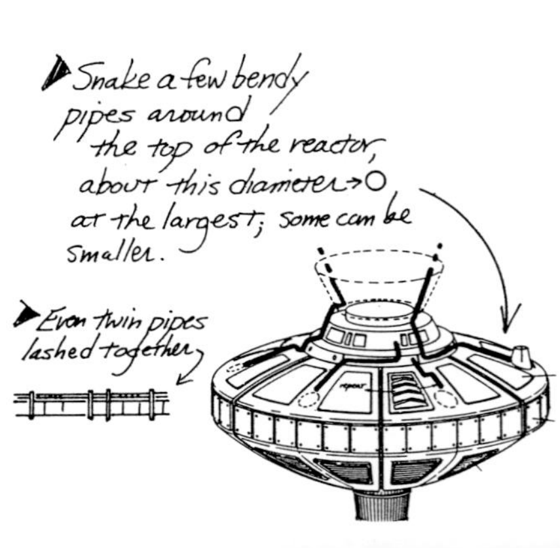

sternbach

DIE CARDASSIANISCHE ART

ELF

Es ist wichtig, in der Trek-Kunst einen roten Faden zu haben,
weil das Glaubwürdigkeit begründet. Ich betrachte es nicht als Hintergrund –
es ist Teil der Trek-Welt.

Michael Okuda

Für den Augenblick war die Form alles, was die Designgruppe hatte. Jetzt mußten sie die Details hinzufügen, die die Form mit Leben füllen würde.

Glücklicherweise hatten die Details sich in Hunderten von Zeichnungen angesammelt. Eine cardassianische Ästhetik war gefunden.

»Die Cardassianer lieben Ordnung in allem«, sagt Zimmermann. »Und sie bevorzugen die Dinge in Dreiergruppen.« Wir können dies in den drei oberen Andockmasten, den drei unteren Andockmasten, den drei Verbindungsbrücken und in den drei konzentrischen Kreisen – Andockring, Wohnring und Kern – erkennen. »Der cardassianische Geist zieht Ausgewogenheit der Symmetrie vor«, fährt Zimmerman fort. »Ellipsen statt Kreise, Winkel statt gerader Linien, harte metallische Oberflächen und dunkle Farben. Sie glauben an ehrliches Design und wollen die Säulen und Balken sehen, die eine Struktur bilden, sie wollen sie nicht verstecken.«

Diese auffallenden cardassianischen Balken resultierten aus der Arbeit des Set-Designers Joe Hodges, der als erstes einige unvollständige Ausleger gezeichnet hatte, so wie Berman es vorgeschlagen hatte. Aus diesen Auslegern wurden augenblicklich die Andockmasten der Station. Sie wurden per Computer verfeinert, um für immer und ewig Teil der cardassianischen Architektur zu werden, besonders auffallend in der Promenade, wo die tragenden Säulen der Laufgänge das Design der Andockmasten fast identisch nachvollziehen.

Illustrator Ricardo Delgado war ein weiteres Mitglied in Zimmermans Team, er half mit an der Verfeinerung des cardassianischen Designs. Seine ersten Zeichnungen der zentralen Sets von DEEP SPACE NINE führten zu einer Blade Runner-ähnlichen, unverhofften Detailvielfalt, die Weinreben einschloß, die sich um Metallstäbe wanden, sowie

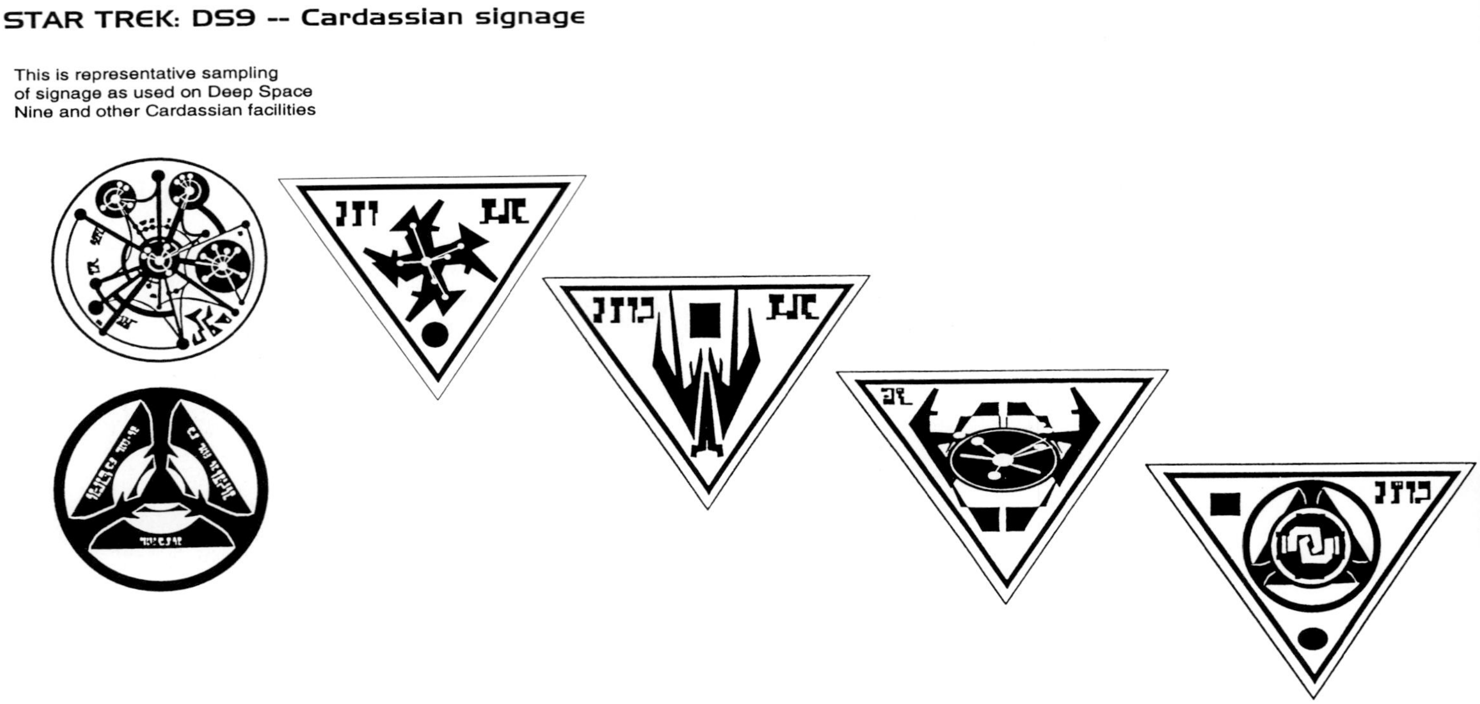

Cardassianische Beschilderung und Maschinentafeln.

zur ATM-Maschine[1] auf der Promenade, die Delgado entwarf, obwohl sie für kein Drehbuch erforderlich war.

Delgado hatte nicht zuvor bei THE NEXT GENERATION mitgearbeitet, und seine fehlende Vertrautheit mit allem, was sich dort etabliert hatte, ließ ihn Artefakte und Dekorationen aus einem unverbrauchten Blickwinkel betrachten und entwerfen, frei von dem lange feststehenden Stil der Starfleet-Technik. Natürlich hatte Herman Zimmerman seine eigenen Methoden, um sich einen frischen Blickwinkel zu bewahren. Delgado erinnert sich, daß er Zimmerman eine Zeichnung für ein Geschäft auf der Promenade gab. Zimmerman sagte, daß es ihm gefiel, dann drehte er es um und erklärte, daß es ihm so noch besser gefiel. Offensichtlich begann er, die cardassianische Ästhetik zu verstehen.

Delgado arbeitete auch am Requisitendesign und zeichnete unter Dan Currys Anleitung die Storyboards für die Titelsequenz der Serie, wobei er eine visuelle Collage früherer STAR TREK-Bilder schuf, angefangen bei der den Ort der Handlung festlegenden Aufnahme eines Sternenfeldes bis hin zu bewegenden Anblicken der Station Deep Space Nine, die Erinnerungen an die Raumdockszene aus dem ersten STAR TREK-Kinofilm weckten.[2]

Aber das Design der Sets war – wie das Design der Station – nicht ausschließlich eine Angelegenheit für die Designer. Die Produzenten Piller und Berman waren an jeder Phase umfassend beteiligt. Michael Okuda erinnert sich, daß Piller »ein unglaubliches Empfinden für die Beziehungen zwischen Set und Figuren hat. Er machte immer Vorschläge, wie Sets verändert werden konnten, um zu der Art zu passen, in der sich die Figuren zueinander verhalten würden«.

Eines der wichtigsten Sets, in dem die Personen agieren würden, war die OPS, kurz für Operationszentrale.

Obwohl es zu der Zeit keine bewußte Entscheidung gewesen war, hatte die Designgruppe während der langen Entwicklungsphase das Herz der zwei vorangegangenen Serien nachgebildet – die Brücke der *Enterprise*. 27 Jahre lang war sie der Mittelpunkt der STAR TREK-Geschichten gewesen, in sicherer Position am höchsten Punkt des jeweiligen Schiffs. Die OPS befand sich nun in der gleichen zentralen Position auf Deep Space Nine.

1 Auf der ATM-Maschine finden sich verschiedene Symbole, die die diversen Währungen darstellen, die die Maschine ausgeben kann. Wenn Sie jemals das Glück haben sollten, sie in natura zu sehen, dann werden Sie die Symbole für klingonische, vulkanische, bajoranische und Ferengi-Währung entdecken. Und das alles neben etwas anderem, was in keinem Fall etwas damit zu tun haben kann, daß zwei Mitglieder des DEEP SPACE NINE Art Department leidenschaftliche Fans der Serie *Man from U.N.C.L.E.* sind: das unverkennbare Logo des **U**nited **N**etwork **C**ommand for **L**aw and **E**nforcement. Es ist erstaunlich, wie gut es sich dort einfügt.

2 Da die Raumstation, die das wichtigste Elemente des Vorspanns werden sollte, noch nicht fertig war, wurde Zeit zum wichtigsten Faktor überhaupt. Obwohl Sternbach und die anderen bemüht waren, zeitig die Pläne zu erstellen, die die Details der Station beschrieben, mußte die Station an sich noch immer gebaut werden. Um den Zeitplan einzuhalten, entstand unter der Anleitung von Dan Curry – dem Überwacher der optischen Effekte – ein aus Sperrholz und Schaumstoff gefertigtes Modell der Station, das in einer Schwarzweißvideoaufnahme benutzt wurde, um die Kamerabewegungen aufeinander abzustimmen, die wir im Vorspann sehen können. Die Kamerabewegungen, für die man sich entschieden hatte, wurden in einem Computerprogramm gespeichert, so daß sie in dem Augenblick, in dem das echte Modell den Platz des Stellvertreters einnahm, in der gleichen Art und Weise wiederholt werden konnten.

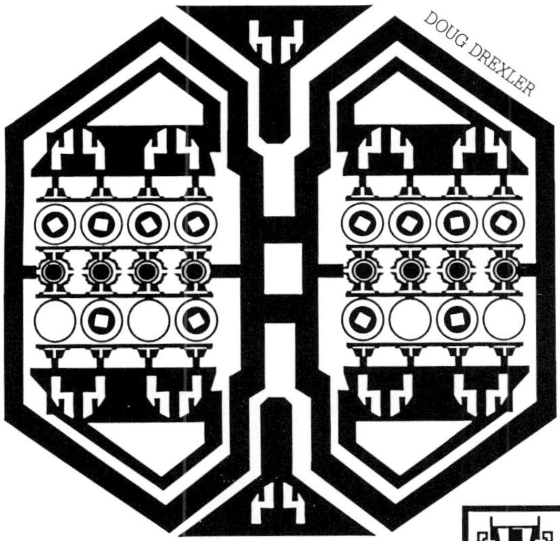

Falls Sie mal jemand fragen sollte: So sehen cardassianische isolineare Ruten aus.

Die cardassianische Design-Ästhetik wirkt sich auch auf die Schaltkreise aus, die in keiner Weise ...

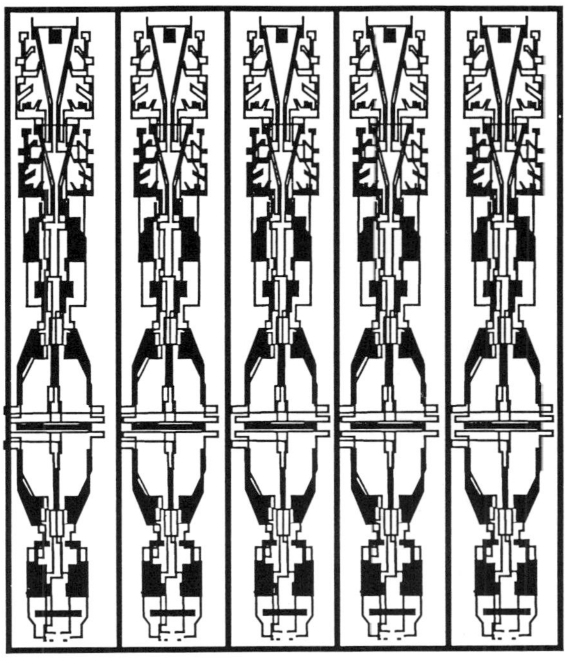

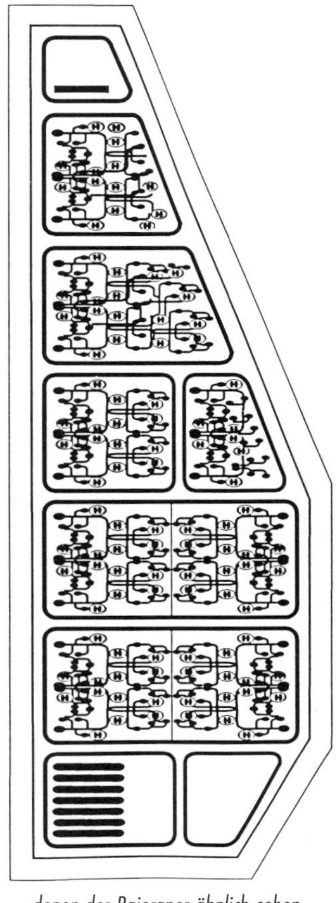

... denen der Bajoraner ähnlich sehen.

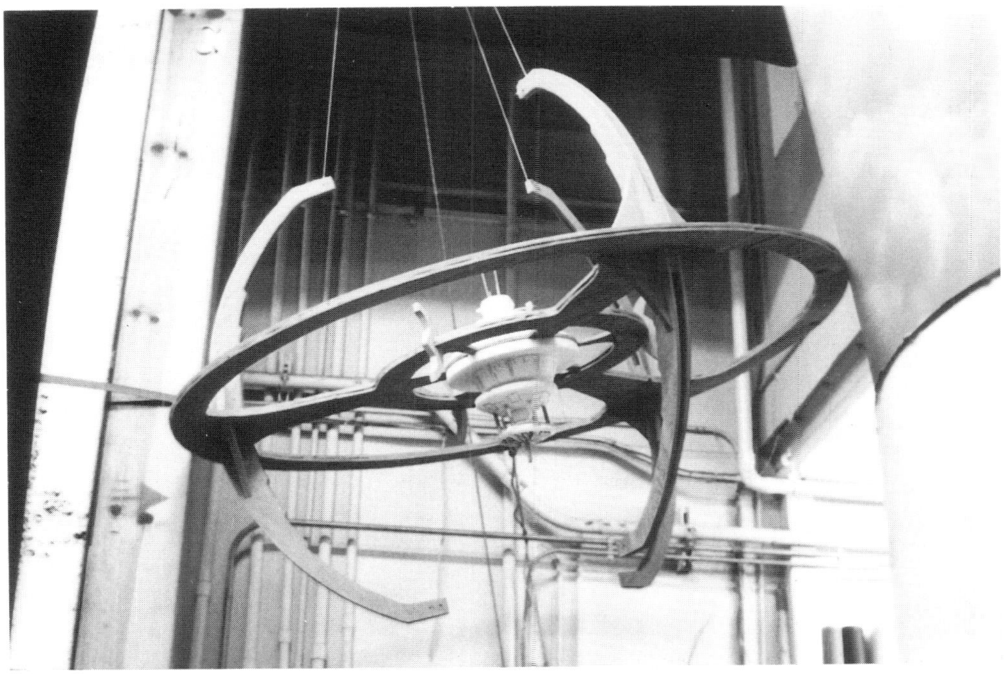

Das erste Deep Space Nine-Modell, aus Sperrholz und Schaumstoff gebaut, das den Platz des noch nicht kompletten Originalmodells während der ersten Aufnahmen der Eröffnungs- und Titelsequenz einnahm.

JIM MARTIN

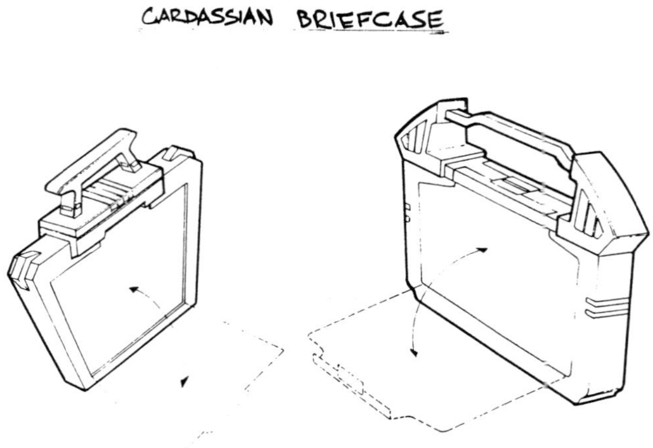

JIM MARTIN

Manche Dinge sind offensichtlich überall gleich.

Die charakteristische cardassianische Säule, die Joseph Hodges entworfen hatte, ist mittlerweile ein Erkennungszeichen für cardassianisches Design geworden.

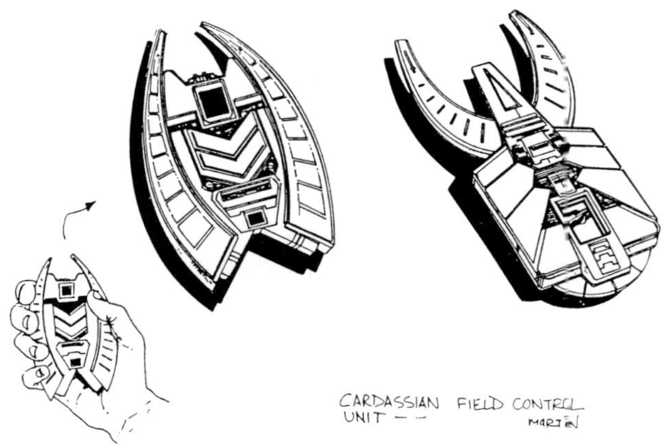

JIM MARTIN

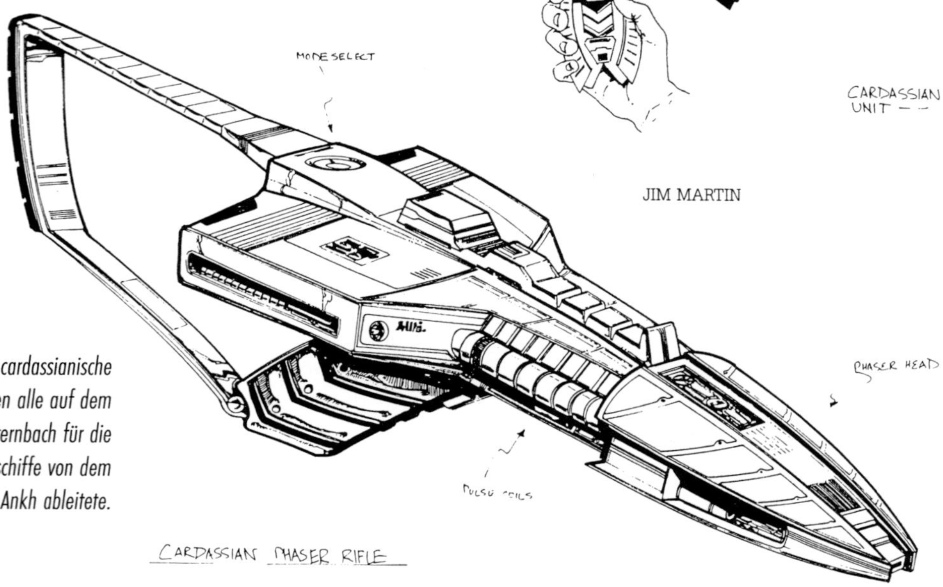

Diese Zeichnungen für cardassianische Requisiten basieren alle auf dem Insektenmotiv, das Rick Sternbach für die cardassianischen Kriegsschiffe von dem ägyptischen Zeichen Ankh ableitete.

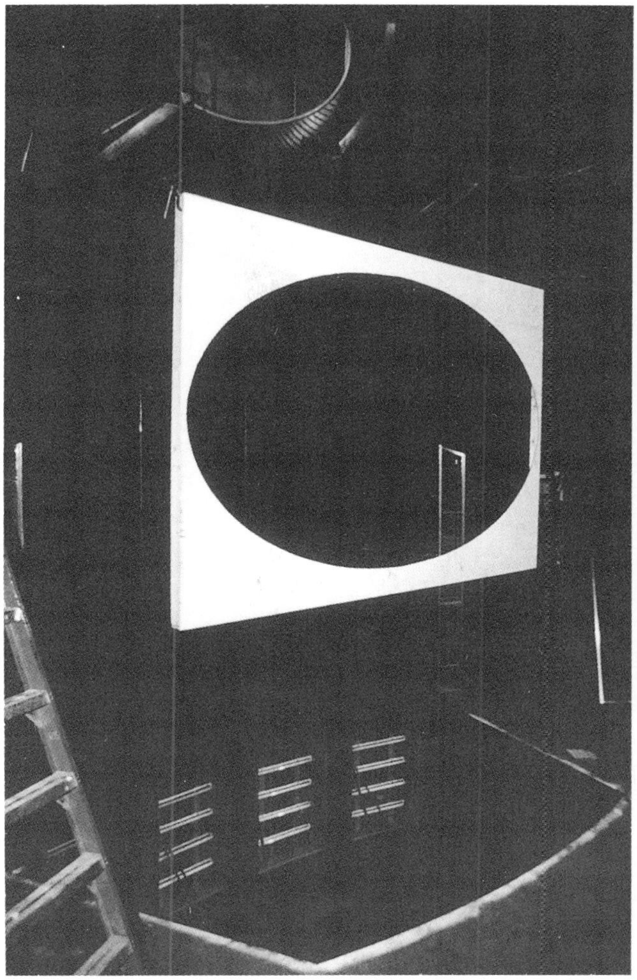

CHERYL GLUCKSTERN

Oben links:
Ein großes Stück Schaumstoff wird benutzt, um die Position des OPS-Bildschirms zu bestimmen, während das Bühnenbild gebaut wird.

Oben rechts:
Ein Teil der Unordnung auf dieser Bühnenbaustelle ist beabsichtigt – wie im Pilotfilm erklärt, haben die Cardassianer die Station während des Rückzugs verwüstet.

Wenn die OPS die gleichen Handlungsfunktionen wie die Brücke erfüllen sollte, war es logisch, beide Entwürfe aus der gleichen Perspektive anzugehen, jedoch mit Veränderungen, die die fremden Erbauer der Station sowie Verbesserungen in der Produktionstechnik des Fernsehens erkennen lassen würden. Sollte das bekannt klingen, dann ist es das auch – Herman Zimmerman sah sich mit der gleichen Anweisung konfrontiert, mit der auch Berman und Piller sich während der Entwicklung der Serie hatten befassen müssen: Mache das gleiche, aber mache es anders.

Die vielleicht wichtigste Einrichtung für die Geschichten auf der Brücke der Enterprise ist der Hauptbildschirm. Über ihn können wir zu jedem sprechen, alles sehen und das Fortschreiten durch Raum und Handlung nachvollziehen. Ein großer Bildschirm macht viele Szenen visuell dramatischer. Zimmerman weist darauf hin, daß die Szenen aus dem Pilotfilm zu THE NEXT GENERATION, in denen Picard zu dem riesigen Bild von Q spricht, zeigten, wie wertvoll ein großer Schirm sein kann. Also würde ein Hauptbildschirm ein wichtiges Element in der OPS sein, wie auf der *Enterprise*.

Was diesen Schirm aber unterscheiden würde, war, daß man ihn abschalten konnte, wenn er nicht benötigt wurde, und daß er, wie ursprünglich von Zimmerman erdacht, von beiden Seiten betrachtet werden konnte.

Die Geschichten zu erzählen, erforderte einen Weg, wie man Leute schnell zur OPS oder von dort fortbringen könnte, also wurde die bewährte STAR TREK-Technologie des Turbolifts in das Design der OPS aufgenommen. Aber hier stellt sich sein Er-

Nicht bloß ein Loch in der Wand.

CHERYL GLUCKSTERN

Während der Bauphase nehmen Papptafeln den Platz ein, an dem sich später von hinten beleuchtete cardassianische Kontrolltafeln befinden werden.

scheinungsbild auf eine Weise dar, die Zimmerman schon immer hatte sehen wollen – der Turbolift ist nicht hinter Türen versteckt, man kann sehen, wie sich die Schauspieler in ihm auf- oder abwärts bewegen. Um dem Lift Bewegungsspielraum zu geben, entstand eine kreisförmige, treppenartige Struktur, in der der Zentralcomputer sich in einer Art Grube befand, die von erhöhten Rängen umgeben war.

Da die Cardassianer als militärische Rasse definiert worden waren, befand sich das Büro des Stationscommanders auf der höchsten Ebene, so daß er auf alle, die ihren Dienst in der OPS verrichteten, herabblicken konnte, während sie alle zu ihm aufblicken mußten. Dieser Teil der Designlogik fand sogar Erwähnung in Pillers Drehbuch zum Pilotfilm, als Sisko, gemeinsam mit den Zuschauern, zum ersten Mal die OPS sieht.

---

30 INNENAUFNAHME OPS

Sisko und O'Brien BETRETEN aus dem Turbolift kommend, die über mehrere Ebenen verteilte Einrichtung mit Computer und Lebenserhaltungssystemen, taktischen Kontrollen, einer Hauptkommunikationstafel und Transporterplattform. Es herrscht Unordnung ... Klappen sind geöffnet ... Lücken sind da erkennbar, wo ein Gerät entfernt worden ist ... Leitungen hängen aus den Schalttafeln heraus ... Einige Bajoraner und ein paar Starfleet-Leute sind mit verschiedenen Reparaturarbeiten beschäftigt ... Eine kurze

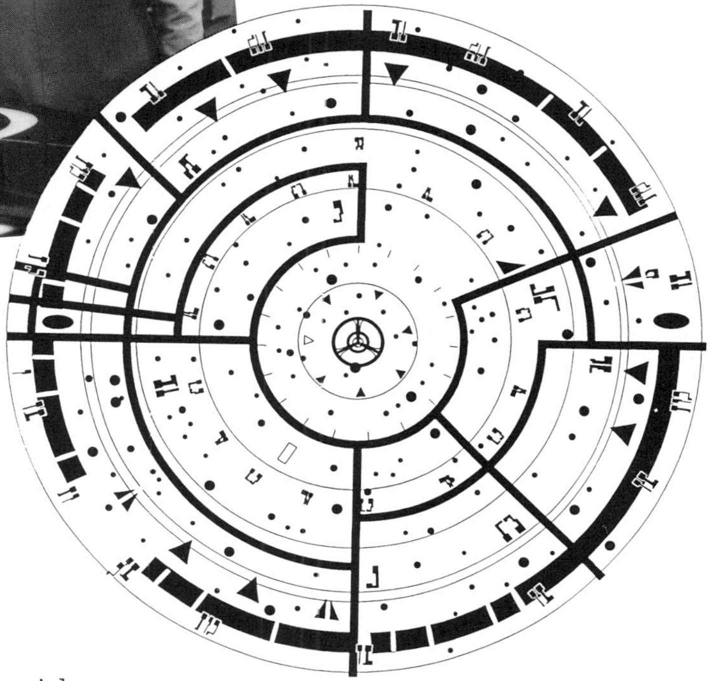

Das Layout des Tisches in der OPS, der sich im Zentrum der ›Grube‹ befindet.

Pause. Als sie sich weiterbewegen, sieht Sisko sich um ...

O'BRIEN

Ich würde gerne den Designer fragen, was er sich gedacht hat, als das hier gebaut wurde ... Ich habe es noch immer nicht geschafft, einen ODN-Zugang zu finden ... das dort oben ist das Büro des Präfekten ...

Sisko sieht nach oben ...

31 ANGLE

Das Büro befindet sich auf einem Zwischengeschoß und hat einen Balkon, wie ihn Mussolini für sich hätte entwerfen können ... Sisko schüttelt den Kopf ...

SISKO

So müssen alle unterwürfig aufblicken. Cardassianische Architektur.

David Livingston: Konstrukteur des Erfolgs

Der wohl größte Kostenfaktor für den Pilotfilm und die laufende Produktion von DEEP SPACE NINE ist die Konstruktion der Sets, die, wie allen anderen Produktionskosten, zu den Dingen gehört, auf die der Überwachende Produzent David Livingston ein wachsames Auge hat.

»Als Produktionsmanager von THE NEXT GENERATION legte ich das Budget für den Pilotfilm und für die Serie fest. Als Überwachender Produzent [...] bei DEEP SPACE NINE machte ich das gleiche noch einmal. Bobby Della Santino, der Produktionsmanager, machte die gesamte Arbeit, ich überwachte die Budgetierung. Es war um einiges einfacher als bei THE NEXT GENERATION, da wir alles schon einmal gemacht hatten und die Fallstricke kannten. Bei THE NEXT GENERATION erwiesen sich die Kostümausgaben als wesentlich höher, als wir sie kalkuliert hatten... Es gab gewisse Fallstricke, von denen wir wußten, daß wir nach ihnen Ausschau halten mußten.«

Die größte Falle waren die unglaublichen Ausmaße der Sets, die man für DEEP SPACE NINE benötigte – sie waren komplexer als alles, was jemals für eine Fernsehserie gebaut worden war. Livingston stimmt zu, daß die Sets für die Serie »ein gigantisches Unterfangen waren. Wenn man bei einem derart komplexen Niveau eine kleine Sache ändern will, dann kostet das am Ende ein Vermögen. Wenn man dagegen etwas Großes reduzieren will, spart man keineswegs etwas ein.«

Angesichts der rekordverdächtigen Kosten von THE NEXT GENERATION

Sorgfältige Planung ist die wichtigste Voraussetzung, um so effektiv wie möglich produzieren zu können. Diese Zeichnungen zeigen zwei Varianten für die Totale in ›Paradise‹, die durch Matte-Zeichnungen bewerkstelligt werden können. Die dritte Zeichnung zeigt, wie das tatsächliche Set aussehen würde. Und die vierte Zeichnung gibt zu erkennen, wieviel für diese Szenen tatsächlich gebaut werden müßte.

JIM MARTIN

und den Sorgen der Paramount-Verantwortlichen als Ausgangsbasis, scheint es nur vernünftig zu glauben, daß man das STAR TREK-Produktionsteam bat, aus DEEP SPACE NINE eine preiswertere Serie zu machen. Aber Livingston sagt, daß das nie der Fall war.

»Sie machten uns keine derartigen Vorschriften. Das Studio hatte immer etwas auf gleichem Niveau wie THE NEXT GENERATION gewollt. Meine Arbeit bestand in erster Linie darin, ein realistisches Budget aufzustellen. Tatsächlich«, so Livingston, »wollte ich sicherstellen, daß wir das Produktionsniveau halten oder erhöhen können. Und weil ich von der Produktionsseite her wußte, wie man eine derartige Serie angehen muß, war mein Standpunkt stets der, daß das Studio mehr Geld würde ausgeben müssen.«

Livingston weist auch darauf hin, daß allein ein *gleiches* Niveau hinsichtlich Qualität und Komplexität größere Ausgaben erforderlich machte, »weil es eine Serie in ihrer ersten Season war, und da kosten Serien immer mehr«. Warum? »Zunächst einmal ist man bei einer Weltraumserie überrascht, daß alles mehr kostet, als man zuerst angenommen hat. Das stellt man in der ersten Season fest. Außerdem möchte man ein bißchen in alle Richtungen gehen und den Weg finden, der der richtige für die Serie ist. Das bedeutet, daß man letztlich mehr ausgibt, da man experimentiert.« Rückblickend auf seine ›andere‹ Weltraumserie sagt Livingston: »Ich weiß, daß wir in der ersten Season von THE NEXT GENERATION eine Menge mit den Kostümen experimentierten. Und als wir in der dritten Season die Kostüme veränderten, kostete das auch wieder eine Menge Geld.« Wieder auf DEEP SPACE NINE bezogen, fährt Livingston mit der Feststellung fort, »daß die Crew und die Regisseure in der ersten Season einer Serie etwas mehr Zeit für ihre Arbeit benötigen, weil sie die Charaktere und die Schauspieler erst kennenlernen müssen. Sie sind nicht so vertraut mit den Abläufen der Serie, und das Team ist nicht so eingearbeitet wie ab der zweiten Season.«

Während Livingstons Ausführungen über die Beziehungen zwischen dem Design von DEEP SPACE NINE und den daraus resultierenden höheren Produktionskosten nahm auch Kameramann Marvin Rush per Telefon an unserem Gespräch teil und gab seine eigenen Erklärungen für die höheren Kosten der Serie.

Livingston nahm das Gespräch an und wiederholte für uns jede Bemerkung von Rush. Rush' erste Bemerkung kam nicht unerwartet, weil das jeder sagt.

»DEEP SPACE NINE *ist* komplexer«, teilte uns Livingston mit. »Es sind mehr Leute daran beteiligt, und sobald mehr Leute da sind, muß man sie versichern, auf der Bühne postieren und beleuchten, dann müssen Dinge umhergeschoben werden. Dadurch dauert bei DEEP SPACE NINE das Ausleuchten und das Filmen länger, es liegt an der Art der Sets und der Atmosphäre und der Qualität. Bei THE NEXT GENERATION hatte die Enterprise eine hellere, flachere Beleuchtung – nicht in einem negativen Sinne, sondern im Sinne eines einladenderen, heimischeren Erscheinungsbildes, sehr hell.«

Dann fragte Livingston Rush: »Was würdest du noch sagen?« Rush' zögerte mit der Antwort: »›Der Kameramann ist eine lahme ...‹ Hast du gesagt, er sei eine lahme Sau? Hast du das gesagt? ›Eine lahme S-A-U. Eigentlich eher eine Schnecke.‹«

Livingston bemüht sich, nicht peinlich berührt auszusehen, und versucht, die Unterhaltung in einem ernsthafteren Ton neu zu beginnen. »Aber *warum* dauert es länger? Die Regisseure ...« Livingston bricht ab und lauscht aufmerksam, während Rush unschätzbare Weisheiten verkündet. »›Alle Regisseure sind Pfeifen, P-F-E-I-F-E-N‹«, wiederholt Livingston. Dann versucht er es noch einmal. »Aber ist es nicht so, daß wir im allgemeinen Regisseur nehmen, die für DEEP SPACE NINE etwas länger brauchen?« Livingston lächelt kläglich, als Rush antwortet. »Ja, das ist eine Tatsache. Das ist deine Schuld.« Noch ein Anlauf. »Ich meine es ernst. Was sonst ist der Unterschied zwischen beiden Serien, bezogen darauf, daß es länger dauert, DEEP SPACE NINE fertigzustellen?« Livingston hört aufmerksam zu, während seine Augen größer werden. »Marvin, das kann ich ihnen nicht sagen«, sagt er dann; die Unterhaltung und das Telefonat enden an diesem Punkt.

Auf sich allein gestellt, fährt Livingston dann fort, die Eigenart der Sets im Detail zu erklären. »Es liegt an der Art der Konstruktion und an der Qualität der Sets«, beginnt er. »Die Promenade, die OPS, alles sind vielschichtige Sets. Quarks Bar zum Beispiel ist unendlich schwieriger zu filmen als der Gesellschaftsraum auf der *Enterprise,* obwohl der eine kleine Empore hat. Aber Quarks Bar hat sechs Wände – man ist von Wänden umgeben, die hin und her bewegt werden müssen, auch die Theke.

Die OPS ist ebenfalls sehr kompliziert, weil dieses Set aus drei unterschiedlichen Ebenen besteht. In der OPS kann man 360°-Schwenks filmen, während auf der *Enterprise* sehr selten ein Kameraschwenk stattfand.« Die Regisseure wissen, wie variabel die Sets sind, schließt Livingston, und daher nehmen sie sich mehr Zeit, um die Aufnahmen festzulegen.

Die zweite Season bringt üblicherweise eine Atempause von den Geburtswehen der ersten Season. »Jetzt kennen wir die Fallstricke«, sagt Livingston. »Wir nehmen Anpassungen vor in der Zusammensetzung des Budgets und stecken das Geld in die Bereiche, die wir im letzten Jahr vernachlässigt haben ... Also können wir jetzt mehr Geld für diese Bereiche ausgeben, ohne das Budget überschreiten zu müssen. Außerdem haben wir die Serie nach einer ganzen Season besser im Griff. Bobby und ich wissen, wo das Geld ausgegeben werden muß, wir haben eine viel bessere Kontrolle über die Serie, finanziell natürlich. Aber das war auch schon zum Ende der ersten Season so. Und daher entwickelte sich die Serie sehr gut.«

Trotz der günstigeren Bedingungen bei der zweiten Season ist DEEP SPACE NINE in der Produktion noch immer teurer als THE NEXT GENERATION. (Insgesamt kostete THE NEXT GENERATION in der letzten Season pro Episode mehr als DEEP SPACE NINE, in erster Linie eine Folge der höheren Gagen für die Schauspieler und wichtigsten Produktionsmitarbeiter nach sieben rekordbrechenden Jahren. Wenn man diese Kosten unberücksichtigt läßt, ist DEEP SPACE NINE die teurere Serie.)

»Das liegt daran, daß wir mehr Statisten haben wollten«, erklärt Livingston. »Und wir wollten, daß alles etwas düsterer und stimmungsvoller und ein wenig ernster aussieht. Und das alles führt zu höheren Ausgaben. Es dauert zum Beispiel länger, die Serie zu filmen, weil wir mehr Zeit brauchen, um die Sets zu beleuchten. Mehr Statisten bedeuten höhere Kosten, mehr Kostüme ebenfalls. Weil es eine Raumstation in fremdem Territorium ist, gibt es viel mehr Aliens – die Bajoraner und all die Leute, die auf die Station kommen. Somit sind die Ausgaben für Make-up bei DEEP SPACE NINE entschieden höher, und es dauert länger, die Episoden zu filmen.

Im wesentlichen gaben Rick und Michael mir das Drehbuch, und ich sagte: Diese Serie wird mehr kosten als die Produktion von THE NEXT GENERATION, vorausgesetzt, wir sollen das gleiche Produktionsniveau abliefern. Und das ist genau das, was dann geschah.«

Natürlich war Paramount nicht daran interessiert, der neuen Serie für den Produktionsbeginn einen Blankoscheck auszustellen; also wurde Livingston gebeten, sein Budget zu überarbeiten. Wie das geschehen sollte, lag in der Verantwortung von Berman und seinem Team. »Das machen sie üblicherweise so«, sagt Livingston. »Ich meine, sie vertrauten Rick und uns allen, sieben Jahre lang bei THE NEXT GENERATION diese Entscheidungen zu treffen. Also überließen sie es uns. Sie kommen nicht zu uns und sagen: ›Also ihr könnt nicht so viele Statisten haben oder dieses Set oder dieses Kostüm.‹ Dafür werden wir bezahlt. Das Studio sagt, wir müssen die Kosten reduzieren, und es ist unsere Aufgabe herauszufinden, wo wir welche Änderungen vornehmen können.«

Bei einer Serie, so Livingston, »kann man leider nur die Budgets für die Konstruktion und die optischen Effekte kürzen, jedenfalls bei einer Weltraumserie. Alle anderen Positionen des Budgets sind normalerweise hochheilig. Wenn man dort kürzt, dann macht man sich selbst etwas vor, weil sie die tagtäglichen Ausgaben betreffen. Daher muß man die Kürzungen bei einer Serie so ausführen, daß es kreative Elemente trifft.«

Da drängt sich die Frage auf: Was ist mit den Episoden, die mit neuen Konstruktionen und optischen Elemente regelrecht vollgepackt sind? Wie kann solch ein Budget jemals abgesegnet werden? Wir stellten Livingston diese Fragen in bezug auf die dritte Episode der zweiten Season, ›The Siege‹, in der es neue bajoranische Sets, ein neues bajoranisches Raumschiffmodell und das dazugehörige Innenleben gab sowie die möglicherweise beste Modellszene für STAR TREK – ein Nahkampf zwischen zwei Raumschiffen im Weltall *und* in der Atmosphäre von Bajor. Dazu Livingston: »Es war gewaltig, und es überstieg den Etat in jeder Hinsicht.«

Dennoch sind solch teure Episoden möglich, weil »im Verlauf der Season einige Episoden folgen, die nicht so teuer sind und die auf diese Weise die Kosten ausgleichen. Und der Autorenstab weiß, wie er das machen muß. Michael Piller wußte, daß der Dreiteiler, der die zweite Season eröffnete, wie aus einem Guß sein würde. Und er wußte, daß er im Verlauf der ersten Hälfte der Season uns wieder ›hinkriegen‹ mußte. Und das machte er auch. Wir sind jetzt in hervorragender Form – wir bewegen uns im Rahmen des Budgets. Und das ist der Punkt, wo die Autoren ihre Zauberkünste einsetzen. Sie wissen, wann sie etwas aus dem Hut zaubern und etwas schaffen müssen, das so ansprechend ist wie jede andere Episode, aber nicht so teuer. Bei THE NEXT GENERATION nannten wir das Schiffsepisoden, was bedeutet, daß sich die Handlung grundsätzlich nur auf dem Schiff abspielt und daß wir weder exotische Landschaften besuchen noch auf Bühne 16 irgendwelche Dekorationen bauen. Bei DEEP SPACE NINE nennen wir es Stationsepisoden. Ein Großteil der Handlung spielt sich in streng abgegrenzten Bereichen der Station ab, wir haben nur wenige Leute und wenige Statisten.« Bei anderen Serien werden solche Episoden auch als ›Flaschenepisoden‹ bezeichnet.

Ein brillantes Beispiel für eine Stationsepisode ist ›Duet‹ aus der ersten Season, in der Kira mit einem Cardassianer zurechtkommen muß, der von sich behauptet, Leiter eines Todescamps auf Bajor während der Besatzung gewesen zu sein. »Es war eine sehr preiswerte Episode«, sagt Livingston. »Aber sie war unglaublich ansprechend.«

Tatsächlich, so Livingston, ist ›Duet‹ ein perfektes Beispiel für das, was STAR TREK seit 1966 so erfolgreich gemacht hat. Die Sets und die Spezialeffekte sind nur ›Verzierungen‹. Das Geheimnis von STAR TREK »liegt darin, daß die Charaktere wichtig sind. Und das gilt auch für THE NEXT GENERATION, DEEP SPACE NINE [und VOYAGER]. Es ist nicht wichtig, mit welch verrücktem Make-up du die Schauspieler versiehst, welche Arten von Spezialeffekten verwendet werden. Wenn du nicht die Charaktere hast und die Konflikte zwischen ihnen und eine Lösung dieser Konflikte, dann hast du nichts. Das war Gene [Roddenberrys] Geheimnis. Soweit ich das sagen kann, ist der gesamte Rest Beiwerk. Das betrifft auch alles, was ich tue.«

Insgesamt stellten die Set-Entwürfe für DEEP SPACE NINE alles in den Schatten, was jemals fürs Fernsehen gebaut worden war, vor allem wegen der sich über mehrere Ebenen erstreckenden Konstruktion, am offensichtlichsten auf der Promenade und in Quarks Bar. Aber diese Sets weisen noch einen anderen Aspekt auf, der auf dem Bildschirm nicht ohne weiteres erkennbar ist, obwohl er zum herausragenden Erscheinungsbild der Serie beiträgt.

Bei den meisten Fernsehserien ist es eine Enttäuschung, die echten Dekorationen zu besuchen. Dinge wirken kleiner, die Verarbeitung ist ungenau, überall fehlen Teile – eine Decke, eine vierte Wand, der Teil eines Gangs, der beim Blick durch eine Tür nicht zu sehen ist.

Bei DEEP SPACE NINE ist das nicht der Fall. Nahezu jeder Raum ist vollständig, mit Decke, Wänden und Fenstern, von denen aus man in ein Sternenfeld blickt. Um aus dem Frachtraum zu Dr. Bashirs Krankenstation zu gelangen, ist es erforderlich, nach links zu gehen, den Korridor entlang, und dann wieder links, so als folge man einem echten Gewirr von Korridoren. Sie wollen die obere Etage von Quarks Bar sehen? Auf der Promenade immer geradeaus, an dem Schild für cardassianisches Sushi vorbei, erblicken Sie links den Haupteingang zu Quarks Bar. Wenn Sie das Replimat an der Treppe erreicht haben, die auf die zweite Ebene führt, dann sind Sie zu weit gegangen. Eine Warnung noch: Wenn Sie Quarks Bar erreicht haben, versuchen Sie nicht, sich auf die Theke zu lehnen – sie steht auf Rädern.

Diese Räder sind das Geheimnis der Sets von DEEP SPACE NINE. Die meisten permanenten Sets sind mit sogenannten ›wilden‹ Wänden gebaut, was beim Fernsehen recht selten ist. Wilde Wände sind Abschnitte eines Sets, die abgetrennt und fortgeschoben werden können, um Raum zu schaffen für Beleuchtung und Kameras. Beispielsweise können wir in einer Szene, die in Siskos Quartier spielt, Sisko auf der Couch sitzen sehen, hinter ihm eine Wand, an der ein Gemälde über einem Tisch hängt, auf dem ein 3D-Schachspiel steht von der Sorte, mit der schon Mr. Spock und Captain Kirk spielten.

Sisko könnte mit Jake reden, und wenn Sisko zu seinem Sohn blickt, erfolgt ein Schnitt, und wir sehen Jake, wie er mit dem Rücken zu einem großen Fenster steht, durch das die Sterne des bajoranischen Sektors schimmern. Soweit wir das beurteilen können, wurde die Szene in einem vollständigen Set von Siskos Quartier gefilmt. Nun, ja und nein.

Für die Abschnitte der Szene, die Kameraeinstellungen auf Sisko erfordern, ist die Wand mit den Fenstern weggerollt worden, um den Blick freizugeben auf die glatten Holz- und Betonwände der Bühne 4. In dem entstandenen freien Raum ist die Kamera aufgebaut worden, die notwendigen Scheinwerfer wurden in Position gebracht. Und das First Unit-Team ist bereit. Nachdem Siskos Text zur Zufriedenheit des Regisseurs gefilmt worden ist, wird eine Pause für die Schauspieler eingelegt, die zwischen 30 Minuten und einer Stunde dauern kann. In dieser Zeit wird die Fensterwand zurück an ihren Platz gerollt, und der große Stoffvorhang, auf dem zahllose Quadrate reflektierenden Mylar-Plastiks aufgeklebt sind, um das Sternenfeld im Hintergrund darzustellen, wird zugezogen. Gleichzeitig wird die Wand mit dem Gemälde entfernt, und die Kamera und die Scheinwerfer werden an ihrer Stelle in Position gebracht, um Jakes Teil der Szene zu filmen. Wenn mehr als zwei Personen an der Szene beteiligt wären, oder wenn die Handlung es erfordern würde, daß die Personen sich aus dem Wohn- in den Schlafraum begeben oder nach draußen in den Korridor des Wohnrings, dann würden andere Teile der Wand entfernt, um diese Handlung zu ermöglichen.

Das Ziel des Produktionsniveaus für DEEP SPACE NINE-Sets ist auf bewundernswerte Weise erreicht worden: Egal wohin der Regisseur die Kamera richten will, jede gewünschte Richtung ist geeignet, gefilmt zu werden. Wenn Sie das nächste Mal eine andere Fernsehserie sehen, dann achten Sie einmal darauf, ob Sie ein Stück der Zimmerdecke erkennen können oder wie oft eine Szene zu sehen ist, in der alle Wände eines Zimmers vorhanden sind. Dies ist ein Luxus, den sich zuvor nur Filmregisseure leisten konnten, die an Ort und Stelle filmen durften.

Eine andere – für das Fernsehen – ungewöhnliche Eigenart der Bühnenbilder von DEEP SPACE NINE ist die außergewöhnlich hohe Qualität der Details. Typische Fernsehdekorationen werden bei der Erstellung am Höchstmaß der Bildauflösung eines Fernsehers ausgerichtet, was nicht besonders hoch ist. Rauhe Oberflächen, schlechte Nähte, Farbstreifen und ungenaue grafische Darstellungen sind kein Anzeichen für schludrige Arbeit, sondern eine Folge der Tatsache, daß niemand jemals diese Mängel auf dem Fernsehbildschirm sehen wird. Aber speziell Rick Berman weigert sich, ein Qualtitätsniveau zu akzeptieren, das ›gerade gut genug‹ ist. Die Details aller Sets von DEEP SPACE NINE, THE NEXT GENERATION und VOYAGER weisen die gleiche Qualität auf, die man bei Dreharbeiten für Kinofilme findet, da jede noch so kleine Schwäche auf der großen Kinoleinwand sichtbar wird.

Wieder einmal erlaubt diese Detailgenauigkeit den Regisseuren praktisch unbegrenzte Freiheiten, wenn sie die Art der Aufnahmen für ihre Produktion auswählen. Sie können von allem Nahaufnahmen manchen – von einer Kontrolltafel an einer Wand, von einem Tischmonitor, von einer Luftschleuse – und sicher sein, daß das Ergebnis so detailliert sein wird, als hätte man die Aufnahmen auf einer echten Raumstation gemacht.

Aber es sollte nun offensichtlich sein, daß es nicht nur die *Art* ist, in der die Sets verwirklicht wurden, die das herausragende Erscheinungsbild von DEEP SPACE NINE ausmacht. Es ist auch davon abhängig, *wie* diese Bühnenbilder *gefilmt* werden – ein Prozeß, der so viele Möglichkeiten beinhaltet wie das Design der Station.

Der Überwacher der visuellen Effekte, Dan Curry, der mithalf, die Unterschiede zwischen dem Erscheinungsbild der Föderation und dem der Cardassianer zu begründen, erklärt einige der technischen Erwägungen, mit denen er, Gary Hutzel – gleichfalls Überwacher der visuellen Effekte – und Illustrator Robert Legato sich befaßt haben. »Es gab bereits früh klare Entscheidungen, wie man der Serie ein besonderes Aussehen geben konnte. Das reichte bis zu den einfachsten Dingen, selbst bis zur Wahl der Kameraobjektive, die wir für Modellaufnahmen verwenden.

Bei THE NEXT GENERATION filmten wir normalerweise mit einem 24-mm-Objektiv.[3] Bei DEEP SPACE NINE nehmen wir ein 20-mm-Objektiv, das der Raumstation ein wenig mehr Ausdehnung gibt.«

Objektive sind aber nur ein Teil der technischen Gleichung. Auch Filmmaterial und Belichtung wurden präzise ausgewählt. Curry erklärt: »DEEP SPACE NINE hat ein dunkleres Aussehen. Die Sterne werden ein wenig dunkler einkopiert, der Kontrast ist ein wenig größer. Wenn man darauf achtet, sieht man, daß die Schattenseite der Station Deep Space Nine üblicherweise viel dunkler ist als die Schattenseite der Enterprise. Das liegt zum Teil daran, daß wir uns dabei an Aufnahmen der NASA orientierten – an echten Fotos der Space Shuttles und anderer Raumfahrzeuge. Gary und Rob entschieden, daß sie dieses kontrastreiche Aussehen haben wollten. Daher sind die im Schatten befindlichen Seiten fast schwarz.

Selbst wenn man sich die Titelsequenz ansieht, wird man sehen, daß es dort, wo sich das Rad der Station im Vordergrund an der Kamera vorbeibewegt, keine visuelle Information gibt. Es sind nur Fenster und eine Silhouette vor den beleuchteten Bereichen. Man könnte das ein düstereres Aussehen nennen.«

Wenn es jemals ein Mißverständnis über Bermans und Pillers Absichten für DEEP SPACE NINE gab, dann war es die Art, wie die Presse diese Begriffe wiedergab. Sehr zur Verärgerung der Produzenten konzentrierten sich Fernsehkolumnisten und Kritiker darauf, daß die Serie ›dunkler, erbitterter und rauher‹ als THE NEXT GENERATION sein würde – noch bevor DEEP SPACE NINE auf Sendung gegangen war. Der Eindruck, den diese ersten Berichte hinterließen, war der einer Serie, in der Kannibalismus, Massenmord und Existenzangst eine große Rolle spielen würden. Tatsächlich aber hatten die Medien bei ihrer Suche nach einem Blickwinkel für die Geschichten ihre Kommentare über den *visuellen* Eindruck falsch zusammengestellt und den visuellen Aspekt auf den *Inhalt* der Serie bezogen.

DEEP SPACE NINE hat das Potential für mehr Konflikt zwischen den Figuren, was auch eines der ursprünglichen Ziele von Berman und Piller war. Aber es ist nicht und war auch nie beabsichtigt, aus der Serie irgend etwas anderes zu machen als ein Forum, um Geschichten in gewohnter STAR TREK-Manier zu erzählen. Alles andere würde das Risiko in sich bergen, ein Milliarden-Dollar-Franchise zu beschädigen. John Pike, Präsident für Network TV zu der Zeit, da Paramount für DEEP SPACE NINE grünes Licht gab, formulierte es am treffendsten: »STAR TREK ist eines der wichtigsten Juwelen in der Paramount-Krone. Wir würden nichts tun, um dieses Kapital zu gefährden. Wir würden keine Veränderungen an Roddenberrys Vision versuchen, nur um einen kurzfristigen Vorteil zu erzielen, aus dem aber ein Langzeitschaden entstehen könnte.« Wirklich düstere und verbitterte Geschichten wird es bei STAR TREK auf lange Sicht nicht geben – wenn überhaupt.

Im Gegensatz zu diesem optischen Schwerpunkt auf Dunkelheit und Schatten, betont DEEP SPACE NINE intensive, gesättigte Farben, die durch die konstante Benutzung leichter Streufilter des Kameramanns Marvin Rush entstehen. Das Ergebnis ist, daß die Farben bei DEEP SPACE NINE mitten in sehr kontrastreichem Schatten förmlich zu glühen scheinen – eine weitere Abkehr von dem, was Ira Steven Behr das ›saubere Erscheinungsbild von Starfleet‹ bei THE NEXT GENERATION nennt.

Dieses dunkle Aussehen, daß von kleinen Flächen kräftiger Farben unterbrochen wird, erfuhr durch die neuen Uniformen eine zusätzliche Intensivierung, die der Kostümdesigner Robert Blackman entworfen hatte, der in der dritten Season zu THE NEXT GENERATION gekommen war. Eine der ersten Aufgaben für Blackman war es, die Überarbeitungen der von William Ware Theiss entworfenen Originaluniformen von THE NEXT GENERATION in die Tat umzusetzen.[4] Die Schauspieler hatten sich über den man-

3 Dieses Objektiv entspricht einem Weitwinkelobjektiv, das ein breites Blickfeld hat. Die Millimeterangabe bezieht sich auf den Abstand zwischen dem äußeren Ende der Linse und dem Film. Je kleiner der Abstand ist, um so breiter ist das Blickfeld. Je größer der Abstand, um so enger ist das Blickfeld – das Extrem ist ein Teleobjektiv. Weil das normale menschliche Auge in etwa das sieht, was man mit einem 50- oder 55-mm-Objektiv erfassen kann, werden im Fernsehen gerne Weitwinkelobjektive verwendet, da sie mehr Hintergrund erfassen und den Eindruck erwecken, als seien die Bühnenbilder viel größer. Die Wahl des richtigen Objektivs ist wichtig, um den ›Fischaugen‹-Effekt zu vermeiden.

4 William Theiss hatte auch die Uniformen für die klassische Serie entworfen sowie die meisten der Kostüme für Gaststars und Statisten. Theiss starb 1993 an den Folgen der Immunschwäche AIDS. Im Dezember des gleichen Jahres brachte eine von Butterfield & Butterfield veranstaltete und von Paramount unterstützte Auktion seiner privaten STAR TREK-Kostümsammlung mehr als 150 000 $ für das Project Angel Food ein, eine gemeinnützige Organisation, die sich um AIDS-Patienten kümmert. Unter den versteigerten Objekten befand sich auch ein goldenes Uniformhemd, das von William Shatner als Captain Kirk getragen worden war. Es brachte 16 000 $.

gelnden Komfort der Spandex-Overalls beklagt. Blackman entwarf daraufhin eine zweiteilige Lösung für die Männer (die Picards charakteristischen Zug an seinem Uniformoberteil ermöglichte und eine weniger einschränkende einteilige Lösung für die Frauen, die alle aus einem leichteren Gabardine gefertigt wurden.

Obwohl einige Mitglieder des Produktionsstabes sich gegen die Kosten für neue Uniformen für die DEEP SPACE NINE-Besetzung ausgesprochen hatten, beharrte Rick Berman darauf, daß ein anderes Kostümdesign notwendig war, um das neue visuelle Image der Serie zu begründen. Unter der zur Tradition gewordenen Vorgabe, »das gleiche, aber anders« zu entwerfen, gelangte Blackman zu einer Variation der Uniform, die er für THE NEXT GENERATION für die Episode ›The First Duty‹ als Uniform der Starfleet-Akademie kreiert hatte. Auf den ersten Blick erschien sie wie eine Umkehr der typischen Starfleet-Uniformen. Anstelle farbiger Fläche in Brusthöhe sowie schwarzer Flächen an den Schultern gab Blackman dem kleineren Schulterbereich die Farbe und ließ den Rest der Uniform schwarz. Um der Kleidung ein salopperes Erscheinungsbild zu geben, versah er die Uniform mit einem geöffneten Kragen und fügte ein lilafarbenes Unterhemd hinzu.

Für das bajoranische Militär schuf Blackman eine entsprechende Uniform, wahlweise in bajoranischem Rostton oder in bajoranischem Grau – zwei Farbtöne aus der speziellen bajoranischen Farbpalette, die auf bajoranischen Requisiten und in bajoranischen Sets zu finden sind. Dieser konstante Gebrauch spezifischer Farben für spezifische STAR TREK-Rassen ist ein weiteres der vielen kleinen Details, die nicht sofort im Design der Serie auffallen, die aber zu ihrer Festigung und Überzeugungskraft beitragen.

Eine der letzten Design-Entscheidungen, die die Produzenten zu treffen hatten, betraf die Art der Grafiken, die in der Serie benutzt werden sollen. Vom technischen Standpunkt aus würde man auf Deep Space Nine Computerschirme benutzen, die wie auf der *Enterprise* funktionierten – also eine Verbindung der von hinten beleuchteten transparenten Tafeln mit Spezialeffekten, die in der Nachproduktion hinzugefügt werden. Oder hatten sich echte Videomonitore seit der ersten Season von THE NEXT GENERATION so weit entwickelt, daß sie in die Dekorationen eingebaut werden konnten, so daß die Computeranzeigen live mitgefilmt werden könnten, zusammen mit den Schauspielern? Vom Standpunkt der Designabteilung war aber eine Sache noch viel wichtiger: Würden diese Computeranzeigen Teil des cardassianischen Systems oder im Starfleet-Stil gehalten sein? Die Antworten auf diese Fragen würden sich sowohl im laufenden Budget der Serie als auch in den kommenden Geschichten niederschlagen.

Nachfolgend nun Michael Okudas Zusammenstellung der Argumente für und gegen eine Verwendung cardassianischer Computer und Kontrollen.

AN: **Rick Berman und Michael Piller**
VON: **Mike Okuda**
THEMA: **cardassianische Sprache**
DATUM: **21. Mai 1992**
KOPIE AN: **Herman Zimmerman**
Rick Sternbach
Doug Drexler

Wir nähern uns schnell dem Punkt, an dem wir uns mit der Frage befassen müssen, ob unsere Helden Cardassianisch können oder nicht. Das ist für mich wichtig, da es das Design der Konsolen und Anzeigen betrifft. Meine Gedanken in dieser Angelegenheit sind:

- **GRÜNDE, WARUM UNSERE HELDEN CARDASSIANISCH LESEN KÖNNEN SOLLTEN**

1. **Es ist logisch, daß sie es können. Riker lernte Klingonisch, bevor er sich auf ein klingonisches Schiff versetzen ließ. Unsere Leute sollten**

in der Lage sein, Cardassianisch zu lernen, insbesondere wenn sie eine cardassianische Einrichtung übernehmen.

2. **Es wäre visuell ein Vergnügen. Ein ungewohnter Stil in der Hardware und in den Anzeigen wäre visuell interessanter; und er würde dazu beitragen, die zwei STAR TREKs voneinander zu unterscheiden. Computermonitore von Aliens sind fast immer amüsanter als englische Anzeigen.**
3. **Es könnte zugleich eine Quelle für Humor sein. Vielleicht kann Ro mehr Cardassianisch als O'Brien, aber er haßt es, sie zu fragen, also wurstelt er sich durch, ohne sie zu fragen.**

- **GRÜNDE, WARUM UNSERE HELDEN *NICHT* CARDASSIANISCH LESEN KÖNNEN SOLLTEN**

1. **Es könnte unsere Zuschauer verwirren. Auch wenn wir uns sonst nicht darum kümmern, ob unsere Zuschauer die Anzeigen lesen können, könnte dies von Bedeutung sein für grafische Darstellungen, die über die Handlung Auskunft geben.**
2. **Es wäre technisch unnötig. Unsere Leute sollten in der Lage sein, ein Computerprogramm zu entwickeln, das alles Cardassianische sofort ins Englische übersetzt (oder, was das betrifft, auch ins Bajoranische).**
3. **Es könnte sich in kritischen Momenten als wertvolles Handlungselement erweisen. »Drücken Sie nicht diesen Knopf ... ich glaube, er wird die Station sprengen.«**

- **MÖGLICHE KOMPROMISSE**

1. **Wir könnten ein Übersetzungsprogramm einführen, das nur auf Befehl arbeitet. Zum Beispiel könnten wir ein ankommendes Schiff scannen, dann sagt Sisko zum Computer: »Übersetzung, bitte.« An diesem Punkt erscheint ein neues Fenster auf den Anzeigen mit englischen Untertiteln. Damit könnten wir den Spaß des cardassianischen Stils bewahren und die Zuschauer das wissen lassen, was sie wissen sollen.**
2. **Wir könnten nach und nach Monitore im Starfleet-Stil einführen, um die cardassianischen Schirme zu ersetzen. Das könnte zum Beispiel geschehen, weil unsere Leute die Station im Verlauf der Serie nach und nach auf ihren Stand bringen.**
3. **Bedenkt, daß Grafiken selten Handlungselemente ohne gesprochene Erläuterungen liefern. Selbst wenn die Darstellung notwendig ist, um etwas zu verstehen, haben wir üblicherweise eine Person, die dazu spricht und erklärt, was wir sehen.**

Der Schritt, der maßgeblich dazu beitrug, die besondere optische Qualität von DEEP SPACE NINE zu begründen, war die Entscheidung von Berman und Piller, daß alle Ausrüstung der Station in ihrem Erscheinungsbild cardassianisch sein sollte. Mit diesem Auftrag einher ging die zusätzliche Entscheidung, echte Videomonitore im Bühnenbild zu benutzen, die so umgearbeitet werden sollten, daß sie nicht allzu offensichtlich wie normale Fernseher des 20. Jahrhunderts aussahen.

In der Vergangenheit war die Verwendung von echten Monitoren bei SF-Produktionen problematisch gewesen. Zunächst einmal arbeiten die Filmkameras, die im Studio benutzt wurden, mit der Standardgeschwindigkeit von 24 Bildern pro Sekunde, während ein Fernseher das Bild mit 30 Einzelbildern pro Sekunde darstellt. Das Ergebnis dieser Differenz ist der störende schwarze Streifen, den man manchmal bei

Fernsehaufnahmen auf dem gefilmten Bildschirm sehen kann. Glücklicherweise bietet der Markt verschiedene Ausrüstungsgegenstände, die es ermöglichen, die Bildfrequenz eines Monitors zu verändern, bis sie synchron ist zu der Filmkamera, auch wenn dieser Prozeß den Schwierigkeitsgrad beim Filmen erhöht.

Vom künstlerischen Standpunkt – Fernseher sind nun einmal leicht als solche zu erkennen – lautet die Frage, die man bei vielen Science Fiction-Produktionen stellen muß: Was haben heutige Fernseher in der Zukunft zu suchen? Natürlich können Fernseher ›verkleidet‹ werden, um futuristisch auszusehen. James Cameron versah die Monitore in *Aliens* mit Plastikrahmen, um sie wie ein Breitwandbild erscheinen zu lassen. In zahlreichen Science Fiction-Produktionen wurden Fernseher hochkant aufgestellt, um dem Bild ein anderes Aussehen zu verleihen, da die Bildzeilen dann vertikal statt horizontal verlaufen. Aber insgesamt ist der Gebrauch wiedererkennbarer Technik in Produktionen über die Zukunft der sicherste Weg, sie veraltet aussehen zu lassen. Wie Michael Okuda kommentierte: »Wenn die Designer der Originalserie das Geld gehabt hätten, um echte Bildschirme und die allerneuesten Kippschalter zu benutzen, dann wäre die Serie innerhalb von zwei Jahren überholt gewesen!«

Das war einer der Hauptgründe, warum in THE NEXT GENERATION keine echten Monitore verwendet wurden – sie sahen nicht nach der Technik des 24. Jahrhunderts aus. Betrachten Sie den Science Fiction-Klassiker *2001: A Space Odyssey*. Viele der allgegenwärtigen Computergrafiken wurden unter Verwendung traditioneller Tricktechnik gefilmt und dann von hinten auf die Kontrolltafeln projiziert. Und das sieht auch heute noch bemerkenswert gut aus. Aber die altmodischen Röhren, mit denen Zahlen dargestellt wurden, sind ein disharmonisches Stück Technik der sechziger Jahre, das nicht die Illusion der Zukunft bewahrt.

Warum wurde – bei so vielen Gründen, die gegen die Verwendung von Monitoren bei STAR TREK sprachen – die Entscheidung getroffen, sie für DEEP SPACE NINE zu benutzen? Weil es einen großen Vorteil gab.

Live-Einspielungen verleihen dem Hintergrund der Szenen permanente visuelle Aktivität, womit man zum Beispiel die OPS überzeugend als das pulsierende Nervenzentrum der Station darstellen kann. Die Hintergründe bei THE NEXT GENERATION waren, jedenfalls meistens, statisch, mit Ausnahme von Okudas Trick, polarisiertes Material hinter den Monitoren rotieren zu lassen, um eine preiswerte, einer Satelliten-Wetterkarte ähnliche Illusion zu erzeugen. Diese Art von Schirmen stand im Einklang mit dem ruhigeren Erscheinungsbild von Starfleet, aber DEEP SPACE NINE sollte anders sein, fremd, cardassianisch. Und wer sagte, daß die Cardassianer Bildschirme benutzen mußten, die so scharf und bewegungslos waren wie die von Starfleet? Sicher nicht Berman und Piller. Und so wurden echte Monitore eingebaut.

Im Juli 1992 ähnelte die Vorproduktionsphase von DEEP SPACE NINE dem bekannten Teller-Drehtrick aus der alten *Ed Sullivan Show;* hier waren es Berman und Piller, die hin und her hasteten, um zu sehen, wie viele Teller sie gleichzeitig in der Luft halten konnten. Nicht nur, daß sie an Drehbuchüberarbeitungen sowie am Design der Raumstation und der Sets mitwirkten, sie kümmerten sich auch um das Make-up der Aliens, um Kosten und Planungen, darum, Personal von THE NEXT GENERATION zu holen und zu ersetzen, während sie neues Personal für die neue Serie anheuerten. Zugleich standen Komponisten, Regisseure und Cutter Schlange; anhaltende Diskussionen wurden darüber geführt, wie ein Wurmloch aussehen sollte. Und dann mußte auch noch die sechste Season von THE NEXT GENERATION vorbereitet werden.

Aber trotz allen Drucks war die Zeit gekommen, sich den letzten vorbereitenden Entscheidungen zuzuwenden, die gefällt werden mußten. Entscheidungen, die die härtesten und wichtigsten sein würden.

Es war Zeit, an die Schauspieler zu denken!

IN DEN FUSS-STAPFEN GROSSER VORBILDER

ZWÖLF

Bereits am Anfang war mir völlig bewußt, daß ich in die Fußstapfen großartiger Schauspieler trete.

Armin Shimerman

Es gab eine Zeit, da ruhte das Schicksal dessen, was aus DEEP SPACE NINE werden sollte, in den Händen einer einzigen Person. Dann rief Rick Berman Michael Piller an; von da an waren zwei Personen für die Serie verantwortlich.

Berman und Piller wiederum scharten den Kern des Produktionsteams für DEEP SPACE NINE um sich, und ein weiteres Mal verteilten sich die Verantwortungen. Das ist der Grund, warum wir den Begriff ›Gemeinschaft‹ so sehr betont haben. Denn das ist es, was jede Idee für eine Fernsehserie Wirklichkeit werden läßt.

Bis auf einen Punkt.

Die Besetzung.

Sobald die Schauspieler in die Gleichung aufgenommen werden, läuft die Uhr rückwärts. Zusammenarbeit und geteilte Verantwortung suchen das Weite, und all das, wofür Hunderte von Leuten gearbeitet und gekämpft haben, ruht erneut auf den Schultern einiger weniger Individuen. Daran kann man nichts ändern. Das ist auch der Grund, warum Schauspieler in Hollywood respektiert und zugleich verteufelt werden, üblicherweise beides zur gleichen Zeit und von den gleichen Leuten. Um das zu verstehen, versuchen Sie bitte, die folgenden Fragen zu beantworten:

Wann haben Sie zum letzten Mal sich eine Episode einer bestimmten Serie angesehen, weil sie von einem Autoren geschrieben war, dessen Arbeit Sie mögen? Nennen Sie einen Kameramann, dessen Arbeit Sie stets dazu verleitet, eine Serie zu sehen, an der er mitgearbeitet hat. Wie oft haben Sie mit Ihren Freunden am nächsten Tag darüber gesprochen, wie beeindruckend eine Episode irgendeiner Serie geschnitten worden war? Und zu guter Letzt nennen Sie alle Schauspieler, deren Arbeit Sie mögen.

Das ist eine lange Liste, nicht wahr?

Und darauf wollen wir hinaus.

Ausgenommen jene, die in der Fernsehbranche arbeiten oder besonders leidenschaftliche Fans sind, kümmert sich kaum jemand um die Myriaden von Namen, die nach denen der Schauspieler im Vor- und Nachspann einer Fernsehserie zu lesen sind. Die Millionen Menschen, die DEEP SPACE NINE sehen, schalten *nicht* ein, weil sie darauf hoffen, daß Berman oder Piller die jeweilige Episode geschrieben hat; sie schalten nicht ein, um Dick Rabjohns dynamische Schnitttechnik zu bewundern oder David Livingstons fließende Aufnahmen oder Dennis McCarthys betörende Musik. Sie schalten ein, um zu sehen, wie Quark und Odo sich in den Haaren liegen. Sie schalten ein, um an einem ruhigen Augenblick zwischen Sisko und seinem Sohn teilhaben zu können, und um Miles und Keiko und Molly beim Abendessen zu sehen. Kurzum, die Leute schalten ein, um ihren Freunden zu begegnen, weil die unentrinnbare Wahrheit des wöchentlichen Fernsehdramas exakt dem alten Klischee entspricht – die Zuschauer laden die Schauspieler in ihr Wohnzimmer ein.

Wenn die Zuschauer die Schauspieler mögen, wenn sie ihre Freunde werden, dann werden sie Woche für Woche eingeladen, und die Werbestrategen werden die Schauspieler dann auch mögen. Aber wenn die Zuschauer die Akteure nicht mögen, dann haben mehr als hundert Mitarbeiter dieser Besetzung keinen Job mehr, ohne dafür etwas zu können.

Das soll nicht heißen, daß der enorme Aufwand an harter Arbeit und an Geld, den jeder andere Teil von DEEP SPACE NINE verschlingt, umsonst ist. Ein wichtiger Teil der Anziehungskraft dieser Serie liegt in dem unirdischen Aussehen, in den Spezialeffekten, in den phantasievollen Aliens und der Science Fiction-Technik. Aber all diese Elemente sind letztendlich nur Schaufensterdekoration.

Würde den Menschen die mitreißende Beziehung zwischen Quark und Odo nicht gefallen, wäre Siskos Beziehung zu seinem Sohn unattraktiv und unrealistisch, wäre O'Briens Familienleben monoton und langweilig, dann würden die Zuschauer ein oder zwei Wochen lang einschalten, um die optischen Effekte und die Aliens zu begutachten, aber dann würde das Interesse bald schwinden.

Die Basis des Ganzen ist die, daß – ganz gleich, wie gut jeder andere Aspekt einer Produktion ist – das Überleben der Serie letztlich nur davon abhängt, wie die Zuschauer auf die Darstellungen der Schauspieler reagieren. Die gute Nachricht dabei ist die, daß – wenn diese Schauspieler ihre Rollen erst einmal festgelegt und eine Verbindung zum Publikum hergestellt haben – sie dabei mithelfen können, diese gelegentlichen Augenblicke zu überwinden, wenn ein Drehbuch nicht ganz klar ist oder wenn die optischen Effekte nicht rundum gelungen sind. Die schlechte Nachricht ist die, daß die Arbeit aller anderen Beteiligten absolut vergebens ist, wenn die Leute, die für die Besetzung zuständig sind, ihre Arbeit nicht außergewöhnlich gut machen. Der Druck ist daher enorm, und er hilft bei der Erklärung, warum die gleichen Schauspieler immer und immer wieder zum Fernsehen zurückkehren – jeder arbeitet bei diesen Gleichungen gerne mit bekannten Größen.

Berman und Piller stellen da keine Ausnahme dar.

Von den sieben Schauspielern, die den Stamm von DEEP SPACE NINE verkörpern, hatten drei zuvor in anderen STAR TREK-Produktionen mitgearbeitet – René Auberjonois, Colm Meaney und Armin Shimerman; vier hatten sich bereits durch Rollen in anderen Serien vor dem Fernsehpublikum bewährt – abermals René Auberjonois, Avery Brooks, Terry Farrell und Nana Visitor. Nur Siddig El Fadil [1] hatte keine Erfahrung im amerikanischen Fernsehen, aber er hatte in einigen britischen Fernsehproduktionen mitgewirkt.

1 Cirroc Lofton, der Benjamin Siskos Sohn Jake spielt, ist das jüngste feste Besetzungsmitglied. Hanna Hatae, die O'Briens Tochter Molly spielt, ist die jüngste wiederkehrende Schauspielerin.

Oben links:
Cirroc Lofton als Jake Sisko.

Oben rechts:
Rosalind Chao als Keiko O'Brien, Hana Hatae als Molly.

Wer sind nun diese Menschen, die die Erwartungen der Produzenten so erfolgreich erfüllen konnten, Figuren zum Leben erwecken zu können, die das Publikum jede Woche nach Hause einlädt? Gibt es eine gemeinsame Eigenschaft, die sie verbindet? Gibt es eine Anschauung, die sie teilen? Einen gemeinschaftlichen Drang, ein Gruppenziel zu erreichen?

Vergessen Sie's.

Trotz all des Talents, das diese Schauspieler besitzen, und trotz ihrer magischen Fähigkeiten, sich in ihre Charaktere zu verwandeln, sind sie eigentlich ganz normale Menschen, die ihre Arbeit machen. Jeder hat eine andere Methode, und jeder hat andere Erwartungen und Ziele, was seine Arbeit betrifft. Das wohl einzige, was sie teilen, ist eine intensive Bindung an das Professionelle ihres Handwerks und eine leicht amüsierte, aber respektvolle Reaktion auf ihren plötzlichen Aufstieg in das Pantheon der STAR TREK-Helden.

Die Bedeutung, die sie jetzt in der Welt von STAR TREK haben – mit den permanenten Einladungen für persönliche Auftritte, mit Tausenden von Fanbriefen und mit ihrer Verwandlung in Figuren eines Spiels [2] –, kommt für sie natürlich nicht überraschend.

Die Schauspieler, die in THE NEXT GENERATION spielten, waren zuerst unsicher, wie man sie aufnehmen würde. Als aber die Einschaltquoten stiegen und immer neue Episoden kamen, konnten sie auf die Erfahrungen der Stars der ersten Serien zurückblicken und sehen, was schon bald auch ihnen widerfahren würde.

Somit wurde zu der Zeit, da DEEP SPACE NINE im Begriff war, in Produktion zu gehen, allgemein davon ausgegangen, daß ein ähnlicher Erfolg auch auf die Schauspieler wartete, die bei dieser Serie mitwirkten – vorausgesetzt, die Serie wurde akzeptiert. Tatsächlich waren es die Verantwortung und die Anforderungen dieser Art von Erfolg, die zum Teil Michelle Forbes' Entscheidung beeinflußten, ihre Rolle des Fähnrichs Ro in der neuen Serie nicht fortzuführen. Die meisten Fernsehserien leben nicht lange. Ein mehrjähriger Vertrag für eine STAR

2 Brent Spiner, der in THE NEXT GENERATION den Androiden Data spielte, war zunächst unsicher, wie er sein Ebenbild als Spielfigur beurteilen sollte. Schließlich aber bezog er sich auf die *Star Wars*-Figur Obi-Wan Kenobi und sagte: »Mir wurde klar, daß, wenn es für Alec Guinness in Ordnung war, es für mich auch in Ordnung wäre.«

Star Trek-Fans: Die nicht so schweigsame Minderheit

Die Schauspieler und das Team von DEEP SPACE NINE heben großen Respekt davor, wie sie von den ergebenen STAR TREK-Fans verehrt werden. Verblüffenderweise ist dieser Respekt für den anhaltenden Erfolg der Serie keine zwingende Notwendigkeit, weil die hingebungsvollsten STAR TREK-Fans, die regelmäßig Merchandising-Artikel kaufen und STAR TREK-Conventions besuchen, nur einen kleinen Teil der Zuschauer der Serien ausmachen.

Wie klein?

Nun, im Durchschnitt sehen zwischen 13 und 15 Millionen Menschen in den USA eine DEEP SPACE NINE-Episode (THE NEXT GENERATION erreichte in der letzten Season 17 bis 20 Millionen Zuschauer), der Kern der ergebenen STAR TREK-Fans dagegen beläuft sich – gemessen an den Verkaufszahlen der Merchandise-Artikel und an den Besucherzahlen der amerikanischen Conventions – auf höchstens 300 000 Menschen. Womit sie etwas mehr als zwei Prozent aller Zuschauer ausmachen.

Natürlich ist die Zahl derer, die STAR TREK mögen und schätzen, beträchtlich größer, als die oben genannten Zahlen vermuten lassen. Einer Umfrage zufolge, die 1991 kurz vor dem 25. Geburtstag der Serie gemacht wurde, erklärten sich mehr als 53 Prozent der Befragten als STAR TREK-Fans – was der Zahl der Zuschauer entspricht, die während der Olympischen Winterspiele 1994 einschalteten, um zu sehen, wie Nancy Kerrigan ihre Silbermedaille gewann.

Die Führungspersönlichkeiten bei Paramount liegen oft des Nachts wach – zumindest treffen sie sich mehrmals im Jahr –, um Mittel und Wege zu finden, wie man bloß *alle* diese selbsterklärten Fans dazu bewegen kann, alle Episoden anzuschauen und ins Kino zu gehen, um den jeweils neuesten STAR TREK-Film zu sehen.

Avery Brooks als Commander Benjamin Sisko.

TREK-Serie ist dagegen ziemlich das sicherste, was einem beim Fernsehen widerfahren kann.
Hier nun die Schauspieler, die das Risiko eingingen, einen beträchtlichen Teil ihrer Karriere der neuen STAR TREK-Serie zur Verfügung zu stellen. Manche folgten dem Rat ihres Agenten, manche taten genau das *nicht*. Aber allen war klar, worauf sie sich einließen, und sie hatten großartigen Erfolg in ihren Rollen. Wie Armin Shimerman sagte: »Bereits am Anfang war mir völlig bewußt, daß ich in die Fußstapfen großartiger Schauspieler trete.« Diese neuen Mitglieder der Besetzung hinterlassen eigene beeindruckende Fußstapfen.

Wollen wir sie kennenlernen ...

Avery Brooks

Avery Brooks ist in natura genauso dominant, wie er in seiner Rolle als Benjamin Sisko auf dem Bildschirm erscheint. Wo Sisko allerdings in seiner Position als Commander von DS9 oft ernst und leidenschaftlich wirkt, durchsetzt Brooks seine eigene beeindruckende Präsenz mit einem entwaffnenden Lächeln und einer sprühenden geistigen Beweglichkeit. Eine einfache Unterhaltung über das Schauspielern in einer Fernsehserie kann sehr leicht zu einer vielschichtigen Diskussion werden, die von der Geschichte der populären Kultur über Philosophie bis hin zu seiner Arbeit als künstlerischer Leiter des National Black Arts Festival reicht. Solche Sprünge haben ihre Berechtigung, da sich Brooks nicht als Nur-Schauspieler betrachtet, sondern als Künstler, der in vielen Bereichen aktiv ist. Und sein Lebenslauf beweist das.

Als Bühnenschauspieler wurde Brooks für seine Titelrolle in dem von Phillip Hayes Dean geschriebenen Stück *Paul Robeson*, in dem er am Broadway sowie in Los Angeles und Washington auftrat, von den Kritikern gefeiert. Tatsächlich scheint Brooks einer der wenigen Menschen zu sein, die fürs Fernsehen arbeiten und dabei wirklich das tun, was sie ursprünglich angestrebt hatten. Er war der erste Schwarze,

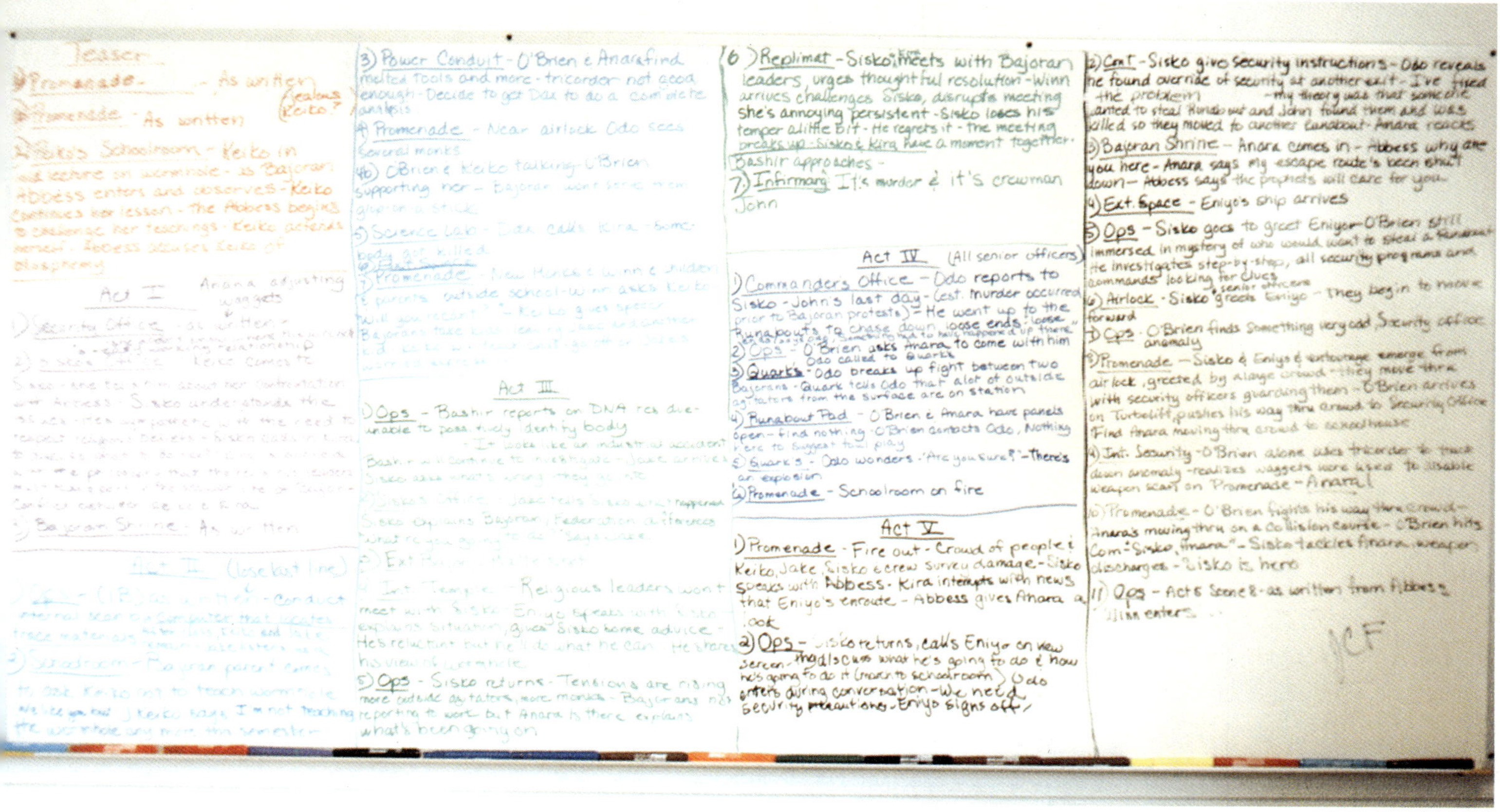

Die in Akte zerlegte Handlung
von ›In the Hands of the Prophets‹.

Gute Ferengi werden gemacht, nicht geboren

ROBBIE ROBINSON

Die zweifache Emmy-Preisträgerin Karen Westerfield an ihrer Make-up-Station zeigt Quarks ›Sechserpack‹ – die wesentlichen Farben, die benötigt werden, um seiner Ferengihaut ein gesundes Aussehen zu verleihen.

ROBBIE ROBINSON

Armin Shimerman beginnt seinen Arbeitstag zwei Stunden vor seinem ersten Auftritt im Studio.

ROBBIE ROBINSON

Auch wenn es sechs Uhr am Morgen ist, weiß Shimerman, wo oben ist. Das Kopfstück kann mehrere Male verwendet werden.

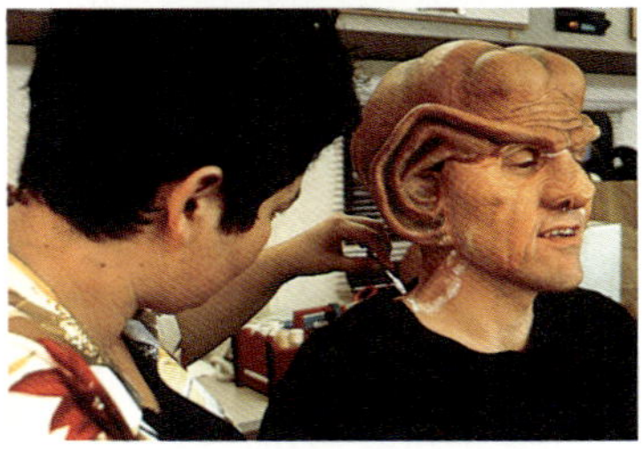

ROBBIE ROBINSON

Westerfield ›verputzt‹ die Ränder der Maske, damit sie nahtlos in Shimermans Haut übergehen.

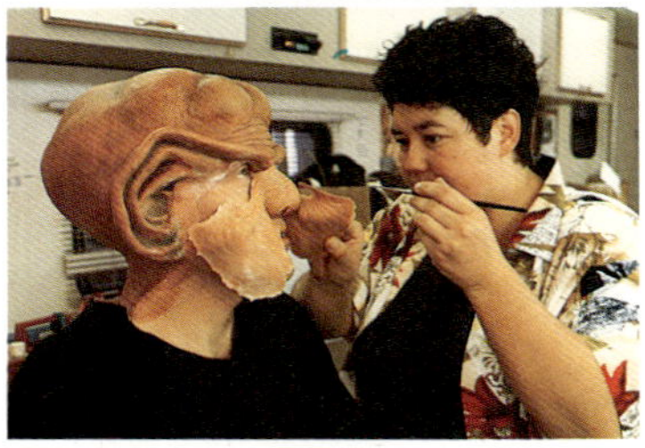

ROBBIE ROBINSON

Der Leim, der benutzt wird, um die Latexmaske in Position zu halten, war ursprünglich ein medizinischer Klebstoff.

ROBBIE ROBINSON

Einige der Übergänge können in den natürlichen Falten und Vertiefungen des Gesichts verborgen werden.

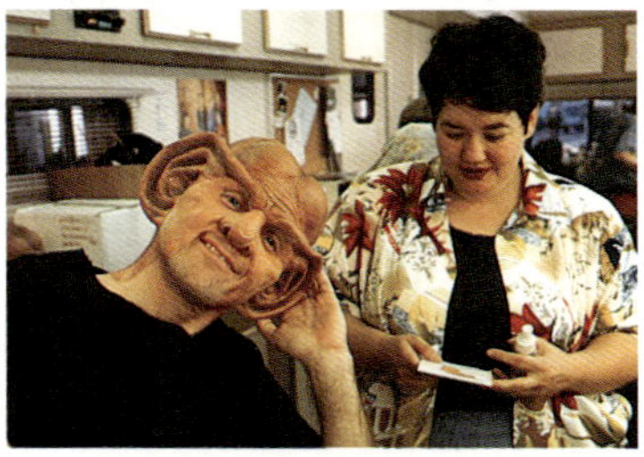

ROBBIE ROBINSON

Eine kurze Pause: Westerfield mischt Quarks Farben.

ROBBIE ROBINSON

Der einzige Grund, warum ein Ferengi einen Fön benötigt, besteht darin, daß dieser den Leim trocknen läßt, der sein Gesicht in Position hält.

ROBBIE ROBINSON

Westerfield schlägt vor, den Chirurgenleim an den Buchschreiberlingen auszuprobieren, die sie seit einer Stunde belästigen. Shimerman denkt gründlich über den Vorschlag nach.

ROBBIE ROBINSON

Wie eine Porträtzeichnerin beginnt Westerfield, Quarks Farbgebung mit Schichten grober Schattierungen zu kreieren, die nach und nach ineinander übergehen.

ROBBIE ROBINSON

Eine Station weiter ist Dean Jones damit befaßt, René Auberjonois' Maske anzulegen. Auberjonois und Shimerman nutzen diese gemeinsame Zeit oft dazu, ihre gemeinsamen Szenen für den jeweiligen Tag durchzugehen – wenn sie nicht gerade ein Interview geben müssen.

ROBBIE ROBINSON

Zeit für die letzten Feinheiten.

ROBBIE ROBINSON

Westerfield trägt ihre eigene Farbmischung um die Augen herum auf, der Shimerman das Verdienst zuschreibt, daß Quarks Augen unter den mächtigen Augenbrauen mit Leben erfüllt werden.

ROBBIE ROBINSON

Was ist ein Ferengi ohne eine faltige Nase?

ROBBIE ROBINSON

Ein letzter Pinselstrich... oder nicht?

ROBBIE ROBINSON

Ein weiteres Meisterwerk, das den Tag über aufgefrischt und nach sechzehn Stunden entfernt wird.

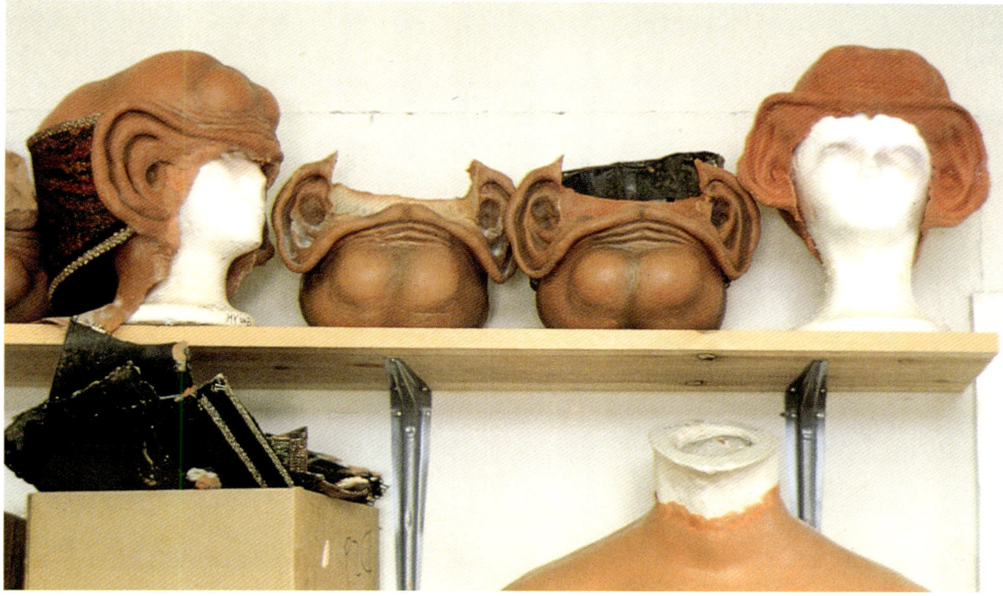

ROBBIE ROBINSON

Michael Westmores Make-up-Studio ist dem Rest immer eine Nasenlänge voraus.

Entweder ist das eine Trophäenwand voller Monstrositäten oder Michael Westmores Studio.

ROBBIE ROBINSON

Dr. Bashirs Krankenstation nimmt Form an.

CHERYL GLUCKSTERN

ROBBIE ROBINSON

Das Art Department von DEEP SPACE NINE hat wieder bei den Details zugeschlagen!

Fans von Monty Python mögen dies für einen überdimensionalen Pudding halten, der sich auf dem Weg nach Wimbledon befindet. Tatsächlich ist es aber das Modell von Deep Space Nine, das seine Freizeit bei Image G verbringt, verpackt in Schaumgummi und unter einem weißen Laken verborgen. Dieses Modell ist bisher so oft benutzt wurden, daß es nicht sinnvoll erschien, eine Kiste zu bauen und es ins Lager zu den anderen STAR TREK-Modellen zu schicken.

Vergessen Sie die komplizierten Okudagramme. So sieht der Bildschirm des Computers aus, der die echte Station Deep Space Nine kontrolliert, die für ›Motion Control‹-Aufnahmen bei Image G in Position gebracht worden ist. Sieht das nicht komplizierter als irgendein Okudagramm aus?

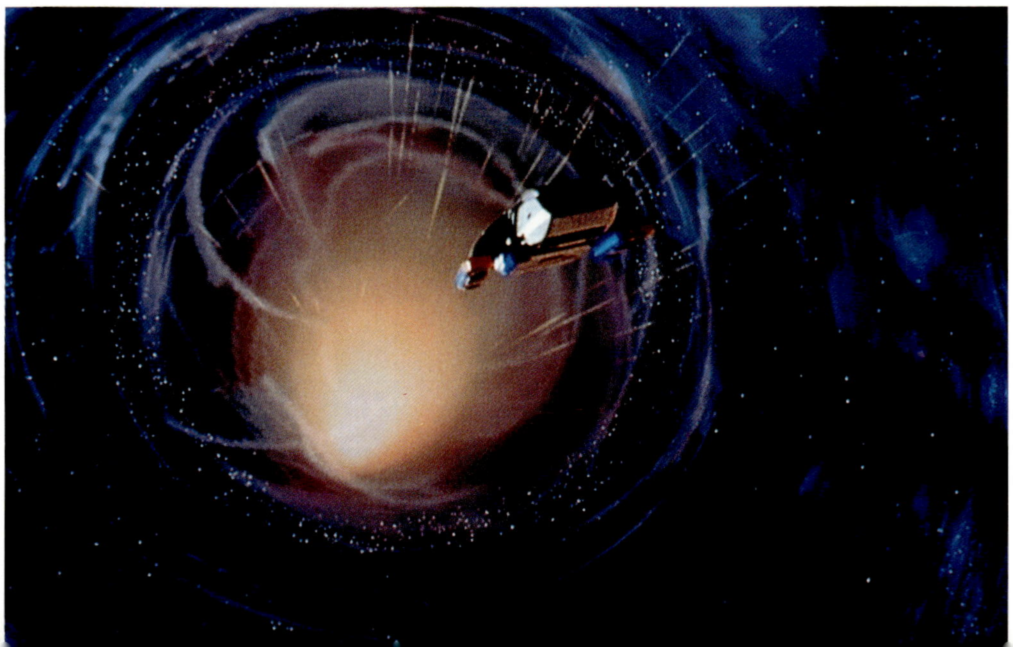

Das Modell eines Flitzers, der bei Image G gefilmt worden ist, fliegt in das Wurmloch, das auf dem Computer von Rhythm & Hues geschaffen wurde.

Für dieses Bild aus dem Pilotfilm wurden Komponenten aus allen Produktionsabteilungen kombiniert.

Eine neue Art von Bildschirm für eine neue Art von STAR TREK.

Wenn Sie in Kapitel 14 aufgepaßt haben, dann sollten Sie in der Lage sein, die knapp 30 separaten Belichtungen zu benennen, die kombiniert wurden, um dieses Bild entstehen zu lassen.

Nachdem alle anderen Lichtquellen ausgeschaltet worden sind, werden bei dieser Belichtung nur die Lichter aufgezeichnet, die durch die Fenster der Station scheinen. (Herkömmliche Neonröhren sind für diesen Zweck im Modell angebracht worden.)

MIT FREUNDLICHER GENEHMIGUNG VON GARY HUTZEL

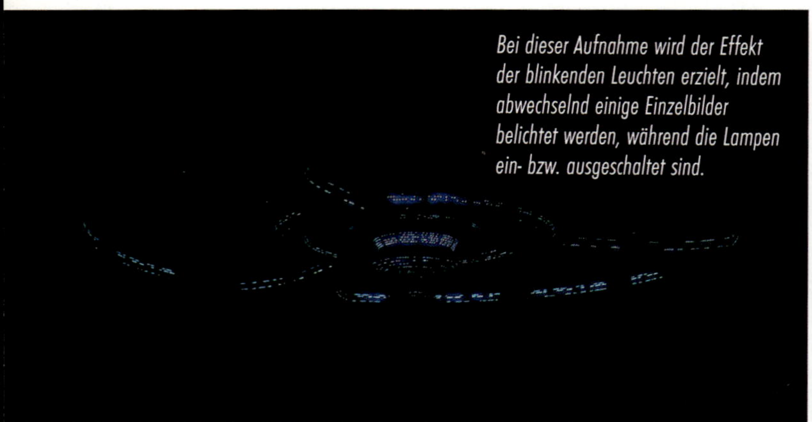

Bei dieser Aufnahme wird der Effekt der blinkenden Leuchten erzielt, indem abwechselnd einige Einzelbilder belichtet werden, während die Lampen ein- bzw. ausgeschaltet sind.

Die ›Malibu‹-Passage dient dazu, die Flutlichter an der Außenhülle der Station auf Film zu bannen. Ihren Namen verdanken sie den beliebten Gartenlampen, die auch als Malibu-Lampen bekannt sind.

MIT FREUNDLICHER GENEHMIGUNG VON GARY HUTZEL

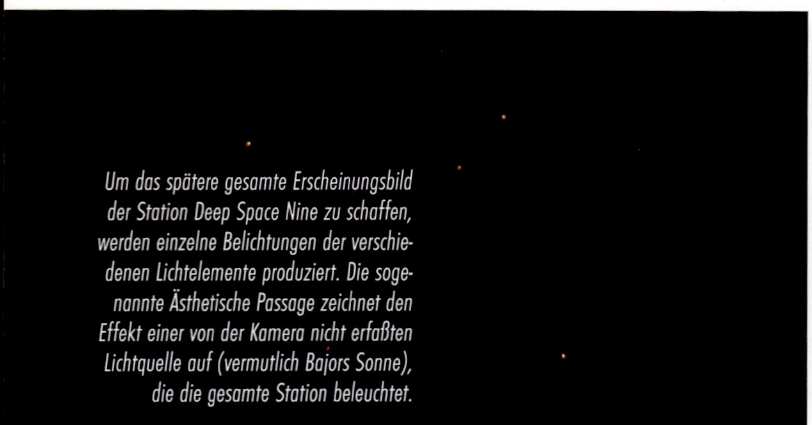

Um das spätere gesamte Erscheinungsbild der Station Deep Space Nine zu schaffen, werden einzelne Belichtungen der verschiedenen Lichtelemente produziert. Die sogenannte Ästhetische Passage zeichnet den Effekt einer von der Kamera nicht erfaßten Lichtquelle auf (vermutlich Bajors Sonne), die die gesamte Station beleuchtet.

Die ›Dingsda‹-Aufnahme belichtet den Film mit dem Leuchten des Reaktors.

MIT FREUNDLICHER GENEHMIGUNG VON GARY HUTZEL

Schließlich werden alle einzelnen Belichtungen der verschiedenen Beleuchtungselemente kombiniert, um das vollständige Erscheinungsbild der Station zu erzielen. Für die Serie werden die einzelnen Belichtungen auf Film aufgenommen und dann auf Videoband kombiniert. Wenn in einer Aufnahme der Station ein Raumschiff zu sehen ist, dann ist dessen Erscheinungsbild ebenfalls das Ergebnis aus der Montage zahlreicher separater Belichtungen.

MIT FREUNDLICHER GENEHMIGUNG VON IMAGE G

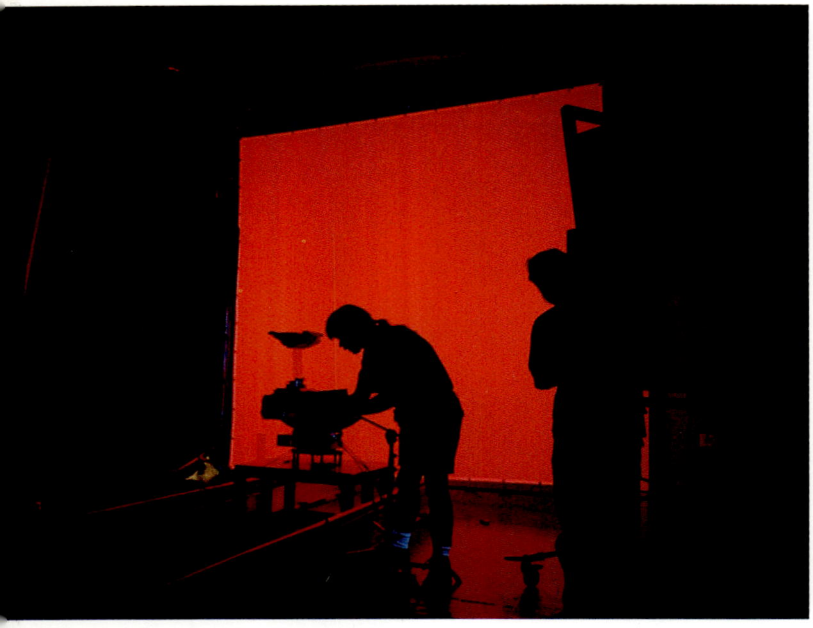

Gary Hutzel bereitet einen auf dem Kopf stehenden Flitzer für eine Matte-Passage vor.

MIT FREUNDLICHER GENEHMIGUNG VON IMAGE G

Chris Schnitzer bereitet den Flitzer für eine Aufnahme vor, in der Rauch den Eindruck von Atmosphärendunst erwecken soll.

Ein früher Entwurf für das Innere eines Flitzers (Juni 1992).

JIM MARTIN

Erste Zeichnungen für die OPS,
hier noch als Brücke bezeichnet.

RICARDO DELGADO

Die Besetzung der ersten Season.
Wie sagte doch jemand: Wir sind alle
eine große, glückliche Familie.

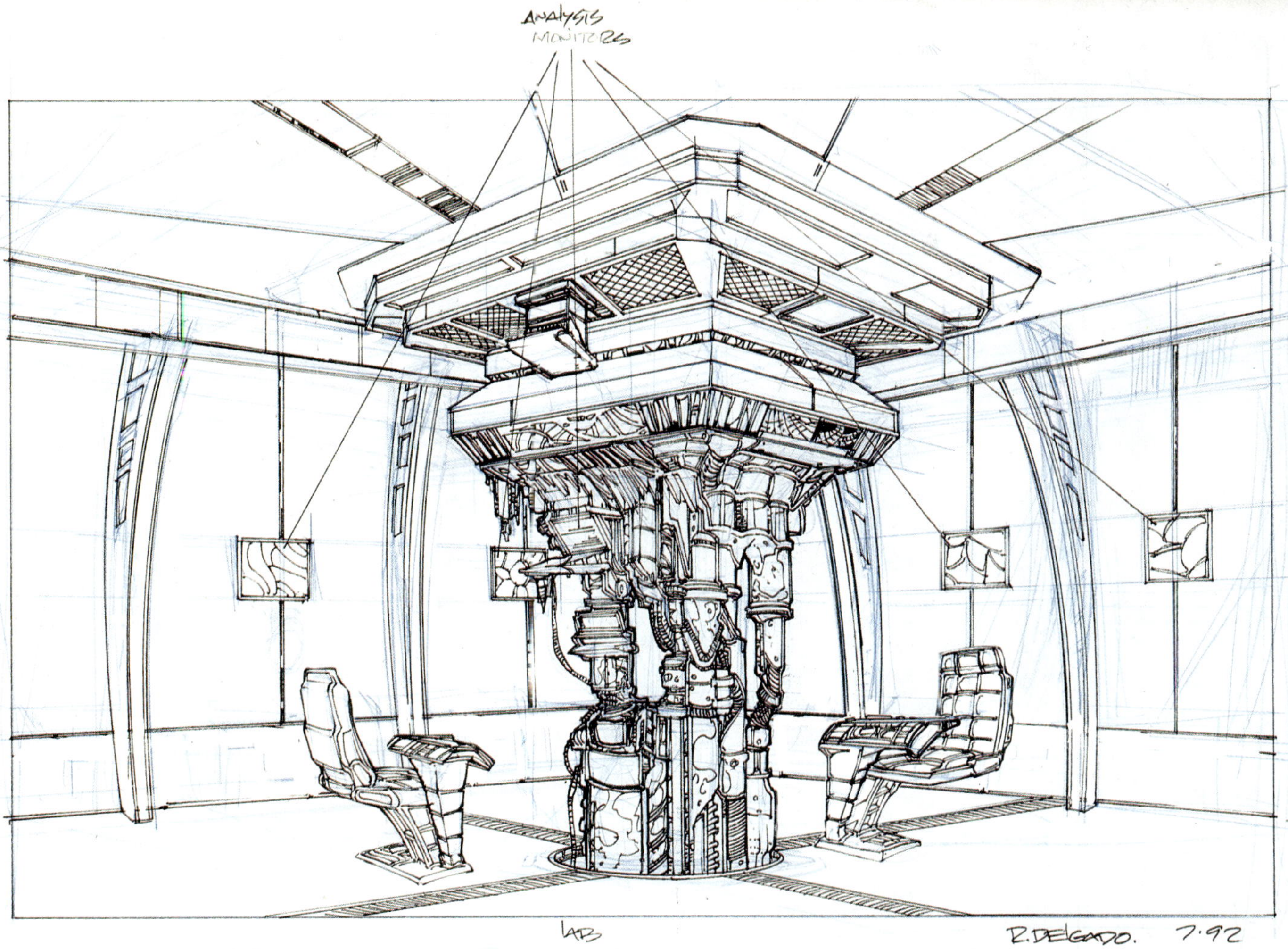

RICARDO DELGADO

Der Entwurf für ein Labor, Juli 1992.

RICARDO DELGADO

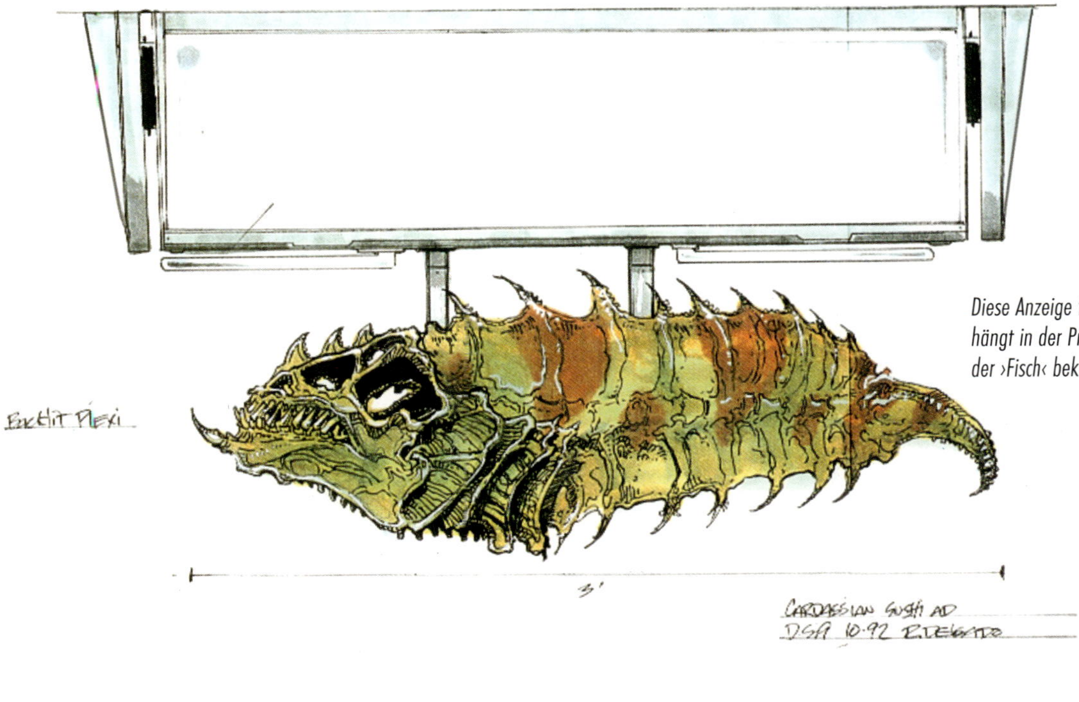

Diese Anzeige für ›cardassianisches Sushi‹ hängt in der Promenade, wo sie nur als der ›Fisch‹ bekannt ist.

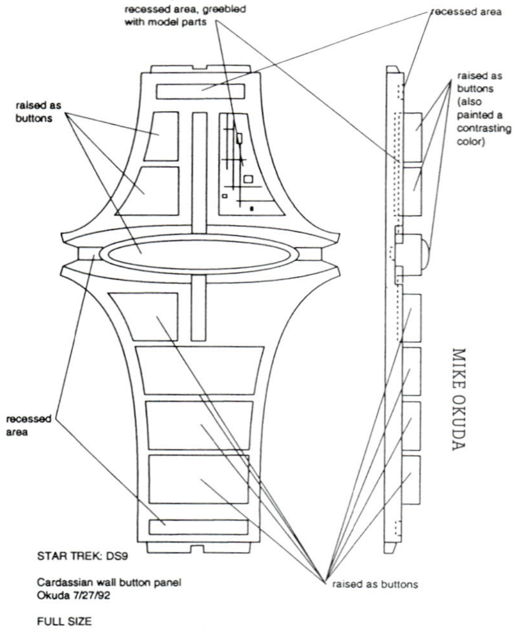

MIKE OKUDA

Der alles verbindenden Design-Philosophie von STAR TREK entsprechend, finden sich bestimmte Grundstrukturen in allem Cardassianischen wieder.

Cardassianisches Design.

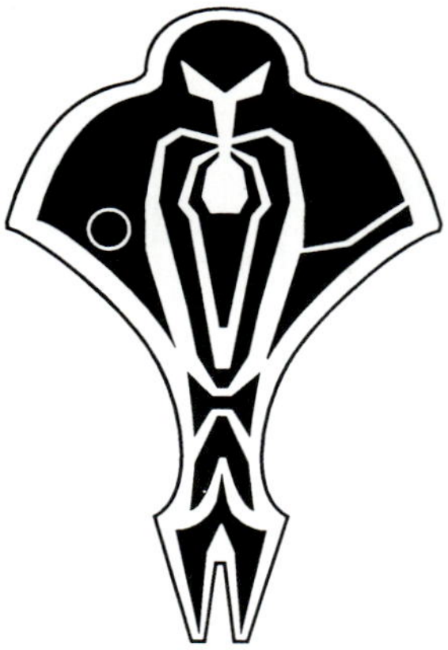

ROBBIE ROBINSON

Die cardassianische Wandeinheit, entworfen von Michael Okuda, überarbeitet von Herman Zimmerman nach der ›Stellen wir es auf den Kopf‹-Methode.

CARIN BAER

Marc Alaimo als Gul Dukat. Make-up von Michael Westmore, Kostüm von Robert Blackman.

RICARDO DELGADO

Dieses Design nähert sich dem späteren Aussehen der OPS. Beachten Sie die runden Fenster und die gedrungene Bildschirmumrandung.

Ein früher Entwurf für das Wurmloch (Juni 1992).

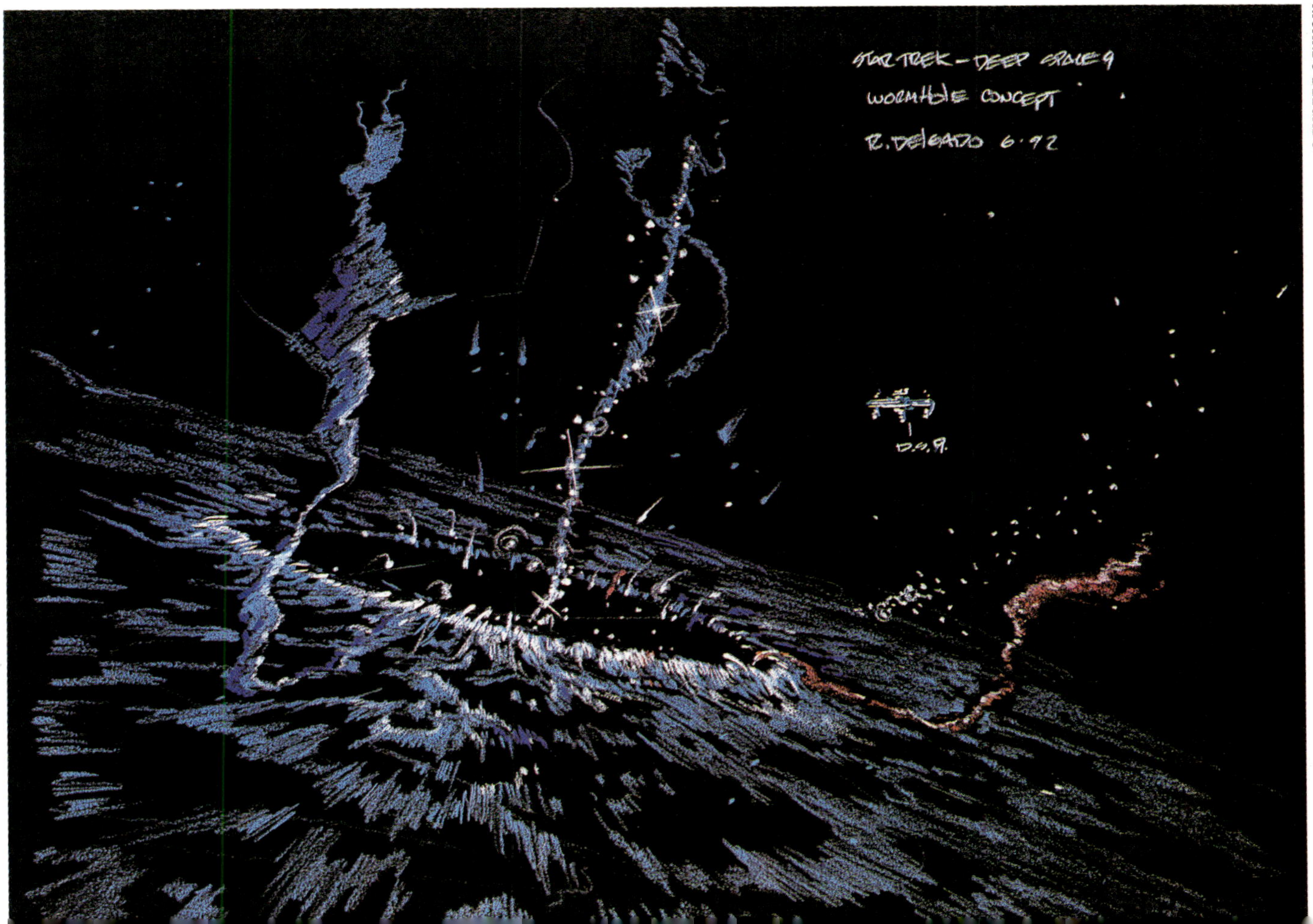

RICARDO DELGADO

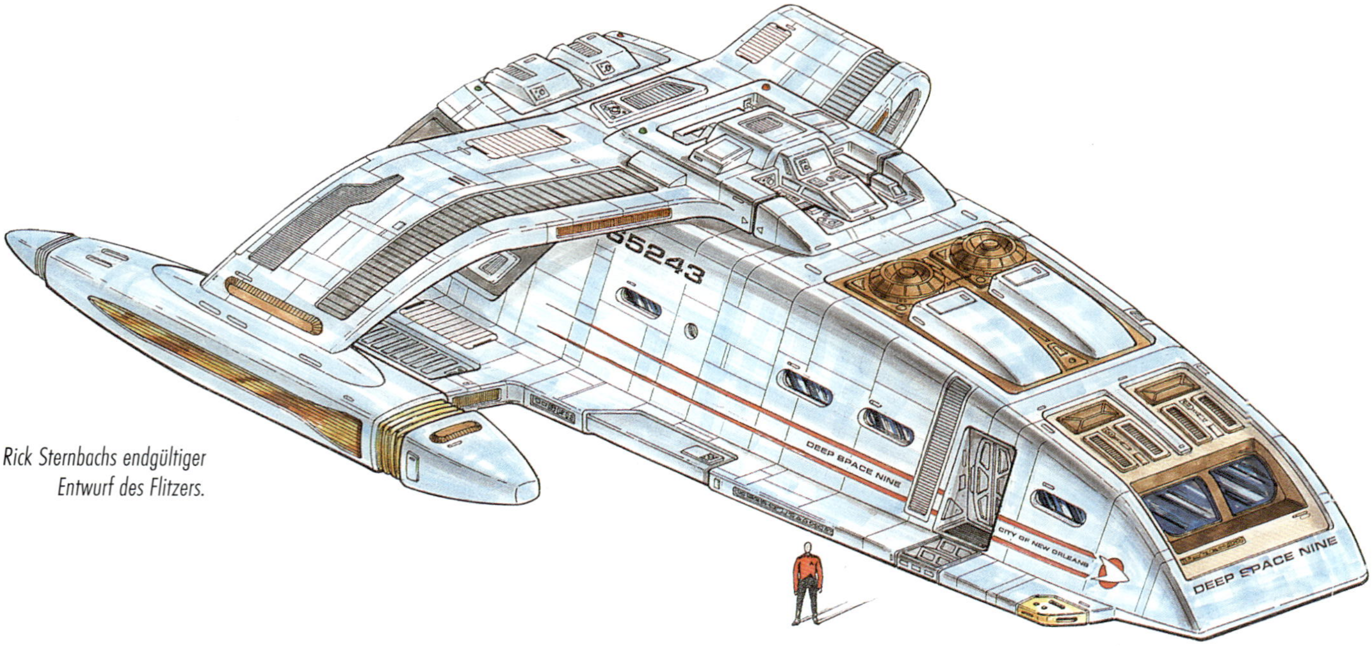

Rick Sternbachs endgültiger Entwurf des Flitzers.

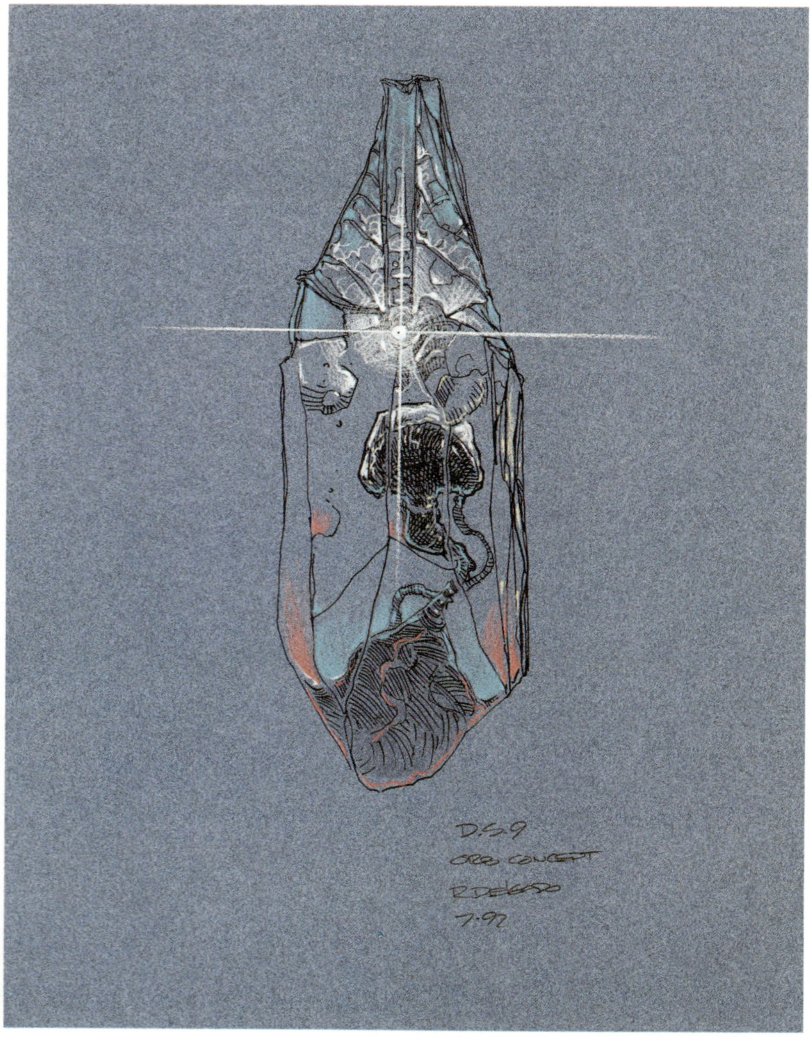

RICARDO DELGADO

Ein früher Entwurf für eine ›Träne der Propheten‹ – weder in der Form einer Kugel noch einer Sanduhr.

der mit einem Master of Fine Arts in den Fächern Schauspielerei und Regiearbeit an der Rutgers University abschloß.

Als Sänger war er in der Rolle des Malcolm X in *X: The Life and Times of Malcolm X*, der Oper von Anthony Davis in einer Produktion des American Music Theater Festival, zu sehen.

Als Pianist hat er mit den Jazzgrößen Jon Hendricks, Butch Morris, Henry Threadgill, Lester Bowie und Joseph Jarman gespielt.

Als Lehrer ist er seit mehr als zwei Jahrzehnten mit der angesehenen Rutgers University verbunden. An der Mason Gross School of the Arts hat er 15 Jahre lang als Professor für Theater gelehrt.

Als Fernsehschauspieler war Brooks außerdem in der Titelrolle in *Solomon Northup's Odyssey* in der Produktion des American Playhouse zu sehen. Er erhielt eine Nominierung für einen CableACE Award für seine Darstellung des Onkel Tom in der Showtime-Produktion *Uncle Tom's Cabin*; und er ist Millionen von Zuschauern im Gedächtnis als Hawk, der mysteriöse Partner von Spenser in *Spenser: For Hire*, der dann die Hauptrolle in einer eigenen Serie erhielt, *A Man Called Hawk*.

Wenn er gefragt wird, wie er es schafft, alle seine Interessen und Karrieren gleichzeitig am laufen zu halten, erwidert Brooks einfach: »Ich weiß es nicht.«

Aber Brooks weiß, was ihn an der Rolle des Benjamin Sisko so reizte, und es war genau das, was Rick Berman und Michael Piller zu Beginn in die Rolle aufgenommen hatten – Siskos *persönliche* Geschichte.

Als ein Student der populären Kultur versteht Brooks die Stärke und Tiefe der mehr als ein Vierteljahrhundert alten STAR TREK-Geschichte, aber als Schauspieler versucht er, diese Erkenntnis seine Arbeit nicht beeinflussen zu lassen. »Es gibt keinen Grund, es komplizierter zu machen«, erklärt Brooks, fügt aber schnell hinzu, daß er STAR TREK damit nicht abwertet, sondern daß er STAR TREK lediglich als umfangreichen und komplexen Hintergrund für das Geschichtenerzählen anerkennt. Er überläßt es den anderen, diesen Hintergrund zu beschreiben und zu bewahren. Für Brooks steht der Charakter im Mittelpunkt seines Interesses.

»Was mich wirklich anzog, war die *Handlung* von ›Emissary‹. Ich fühle mich noch immer sehr verbunden mit dieser Geschichte eines Mannes, der sich auf eine Reise begibt und versucht, Frieden zu finden, die Vergangenheit in den Griff zu bekommen. Und zugleich muß er die Menschheit vor einer anderen Intelligenz im Universum verteidigen. Es ist eine faszinierende Idee. Das steht uns in der Realität vielleicht noch bevor.

Es ist außerdem die Geschichte eines Mannes, der versucht, alleine seinen Sohn aufzuziehen, und ich finde, daß das außerordentlich gut geschrieben ist. All das zog mich an – natürlich zusätzlich zu der Tatsache, daß ich weiß, was STAR TREK ist, und daß ich die Gelegenheit habe, einen Farbigen darzustellen, der das Kommando hat. Das ist sehr wichtig. Das nennt man zeitgenössische Heldensage.«

Überwindung der Rassenschranken war seit jeher Teil der Roddenberryschen positiven Zukunftsvision, ein Aspekt der Originalserie, der sie in den sechziger Jahren die Welt bewegen ließ, da sie rassisch gemischte Besatzungen zeigte. Berman und Piller haben Roddenberrys Traum seitdem in ihrer eigenen Verwaltung des STAR TREK-Universums am Leben erhalten. Und obwohl zunächst der Commander von DEEP SPACE NINE ein Mann oder eine Frau jeglicher Rasse hatte sein können, kamen Berman und Piller während der Verfeinerung ihres Serienkonzepts zu dem Schluß, daß es Zeit war, einen schwarzen Offizier den Platz in der Mitte einnehmen zu lassen. Neben Avery Brooks wurden auch Schauspieler wie James Earl Jones und Carl Weathers für die Rolle des Sisko in Erwägung gezogen.

»Wenn ich einen Schritt nach hinten machen und die Dimensionen von STAR TREK betrachten sollte, dann hätte ich Angst, zur Arbeit zu kommen.«

Die wirkliche Welt hat Roddenberrys Traum noch nicht erreicht, und Brooks ist erfreut, ein Teil dieses fortwährenden erzieherischen Prozesses zu sein.

»Ich denke an Kinder, die die Serie sehen. Ich denke an Leute, die sich damit beschäftigen. Es ist Zeit, daß es uns leichtfallen sollte, eine solche Art von Wirklichkeit zu akzeptieren, daß wir in der Lage sind, diese Vorstellung von Schwarz und Weiß hinter uns zu lassen und nur den ›Menschen‹ zu betrachten.«

Da die Drehbücher von DEEP SPACE NINE die Tatsache, daß Sisko ein Schwarzer ist, gar nicht für erwähnenswert halten, erklärt Brooks, daß ein Teil der Figur nicht in seine Darstellung einfließt. Statt dessen spielt er einfach eine Person, deren Hautfarbe im 24. Jahrhundert nicht interessiert. »Ich bin der, der ich bin. Es zählt nur, wer ich bin. Ich meine, das ist meine Art zu reden, ich kann nur so reden. Für die Welt bin ich ein afrikanisch-amerikanischer Mann, das ist richtig. Aber den spiele ich nicht.«

Brooks sieht seine Sisko-Rolle als Teil eines Kontinuums, in dem sie mit seiner anderen großen Fernsehrolle verbunden ist – mit Hawk.

»Lassen Sie mich noch ein wenig weiter zurückgehen«, sagt Brooks, als er über seine Fernsehrollen spricht, »bis *A Man Called Hawk*. Das war das erste Mal, soweit ich das sagen kann, daß wir in der Geschichte des Fernsehens einen farbigen zeitgenössischen *Helden* hatten. Sie können sich umsehen. Zeigen Sie mir einen anderen, der nicht jemandem Rede und Antwort stehen mußte, der keine Polizeimarke hatte, dessen Handlung nicht von Weißen gebilligt werden mußte. Vielleicht habe ich irgendwo irgend etwas in der Geschichte des Fernsehens verpaßt. Aber ich glaube, er ist der erste. Ein Held.«

Man kann Sisko nicht besser beschreiben – ein alleinerziehender Vater, ein Mann auf der Suche nach innerem Frieden, ein Commander an der äußersten Grenze. Er ist einfach so, wie Avery Brooks ihn darstellt, und so, wie Berman und Piller ihn sich vorgestellt hatten – ein sehr menschlicher Held.

René Auberjonois als Sicherheitschef Odo.

»Wir werden sehen, wer am besten auf der Butterbrotdose aussieht.«

René Auberjonois

Anders als Sisko ist die von René Auberjonois gespielte Rolle nicht menschlich. Tatsächlich ist niemand auf Deep Space Nine wirklich sicher, wer oder was Odo ist, abgesehen von der Tatsache, daß es sich bei ihm um einen Gestaltwandler handelt. Aber in bewährter STAR TREK-Tradition und in der Nachfolge zweier anderer nichtmenschlicher Figuren – Mr. Spock und Data – hat Auberjonois das Geheimnis gelöst, einen Alien mit Leben zu erfüllen, indem er herausfinden muß, was an ihm menschlich ist. Wie im Falle der früheren, äußerst faszinierenden Figuren ist es die Suche nach Identität, der Wunsch, irgendwohin zu gehören. Und wie Auberjonois ganz richtig erkannt hat: Welche Metapher wäre für ein Individuum auf der Suche nach seiner Identität geeigneter als die Fähigkeit, jede Form annehmen zu können?

Gemäß einer anderen STAR TREK-Tradition – nämlich der, Schauspieler mit solider klassischer Erfahrung zu nehmen – kann Auberjonois wie Brooks einen beeindruckenden Schauspielerlebenslauf vorlegen, sowohl auf der Bühne als auch im Fernsehen. Und so wie Brooks macht er genau das, was er auch machen wollte. Mit sechs Jahren wußte er, daß er Schauspieler werden wollte, mit sechzehn trat er zum ersten Mal auf eine Bühne, dank der Ermutigung und Anleitung eines Freundes der Familie, John Houseman.

Seinen ersten Broadway-Auftritt hatte er in dem Musical *Coco* – in der Hauptrolle

Katherine Hepburn –, wofür er einen Tony Award erhielt. Er wurde auch geehrt mit Tony Award-Nominierungen für seine Auftritte in den Broadway-Produktionen *Big River*[3] und *The Good Doctor* sowie für seine Rolle als Filmmogul Buddie Fidler im Musical *City of Angels*.

Sein Filmdebüt hatte er in Robert Altmans Klassiker *M*A*S*H*, es folgten Auftritte in Filmen wie *Brewster McCloud, The Hindenberg*, in Dino de Laurentiis' Remake von *King Kong* und – sein erster STAR TREK-Auftritt – in STAR TREK VI – THE UNDISCOVERED COUNTRY. (Auberjonois nahm diese kleine Rolle auf Drängen seines Freundes, des Regisseurs Nicholas Meyer, an. Seine Rolle war die des ruchlosen ›Colonel West‹, Meyers düsterer Version von Oliver North. Unglücklicherweise wurde der Part aus der Kinofassung herausgenommen, in die spätere Videofassung jedoch wieder aufgenommen.) Auberjonois erfreute außerdem Millionen Menschen mit seinem gefeierten ›Auftritt‹ in dem Disney-Zeichentrickfilm *The Little Mermaid*, in dem er die unvergeßliche Sprech- und Singstimme für den manischen französischen Koch lieferte, der versucht, die Krabbe Sebastian zu kochen.

Als Fernsehschauspieler hat Auberjonois zwei Emmy-Nominierungen erhalten, eine für seine Mitwirkung in dem ABC-Special *The Legend of Sleepy Hollow* und die zweite für seine möglicherweise am besten in Erinnerung gebliebene Rolle als Stabschef Clayton Endicott III. in der Erfolgsserie *Benson*.

In natura kann Auberjonois manchmal so eindringlich und scheinbar unfreundlich wie in seiner Rolle erscheinen, obwohl im Fall des Schauspielers oft trockener Humor am Werk ist, so wie eine realistische Einstellung zum Leben. So schildert er eine Erinnerung an den ersten Tag der ersten Season auf recht nüchterne Weise: »Wir standen alle da, Fotos wurden gemacht, und ich warf mich in Positur, womit Colm mich aufzuziehen versuchte. Ich sagte: ›Nun, wir werden sehen, wer am besten auf der Butterbrotdose aussieht.‹«

Aber sein Humor verbirgt nicht, mit welchem Ernst er seine Rolle behandelt. Tatsächlich war er in der ersten Season so besorgt über die Darstellung, daß er sich die fertigen Episoden ansah, um festzustellen, wie Odo im Vergleich zu den anderen Figuren wirkte.

Seinen eigenen Auftritt anzusehen, ist etwas, was viele Schauspieler nicht mögen. Dazu Auberjonois: »Es kann unangenehm sein, so als höre man seine Stimme vom Tonband – man hört sich nicht so an, wie man es dem eigenen Empfinden nach eigentlich sollte.«

Entgegen allen Erwartungen ist es nicht die Tatsache, daß Auberjonois in einer das gesamte Gesicht bedeckenden Maske spielen muß, die ihn über seine Darstellung hat besorgt sein lassen.[4] Nicht nur, daß Auberjonois oft in Masken aufgetreten ist, er hat bei Juillard Maskenarbeit unterrichtet. Craig Reardon, der Make-up-Künstler, der Odos charakteristische Merkmale nach Anleitung von Michael Westmore formte, stimmt Auberjonois' Ansicht zu, wenn er sagt: »Man kann einen Schauspieler, der Charakter hat, nicht unterdrücken. Ein hervorragender Schauspieler wird immer die Maske durchdringen.«

Zweifellos ist René Auberjonois dafür ein Beweis.

3 Das Universum ist wirklich sehr klein. Den Beweis bringt die Tatsache, daß die Rolle, die Auberjonois in *Big River* gespielt hatte, nach seinem Ausstieg von Brent Spiner übernommen wurde.

4 In der ersten Season der Serie bereitete Odos Make-up Sorgen. Obwohl Michael Westmores Design sich an der Vorgabe der Bibel, die einen ›unfertigen Mann‹ forderte, orientierte, entstanden durch die aus drei Teilen bestehende Maske – Stirn, Nase und Wangen, Kinn – zusätzlich zu den fast unbeweglichen Ohren sichtbare Übergänge, insbesondere um den Mund herum, traditionell der für das Auftragen von Masken schwierigste Bereich des Gesichts. Bei anderen Masken können solche Probleme gelöst werden, indem die Masken so geformt werden, daß die Übergänge mit Falten zusammenfallen. Da aber Odos Gesicht glatt und faltenlos sein sollte, waren solche Techniken wirkungslos. In den ersten Episoden wußte Auberjonois die Sorgfalt und das Können zu schätzen, mit denen Kameramann Marvin Rush für die Szenen mit Odo die Beleuchtung so einrichten ließ, daß die Schatten nicht so intensiv waren, die die Aufmerksamkeit auf die Übergänge hätten lenken können.

Nachdem er verschiedene Designvarianten im Verlauf der ersten Season getestet hatte, fertigte Michael Westmore zum Ende der ersten Season von DEEP SPACE NINE Odos Make-up aus einer einzigen, das ganze Gesicht bedeckenden Maske. Laut Westmore ist Odos Aussehen nun festgelegt und wird sich nicht mehr verändern.

Zwischen den Zeilen: Schauspieler bei der Arbeit

Die kreative Komplexität, Charaktere in einer Fernsehserie zu entwickeln, entpuppt sich trotz der immensen Bedeutung als überraschend zwangloser Prozeß. Nana Visitor, die Major Kira Nerys spielt, berichtet, daß sie nach der dritten Episode der ersten Season vom Autorenstab oder von den Produzenten kaum noch etwas über ihre Rolle oder über die Richtung, in die sie sich entwickeln sollte, hörte. »Es ist tatsächlich so, daß ich keinerlei Druck von dieser Seite erlebt habe in dem Sinne, daß ›sie‹ es so oder so wollen – was wunderbar und schön ist. Sie geben uns den Freiraum und den Respekt, das zu tun, was wir tun.«

Avery Brooks erklärt seinen ›Dialog‹ mit den Autoren und den Produzenten als einen ›Karussell‹-Prozeß, bei dem er auf den Inhalt eines Drehbuchs reagiert, indem er dieses im Film interpretiert. Die Autoren führen den Dialog fort, indem sie ihre Arbeit an seine Darstellung anpassen, während er wiederum seine Darstellung an ihre Arbeit anpaßt, so daß innerhalb kurzer Zeit Einigkeit erzielt wird. Alle anderen Schauspieler von DEEP SPACE NINE arbeiten auf ähnliche Weise und bitten nur in seltenen Fällen um Anweisungen für eine Szene.

Um zu verdeutlichen, was ein Schauspieler in seine Rolle einbringt – abgesehen von der Fähigkeit, den gleichen Satz immer und immer wieder zu wiederholen und ihn dabei immer noch frisch klingen zu lassen –, nachfolgend nun eine Szene aus der Episode ›A Man Alone‹ aus der ersten Season. In dieser Episode ist Odo der Hauptverdächtige in einem Mordfall auf DEEP SPACE NINE. Einige der Bewohner auf der Station glauben, er sei schuldig, und wollen ihn nicht länger in seiner Position sehen. Einige von ihnen verwüsten Odos Büro.

---

61 INNENAUFNAHME SICHERHEITSBÜRO

Odo reagiert, als er sieht, daß das Büro verwüstet worden ist ... sein Stuhl ist umgeworfen worden ... Dinge, die sich auf seinem Schreibtisch befanden, liegen nun auf dem Boden ... ein Aktenschrank ist umgeworfen worden ... an einer Wand steht in roten Buchstaben das Wort ›WANDLER‹ geschrieben. In diesem einsamen Moment können wir die Verletzlichkeit des Mannes erkennen; sein Schmerz wird in einer Weise offensichtlich, wie er dies keinem anderen lebenden Wesen gegenüber zeigen würde. Hinter ihm:

QUARK (O.C.)
Ich kann für Sie herausfinden, wer das war ...

Odo reißt sich zusammen, dreht sich um und blickt Quark ruhig an ...

ODO
Nicht für mich. Teilen Sie es Starfleet mit. Ich habe hier nichts mehr zu sagen.

QUARK
Nun, das ist eine gute Nachricht, die mir den Tag versüßt ...

ODO
Sie sollten meine Abwesenheit nutzen, solange Sie können, Quark ...

QUARK
Oh, das werde ich. Das werde ich. Verlassen Sie sich darauf. Ich werde jeden Hochstapler in diesem Sektor schon morgen auf der Station haben ...

ODO
Versuchen Sie es. Ich ...

Eine kurze Pause. Quark grinst. Odo erkennt, daß Quark ihn nur herausfordern wollte, und schweigt.

ODO
Sie werden nachlässig werden, wenn ich nicht mehr ein Auge auf Ihre Aktivitäten habe.

QUARK
Das glaube ich nicht. Sie haben mir schon viel zu lange auf die Finger geschaut.

ODO
Sicher. Ich habe einen besseren Betrüger aus Ihnen gemacht.

QUARK
Auch wenn es Ihnen nicht gefällt.

ODO
(ernst)
Glauben Sie, Sie könnten einen Gestaltwandler in Ihrer Organisation gebrauchen?

Quark reagiert, nimmt ihn für einen Moment ernst, dann beginnt er zu lächeln ... Odo grinst fast ...

QUARK

Jetzt haben Sie mich aber drangekriegt ...

ODO

Nicht wahr?

QUARK

Ja, wirklich ...

Ein Moment verlegener Stille. Die beiden Gegner sind sich in ihrer Art näher als die meisten Freunde ... Quark dreht sich um, will gehen, bleibt an der Tür stehen ...

QUARK

Ich habe ein paar Freunde im Kran-Tobol-Gefängnis über Ibudan befragt ... ob er sich dort irgendwelche Feinde gemacht hat.

(Er schüttelt den Kopf.)

Ich konnte keinen finden. Meistens hielt er sich bei den bajoranischen Dissidenten auf, die von den Cardassianern eingesperrt worden waren ...

Odo bedankt sich mit einem Kopfnicken für den Versuch. Quark berührt eine Sensorfläche und geht. Odo beginnt, sein Büro aufzuräumen.

Mit diesen Zeilen hatte Michael Piller (nach einer Geschichte von Gerald Sanford und Michael Piller) das Wesentliche der Beziehung zwischen Quark und Odo dargestellt. »Wir wußten sehr früh, daß diese Beziehung etwas Besonderes sein würde, so wie die zwischen Spock und Pille in der ersten Serie«, sagt Shimerman.

Wie die Zuschauer von DEEP SPACE NINE wissen, wird diese Beziehung in den niedergeschriebenen Worten deutlich erkennbar, wie diese Szene zeigt.

Als es soweit war, daß Shimerman und Auberjonois diese Szene spielen sollten, begannen sie als Schauspieler, nach dem ›Unterbewußten‹ zu suchen, das sie auch fanden – die Bedeutung, die zwischen den Zeilen verborgen ist, die den Dialog und die Beziehung der Charakter komplexer und damit interessanter machen kann. In dieser Szene ist Odos Büro verwüstet. Zwischen den Trümmern befinden sich einige Schalttafeln, die benutzt werden, um Daten einzugeben und zu überprüfen. Obwohl das Drehbuch es erst am Ende der Szene verlangt, entschied sich Auberjonois, die Szene mit den Aufräumarbeiten zu beginnen. Shimerman folgte Auberjonois' Entscheidung: Quark half ihm dabei. Dennoch ließ seine Körpersprache bei den ersten beiden Tafeln, die er aufhob, den Eindruck entstehen, daß er sie behalten wollte. Ohne den Dialogrhythmus zu unterbrechen, nahm Odo Quark die Tafeln ab.

Als Quark zum dritten Mal eine Tafel aufhebt – gerade als er über seinen Kontakt mit dem Gefängnis spricht –, befindet er sich auf der anderen Seite des Büros. Als er seine Rede beendet hat, macht er einen Schritt durch die Tür, dann stoppt er kurz, blickt auf die Tafel in seiner Hand, lächelt, dreht sich um und hält sie Odo kommentarlos entgegen. Odo nimmt sie, nicht mit einer besitzergreifenden Bewegung, sondern so, wie man ein Geschenk annehmen würde. Und dann, wenn Quark mit einem letzten, wissenden Grinsen das Büro verläßt, hat sich der Unterton der Szene verändert. Obwohl die Wortwahl wenig mehr als eine beleidigende Neckerei war, ließen die Handlungen der beiden erkennen, daß sie in einer komplexen Beziehung zueinander stehen. Es war ein aufschlußreicher Moment, der die bereits gute Szene bereicherte und aus ihr eine hervorragende Szene machte.

Diese Bereicherung der geschriebenen Szene, kreiert und weiterentwickelt von Auberjonois und Shimerman, und von dem Regisseur der Episode, Paul Lynch, gefördert, ist ein Teil des Zaubers, der sich ereignet, wenn die Summe aller Teile größer als das Ganze ist. Die Szene zu bereichern, ist das, was die besten Schauspieler machen, indem sie das geschriebene Wort mit unerwartetem Leben erfüllen.

Siddig El Fadil als Dr. Julian Bashir

»Deanna Trois lange verschollener Bruder?«

Siddig El Fadil

Etwa ein Jahr bevor er die Rolle des jugendlich arroganten, aber naiven Dr. Julian Bashir erhielt, besaß Siddig El Fadil die jugendliche Arroganz und Naivität, seiner Agentin mitzuteilen, er werde keine Rollen im amerikanischen Fernsehen annehmen – ausgenommen bei THE NEXT GENERATION.

El Fadil – ein im Sudan geborener, englischer Schauspieler – stellt richtig, daß diese Aussage keine politischen Gründe hatte: »Es war einfach nur die Wahrheit. Ich bin sehr vertraut mit englischen Fernsehserien, und STAR TREK war anders, weil es genaugenommen anders als alles andere war.«

Natürlich hatte El Fadil seine Agentin nicht gebeten, ihm eine Hauptrolle in einer STAR TREK-Serie zu verschaffen, sondern nur eine Gastrolle. »Ich überlegte, wie um alles in der Welt ich bei THE NEXT GENERATION unterkommen konnte«, erklärt El Fadil. »Vielleicht konnte ich Deanna Trois lang vermißter Bruder sein. Das war das einzige, was mir in den Sinn kam und womit ich vielleicht durchkommen könnte.«

Zum Glück für Fadil erhielt er anstelle eines einmaligen Auftritts bei THE NEXT GENERATION die Rolle des König Faisil in der britischen Fernsehproduktion *A Dangerous Man: Lawrence After Arabia*. El Fadils Darstellung war so bemerkenswert, daß Rick Berman, nachdem er die Sendung auf PBS gesehen hatte, das Londoner Büro von Paramount veranlaßte, den Schauspieler ausfindig zu machen, da er ihn für die Idealbesetzung des Commander Sisko hielt. Als Berman aber erfuhr, daß El Fadil erst Mitte zwanzig war, disponierte er um und bat ihn, für die Rolle des Bashir vorzusprechen.

Unglücklicherweise mußte El Fadil bei seinem ersten Vorsprechen mit einem blauen Auge erscheinen, das er sich in der Nacht zuvor eingehandelt hatte.

»Ich saß in der U-Bahn in London«, erklärt El Fadil. »Da war dieser angetrunkene Brasilianer, der mich in einer Aufführung in London gesehen hatte. Er muß einer der wenigen sein, der sie gesehen hat, und von daher war es sehr seltsam und verrückt.

Er war nicht betrunken genug, um mich *nicht* zu erkennen, aber er kam mit den seltsamsten Sachen an. Er fragte: ›Also, was soll das alles?‹ Ich meine, er kam so auf mich zu, mit einer dieser allgemeinen Fragen über Kunst und Philosophie. Ich las gerade eine Zeitung und war wirklich erledigt, es war etwa halb zwölf abends, und ich sage zu mir: Ich will jetzt nicht reden, egal mit wem. Und er sagt: ›Na, nun kommen Sie schon, erklären Sie's mir, Sie sind ein Künstler, ein Schauspieler.‹ Und ich sage: ›Sie sind sehr freundlich, aber ich muß das jetzt lesen.‹ Und dann er: ›Komm schon! Ihr seid doch alle tot! Ihr lebt nicht! Das ist das, was auf der Welt nicht stimmt, es ist kein Leben auf der Welt, keine Freude.‹ Und so'n Zeugs. Und ich fuhr fort, mich zusammenzukauern und stieg in meine Bahn ein, er folgte mir. Und nach fünfzehn Minuten Lästern wurde er so wütend, daß er mich einfach schlug.

Aber das Vorsprechen lief bestens, obwohl sie bei meinem zweiten Testlesen vermutlich enttäuscht waren, daß ich nicht so aussah wie David Bowie, also mit verschiedenfarbigen Augen, so wie ich beim Test in London ausgesehen hatte.«

Obwohl El Fadil sein erstes Vorsprechen in London aufzeichnete, wurde er für einen zweiten Termin vor den Studiochefs von Paramount nach Los Angeles geholt. Offensichtlich waren sie nicht zu enttäuscht, daß seine Augenfarbe nicht dem Band aus London entsprach, denn man bot ihm auf der Stelle die Rolle an – und gab ihm drei Tage, um sein Apartment in London aufzulösen und nach Los Angeles zu ziehen.

Vielleicht weil er keine Erfahrung mit dem amerikanischen Fernsehen hatte und dem Publikum, vor dem er bald zu sehen sein würde, weitgehend unbekannt war, entschloß sich El Fadil, seine Rolle auf riskante Weise anzugehen: Er würde der traditionellen Vernunft einen Schlag ins Gesicht versetzen und den Doktor als unsympathische Figur darstellen.

»Es gab eine klare Vorgabe aus dem Produktionsbüro, Bashir naiv und arrogant anzulegen«, erklärt El Fadil. »Das war für mich die perfekte Gelegenheit, weil ich Zeit hatte, über die Rolle nachzudenken, bevor ich sie spielte. Und ich dachte mir: Nun, das, was ich tun werde, ist etwas, was nicht unbedingt sehr gut ankommen, aber aus dem Leben gegriffen sein wird – oder wenigstens so sehr aus dem Leben gegriffen, wie etwas auf irgendeinem Planeten mitten im Nichts sein kann – also eine Rolle zu beginnen, die in praktisch jeder Hinsicht völlig unfähig ist, in dem Bewußtsein, daß ich hoffentlich in der zweiten Season die Gelegenheit bekommen würde, mich aus der Affäre zu ziehen. Oder in der dritten Season.

Das ist ein wirkliches Privileg. Kein anderer Schauspieler, da bin ich sicher, hat ein solches Privileg im episodischen Fernsehen – daß du weißt, daß deine Serie mindestens für drei Jahre laufen wird, möglicherweise sogar für sechs Jahre, und daß du durchaus unter Niveau beginnen und dich hocharbeiten kannst. Das beinhaltet ein Risiko, aber es ist ein kleines Risiko. Und ich habe die Freiheit, das zu tun.

Ich mußte nicht im Stile von (Beverly Hills) 90210 arbeiten, wo man sexy anfangen muß, weil man anderenfalls gefeuert wird. Ich konnte in allen Punkten ›anti‹ anfangen – als Antiheld. Und das ist das, was ich tat.«

Aber als Beweis dafür, warum traditionelle Vernunft ihre Existenzberechtigung hat, äußerten viele Zuschauer der Serie ihren Unmut über El Fadils Experiment. Tatsächlich, so El Fadil, war das Experiment ein Schuß in den Ofen. Hunderte von Briefen gingen ein, in denen die Zuschauer sich über Bashirs Persönlichkeit beklagten. Glücklicherweise hatte El Fadil Freunde an höherer Stelle – das Büro der Produzenten. Mit den Machtstrukturen von Fernsehproduktionen vertraut, ist El Fadil klar, daß letztlich Berman und Piller für die fortgesetzte Darstellung seiner Figur verantwortlich sind, »weil sie den Mut haben, damit weiterzumachen«.

Seit der zweiten Season folgt El Fadil seinem Plan, Bashir sich zu einem annehmbareren Helden entwickeln zu lassen – mit der Hilfe der Autoren, wie er hervorhebt. »Jetzt möbeln sie ihn ein wenig auf. Bashir begann verirrt, nun findet er den Weg zurück.«

Terry Farrell

Terry Farrell als Lieutenant Jadzia Dax.

»Wenn man dein Aussehen für die Ewigkeit aufnimmt, dann ist es schön, wach zu sein.«

Terry Farrells Rolle der Jadzia Dax, Wissenschaftsoffizier, die zur Hälfte eine hübsche junge Frau und zur Hälfte ein 300 Jahre alter Wurm ist, wurde als letzte besetzt. Rick Berman erklärt: »Eine hübsche junge Frau ist immer die schwierigste Rolle, die im Fernsehen besetzt werden muß, insbesondere eine Frau, die schauspielern kann.« In den meisten Fällen wollen junge Schauspielerinnen direkt zum Film, und eine langjährige Verpflichtung für eine erfolgreiche Serie kann ernsthaft mit der Verfügbarkeit für Filme kollidieren. Aber Terry Farrell – obwohl sie jung, hübsch und talentiert ist – hat bereits den Erfolg erzielt, für den die meisten Schauspieler in ihrem Alter sich noch abrackern. Und eine Fernsehrolle bedeutete keine Unterbrechung ihrer Karriere, sondern eine Erweiterung.

Farrell begann ihre Karriere, indem sie im Alter von 16 Jahren bei der angesehenen Modelagentur *Elite* unterschrieb. In den folgenden Jahren erschien sie auf den heute gesuchten Titelbildern von Magazinen wie *Vogue* und *Mademoiselle*. Um ihre Karrieremöglichkeiten zu erweitern, begann sie in Los Angeles und New York Schauspielerei zu studieren und erhielt rasch die Rolle der Laurie Caswell in der ABC-Serie *Paper Dolls*, in der sie eine junge Frau spielt, die in den Mechanismen von Modelling und Kosmetikindustrie gefangen ist.

Farrell nahm dann zahlreiche Gastrollen in Erfolgsserien wie *The Cosby Show*, *Family Ties* und *Quantum Leap* an, außerdem war sie neben Faye Dunaway im NBC-Fernsehfilm *L.A. Madame* zu sehen. Farrells Auftritte enden nicht beim Fernsehen. Unter ihren Kinofilmen waren *Back to School*, der Erfolgsfilm mit Rodney Dangerfield, und die Hauptrolle in Miramax' *Hellraiser III* die bekanntesten.

Getreu der Chaostheorie des Fernsehens hatten alle diese Rolle – obwohl zu dieser Zeit für sie noch nicht erkennbar – eine direkte Verbindung zu ihrer Darstellung der Jadzia Dax.

»Alles, was man macht, bereitet einen vor«, sagt Farrell, »ob man eine Serie oder einen Film dreht.« Sie ist jedoch der Ansicht, daß von allen vorangegangenen Rollen die im Film *Hellraiser III* der Erfahrung, bei DEEP SPACE NINE mitzuwirken, am nächsten kam. Und das nicht nur wegen der Spezialeffekte des Films und seiner seltsamer Kreaturen.

»Man dreht einen preiswerten Film so, wie wir DEEP SPACE NINE drehen«, erklärt sie. »Bei *Hellraiser III* drehten wir schnell. Es gab jeden Tag eine Menge Szenen zu drehen. Ständig hieß es: Beeilt euch! Oh, mein Gott! Man überzieht die Zeit, und die Produzenten bekommen einen Herzanfall. Die Produzenten kommen und sagen: ARGGHHH Was *macht* ihr da?« Farrell lacht, als sie sich an ihre Arbeit bei *Hellraiser III* erinnert.

»*Paper Dolls* dagegen«, fährt sie fort, »war wie eine Soap Opera. Als Schauspieler sagt man nichts besonders Bizarres, was einem im wirklichen Leben nicht auch widerfahren könnte. Man trägt nichts Seltsames, es widerfährt einem nichts Seltsames, wirklich nicht – ich meine, gewiß nichts, das man sich erst vorstellen muß.« DEEP SPACE NINE ist Science Fiction, trotz des personenbezogenen Kerns, der alle Geschichten prägt. Als Wissenschaftsoffizier der Station muß Farrell mit mehr als ihrem angemessenen Anteil an STAR TREKs Warenzeichen kämpfen, dem ›Technobabble‹ [5].

»Der Pilotfilm bestand für mich nur aus Technobabble«, sagt Farrell. »Ich versuchte, es so klingen zu lassen, als wüßte ich, wovon ich rede – aber ich hatte keine Ahnung, was ich sagte.« Schließlich fand sie einen Weg, mit diesem Teil ihrer Rolle klarzukommen: »Auswendig lernen. Einfach auswendig lernen. Nicht versuchen, eine Absicht zu finden, nur auswendig lernen, alles andere findet sich später.«

5 Technobabble ist STAR TREK-Jargon für alle Dialoge, die sich mit der fiktiven Technik befassen.

Zu ihrem Glück stellte sie schon bald fest, daß sie nicht allein war. »Später, als ich mehr mit Colm zusammenarbeitete, fühlte ich mich großartig, weil er auch immer (den Text) vergißt. Da ging es mir um einiges besser.«

Wie ihre Kollegen hat auch Farrell festgestellt, daß die Darstellung ihrer Figur mit der Zeit leichter geworden ist. In der ersten Season, erinnert sich Farrell, begann sie ihre Vorbereitung für eine Episode damit, die ›weißen Seiten‹ zu lesen und auswendig zu lernen – also die erste Fassung eines vom Autorenstab freigegebenen Drehbuchs.[6] Das war ein schwieriger Ansatz, aus dem einfachen Grund, daß zahlreiche Drehbuchüberarbeitungen folgen würden. In jeder dieser Überarbeitungen konnten ihre Sätze verändert und/oder erweitert oder reduziert worden sein. Aber, so Farrell, obwohl es schwieriger ist, die weißen Seiten zu lesen, machte sie es, »weil man den Charakter selber nicht kennt, und man möchte daran arbeiten, diesen Charakter besser zu kennen. Aber jetzt, ein Jahr später, ist es leichter, weil man es lesen kann, um einen Eindruck davon zu bekommen, worum es im Drehbuch geht, und dann wartet, bis die Änderungen kommen, um loslegen zu können. Oder man legt los, ohne es auswendig zu lernen. Am Anfang ist man so aufgeregt, daß man es auswendig lernen *will*.«

Farrells praktische Annäherung an ihre Rolle spiegelt die ihres Kollegen René Auberjonois wider. Auberjonois hat oft gesagt, daß er als Vater mit zwei Kindern auf dem College von einem rein finanziellen Standpunkt aus die Gelegenheit willkommen hieß, für die nächsten Jahre eine feste Rolle zu haben. Ähnlich war es, als Farrell für die Rolle der Jadzia Dax genommen wurde. Rick Berman umarmte sie und sagte ihr, daß sich ihr Leben nun verändern würde. Wenn man Farrell aber fragt, welche Auswirkung die Serie auf ihr Leben hat, dann lächelt sie und sagt: »Ich habe immer noch mein Haus.«

Wie bei einigen anderen Mitgliedern der Besetzung, die nichtmenschliche Figuren spielen, beginnt auch Farrells Tag einige Stunden früher, als sie tatsächlich auf der Bühne benötigt wird, mit einem sogenannten Frisur- und Make-up-Aufruf. Farrell bezeichnet dies als die einzige Routine in ihrer Arbeit für DEEP SPACE NINE. »Jeden Tag begrüßt mich der zweite Regieassistent[7], ich bekomme meinen Kaffee, und das ist meine Einstimmung auf den Tag. Dann ist die Aufgabe, Michael Westmore am Morgen zu finden, das größte Problem.«

Westmore, der das Make-up für DEEP SPACE NINE entwirft und überwacht, war während der ersten beiden Seasons manchmal schwer aufzufinden, weil er zur gleichen Zeit für THE NEXT GENERATION zuständig war. »Michael macht mein Make-up, für THE NEXT GENERATION betreut er Brent (Spiner) und Gates (McFadden). Da kann es schon mal wild zugehen, wenn man Brent und mich zur gleichen Zeit benötigt. Letztes Mal gewann ich und kam als erste dran, diesmal gewann Brent, und ich saß herum und wartete 45 Minuten.«

Alles in allem ist Farrell aber zufrieden mit ihrer morgendlichen Routine. Nach der Verfeinerung ihres Make-ups während der ersten Episoden werden für ihr Haar nun etwa 45 Minuten benötigt, weitere 45 Minuten nehmen die auffallenden Trillmarkierungen in Anspruch, die von Westmore von Hand aufgetragen werden. Sie findet, daß die knapp zwei Stunden Vorbereitungszeit ihr Zeit geben aufzuwachen, bevor sie vor die Kamera tritt, »was angenehm ist«, wie Farrell sagt. »Wenn sie dein Bild für die Ewigkeit aufzeichnen, ist es schön, wach zu sein.«

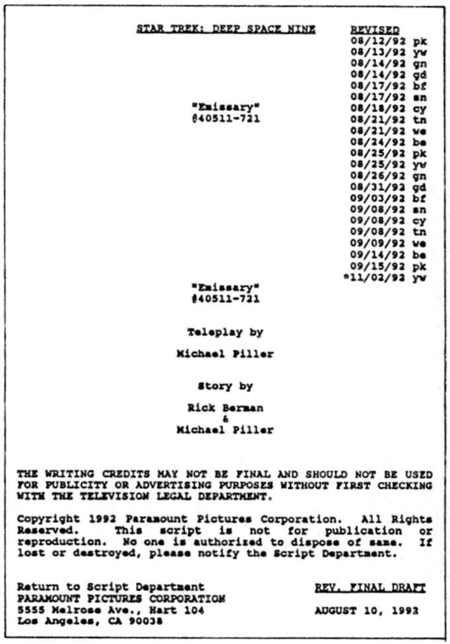

STAR TREK: DEEP SPACE NINE

REVISED
08/12/92 pk
08/13/92 yw
08/14/92 gn
08/14/92 gd
08/17/92 bf
08/17/92 sn
08/18/92 cy
08/21/92 tn
08/21/92 we
08/24/92 be
08/25/92 pk
08/25/92 yw
08/26/92 gn
08/31/92 gd
09/03/92 bf
09/08/92 sn
09/08/92 cy
09/08/92 tn
09/09/92 we
09/14/92 be
09/15/92 pk
*11/02/92 yw

"Emissary"
#40511-721

"Emissary"
#40511-721

Teleplay by

Michael Piller

Story by

Rick Berman
&
Michael Piller

THE WRITING CREDITS MAY NOT BE FINAL AND SHOULD NOT BE USED FOR PUBLICITY OR ADVERTISING PURPOSES WITHOUT FIRST CHECKING WITH THE TELEVISION LEGAL DEPARTMENT.

Copyright 1992 Paramount Pictures Corporation. All Rights Reserved. This script is not for publication or reproduction. No one is authorized to dispose of same. If lost or destroyed, please notify the Script Department.

Return to Script Department
PARAMOUNT PICTURES CORPORATION
5555 Melrose Ave., Hart 104
Los Angeles, CA 90038

REV. FINAL DRAFT

AUGUST 10, 1993

Die Titelseite für ›Emissary‹, die nach der überarbeiteten letzten Fassung vom 10. August 1992 22mal überarbeitet wurde.

6 Weil Drehbücher unvermeidlich zahlreiche Überarbeitungen über sich ergehen lassen müssen – manchmal sind es nur ein paar Szenen oder ein paar Sätze –, benutzen die Studios bei Fernsehproduktionen ein Farbsystem für die geänderten Seiten. Für DEEP SPACE NINE bedeuten die Farben folgendes:

ERSTE FASSUNG	WEISS
ERSTE ÜBERARBEITUNG	BLAU
ZWEITE	ROSA
DRITTE	GELB
VIERTE	GRÜN
FÜNFTE	BEIGE
SECHSTE	LEDERFARBEN
SIEBTE	LACHS
ACHTE	HELLGELB
NEUNTE	GELBBRAUN

Nach der neunten Überarbeitung beginnt man wieder mit weißen Seiten. Das Drehbuch zu ›Emissary‹ wies schließlich drei Sätze weißen Papiers auf, nachdem die Farbskala mehr als zweimal durchwandert worden war. Nun, da die Serie in Produktion ist, sind fünf bis sechs Überarbeitungen der Regelfall.

7 Eine der Aufgaben des zweiten Regieassistenten besteht darin, immer Bescheid zu wissen, wo sich die Schauspieler befinden, wenn sie nicht vor der Kamera stehen, damit sie schnell geholt werden können, wenn der Regisseur bereit ist.

Colm Meaney als Chief Miles O'Brien.

»Colm, versuch einfach, es zu sagen – versuch ja, ja, ja zu sagen.«

Colm Meaney

Wie Michelle Forbes war Colm Meaney nicht sicher, ob er bereit war, sich für eine feste Rolle in einer Serie zu verpflichten. Nachdem er im Pilotfilm von THE NEXT GENERATION als nicht näher beschriebenes Besatzungsmitglied auf der Kampfbrücke zu sehen war, hatte er sich im Verlauf einiger Jahre in der Serie als Transporterchef O'Brien etabliert, der in der vierten Season in ›Family‹ seinen Vornamen Miles Edward erhielt und in ›Data's Day‹ Keiko Ishikawa heiratete.

Als wiederkehrende Rolle in THE NEXT GENERATION hatte Meaney keinen Vertrag und wurde jeweils für eine Episode verpflichtet[8], was ihm beträchtliche Zeit gab, seine Karriere als Schauspieler auszubauen – eine Karriere, die er im Alter von 14 Jahren begann, als er in seiner Geburtsstadt, dem irischen Dublin, begann Schauspielerei zu studieren.

Nach der High School besuchte Meaney die Abbey Theatre School of Acting, die Teil des Irish National Theatre war. Dann schloß er sich der Truppe als Profi an.

Nach acht Jahren Bühnenarbeit in England erhielt Meaney seine ersten Rollen im britischen Fernsehen – darunter Auftritte in *Z Cars*, einer Polizeiserie der BBC – und zog schließlich nach New York. Dort arbeitete er wieder als Bühnenschauspieler und erhielt schließlich seine ersten Auftritte im amerikanischen Fernsehen, darunter Gastauftritte in *Remington Steele*, *Moonlighting* und *Tales from the Darkside* sowie in THE NEXT GENERATION. Gleichzeitig war er in vielen verschiedenen Rollen in Erfolgsfilmen zu sehen, so in *Dick Tracy*, *Die Hard II*, *Last of the Mohicans* und *Under Siege*. Eine seiner bemerkenswertesten Rollen war die des Vaters in dem Kassenerfolg *The Commitments* – eine Rolle, die er zur einstimmigen Begeisterung der Kritiker in *The Snapper* wieder aufnahm.

Jetzt, da er einen Vertrag hat und weiß, daß ein großer Teil des Jahres für DEEP SPACE NINE verplant ist, gibt Meaney zu, daß ein ausgewogenes Verhältnis zwischen beiden Karrieren schwierig zu erreichen ist. »Ich meine, es gibt immer etwas, was ich gerne machen möchte, aber nicht kann. Die Produzenten hier sind sehr entgegenkommend – sie sind sehr kooperativ, wenn es darum geht, einen Plan umzustellen, um mich andere Arbeit machen zu lassen, besonders Kinofilme. Es macht sich gut für die Serie, wenn ein Film erfolgreich ist.«

Meaney schätzt auch die Art, wie das heutige Publikum sich zu den Schauspielern verhält, die gleichzeitig im Film- und im Fernsehgeschäft arbeiten. »Es gibt heute eine viel größere Überschneidung zwischen Fernseh- und Filmschauspielerei. Es gibt viel weniger Standesdünkel, dieses Klassendenken, wie es vor einiger Zeit noch existierte. Sie wissen ja: ›Filmschauspieler arbeiten nicht fürs Fernsehen, es ist unter ihrer Würde.‹ ›Und Fernsehschauspieler können keine Filmrollen bekommen, weil die Produzenten sie wegen ihrer Fernseharbeit nicht nehmen.‹[9] Ich glaube, daß diese Grenzen in einem großen Maß verwischt worden sind und es heute eine viel stärkere Überlappung gibt. Vor 20 Jahren gab es noch mehr dieses Schubladendenken, eine Zuordnung der Schauspieler zu bestimmten Typen.«

Nicht nur, daß diese neue, verständigere Art, Schauspielerei zu begreifen, Meaneys Arbeit abwechslungsreicher gemacht hat, er schätzt auch die Auswirkung auf die Qualität anderer Schauspieler, mit denen er bei DEEP SPACE NINE zusammenarbeitet. »Das ist eine der großen Besonderheiten bei dieser Serie: Sie zieht Schauspieler von ganz besonderem Kaliber an – Gaststars wie Frank Langella, Louise Fletcher, Richard Beymer und Richard Kiley. Es gibt nicht viele Fernsehserien, die so attraktiv sind.«

8 Schauspieler in ähnlicher Position sind bei DEEP SPACE NINE: der 26 Jahre alte Aron Eisenberg, der Quarks Neffen Nog spielt; Max Grodénchik als Quarks Bruder Rom; Rosalind Chao als Keiko O'Brien; Marc Alaimo als der Cardassianer Gul Dukat; Philip Anglim als Bareil, der bajoranische Vedek und Geliebte von Kira; Wallace Shawn als der erfrischend abscheuliche Ferengi Nagus Zek. Obwohl es für einen Schauspieler hart ist, nicht für eine bestimmte Anzahl Episoden pro Season fest unter Vertrag zu sein, ist es gerade diese Reichhaltigkeit unterschiedlicher Charaktere, die DEEP SPACE NINE jenes Gefühl der Kontinuität verleiht, das in allen STAR TREK-Serien so willkommen war. Und wer weiß, vielleicht wird einer dieser Charaktere (mit Ausnahme des mittlerweile verblichenen Vedek Bareil) irgendwann einmal eine feste Rolle in dieser oder einer anderen STAR TREK-Serie erhalten ...

9 Ein frustrierendes Beispiel für Meaneys Aussage ist die Erfahrung, die sein Landsmann Pierce Brosnan machen mußte, der vor langer Zeit einmal die Absicht gehegt hatte, eines Tages die Rolle des James Bond zu spielen. Im US-Fernsehen wurde Brosnan in der Titelrolle der Serie *Remington Steele*

Max Grodénchik als Rom flüstert Quark Dinge zu, die Pel (Hélene Udy) nicht hören sollte.

Aron Eisenberg als Nog und Jake Sisko bei einer nicht so futuristischen Beschäftigung – dem Rumhängen.

Wallace Shawn als Großer Nagus Zek macht sich an Jadzia ran.

Wiederkehrende Gäste bei DEEP SPACE NINE

Meaney ist sehr zufrieden mit der Art, wie sich seine Rolle bei DEEP SPACE NINE entwickelt hat, insbesondere da er zunächst nicht von der Idee begeistert war. »Ich war bei THE NEXT GENERATION eine Art unregelmäßiger Stammschauspieler«, sagt er. »Es war grundsätzlich mehr wie eine Beziehung zu einem freien Mitarbeiter.« Sein Dilemma, sich zu entscheiden, ob er die Rolle des O'Brien als eine kontinuierliche Aufgabe annehmen sollte oder nicht, »hatte vor allem damit zu tun, sich für eine feste Serienrolle zu verpflichten und dann nicht mehr das tun zu können, was ich außerhalb von STAR TREK tat«. Meaney berichtet, daß er sechs Monate benötigte, bevor er Berman und Piller sein Ja gab. »Am Schluß war es so, daß mein Agent mich anrief und sagte: ›Colm, versuch einfach, es zu sagen – versuch ja, ja, ja zu sagen.‹«

Er sagte ja. Und nichts von dem, was dann folgte, bereute er. »Natürlich ergeben sich Dinge, die man gerne machen möchte, aber nicht machen kann. Das ist der Nachteil. Wenn man eine Entscheidung fällt, dann muß man sich im klaren sein, worin der Nachteil besteht und daß es Gründe gab, hier zu sein und das zu tun.«

bekannt. Als der Sender verkündete, die Serie werde eingestellt, erhielt er tatsächlich das Angebot, die Nachfolge von Roger Moore als James Bond anzutreten, der sich dazu entschlossen hatte, nicht weiter den Topagenten zu verkörpern. Brosnan nahm die Rolle an, mußte aber dann erfahren, daß die Produzenten das Recht hatten, ihn nach der Absetzung von *Remington Steele* einige Monate in ihren Diensten zu belassen. Als die Produzenten erkannten, daß Brosnan der neue Bond sein würde, erklärten sie sofort, daß *Remington Steele* fortgesetzt werde (weil sie aus der Aufmerksamkeit, die Brosnan durch seine kommende Rolle zuteil wurde, Kapital für die Serie schlagen wollten). Als nun die Bond-Produzenten erfuhren, daß ihr neuer James Bond in weiteren Fernsehepisoden mitwirken würde, überkam sie das Gefühl, daß das seinem Image schaden würde, und zogen ihr Angebot zurück. Der an seinen

Louise Fletcher als Vedek Wynn, die zum Ende der zweiten Season zur neuen Kai gewählt wurde.

Philip Anglim als Vedek Bareil, Kiras Geliebter.

Frank Langella als Jaro, der sich mit Wynn verbündet.

Vertrag gebundene Brosnan konnte nichts anderes tun, als weiter Remington Steele zu verkörpern, während Timothy Dalton der neue Bond wurde. Da aber ein Happy End zur Hollywood-Tradition gehört, bekam Brosnan im Juni 1994 doch noch die ersehnte Rolle des James Bond in dessen jüngstem Abenteuer, *Goldeneye*.

10 Eine Unterbrechung der Produktion einer Fernsehserie. Jedenfalls für diejenigen, die im Studio vor und hinter der Kamera arbeiten. Die Autoren und Produzenten von DEEP SPACE NINE arbeiten fast ununterbrochen das ganze Jahr hindurch, so wie auch das Art Department und die Abteilung für Produktionsdesign. Wenn die tatsächliche Produktion aber ruht, geht es in einem etwas gemächlicheren Tempo weiter.

Meaney erklärt, daß einer der wichtigsten Gründe, die Rolle des O'Brien anzunehmen, seine neun Jahre alte Tochter war. »Es ist wichtig, präsent zu sein. In dem Jahr vor dem Start von DEEP SPACE NINE war ich acht Monate lang bei Außendreharbeiten. Aber jetzt komme ich wenigstens jeden Abend nach Hause, auch wenn es spät wird.«

Dank des relativen Luxus, eine ausgearbeitete Rolle so früh im Leben einer neuen Serie zu haben, und dank der Erfahrung, beide Seiten des Dilemmas eines Schauspielers zu kennen, besitzt Colm Meaney die Ausstrahlung eines Mannes, der sich etabliert hat und der mit seiner Arbeit zufrieden ist.

Andere Rollen werden aber auch weiterhin Teil seiner Arbeit sein, insbesondere bei Filmen, die während des ›Winterschlafs‹ [10] gedreht werden. Wie Meaney sagt: »Es ist angenehm, für einige Zeit den Raumanzug verlassen zu können.«

Der große alte Mann aus SF-Klassikern wie The Thing: Kenneth Tobey als Rurigan in ›Shadowplay‹

Brian Keith als Mullibok, der sture bajoranische Farmer, der sich weigert, in ›Progress‹ sein Heim zu verlassen.

Besondere Gaststars bei DEEP SPACE NINE

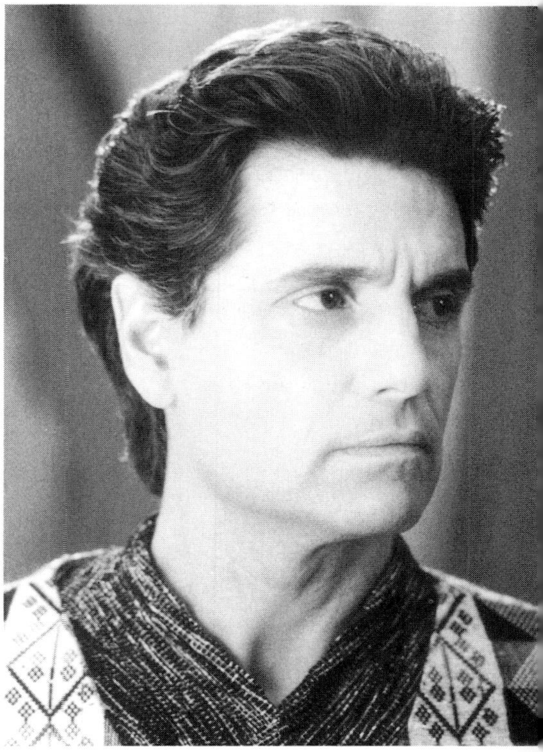

Chris Sarandon als Martus, der Quark in ›Rivals‹ in den Ruin treiben will.

John Glover als Verad, der es darauf abgesehen hat, in ›Invasive Procedures‹ Jadzias Wurm zu stehlen.

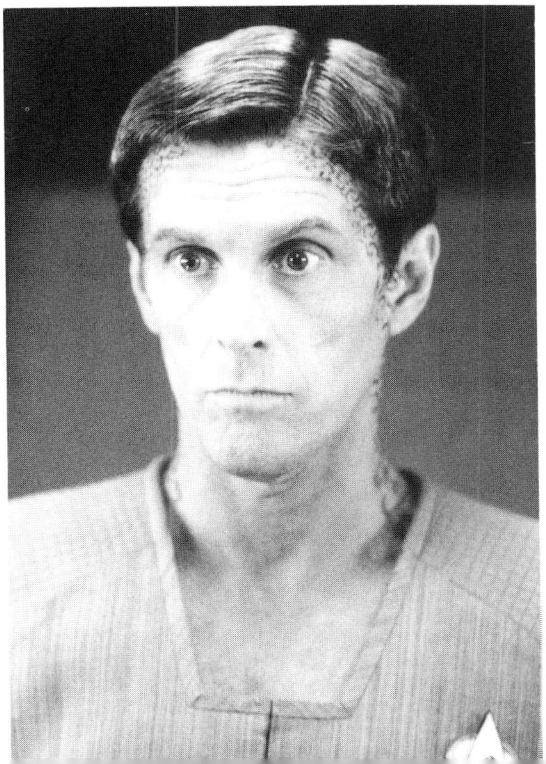

Barbara Bosson aus Hill Street Blues macht als Roana in ›Rivals‹ Zwischenstation auf Deep Space Nine.

Armin Shimerman als Quark.

»Der Schauspieler muß so hinterhältig wie seine Rolle sein!«

Armin Shimerman

Armin Shimerman ist alles, was seine Rolle Quark nicht ist – *fast alles*.

Wo Quark beständig nach einer Möglichkeit sucht, seine Chancen für Profit zu erhöhen, ist Shimerman in selbstloser Weise freundlich zu seinen Schauspielerkollegen, zum Produktionsteam von DEEP SPACE NINE und zum konstanten Strom von Besuchern, die kommen, um ihm bei der Arbeit zuzusehen. Wo Quark von Gier getrieben wird, darauf erpicht, alles für sich zu haben, da erkennt Shimerman dankbar all jene an, die zu seiner Darstellung des beliebtesten Barkeepers von DEEP SPACE NINE beigetragen haben – unter den vielen befinden sich Michael Westmore, der die Maske entwarf; Craig Reardon, die die Ferengimerkmale speziell für Shimerman mit einer kleinen Ergänzung versah; Karen Westerfield, die jeden Tag damit verbringt, mit Shimerman zu arbeiten, sein Make-up aufzutragen, zu bewahren und es schließlich wieder zu entfernen; und die Produzenten und der Autorenstab von DEEP SPACE NINE, die es Shimerman ermöglicht haben, die Rasse der Ferengi über das Stereotyp und die Karikatur zu erheben, sie so komplex und vielschichtig zu machen wie jene anderen STAR TREK-Erfindungen namens Vulkanier und Klingonen.

Aber wir haben gesagt, daß Shimerman nur in *fast allem* anders ist als Quark. Der Schauspieler und die Rolle haben tatsächlich zwei Eigenschaften gemeinsam. Beide sind voller Leidenschaft für ihre Arbeit. Und beide sind verschlagener, als man es sich vorstellen kann. Aber das sollte niemanden überraschen, wie Shimerman selber sagt. Denn in seiner Position »muß der Schauspieler so hinterhältig wie seine Rolle sein«. Warum er das sagt, dazu kommen wir gleich. Zunächst aber einige biographische Anmerkungen.

Inzwischen sollte es ein vertrautes Muster sein, daß zwar viele Leute, die hinter der Kamera und hinter den Kulissen arbeiten, zunächst versucht hatten, eine Karriere als Schauspieler zu starten, daß aber diejenigen, die Schauspieler geworden sind, fast immer von Anfang an dieses Ziel im Visier hatten. Armin Shimerman ist keine Ausnahme.

Er wurde in New Jersey geboren, wo er auch aufwuchs. Als er 17 Jahre alt war, zog seine Familie mit ihm nach Los Angeles. Dort schrieb ihn seine Mutter bei einer Theatergruppe ein, in der Hoffnung, es würde ihm helfen, neue Freunde zu finden. Was sie erreichte, war jedoch, ihn davon zu überzeugen, daß er ein Schauspieler werden wollte.

Nachdem er sein Studium an der UCLA abgeschlossen hatte, ging Shimerman nach New York, um Bühnenerfahrung zu sammeln. Die bekam er bei regionalen Theaterproduktionen für das Tyrone Guthrie Theatre, das American Shakespeare Festival und das New York Shakespeare Festival. Weiter auf der Karriereleiter nach oben kletterte er mit Rollen in den Broadway-Produktionen von *I Remember Mama*, *Broadway*, *St. Joan* und *Three Penny Opera*.

Nachdem er nach Los Angeles zurückgekehrt war, erhielt Shimerman die obligatorischen Gastauftritte in Serien wie *L.A. Law*, *Married ... with Children* und *Who's the Boss?* Eine bemerkenswerte Gastrolle, in der er als großköpfiger Alien Jahre vor DEEP SPACE NINE nach Profit suchte, ereignete sich in der Episode ›Gimme, Gimme‹ der Fox-Serie *Alien Nation*.

Aber Shimermans Talent war nicht auf Gastauftritte beschränkt, und er wurde Millionen Zuschauern bekannt in der Rolle des Pascal in *Beauty and the Beast* und als Cousin Bernie in *Brooklyn Bridge*. Shimerman machte sich auch bei Science Fiction-Fans beliebt, als er die Rolle des Weasel in dem billigen und daher wenig bekannten Science Fiction-Film *Arena* spielte, der zu der Sorte Film gehört, die in Videotheken als ›vergrabene Schätze‹ bezeichnet werden. Die Filmhandlung über Gefechte zwischen Aliens auf einer interstellaren Raumstation würde gut ins DEEP SPACE NINE-Universum passen, so wie viele der grotesken Aliens. Aber noch vor diesen Engagements übernahm Shimerman eine Rolle, die nicht nur für die Welt von STAR TREK von besonderer Bedeutung sein würde, sondern auch für seine eigene Karriere – die des ersten Ferengi in THE NEXT GENERATION: Letek.[11]

In der Episode ›The Last Outpost‹ aus der ersten Season von THE NEXT GENERATION spielte Shimerman den Anführer eines Ferengi-Landeteams, das als erste Gruppe unmittelbaren Kontakt mit der Föderation hatte. Ursprünglich war geplant, aus den Ferengi die Klingonen der THE NEXT GENERATION zu machen – zu einer gefährlichen Rasse, die der größte Feind der Föderation werden sollte. Gemeinsam mit Shimerman spielten seine Co-Ferengi Jake Dengel als Mordoc und Tracey Walter als Kayron. Die Rasse der Ferengi war von Gene Roddenberry und Herb Wright entwickelt worden und fand erste Erwähnung im Pilotfilm von THE NEXT GENERATION. Shimerman erinnert sich: »Wir alle hofften, daß es irgendeine Bedrohung geben würde, daß die Ferengi einen gewissen ›Biß‹ bekommen würden.« Aber zuerst war das nicht der Fall.

Shimerman glaubt, daß der Absturz der Ferengi mit der Entscheidung seinen Lauf nahm, sie in ›The Last Outpost‹ wie in einer Komödie zu filmen. »Mit Ausnahme der Bildschirmsequenzen wurden wir gemeinsam gefilmt«, sagt Shimerman. Das reduzierte die Chance, daß die Ferengi eine beeindruckende Wirkung haben konnten. »Um eine Figur im Fernsehen bedrohlich darzustellen«, fährt er fort, »muß man ihre Augen sehen können.«

Shimerman erinnert sich, daß einer seiner ersten Beiträge zur Definition der Ferengi der war, dem Regisseur vorzuschlagen, daß sie nicht »wie Verrückte in der letzten Szene der Episode herumspringen sollten, was er (der Regisseur) wollte. Ich wußte, daß die Ferengi niemals eine Bedrohung sein würden, wenn wir das machten«, sagt Shimerman. In der gefilmten Fassung rennen die drei Ferengi in großer Aufregung hin und her, hüpfen jedoch nicht umher. Aber, wie Rick Berman es später formulierte, »ihr Grad der Albernheit« ließ die Chancen, ein wichtiger Gegner zu werden, gegen Nutt tendieren.

Shimerman sieht, daß die Ferengi dennoch zu einem wertvollen Teil des STAR TREK-Universums heranwuchsen, weil sie vergnügliche Unterhaltung lieferten, und daran ist für ihn nichts falsch. »Aber das möchte ich jetzt ändern«, sagt er und legt seinen Plan dar, was aus Quark werden könnte.

»Zu Beginn erkannte ich, daß die Autoren Quark als eine Erweiterung aller zuvor gesehenen Ferengis betrachteten – komisch, eigentlich eine zweidimensionale Figur. Mein Plan war, das zu ändern, Quark eine dritte Dimension zu geben, weniger berechenbar, so daß er in den folgenden Jahren weniger durchschaubar sein würde. Und die Zuschauer könnten nicht sicher sein, wie Quark in bestimmten Situationen reagieren würde.« Da er weiß, daß er damit in die Bereiche der Charakterentwicklung eindringt, die die Domäne der Autoren und der Produzenten sind, fügt Shimerman mit einem Lächeln hinzu, daß er das nur auf einem Weg erreichen kann: »Der Schauspieler muß so hinterhältig wie die Rolle sein.«

Im Rückblick auf die Entwicklung des Charakters Quark während der ersten drei Seasons wird offensichtlich, daß Shimerman seine Ziele erreicht hat. Quark ist gewiß auf Profit aus, aber auf eine besondere Art hat er seinen eigenen Sinn für Ehre und Pflichtgefühl gegenüber seiner Familie und seinen Kunden. Wenn Quark jetzt vor einer schwierigen Entscheidung steht, die Profit über das Wohlergehen der anderen auf Deep Space Nine stellen könnte, kann das Publikum nicht sicher sein,

11 Ironisch bezeichnet Shimerman seine allererste Rolle bei THE NEXT GENERATION als seinen ›einflußreichsten Gastauftritt‹. Diese Rolle war die des metallenen Gesichts, das auf der betazoidischen Geschenkkiste zum Leben erweckt wird (in der Episode ›Haven‹ in der ersten Season). Shimerman wurde nicht namentlich genannt.

welche Entscheidung er treffen wird – was ein Beweis ist für Shimermans Talent und Durchblick.

Als Schauspieler beginnt für Shimerman der Tag früher als für alle anderen Stammschauspieler, da er seinen Make-up-Wohnwagen vor Bühne 5 mindestens drei Stunden vor Drehbeginn erreichen muß. Dort trifft er seine persönliche Make-up-Künstlerin, Karen Westerfield.[12]

Westerfield, zweifache Emmy-Gewinnerin als Mitglied von Michael Westmores Make-up-Team, beginnt mit Shimermans Verwandlung, indem sie ihm seine Ferengi-Schädel und die Ferengi-Ohren überzieht – eine mehrfach verwendbare Maske, auf der scharfblickende Freunde des Ferengi ein paar Falten und Wellen hinter den Ohren feststellen können, die andere Ferengi-Masken nicht haben.

Diese zusätzlichen Falten hinter Quarks Ohren wurden auf Armin Shimermans Bitte von Michael Westmore und Craig Reardon hinzugefügt – eine Folge seiner Erfahrung als Letek einige Jahre zuvor. »Es war schmerzhaft – sehr schmerzhaft«, erinnert sich Shimerman, »weil die ursprünglichen Ferengi-Masken keinen Platz für Ohren hatten.« Also wurden die Ohren der Schauspieler, die das Ferengi-Kopfteil trugen, flach an den Kopf gepreßt, so wie bei einer sehr engen Badekappe.

»Nach neun Stunden sind geplättete Ohren extrem unbequem«, sagt Shimerman. »Bei einem 16-Stunden-Tag werden sie in psychologischer Hinsicht entnervend.«

Shimermans Lösung war die Bitte, daß sein Kopfteil für Quark Raum für die Ohren haben sollte. Westmore sorgte dafür, daß sie in das endgültige Modell aufgenommen wurden, womit er den Schauspieler im wahrsten Sinne des Wortes vor einem großen Druck bewahrte.

Wie bereits erwähnt, glaubt Shimerman selbst stark an die Macht der Augen eines Schauspielers, und er schätzt ganz besonders ein Detail, das Karen Westerfield Westmores Design hinzufügte – die Verwendung von ein wenig Magentarot rund um Quarks Augen herum, was bewirkt, daß Shimermans bleiche Augen aus dem tiefen Schatten der großen Ferengi-Brauen hervorspringen. Ein weiteres Mal hat Zusammenarbeit drei verschiedene Komponenten vereint – Make-up-Design, Maske, Talent eines Schauspielers –, um eine Figur zu erschaffen, die sowohl im optischen Sinne als auch in der Darstellung und für die Autoren bemerkenswert ist. Über seine neue Rolle in DEEP SPACE NINE sagt Shimerman: »STAR TREK ist eine Legende, daran besteht kein Zweifel, und ich bin sehr glücklich darüber, ein Teil davon zu sein.«

Und die Zuschauer von DEEP SPACE NINE sind glücklich, daß er glücklich ist.

12 Als das Northridge-Erdbeben Los Angeles am 17. Januar um 4.31 Uhr traf, ging Shimermans Make-up gerade der Vollendung entgegen, nachdem er seit 2.00 Uhr anwesend war. Karen Westerfield, die Shimerman zu der Zeit bearbeitete, erinnert sich: »Alle, die standen, bemerkten es vor denen, die saßen. Als es losging, sagte ich: ›Erdbeben.‹ Und Armin fragte: ›Bist du sicher?‹ Und dann sagte er ›YUUUP!‹ und alles begann zu beben.«

Glücklicherweise gab es keine Verletzten, weder im Wohnwagen noch im Studio von DEEP SPACE NINE, aber diejenigen, die im Wohnwagen waren, hatten Glück. »Weil wir zu acht waren«, sagt Westerfield, »hielt unser Gewicht den Wohnwagen am Boden. So ging nichts kaputt, und niemand wurde verletzt.« Wie fast alle in Los Angeles entschieden sich Westerfield und die anderen im Wohnwagen, bis zum Sonnenaufgang zu warten. Weil der Strom ausgefallen war, stellten sie Kerzen im Wohnwagen auf. Dann, als es hell wurde, »entschied sich Armin, daß er nach Hause fahren würde, um zu sehen, ob seine Familie in Ordnung war«. Westerfield hielt das für eine gute Idee und holte den Alkohol, den sie benutzt, um Shimermans Make-up zu entfernen. Aber Shimerman zog seine Jacke an, streifte mit dem Ärmel eine Kerze, die in den Alkohol fiel und diesen entzündete.

Westerfield fährt mit nervösen Lachen fort: »Es war chaotisch – der ganze Trailer war erhellt. Wir lachten alle, obwohl es übel ausgegangen wäre, wenn es uns getroffen hätte. Wir hatten Glück.« Nachdem sie das Feuer gelöscht hatten, fragte Westerfield: »Und wo ist die Pest? Sie *muß* hier irgendwo sein.«

Nana Visitor

Während Colm Meaneys Agent versuchte, ihn dazu zu überreden, eine feste Rolle in DEEP SPACE NINE zu übernehmen, versuchte Nana Visitors Manager, ihr das gleiche auszureden. Das war der einzige Grund, warum sie die Rolle der Major Kira Nerys nicht annahm, als sie ihr zum ersten Mal angeboten wurde – was sich nach dem zweiten Vorsprechen ereignete. Wie Rick Berman es sagte: Visitor »traf die Rolle der Major Kira beim ersten Lesen«.

Visitor erinnert sich auch an die Schnelligkeit, mit der ihr die Rolle angeboten wurde. »Ich hatte zwei Vorsprechtermine. Einen für die Produzenten, einen für Paramount. Alles ging sehr schnell. Das einzige, was die Sache ein wenig verzögerte, war, daß mein Manager mich zu der Zeit die Serie nicht machen lassen wollte, weil sie in Syndication gesendet werden sollte. Er meinte, ich sollte auf ein Network warten.[13] Aber meine Begeisterung für diese Rolle – und man kann schwerlich die Qualität der Autoren übersehen – war größer. Nun gut, Sie glauben vielleicht, daß ich meine Karriere in einer für eine Schauspielerin kritischen Zeit einfach wegwerfe.[14] Aber das ist der Weg, den ich gehe. Das ist es, wofür ich Schauspielerin wurde. Diese Art von Rolle. Sie ist völlig durchdacht. Das Zögern meines Agenten ließ den Entscheidungsprozeß ein wenig länger werden, nachdem aber der Konflikt gelöst war, bekam ich die Rolle sehr schnell.«

Eine Sache, die Visitor nicht so schnell bewußt wurde, war die Erkenntnis, daß die Rolle, für die sie vorsprach, für eine STAR TREK-Serie vorgesehen war. Berman spielte daher ein wenig mit ihr, und nachdem sie die Rolle angenommen hatte, besprach er mit ihr feierlich die Nase, die sie würde tragen müssen. Da sie nichts von den feinen Stegen wußte, die für bajoranische Nasen charakteristisch sind, fragte Visitor nach der Maske und bekam von Berman eine Elefantennase gezeigt. Es dauerte einige Augenblicke, ehe sie verstand, daß Berman einen Witz gemacht hatte.

Heute ist die bajoranische Nase so sehr Teil ihres Lebens, daß ihr kleiner Sohn sie nicht einmal wahrnimmt. »Als er mich zum ersten Mal sah, machte er ein seltsames Gesicht. Er berührte die Nase, lachte schallend – und sah nie wieder hin.«[15]

Die Reaktion ihres Sohnes könnte etwas mit den Schauspielergenen zu tun haben, die er von seinen Eltern geerbt hat. Visitors Ehemann ist ebenfalls Schauspieler, und Visitor selbst wurde in New York geboren, wo sie im Theaterviertel aufwuchs. Als sie sieben Jahre alt war, nahm sie Tanzunterricht im Studio ihrer Mutter. Und als sich das Ende ihrer High School-Zeit näherte, strebte sie eine Karriere auf der Bühne an.

Bereits früh hatte Visitor die Ehre, mit Angela Lansbury in *Gypsy* auf Tournee zu gehen. Später war sie im umjubelten Broadway-Musical *42nd Street* zu sehen, der letzten Choreographie-Arbeit des legendären Gower Champion. Ihre anderen Bühnenauftritte beinhalten *My One and Only*, *The Ladies Room* und *A Musical Jubilee*. Aber die Bühne ist nicht die einzige Spielwiese für Schauspieler in New York, und so wirkte Visitor auch in den für das Tagesprogramm von ABC produzierten Soap Operas *Ryan's Hope* und *One Life to Live* mit.

1985 zog Visitor nach Los Angeles und begann, ihre Fernseh-Gastauftritte quer durch zahllose Serien zu absolvieren. (Es dürfte nunmehr offensichtlich sein, warum Los Angeles das Mekka der Schauspieler ist.) Unter anderem war sie zu sehen in *Empty Nest*, *Murder, She Wrote*, *Baby Talk*, *thirtysomething*, *Jake and the Fatman*, *L.A. Law*, *In the Heat of the Night* und *Matlock*. Ihre erste feste Rolle war die der ›Firmenhexe‹ Bryn Newhouse in der NBC-Sitcom *Working Girl*, die auf dem gleichnamigen Kinofilm basierte.

Nana Visitor als Major Kira Nerys, hier noch mit der Frisur aus dem Pilotfilm.

»Du kannst keinen fetten Hintern haben und Freiheitskämpfer sein.«

13 Dieses Vorurteil gegenüber Nicht-Networkserien entspricht dem Klassendenken, auf das Colm Meaney hinwies und das zwischen Film- und Fernsehschauspielern geherrscht hatte. In den Neunzigern jedoch – am Vorabend des 500-Kanäle-Fernsehens – werden Schauspieler, die zwischen Film- und Fernsehrollen wechseln, viel leichter akzeptiert. Und Serien wie THE NEXT GENERATION und DEEP SPACE NINE haben den Beweis erbracht, daß eine in Syndication ausgestrahlte Serie von gleicher Qualität sein kann und genauso viele Zuschauer – oder noch mehr – erreichen kann wie jede Network-Serie.

14 Nana Visitor war 36, als wir mit ihr sprachen. Die kritische Phase, die sie anspricht, ist die Zeit, in der Schauspielerinnen nicht mehr ›hübsche junge Dinger‹ darstellen, sondern als ›alt‹ eingeordnet werden. Gute Schauspielerinnen, denen es gelingt, harte Arbeit mit Glück zu kombinieren, schaffen es manchmal, sich zwischen diesen beiden Extremen niederzulassen und als Schauspielerinnen akzeptiert zu werden, die – wie Visitor – gut ausgearbeitete Rollen übernehmen und so ihre Karriere um ein paar Jahre und viele gute Rollen erweitern. Männliche Kollegen stoßen nicht so früh in ihrer Karriere an einer solchen Trennlinie, weil bei einer Frau viel mehr Wert auf das Alter als bei einem Mann gelegt wird.

15 Zwei Kollegen von Visitor erging es aber nicht so gut. Bei seinen häufigen

Oben links:
Die veränderte Frisur, die mehr zu einer karriereorientierten Offizierin paßt.

Oben rechts:
Ein anderes Aussehen für eine fünf Jahre jüngere Kira während der cardassianischen Besetzung (aus: ›Necessary Evil‹).

In einer festen Rolle für eine Sitcom zu arbeiten, so Visitor, war völlig anders als die Arbeit bei DEEP SPACE NINE. »Es war eine völlig andere Erfahrung. Bei einer halbstündigen Serie arbeitet man von neun Uhr bis um 17 Uhr. Man hat in der Woche einen langen Tag. Und die meiste Zeit ist man nicht einmal beschäftigt. Wenn man erst einmal in den Rhythmus gekommen ist, also nach etwa drei Episoden, dann kommt man für eine Stunde und geht dann wieder nach Hause.

Aber DEEP SPACE NINE ist hinsichtlich der Arbeitszeit eine Herausforderung. Es ist interessant, weil Gaststars kommen und sagen: ›Oh, mein Gott, ich falle tot um. Man hat mich dreimal *gezwungen,*[16] ich bin erschöpft und ich habe diesen ganzen Text.‹ Es ist nicht zu vermeiden, daß sie sich an uns wenden und fragen: ›Wie macht ihr das?‹« Visitor beantwortet diese Frage so: »Ich glaube, daß ein Teil daraus besteht, daß man die Form findet, daß man in den Rhythmus kommt. Man weiß, wann man seiner Energie freien Lauf lassen kann und wann nicht. So bestimmt man sein eigenes Tempo und bekommt etwas von einem Athleten.

Der andere Teil – und für mich ist das der größere Teil – ist Interesse. Ich bin nicht nur daran interessiert, was Kira tut. Ich bin wirklich an einer größeren Perspektive interessiert, ich interessiere mich für die Serie und für ihre Qualität. Und ich glaube, daß man um zwei Uhr morgens wirklich eine größere Perspektive haben muß, um sich zu konzentrieren und das zu tun, was notwendig ist. Sonst entwickelst du eine Grundhaltung – du bist müde und möchtest sagen: ›Macht diese Aufnahme, es kümmert mich nicht, ob sie gut ist‹ – man darf *niemals* diese Haltung haben. Nicht bei einer solchen Serie.«

Das Bild des Athleten ist eines, das Visitor am Herzen liegt. Nicht nur, weil sie eine Schauspielerin ist, die mit dem mörderischen Zeitplan des episodischen Fernsehens zurechtkommen muß, sondern auch, weil sie eine Mutter ist mit einem gleichermaßen – vielleicht sogar noch schlimmeren – mörderischen Zeitplan, ein kleines Kind aufzuziehen. Wie kann sie zwei Vollzeitjobs unter einen Hut kriegen?

»Wieder ist es Disziplin und die Tatsache, daß ich einen phantastischen Partner habe. Wir setzten uns zusammen, als ich diese Rolle bekommen hatte, und

Besuchen im Studio freundete sich das Baby mit René Auberjonois und Armin Shimerman an, ohne sich für deren Masken zu interessieren oder daran zu stören. Aber dann, so Visitor, »geschah es. Als der Kleine eineinhalb Jahre alt war, schrie er, sobald er die beiden sah. Das war für Armin und René natürlich sehr schlimm.«

16 Der Standardvertrag der Screen Actors Guild besagt, daß Schauspieler mindestens zwölf Stunden Pause vor dem nächsten Auftritt machen müssen. Wenn ein außer Kontrolle geratener Drehplan die Anwesenheit eines Schauspielers erfordert, bevor diese zwölf Stunden verstrichen sind, dann wurde der Schauspieler ›gezwungen‹, und das Studio muß eine zuvor festgelegte Strafe zahlen.

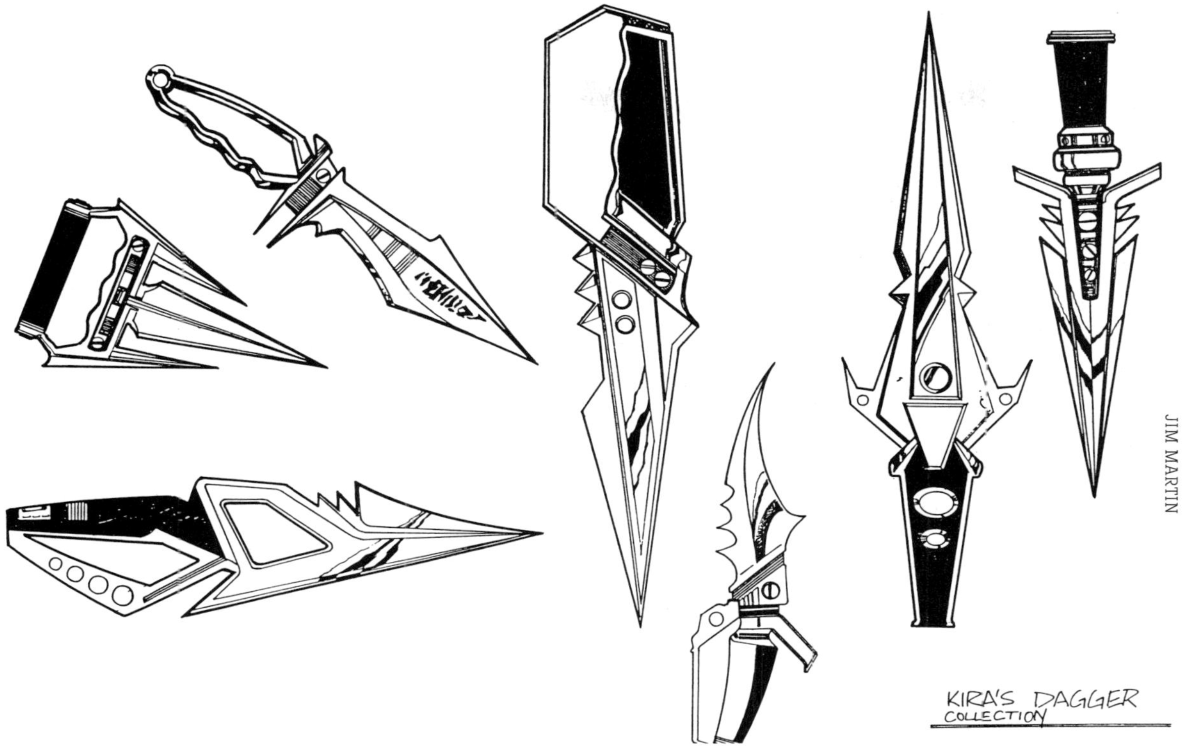

er wußte, wie sehr ich diese Rolle liebte. Das war kaum zu übersehen. Er ist auch Schauspieler und war ebenfalls begeistert. Und er war wunderbar. Er sagte: ›Du mußt das machen. Gar keine Frage. Ich werde zu Hause bei Buster bleiben.‹ Buster war zu der Zeit dreieinhalb Monate alt. ›Du machst das‹, sagte er. Und ich tat es.

Kiras Dolchsammlung – ein Hinweis auf verborgene Charakterzüge, die noch auf uns zukommen?

Es gibt schwierige Augenblicke, in denen ich nicht da bin, wo ich sein möchte. Aber zum größten Teil war es Disziplin – abgesehen von einem Partner, der es mir ermöglicht, das zu tun, und der Buster zum Set bringt, was wirklich hilft, einen 18-Stunden-Tag zu überstehen. Sonst nur Disziplin. Wie ein Soldat. Als ich während des Pilotfilms nach der Geburt meines Sohnes mein Gewicht reduzieren wollte, sagte ich zu mir: ›Du bist ein Soldat. Du bist ein Freiheitskämpfer. Du kannst keinen fetten Hintern haben und Freiheitskämpfer sein. Das ergibt keinen Sinn.‹ Das ist alles. Während der Mittagspause trainiere ich, und ich versuche einfach, für alles Zeit zu haben. Und wenn ich nach Hause komme und mein Sohn ist wach und braucht irgend etwas, dann bin ich da. Ich bekomme einfach weniger Schlaf.«

Visitor bringt für ihre Rolle solche Hingabe und solchen Enthusiasmus auf, daß sie sogar die positiven Aspekte sieht, wenn sie keinen Schlaf bekommt. »Das Tolle ist, daß Kira ein Gesicht hat, das altern kann – das mehr hat als nur bezaubernde Schönheit. Wenn ich also die ganze Nacht nicht schlafe und übermüdet aussehe: Um so besser. Das ist ein Teil von Kira. Sie lebt ihr Leben.

Das hat etwas von einer europäischen Einstellung. Das ist wie bei einer Frau in Paris, die eine Zigarette raucht und einen schwarzen Rollkragenpullover trägt und aussieht, als habe sie eine wilde Nacht oder was auch immer hinter sich. Daran ist nichts falsch! Du lebst dein Leben! Du hast Spaß, in deinem Gefühlsleben geschieht etwas. Und«, sagt sie mit einem Lächeln, »da ich keine Wahl habe, habe ich diese europäische Haltung angenommen! Je mehr Falten auf meinem Gesicht, um so interessanter.«

Bei einer solchen Einstellung überrascht es nicht, daß Kira eine der interessantesten Figuren von DEEP SPACE NINE geworden ist, und ein Vorbild für Tausende Zuschauer(innen).

»Frauen haben mir geschrieben«, sagt Visitor, »daß sie versuchen, mehr wie Kira zu sein, daß sie versuchen, sich ihren Gefühlen zu nähern. Und mir wird klar, daß – obwohl es die Auffassung gibt, daß Frauen ihre Gefühle sehr gut kennen – ich in diesen Briefen erkenne, daß das nicht unbedingt wahr ist. Frauen haben es schwer. Sie mögen wissen, was das jeweilige Gefühl ist, aber es auszudrücken, danach zu handeln, das ist etwas völlig anderes.

Tatsächlich hat Kira auch mir in gewisser Weise persönlich geholfen ... Ich befinde mich in dieser Welt der Kira und befasse mich mit den Dingen, mit denen sie sich befaßt. Diese Charakterzüge und diese Denkweise werden in mir ausgeführt, und damit wird Nana in einer bestimmten Art und Weise Kira ähnlicher. Sie ist in vielen Punkten eine sehr gesunde Frau.

Das einzig schlechte ist, daß es manchmal sehr schwer ist, da sie viel Tragisches erlebt hat. Alles, was wir uns in der heutigen Zeit vorstellen können, hat sie durchgemacht. Hungersnot, den Feind töten, einfach alles. Aber wenn ich die Reaktionen der Frauen sehe, und die der Männer und die der 14 Jahre alten Jungs, denen es nichts ausmacht, eine Frau als ersten Offizier zu sehen und Frauen zu sehen, die das Kommando haben, dann denke ich, daß diese Rolle vielleicht die Ansichten einer Person ändern könnte, und das ist furchtbar wichtig.«

Mit diesem Gedanken über die Fähigkeit einer fiktiven Person in einer fiktiven Umgebung, die Ansichten einiger Leute zu ändern und für andere eine Inspiration zu sein, haben wir uns weit entfernt von den einfachen, gefühllosen geschäftlichen Entscheidungen, die zuerst zur Entstehung von DEEP SPACE NINE geführt haben, und den wahren Kern dessen gefunden, was im Fernsehen so gut und wertvoll ist.

Machen Sie keinen Fehler: Fernsehen ist zuallererst und vor allem Geschäft. Aber der anregende Teil, der Fernsehen sein kann, und den DEEP SPACE NINE so gut veranschaulicht, ist der, daß – wenn die Finanzmaschinerie in Gang gesetzt worden ist, wenn der Verkaufsstab der Studios Verträge mit unabhängigen Sendern abgeschlossen hat, wenn die Werbezeiten verkauft sind – dann talentierte Leute das Geschäft zur Seite schieben und ihr Herz und ihre Seele in die Arbeit einfließen lassen.

So, wie Michael Piller bei den Geschichten für DEEP SPACE NINE fragt: »Was macht sie persönlich?«

Die Schauspieler von DEEP SPACE NINE – geführt von den Drehbüchern des Autorenstabes, gekleidet in kunstvolle Kostüme und mit Make-up, fremdartige Sets bevölkernd – sind vielleicht die wichtigste Antwort auf diese Frage, da sie Figuren entstehen lassen, zu denen die Zuschauer eine Beziehung entwickeln und mit denen sie sich identifizieren können, über die sie mehr wissen wollen. Und in dieser Gleichung, die das Talent und die Fähigkeiten und die Erfahrung der sieben festen Schauspieler, der übrigen ständigen Besetzung und der Gastschauspieler umfaßt, haben Geldangelegenheiten und Geschäftsentscheidungen und Bilanzen keinen Platz. Und das sollten sie auch nicht.

Um es kitschig zu formulieren: Man nennt es den Zauber des Fernsehens, und in diesem Fall sind die Schauspieler die Zauberer.

Was die Bühne betrifft, auf der sie spielen: Damit befassen wir uns als nächstes.

DAS GESCHLOSSENSTE STUDIO AUF DEM GANZEN GELÄNDE

DREIZEHN

Ich bin nicht Ansel Adams –
ich warte nicht auf das Licht.

David Livingston

Sie hatten das Drehbuch, die Bühnenbilder, die Mannschaft, das Make-up, die Kostüme, die Requisiten und – mehr oder weniger – einen Plan. Das einzige, was jetzt noch erledigt werden mußte, war, all diese Dinge zusammenzubringen. Und der Ort, an dem das stattfindet, ist natürlich das Studio.[1]

Für den Pilotfilm von DEEP SPACE NINE war der erste Tag der sogenannten ›Principal Photography‹[2] der 18. August 1992 und spielte sich auf Bühne 4 ab. Dazu paßte es, daß die erste Szene, die gedreht wurde, Szene 30 war, in der Sisko zum ersten Mal die OPS betritt. (Die Eröffnung dieser Szene ist in Kapitel 11 auf Seite 162 abgedruckt.) Am Nachmittag dieses ersten Tages jedoch spielten die Szenen, die gefilmt wurden, bereits vier Tage nach der ersten Szene. Und es sollten zweieinhalb Wochen Produktionszeit vergehen, bevor die chronologisch erste Szene – auf der Brücke der Saratoga während der Schlacht bei Wolf 359 – der Kamera vor die Linse kommen würde. Beispielhaft für die außerhalb jeglicher Reihenfolge liegende Eigenart der Dreharbeiten im Fernsehen sei darauf hingewiesen, daß sich Szene 30 auf Seite 16 des Drehbuchs befindet, damit im letzten Drittel des ersten Akts, und daß die letzte Szene, die an diesem Tag gedreht wurde, Szene 90 war, die den vierten Akt auf Seite 54 eröffnet.

Szene 90 ist auch aus einem anderen Grund interessant. Wir wollen sie uns einmal näher ansehen.

1 Gelegentlich werden auch Außenaufnahmen gemacht. Da aber DEEP SPACE NINE im 24. Jahrhundert spielt, beschränken sich diese Außenaufnahmen auf natürliche Umgebungen, z.B. Gärten, Wälder und Buschland. Außenaufnahmen bereichern die Serie, aber jeder Dollar, der gespart wird, wenn man keine natürliche Umgebung im Studio zusammenstellen muß, wird üblicherweise von den Kosten aufgezehrt, die entstehen, um das Produktionsteam vom Studiogelände zum Set zu bringen. Hinzu kommen die nicht kontrollierbaren Licht- und Wetterbedingungen. Sicherheitsvorkehrungen und diverse örtliche Gebühren können der Produktion Mehrkosten in Höhe von fast 6000 $ bescheren.

2 ›Principal Photography‹ bezieht sich auf die Dreharbeiten, an denen der Regisseur und die ›First Unit‹ beteiligt sind. Der Tag, an dem ›Principal Photography‹ beginnt, ist im allgemeinen Sprachgebrauch der offizielle erste Tag der Produktion. Der Begriff wird benutzt, um die Arbeiten der ›First Unit‹ von denen der ›Second Unit‹ und von den Aufnahmen der Spezialeffekte zu unterscheiden, die alle üblicherweise zwei Wochen nach dem offiziellen ersten Tag beginnen. Bei ›Emissary‹ begann die ›Second Unit‹ ihre Arbeit erst einen Monat nach der ›First Unit‹.

Zeitstörungen: Dreharbeiten entgegen dem Handlungsablauf

Es ist offensichtlich, warum Fernsehepisoden nicht in der chronologisch richtigen Reihenfolge gefilmt werden: wegen der Kosteneffizienz. Sobald die OPS erst einmal beleuchtet und für die Dreharbeiten vorbereitet ist, ist es nur sinnvoll, alle in der OPS spielenden Szenen hintereinander zu drehen. So muß das Set nur einmal vorbereitet werden.

Während diese Art von Dreharbeiten für die gesamte Produktion von Vorteil ist, kann es die Arbeit eines Schauspielers komplizieren. So war zum Beispiel eine der wichtigsten Szenen in ›Emissary‹ Siskos Unterhaltung mit den Wesen im Wurmloch. Diese Schlüsselszene führte ihn zu der Erkenntnis, daß er sich von seiner Vergangenheit nicht gelöst hatte.

---

222 DER WEISSE HINTERGRUND – SISKOS AUGEN (OPTICAL)

Herzschlag. Atmen.

SISKO
Sprecht zu mir. Seid ihr noch da? Was ist passiert?

223 AUSSENAUFNAHME STRAND – TAG – JENNIFER-ALIEN (OPTICAL)

Sie gehen am Strand entlang, so wie im zweiten Akt ...

JENNIFER-ALIEN
Mehr von deiner Art.

UNTERBRECHUNG

224 DER WEISSE HINTERGRUND – SISKOS AUGEN (OPTICAL)

SISKO
Noch ein Schiff ... im Wurmloch?

JENNIFER-ALIEN
›Wurmloch‹ – was ist das?

SISKO
Das ist der Begriff, mit dem wir die Art von Reise beschreiben, die mich hergebracht hat ...

226 INNENAUFNAHME BEOBACHTUNGSDECK [AUF DER ENTERPRISE]

PICARD-ALIEN
Es ist beendet.

225a UMGEKEHRTE KAMERAEINSTELLUNG – SISKO AUF DEM BEOBACHTUNGSDECK

SISKO
Beendet ...

PICARD-ALIEN
Unsere Existenz wird zerstört, sobald einer von euch die Passage betritt ...

226 INNENAUFNAHME BRÜCKE DER SARATOGA

›CONN OFFIZIER‹-ALIEN
Eure lineare Art ist von Natur aus zerstörerisch.

›OPS OFFIZIER‹-ALIEN
Ihr nehmt keine Rücksicht auf die Folgen eurer Handlungen.

SISKO
Das ist nicht wahr. Uns ist bewußt, daß jede unserer Entscheidungen eine Folge hat ...

CAPTAIN-ALIEN
Aber ihr behauptet, daß ihr nicht wißt, welches die Folge sein wird ...

SISKO
Wir ...

227 AUSSENAUFNAHME FISCHTEICH – TAG – JAKE-ALIEN

JAKE-ALIEN
(unterbricht ihn)
Wie könnt ihr dann für eure Handlungen verantwortlich sein ...

SISKO
Wir nutzen die Erfahrungen unserer Vergangenheit, damit sie uns leiten.

(kurze Pause)

Jennifer und ich sind durch alle Erfahrungen in unserem Leben auf den Tag vorbereitet worden, an dem wir uns am Strand trafen ... sie halfen uns bei der Erkenntnis, daß wir eine gemeinsame Zukunft haben würden. Als wir heirateten, nahmen wir alle Konsequenzen dieser Handlung in Kauf, ganz gleich, was auf uns zukommen würde ... und das beinhaltete auch *dich*.

JAKE-ALIEN
Mich?

SISKO
Meinen Sohn Jake ...

228 INNENAUFNAHME KRANKENSTATION EINES RAUMSCHIFFS – NAHAUFNAHME EINES NEUGEBORENEN

Sisko hält sein Kind zum ersten Mal in seinen Armen ... während ein Starfleet-Arzt und die Schwestern, alle Aliens, sich um die im Bett liegende Jennifer kümmern ... die nach den Anstrengungen der Wehen aufblickt ...

JENNIFER-ALIEN
Das Kind mit Jennifer.

SISKO
Ja.

JENNIFER-ALIEN
(sie beginnt zu verstehen)
Lineare ... Zeugung ...?

SISKO
(stimmt zu)
Ja. Jake ist die Fortführung unserer Familie ...

JENNIFER-ALIEN
(erinnert sich)
»Die Geräusche spielender Kinder.«

229 DER HANDSCHUH EINES FÄNGERS

während ein Schläger durch die Luft wirbelt und einen Ball verpaßt, der in den Handschuh fällt.

Kamerabewegung nach oben, bis man sieht, daß Jake-Alien der Fänger ist ... ein Schlagmann steht vor ihm, beide tragen Trikots der Chicago Cubs aus den späten 20er Jahren des 20. Jahrhunderts.

SCHLAGMANN-ALIEN
(vorwurfsvoll)
Aggressiv. Feindlich.

230 UMGEKEHRTE EINSTELLUNG – AUSSENAUFNAHME BASEBALL-SPIELFELD – TAG

Sisko steht auf dem Werferhügel, er trägt eine Kappe der Cubs, etwa aus dem Jahr 1923 ... und seine Starfleet-Uniform ... Im Hintergrund trainiert der Rest des Teams ... Einige Zuschauer und Reporter mit Strohhüten laufen umher ...

SISKO
(berichtigend)
Wettbewerb. Zum Spaß. Es ist ein Spiel ... das Jake und ich spielen ... auf dem Holodeck ... es heißt Baseball.

Jake-Alien richtet sich auf, nimmt seine Schutzmaske ab und betrachtet sie neugierig ... Dann sieht er sich die Umgebung an ... und gesellt sich zu Sisko auf dem Hügel ...

JAKE-ALIEN
›Baseball‹ – was ist das?

SISKO
Ich habe befürchtet, daß du das fragen würdest ...

Eine kurze Pause ... Wie zum Teufel erklärt man einem Alien Baseball ... Er holt tief Luft ...

SISKO
Ich werfe dir den Ball zu ... Und dieser andere Spieler steht zwischen uns mit einem Schläger, einem Stock ... und er ... er versucht, zwischen diesen beiden weißen Linien stehend, den Ball zu treffen ...

Jake-Alien blinzelt verwirrt. Sisko macht eine Pause ... sammelt sich ... ihm fällt etwas anderes ein ... sein Vertrauen wächst, während er fortfährt ...

SISKO

Die Regeln sind nicht wichtig ... wichtig ist, daß es *linear* ist. Jedesmal wenn du diesen Ball wirfst, können hundert verschiedene Dinge in dem Spiel geschehen ... Der Spieler kann ausholen und ihn verfehlen, er kann ihn treffen ... worum es geht, ist, daß du es nie weißt ... du versuchst, es vorauszuberechnen, eine Strategie zu entwickeln für all die Möglichkeiten ... aber am Ende geht es nur darum, einen Ball nach dem anderen zu werfen ... und zu sehen, was geschieht. Mit jeder neuen Folge bekommt das Spiel Konturen ...

SCHLAGMANN-ALIEN
(erfaßt die Bedeutung)

Und du weißt nicht, welche Kontur es hat, bis es vollendet ist ...

SISKO
(kurze Pause)

Das ist richtig. Tatsächlich wäre das Spiel nicht wert, gespielt zu werden, wenn wir wüßten, was geschehen wird.

JAKE-ALIEN
(verblüfft)

Ihr *schätzt* die Unwissenheit dessen, was kommen wird?

SISKO
(stimmt zu, macht einen Punktgewinn)

Das könnte das wichtigste sein, um die Menschheit zu verstehen. Es ist das Unbekannte, das unsere Existenz definiert. Wir sind immer auf der Suche ... nicht nur auf der Suche nach Antworten auf unsere Fragen ... auch nach neuen Fragen. Wir sind Forscher ... wir erforschen Tag für Tag unser Leben ... und wir erforschen den Weltraum, wir versuchen, die Grenzen unseres Wissen zu erweitern. Und darum bin ich hier. Nicht, um euch mit Waffen oder Ideen zu erobern. Sondern um gemeinsam zu existieren und zu lernen.

231 JAKE-ALIEN

beobachtet ihn einen Moment lang neugierig

232 SISKO

wartet voller Hoffnung auf eine Erwiderung ... reagiert, als er auf seine Hände blickt ...

233 SEINE HÄNDE

blutig und verbrannt, so wie auf der Saratoga

234 INNENAUFNAHME – SISKOS QUARTIER

Er ist zurück auf der Saratoga ... sein Quartier steht in Flammen ... seine Frau ist tot ... sein Sohn ist bewußtlos ... er steht da mit dem taktischen Offizier ...

TAKTISCHER OFFIZIER-ALIEN

Wenn alles das, was du sagst, stimmt, warum existierst du dann hier?

Sisko reagiert, verwirrt ...

234A DER WEISSE HINTERGRUND – SISKOS AUGEN (OPTICAL)

Herzschlag. Atmen.

In der gefilmten Episode dauert die gesamte Sequenz, die für den emotionalen Kern der Geschichten von großer Bedeutung ist, drei Minuten und 55 Sekunden. Avery Brooks liefert eine mitreißende Darstellung, die mit Sisko Besorgnis beginnt, die dann seine Frustration anspricht, da er unfähig ist, sich den Wesen zu erklären. Dann wächst sein Selbstvertrauen, während er die Erklärung in seiner Baseball-Metapher findet. Dann bricht er voller Angst zusammen, als er auf die Saratoga zurückkehrt. Für einen Schauspieler von Brooks' Kaliber wäre solch eine Darstellung in einer einzigen Szene nicht weniger bewegend, aber wohl nicht so bemerkenswert wie unter den Umständen, unter denen Brooks tatsächlich diese Darstellung abliefern mußte: immer nur ein paar Sätze, nicht in der richtigen Reihenfolge, an acht verschiedenen Drehorten, und das alles über einen Zeitraum von fast drei Wochen!

Die Sequenz wurde in dieser Reihenfolge gefilmt: 223 und 224, Sprung zu 227, Sprung zu 229 bis 232 (233 wurde gestrichen), dann zurück zu 225 und 225A, zu 228, zurück zu 226 und nach vorne zu 234.

Ergänzt wurde diese potentielle Verwirrung, der sich Brooks gegenübersah, dadurch, daß er in dem Moment, da er sich in einem bestimmten Set befand – zum Beispiel auf der Brücke der Saratoga –, die Szene so spielen mußte, wie sie sich tatsächlich zutrug, also während der Schlacht von Wolf 359; dann mußte er sich umstellen auf die erste Begegnung mit den Wesen, dann auf die zweite Begegnung usw.

Wie Brooks es schaffte, all die verschiedenen Aspekte von Sisko zu den verschiedenen Zeiten markant zu belassen, damit sie sich voneinander unterschieden, ist wirklich beeindruckend. Wie Brooks selbst sagt: »Diese Vorgehensweise jenseits des chronologischen Handlungsablaufs in einer Fernsehserie ist sehr schwierig, es ist *immer* eine Herausforderung. Insbesondere, wenn man bedenkt, in welch kurzer Zeit das geschieht, wie gedrängt diese Augenblicke manchmal sind. Wenn man 12 oder 14 Stunden am Tag arbeitet, dann ist es am dritten Tag ein richtiger Kampf, um zur richtigen Darstellung zurückzufinden. Aber wenn meine Darstellungen nahtlos ineinander übergehen, dann tue ich in gewisser Weise das, was man von mir erwartet.«

VIERTER AKT

AUFBLENDE [3]

90 INNENAUFNAHME; BÜRO DES COMMANDERS (TAG #4) [4]

Sisko drückt eine Taste an einem Monitor und betrachtet eine aufgezeichnete Übertragung von einem Universitätskanzler auf der Erde ...

KANZLER (AUF DEM BILDSCHIRM) [5]

Noch ein Nachtrag, Ben ... das alte Haus in der Moravian Lane, nach dem du dich erkundigt hast, ist verfügbar ... Wenn du es möchtest, kannst du es haben ... Wir freuen uns darauf, deine Entscheidung zu hören.

Eine Anzeige erscheint und weist auf das Ende der Übertragung hin. Sisko starrt auf den Schirm ...

KIRAS STIMME ÜBER INTERKOM

Kira an Commander Sisko. Ein cardassianisches Kriegsschiff ist soeben in bajoranisches Hoheitsgebiet eingedrungen ...

Er steht auf ...

SISKO

Auf den Schirm

Er geht nach draußen auf den Balkon ...

---

3 So fängt ein neuer Akt traditionell an. Es bedeutet, daß das Bild allmählich und nicht abrupt nach dem letzten Werbespot auf dem Bildschirm erscheint.

4 Das bezieht sich auf den Zeitablauf in der Episode. In diesem Fall sind vier Tage vergangen, seit Sisko auf Deep Space Nine angekommen ist. Bei jeder anderen Serie wäre dieser Vermerk ein Hinweis für die Kostümabteilung, daß die Personen nicht die gleiche Kleidung wie am Tag #3 oder am Tag #5 tragen. In einer Serie, in der praktisch jeder immer die gleiche Kleidung trägt, dient dieser Hinweis mehr den Schauspielern und dem Produktionsteam, die das Drehbuch nicht in chronologischer Reihenfolge verfilmen. (Im Pilotfilm allerdings trug Sisko auf Deep Space Nine zuerst eine Raumschiff-Uniform, erst nach seinem Treffen mit Picard auf der *Enterprise* trug er die Standarduniform von Deep Space Nine.) Die Anmerkung Tag #4 sollte hier Avery Brooks signalisieren, daß Sisko mittlerweile mit der Bedienung des cardassianischen Bildschirms vertraut war, während er am Tag #1 einige Unsicherheit hätte zeigen müssen.

5 Wäre dies eine Szene aus THE NEXT GENERATION, dann würde der Begriff BILDSCHIRM nicht verwendet. Statt dessen würde die Zeile INNENAUFNAHME: BÜRO DES COMMANDERS um den Begriff (OPTICAL) ergänzt, um zu vermerken, daß ein Spezialeffekt notwendig sein würde, um ein Bild des Kanzlers in den leeren Bildschirm in Siskos Büro einzukopieren. Die Entscheidung, bei DEEP SPACE NINE mit echten Videobildschirmen zu arbeiten, machte die Notwendigkeit eines Spezialeffekts in dieser Szene hinfällig. Der Schauspieler, der den Kanzler darstellte, saß an anderer Stelle vor einer Videokamera, die sein Bild direkt auf Siskos Monitor übertrug.

Für die, die sich sehr gut an ›Emissary‹ erinnern können, ist Szene 90 so vertraut wie die Fußmassage, die Kai Opaka vornehmen sollte. Tatsache ist, daß Szene 90 aus der endgültigen Fassung des Pilotfilms gestrichen wurde, zusammen mit jedem anderen Augenblick, in dem Sisko sich um einen neuen Job bemüht, da er sich darauf vorbereitet, Starfleet zu verlassen. Bei diesem Aspekt der Handlung gelangten Berman und Piller zu dem Schluß, daß Sisko unsympathisch erscheinen könnte, wenn er Zeit damit verbringt, sich nach einer neuen Tätigkeit umzusehen, wenn er doch eine Arbeit zu erledigen hat. Vom technischen Blickwinkel war die Geschichte so, wie sie gefilmt worden war, zu lang, so daß einige Szenen herausgeschnitten wurden. Schließlich war die Hälfte des Materials, das am ersten Tag der Dreharbeiten gefilmt worden war, in die Gruft verfrachtet worden, um nie wieder gesehen zu werden. Aber so ist nun mal das Showgeschäft.

Ob eine bestimmte Szene es in die letzte Fassung einer Episode schafft oder nicht, ist nicht das, worüber man sich Gedanken macht, wenn die Dreharbeiten angelaufen sind.

Im Studio ist das einzige, worüber man sich Gedanken macht, das Ziel, den Zeitplan einzuhalten – immerhin läuft die Uhr unbarmherzig weiter; die Stunde kostet fast 5000 $, ganz zu schweigen von den Überstundenzuschlägen, die der Scheitelpunkt einer Kosten-Springflut sind, die über das Budget hereinzubrechen droht. Oder wie es David Livingston formuliert, wenn er als Regisseur im Studio ist: »Ich bin nicht Ansel Adams – Ich warte nicht auf das Licht.« Das Ziel ist, alles herzurichten, zu filmen und so schnell wie möglich zur nächsten Szene überzugehen und dabei gleichzeitig die hohe Qualität der Serie beizubehalten. Von allen Phasen der Produktion ist die Arbeit auf der Bühne diejenige, bei der ein Gefühl von unaufhörlicher und alles umfassender Dringlichkeit am deutlichsten zum Ausdruck kommt.

Diese Dringlichkeit macht es nachvollziehbar, warum die STAR TREK-Bühnenbilder diejenigen auf dem Paramount-Gelände sind, die man am schwierigsten besuchen kann.[6] Niemand möchte eine Verzögerung riskieren, die während des Drehens durch einen sprechenden oder über ein Kabel fallenden Besucher ausgelöst werden könnte. Ein solcher Besucher könnte auch zu einem gefürchteten ›Bogey‹ werden – dem Begriff für ›Zivilisten‹, die in eine Szene laufen oder sich in einem Bildschirm oder einer anderen reflektierenden Oberfläche spiegeln.[7] Die Zutrittsbeschränkung betrifft sowohl die Leute, die auf dem Paramount-Gelände arbeiten, als auch Leute, die für die Serie arbeiten. Überraschend sagt sogar Produktionsdesigner Herman Zimmerman, daß er sich selten zu einem Set begibt, wenn dort die Dreharbeiten im Gang sind, es sei denn, er ist eingeladen worden.[8]

Für all jene, die nicht mit einem Paramount-Produzenten verwandt sind, wollen wir daher die Frage beantworten, wie es ist, im Studio von DEEP SPACE NINE zu arbeiten. Der beste Vergleich, den wir finden können, ist der mit einem Casino in Las Vegas. Und zwar aus folgendem Grund.

Ein Gebäude zu betreten, im dem Dreharbeiten stattfinden, ist so, als dringe man in einen Kokon ein. Es gibt keine Fenster, der Klang ist gedämpft, und die hohen Decken verschwinden in der Dunkelheit. Sobald man sich in das labyrinthartige Innere des Studios begeben hat, fort von den ins Freie führenden Türen, gibt es keinen Hinweis mehr darauf, wie spät es sein könnte. Wie in einem Casino ist die Umgebung stets gleich, ob es nun zehn Uhr morgens, fünf Uhr nachmittags oder drei Uhr in der Nacht ist.

Der Geruch ist eine Kombination aus einem neuen Haus und einem Fotolabor. Beherrschend ist der Geruch von geschnittenem Holz, frischer Farbe, neuem Teppich, sowie ein feiner chemischer Geruch, der von den Scheinwerfern und den aufgesetzten und aufgeheizten Farbfolien kommt. Der einzige Moment, in dem diese sich vermischenden Gerüche von einem anderen Geruch übertönt werden, ereignet sich kurz vor dem Ende der Mittagspause, wenn das verlockende Aroma frischer Kekse den

6 Zusätzlich zu den versicherungsrechtlichen Bedenken sind die beiden anderen Hauptgründe, Besucher in den Studios auf ein Minimum zu beschränken, die, daß man Requisiten und Ideen unter Verschluß bewahren möchte. Leider blüht der Markt mit gestohlenen STAR TREK-Memorabilien, den Paramount mit Vehemenz strafrechtlich verfolgt. Zudem werden extreme Sicherheitsvorkehrungen getroffen, indem zum Beispiel bestimmte Requisiten mit Seriennummern versehen werden, so daß der Weg nachvollzogen werden kann. Das geschieht auch, um Sammler erkennen zu lassen, daß die Requisiten, die legal verkauft werden, als Beweis für ihre Echtheit eine nachprüfbare Identifizierung von Paramount tragen müssen.

7 Zuschauer mit guten Augen und einem Videorecorder mit streifenfreiem Standbild werden feststellen, daß es schon schwierig genug ist, die Spiegelungen der rechtmäßig anwesenden Produktionsmitglieder in Fenstern und Bildschirmen zu verhindern.

8 Bedenken Sie, daß wir von den Bühnen reden, auf denen gerade oder in nächster Zeit gefilmt wird. Nicht benötigte Bühnen stehen den Schauspielern und dem Produktionsteam zur Verfügung, besonders natürlich den Regisseuren kommender Episoden, die das Bühnenbild begutachten wollen, um die Aufnahmen für ihre Episoden zu planen. Für das normale Publikum sind die Bühnen generell geschlossen.

ROBBIE ROBINSON

In der von Hektik und Unterbrechungen gekennzeichneten Atmosphäre können Kamerahelfer eine Pause einlegen, wenn die Beleuchtungstechniker die Scheinwerfer ausrichten. Wenn das geschehen ist und das Kamerateam seine Arbeit aufgenommen hat, können die Beleuchter Pause machen.

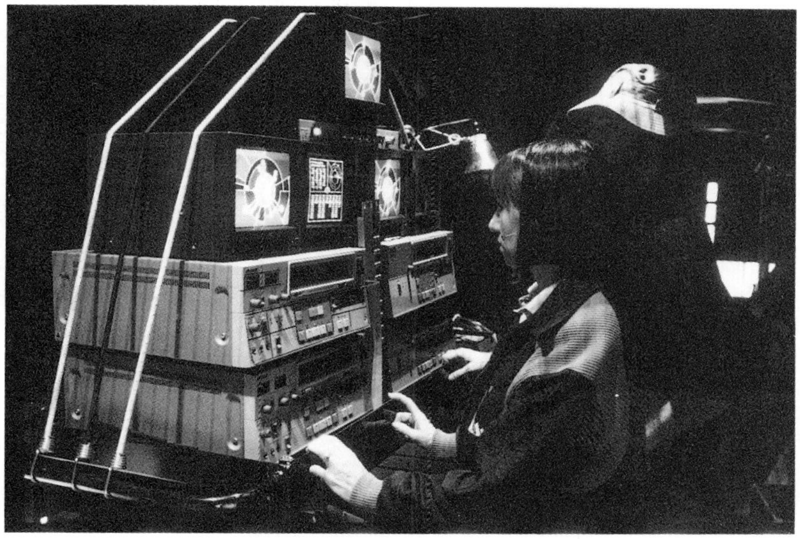

ROBBIE ROBINSON

Verborgen in den nur schwach beleuchteten cardassianischen Korridoren können Sie auf die Videoabspielanlagen stoßen, von denen aus Okudagramme und andere Bilder zu den Monitoren des Sets geschickt werden. Hier prüfen Denise Okuda, Scenic Artist, und Joe Unsinn, Video Playback Operator, Bänder der Bilder, die auf Monitoren im Frachtraum erscheinen sollen.

erschöpften Arbeitern hilft, neue Inspiration zu schöpfen und so angeregt an ihre Arbeit zurückzukehren – ein nicht gerade feiner Trick, den die Speisen- und Getränkelieferanten praktizieren.

Diese Lieferanten sind auch für die dreieinhalb Meter langen Holztische zuständig, die mit Doughnuts bestückt werden, mit Früchten, Sandwichköstlichkeiten, mit Kisten voller Popcorn und mit Wasserflaschen, sowie mit den niemals leeren Kaffeespendern. Zeit ist im Studio so wichtig, daß es weitaus billiger ist, Speisen und Getränke kostenlos und im Überfluß in Reichweite bereitzustellen, als das Risiko einzugehen, daß ein wichtiges Mannschaftsmitglied auf dem Weg zur Kantine verlustig geht, wenn es gebraucht wird.

Diese Tische dienen auch als soziale Sammelstelle zu Beginn des Tages und während der Pausen. Je nach Szene, die gefilmt wird, ist das der Ort, an dem man bajoranische Hilfskräfte entdecken kann, die ›untrekkige‹ Brillen tragen und Cola trinken und mit Dabo-Mädchen und Ferengis über das Verkehrsaufkommen auf der Melrose Avenue sprechen. Üblicherweise sind auch ein oder zwei abscheuliche Aliens zu sehen, die behutsam einen Strohhalm durch die Mundöffnung gleiten lassen oder die zart von einem Sandwich abbeißen, darauf bedacht, das Make-up um ihren Mund herum nicht zu stark zu beanspruchen.

Zusätzlich zu den kostümierten Statisten gibt es noch eine hohe Anzahl von Zivilisten, in Jeans und Arbeitskleidung, manchmal mit einer Crewjacke oder einem Sweater von DEEP SPACE NINE bekleidet.[9] Das erste, was auffällt, wenn man diese Arbeiter beobachtet, ist, daß zu jeder Zeit mindestens die Hälfte von ihnen nichts tut außer zu reden, die Zeitung zu lesen oder sich mit geschlossenen Augen in einem Sessel zurückzulehnen. Aber der scheinbare Mangel an Aktivität ist kein Anzeichen für überzählige Arbeitskräfte – denn so wie Soldaten auf das Kommando warten, auszuschwärmen und einen Brückenkopf zu errichten, so warten diese Arbeiter auf den Augenblick, in Aktion zu treten. Sie sind die Beleuchtungsassistenten, die Elektriker, die

9 Fremde fragen häufig Crew-Mitglieder, ob sie diese Sachen auch auf der Straße tragen und wie es denn ist, für Commander Sisko zu arbeiten.

Andere Einnahmequellen: STAR TREK-Produkte

Offizielle STAR TREK-Merchandising-Artikel – das Buch eingeschlossen, das Sie in Ihren Händen halten – ermöglichen es den Fans, ihre Anerkennung der Serie zu dokumentieren, zudem sind sie ein wichtiger Faktor einer übergreifenden Promotion der Serien an einer Vielzahl von Schauplätzen. Immerhin wollen auch Anzeigen für DEEP SPACE NINE in den Fernsehzeitschriften bezahlt werden. Ist es da nicht viel praktischer, wenn man Tausende von Anzeigen in Form von kleinen Spielzeugfiguren in Spielzeuggeschäften oder in Form von Buchtiteln in Buchhandlungen hat? Zudem erhält Paramount im Gegenzug für die Zustimmung, daß ein Hersteller bestimmte Dinge auf den Markt bringt, die so exakt wie möglich den Serien entsprechen sollen, von jedem verkauften Artikel eine Lizenzgebühr. Der Gesamtumsatz aller lizenzierten STAR TREK-Artikel wird auf über eine Milliarde Dollar geschätzt.

Die Lizenzabteilung von Paramount nahm ihre Arbeit zur gleichen Zeit auf, als DEEP SPACE NINE erstmals öffentlich angekündigt wurde. Das erste Produkt war die Romanfassung des Pilotfilms, die von J. M. Dillard geschrieben wurde, die neben Romanen für die anderen STAR TREK-Serien auch Science Fiction- und Horrorromane verfaßt hatte. Der Roman sollte zur gleichen Zeit wie die Serie auf den Markt kommen. Für andere DEEP SPACE NINE-Produkte war mehr Zeit verfügbar. Die Comicreihe von Malibu Graphics startete im August 1993, und erst im Februar 1994 wurden die hervorragenden detaillierten Spielzeugfiguren von Playmates auf den Markt gebracht.

Im Fall von STAR TREK kommt es selten vor, daß Paramount für ein bestimmtes Produkt die Initiative ergreifen muß. Vielmehr kommen die Hersteller mit ihren Ideen für ein Produkt zu Paramount, von dem sie glauben, daß es die Fans interessieren könnte.

Ein Vorschlag kam vom Produktionsdesigner Herman Zimmerman, der sich über ein handgearbeitetes Geschenk eines Fans gefreut hatte, das dieser ihm geschickt hatte. Es handelte sich um ein Fellknäuel, an dem seltsame Interface-Platinen und eine schreckenerregende Waffenmündung angebracht waren – richtig, ein Borg-Tribble!

Zimmermans Vorschlag, einen Borg-Tribble serienmäßig herzustellen, wurde aber von der Lizenzabteilung abgelehnt. Das ungeschriebene Gesetz für die Vergabe eine Lizenz besagt, daß sie nicht erteilt werden kann, wenn das Motiv nicht in einer Episode oder in einem Film zu sehen war. Zimmerman erhielt den Bescheid, daß die Lizenzabteilung sich glücklich schätzen würde, eine Lizenz zu vergeben, wenn er es schaffen würde, Rick Berman davon zu überzeugen, eine Episode zu produzieren, in der Borg-Tribbles eine Rolle spielen. Heute belegt der einsame Borg-Tribble einen Ehrenplatz auf Doug Drexlers Computermonitor im Art Department von DEEP SPACE NINE. (Unter den Anfragen, die die Lizenzabteilung über die Jahre hinweg erhalten und abgelehnt hat, ist unser Favorit der Vorschlag, Kontaktlinsen für Kinder herzustellen, die die Augen so wie die von Data aussehen lassen.)

MIT FREUNDLICHER GENEHMIGUNG VON PLAYMATE TOYS INC.

Diese extrem detaillierten Actionfiguren sind nur ein Teil der erfolgreichen STAR TREK-Spielzeugpalette von Playmates, zu der auch Figuren und Modelle zur klassischen Serie, zu NEXT GENERATION und seit jüngstem auch zu VOYAGER gehören. Obwohl diese Spielzeuge für Kinder konzipiert wurden, geht das Unternehmen davon aus, daß ein großer Teil der Figuren von Erwachsenen gekauft wird, die einfach nur ihren Lieblingscharakter auf den Tisch stellen wollen.

Der erste in der neuen Reihe der DEEP SPACE NINE-Romane von Pocket Books

MIT FREUNDLICHER GENEHMIGUNG VON MALIBU GRAPHICS

Das erste Heft der DEEP SPACE NINE-Comicreihe aus dem Verlag Malibu Graphics.

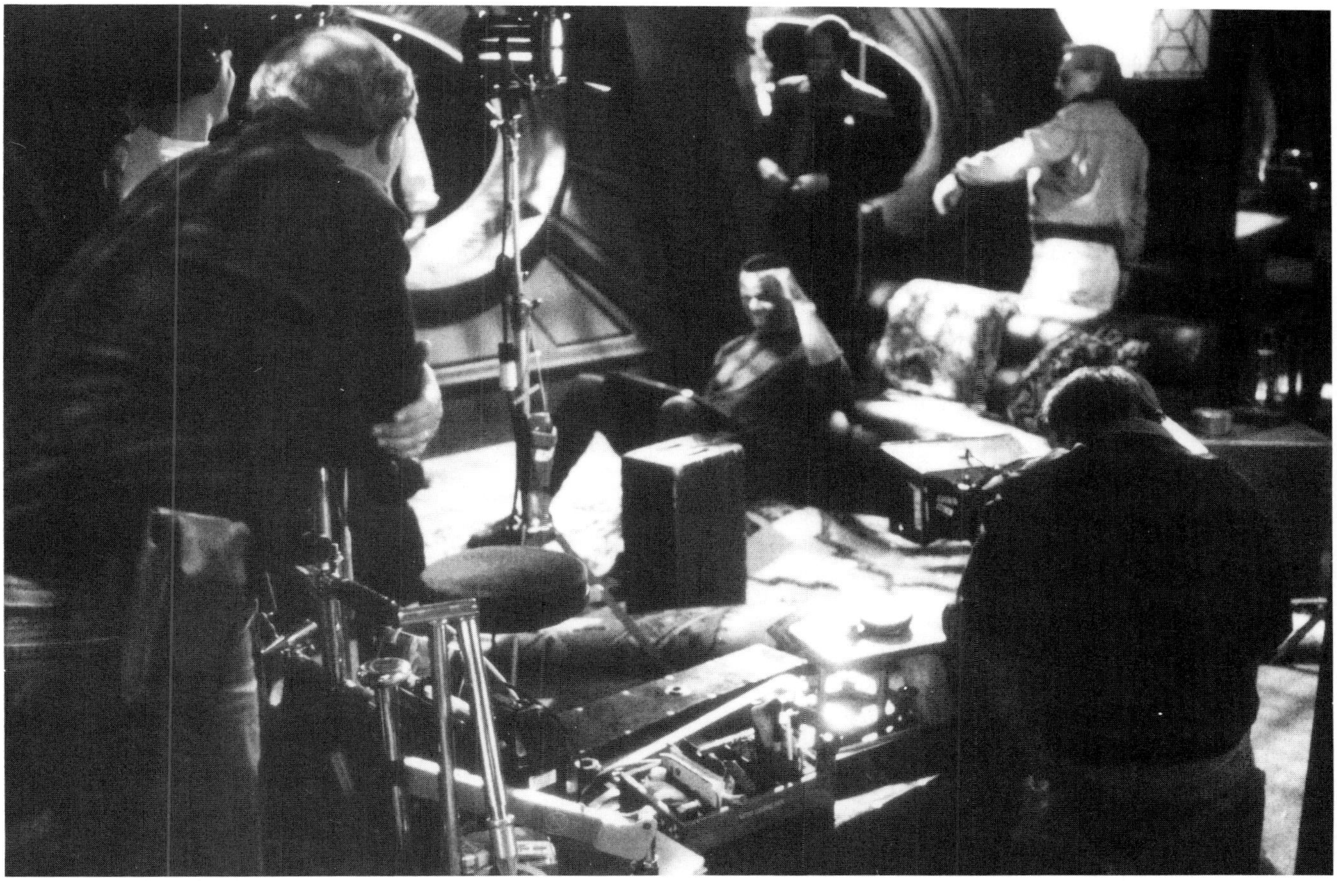
ROBBIE ROBINSON

Das Design, das die Sets von DEEP SPACE NINE so realistisch macht, sorgt auch für beengte Arbeitsbedingungen. Hier wird mit dem Stand-In für Avery Brooks eine Szene in Siskos Quartier vorbereitet.

Bühnentechniker, deren Arbeit in dem Augenblick getan ist, in dem die Bühne korrekt zusammengestellt und dekoriert und für die Aufnahme richtig ausgeleuchtet ist. Während der Regisseur mit den Schauspielern arbeitet, warten diese Leute auf den Befehl, sich zum nächsten Aufbau zu begeben - und wenn sie diesen Befehl erhalten, dann sollten Sie aus dem Weg gehen, um nicht von einer Leiter, von einer rollenden Schutzwand der Raumstation oder von einem rumpelnden Ausrüstungskarren, geschmückt mit Kabeltrommeln und elektronischen Schalttafeln, überrannt zu werden. Wenn die Studiocrew in Bewegung ist, dann *ist* sie in Bewegung.

Ein uniformierter Brandmeister wandert kontinuierlich umher, um sicherzustellen, daß in der kontrollierten Verworrenheit aus heißen Scheinwerfern und Spezialeffekte-Ausrüstung keine Brandgefahr durch irgend eine kleine Nachlässigkeit entsteht. Uniformierte Sicherheitsleute sind ebenfalls eine feste Einrichtung in der Nähe der Studiotüren, um darauf zu achten, daß alle Anwesenden auch wirklich anwesend sind. Das erledigen sie stets mit einem freundlichen Lächeln.[10]

Während der Aufbauphase verlassen die Stars der Serie - die Hauptdarsteller und die Gastschauspieler - das Studio und begeben sich zu ihrem Wohnwagen. Diese Wohnwagen *sind* echte Wohnwagen: kleine Zimmer auf Rädern, die vor den Studios geparkt sind. Für einen Hauptdarsteller besteht der Wohnwagen aus einer kleinen Sitzgelegenheit im vorderen Bereich mit einem wegklappbaren Tisch, einem Telefon, einem Fernseher und - in Siddig El Fadils Fall - mit einem stark in Anspruch genommenen Nintendo-Gameboy, außerdem mit einer kleinen Toilette und am anderen Ende mit einem winzigen Schlafzimmer, wo man sich während einer langen Wartezeit zwischen zwei Szenen ein wenig ausruhen kann. Im ganzen Wohnwagen verstreut findet

10 Passenderweise sind nicht einmal die Sicherheitsleute gegen den Teamgeist immun, der die Produktion von DEEP SPACE NINE erfüllt. Einer der Wächter, Russ English, hat einige kunstvolle Make-up-Entwürfe für Aliens gezeichnet, die er Michael Westmore vorgelegt hat.

sich eine Sammlung persönlicher Gegenstände – Bücher, Drehbücher, Tragetaschen, gelegentlich auch STAR TREK-Merchandising, zum Beispiel den neuesten DEEP SPACE NINE-Roman mit dem Gesicht des Hauptdarstellers auf dem Titelbild.

Diese Wohnwagen existieren, um die Gesundheit und den geistigen Frieden der Schauspieler zu bewahren. Nach 16 Stunden Arbeit, wenn der Schauspieler das Bühnenbild betritt, um seinen Text für die letzte Aufnahme des Tages abzuliefern, ist es unverzichtbar, daß der Schauspieler so aussieht und so klingt wie bei der ersten Aufnahme des Tages, und auch so, wie er am Mittag des nächsten Tages aussehen und klingen wird. Eine Rückzugsmöglichkeit von der Hektik der Dreharbeiten, wenn auch nur für ein paar Minuten, ist kein Luxus, sondern eine Notwendigkeit.[11]

Die Statisten verfügen natürlich nicht über den Luxus eines Wohnwagens, und wenn sie sich nicht um eines der Büffets versammelt haben, dann kann man sie im Replimat sitzen sehen oder auf einer Bank auf der Promenade – irgendwo, wo sie außer Reichweite der Kamera sind, so daß sie Taschenbücher lesen oder etwas stricken oder draußen herumlaufen können, um ein wenig Luft zu schnappen.[12]

Außerdem laufen Leute im Studio herum, die eindeutig Schauspieler sind, die aber kein Kostüm, sondern Alltagskleidung tragen. Sie sind die Stand-ins für die Hauptakteure. Man beachte bitte, daß Stand-Ins keine Stuntdoubles sind. Stuntdoubles sind eine besondere Schauspielerklasse, die über eine große Bandbreite körperlicher Fähigkeiten verfügen und die ihre Rolle bekommen, da sie einer speziellen Figur ähnlich genug sehen, um deren Platz in einer möglicherweise gefährlichen Situation einzunehmen. Wie gefährlich? Nun, alles vom Sturz über ein Geländer in Quarks Bar bis hin zu jeder Gelegenheit, bei der eine der Hauptfiguren in körperlichen Kontakt mit einem anderen Schauspieler kommen muß. Alle regulären Schauspieler von DEEP SPACE NINE sind in der Lage, den größten Teil der körperlichen Stunts selbst auszuführen, aber in Anbetracht der Verantwortung gegenüber der Serie, die auf ihren Schultern lastet, ist die Produktionsfirma zurecht nicht geneigt, das Risiko eines verstauchten Knöchels oder eines schmerzenden Rückens einzugehen.[13]

Stand-Ins dagegen doublen niemals einen Schauspieler im Film. In erster Linie sind sie Schauspieler, die die gleiche Größe und den gleichen Körperbau wie einer der Hauptdarsteller haben, dessen Platz sie einnehmen, während die Scheinwerfer ausgerichtet und die Kameraeinstellungen festgelegt werden. In gewisser Weise sind sie ein wenig wie ein Modell für einen Künstler; sie stehen da, wo sie stehen sollen, sie sehen dahin, wohin sie blicken sollen. Und sie bewegen sich in die Richtung, in die sie geschickt werden. Die Beleuchtung für eine Szene auszurichten und die Scharfeinstellung der Kamera festzulegen, sind wichtige Phasen, aber sie können auch ermüdend sein. Anstatt einen der festen Schauspieler noch eine Stunde oder mehr rumstehen zu lassen, werden daher Stand-Ins eingesetzt, um ein wenig den Druck zu mildern, der Tag für Tag auf dem eigentlichen Darsteller lastet.

Beleuchtung und Kameraeinstellungen werden natürlich vom Regisseur festgelegt, der eng mit den Kameraleuten und den Beleuchtern zusammenarbeitet. Der Regisseur ist üblicherweise die am gequältesten aussehende Person im Studio, weil er (oder sie) derjenige ist, der für die Einhaltung des Drehplans verantwortlich ist.[14] Regisseure trifft man meistens in einem hohen Klappstuhl sitzend an, neben der Kamera, während sie auf einem Schwarzweißfernseher mit 30-cm-Bildröhre, der auf einer Sperrholzkiste steht, zusehen, wie die Szene entsteht. Während der Proben – die es nur in geringem Maße gibt – bewegen sie sich inmitten der Schauspieler und spielen mit ihnen die Szene durch. Während der Dreharbeiten sitzen oder stehen sie in der Nähe der Kamera, manchmal gehen sie nebenher, wenn die Szene eine Kamerabewegung erforderlich macht. Und während die Kamera in eine neue Position gebracht und die Beleuchtung verändert wird, tun Regisseure das, was sie am besten können – sie machen sich Sorgen.

ROBBIE ROBINSON

Kameramann Marvin Rush prüft eine Kameraeinstellung, links Avery Brooks' Stand-In.

11 Natürlich sind die Wohnwagen beliebte Ziele für die Streiche, die sich die Schauspieler untereinander spielen. Als die lebensgroßen Pappfiguren von DEEP SPACE NINE erstmals auf den Markt kamen, waren viele Schauspieler überrascht, als sie ihre Papp-Kollegen in ihrer Toilette oder in ihrem Schlafzimmer vorfanden.

12 Bei einem jener erinnerungswürdigen Besuche auf dem Paramount-Gelände gingen wir um eine Ecke und standen ungefähr 40 Coneheads gegenüber (aus dem gleichnamigen Film mit Dan Aykroyd und Jane Curtin), die gerade ihre Pause machten, Kaffee tranken, sich gegenseitig die Schultern massierten und einfach nur Blödsinn trieben, alles unter der Beobachtung eines einsamen Borg, der mit auf dem Rücken verschränkten Händen an einem anderen Bühneneingang stand und die Coneheads mit einem traurigen Ausdruck auf seinem Gesicht beobachtete, so als hätten seine Eltern ihm verboten, mit ihnen zu spielen.

13 Während der Dreharbeiten zur Episode ›Dramatis Personae‹ in der ersten Season rutschte Nana Visitor auf einer regennassen Treppe aus und prellte sich den Rücken. Obwohl sie bereit war, ihrer Arbeit nachzugehen, bestand Rick Berman darauf, daß sie sich in einem Krankenhaus untersuchen ließ, während eine hektische

Proben mit Regisseur Cliff Bole für die Episode ›Dramatis Personae‹. Beachten Sie Odos regelwidrige Kleidung.

ROBBIE ROBINSON

Wenn die Proben enden, werden auf dem Boden die Markierungen für die Positionen fixiert, die die Schauspieler einnehmen müssen.

Regisseure werden aber nicht einfach nur dafür bezahlt, um sich sieben oder acht Tage lang Sorgen zu machen. Die Regisseurinnung nennt fünfzehn Tage als die Zeit, die einem Regisseur zur Verfügung steht, um einen Auftrag für eine einstündige Episode für die Hauptsendezeit eines Networks zu erledigen. Da eine Produktion Überstunden am Wochenende mit sich bringt, ergibt das drei sorgenvolle Wochen, denn Regisseure hören am Wochenende nicht auf, über ihren Auftrag nachzudenken.

Grob gerechnet, teilt sich ein solcher Auftrag auf in eine Woche Vorbereitung, in der der Regisseur die Dreharbeiten plant und an vorbereitenden Besprechungen teilnimmt; dann eine Woche Dreharbeit; gefolgt von einer Woche Nachbearbeitung, in der der Regisseur sich mit dem Cutter über die Episode unterhält und auf den ersten Rohschnitt Einfluß nimmt. Nach dieser ersten Fassung wandert die Sendung dann aber unmittelbar in die Hände der Produzenten.

Obwohl wir die Verträge nicht eingesehen haben, die Paramount mit den Regisseuren für DEEP SPACE NINE abschließt, beträgt der Mindestbetrag der Regisseurinnung Guild für die Regiearbeit für eine einstündige Episode in der Hauptsendezeit eines Networks 21 542 $, zusätzlich 5,5 %, die an den Pensionsfonds der Innung, sowie 7 %, die für den Kranken- und Sozialfonds der Innung zu zahlen sind. Im Fall von ›Emissary‹ standen dem Regisseur David Carson auch noch zusätzliche Zahlungen zu, um die Bedeutung eines Pilotfilms anzuerkennen, der das Aussehen, die Atmosphäre und die Charakterisierung einer Serie festlegt.

So wie Schauspieler und Autoren erhalten auch Regisseure zusätzliche Zahlungen, die bei 40 % des Originalbetrags für die Wiederholung einer für Syndication gedrehten Episode beginnen und schließlich 5 % bei der dreizehnten und jeder weiteren Wiederholung liegen.

Interessanterweise ist – wie Rick Berman bereits anmerkte – die Rolle eines Regis-

Suche nach ihrem Stand-In begann. Als Visitor in voller bajoranischer Montur im Krankenhaus ankam, versuchte sie, dem Arzt von ihrem Rücken zu erzählen, aber der war weit intensiver damit beschäftigt, etwas gegen ihre gebrochene Nase zu tun.

14 Der Überwachende Produzent David Livingston, der bei einigen herausragenden DEEP SPACE NINE-Episoden Regie geführt hat – darunter auch ›Crossover‹ und ›The Nagus‹ mit Wallace Shawn –, ist knapp unter 1,83 m groß und besitzt eine Haarpracht, die sich der von Jean-Luc Picard nähert. Er behauptet aber von sich, daß er – als er als Regisseur zu arbeiten begann – 1,90 m groß war und dichtes, volles Haar hatte.

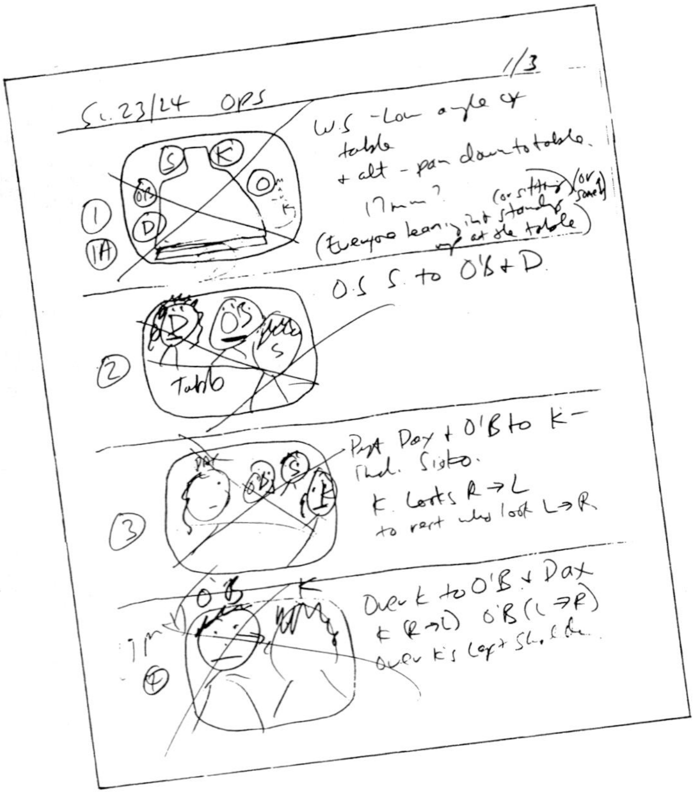

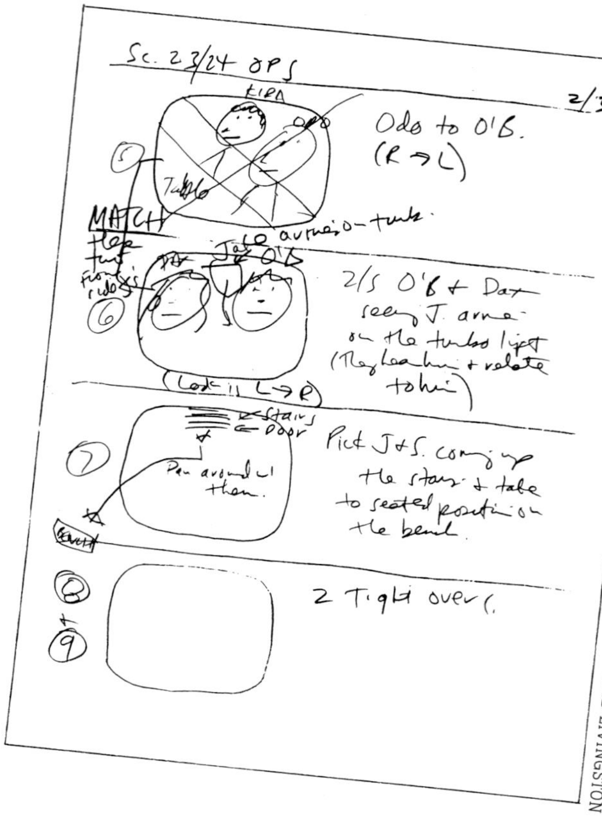

MIT FREUNDLICHER GENEHMIGUNG VON DAVID LIVINGSTON

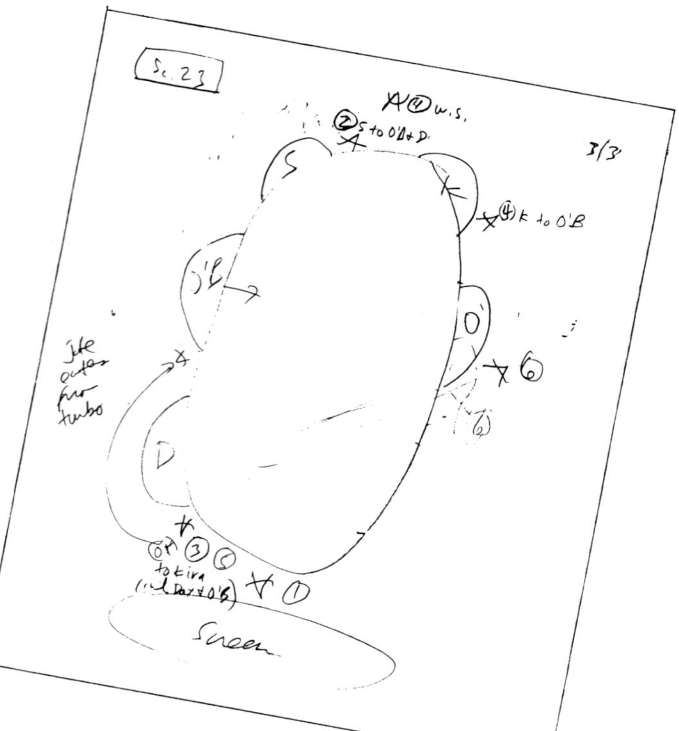

Hinweis des Regisseurs

Trotz seiner Vorbehalte, seine - sagen wir einmal - ›rohen‹ künstlerischen Leistungen einer ahnungslosen Öffentlichkeit zu präsentieren, hat uns David Livingston großzügig diese Seiten aus seinem Drehbuchexemplar für die letzte Episode der ersten Season, ›In the Hands of the Prophets‹, zur Verfügung gestellt. Diese Zeichnungen waren eigentlich nur für Livingston bestimmt und zeigen seinen Ansatz, um die Szenen 23 und 24 zu verwirklichen - eine komplexe Aufgabe, da sechs Schauspieler berücksichtigt werden müssen. Angesichts der hohen Produktionskosten ist es unerläßlich, daß die Regisseure den Ablauf der Szenen planen, bevor sie ins Studio kommen. So muß niemand darauf warten, daß der Regisseur im Kampf gegen die Uhr auf Inspirationssuche geht.

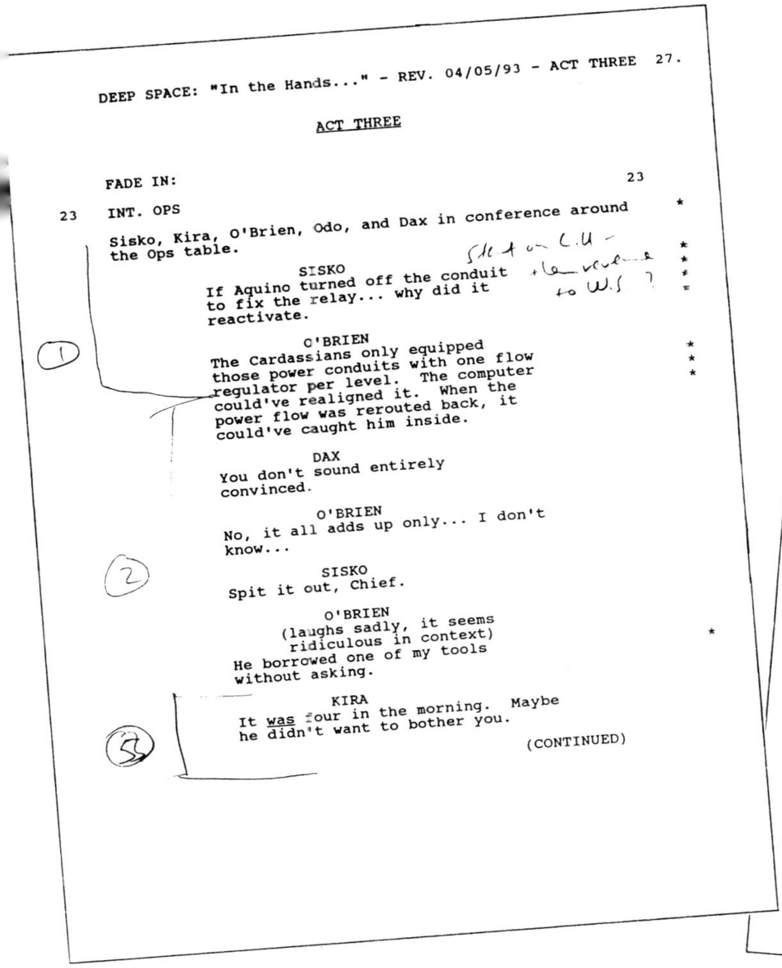

DEEP SPACE: "In the Hands..." - REV. 04/05/93 - ACT THREE 27.

ACT THREE

FADE IN: 23

23 INT. OPS

Sisko, Kira, O'Brien, Odo, and Dax in conference around the Ops table.

SISKO
If Aquino turned off the conduit to fix the relay... why did it reactivate.

O'BRIEN
The Cardassians only equipped those power conduits with one flow regulator per level. The computer could've realigned it. When the power flow was rerouted back, it could've caught him inside.

DAX
You don't sound entirely convinced.

O'BRIEN
No, it all adds up only... I don't know...

SISKO
Spit it out, Chief.

O'BRIEN
(laughs sadly, it seems ridiculous in context)
He borrowed one of my tools without asking.

KIRA
It was four in the morning. Maybe he didn't want to bother you.

(CONTINUED)

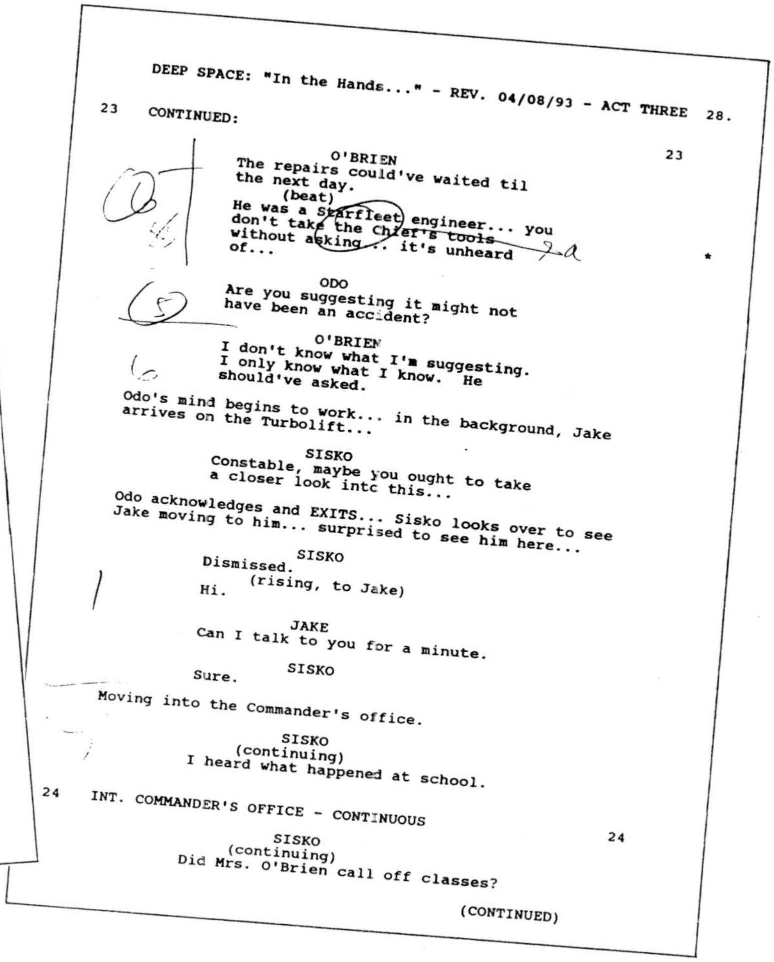

DEEP SPACE: "In the Hands..." - REV. 04/08/93 - ACT THREE 28.

23 CONTINUED:

O'BRIEN 23
The repairs could've waited til the next day.
(beat)
He was a Starfleet engineer... you don't take the Chief's tools without asking... it's unheard of...

ODO
Are you suggesting it might not have been an accident?

O'BRIEN
I don't know what I'm suggesting. I only know what I know. He should've asked.

Odo's mind begins to work... in the background, Jake arrives on the Turbolift...

SISKO
Constable, maybe you ought to take a closer look into this...

Odo acknowledges and EXITS... Sisko looks over to see Jake moving to him... surprised to see him here...

SISKO
Dismissed.
(rising, to Jake)
Hi.

JAKE
Can I talk to you for a minute.

SISKO
Sure.

Moving into the Commander's office.

SISKO
(continuing)
I heard what happened at school.

24 INT. COMMANDER'S OFFICE - CONTINUOUS 24

SISKO
(continuing)
Did Mrs. O'Brien call off classes?

(CONTINUED)

seurs bei einer Fernsehserie eine ganz andere als die eines Filmregisseurs. Der Filmregisseur ist für praktisch alles verantwortlich, was man nachher auf der Leinwand sehen kann, Kostüme, Make-up, Toneffekte, Filmmusik. Bei einer Fernsehproduktion ist dafür der Produzent verantwortlich. Die Aufgaben des Regisseurs sind im wesentlichen darauf beschränkt, das Filmen der Handlung zu überwachen. Während ein Filmregisseur drastische Drehbuchveränderungen quasi im Handumdrehen machen kann, darf der Regisseur einer DEEP SPACE NINE-Episode – sobald die Produktion sich im Studio befindet – ohne ausdrückliche Erlaubnis der Produzenten nicht ein einziges Wort verändern.[15] Und für den Fall, daß der Regisseur versehentlich einen Versprecher oder eine geänderte Zeile durchgehen läßt, gibt es ein wichtiges Mitglied des Produktionsteams, das direkt neben ihm sitzt – die Person, die für die Kontinuität und Fehlerlosigkeit einer Szene zuständig ist, auch bekannt als Script-Supervisor.[16]

Script Supervisor von DEEP SPACE NINE ist meistens Judi Brown – eine Frau mit einem enormen Talent für Details und der Fähigkeit, auch in rasanten und hektischen Situationen genaue Aufzeichnungen zu führen. Sie verfolgt jedes Wort, das von den Schauspielern in einer Szene gesprochen wird, um zu gewährleisten, daß es dem Drehbuch entspricht. Sie achtet darauf, daß jede Szene gedreht wird – und wie oft –, und darauf, welche dieser mehrfachen Aufnahmen schließlich kopiert wird – wann also der Regisseur die Anweisung gibt, daß diese Aufnahme kopiert wird.[17]

In einer inoffiziellen Unterhaltung mit einem der Regisseure von DEEP SPACE NINE kamen wir auf Rick Bermans Ruf zu sprechen, Regieneulingen zu erlauben, bei Episoden von THE NEXT GENERATION Regie zu führen.[18] Wir vermuteten, daß Bermans Großzügigkeit in dieser Sache entweder eine außerordentliche Risikobereitschaft erkennen ließ oder aus der Tatsache resultierte, daß beim Fernsehen Regisseure in dem, was

15 Bevor die Produktion im Studio beginnt, hat der Regisseur aber noch Gelegenheit, in diversen Diskussionen mit den Produzenten und während der Produktionsbesprechungen auf das Drehbuch Einfluß zu nehmen. Auch die Schauspieler haben im allgemeinen diese Möglichkeit, indem sie kleine Veränderungen in der Art und Weise vornehmen, in der sie den Text vortragen, ohne dabei allerdings den Inhalt zu verändern. Als Beispiel hier nun ein Vergleich zwischen der geschriebenen und der gefilmten Fassung einer Szene aus ›Past Prologue‹.

GESCHRIEBEN

GUL DANAR
Er ist Khon-Ma! Nicht einmal die Bajoraner würden einem wie ihm Asyl gewähren ...

Sisko hebt eine Augenbraue, blickt zu Kira

GUL DANAR
Er hat abscheuliche Verbrechen gegen das cardassianische Volk verübt ... und ich verlange, daß Sie ihn unserem Gewahrsam überlassen ... wenn Sie das nicht tun ...

SISKO
[unterbricht ihn]
Ich werde sofort diese Ange-

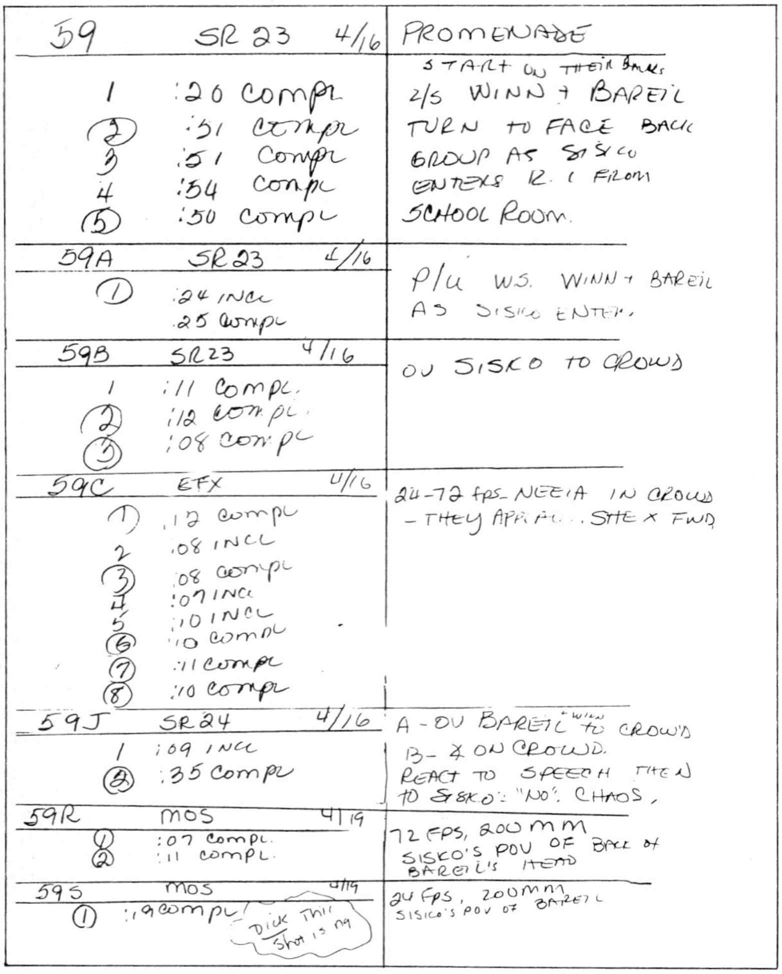
59 SR 23 4/16 PROMENADE
1 :20 compl — START ON THEIR BACKS 2/S WINN + BAREIL TURN TO FACE BACK GROUP AS SISKO ENTERS R. L FROM SCHOOL ROOM.
(2) :51 compl
(3) :51 compl
4 :54 compl
(5) :50 compl
59A SR 23 4/16 — P/U WS. WINN + BAREIL AS SISKO ENTERS
(1) :24 incl
:25 compl
59B SR 23 4/16 — OV SISKO TO CROWD
1 :11 compl.
(2) :12 compl.
(3) :08 compl
59C EFX 4/16 — 24–72 FPS – NEELA IN CROWD – THEY APPR... SHE X FWD
(1) :12 compl
2 :08 incl
(3) :08 compl
4 :07 incl
5 :10 incl
(6) :10 compl
(7) :11 compl
(8) :10 compl
59J SR 24 4/16 — A – OV BAREIL + WINN TO CROWD B – X ON CROWD. REACT TO SPEECH THEN TO SISKO: "NO". CHAOS,
1 :09 incl
(2) :35 compl
59R MOS 4/19 — 72 FPS, 200 MM SISKO'S POV OF BACK OF BAREIL'S HEAD
(1) :07 compl.
(2) :11 compl.
59S MOS 4/19 — 24 FPS, 200 MM SISKO'S POV OF BAREIL
(1) :19 compl. — Dick This shot is ng

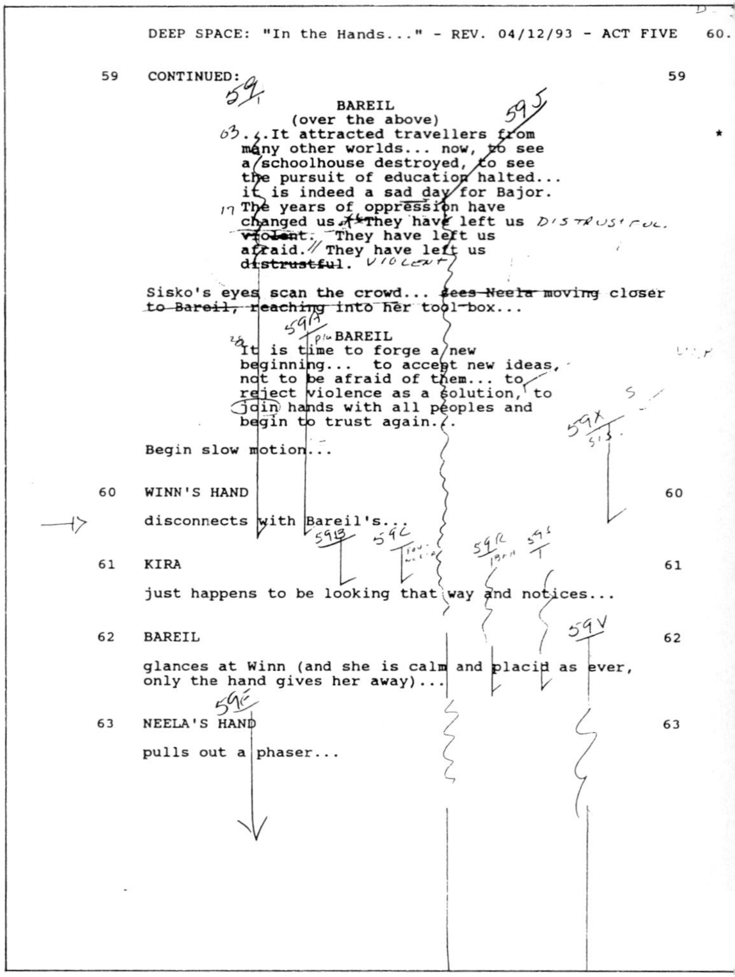
DEEP SPACE: "In the Hands..." - REV. 04/12/93 - ACT FIVE 60.

59 CONTINUED: 59

BAREIL
(over the above)
...It attracted travellers from many other worlds... now, to see a schoolhouse destroyed, to see the pursuit of education halted... it is indeed a sad day for Bajor. The years of oppression have changed us. They have left us ~~violent~~. They have left us afraid. They have left us ~~distrustful~~.

Sisko's eyes scan the crowd... ~~sees Neela moving closer to Bareil, reaching into her tool-box...~~

BAREIL
It is time to forge a new beginning... to accept new ideas, not to be afraid of them... to reject violence as a solution, to join hands with all peoples and begin to trust again...

Begin slow motion...

60 WINN'S HAND 60
disconnects with Bareil's...

61 KIRA 61
just happens to be looking that way and notices...

62 BAREIL 62
glances at Winn (and she is calm and placid as ever, only the hand gives her away)...

63 NEELA'S HAND 63
pulls out a phaser...

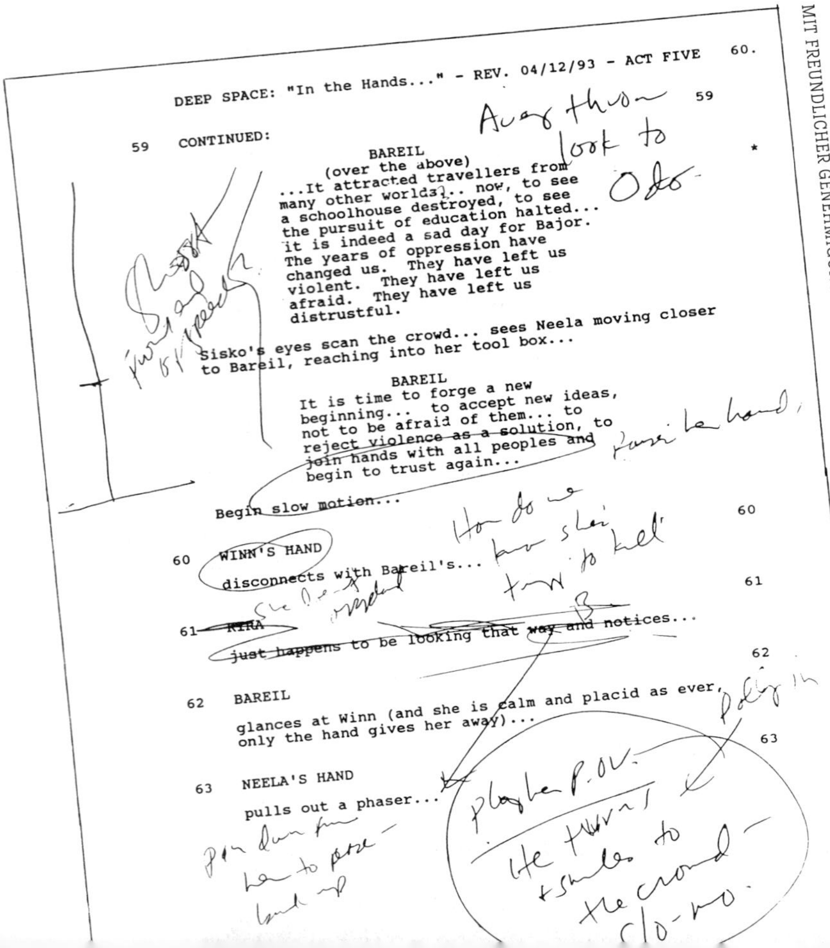
DEEP SPACE: "In the Hands..." - REV. 04/12/93 - ACT FIVE 60.

59 CONTINUED: 59

BAREIL
(over the above)
...It attracted travellers from many other worlds... now, to see a schoolhouse destroyed, to see the pursuit of education halted... it is indeed a sad day for Bajor. The years of oppression have changed us. They have left us violent. They have left us afraid. They have left us distrustful.

Sisko's eyes scan the crowd... sees Neela moving closer to Bareil, reaching into her tool box...

BAREIL
It is time to forge a new beginning... to accept new ideas, not to be afraid of them... to reject violence as a ~~solution~~, to join hands with all peoples and begin to trust again...

Begin slow motion...

60 WINN'S HAND 60
disconnects with Bareil's...

61 ~~KIRA~~ 61
~~just happens~~ to be looking that ~~way and~~ notices...

62 BAREIL 62
glances at Winn (and she is calm and placid as ever, only the hand gives her away)...

63 NEELA'S HAND 63
pulls out a phaser...

MIT FREUNDLICHER GENEHMIGUNG VON DAVID LIVINGSTON

Diese Seiten sind ein Beispiel für die sorgfältigen Notizen, die Judi Brown macht, die für die Kontinuität während der Dreharbeiten zuständig ist. Auf der linken Seite kennzeichnen die Zahlen unter der jeweiligen Szenennummer die Anzahl der Aufnahmen und ihre jeweilige Dauer in Sekunden. Eingekreiste Aufnahmen sind die, die später kopiert wurden. Die rechte Seite zeigt, was in welcher Aufnahme aufgenommen wurde; ferner sind Abweichungen vom Drehbuch vermerkt sowie Szenen, die das Drehbuch nicht ausdrücklich erfordert hatte (mit 59A, 59B, 59C usw. ausgezeichnet), die der Regisseur für zusätzliches Material hinzugefügt hat.

Dies hier ist die gleiche Seite wie rechts oben; diesmal ist es aber die Kopie des Regisseurs. Der Unterschied in der Leserlichkeit spielt keine Rolle, weil der Regisseur der einzige ist, der mit dieser Drehbuchkopie arbeitet. Das Drehbuch rechts oben dagegen wird zu einem wichtigen Dokument für die Nachbearbeitung der Episode, es muß von vielen Leuten gelesen und benutzt werden.

Regisseur Cliff Bole betrachtet auf einem kleinen Schwarzweißfernseher eine Szene, die sich gerade vor der Kamera abspielt.

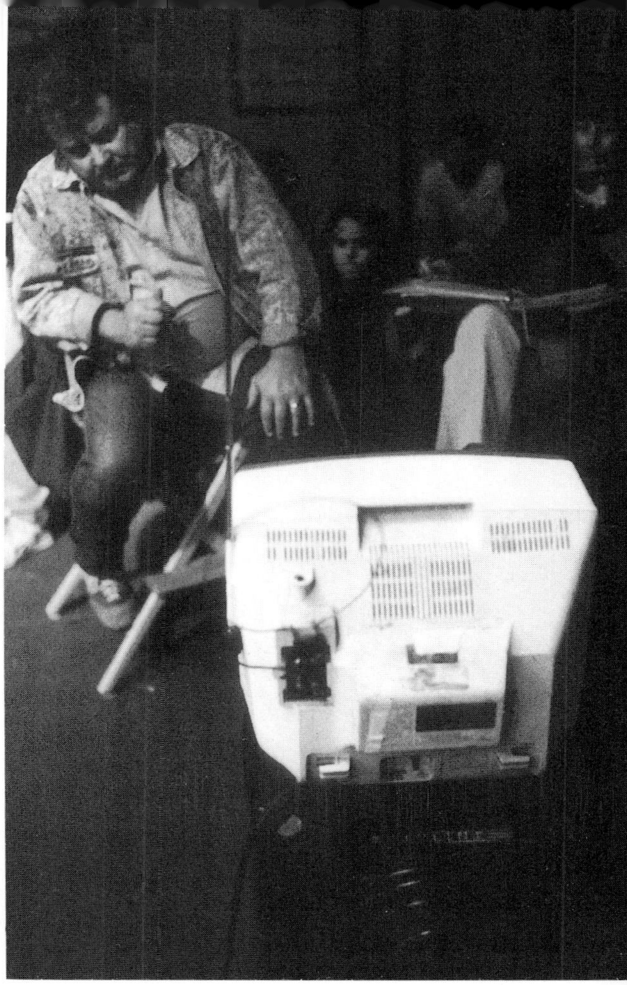

Regisseur Cliff Bole zeigt Colm Meaney, was sich die Produzenten aus der Brust reißen werden, wenn die Episode nicht rechtzeitig fertiggestellt wird.

ROBBIE ROBINSON

ROBBIE ROBINSON

René Auberjonois überprüft ein Detail anhand des von Judi Brown geführten, detaillierten Drehbuchs.

legenheit untersuchen. In der Zwischenzeit – wenn es Ihnen nichts ausmacht, Ihr Schiff anzudocken – würde ich gerne Ihre Erklärung hören für die Verletzung des bajoranischen Hoheitsgebiets und für die Bedrohung einer Einrichtung der Föderation.

GEFILMT

GUL DANAR

Er ist Khon-Ma! Nicht einmal die Bajoraner würden einem wie ihm Asyl gewähren ...

[Sisko hebt nicht die Augenbrauen und blickt nicht zu Kira]

GUL DANAR

Er hat abscheuliche Verbrechen gegen das cardassianische Volk verübt ... und ich verlange, daß Sie ihn unserem Gewahrsam überlassen ...

SISKO

[unterbricht ihn nicht]
Ich werde sofort diese Angelegenheit untersuchen. In der Zwischenzeit, wenn es Ihnen nichts ausmacht, Ihr Schiff anzudocken, würde ich gerne Ihre Erklärung hören für die Verletzung des bajoranischen Hoheitsgebiets und für die Bedrohung einer Einrichtung der Föderation.

16 In früheren trug diese Funktion die Bezeichnung ›Script Girl‹.

17 Alle Liveszenen für DEEP SPACE NINE werden auf 35-mm-Negativfilm aufgenommen. Jede Rolle mit belichtetem Material kann mehrere Versionen einer bestimmten Szene enthalten. Beispielsweise die ersten beiden Aufnahmen, bei denen die Schauspieler ihren Einsatz verpaßten, eine dritte, in der die Schauspieler zwar ihren Text korrekt ablieferten, der Regisseur aber der Ansicht war, daß das noch besser ausfallen könnte, und eine vierte, die der Regisseur und die Schauspieler für die perfekte Darstellung halten. Von diesen vier Aufnahmen läßt der Regisseur die dritte und vierte kopieren; das heißt, wenn der Negativfilm aller Aufnahmen entwickelt worden ist, wird von der dritten und der vierten Aufnahme ein neues Negativ hergestellt, um davon Positivabzüge zu machen. Diese Positivfilme werden dann auf Videoband kopiert und von den Produzenten betrachtet, die sich dann für die eine oder die andere Fassung – oder für Teile von beiden – entscheiden, die der Cutter für die Erstellung der endgültigen Fassung der Episode verwenden kann.

18 Weil die erste Season einer Serie sehr bedeutsam sein kann für ihre Gesamtbeurteilung, bestimmte Berman, daß nur erfahrene Regisseure von THE

sie einer Serie geben können, sehr eingeschränkt sind. Der Regisseur gab zu, daß es letzteres ist. Tatsächlich, so fuhr er fort, braucht ein Regisseur nun (in diesem Fall: zum Ende der ersten Season von DEEP SPACE NINE), da die Schauspieler ihre Rollen besser als jeder Regisseur kennen, nicht mehr zu sein als ein Experte für Szenenaufbau und Beleuchtung.

Es ist etwas Wahres an dem, was dieser spezielle Regisseur sagt, aber wir sind der Ansicht, daß er zu bescheiden ist. Gewiß müssen Regisseure Experten darin sein, eine Szene aufzubauen – also die Techniken zu kennen, die Schauspieler zu führen. Aber Regisseure bestimmen auch das Tempo einer Serie. Und so wie die Schauspieler ihren Texten Schattierungen und Untertöne geben, damit die Summe aller Bestandteile mehr als das Ganze ergibt, so können Regisseure durch die Wahl der Kameraeinstellungen und -bewegungen den emotionalen Gehalt einer Szene bestimmen. Der gleiche Satz, vom gleichen Schauspieler in der gleichen Art gesprochen, kann völlig verschiedene emotionale Bedeutungen haben, je nachdem, ob der Schauspieler in der Totalen, in einer extremen Nahaufnahme mit einem ominösen Lichtstreifen quer über dem Gesicht oder sogar aus einer ungewöhnlichen Perspektive gefilmt wurde.

Nehmen wir als Beispiel die humorvolle Szene, mit der die Episode der ersten Season, ›Past Prologue‹, eröffnet wird. Sie präsentiert Dr. Bashirs erste Begegnung mit Garak, dem einzigen Cardassianer auf Deep Space Nine, der von sich behauptet, ein Schneider zu sein, obwohl er Gerüchten zufolge ein Spion sein soll. Von Kathryn Powers geschrieben, endet die Szene folgendermaßen:

Bashir versucht vorsichtig, in die Offensive zu gehen ...

BASHIR

Wissen Sie ... es gibt einige, die sagen, daß Sie als die ... Augen und Ohren Ihrer abgezogenen cardassianischen Freunde auf Deep Space Nine geblieben sind.

GARAK

Was Sie nicht sagen. Doktor. Sie wollen doch nicht andeuten, daß ich für eine Art ... ›Spion‹ gehalten werde, oder?

BASHIR

(zu schnell)
Nein. Überhaupt nicht. Ich kenne Sie ja noch nicht einmal, Sir.

GARAK

Ah, ein unvoreingenommener Geist. Die Essenz allen Intellekts.
(er steht auf) [19]
Wie Sie vielleicht wissen, besitze ich ein Bekleidungsgeschäft ganz in der Nähe ... Wenn Sie also irgendein Kleidungsstück benötigen oder einfach nur, so wie ich,

Siddig El Fadil als Bashir und Andrew Robinson als Garak (schlicht und ergreifend Garak) im Replimat - der Beginn einer Freundschaft?

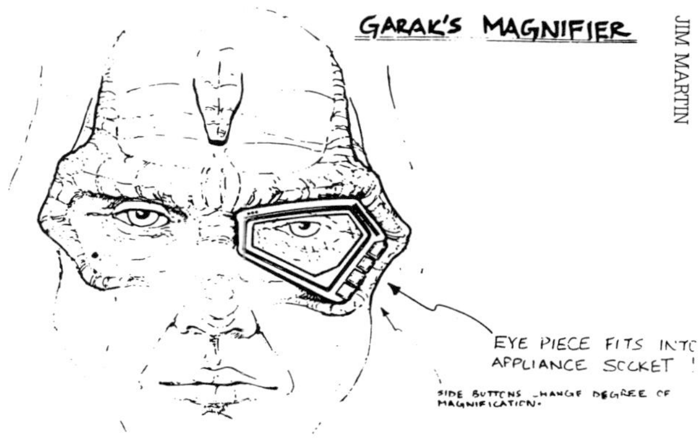

JIM MARTIN

Eine Requisite für Garak - natürlich schlicht und ergreifend.

ab und zu ein wenig erfreuliche
Gesellschaft wünschen ... ich
stehe zu Ihrer Verfügung, Doktor.

BASHIR
(zu schnell)
Sie sind sehr freundlich, Mr.
Garak.

GARAK
Oh, einfach nur Garak. Schlicht
und ergreifend Garak. Und nun
wünsche ich Ihnen einen guten
Tag, Doktor ... Ich bin so froh, daß
ich heute einen so interessanten
neuen Freund gewonnen habe.

Während er zusieht, wie Garak geht, bleibt die
Kamera auf Bashir gerichtet - sein Gesicht
zeigt... Enthusiamus ...

Diese Szene ist ein wunderbares Beispiel dafür, wie ein Schauspieler ein Drehbuch bereichern kann, ohne ein Wort zu verändern. Als Garak sprach Andrew Robinson[20] seinen Text mit einem schmeichlerischen Lächeln, während er ständig seine Augen bewegte, um alles mitzubekommen, was sich um ihn herum ereignete. Niemand sollte danach noch daran zweifeln, daß er ein Spion *ist* oder daß er zumindest hofft, für einen solchen gehalten zu werden.

Aber Robinsons Darstellung wurde zusätzlich durch die Art bereichert, wie der Regisseur der Episode, Winrich Kolbe, die Szene und besonders Garak aufnehmen ließ.

NEXT GENERATION bei der ersten Season von DEEP SPACE NINE Regie führen durften.

19 Damit wird der Schauspieler angewiesen, sich von seinem Platz am Tisch zu erheben. In der gefilmten Szene stand Garak aber nicht auf, bevor er sagt: »Und nun wünsche ich Ihnen einen guten Tag.«

20 In seiner Rolle als Larry und später als der wiederauferstandene Frank im ersten *Hellraiser*-Film zählt er zu den Lieblingen der Genre-Fans.

Die Szene beginnt mit einer einleitenden Aufnahme von Bashir, wie er allein an einem Replimat-Tisch sitzt, einen Tee trinkt und etwas liest, als Garak sich ihm nähert.[21] Nachdem Garak seine ersten Worte der Selbstvorstellung gesprochen hat, entwickelt sich die Szene zu einer Abfolge abwechselnder Über-die-Schulter-Aufnahmen - wir blicken über Garaks Schulter auf Bashir, dann ein Schnitt, und wir blicken über Bashirs Schulter auf Garak. So wie der Dialog hin und her geht, wechseln wir auch die Perspektive. Mit dieser einfachen Methode hat Kolbe für die Szene einen Rhythmus geschaffen.

Dann jedoch, am Ende der Szene, bricht Kolbe mit diesem Rhythmus und gibt Robinson eine stärkere visuelle Wirkung, während der seinen letzten Text spricht.[22] Der Bruch entsteht, wenn Garak aufgestanden ist und wir über Garaks Schulter auf Bashir zurückblicken. Aber diesmal erfolgt kein Schnitt zurück auf Garak, als der spricht, sondern die Kamera bewegt sich auf Bashir zu, während Garak seine Hände auf die Schultern des Doktors legt. Und so, wie Garak Bashir näher kommt, indem er ihn berührt, so kommen wir Bashir näher, indem wir ihn aus geringerer Entfernung sehen. Diese neue Ausgangsposition verstärkt auch das Unbehagen, das wir auf Bashirs Gesicht sehen können. Immerhin: wie sollten wir sehen, ob sich Bashir unbehaglich fühlt, wenn wir ihn immer noch aus fünf Metern Entfernung betrachten würden, so wie wir es zu Beginn der Szene taten? Indem wir uns ihm nähern, werden seine Empfindungen erkennbar.

Einen letzten Kick erhält die Szene, wenn sie zurück zu Garak wechselt. Diesmal sehen wir ihn nicht auf Augenhöhe; wir blicken zu ihm auf, während er sagt: »... heute einen so interessanten neuen Freund ...« Zu einem Menschen aufzublicken, läßt ihn im allgemeinen größer erscheinen und damit imposanter. Diese Einstellung verleiht Garaks harmloser Aussage einen unbestimmten bedrohlichen Tonfall. Und so hat der Regisseur auf seine Art der Szene einen emotionalen Beigeschmack gegeben, so geschickt, wie Robinson es tat, indem er seine Augen umherschwirren ließ, und wie Siddig El Fadil es mit seinen unbeholfenen Händen und seinen großen Augen tat.

Diese Beschreibungen zusätzlicher Elemente, die die Schauspieler und Regisseure bei DEEP SPACE NINE einbringen, könnten den falschen Eindruck entstehen lassen, daß die Schauspieler und die Regisseure bei jeder Szene für Proben und Diskussionen Zeit im Überfluß haben, so wie es oft bei Dreharbeiten für Filme der Fall ist. Aber im Fernsehen sind die Proben meist ein schnelles Durchgehen der Start- und Endpositionen der Schauspieler und der Kamera. Die Bühne ist einfach ein zu teurer Ort, um dort Handlung und Motivation herauszuarbeiten. Eine der wichtigsten Fähigkeiten, die jeder Fernsehschauspieler oder -regisseur besitzen muß, ist, sofort zu erkennen, wie etwas getan werden muß. Je mehr Zeit damit verbracht wird, über etwas nachzudenken, um so unvermeidbar länger wird der Tag, und um so höher wird die Geldstrafe für die Überziehung ausfallen.

Proben für die Hauptdarsteller erinnern manchmal an eine fehlgeschlagene Pyjama-Party - praktisch niemand trägt sein komplettes Kostüm. Armin Shimerman kann bereits seine Ferengi-Maske und dazu einen Frotteebademantel tragen. Nana Visitor kann durch eine Szene laufen, während sie ein schwarzes Trikot-Oberteil zu einem offenen, um ihre Hüften schlabbernden Overall trägt. René Auberjonois trägt noch keine Uniform, statt dessen ein schwarzes T-Shirt unter einer nicht dazu passenden grauen Windjacke. Bequemlichkeit ist sehr wichtig, wenn es darum geht, 16-Stunden-Tage auszuhalten, und niemand möchte sperrige und die Bewegungsfähigkeit einschränkende Kostüme tragen, bis es Zeit ist für die Aufnahme.[23]

Der Regisseur übernimmt bei den Proben die Führung, indem er den Schauspielern erklärt, wie er sich vorstellt, daß sie in der zu filmenden Szene sich bewegen. Was der Regisseur aber selten tun wird, ist, den Schauspielern zu sagen, wie er sich vorstellt, daß sie ihren Text sprechen sollen. Im Fernsehen versteht es sich von selbst, daß die Figur zum Schauspieler gehört, und niemand wird die Figur besser verstehen als der

21 Zu Beginn fast jeder Szene in einer Fernsehepisode gibt es eine Aufnahme, die festlegt, wo sich die Schauspieler in Relation zum Set und zueinander befinden. Eine solche Aufnahme ist eine Totale, manchmal wird eine ganze Szene aus diesem Blickwinkel gefilmt. Dann nähert sich die Kamera den Schauspielern und konzentriert sich jeweils auf ein oder zwei Charaktere, während die komplette Szene durchgespielt wird. Eine Szene mit vier Personen in der OPS kann zu fünf oder sechs kopierten Aufnahmen führen - eine Totale, eine Nahaufnahme für jeden Anwesenden und eine Aufnahme von zwei Personen, die einen Dialog zusammen bestreiten. Diese Vorgehensweise wird ›Coverage‹ genannt.

22 Einen Wechsel im Rhythmus vorzunehmen, ist eine übliche Methode, um beim Zuschauer die Spannung zu erhöhen. (Die für die USA typischen) Stand-up Komiker erzählen ihren Text flüssig herunter, dann machen sie eine Pause, um die Erwartung zu steigern, dann erst ... liefern sie die Pointe. In vielen Filmen wird die schaurige Hintergrundmusik (oft unterlegt vom Rhythmus eines schlagenden Herzens) für einen Moment unterbrochen, unmittelbar bevor etwas den Helden anspringt. Ein Publikum muß nicht bewußt wahrnehmen, daß ein bestimmter Rhythmus beim Schnitt oder beim Dialog existiert. Aber unterbewußt wird das Publikum bemerken, daß der Rhythmus plötzlich unterbrochen wird, was die Spannung und das Interesse wirkungsvoll erhöht.

23 Colm Meaney, dem die Uniformen von THE NEXT GENERATION bestens vertraut sind, empfindet die DEEP SPACE NINE-Uniformen als bequemer und weniger einschränkend.

ROBBIE ROBINSON

Cliff Bole gestikuliert eindringlich, während Judi Brown und Avery Brooks eine Szene aus E.T. nachspielen. Die Produktion einer Fernsehserie ist chaotisch, wirklich!

Schauspieler selbst. Ein Regisseur wird also vielleicht vorschlagen, daß die Hauptdarsteller in einer bestimmten Szene das, was sie gerade tun, etwas intensiver oder etwas weniger intensiv tun sollten, aber er wird ihnen niemals eine Darstellungsweise vorschreiben, wie es ein Filmregisseur tun könnte.[24]

Proben enden im allgemeinen damit, daß Bühnenarbeiter Klebeband auf dem Fußboden anbringen, um die Markierungen für einen Schauspieler zu kennzeichnen – also jene festgelegten Punkte, zu denen er oder sie sich begeben sollte, um im Fokus der Kamera zu bleiben. Der Fokus wird bestimmt, indem mit einem Maßband die Entfernung zwischen Kameraobjektiv und der Position des Schauspielers gemessen und die entsprechende Einstellung am Objektiv vorgenommen wird. Wenn eine Szene Kamerabewegung und eine Veränderung des Fokus erforderlich macht, dann ist es Aufgabe des Assistenten des Kameramanns, die exakte Objektiveinstellung im richtigen Augenblick der Szene manuell vorzunehmen.

Obwohl ein präziser Fokus bei den Dreharbeiten extrem wichtig ist, erlauben neue Techniken den Produzenten beispiellose Mittel und Wege, um Fehler nachträglich zu korrigieren.

Beispielsweise erwies sich eine wichtige Aufnahme einer Reaktion von Sisko während der letzten Drehtage für ›In the Hands of the Prophets‹, der letzten Episode der ersten Season, als unscharf. Diese Aufnahme – eine Nahaufnahme von Sisko, die ihn zeigt, als er erkannte, daß sich ein Attentäter durch die Menschenmassen hindurch ihm näherte – war notwendig für die entscheidende Sequenz dieser Episode. Weil es aber eine so einfache Aufnahme war, gab es auch nur eine Aufnahme, und die war

24 Bei STAR TREK geschieht es oft, daß die Hauptpersonen von fremden Intelligenzen übernommen werden, was den Schauspielern Gelegenheit gibt, sich außerhalb der üblichen Beschränkungen ihrer Charaktere zu bewegen. In diesen Augenblicken kann sich der Regisseur stärker an der Darstellung beteiligen, so wie er einem Gaststar umfangreichere Anweisungen geben kann, um eine neue Figur zu schaffen.

unbrauchbar. Andere Produzenten hätten sich die Haare ausgerissen und Geld ausgegeben, um die Promenade für diese einzige, Bruchteile einer Sekunde währende Szene wieder herzurichten. Oder sie hätten die Aufnahme, so wie sie war, unter größtem Widerstand für die Ausstrahlung freigegeben. Aber Rick Berman sah sich das unscharfe Material an und fragte nur: »Kann man das verbessern?« Produzent Peter Lauritson sagte: »Ja.« Und das war das ganze Ausmaß der Krise. Das unscharfe Material wurde zu Unitel geschickt, dem Unternehmen, das alles gefilmte STAR TREK-Material auf digitales Videoband überspielt – und es kam gestochen scharf zurück! Der Kontrast war auf dem bearbeiteten Film etwas höher als bei den Szenen davor und danach. Aber auf einem gewöhnlichen Fernseher und im Zusammenhang der gesamten Szene war dieser höhere Kontrast kaum wahrnehmbar.

Ein anderes Element in der gleichen Episode störte ebenfalls Bermans scharfen Blick für Details. Während einer Einstellung über die Schulter eines Schauspielers auf einen anderen Akteur schwankte dieser Schauspieler die ganze Szene hindurch ganz leicht hin und her. Da aber der Kopf und die Schultern des Schauspielers die Aufnahme im Vordergrund begrenzten, empfand Berman die Bewegung als ablenkend. Anstatt die Szene noch einmal zu drehen, bat Berman hier darum, in dem Augenblick, in dem der Schauspieler sich ganz nach links neigte, diesen Teil dieses speziellen Einzelbilds festzuhalten und in alle nachfolgenden Bilder einzukopieren. Das Ergebnis in der endgültigen Szene ist, daß der Schauspieler sich langsam nach links neigt und dann seine Position beibehält, während sich alles andere in dem Bild weiterbewegt. Diese Korrektur nahm weniger als zehn Minuten in Anspruch und kann angesichts der kurzen Zeit, die die Szene auf dem Bildschirm zu sehen ist, nicht wahrgenommen werden.

Nach den Proben verlassen die Hauptdarsteller die Bühne, während Stand-Ins ihre Positionen einnehmen und die Scheinwerfer so ausgerichtet werden, daß sie für die zu filmende Szene richtig eingestellt sind. Die Schauspieler nutzen diese Zeit, um sich ihren Text für die kommende Szene einzuprägen, ein neues Drehbuch zu lesen oder von ihren Wohnwagen aus zu telefonieren. Oder um von neugierigen Buchautoren interviewt zu werden. Aber es geschieht in dieser Zeit und auch in anderen freien Augenblicken während der langen Arbeitstage, daß sie untereinander ihre eigenen Proben arrangieren.

Beispielhaft für eine derartige improvisierte Probe nutzen Armin Shimerman und René Auberjonois die Zeit, die sie zusammen Seite an Seite in der Maske verbringen. An solchen Tagen, an denen sie beide zur gleichen Zeit für ihr Make-up erscheinen müssen, nutzen die beiden Schauspieler die Stunde (oder mehr), die sie nebeneinander sitzend verbringen müssen, um die Texte der Szenen durchzugehen, in denen sie zusammen auftreten. Als Terry Farrell das Drehbuch für ›The Siege‹, eine Episode der zweiten Season, las und sah, daß sie und Nana Visitor viele Seiten gemeinsamen Dialogs hatten, die in dem beengten Inneren eines bajoranischen Raumschiffs gedreht werden sollten, rief Farrell Visitor an und sagte: »Mein Gott, hast du gesehen, was wir in der nächsten Episode zu tun haben?«

Farrell erklärt: »Weil wir zehn Seiten in zwei Tagen drehten und sich das Ganze in einem Schiff namens ›Rider‹ abspielte, das kleiner war als ein Flitzer, wußten wir, daß wir eine Menge zusätzlicher Action absolvieren mußten. Unseren Text bei Lärm von außen und in dem ganzen Durcheinander eines kleinen Sets zu lernen, würde schwierig sein.« Daher trafen sich die beiden Schauspielerinnen zum Frühstück und gingen ihre Texte durch, was ihnen half, sich auf ihre zwei schwierigen Tage vorzubereiten.

Angesichts der Tatsache, daß jeder Tag für die Besetzung von DEEP SPACE NINE schwierig zu sein scheint: Worin besteht dann der Unterschied zwischen einem leichten und einem wahrhaft harten Tag? Allgemein sind die ersten zwei Drehtage einer Episode leichter, weil es in der Mehrzahl der Episoden noch zu früh ist, um hinsichtlich des Zeitplans ins Hintertreffen zu geraten. Schauspieler werden für gewöhnlich zu

Anfang nicht angetrieben, Überstunden sind kaum notwendig. Wenn die Truppe aber die letzten zwei Tage der auf acht Tage angesetzten Drehzeit[25] erreicht hat, dann wird der Zeitplan voraussichtlich aus den Fugen geraten. Die Besetzung leidet unter Schlafentzug, der Regisseur muß die Produzenten abwehren, die sich Sorgen machen, daß die Kosten das Budget überschreiten.

Für die einzelnen Schauspieler ist üblicherweise die Größe der Rolle entscheidend dafür, ob eine Serie leicht oder schwer ist. Weil DEEP SPACE NINE eine Ensembleserie ist, ruht die Last, die Serie Woche für Woche zu tragen, nicht völlig auf einem einzigen Schauspieler, so wie es zum Beispiel bei *Murder, She Wrote* der Fall ist. Diese Serie ist völlig von der Hauptdarstellerin Angela Lansbury abhängig. Bei DEEP SPACE NINE dagegen ist es möglich, daß sich in der einen Woche eine Episode auf Odo konzentriert, was für René Auberjonois bedeutet, sieben Tage lang früh am Morgen in der Maske zu erscheinen und bis spät in den Abend zu arbeiten, während Terry Farrell und Colm Meaney lediglich in zwei oder drei Szenen auftauchen müssen, die an ein oder zwei Tagen gefilmt werden. In der nächsten Episode tritt Odo dann mehr in den Hintergrund – was Auberjonois Zeit gibt, seinen Schlaf nachzuholen –, wobei Meaney und Farrell bis zwei Uhr in der Nacht im Studio bleiben müssen, während sie gegenseitig Technobabble rezitieren. Eine Person, die in THE NEXT GENERATION einst Poker spielte, formulierte das so: »Alles ist relativ.«

Obwohl wir erwartet hätten, daß angesichts des Ensemblecharakters der Serie die Schauspieler ihren lockeren Einsatzplan nutzen und sich vom Studio fernhalten würden, konnten wir bei DEEP SPACE NINE eine unerwartete Situation beobachten, die wir bei keinen anderen von uns besuchten Dreharbeiten gesehen hatten – das Ausmaß der Kameradschaft der Hauptdarsteller untereinander. Bei unserem ersten Besuch im Studio war für den Morgen geplant, eine lange Szene mit Sisko und Odo in Siskos Quartier zu filmen. Und doch, lange bevor sie für das Make-up oder ihr Kostüm benötigt wurden, spazierten die anderen Schauspieler in Straßenkleidung zwischen den Bühnenbildern hin und her, um zu sehen, wie die Arbeit voranschritt. Sie tauschten Boulevardblätter aus, um sich über den neuesten, sie selbst betreffenden Klatsch zu informieren, sie reichten ein Magazin herum mit einem Artikel über die Serie, sie tranken Kaffee und waren einfach nur zusammen, bis es Zeit war zu arbeiten. Die meisten Menschen tendieren dazu, ihren Arbeitsplatz bis zur letztmöglichen Sekunde zu meiden, aber für die Schauspieler dieser Serie hat der Arbeitsplatz etwas Erfreuliches an sich.

Natürlich gibt die Tatsache, der Star einer Fernsehserie zu sein, einem Schauspieler größere Freiheiten als einem Statisten, was für die entspannte Einstellung der Hauptdarsteller sprechen könnte. Für Statisten und Darsteller kleinerer Rollen bedeutet das, daß sie nicht in einem Wohnwagen geschminkt werden, sondern Teil eines gemeinschaftlichen Make-up-Termins in einem ungenutzten Set sind, in dem man Reihen beleuchteter Spiegel aufgebaut hat.[26] Sie werden einer Herde gleich als Gruppe in die Dekoration getrieben, anstatt vom Regieassistenten höflich gerufen zu werden, erhalten hastig ihre Anweisungen vom Regieassistenten, daß sie aufmerksam Sisko zuhören sollen, wenn er eine Ansprache hält, daß sie unzufrieden murren sollen[27] oder daß sie auf der Promenade hin und her laufen. Dann werden sie daran erinnert, Schmuck, Uhren und Brillen abzunehmen, und man erwartet von ihnen, daß sie in der Lage sind, jede der geforderten Aktionen für jede neue Aufnahme exakt zu wiederholen.

Die Statisten von DEEP SPACE NINE – genaugenommen die Statisten jeder Serie – sehen sich dann mit dem Dilemma ihres Berufsstands konfrontiert. Eigentlich hat man sie angeheuert, um Hintergrundfiguren zu sein, die nicht auffallen sollen. Doch die meisten von ihnen haben eine Schauspielerkarriere im Sinn und sind darauf aus, sich zu beweisen. Es ist Hollywood-Tradition, daß manchmal eine auffallende Handlung oder ein entsprechender Ausdruck genügt, um die Aufmerksamkeit des Regisseurs auf sich zu lenken. Unglücklicherweise ist den Statisten, die bei DEEP SPACE NINE diese Taktik

25 Im Idealfall sind die Liveszenen nach 6,5 Tagen abgeschlossen, sieben Tage ist normaler Durchschnitt.

26 Wenn es an die Planung der Finanzen und an den Zeitplan geht, dann kann ein Make-up-Künstler in etwa vier bajoranische Nasen betreuen (mehr, wenn es sich um Kinder handelt) oder einen Cardassianer. Eine Gruppe von 40 Statisten, von denen nur zehn Menschen sind, während alle anderen irgendeinen Alien darstellen, kann mit Leichtigkeit zehn bis 15 zusätzliche Make-up-Künstler erforderlich machen.

27 Jeder Statist, der einen festgelegten Satz zu sprechen hat, muß besser bezahlt werden und erhält zusätzlich Tantiemen für jede Wiederholung der Episode. Für Massenszenen hingegen dürfen die Statisten reden, ohne dafür zusätzliche Zahlungen zu erhalten, solange das Manuskript diesen Text nicht enthält. Dieser Text wird vom Regieassistenten lediglich vorgeschlagen. So ist es möglich, ein Gruppe vor sich hin murmelnder Statisten zu bekommen, die nicht mehr kostet als eine Gruppe stummer Statisten. In der Praxis wird dieses Gemurmel aber in der Nachbearbeitung hinzugefügt.

ROBBIE ROBINSON

Ein Gruppen-Make-up für DEEP SPACE NINE.

anzuwenden versuchen, gewiß, daß sie Rick Bermans berüchtigtem Blick fürs Detail in die Quere kommen. Während er sich die Dailies ansieht, kann er aus einer Gruppe von vierzig Statisten den Irrläufer herausfinden. Jeder, der versucht, auf Kosten der Hauptdarsteller in einer Szene die Aufmerksamkeit auf sich zu lenken, macht seine Arbeit nicht richtig, und Berman merkt sich das.[28]

Wenn schließlich die Zeit gekommen ist, daß die Hauptdarsteller an ihre ordentlich ausgeleuchteten Plätze im Set zurückkehren, kommt jede andere Aktivität zum Stillstand. Der Regieassistent ruft ›Probe‹, was eine Anweisung an alle Anwesenden ist, daß sie leise sprechen und nichts bewegen sollen, das die Schauspieler ablenken könnte. Die Schauspieler gehen ihren Text und ihre Positionen durch. Ein Kameraassistent überprüft eventuell eine Entfernung mit einem Maßband. Die persönlichen Make-up-Künstler umschwirren mit ihren Make-up-Gürteln die Schauspieler, um rasche Auffrischungen vorzunehmen. Bühnenarbeiter öffnen und schließen Luftschleusen mit Seilen und Rollen, während die probenden Schauspieler ihre eigenen Geräuscheffekte beisteuern.[29] Und dann – binnen weniger Minuten – verkündet der Regieassistent: »Die nächste wird die Aufnahme.« Dann wird es ernst.

Im Sprachgebrauch des Studios ist das Team, wenn die Kamera startbereit ist, ›on a bell‹. Diese ominöse ›bell‹, also die Glocke, bezieht sich auf den lauten Summer, der unmittelbar vor Drehbeginn ertönt. Außerhalb des Studios auf den Straßen des Studiogeländes, wo geschäftiges Treiben herrscht, leuchten rote Blinklichter an allen Türen auf, um diejenigen, die draußen sind, zu warnen, damit sie nicht eintreten. In einigen Studios finden sich die roten Blinklichter auch auf tragbaren, auf Rampen mon-

28 Erfahrene Statisten geben folgenden Tip für diejenigen, die erfolgreich sein wollen: Am Anfang des Tages soll man alles tun, um im Hintergrund zu bleiben und nicht die Aufmerksamkeit auf sich zu lenken. Der Grund für diesen Ratschlag liegt darin, daß die meisten Statisten für Aufnahmen in der Totale gebraucht werden und somit nur für einen halben Tag anwesend sein müssen. Sobald diese Aufnahmen erledigt sind, werden weniger Statisten für den Hintergrund in Nahaufnahmen benötigt. Wer bei der ersten Runde aufgefallen ist, wird vom Regisseur fortgeschickt, damit derjenige nicht zu oft zu sehen ist. Die Statisten dagegen, die sich nicht in den Vordergrund gedrängt haben, werden üblicherweise gebeten, für den Rest des Tages zu bleiben, womit sie doppelte Bezahlung und ein kostenloses Mittagessen erhalten – für aufstrebende Schauspieler immer eine wichtige Überlegung.

29 Eigene Geräusche beizutragen, ist fast so etwas wie ein allgemeiner Zeit-

tierten mobilen Einheiten, die die Lastwagen daran hindern, während der Aufnahme vorbeizurumpeln.

Auf dem Set sitzen einige Schauspieler geduldig umher, andere schütteln ihre Hände aus und bewegen ihre Schultern, andere dehnen Mund und Gesicht. Niemand spricht, niemand bewegt sich – mit Ausnahme jener alten Hasen im Produktionsteam, die genau wissen, wie laut sie flüstern dürfen, ohne sich den Zorn des Regisseurs zuzuziehen.

Der Regieassistent verkündet: »Rolling«; damit jeder weiß, daß die Kamera in Aktion ist. Der Kameraassistent ruft »Speed!«, um dem Regisseur mitzuteilen, daß die Kamera ihre Geschwindigkeit erreicht hat – 24 Bilder pro Sekunde für normale Bewegung, eine größere Anzahl Bilder für Zeitlupe. Daraufhin hält ein Kameraassistent die Klappe vor die Kamera und schlägt sie zusammen, um einen harten Knall zu erzeugen. Die Beschriftung auf der Klappe dient dem Zweck, die Szene zuordnen zu können, wenn sie für die Kopie ausgewählt wird. Der harte Knall zusammen mit der Bewegung der Klappe dient dem Zweck, den Film und die Tonaufnahme zu synchronisieren; der Ton wird separat aufgenommen.

Wenn sich in einer Szene Statisten befinden – zum Beispiel Kunden auf der Promenade oder Techniker in der OPS, bringt der Regieassistent sie mit dem Wort »Hintergrund« in Bewegung. Wenn zudem in einer Szene etwas Besonderes passieren soll – zum Beispiel das Öffnen einer Luftschleuse –, dann wird der Regisseur eine Anweisung rufen, damit die Schleuse geöffnet wird. Und *dann* macht der Regisseur das, wofür alle Regisseure leben – er ruft: »Action!«

Und dann erst beginnt das wahre Vergnügen.

Wir stellen uns eine einfache Szene in Quarks Bar vor, mit Quark hinter der Theke und Odo davor sowie einigen Statisten, die im Hintergrund Dabo spielen. Vielleicht werden fünf Sätze zwischen Odo und Quark gewechselt, während der Quark ein Getränk eingießt und Odo einen Tricorder prüft. Mit diesen einfachen Bestandteilen in dieser Szene ist die Zahl der Dinge, die schiefgehen können, nahezu unendlich groß.

Zunächst einmal vergessen Schauspieler ihren Text. *Jeder* Schauspieler. Ob mit Bühnenerfahrung oder ohne. Die, die zehn Sätze zu sprechen haben, und die mit nur einem Satz. Eine Zeile zu vergessen, ist keine Schande, vorausgesetzt, es passiert nicht *dauernd*. Und vorausgesetzt, es kommt nicht zu oft morgens um zwei Uhr vor, wenn diese eine Zeile der einzige Grund ist, der alle daran hindert, Feierabend machen und nach Hause gehen zu dürfen.

Zweitens müssen die Schauspieler nicht nur an ihren Text, sondern auch daran denken, ihre Positionen zu treffen. Und wenn sie daran denken, dann müssen sie sie perfekt treffen. Das sind zwei weitere Dinge, die danebengehen können.

Dann gibt es die Kontinuität. Angenommen, die Szene wurde zuerst in einer Totalen gedreht und Quark begann das Getränk mitten in Odos zweitem Satz einzugießen. Dann wird eine Nahaufnahme von Quark nicht passen, wenn er nicht daran denkt, das Getränk bei genau dem gleichen Wort wieder einzugießen. Darum ist die Mitarbeiterin so wichtig, die ihr Drehbuchexemplar markiert, um zu kennzeichnen, wo und wann eine spezielle Aktion in den vorangegangenen Aufnahmen begann.

Dann gibt es die Requisiten, das Bühnenbild und die mechanischen Effekte. Wird der Tricorder korrekt aufleuchten? Wird die Bar sich nicht bewegen, wenn Odo sich dagegenlehnt? Wird Quark in der Lage sein, das Getränk einzugießen, ohne daß die Flasche und das Glas sich berühren, womit er ansonsten ein oder zwei Worte des Dialogs ruinieren würde?

Und wird dann, wenn alles perfekt gelaufen ist, der Statist genau im richtigen Moment »Dabo!« rufen? Und wenn die Szene bis zum Ausruf »Schnitt und Kopieren!« des Regisseurs korrekt gelaufen ist – hat zu guter Letzt die Kamera funktioniert? Nach jeder gelungenen Aufnahme wird das Objektiv der Kamera geprüft, um sicherzustellen, daß es frei von Schmutz ist, der auf dem Film Tupfer hinterlassen haben könnte. Erst

vertreib bei DEEP SPACE NINE. Schauspieler machen während der Proben das Geräusch der sich öffnenden oder schließenden Türen nach. Rick Berman ergänzt Phasergeräusch und die Töne der verschiedenen Ausrüstungsgegenstände, während er die Dailies betrachtet. Cutter und die für die Spezialeffekte zuständigen Künstler fügen Geräusche all den Szenen hinzu, an denen sie arbeiten. Vorgeblich tun sie das, um einen Eindruck davon zu bekommen, wie die Szene wirken wird, wenn das richtige Geräusch hinzugefügt worden ist. Aber eine Hälfte des Autorenteams, das dieses Buch geschrieben hat, hat als Kind beim Spielen mit Astronautenfiguren ähnliche Geräusche von sich gegeben – und vermutet, daß etwas viel Grundlegenderes dahintersteckt: Diese Leute haben einfach nur Spaß daran!

ROBBIE ROBINSON

Wenn man aus einem Fenster von Deep Space Nine blickt, wird man erkennen, daß nicht alles, was glänzt, automatisch ein Stern ist.

wenn das Objektiv für sauber erklärt wird, kann der Regisseur relativ sicher sein, daß er die Aufnahme bekommen hat, die er braucht. Und selbst wenn es dann noch den leisesten Grund für Bedenken gibt – was oft genug vorkommt –, ist der Regisseur verpflichtet, jeden an seine Ausgangsposition zurückzuschicken und das Ganze zur Sicherheit noch einmal zu machen – also eine zusätzliche Aufnahme, nur für den Fall, daß mit der ersten irgend etwas Unvorhersehbares schiefgegangen ist.

Wird schließlich und endlich die Szene zur Zufriedenheit des Regisseurs vollendet[30], begibt sich die Truppe sofort zur nächsten Szene. Am Ende des Drehtages verkündet der Regieassistent: »Das war's.« Und dann ist es Zeit, nach Hause zu gehen.

Aber auch wenn die DEEP SPACE NINE-Studios über Nacht oder übers Wochenende geschlossen werden, bedeutet das nicht, daß die Arbeit an einer bestimmten Episode unterbrochen wird. Denn das Filmen der Liveszenen ist nur ein Teil dessen, was zu einer STAR TREK-Serie gehört.

Seit den Tagen, da das erste Raumschiff namens *Enterprise* während des Vorspanns über den Bildschirm huschte, gab es stets ein wichtiges Element, das STAR TREK von allen anderen Fernsehserien unterscheidet: optische Effekte.

Und damit werden wir uns als nächstes befassen.

30 Der wichtigste Faktor ist hier der optische Teil der Szene. Wenn es ein unbeabsichtigtes Geräusch gab oder einer der Schauspieler wegen seiner falschen Zähne Schwierigkeiten hatte, bestimmte Worte richtig auszusprechen (beispielsweise ist es für Armin Shimerman ein Ding der Unmöglichkeit, mit Quarks falschen Zähnen das Wort ›Hellhole‹ auszusprechen), dann kann der Text nach dem Schnitt der Episode nachträglich aufgenommen werden.

WENN MAN DINGE SIEHT, DIE NICHT EXISTIEREN

VIERZEHN

Der beste optische Effekt ist der,
von dem niemand weiß, daß er da ist.

Adam Howard

Das menschliche Auge ist unglaublich anpassungsfähig. In einem abgedunkelten Raum erhöht sich die lichtsammelnde Eigenschaft, indem das Auge zuerst die Iris weit öffnet, um mehr Licht einfallen zu lassen, und dann die chemische Aufnahmefähigkeit der Netzhaut verändert. Begibt man sich in einen hell erleuchteten Raum, schließt sich die Iris, und die chemischen Prozesse ändern sich erneut. In gleicher Weise kann das Auge seine Farbempfindung anpassen. Sehen Sie in der Nacht in ein Haus, dann sieht das gesamte Licht, das von den Wolframglühfäden der handelsüblichen Glühbirnen ausgeht, orangefarben aus. Gehen Sie aber für einige Minuten hinein, erscheinen alle Farben normal, da sich das Auge anpaßt. Kehren Sie den Prozeß am Tag um, dann wird Sonnenlicht draußen einen grellen Blauton aufweisen. Aber nach ein paar Minuten in der Sonne sieht das Tageslicht wieder normal aus, während das Kunstlicht wieder sein orangenfarbenes Leuchten annimmt.

Anders beim Film. Dessen Emulsion kann so zusammengesetzt werden, daß sie den korrekten Farbausgleich für Kunstlicht *oder* für Tageslicht herstellt, nicht aber beides zur gleichen Zeit. Und fluoreszierendes Licht wird in beiden Fällen eine ungesunde grünliche Färbung bekommen.

In den vergangenen zehn Jahren hat die Forschung Filmmaterial und sogar computergesteuerte Sensoren hervorgebracht, die auf eine große Bandbreite verschiedener Lichtbedingungen reagieren, aber nach wie vor kann nichts dem menschlichen Auge und seinen Fähigkeiten, Farbausgewogenheit herzustellen und zugleich Details in der Dunkelheit und im grellen Licht wahrzunehmen, Konkurrenz machen.

Vergleicht man die Fähigkeiten des menschlichen Auges, Licht wahrzunehmen, sowie die, mit beiden Augen Entfernungen und Größen auf der Basis dreidimensiona-

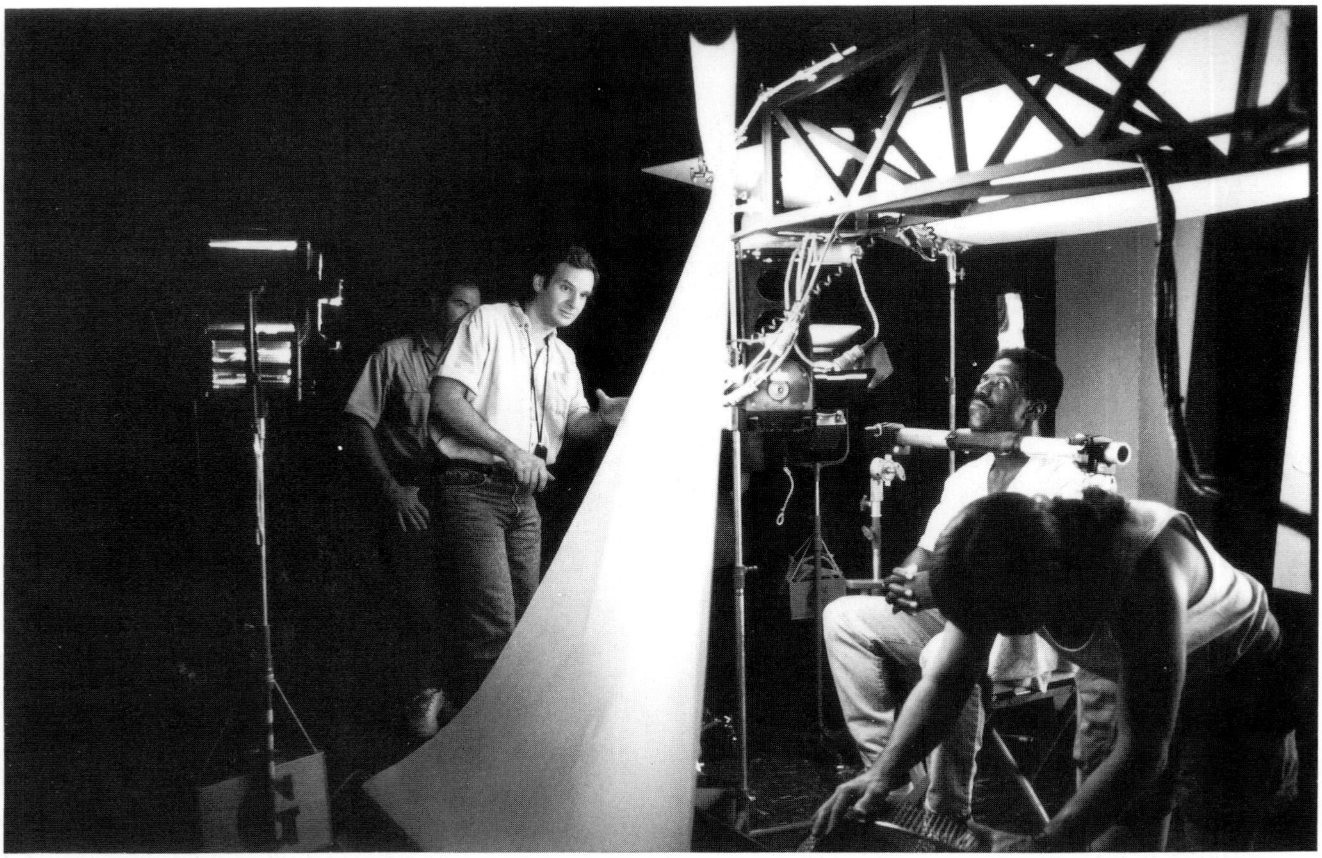

MIT FREUNDLICHER GENEHMIGUNG VON IMAGE G

Der Überwacher der optischen Effekte Robert Legato, Kameramann Marvin Rush und ein Stand-In für Avery Brooks führen bei Image G einen Test für einen von Michael Piller ›noch zu bestimmenden optischen Effekt‹ durch.

DEEP SPACE: "Emissary" REV. FINAL 8/10/92 - ACT FIVE 77.

156

156 CONTINUED:

KIRA
Yellow alert... secure Ops. Beam it aboard Mister O'Brien, but put it in a level one security field...

O'BRIEN
Aye, sir... locking on...

He presses some panels...

157

157 ANGLE ON THE TRANSPORTER PAD (OPTICAL)

As the orb MATERIALIZES... and the orb disintegrates into spinning light and disappears revealing Dax. Off reactions.

158

158 WHITE SCREEN (OPTICAL)

Discovering a state-of-the-art optical effect to be determined... that suggests Sisko in an altered state... no reality we've ever experienced... it may be just his eyes in some disengaged fashion... for this draft, it will be described as 'WHITE SCREEN - SISKO'S EYES'. A heartbeat and breathing the only sounds... suddenly --

159

159 A RUSH OF IMAGES (OPTICAL)

Five separate shots, each less than a second:

--Jennifer looking up at the beach...
--Sisko's bloody burned hands...
--A baseball landing in a catcher's mitt...
--Locutus on a viewscreen...
--Jennifer's lifeless hand on the Saratoga...

160

160 THE WHITE SCREEN - SISKO'S EYES (OPTICAL)

As before. Heartbeat... breathing...

SISKO
Who are you?

No response... only --

Hier hat jeder optische Effekt seinen Ursprung – als geschriebenes Wort. Auf dieser Seite findet sich auch Michael Pillers Herausforderung an die Zauberer aus der Abteilung ›Optische Effekte‹: »... ein zeitgemäßer optischer Effekt, der noch festzulegen ist ...«

MIT FREUNDLICHER GENEHMIGUNG VON IMAGE G

Oben links:
Chris Schnitzer bringt das Modell von Deep Space Nine auf dem Bulldog von Image G in Position.

Oben rechts:
Dennis Hearter überprüft das Modell vor einer Fenster-Passage. Die Kamera des Bulldog kann um Bruchteile von Millimetern bewegt werden.

ler Scharfeinstellung zu bestimmen, mit denen einer Filmkamera, dann erscheint uns letztere doch recht primitiv. Selbst die Formen digitaler Aufzeichnung, die in den nächsten Jahrzehnten das Medium Film weitgehend ersetzen werden, verfügen nur über beschränkte Fähigkeiten, wenn man sie mit dem Auge vergleicht.

Und trotzdem ist das Kamera-Film-System - oder, für die Futuristen unter uns, das Kamera-Aufzeichnungsmedium-System – die einzige gegenwärtig verfügbare Technologie, die es uns erlaubt, Ereignisse in einer Art und Weise und ähnlich detailliert aufzuzeichnen, wie wir sie in natura wahrnehmen. Auch in der digitalen wird nach wie vor ein System von Linsen – oder zumindest eine holographische Nachbildung eines Systems von Linsen – benötigt, um das Licht auf CCDs (›Charged Coupling Devices‹, also elektrisch geladene Kopplungssysteme, so wie man sie in Videokameras finden kann) zu leiten, so wie Linsen heutzutage das Licht auf den Film weiterleiten.

Die Kunst des optischen Effekts besteht dann darin, all die individuellen Bestandteile des Kamera-Aufzeichnungsmedium-Systems zu manipulieren, um Bilder von völlig unmöglichen (oder teuren oder gefährlichen) Dingen und Ereignissen zu erzeugen, die das Auge dazu verleiten, diese Bilder für echt zu halten. Zur Unterscheidung sei gesagt, daß im Fernsehen ›*Spezial*effekte‹ jenen Effekttypus bezeichnen, der live im Studio erzeugt wird, zum Beispiel Explosionen, automatisch sich öffnende oder schließende Türen, Flugsequenzen usw. Sie werden auch als praktische oder mechanische Effekte bezeichnet. Auf der anderen Seite sind ›*optische* Effekte‹ die Effekte, die nicht auf dem Bühnenbild entstehen,

MIT FREUNDLICHER GENEHMIGUNG VON IMAGE G

Für die Episode ›Move Along Home‹ bereitet sich Avery Brooks bei Image G auf den Sturz in eine bodenlose Grube vor. Diese Grube wurde gesondert gefilmt.

zum Beispiel fliegende Raumschiffe, Phaserexplosionen, fremde Landschaften usw. Wenn es darum geht, optische Effekte für DEEP SPACE NINE zu schaffen, und wenn wir sagen, daß alle Bestandteile des Systems genutzt werden, dann meinen wir auch *alle*.

Die Techniken, die bei DEEP SPACE NINE genutzt werden, umfassen die gesamte Skala von Modellaufnahmen über Matte-Zeichnungen bis zur computergesteuerten Manipulation *und* Erschaffung von Bildern. Dan Curry, der Produzent der optischen Effekte, erläutert: »Wir benutzen eine große Auswahl verschiedener Techniken – was immer für eine bestimmte Aufnahme geeignet ist. Und manchmal müssen wir für das vor uns liegende Problem eine Technik erfinden.«

Obwohl die Techniken, die genutzt werden, um Aufnahmen optischer Effekte für DEEP SPACE NINE zu kreieren, zahlreich und vielfältig sind, so ist den Menschen, die für sie verantwortlich sind, eine Eigenschaft gemeinsam: zusätzlich zu der Tatsache, daß sie Künstler sind, sind sie auch alle erstklassige Techniker, die Ästhetik und Technik kombinieren, um unsere Augen zu täuschen, wenn Raumschiffe aus Wurmlöchern austreten und um fremde Welten kreisen können, ohne den Kniff zu enthüllen, der diese Wunder mit Leben erfüllt hat.

Daß sie technische Zauberer sind, wird jede Woche bewiesen, wenn ihre Effekte die Zuschauer verblüffen und unterhalten. Daß sie Künstler sind, beweist die Tatsache, daß – obwohl sie alle die gleiche Ausrüstung benutzen – keine zwei Mitarbeiter nach der gleichen Methode vorgehen. Jedesmal, wenn wir einen Spezialisten für optische Effekte fragten, wie man eine bestimmte Aufnahme erzielt, paßten die Details, die wir erhielten, nicht zu dem, was uns ein zweiter Spezialist gesagt hatte. Wenn wir

MIT FREUNDLICHER GENEHMIGUNG VON IMAGE G

Die Kamera auf dem Bulldog filmt eine Wolkendecke, die aus Baumwollfaser besteht.

dem Spezialisten Nr. 1 erklärten, was Spezialist Nr. 2 uns gesagt hatte, erhielten wir normalerweise zwei Fragen als Antwort auf unsere Fragen: »*So* macht er das? Ich frage mich, warum?« Da die Schaffung optischer Effekte eine Kunstform *ist*, sind Unterschiede in Stil und Technik glücklicherweise nicht so wichtig wie das Ergebnis, das für DEEP SPACE NINE immer von höchster Qualität ist.

Hier nun ein Blick hinter die Kulissen und darauf, wie diese Künstler/Techniker einen Teil ihrer Zauberkunststücke bewerkstelligen.

Modelle

Sagen Sie es nicht den Cardassianern, aber die gewaltige Armada der Sternenflotte befindet sich sicher aufbewahrt in Holzkisten auf dem Gelände von Paramount. Wo wir gerade davon reden – die beträchtliche cardassianische Armada ist ebenfalls dort, zusammen mit der klingonischen Armada, der Armada der Ferengi, der Romulaner und einer ganzen Horde von Alien-Schiffen. Es macht nichts aus, daß die eine oder andere Armada aus nicht mehr als einem Schiff besteht – filmen Sie es zehnmal und Sie haben ohne große Probleme zehn Schiffe.

Ein wichtiges Modell eines Weltraumobjekts, das nicht zusammen mit den anderen gelagert wird, ist die Station Deep Space Nine an sich. Sie ist so groß – 1,80 Meter Durchmesser – und wird so oft gebraucht, daß bis zum Ende der zweiten Season für sie noch immer keine Kiste gebaut worden ist. Statt dessen verbringt sie ihre ›Freizeit‹

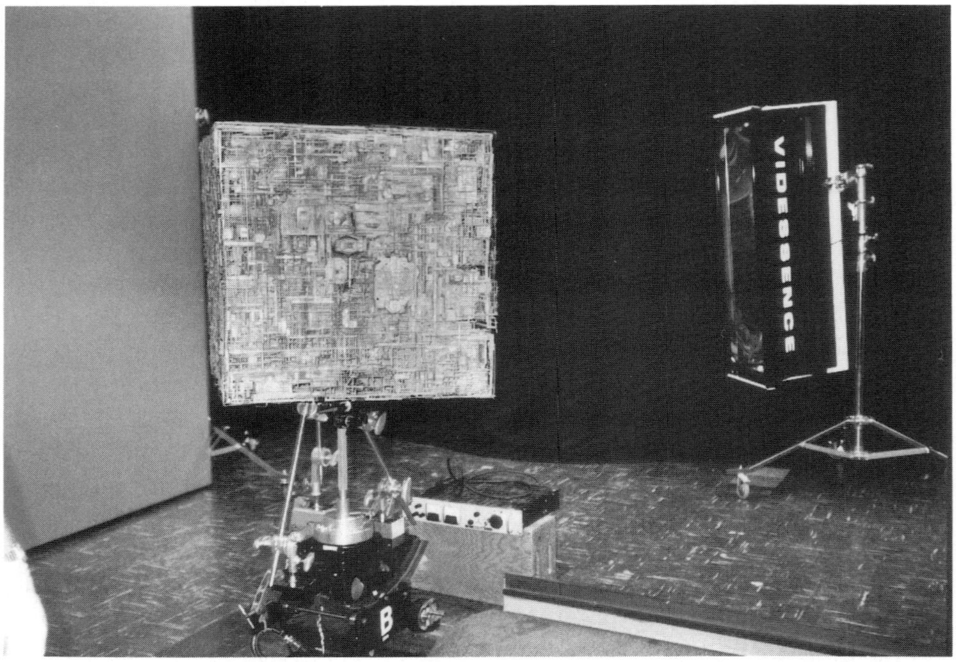

Das Modell des Borg-Schiffs, montiert für die Schlacht bei Wolf 359, die im Pilotfilm nachgestellt wird. Beachten Sie die bewegliche Plattform, auf der das Schiff montiert ist.

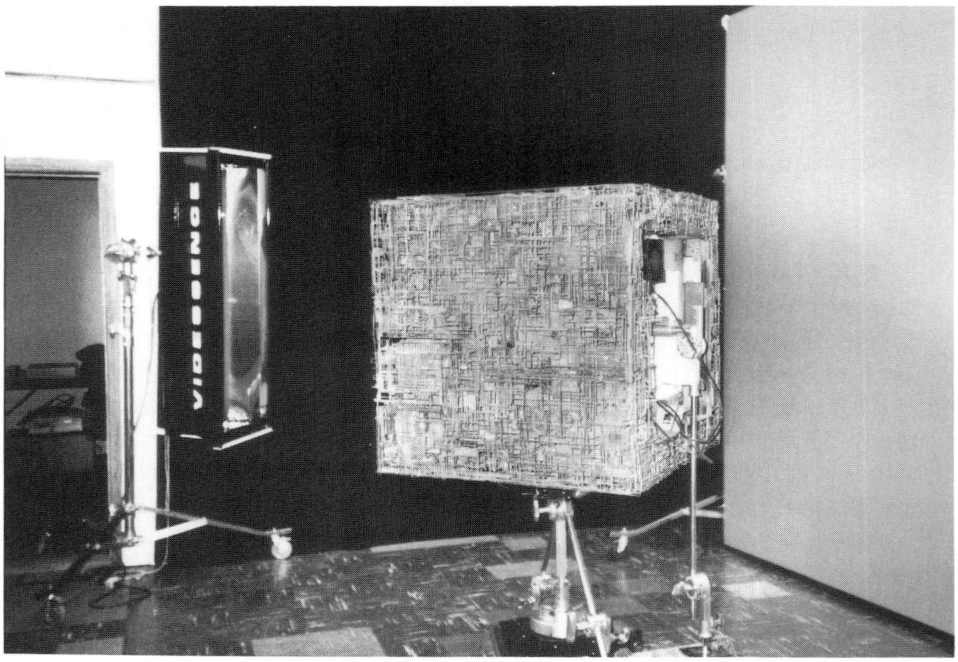

Die Rückseite des Borg-Schiffs, die den Zugang für die Beleuchtung und eine weitere Halterung für die Montage zeigt.

MIT FREUNDLICHER GENEHMIGUNG VON IMAGE G

in Schaumgummi gehüllt und mit einem großen weißen Laken bedeckt, untergebracht hinter ein paar alten Kinosesseln in dem Studio, in dem alle Modellarbeiten für DEEP SPACE NINE erledigt werden – Image G.

So wie die meisten Lieferanten optischer Effekte für Hollywood ist Image G eine unabhängige Gesellschaft, die sich auch nicht auf dem Paramount-Gelände befindet und die mit dem Studio für jede Season Verträge abschließt. Getreu Rick Bermans Streben nach Perfektion – eine Fortsetzung des Erlasses von Gene Roddenberry, daß die optischen Effekte von THE NEXT GENERATION real aussehen sollten, nicht so wie die Effekte der klassischen Serie – ist Image G eine Gesellschaft, die bekannt ist für ihre Arbeit für Kinofilme, darunter auch für den technisch herausfordernden Film *Flight of the Intruder*.

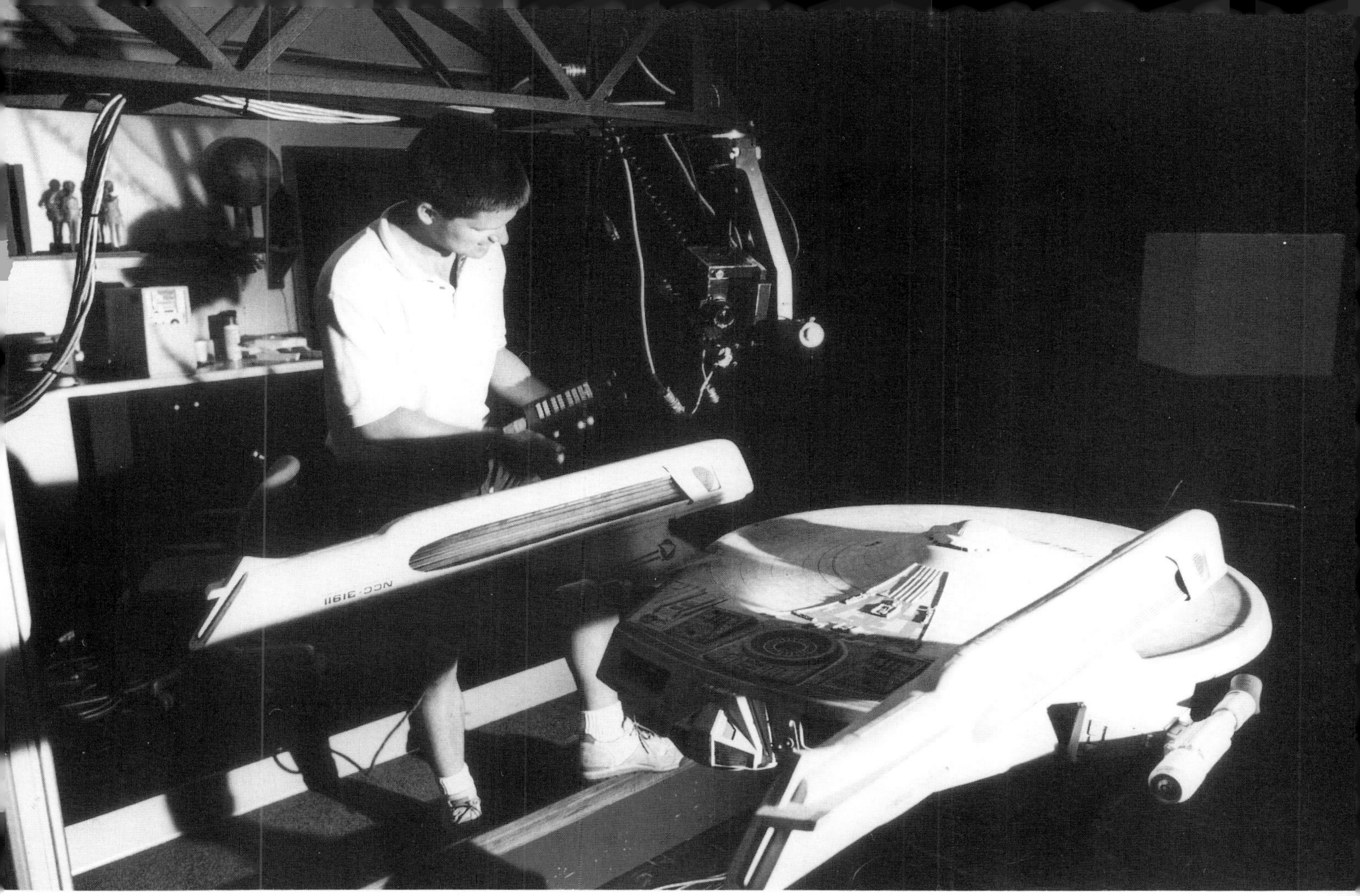

Kameramann Erik Nagh programmiert einen Bewegungsablauf für Siskos Schiff Saratoga. Je nachdem welche Kameraeinstellung erforderlich ist, können die Modelle seitlich oder – wie in diesem Fall – auf dem Kopf stehend montiert werden.

Die Spezialität von Image G sind ›Motion Control‹-Aufnahmen.

In den Tagen der *Flash Gordon*-Serials wurden Modellraketen an Fäden aufgehängt und durch eine Aufnahme gezogen, die mit der Normalgeschwindigkeit von 24 Bildern pro Sekunde gefilmt wurde. Manchmal wurde durch Doppelbelichtung die Rakete mit einem Hintergrund kombiniert, der Sterne oder einen fremden Planeten zeigte. Aber das war der ganze Aufwand in puncto Kameratricks. Alle Lichteffekte, zum Beispiel der feurige Ausstoß des Raketenantriebs, wurden gleichzeitig mit der Rakete gefilmt, so daß der Maßstab des Modells oft an den Rauchschwaden erkennbar wurde, den Zuschauer als von einer Wunderkerze stammend identifizieren konnten, nicht aber von einem riesigen Raumfahrzeug.

Es erübrigt sich der Hinweis, daß die Zuschauer anspruchsvoller wurden und sich die Technik der optischen Effekte zwangsläufig verbesserte.

Das Kennzeichen der ›Motion Control‹-Aufnahme ist die Möglichkeit, verschiedene visuelle Elemente bei *separaten Belichtungen* aufzunehmen. Wenn Sie zum Beispiel an die Billigproduktionen der fünfziger und auch der sechziger Jahre denken, dann erinnern Sie sich vielleicht an Szenen, in denen die Raumschiffe unübersehbar Modelle waren, da sie immer nur zum Teil scharf waren. Das war eine Folge der Nahlinsen, die eine begrenzte Schärfentiefe erlaubten – wenn der vordere Teil eines 30 cm langen Raumschiffs scharf war, war der hintere Teil unscharf.

Eine Lösung für dieses technische Dilemma war, die Szene bedeutend stärker zu beleuchten. Dann kann die Blende der Kamera verkleinert werden, so daß weniger Licht auf den Film fällt. Wenn das geschieht, vergrößert sich der Bereich der

Eine ›Klappe‹ für eine Motion Control-Aufnahme, die zeigt, daß das Material in Normalgeschwindigkeit gefilmt wird – 24 Bilder pro Sekunde.

Schärfentiefe. Mit sehr viel Licht und einer genügend kleinen Blende kann ein 30-cm-Modell vollständig scharf gefilmt werden, exakt so wie es bei einer echten Rakete aus großer Entfernung der Fall wäre.

Wenn stärkere Beleuchtung für eine Aufnahme unpraktisch war – weil es die Kunststoffdetails schmelzen lassen könnte –, war eine andere Lösung des Problems eine längere Belichtungszeit. Filmbelichtung folgt, zum größten Teil, einem klaren mathematischen Muster. Wenn eine bestimmte Menge Licht für eine Aufnahme reicht, beispielsweise für eine Belichtungszeit von einer $^1/_{60}$ Sekunde, dann genügt das halbe Licht für das gleiche Ergebnis bei doppelter Belichtungszeit – $^1/_{30}$ Sekunde.

Diese Lösung brachte aber neue Probleme mit sich. Erstens gab es gewisse Grenzen für die Dauer der Belichtung, insbesondere, wenn das Raketenmodell an einem schwarzen Faden oder einer Angelleine vorbeigezogen wurde. Wenn die Belichtung zu lang war, wurde die Rakete verwischt abgebildet. Wenn die Belichtung zu kurz war, waren die anderen Lichteffekte möglicherweise nicht hell genug, um den Film zu belichten.

Die ideale Lösung war, das Modell und die Lichteffekte getrennt zu filmen – eine einfache Sache, wenn das Modell an einer Stelle verharrte. Aber wie sollte das erreicht werden, wenn das Modell in Bewegung war?

Die Antwort darauf war, ein System zu entwickeln, bei dem das Modell die identische Bewegung immer und immer wieder machen könnte – die sogenannte ›Motion Control‹.

Der erste große Einsatz eines ›Motion Control‹-Systems fand bei *dem* Meilenstein des Science Fiction-Films statt, bei *2001: A Space Odyssey*. Die Modelle – einige von ihnen so groß, daß sie nur mit Mühe bewegt werden konnten – wurden fest montiert, während die *Kamera* sich auf speziellen Schienen bewegen konnte. (Für die Aufnahme macht es keinen Unterschied, ob sich die Kamera auf das Modell zubewegt oder umgekehrt. Ein weiteres Beispiel für die Relativität.)

Ein Modell wie das sehr lange Raumschiff *Discovery* wurde für die richtige Belichtung seiner hellen, weißen Oberfläche beleuchtet. Die Kamera wurde in

Das Modell von Deep Space Nine, das gegen den Bulldog winzig wirkt.

Position gebracht und befestigt. Dann wurde die Kamera manuell zur nächsten Position bewegt, wo ein weiteres Bild belichtet wurde, was so weiterging, bis die Bewegung der Kamera abgeschlossen war.

Dann wurde die Kamera zurück zu ihrer Ausgangsposition gebracht und *der Film wurde in der Kamera zurückgespult*. Die äußere Beleuchtung, die das Modell anstrahlte, wurde abgeschaltet, die interne Beleuchtung, die die Fenster des Raumschiffs erhellte, wurde eingeschaltet. Dann wurde jedes Einzelbild, auf dem sich das Bild der hell angestrahlten Discovery befand, ein zweites Mal belichtet, diesmal ausgerichtet auf die Helligkeit der Innenbeleuchtung.

Nach der Belichtung eines Einzelbildes wurde die Kamera wieder um ein identisches Stück weiterbewegt, um das man sie bereits zuvor bewegt hatte, und das nächste Einzelbild wurde für die zweite Belichtung in Position gebracht.

Nach und nach schritt der Prozeß voran, wobei jede Belichtung und jede

Kameraeinstellung langwierig von Hand notiert wurde. Ein Fehler in der letzten Gruppe Belichtungen bedeutete, daß die Arbeit völlig von vorne begonnen werden mußte.

Aber die harte Arbeit zahlte sich aus. *2001* setzte einen neuen Standard in Sachen Perfektion von Science Fiction-Filmbildern, und die Technik, die bei der Entstehung des Films am Anfang ihrer Entwicklung stand, erreichte ihren Höhepunkt im dritten *Star Wars*-Film, *Return of the Jedi*.[1]

Als *Return of the Jedi* gefilmt wurde, hatte die ›Motion Control‹-Technik einen Punkt erreicht, an dem der Film während Dutzender einzelner Passagen Dutzende Male belichtet wurde. Ein einzelner X-Wing-Fighter wurde in Position gebracht und bei drei separaten Passagen gefilmt. Dann kehrte die Kamera an ihre Ausgangsposition zurück, und der X-Wing-Fighter wurde an einer neuen Stelle montiert, und die gleiche Anzahl Belichtungen wurde vorgenommen. Wenn das oft genug wiederholt worden war, hatte der Fighter – wenn der Film entwickelt wurde – eine ganze Raumschiff-Formation geschaffen, die durch das All zog. Der Durchbruch, der ein so komplexes Niveau möglich gemacht hatte, war – natürlich – Computerkontrolle.

Heute – in einem schwer zu beschreibenden Studio etwa zehn Minuten vom Paramount-Gelände entfernt – fährt Image G[2] fort, die Grenzen dessen, was mit der ›Motion Control‹-Aufnahmetechnik möglich ist, auszuweiten. Eigentümer Tom Barron, der seit rund 20 Jahren im Geschäft ist, gründete Image G ein Jahr, bevor THE NEXT GENERATION in Produktion ging. Seine ursprüngliche Absicht war, sich auf die Produktion von Werbespots zu konzentrieren, weil die konstante Suche der kommerziellen Produktionen nach neuen Techniken und Effekten dazu beiträgt, die Industrie für optische Effekte anzukurbeln.

Ein Jahr später jedoch, als die Produktion von THE NEXT GENERATION auf Hochtouren lief, kam Robert Legato – der die optischen Effekte überwachte – mit dem ersten Ferengi-Schiff zu Image G. Er wollte Aufnahmen haben, die zu dem Material der bereits von George Lucas' Industrial Light and Magic in Marin County gefilmten *Enterprise* paßten.[3] Das Material des Ferengi-Schiffs von Image G erwies sich als so gut, daß Image G seitdem alle ›Motion Control‹-Aufnahmen für THE NEXT GENERATION ausführte und für DEEP SPACE NINE weiterhin ausführt.

Die ›Motion Control‹-Arbeit für DEEP SPACE NINE unterscheidet sich beträchtlich von der aus den Tagen von *2001*, und sogar von dem weiterentwickelten System der *Star Wars*-Filme. Tatsächlich, so Tom Barron, verändert sich die Software, die die ›Motion Control‹-Ausrüstung steuert, fast wöchentlich, wenn neue Entwicklungen in die Programme aufgenommen werden.

Eine maßgebliche Eigenschaft der ›Motion Control‹-Ausrüstung – genannt ›The Bulldog‹ –, die für DEEP SPACE NINE genutzt wird, ist die Bewegung der Kamera *und* des Modells. Es ist zwar die Kamera, die die lineare Bewegung erledigt, aber zur gleichen Zeit, wie sich die Kamera dem Modell nähert oder von ihm entfernt, kann das Modell auf seiner Plattform auf drei Achsen bewegt werden. Jede Bewegung der Plattform wird zusammen mit der Kameraposition aufgezeichnet, so daß jede Bewegungskombination endlos oft wiederholt werden kann. Und ›endlos‹ ist ein wichtiges Wort. Für den Pilotfilm ›Emissary‹ erforderte die Aufnahme aus Siskos Rettungskapsel, die die *Saratoga* verläßt, *67* separate Filmelemente.[4]

Warum so viele? Wollen wir uns einmal eine einfachere Aufnahme aus dem Pilotfilm ansehen – die Eröffnungsszene des zweiten Aktes, das Bild von Deep Space Nine. Wir blicken an den Andocktürmen entlang nach oben und sehen die angedockte *Enterprise*, mit Bajor im Hintergrund. Schwarz auf weiß wurde die Szene einfach so beschrieben:

1 Der Arbeitstitel für *Return of the Jedi* lautete zunächst *Revenge of the Jedi*. Während der Produktion verkündete Paramount, daß der zweite STAR TREK-Film *The Vengeance of Khan* heißen würde. Lucasfilm protestierte gegen die Verwendung dieses Titels durch Paramount, da man meinte, daß er zu sehr dem eigenen ähnelte, woraufhin Paramount den Titel in *The Wrath of Khan* abänderte. Dann wurde Lucasfilm bewußt, daß Jedi-Ritter über solch kleinlichen Dingen wie Rache (= Revenge) stehen sollten, und änderte nun diesen Titel in *Return of the Jedi*. Frühes Werbematerial für beide Filme mit dem jeweils ursprünglichen Titel ist unter Sammlern begehrt.

2 Warum Image *G?* Nun, eine Version besagt, daß in der Industrie ordentlich belichtetes Filmmaterial als ›G‹-Bild bezeichnet wird, während schlecht belichtetes Filmmaterial das Etikett ›NFG‹ erhält. Die Interpretation dieser Kürzel überlassen wir den geneigten Lesern.

3 Wenn es darum geht, die meiste Anerkennung für die wenigste Arbeit zu bekommen, dann ist eine der besten Nennungen in der Geschichte des Fernsehens die von Industrial Light and Magic, die in jeder THE NEXT GENERATION-Episode im Nachspann wie folgt genannt wird: »Special Visual Effects – Industrial Light and Magic (ILM) a division of Lucasfilm Ltd.«

Derjenige, der diese Nennung aushandelte, war ein Meister seines Fachs, denn ILM lieferte außer für den Pilotfilm von THE NEXT GENERATION im Jahr 1987 keine weiteren Aufnahmen. Der Gerechtigkeit halber sei gesagt, daß ILM eine führende Stellung einnimmt und für die optischen Effekte in STAR TREK GENERATIONS sorgte.

4 Bei früheren ›Motion Control‹-Systemen wurde der Film für nachfolgende Passagen zurückgespult und erneut belichtet. Bei Image G wird dagegen jede Passage auf zuvor unbelichteten Film aufgenommen. So sind bei einem Zwischenfall – ein Stromausfall, jemand wirft einen Scheinwerfer um, der Film bekommt einen Kratzer ab, die Stadt wird von einem Erdbeben zerstört, um nur einige der Möglichkeiten zu nennen – nicht alle bereits aufgenommenen Passagen verloren. Da das bei Image G eingesetzte System jede Kamerabewegung speichert, ist es möglich, an einem Tag eine Reihe von Passagen aufzunehmen, dann etwas völlig anderes zu filmen und zwei Tage später eine der zuvor aufgenommenen Passagen ein weiteres Mal zu filmen, um einen Fehler auszubügeln.

Einige der schnell gefertigten, groben Schaumstoffmodelle, die als Orientierungsobjekte für eine Bezugspassage verwendet werden.

EINBLENDEN:

41 AUSSENAUFNAHME, WELTALL - DIE ENTERPRISE (optischer Effekt)

an DS9 angedockt.

Aber die Aufnahme, die erforderlich war, um diese aus drei Worten bestehende Szene zu kreieren, setzt sich wie folgt zusammen:

MODELL	*BELICHTUNG*
DEEP SPACE NINE & SCHAUMSTOFF-*ENTERPRISE*	1. Bezugspassage - Das Modell der *Enterprise* und das der Station Deep Space Nine sind in unterschiedlichen Maßstäben gebaut [5], also werden sie für die endgültige Szene einzeln aus verschiedenen Entfernungen gefilmt, so daß sie erscheinen, als seien sie Modelle des gleichen Maßstabs.[6] Als Anhaltspunkt für den Überwacher der optischen Effekte wird ein grobes Schaumstoffmodell der Enterprise im passenden Maßstab in seiner Position am Turm gefilmt und dann entfernt.
DEEP SPACE NINE	2. Ästhetische Passage - Für diese Passage wird das Model nur von einer starken, ausgerichteten Lichtquelle beleuchtet, mit einer geringen Menge Füllicht, das es ermöglicht, einige Details in den Schattenbereichen zu sehen

5 So wie es verschieden große Modelle der *Enterprise* gibt, existieren auch drei unterschiedliche Modelle von Deep Space Nine. Anders als bei der *Enterprise* sind aber die beiden anderen Modelle nur Teile der Station. Das eine ist eine halbierte Station, das selten benutzt wird und bei dem die Kamera so aufgebaut werden kann, daß sie von den inneren Ringen der Station nach außen blicken kann. Das andere Modell ist ein großer Ausschnitt der Startplattform für die Flitzer, das im Pilotfilm eingesetzt wurde, seitdem aber keine Verwendung mehr fand.

6 Tatsächlich ist es so, daß sogar in Szenen wie der in ›Sanctuary‹, in der sieben Schiffe an der Station andokken oder bereits angedockt sind, jedes Modell einzeln gefilmt wird.

Die Überwacher der optischen Effekte und die Kameraleute können mit Hilfe einer Videoausrüstung zügig jede Motion Control-Aufnahme begutachten. In der Vergangenheit mußte die Motion Control-Ausrüstung stundenlang unbenutzt dastehen, da in der Zwischenzeit der Film entwickelt und dann auf seine Tauglichkeit geprüft wurde.

3. Fensterpassage
   - Jetzt wird die äußere, ausgerichtete Lichtquelle ausgeschaltet, die Innenbeleuchtung des Modells wird (durch Neonröhren im Inneren des Modells) gefilmt unter Verwendung eines leichten Streufilters, um den Lichtern ein Leuchten zu verleihen.[7]

4. Zweite Beleuchtungspassage
   - Die Fensterbeleuchtung wird abgeschaltet, die Außenlichter, die entlang den Andocktürmen leuchten (die sogenannten ›Malibu‹-Lichter), werden belichtet. – Gleichzeitig werden externe Lichter für die jeweiligen Bilder aus- und eingeschaltet, um den Effekt zu erzielen, daß sie blinken.

5. Kraftwerkpassage
   - Diese Passage wird taktlos auch als die ›Dingsda‹-Passage bezeichnet. Sie besteht darin, das rote interne Licht im zentralen Kraftwerkskern zu belichten, wiederum mit einem Streufilter gefilmt.

6. Erste Matte-Passage
   - Der Zweck einer Matte-Passage ist es, eine reine Silhouette des Modells herzustellen, um optische Informationen aus dem Hintergrund zu entfernen, um also Doppelbelichtungen zu vermeiden, in denen Sterne durch die Station hindurch scheinen. Die erste Matte-Passage beinhaltet die Benutzung einer orangefarbenen Tafel, mit der die linke Seite der Halterung ausgeblendet wird, die die Station in Position hält.

7. Zweite Matte-Passage
   - Die rechte Hälfte der Halterung wird abgedeckt.

8. Dritte Matte-Passage
   - Jetzt wird die orangefarbene Karte benutzt, um die Plattform zu verdecken, auf der sich die Station befindet.

9. Sternenpassage
   - Das Sternenfeld hinter Deep Space Nine wird meistens durch ein halbzylindrisches Plexiglasobjekt erzeugt, das schwarz gestrichen ist und in das Tausende von kleinen Löchern gebohrt worden sind, um von hinten kommende Beleuchtung durchzulassen.[8]

BAJOR

10. Planetenpassage
    - Es gibt viele verschiedene Möglichkeiten, um Planeten für DEEP SPACE NINE zu kreieren. Die gebräuchlichste Methode ist ein Transparent einer Planetenoberfläche, das auf eine weiße Halbkugel projiziert wird.

11. Planeten-Matte-Passage
    - Wird gefilmt, damit die Hintergrundsterne nicht durch den Planeten hindurchscheinen.

7 Wenn man es ganz genau nimmt, dann weisen im Vakuum des Weltalls Lichter auch kein sie umgebendes Glühen auf, da das nur in einer Atmosphäre mit Luftfeuchtigkeit und Staubpartikeln möglich ist. Das fällt unter die gleiche künstlerische Freiheit, die es den STAR TREK-Raumschiffen ermöglicht, im Weltall Geräusche zu verursachen.

8 Es laufen Experimente, Sterne mittels Computergrafik zu erzeugen, aber ein kosteneffektiver Weg, computererzeugte Sterne mit echten Modellen in zufriedenstellender Weise zu kombinieren, ist noch nicht gefunden worden.

ENTERPRISE

12. Schönheitspassage
 - Bei dieser Passage kommt das Licht aus der gleichen Quelle, von der aus das Stationsmodell angestrahlt wurde, so daß alle Schatten in Intensität und Richtung übereinstimmen. Für NEXT GENERATION-Episoden wurde die Enterprise mit mehr Füllicht gefilmt, so daß die Schatten nicht so scharf abgegrenzt waren.

13. Fensterpassage
 - Wie bei der Station.

14. Zweite Beleuchtungspassage
 - Wie bei der Station; diese Belichtung ist für die externen Lichter.

15. Antriebsgondelpassage
 - Diese Passage verleiht den Warpgondeln ihr Leuchten.

16. Matte-Passage
 - Eine einzige Passage genügt für die Enterprise, weil sie kleiner als Deep Space Nine ist.

Diese Aufnahme der an Deep Space Nine angedockten Enterprise besteht aus mehr als zehn einzelnen Belichtungen für jedes der separat gefilmten Modelle.

Und nun stellen Sie sich vor, was notwendig war für die 67 Belichtungen umfassende Szene, in der die Borg die *Saratoga* zerstören. Zusätzlich zu dem Borg-Schiff und zur *Saratoga* in dieser Szene gibt es ein Raumschiff der *Excelsior*-Klasse, drei Rettungskapseln und die Trümmer von der Explosion der *Saratoga*. Zur Komplexität dieser Aufnahme kommt die Anzahl der Lichtquellen – ein nahe gelegener, für die Kamera nicht sichtbarer Stern, dazu Energiestrahlen und eine Explosion. Da das Borg-Schiff den Lichtschein der Saratoga-Explosion reflektieren sollte, war eine zusätzliche Passage notwendig, bei dem das Modell durch ›interaktive Beleuchtung‹ erhellt werden sollte. In dieser Belichtung wird das Modell so hell angestrahlt, daß jedes Detail erkennbar wird. Wenn alle verschiedenen Belichtungen zusammengefügt werden – ein Prozeß, den man Montage nennt –, nimmt der für die Aufnahme verantwortliche Künstler für die Filmbilder, in denen das Licht der Explosion auf dem Borg-Schiff zu sehen sein soll, Ausschnitte des komplett belichteten Modells und kopiert sie auf das schwach beleuchtete Modell. Der Effekt ist, daß es scheint, als sei dem Modell eine weitere Lichtquelle hinzugefügt worden. Diese interaktive Beleuchtung wird dann koloriert, damit es der Farbe der Explosion entspricht. Dann ist die Illusion perfekt.

67 Belichtungen mögen kompliziert erscheinen, aber Dan Curry, Produzent optischer Effekte, hält seinen persönlichen Rekord für eine NEXT GENERATION-Szene mit mehr als 140 zu belichtenden Elementen. Und wenn computererzeugte Effekte hinzukommen: Die Szene aus dem Pilotfilm, in dem Dax im Wurmloch in einer Kugel verschwindet, hatte 200 verschiedene ›Schichten‹ von Einzelbildern.

Aber zurück zu der relativ einfacheren Aufnahme von Deep Space Nine und der *Enterprise*. Jede der 16 Passagen nahm etwa 10 Sekunden Drehzeit in Anspruch – fünf Sekunden für die tatsächliche Szene, mit dem üblichen zwei Sekunden langen ›Kopf‹ und ›Schwanz‹ zu Anfang und am Ende. Aber diese 160 Sekunden Film erforderten acht Leute und einen kompletten Drehtag – was dann eine fünf Sekunden lange Szene im Pilotfilm ergab, die nur eine einzige Zeile aus einem 124 Seiten starken Drehbuch enthielt. Gibt es einen schnelleren und weniger kostspieligen Weg?

Ja und nein.

Gewiß gibt es Abkürzungen, die man hinsichtlich der Komplexität der Modelle nehmen kann. Gelegentlich werden Alien-Schiffe ohne eingebautes Licht konstruiert. Um dennoch den Eindruck von Innenbeleuchtung entstehen zu lassen, werden zahlreiche kleine Lichter für die Beleuchtungspassagen kunstvoll auf dem Modell angebracht. Sieht man das Modell in natura, so erscheint es, als habe man es unter einem Knäuel ausrangierter Weihnachtsbaumlichter begraben. Aber auf dem Bildschirm, wenn die Beleuchtungspassage mit der Ästhetischen Passage kombiniert wird, erscheint das Raumschiff dann als mit hell erleuchteten Fenstern übersät.

Für Aufnahmen ganzer Raumschiff-Flotten, so wie in der Episode ›Sanctuary‹ der Zweiten Season, können vier oder fünf kleine Modelle gleichzeitig gefilmt werden, anstatt nur immer ein Schiff. Wir müssen aber darauf hinweisen, daß diese zeitsparenden Methoden nur angewendet werden, wenn die Art der Aufnahme nicht zu Einbußen in der visuellen Qualität führt. Natürlich wird ein Modell mit Innenbeleuchtung ausgerüstet, wenn die Episode viele Nahaufnahmen eines Alien-Schiffs erforderlich macht. Ebenso wird jedes Schiff einzeln gefilmt, wenn eine Armada von Schiffen lange genug auf dem Bildschirm zu sehen ist, damit die Zuschauer sie genauer betrachten können. In Anbetracht des kritischen Blicks von Rick Berman für jedes Detail könnte es auch gar nicht anders sein.

Angesichts der Beispiele aus den Filmen *The Abyss*, *Terminator 2* und *Jurassic Park* wird die Frage offensichtlich: Wie lange wird man bei DEEP SPACE NINE und anderen STAR TREK-Serien Miniaturraumschiffe filmen, anstatt sie im Computer entstehen zu

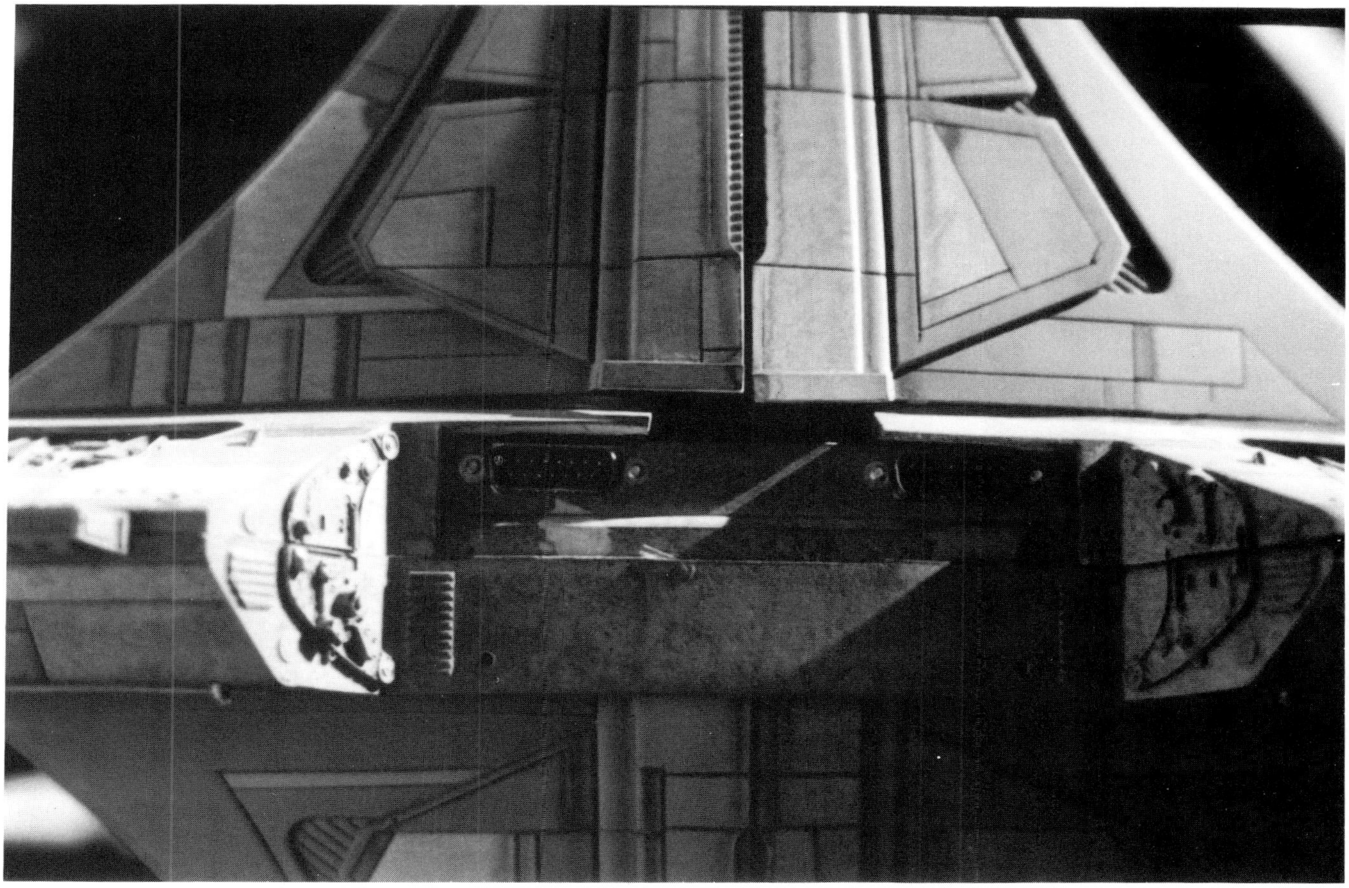

Diese zwei Öffnungen am Modell von Deep Space Nine werden normalerweise versteckt – es sind die Anschlüsse für die Steuerung der Innenbeleuchtung.

lassen – als CGI, computererzeugte Bilder? Das fragten wir praktisch jeden, der mit den optischen Effekten der Serie zu tun hat. Die Antworten waren identisch: Eines Tages werden so gut wie alle die optischen Effekte betreffenden Arbeiten am Computer erledigt werden, aber dieser Tag liegt für STAR TREK noch einige Jahre in der Zukunft. Der Grund, den die meisten Mitarbeiter anführten, ist der, daß es im Augenblick noch schneller und kostengünstiger ist, ein Miniaturraumschiff als echtes Modell zu bauen. Außerdem ist es – ebenfalls noch im Augenblick – so, daß gefilmte Modelle mit ihren realen Strukturen und ihren kleinen Mängeln ein realistischeres Aussehen in der endgültigen Aufnahme vermitteln, im Gegensatz zu der zu ›perfekten‹ Schärfe der CGI-Raumschiffe.[9]

Doch jeder, der Episoden der ersten Season der in Syndication laufenden SF-Serie *Babylon 5* gesehen hat, weiß, daß die letzte Aussage Diskussionsgegenstand ist – alle Weltraumszenen dieser Serie sind CGI, die mit einem Amiga Video Toaster-System geschaffen werden.[10] Sicher, der namenlose Mond, in dessen Orbit sich Babylon 5 befindet, ist offensichtlich eine Computergrafik mit verwischten und nicht überzeugenden Oberflächendetails. Auf der anderen Seite kommen einige Aufnahmen der zahlreichen Raumschiffe, die sich um die Station herum bewegen, dem Aussehen gefilmter Modelle verblüffend nahe. Bedenkt man die qualitative Steigerung zwischen dem Pilotfilm von *Babylon 5* im Januar 1993 und dem Start der ersten Season im Januar 1994, dann ist die Annahme gerechtfertigt, daß innerhalb von ein oder zwei Jahren der Realismus der CGI-Effekte dem der gefilmten Miniaturmodelle unaufhaltsam näher kommen oder ihn einholen wird.

9 Tatsächlich gibt man sich bei Image G große Mühe, trotz computergesteuerter Kamerabewegung bei den Modellaufnahmen die Perfektion eines Computers zu vermeiden.
Das Computersystem, das den ›Bulldog‹ steuert, kann eine Kamerafahrt selbst festlegen, wenn der Kameramann den Anfangs- und den Endpunkt der Bewegung festgelegt hat. Das Ergebnis ist eine fließende und völlig perfekte Kamerafahrt. Wenn die Mitarbeiter bei Image G eine Kamerabewegung für eine Modellaufnahme festlegen, überlassen sie dem Computer aber nicht die gesamte Arbeit. Vielmehr wird die Kamera per Fernbedienung manuell bedient, fast so, als wäre es eine Handkamera. Das Ergebnis ist eine realistischer wirkende Kamerabewegung mit leichten Ungenauigkeiten und Richtungskorrekturen. Der Computer speichert diesen Ablauf und wiederholt ihn dann jedesmal, wenn er gefordert wird.

Alle STAR TREK-Modelle – die Station Deep Space Nine ausgenommen – werden in solchen stabilen Sperrholzkisten gelagert. Ein Polaroidfoto auf dem Deckel gibt Auskunft über den Inhalt.

Dann wird die Debatte ›Miniaturen gegen CGI‹ sich um den künstlerischen Aspekt drehen, nicht um den technischen.

Die überraschende Aussage, daß es manchmal schneller und billiger ist, ein echtes Modell zu bauen statt ein Computermodell zu schaffen, ist dem Inhalt nach richtig – obwohl es keine absolute Aussage ist. Beispielsweise nahm die von Brazil Fabrication, der Modellbaugesellschaft von Tony Meininger, ausgeführte Montage des 1,80 Meter großen Modells von Deep Space Nine nach der Zustimmung zu den Entwürfen mehrere Monate in Anspruch. Meininger und seine Crew begannen mit einem geschweißten Stahlrahmen, der rund 30 Kilogramm wiegt und auf dem geformtes Fiberglas angebracht wurde. Dann wurde das grundlegende Oberflächendesign jedes einzelnen Abschnitts der Station aus Sperrholz gebaut, darauf wurden Kunststofflagen aufgetragen.

In der Tradition von *2001: A Space Odyssey* wurden die Plastikformen mit kleinen Plastikteilen aus Modellbausätzen versehen, um der Oberfläche eine realistischere Struktur zu verleihen.[11] Dann wurden von diesen detaillierten Abschnitten Abdrücke in Silikongummi gefertigt, die als Gußformen für Gießharz genommen wurden. Die daraus entstehenden Gußstücke wurden auf dem Stahlrahmen montiert, wobei Platz gelassen wurde für Neonröhren, Transformatoren und für die Kabel, die benötigt wurden, um die Station von innen zu beleuchten.[12]

Niemand will darüber reden, was dieser langwierige Prozeß gekostet hat, aber das Ergebnis ist eines der realistischsten Modelle, das jemals für Dreharbeiten gebaut wurde und das zudem noch stabil genug ist, um den rauhen Bedingungen des fast wöchentlichen Einsatzes zu widerstehen.

Die Station Babylon 5 war ursprünglich wie Deep Space Nine auch als echtes Modell geplant. Rob Thornton, der für diese Serie die optischen Effekte überwachte, hatte überschlagen, daß die Konstruktion des Modells sechs bis acht Leute für eineinhalb Monate beschäftigen und 10 000 bis 15 000 Dollar kosten würde. Mit einem Amiga Video Toaster dagegen war Thornton in der Lage, ein Computermodell der Station innerhalb von zwei Wochen zu ›bauen‹, ohne weitere Materialkosten.

Bei großen Aufgaben ist CGI zweifellos in der Lage, Zeit und Geld zu sparen. Bei Fernsehproduktionen sind Aufgaben dieser Größenordnung allerdings eher selten.[13] Größte Aufmerksamkeit wurde sowohl dem echten Modell von Deep Space Nine als auch dem Computermodell von Babylon 5 gewidmet, weil beide Stationen der optische Mittelpunkt der jeweiligen Serie sein sollten – und das, so die Hoffnung der Produzenten, für viele Jahre. Aber die Realität der täglichen Fernsehproduktion erfordert, daß das ›Alien-Schiff dieser Woche‹ üblicherweise an einem Tag und ohne Kosten zusammengeschustert werden muß.

Das kann man mit echten Modellen machen. Entsprechende Formen können in weniger als einer Stunde aus Schaumstoff geschnitten werden. Kunststoffhaut und Teile von Modellbausätzen können von talentierten Fingern auf die Seite geklebt werden, von der das Schiff gefilmt werden soll. Ebenso können Farbe und Beschriftung auf die Hälfte oder drei Viertel des Modells beschränkt werden. Angesichts der Maschinen bei Image G, der Erfahrung der Spitzenmodellbauer Greg Jein und Tony Meininger, der umfassenden Sammlung der für frühere Episoden gebauten Schiffe und der Schachteln mit verfügbaren Kleinteilen können riesige Flotten neuer Raumschiffe im Handumdrehen hergestellt werden – und das werden sie auch. Natürlich sind sie nicht so detailliert oder so robust wie das Deep Space Nine-Modell, aber sie eignen sich bestens zum Filmen.

Auf der anderen Seite ist die Konstruktion eines Alien-Schiffs am Computer eine zeitraubendere Aufgabe, die sich für die Art, wie echte Modellaufnahmen angegangen werden, nicht eignet. Ein weniger komplexes Modell als Babylon 5 wird einen

10 Zum Ende der ersten Season von *Babylon 5* bestand das CGI-Team aus vier Leuten, die ein Computersystem bedienen, das sich unter anderem zusammensetzt aus diversen PCs, Macintoshs, zweiundzwanzig 2000 Amiga/Toasters, die von einem DEL XE 4000 Server mit einem Festspeicher von 15 Gigabyte gesteuert werden.

11 Die im Handel erhältlichen Bausätze haben bei der laufenden Produktion von DEEP SPACE NINE außerdem beträchtliche Summen eingespart. Wenn in einem Drehbuch der zweiten Season die Zerstörung eines Flitzers erforderlich war, dann wurde dafür kein viele tausend Dollar teures Modell genommen; vielmehr wurde ein handelsüblicher Bausatz zusammengesetzt, der bei Image G gesprengt wurde.

12 Robert Legato, der in der ersten Season die optischen Effekte überwachte, war verantwortlich für die Farbgebung der Außenhülle der Station und für die ›Malibu‹-Lichter, die die Andocktürme anstrahlen.

13 Filme sind ein anderes Thema. Für einige der optischen Effekte in STAR TREK GENERATIONS arbeitete Industrial Light and Magic auch mit computererzeugten Schiffen, beispielsweise bei der Enterprise-B, als die in den Nexus gerät.

Designer einige Tage kosten, um es am Bildschirm zu entwerfen – ein Luxus an Zeit, den sich die meisten Serien nicht leisten können.

Ein weiterer Vorteil echter Modelle gegenüber CGI ist – wir betonen nochmals: *im Augenblick* – die Möglichkeit, zusammen mit dem Modell andere Bildelemente zu filmen. Beispielsweise gerät in der Episode ›Invasive Procedures‹ Deep Space Nine in einen Plasmasturm. Glenn Neufeld, der für diese Episode die optischen Effekte überwachte, stand vor der Aufgabe, den Drehbuchsatz »ein gewaltiger Plasmasturm hüllt die Station ein« in die Realität umzusetzen, ohne den Zeitplan und das Budget zu überschreiten. Neufeld sagt, daß es die schwierigste Aufnahme war, die er bei der Serie zu bewältigen hatte. Um eine Vorstellung davon zu bekommen, wie komplex die Entstehung einer Aufnahme eines optischen Effekts ist, beschreibt Neufeld nachfolgend die Vorgehensweise.

»Die erste Frage ist natürlich die, was ein ›Plasmasturm‹ ist, und von da aus geht man dann weiter. Es ist also zunächst stets die Frage, wie man sich entscheidet und was getan werden muß, um den Ansprüchen zu genügen – und dann einen Weg zu finden, das zusammen mit der Station zu filmen.

Oben links:
Um Kosten zu sparen, werden die Modelle oft auf der der Kamera zugewandten Seite komplett bemalt und mit Details versehen.

Oben rechts:
Um noch effektiver zu arbeiten, werden oft Modelle aus bereits existierenden Gegenständen hergestellt, manchmal auch mit Teilen aus einem handelsüblichen Bausatz. In diesem Fall ist es sogar der Deckel einer Kaffeekanne, der als Dach für dieses Modell herhalten mußte.

Der Plasmasturm war das schwierigste für mich, weil Rick Bermans Vorgabe für die Serie die ist, daß Modellaufnahmen in Bewegung sind. Sie sind immer in Bewegung. Sie hören nie damit auf, sich zu bewegen. Zur gleichen Zeit sehen viele Bestandteile – ein einfaches Beispiel ist umhertreibender Rauch – am besten aus, wenn sie mit hoher Geschwindigkeit gefilmt werden.[14] Also läßt man den Rauch sich sehr schnell bewegen, schneller, als es das Auge wahrnehmen kann, und das filmt man dann mit hoher Geschwindigkeit. Wenn man den Rauch sehr schnell vorbeiwehen läßt und das mit sehr hoher Geschwindigkeit filmt – was extremer Zeitlupe entspricht –, dann wirkt selbst ein wenig Rauch sehr massiv. Aber je mehr Kamerabewegung eine Aufnahme erfordert, je mehr die Ausrüstung (der ›Motion Control‹-Kamera) sich bewegt, um so niedriger ist die Höchstgeschwindigkeit, mit der gefilmt werden kann.«

So konnte Neufeld also keinen Rauch um Deep Space Nine wehen lassen, der sich tatsächlich um das *Modell* bewegte, weil der Rauch mit einer anderen Bildgeschwindigkeit gefilmt werden würde als die Station. Für ›Motion Control‹-Aufnahmen muß aber die Anzahl der Einzelbilder genau übereinstimmen.

»Das erste, was man nun machen muß, ist, das Ausmaß der Kamerabewegung zu begrenzen, damit der Film mit 24 oder mehr Bildern pro Sekunde transportiert werden kann. Für den Plasmasturm reduzierte ich die Bewegung so sehr, daß die Kamera mit 24 Bildern pro Sekunde laufen konnte – also in Echtzeit. Die nächste Aufgabe war, ein organisches Element (den Rauch) zu finden, das ich filmen konnte und das ich genügend unter Kontrolle haben würde. Was wir machten, nachdem wir die Station gefilmt hatten, war folgendes: Wir nahmen die Station heraus und stellten einen mit schwarzem Satin bespannten Tisch auf, der in einem sehr kleinen Winkel gekippt wurde. Er war etwa 2 $^1/_2$ Quadratmeter groß. Wir benutzten eine Mischung aus flüssigem Stickstoff, Trockeneis und Wasser, um an (dem höheren) Ende des Tischs Rauch entstehen zu lassen, so daß der Rauch sehr langsam über den Tisch treiben würde. Sobald diese sehr dünne Schicht lostrieb, filmten wir sie mit der gleichen Kamerabewegung.

Natürlich muß der Rauch völlig anders beleuchtet werden als das Modell, dennoch muß der Einfallwinkel des Lichts dem entsprechen, der auch die Station beleuchtet. Also beleuchteten wir die Station sehr sorgfältig an den Stellen, von denen wir wußten, daß der Nebel dort später auch gut aussehen würde. Ich hatte eine sehr dünne Schicht Rauch, und ich filmte sie mit 24 Bildern pro Sekunde. Dann drehte ich das Ganze mit 12 und dann mit 6 Bildern, so daß ich eine langsame Passage, eine schnelle Passage und eine sehr schnelle Passage erhalten würde. Wir erhöhten den Stickstoffanteil des Rauchs und benutzten ein wenig CO_2, weil der Stickstoff sehr heftig brennt ... Damit würde der Rauch sehr unterschiedlich sein. Diesen Effekt drehten wir ebenfalls mit drei Geschwindigkeiten.«

Da aber das daraus resultierende Material nur eine einzige, dünne Rauchschicht zeigte, behielt Neufeld die Kameraeinstellung bei und filmte die gleiche Szene einige Male, so daß er schließlich eine Mehrfachbelichtung mit mehreren Lagen Rauch erhielt, ähnlich wie man ein Raumschiff in verschiedenen Positionen filmt, um mehrere Schiffe entstehen zu lassen.

»Als wir die Station filmten, benutzten wir zusätzliche Matte-Tafeln (um die hinteren Teile des Modells auszublenden), um die vorderen Türme von der Station zu trennen und um den inneren Teil vom vorderen Teil des Rings um die Station zu trennen. Der Gedanke war, daß ich nicht die ganze Zeit über die Station in Rauch hüllen konnte. So einigten wir uns in der Produktionsbesprechung – diese Aufnahmen waren sehr lang, und es war nicht viel Geld verfügbar – darauf, daß, wenn man nach Osten sehen würde, die Sterne und ein wenig vorbeiziehender Rauch sichtbar sein würden. Und mit der schwenkenden Kamera würde man ein großes, an V'Ger (die Raumsonde in

14 Kameras laufen mit hoher Geschwindigkeit, um Zeitlupeneffekte zu erzielen. Normalerweise werden pro Sekunde 24 Einzelbilder belichtet. Filmt man nun eine Szene mit 240 Bildern pro Sekunde und läßt man sie anschließend mit Normalgeschwindigkeit ablaufen, dann dauert die Handlung, die sich in einer Sekunde abspielt, zehn Sekunden. Läuft der Film bei der Belichtung mit beispielsweise 12 Bildern pro Sekunde und wird mit normaler Geschwindigkeit abgespielt, dann laufen die Aktionen in doppelter Geschwindigkeit ab.

STAR TREK – THE MOTION PICTURE) erinnerndes Gebilde sehen, wobei es sich tatsächlich um eine ›Wolkentank‹-Aufnahme handelt. (In diesem Fall war das ›Wolkentank‹-Element eine separate Belichtung der Rauchschwaden, gedreht in einem speziellen verglasten Tank, die dem Hintergrund der endgültigen Szene hinzugefügt wurde.) Wenn die ›Wolkentank‹-Aufnahme sichtbar wurde und wir direkt hineinsahen, würde der Rauch auf die Kamera zutreiben.

Dann richteten wir die Aufnahme so ein, daß, wenn wir auf den Tisch blickten, der Rauch fast von vorne beleuchtet wurde. Und wenn die Bewegung vollendet wird, ist er komplett von hinten beleuchtet. So war der Rauch zunächst dicht, wurde dünn und dann wieder dicht. Dann setzten wir den Rauch Schicht um Schicht zusammen. Ich benutzte die zusätzlichen Matte-Aufnahmen, so daß es aussieht, als verschwinde ein Teil der Station im Rauch, wenn wir sie drehen. Das machten wir mit allen Schichten. Und wenn sich die Station dreht und der Rauch beginnt, uns von der Station entgegenzuwehen, bekommt man den Eindruck: Wow, *da* ist der Sturm, und er weht tatsächlich in *diese* Richtung – und wenn man in die andere Richtung blickt, dann sieht man nichts.

Dann, als I-Tüpfelchen, schnitzten wir eine Schaumstoffnachbildung des inneren Rings, von der OPS und von all der anderen kleinen Teile, die wir auf einem Tisch plazierten. Wir paßten die Bewegung maßstabsgetreu an, so daß wir sehr nahe herangehen konnten, ordneten sie auf dem Tisch an und ließen die dreifache Menge Rauch darübertreiben, so daß der Rauch, wenn er sich den Tisch entlang nach unten bewegte, tatsächlich um die OPS herumwirbelt. Das ließen wir dann ganz hell kopieren, und so bekommt man am Endpunkt der Kamerafahrt ein wenig das Gefühl, daß der Rauch wirklich um die OPS herumweht. Es war sehr schwierig, weil das Schaumstoffmodell nicht genau genug war. Es gab ein kleines Stück, das nicht richtig nachgebildet war, und da kann man sehen, wie der Rauch durch OPS *hindurch*geht. Aber«, schließt Neufeld lächelnd, »es war ein Plasmasturm. Und Plasmastürme können so etwas.«

Bei dem Budget und Zeitplan einer Fernsehproduktion kann man mit CGI keine überzeugenden Raucheffekte erzielen – CGI-geschaffenes Wasser und Feuer dagegen, die beide dafür berüchtigt waren, schwierig darzustellen zu sein, sind in den letzten Jahren realistischer geworden.

Der Fairneß halber sei gesagt, daß es manche Dinge gibt, die man mit CGI, aber nicht mit echten Modellen erreichen kann. Eine beeindruckende Aufnahme im Pilotfilm zu *Babylon 5* begann in einer Entfernung von etwa 2 $^1/_2$ Kilometern von der Station, mit dem Blick auf Besatzungsmitglieder, die an einem Fenster stehen. Dann zoomt die ›Kamera‹ auf eine Entfernung von 50 Kilometer! Nicht einmal die größte ›Motion Control‹-Ausrüstung von Image G könnte eine derartige Kamerafahrt bewerkstelligen.

Aber natürlich werden in DEEP SPACE NINE auch nicht für alle optischen Effekte echte Modelle gefilmt. Zwei der bemerkenswertesten wiederkehrenden Bilder – das Wurmloch und Odos Verwandlungsszenen – sind vollständig computererzeugt.

Computererzeugte Bilder

Odos Verwandlungsfähigkeit ist ein direkter Nachfolger der ersten groben Morphing-Technik, die in der Lucasfilm-Produktion *Willow* zu sehen war, sowie der weiterentwickelten Darstellungen in James Camerons *Terminator 2* und in Michael Jacksons Videoclip zu ›Black and White‹.

Um Odos Verwandlungsszenen zu verwirklichen, sind mindestens drei reale Stücke

Film notwendig. Das erste ist ein ›Hintergrund‹-Bild – also eine Aufnahme des Ortes, vor dem sich Odos Verwandlung abspielen wird. Abhängig von den Erfordernissen der Aufnahme und der Wahl der Kameraeinstellung durch den Regisseur werden zwei oder drei Hintergrundbilder erforderlich. Das zweite Stück Film, das man braucht, ist das des Schauspielers René Auberjonois vor einem Bluescreen, wo er üblicherweise eine Bewegung vollzieht, die von der computererzeugten Version seines Körpers fortgesetzt wird. Das dritte Stück Film ist eine Bluescreen-Aufnahme dessen, in was sich Odo verwandeln wird oder aus was er sich rückverwandeln wird.

Diese Live-Aufnahmen werden digitalisiert, dann werden sie an Vision Arts geschickt, ein CGI-Unternehmen, das Odo im wahrsten Sinne des Wortes aus der Fassung bringt. Dort werden die computererzeugten Zwischenstationen aus verschiedenen Kombinationen der visuellen Merkmale der Anfangs- und Endformen abgeleitet. Das, was einmal ein schrecklich komplexer Prozeß war, der Zehntausende Dollar und monatelange Computerarbeit erforderte, wird heute innerhalb von zwei Wochen für etwa 10 000 Dollar erledigt, und Verbesserungen sind schon absehbar.

Während Odo sich von Woche zu Woche in etwas anderes verändern kann, ist das bajoranische Wurmloch eine Konstante.

Der Chief Visual Designer des Wurmlochs war Michael Gibson, ein Designer/Regisseur von Rhythm & Hues – der Gesellschaft für optische Effekte, die von Paramount unter Vertrag genommen wurde, um die sieben Wurmloch-Standardaufnahmen zu produzieren, die für die Serie benötigt wurden.

Aber obwohl die Zahl und Länge dieser sieben Aufnahmen von Produzent Peter Lauritson und Robert Legato festgelegt wurden, lag das tatsächliche Erscheinungsbild des Wurmlochs in den Händen von Rhythm & Hues, dessen Team aus Gibson, dem Technical Director Larry Weinberg, Cheftricktechniker Juck Somsaman und dem Softwarespezialisten Mark Henne bestand.

Obwohl niemand weiß, wie ein Wurmloch aussieht, versuchte Gibson, in der Sache Nachforschungen anzustellen, um zumindest eine Annäherung an wissenschaftliche Genauigkeit zu erreichen. Seine Bemühungen führten zu der sich verändernden organischen Form für das Wurmloch, anstelle der scharfen, festen Ebenen einer rein mathematischen Konstruktion.

Während Glenn Neufeld viele Schichten Rauch fotografierte, um seinen Plasmasturm zu erhalten, entschied sich Gibson – um diesen organischen Effekt zu erzielen – für ein ähnlich geschichtetes Aussehen des Wurmlochinneren, bei dem viele Schichten optischer Information gleichzeitig sichtbar sein würden, so als seien die Begrenzungswände des Wurmlochs transparent.

So wie in allen Gebieten der Fernsehproduktion, die permanenten Rücklauf und Zusammenarbeit erfordern, wurde das Wurmloch in mehreren markanten Phasen geschaffen. Zuerst wurden Zeichnungen und Storyboards vorbereitet, damit Paramount zustimmen konnte. Dann wurden grob gestaltete ›Gitter‹-Modelle im Computer entworfen, um Zeitablauf und Bewegung jeder Aufnahme festzulegen.

Nachdem das geschehen war, begannen Gibson und sein Team mit den Detailarbeiten – indem sie wirbelnde Partikel und Lichtstrahlen hinzufügten. Die gesamte Wurmloch-Farbskala, die Schattierungen von Türkis, Blau und Lila betonte, wurde bewußt ausgewählt, um jegliche Verwechslungsgefahr mit dem *explodierenden* Wurmloch zu vermeiden, bei dem man Rot- und Orangetöne verwendet.

Obwohl der Wurmloch-Effekt vollständig vom Computer erschaffen ist – auf einem Silicon Graphics System unter der weitgehenden Verwendung der hauseigenen Software von Rhythm & Hues –, arbeitete Gibson eng mit Image G zusammen, um sicherzustellen, daß der Effekt zu den Modellaufnahme paßte. Zusätzlich wurden große, kontrastreiche Transparentfolien von verschiedenen Phasen des sich öffnenden Wurmlochs hergestellt, so daß das Licht durch sie auf die Raumschiffmodelle

Interessante Objekte im Überfluß bei Image G. Auf diesem Tisch befinden sich Schaumstoffmodelle von cardassianischen Schiffen und ein Verteron-Knoten, wie man ihn eigentlich nur im Inneren eines Wurmlochs vorfinden kann.

scheinen konnte, die auf der ›Motion Control‹-Ausrüstung vorbereitet worden waren. Außerdem mußten detaillierte Tricktechnikaufzeichnungen vorbereitet werden, damit Robert Legato dafür sorgen konnte, daß – wenn Szenen des Raumschiffinneren im Set selbst gefilmt wurden – die Beleuchtung auf beiden dem flackernden Licht entsprechen würde, das für das Innere des Wurmlochs entworfen worden war,[15] so daß all die wichtigen optischen Bestandteile, die bei DEEP SPACE NINE Berücksichtigung fanden – Live-Aufnahmen, Modellaufnahmen sowie vom Computer erzeugte und bearbeitete Bilder –, wirkungsvoll miteinander verknüpft werden konnten.

Trotz der scheinbar klaren Unterschiede zwischen Modellaufnahmen und CGI, wie man sie bei DEEP SPACE NINE und *Babylon 5* benutzt, ist es falsch, beide Systeme als miteinander konkurrierend zu betrachten. Vielmehr ist es so, daß diese beiden Methoden sich in mancher Hinsicht auf eine Verschmelzung zubewegen. Immerhin wird der entwickelte Film eines für DEEP SPACE NINE gefilmten Modells sofort digitalisiert, und alle weiteren Bearbeitungen werden mit CGI-Ausrüstung und CGI-Techniken ausgeführt.

Womit wir bei der nächsten Stufe der optischen Effekte angekommen sind, bei der alles zusammenkommt.

15 Um die Wirkung der Lichtbedingungen auf ein Objekt zu prüfen, das durch das Wurmloch fliegt, bereitete man bei Rhythm & Hues eine Testsequenz vor, für die ein computererzeugtes Objekt auf den Weg durch das Wurmloch geschickt wurde, den schließlich auch die Raumschiffe nehmen würden. Bedauerlicherweise gab es in der Datenbank kein computererzeugtes Raumschiff, also kombinierte das Team zwei Objekte, die zusammen ähnliche physikalische Eigenschaften wie ein Raumschiff hatten – einen Doppeldecker und eine Kuh. Sollte also in einer Trivial Pursuit-Edition zum Thema STAR TREK die Frage auftauchen, welches Objekt als erstes durch das bajoranische Wurmloch flog – es war ein fliegendes Rindvieh, die ›Luftkuh‹.

Digital Magic

Jeder reale Bestandteil von DEEP SPACE NINE wird auf Film aufgenommen, nicht auf Videoband. Dennoch ist Film nur ein erster Schritt. Sobald der Positivfilm vorliegt, wird er zu Unitel Video geschickt, wo er auf D2-Videobänder überspielt wird. Dann wird der Film gelagert und – vorausgesetzt, es ereignet sich während der Nachbearbeitung einer Episode keine Katastrophe – sieht nie wieder das Tageslicht.[16]

Die Filmelemente, die überspielt werden, umfassen alle Aufnahmen im Studio sowie Außenaufnahmen der ersten und zweiten Dreheinheit, alle Passagen der Modellaufnahmen von Image G und alles Filmmaterial der von Illusion Arts ausgeführten Matte-Zeichnungen.[17] Live-Material wird ebenfalls auf handelsübliche VHS-Videocassetten kopiert, so daß die Produzenten sie in Form der Dailies begutachten können. Alle ›V-Takes‹ – Aufnahmen, die visuelle Effekte erfordern – werden dann an ein Unternehmen mit Namen Digital Magic geschickt. Hier, inmitten der immensen Videoausrüstung, die sich auf der *Enterprise* zu Hause fühlen könnte, werden die unzähligen Passagen kombiniert und Phaser-, Transporter- sowie alle anderen optischen Effekte geschaffen.

Einer der wichtigsten Künstler, die diese Effekte entstehen lassen, ist Adam Howard, ein Australier, der eine Ausbildung als Grafikdesigner hat und seinen ersten Job in der gleichen Woche antrat, in der ein System für Computergrafiken installiert wurde. Als neuer Mitarbeiter wurde es Howards Aufgabe, das System zu beherrschen und den anderen Mitarbeitern zu zeigen, wie man es bedient. Sieben Jahre und zwei Emmy Awards [18] später ist Howard einer der Spitzenkünstler, der mit einem hochentwickelten Digitalbild-System namens HARRI arbeitet.

HARRI gibt Howard die Möglichkeit, Fotografien per Computer pixelweise zu retuschieren. Bei der höchsten Auflösung – die genutzt wird, wenn Digital Magic an Kinofilmen arbeitet, um beispielsweise die Sicherheitsleinen digital zu entfernen, die Sylvester Stallone in *Cliffhanger* sicher am Berg hielten – kann Howards Arbeit zurück auf Filmmaterial überspielt werden mit einer Auflösung, die höher ist als auf dem Film, so daß es keine Bildverschlechterung und auch keinen Hinweis auf elektronische Scannerzeilen gibt.

Als Arbeitsplatz ist Digital Magic eine wohltuende Umgebung – komplett mit einer 24-Stunden-Küche, um Arbeitern wie Howard über ihren 24-Stunden-Tag zu helfen.[19] Innerhalb der ruhigen, abgedunkelten Grenzen der HARRI-Bay kann ein Tag schnell vergehen, wenn sich die gesamte Konzentration auf die Bilder der zahlreichen Videomonitore richtet.

In gewisser Weise gleicht Howards Arbeit einem Videospiel. Er benutzt eine Grafikunterlage, eine Mouse, eine Tastatur, um den Cursor über den Schirm zu bewegen, der begrenzt wird von Feldern, aus denen er Farben und Schattierungen auswählen kann. Das alles geschieht mit der scheinbaren Leichtigkeit, mit der ein Kind sich durch ein Nintendo-Spiel auf der Jagd nach dem High Score bewegt. Aber Howards schnelle Bewegungen und subtile Kunstfertigkeit sind das Ergebnis von Talent und bestens entwickelter Fertigkeit, das die Zuschauer von THE NEXT GENERATION und DEEP SPACE NINE mittlerweile als selbstverständlich betrachten. (Howard selbst ist bescheiden, was seine Fertigkeiten betrifft; er beschreibt sie als »höchst komplizierte Techniken, die jahrelange Erfahrung im Malen mit Fingerfarben voraussetzen«.) Howard könnte auch gar nicht anders, denn er sagt: »Der beste optische Effekt ist der, von dem niemand weiß, daß er da ist.«

Welche optischen Effekte gibt es bei DEEP SPACE NINE, die die Zuschauer nicht als solche erkannt haben könnten? Alles, angefangen davon, einen echten Videomonitor in der OPS zu ersetzen, da der nicht einwandfrei gefilmt wurde, bis hin zur Retusche eines

16 Bei der Planung von THE NEXT GENERATION wurde eine wichtige Entscheidung getroffen, die sich noch heute auf DEEP SPACE NINE auswirkt. Gene Roddenberry und sein Team standen vor der Wahl, optische Effekte auf Film oder auf Video aufzunehmen. Videoeffekte sind schneller und kostengünstiger, wirken aber nur auf dem Fernsehbildschirm. Wegen der niedrigen Auflösung des Videobildes würde es nicht möglich sein, Filmnegative herzustellen, die man benötigte, falls THE NEXT GENERATION-Episoden in anderen Ländern für eine Kinoversion zusammengeschnitten werden sollten.

Letzten Endes entschied man sich für die Videoversion, was heute auch für DEEP SPACE NINE gilt. Somit gibt es heute – wo die Auflösung der optischen Effekte größer ist als 1987 – von keiner Episode eine Filmfassung. Somit können die Episoden auch nicht für das hochauflösende System HDTV (High Definition Television) neu eingelesen werden. Theoretisch wäre es möglich, für jeden ursprünglichen Meter Film die optischen Effekte mit einer höheren Auflösung zu wiederholen. Das würde aber bedeuten, daß jede Episode den gesamten Prozeß der Nachbearbeitung noch einmal durchmachen müßte. Da ist es schon sinnvoller und preiswerter abzuwarten, bis eine Technik entwickelt ist, mit der die endgültigen Videofassungen von DEEP SPACE NINE auf eine höhere Auflösung gebracht werden können.

17 Einige Matte-Zeichnungen werden für DEEP SPACE NINE unmittelbar mit dem Computer geschaffen. Andere entstehen als echte Zeichnungen und werden dann digitalisiert und mit dem Computer bearbeitet. Beispielsweise gibt es in ›Emissary‹ eine Aufnahme der Ruinen der Hauptstadt von Bajor. Dieses Bild war zunächst ein echtes Gemälde, das aus drei verschiedenen Vorder- und Hintergründen bestand. Diese Elemente wurden digitalisiert, das sich bewegende Wasser und der Straßenverkehr wurden per Computer hinzugefügt.

Am Ende der ersten Season wurde für ›In the Hands of the Prophets‹ das gleiche digitale Bild benutzt, aber diesmal waren die beschädigten Gebäude im Vordergrund entfernt worden, die beschädigten Gebäude und die Straßen im Hintergrund wurden ›repariert‹, so daß die gesamte Szene den Fortschritt beim Wiederaufbau Bajors nach der cardassianischen Besatzung illustriert.

18 Für seinen Beitrag zu den optischen Effekten der THE NEXT GENERATION-Episoden ›Conundrum‹ und ›A Matter of Time‹.

19 Einer der Vorteile derartiger Arbeitszeiten bei der Fernsehproduktion besteht darin, daß man in besonders hektischen Zeiten selten Geld für Lebensmittel ausgeben muß, da auf den Tischen in den Studios und in den Küchen der Nachbearbeitungsgesellschaften alles reichhaltig zur Verfügung steht.

unbeabsichtigt ins Bild geratenen Deckenmikrofons oder eines ›Bogey‹, der sich in einem Fenster spiegelt. Und sogar – zumindest in der ersten Season – die Übergänge von Odos frühem Make-up wurden geglättet.

Aber es sind die Effekte, die man *sieht,* als optische Effekte *erkennt* und dennoch als real akzeptiert, die die Zuschauer am ehesten mit DEEP SPACE NINE in Verbindung bringen. Und das aus gutem Grund. Denn die Zeit und Mühe, die darauf verwendet wird, steht der, die Image G für jede Modellaufnahme aufwendet, in nichts nach.

Nehmen wir den Gipfel der STAR TREK-Technologie, den Phaser – Gene Roddenberrys Antwort auf die Strahlenpistolen von Flash Gordon und Buck Rogers.

In den Zeiten der alten Science Fiction-Serials wurden die Strahlen dieser Waffen geschaffen, indem einfach die Beschichtung des Films *abgekratzt* wurde. Zur Zeit der klassischen STAR TREK-Serie wurden starre, per Trickfilm erzeugte Lichtbalken dem Filmmaterial hinzugefügt, auf dem die Schauspieler ihre Waffen auf ein Ziel richten. Unglücklicherweise erforderten die Beschränkungen der damaligen Technik, daß die Schauspieler in ihrer Bewegung erstarrten, während sie ihren Phaser feuerten, weil der Trickfilm-Phaserstrahl sich nicht bewegen konnte. So kam es zu den bedauerlichen Momenten, in denen die Zuschauer sehen können, wie sich der Phaser bewegt, während der Strahl frei schwebt. Außerdem – trotz all der Energie, die ein Phaserstrahl scheinbar abgab – reflektierte nichts und niemand dessen Licht. Aber das war einmal.

Heute ist die Schaffung eines Phaserstrahls in STAR TREK zu einer Kunstform erhoben worden. In Adam Howards HARRI-System gibt es ein ganzes Menü von Phasertypen: Föderation, Cardassianer, Bajoraner, Klingonen,[20] was immer Sie haben möchten. Ruft man dieses Menü auf, erscheint eine Auswahl leuchtender Schwarzweißbalken, die sich von der einen Seite des Bildschirms bis zur anderen erstrecken. Einige dieser Balken scheinen geradewegs nichts anderes zu sein als eine Leuchtstoffröhre. Andere dagegen weisen gewundene Lichtwirbel auf, die um den eigentlichen Strahl tanzen. Zuschauer, die sehr genau hinsehen, werden ohne Zweifel festgestellt haben, daß jeder Waffentyp bei THE NEXT GENERATION und DEEP SPACE NINE einen eigenen, bestimmten Strahl besitzt. Beispielsweise besteht ein Föderationsphaser-Strahl aus fünf Lichtelementen und ist überwiegend orangerot gefärbt, während ein bajoranischer Phaserstrahl aus drei Elementen besteht und eine deutlich stärkere Goldfärbung aufweist.

Die schwarzweißen Phaserstrahlen, die sich über den Menübildschirm des HARRI erstrecken, sind aber nicht nur zweidimensionale Bilder. Sie sind computererzeugte dreidimensionale Zylinder. Howard oder ein anderer der HARRI-Künstler, die an DEEP SPACE NINE arbeiten, wählt mit einem Mausklick das Strahlmuster aus, das laut Drehbuch benötigt wird, und der Strahl erscheint auf dem Bildschirm, auf dem auch die Live-Szene zu sehen ist, in die das Phaserfeuer eingefügt werden soll.

Wir beobachteten, wie Howard für die Episode der ersten Season ›In the Hands of the Prophets‹ eine Phasersalve entstehen ließ. Die Szene – von Regisseur David Livingston in Zeitlupe gefilmt – ereignet sich im fünften Akt, als Neela ihren Phaser fast direkt in die Kamera abfeuert, mit einem Schnitt auf Vedek Bareil, als der Phaserstrahl einen Teil des Promenadengangs hinter ihm trifft.

Auf dem Bildschirm sind diese beiden Szenen 23 Einzelbilder lang zu sehen, also noch nicht einmal eine volle Sekunde. Howard benötigte wenig mehr als eine Stunde, um den Strahl zu schaffen, indem er 18 verschiedene Schichten visueller Information dem Filmmaterial hinzufügte. Und so machte er es.

Zunächst einmal mußte Howard das Einzelbild ausfindig machen, in dem Neela ›auf den Abzug drückt‹. Zu Beginn von THE NEXT GENERATION wurden einzelne Phaser mit Licht in ihrer Mündung ausgestattet, deren Zweck es hatte sein sollen, den Visual Effects Artists zu helfen, wann sie den Strahl einkopieren sollten. Aber Howard macht

20 Ja, ja, wir wissen das – Klingonen benutzen Disruptoren, keine Phaser. Aber im HARRI-System sind die Disruptoren dem Verzeichnis ›Phaser‹ zugeordnet.

darauf aufmerksam, daß diese eingebauten Lichter wesentlich mehr Probleme als Nutzen verursachten, weil die Schauspieler nur selten den Abzug zur richtigen Zeit drückten und losließen.

Heutzutage hat kein Phaser bei DEEP SPACE NINE eingebaute Lampen. Statt dessen beobachtet Howard das Filmmaterial sorgfältig und wählt den Moment aus, wenn die Schauspielerin, die Neela darstellt, ihrem Gesichtsausdruck und ihren Bewegungen nach zu urteilen, zu feuern beginnt.

In der klassischen Serie war ein Phaserstrahl ein fester Lichtbalken, der innerhalb weniger Einzelbilder aus dem Phaser herausschoß. Heute ist dieser Prozeß viel komplexer und – so hofft man – viel realistischer.

Zunächst einmal fügt Howard ein Vorglühen an der Spitze des Phasers hinzu. Dieses Glühen kommt aus einem Menü gespeicherter Bilder, das auf den Namen ›Trek Starbursts‹ hört. Howard wählt das gewünschte Glühen aus – ein Bild, das aussieht wie ein winziges helles Licht, das direkt in die Kamera gerichtet ist –, läßt es in dem Bild von Neela auftauchen und schiebt es direkt auf die Spitze ihres Phasers, Pixel für Pixel.

An dieser Stelle ist das ›Starburst‹-Glühen nicht wirklich ein optisches Element, sondern eine digitale Maske, die benutzt wird, um die bereits in dem Bild enthaltene optische Information zu verändern. Was Howard letztendlich macht, ist, ein Duplikat des Standbilds zu nehmen, alle Farbe zu entfernen, mit Ausnahme des spezifischen goldenen Glühens des bajoranischen Phasers, dieses Glühen aufzuhellen, und es dann in das Originalstandbild einzusetzen, genau an der Stelle, die von dem ›Starburst‹ markiert worden war. Der Schlüssel zu diesem Prozeß ist der, daß Howard kein festes Objekt dem Bild hinzugefügt hat – er hat einen Ausstoß transparenten Lichts ergänzt. Denken Sie an den Strahl einer Taschenlampe und wie der aussieht, wenn er durch staubige Luft fährt und auf eine Mauer trifft. Wir können durch den Strahl hindurchsehen, und da, wo der Lichtkreis ein Objekt trifft, ist es, als sei alles in diesem Kreis überbelichtet. Howard folgt den gleichen optischen Regeln, wenn er einen Phaserstrahl schafft. Um das Bild realistischer zu machen, fügt Howard zusätzlich ein schwaches bläuliches Flackern zu beiden Seiten des Strahls hinzu, um dem Bild das zu geben, was wir sehen würden, würde jemand mit einem hellen Licht in ein Kameraobjektiv leuchten.

Im zweiten Bild ergänzt Howard an der Phasermündung von Hand einen sogenannten ›Hot Spot‹, so wie man es mit einem Zeichenprogramm auf einem Computer machen kann. Das ist eine Fläche, die auf dem Bild so überbelichtet erscheinen wird, daß sie keine visuellen Informationen beinhaltet – mit anderen Worten: Sie blendet derart, daß wir nichts von dem sehen können, was sich dahinter befindet.

Im nächsten Bild fügt Howard den bajoranischen Phaserstrahl aus dem Menü der STAR TREK-Phaser hinzu. Es wird deutlich, daß das Bild dreidimensional ist, denn als Howard den Endpunkt auf die Phasermündung bewegt, verändert es die Form und erhält Perspektive – es ist sehr eng an der Stelle, an der es den Phaser berührt, und weitet sich dann beträchtlich.

Wenn Howard den Ursprungspunkt des Strahls an den richtigen Punkt der Phasermündung gebracht hat, arretiert er ihn dort, dann bewegt er den sich verbreiternden Strahl umher, bis sein Winkel dem des Phaserlaufs völlig entspricht. Hier wird das künstlerische Auge zur Notwendigkeit, denn anders als in der klassischen Serie wird Neelas Phaser weiterfeuern, während sie ihn hochhebt. Somit wird der Strahl seine Form verändern, indem Howard ihn neu anordnet, damit er zur sich bewegenden Position des Phasers paßt.

Wieder handelt es sich nicht um ein computererzeugtes Objekt, das dem Live-Bild zugefügt wird. Die Elemente des bajoranischen Phaserstrahls sind digitale Masken, die benutzt werden, um die an bestimmten Stellen des Bildes bereits vorhandene Lichtintensität zu erhöhen. Howard erhöht auch die Lichtintensität in anderen Bereichen per

Hand, zum Beispiel als die Energie, die den Phaser verläßt, Neelas Gesicht und die Leute um sie herum erhellt.

Wenn die Szene zu der Einstellung wechselt, die Vedek Bareil zeigt, dann muß Howard mit dem Endpunkt des bewegenden Phaserstrahls eine kleine Explosion treffen, die sich am Rand des Promenadengangs hinter ihm ereignet – ungefähr da, wo man in anderen Episoden des öfteren Jake und Nog sitzen sehen kann.

Der Strahl, der sich nun von der Kamera fortbewegt und daher kein Flackern benötigt, ist viel schmaler und erscheint als der gewohnte enge Strahl hellen Lichts, während er sich in die tragende Säule des Gangs brennt. Obwohl wenige Leute jemals die Details erkennen werden, markiert Howard die Spur des Phasers mit einer geschwärzten Brandspur an der Säule entlang und fügt rote Ränder hinzu, so als glühe das vom Phaserstrahl getroffene Metall. Und dann, in den Bildern, in denen sich die Explosion ereignet (vermutlich hat der Phaserstrahl eine Energieleitung getroffen), beendet Howard den Strahl, fügt aber auf dieser Seite des Schirms ein Aufglühen hinzu, um die Wucht der Explosion optisch zu verstärken.

Während er die 23 Einzelbilder wieder und wieder betrachtet, um die Effektivität seiner Arbeit zu beurteilen, macht Adam Howard das, was jeder andere an der Serie Beteiligte auch macht – er fügt seine eigenen Geräuscheffekte dazu, und er erklärt, daß es ihm hilft, die Szene durchzugehen. (Ja, klar!) Schließlich, eine Stunde und 20 Minuten nach Beginn der Arbeit – abzüglich 15 Minuten, in denen er verschiedene Ansätze für eine Windelreklame mit einem unsichtbaren Baby diskutierte und half, ein Problem mit einer Bildschirmaufnahme an einer anderen Stelle der Episode zu lösen –, erklärt Howard die Szene als erledigt, indem er ihr Robert Legatos ultimativen Segen für eine außergewöhnliche Effektszene gibt: »Die Kleinen werden sich in die Hose machen!«

Während eine typische DEEP SPACE NINE-Episode innerhalb von etwa sieben Tagen gedreht wird, war für den Pilotfilm ›Emissary‹ ein 22-Tage-Drehplan vorgesehen – der überschritten wurde. Das war durchaus normal für eine neue komplexe Serie, bei der neuerrichtete Sets zum ersten Mal gefilmt werden sowie die Teams vor und hinter der Kamera ihren eigenen Stil der Zusammenarbeit erst noch entwickeln mußten. Aber auch als der letzte Tag der Hauptdreharbeiten vorüber war, nachdem die Schauspieler ihren letzten Text gesprochen hatten und der Regieassistent zum letzten Mal »Das war's!« gerufen hatte, war die Episode von ihrer Fertigstellung noch sehr weit entfernt.

Bei Image G wurde die Schlacht bei Wolf 359 auf dem ›Bulldog‹ nachgestellt; Rhythm & Hues ließ Luftkühe durch ein unvollständiges Wurmloch fliegen; Tony Meininger und seine Leute verfeinerten Deep Space Nine, damit sie endlich den Platz ihres Stellvertreters aus Sperrholz und Schaumstoff würde einnehmen können; Illusion Arts schuf eine zerstörte bajoranische Stadt; Vision Arts ließ Odo neue Formen annehmen; und Adam Howard arbeitete an den ersten Bildern, die auf den Monitoren der OPS erscheinen sollten.

Schließlich und endlich waren alle separaten kreativen Elemente für ›Emissary‹ erledigt.

Aber der Pilotfilm an sich war noch lange nicht fertig.

Die Zeit war gekommen, um all die verschiedenen Teile endlich zusammenzusetzen.

Es war Zeit für ›die Maschine‹, die Arbeit zu übernehmen.

FÜNFZEHN ›DIE MASCHINE‹

Legt euch nicht mit mir in Sachen Mathe an.

Rick Berman

Alle nennen sie ›die Maschine‹.

Alle – die Schauspieler, die Regisseure, die Mitarbeiter in den Büros, das Team der Nachbearbeitung, die Produzenten.

Und sie haben alle recht.

Die Maschine ist der unfaßbar komplexe, erstaunlich effiziente und praktisch nicht zu bremsende Produktionsprozeß, der die Entstehung von DEEP SPACE NINE vorantreibt.

Seine Geburtsstätte ist der heilige Sendeplan, festgelegt von Paramounts hausinterner TV-Verkaufsabteilung, so arrangiert, daß Episoden in Erstausstrahlung in den kritischen Monaten Februar, Mai und November für die Jagd auf die Einschaltquoten verfügbar sind.[1] DEEP SPACE NINE hat keinen der angesetzten Sendetermine verpaßt. Laut Laura Lang-Matz, der Koordinatorin für die optischen Effekte, entsteht keine Aufregung oder Panik, wenn die Aufnahme eines optischen Effekts erst 48 Stunden vor der Versendung (dem sogenannten ›Shipping‹[2]) einer Episode geliefert wird, weil es eine absolute Tatsache ist, daß DEEP SPACE NINE niemals einen Sendetermin verpaßt. Die Maschine läßt das nicht zu.

Der einzige Bereich der DEEP SPACE NINE-Produktion, in dem der überwältigende Druck, im Zeitplan zu bleiben, nicht zu bemerken ist, ist in den ersten Phasen des Drehbuchschreibens. Der Autorenstab entwickelt zahlreiche Geschichten und Drehbücher zur gleichen Zeit. Bei THE NEXT GENERATION wurden manche Drehbücher über mehrere Seasons hinweg bearbeitet, ehe man sie für die Produktion als geeignet betrachtete. Wenn sich eine bestimmte Geschichte als schwierig zu entwickeln erweist, gibt es keinen großen Druck auf den Stab, den Prozeß zu beschleunigen, weil es andere Geschichten gibt, die man statt dessen auswählt – oder weil es sie geben sollte.

1 Die landesweiten Zuschauerzahlen der Networksendungen werden täglich von zwei wichtigen Unternehmen ermittelt – Nielsen und Arbitron. In den Monaten Februar, Mai, Juli und November werden aber die *regionalen* Zuschauerzahlen ermittelt; Nielsen ermittelt sie in 211, Arbitron in 209 Regionen. Die Resultate helfen den örtlichen Fernsehstationen, die Preise für ihre Werbezeiten festzusetzen. Daher ist es wichtig, daß Erstausstrahlungen in diese Monate fallen, um sicherzustellen, daß die Zuschauer nicht wegen einer Wiederholung auf ein anderes Programm umschalten.

2 ›Shipping‹ bezieht sich auf die Lieferung einer Serie an die Syndication-Stationen. Etwa 60 Prozent der lokalen Fernsehstationen, die DEEP SPACE NINE ausstrahlen, erhalten die Episoden über Satellit. (Viele Fans empfangen mit Satellitenschüsseln ebenfalls diese werbefreien Übertragungen.) Der Rest der Stationen erhält die Episoden auf Videokassette.

ROBBIE ROBINSON

Irgendwann im Produktionsverlauf wird auch eine STAR TREK-Serie das, was jeder anderen Fernsehserie von Network-Niveau widerfährt – sie wird zu einem Teil in einem wesentlich größeren Prozeß.

Aber wenn ein Drehbuch einen definitiven Sendeplatz erhalten hat, dann ist der Sendetermin in Stein gemeißelt, und die Maschine beginnt gewissenhaft und unaufhaltsam loszutuckern.

Die erste Hälfte des Prozesses, so wie wir es gesehen haben, umfaßt die Schaffung all der besonderen visuellen Elemente, die für die endgültige Episode zusammengefügt werden – Set, Requisite, Kostüme, Grafiken, Modellentwurf und Modellbau, Live-Aufnahmen, ›Motion control‹-Aufnahmen und computererzeugte optische Effekte. Die zweite Hälfte befaßt sich mit der Montage an sich.

Der Künstler, dem die zentrale Funktion in diesem Nachbearbeitungsprozeß zukommt – die Person, die länger an der Serie arbeitet als alle anderen Beteiligten mit Ausnahme der Produzenten – ist ... der Cutter.

Wir alle kennen Cutter. Sie sind die Leute, die wir Jahr für Jahr bei der Oscar-Verleihung sehen, während wir uns fragen: »Warum verleihen sie *dafür* einen Oscar?«

Die Wahrheit ist, daß der Schnitt eines Films einer der wichtigsten und – zumindest außerhalb der Branche – am wenigsten verstandenen kreativen Prozesse bei der Entstehung einer Fernsehepisode oder eines Filmes ist. Wir erwähnten einmal einer Filmproduzentin gegenüber, daß wir genug über die Filmindustrie wissen, um sagen zu können, daß die wahre Macht bei der Entstehung eines Films beim Produzenten liegt. Aber diese Produzentin schüttelte ihren Kopf und sagte, daß die *wahre* Macht beim Cutter liegt.

Wie kann es sein, daß Filmschnitt gleichzeitig so wichtig und so wenig geschätzt ist? Weil man es mit dem Atmen vergleichen kann. Solange jemand normal atmet, wird das Atmen nicht wahrgenommen. Aber in dem Augenblick, in dem etwas falsch läuft, widmen wir ihm unsere ganze Aufmerksamkeit. Für den Filmschnitt gelten die gleichen

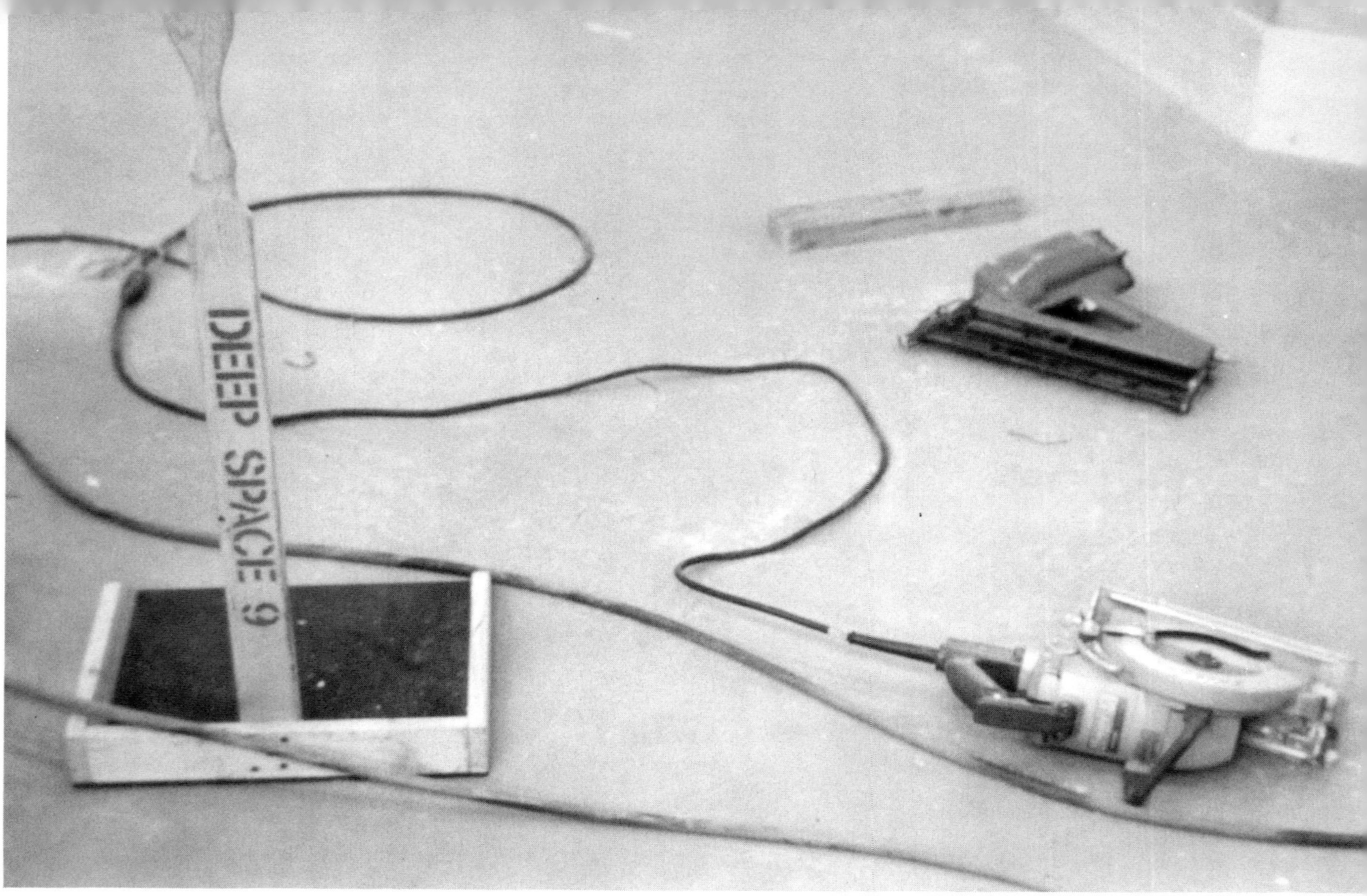

Bedingungen – wir merken es erst, wenn etwas schiefgeht. Dank der Qualität der Cutter, die für DEEP SPACE NINE arbeiten, haben die Zuschauer selten – wenn überhaupt – einen Grund, die harte Arbeit der Cutter zu bemerken.

Cutter beginnen mit der Arbeit an einer DEEP SPACE NINE-Episode zur gleichen Zeit wie der Regisseur – sobald sie ein Exemplar der ersten Drehbuchfassung erhalten haben, etwa zwei bis drei Wochen vor dem ersten Tag der Hauptdreharbeiten. Das gibt Zeit für kreative Überlegungen, bevor die wirkliche Handarbeit in einem rigorosen Zeitplan beginnt.

Diese Handarbeit beginnt, sobald die ersten Dailies die Zustimmung der Produzenten erhalten haben und auf ein Videoband von geringer Qualität kopiert worden sind für den sogenannten ›Off-line‹-Schnitt. Der Begriff Off-line wird benutzt, weil der Cutter nicht am endgültigen Video oder Film arbeitet, sondern nur an einer Kopie. Bei DEEP SPACE NINE arbeiten die Cutter in kleinen Räumen im Studio, wobei sie an Konsolen mit mindestens sechs Bildschirmen sitzen – das sogenannte Montagesystem. (Im Fall von Richard Rabjohn, einem Cutter, den wir bei seiner Arbeit für die Episode ›In the Hands of the Prophets‹ beobachteten, werden seine sechs Bildschirme von einem wachsamen Tribble gekrönt. Wie viele andere Leute auch, die an der Serie arbeiten, erinnert sich auch Rabjohn liebevoll an die klassische Serie.) Ein großer Bildschirm gestattet dem Cutter, das Fortschreiten der Arbeit zu beobachten, die fünf kleineren Schirme werden benutzt, um verfügbare Ausschnitte zu sehen. Es kann vorkommen, daß mehrere Ausschnitte aus einer einzigen Aufnahme stammen. Beispielsweise hat der Regisseur Dax während einer kompletten Unterhaltung gefilmt und das als eine durchlaufende Aufnahme entwickeln lassen. Beim Schnitt der Unterhaltung dagegen, die hin und her geht zwischen allen daran beteiligten Charakteren, wählt der Cutter mehrere einzelne Ausschnitte aus dieser Aufnahme aus, um zu zeigen, wie Dax sich in dieser Szene an der Unterhaltung beteiligt.

Die Ausschnitte werden von 17 Videoabspielgeräten in einem anderen Raum auf die Bildschirme gebracht, wo ein Assistent pflichtbewußt die Geräte lädt und wartet. Jedes Abspielgerät enthält die gleiche Sammlung an Ausschnitten auf einem Vierstundenband. Da das gleiche Material auf so vielen Geräten gleichzeitig verfügbar ist, werden Verzögerungen, die durch die Suche nach einem bestimmten Ausschnitt entstehen, spürbar reduziert. Wenn der Cutter eine spezielle Szene anhand der ihr zugeordneten Nummer anfordert, dann wählt ein computergesteuerter Controller das Gerät aus, auf dem die Szene am schnellsten verfügbar ist, wodurch es dem Cutter erspart bleibt, Zeit damit zu verschwenden, ein einzelnes, vier Stunden langes Band zu durchsuchen. (Digitale Schnittsysteme wie die, die bei Digital Magic benutzt werden, erlauben fast augenblicklichen Zugriff auf die Szenen, aber aufgrund ihrer hohen Kosten wird es noch einige Seasons dauern, ehe die DEEP SPACE NINE-Cutter auf sie umsteigen.)

Indem er an seiner Konsole arbeitet, sammelt der Cutter alle für eine bestimmte Szene erforderlichen Ausschnitte und setzt sie zu einem Ganzen zusammen, während er gleichzeitig vermerkt, wann der Ton zu einem Ausschnitt in einen anderen übergeht, beispielsweise wenn wir einen Schnitt machen von einer sprechenden Person zu der stummen Reaktion einer anderen.[3]

Wenn Sie glauben, daß das kompliziert klingt, dann haben Sie recht. Hier ist ein Beispiel, worauf Richard Rabjohn achten mußte, während er an ›In the Hands of the Prophets‹ arbeitete.

Sie erkennen vermutlich die hier präsentierte Szene als den Attentatsversuch wieder, der auf den Musterseiten in Kapitel 13 beginnt.[4] 16 Schnitte in weniger als 33 Sekunden, um eine Handlung darzustellen, die im Drehbuch nur kurz beschrieben wurde, die optische Effekte enthielt, Live-Szenen, ein Stuntdouble für Avery Brooks, Zeitlupenmaterial gemischt mit Normalgeschwindigkeit, eine echte Explosion auf der Promenade – alles so nahtlos zusammengefügt, daß die meisten Zuschauer nicht ein einziges Mal daran dachten, wie komplex diese Szene war.

Auf den Storyboards für den Schnitt entspricht das jeweils oberste und unterste Bild dem ersten und letzten Bild eines Ausschnitts. Die Nummern darunter sind die Start- und Endcodes der optischen und akustischen Bestandteile des Ausschnitts, die aufgelaufene Gesamtlänge des jeweiligen Akts, die Gesamtzahl der bisher benutzten Ausschnitte und die Identifizierungscodes für die Aufnahme, aus der der Ausschnitt stammt. Das sind viele numerische Informationen, aber das ist exakt das, was bei einem Off-line-Schnitt erstellt wird – kein endgültiger Schnitt der Episode, sondern eine Computerdiskette mit Start- und Stoppcodes für Bild und Ton.

Im Ergebnis ist das, was der Cutter in den etwa zehn Tagen macht, die er zur Verfügung hat, um eine Episode fertigzustellen, eine Liste der Bildnummern zu erstellen, die dem tatsächlichen, qualitativ hochwertigen Videoband entspricht, das während des ›On-line‹-Schnitts elektronisch zusammengesetzt wird. An diesem Prozeß kann auch ein Designer beteiligt sein, der eine grobe Zusammenstellung von Text und Illustrationen für ein Buch ausführt, das sicherstellt, daß der Inhalt die richtige Länge hat und sich in der richtigen Reihenfolge befindet. Diese grobe Zusammenstellung wird dann übergeben an einen Computer, der ein präzises Layout erarbeitet. Die Komplexität, mit der sich ein DEEP SPACE NINE-Cutter konfrontiert sieht, wird noch größer durch die Tatsache, daß die endgültigen Bilder von vielen verschiedenen Quellen kommen. Oft muß der Cutter eine Lücke in seiner Arbeit lassen, weil er darauf wartet, daß eine Szene mit einem optischen Effekt – zum Beispiel eine Unterhaltung per Bildschirm oder eine Odo-Verwandlung – fertiggestellt wird. Und er muß die Zeit schätzen, die die fehlende Szene beanspruchen wird, indem er einen handgeschriebenen Zwischentitel in den groben Schnitt einsetzt.

3 Sollte der Cutter ein ›Loch‹ in der gefilmten Handlung entdecken, prüft er die Aufzeichnungen, ob es eine Aufnahme gibt, die gefilmt, aber nicht kopiert wurde. *Sehr* selten kommt es vor, daß ein Cutter nach einer bestimmten Aufnahme fragen wird, um eine Sequenz zu vervollständigen.

4 Die Nahaufnahme von Sisko, die die Nummer S59Z/2 trägt, war die Aufnahme, die in Kapitel 13 Erwähnung fand und verbessert werden mußte. Achten Sie doch einmal auf die Szene, wenn Sie das nächste Mal die Episode sehen.

Den Zeitplan einzuhalten, ist natürlich das unverrückbare Ziel des Cutters. Irgendwie müssen alle Elemente – Aufnahmen des ersten und des zweiten Kamerateams, optische Effekte – so zusammengesetzt werden, daß sie 42 Minuten und 30 Sekunden ergeben. In der letzten Phase des Schnitts kürzen erfahrene Cutter den Anfang und das Ende der einzelnen Szenen um ein paar Sekunden, um dieses Ziel zu erreichen. Gelegentlich, wenn noch während der Dreharbeiten offensichtlich wird, daß eine Episode deutlich zu lang bzw. zu kurz gerät, wird der Autorenstab gezwungen, rasch zusätzliche Szenen zu schreiben, um dem Cutter neunzig Sekunden zu geben, mit denen er arbeiten kann, oder eine Szene von zwei Seiten auf eine halbe Seite zu stutzen.

Aber all die Besorgnis hinsichtlich der Zeit ist nur die technische Seite des Berufs eines Cutters. Scharfsinnigkeit und beeindruckende Kunstfertigkeit gehören genauso dazu.

Folgende Seiten:
Diese Storyboards wurden mit Hilfe des Montage-Schnitt-Systems erstellt, das bei Paramount für DEEP SPACE NINE benutzt wird. Sie zeigen die letzten zweieinhalb Minuten der letzten Episode der ersten Season. Sie vermitteln einen Eindruck von der Komplexität, der sich ein Cutter bei der Montage all der verschiedenen Elemente einer DEEP SPACE NINE-Episode gegenübersieht, die von vielen verschiedenen Leuten produziert wurden und nun zu einem geschlossenen Ganzen zusammengefügt werden müssen.

Zunächst ist da das Gefühl für das Tempo. So wie wir gesehen haben, wie Winrich Kolbe einen visuellen Rhythmus für die Szene zwischen Garak und Bashir (in Kapitel 13) schuf, so muß ein Cutter den Rhythmus seiner Schnitte dem Drehstil des Regisseurs und dem Tempo des Drehbuchs anpassen. Betrachten Sie eine beliebige DEEP SPACE NINE-Episode. Wenn die Handlung auf einen Höhepunkt zuläuft, achten Sie einmal darauf, wie viele sich abwechselnde Schnitte es dort gibt. Idealerweise wird diese Beschleunigung der visuellen Geschwindigkeit der Geschichte ergänzt durch kürzere, schmissigere, schnelle Kamerabewegungen und dramatische Musik. Aber stellen Sie sich vor, diese gleiche Schnellfeuer-Technik würde während einer romantischen Szene zwischen Kira und Vedek Bareil angewendet – der disharmonische visuelle Aufbau der Szene würde dem langsameren Dialog und dem sanfteren emotionalen Zusammenhang zuwiderlaufen. Angemessener Rhythmus ist in allen Aspekten des Geschichtenerzählens im Fernsehen wichtig, und Cutter müssen darin Meister sein.

Auf einer subtileren Stufe müssen Cutter auch ein angeborenes Wissen über die Bewegung von Personen und Dingen haben. Wenn wir sehen, wie Odo sein Büro verläßt, dann wird der normale Durchschnittszuschauer nicht bemerken, daß er mit dem rechten Fuß vorangeht. Aber jeder wird merken, daß etwas nicht stimmt, wenn der nächste Ausschnitt nach einem Wechsel der Blickrichtung ihn zeigt, wie er mit dem linken Fuß voran aus dem Büro kommt. Genauso, wenn eine Szene damit endet, daß Sisko sich mit seinem Sessel dreht, um einen Ruf auf dem Bildschirm zu beantworten. Dann wissen alle Zuschauer instinktiv, in welcher Position er sich befinden sollte, wenn die nächste Szene ihn aus einer anderen Kameraeinstellung zeigt, während er die Drehung vollendet. Die traurige Wahrheit ist, daß es niemand – andere Cutter ausgenommen – merken wird, wenn beide Ausschnitte perfekt zusammenpassen.

Und natürlich auch Rick Berman ausgenommen.

Als ausführender Produzent ist Rick Berman die Person, dem alle Aspekte der Nachbearbeitung zur Zustimmung vorgelegt werden. Sein kritischer Blick und sein persönlicher Stil haben einen solch maßgeblichen Einfluß auf das endgültige Produkt, daß die Leute, die für den Schnitt, für die Geräusche und die Musik verantwortlich sind, oft Berman etwas präsentieren, von dem sie weiß, daß es ein paar Prozentpunkte unterhalb der Perfektion ist. Es sind die kleinen Dinge, die nahezu jede Abteilung vertrauensvoll Berman überläßt, da sie wissen, daß die Person, die verantwortlich war für diese technische Vortrefflichkeit von THE NEXT GENERATION, die gleiche Aufmerksamkeit für Detail und Qualität auch DEEP SPACE NINE entgegenbringt.

Wenn eine DEEP SPACE NINE-Episode 42 Minuten und 30 Sekunden Laufzeit erreicht und Rick Berman seine Zustimmung gibt, dann gilt der ›Off-line‹-Schnitt als festgelegt. Jetzt wird diese Episode völlig von der Maschine geschluckt. In den letzten

PICTURE <= 08:26:15:20	PICTURE <= 07:08:28:28	PICTURE <= 07:11:27:20	PICTURE <= 07:08:33:02
[008] 08:26:17:24 =>	[007] 07:08:32:10 =>	[007] 07:11:53:07 =>	[007] 07:08:35:19 =>
SOUND 1 <= 07:08:28:18	SOUND 1 <= 07:08:30:17	SOUND 1 <= 07:11:27:20	SOUND 1 <= 07:11:53:08
[007] 07:08:30:22 =>	[007] 07:08:33:29 =>	[007] 07:11:53:07 =>	[007] 07:11:55:25 =>
SOUND 2 <= 07:08:28:18	SOUND 2 <= 07:08:30:17	SOUND 2 <= 07:11:27:20	SOUND 2 <= 07:11:53:08
[007] 07:08:30:22 =>	[007] 07:08:33:29 =>	[007] 07:11:53:07 =>	[007] 07:11:55:25 =>
<= 00:12:27:03	<= 00:12:29:08	<= 00:12:32:21	<= 00:12:58:09
[00:00:02:05]	[00:00:03:13]	[00:00:25:18]	[00:00:02:18]
00:05:34:06 =>	00:05:30:23 =>	00:05:05:05 =>	00:05:02:17 =>
CLIP #: 120 CUT ..>>	CLIP #: 121 CUT ..>>	CLIP #: 122 CUT ..>>	CLIP #: 123 CUT ..>>
LEV TRK1 0 dB TRK2 0 dB	LEV TRK1 0 dB TRK2 0 dB	LEV TRK1 0 dB TRK2 0 dB	LEV TRK1 0 dB TRK2 0 dB
TAG: S59U/1	TAG: S59H/4	TAG: S59K/7	TAG: S59H/4
SCRIPT:	SCRIPT:	SCRIPT:	SCRIPT:

PICTURE <= 01:02:03:13	PICTURE <= 01:10:24:03	PICTURE <= 01:10:38:10	PICTURE <= 01:10:40:21
[100] 01:02:08:04 =>	[001] 01:10:38:09 =>	[001] 01:10:40:20 =>	[001] 01:12:15:03 =>
SOUND 1 <= 01:02:03:13	SOUND 1 <= 01:10:24:03	SOUND 1 <= 01:10:18:05	SOUND 1 <= 01:10:40:21
[100] 01:02:08:04 =>	[001] 01:10:38:09 =>	[001] 01:10:20:15 =>	[001] 01:12:15:03 =>
SOUND 2 <= 01:02:03:13	SOUND 2 <= 01:10:24:03	SOUND 2 <= 01:10:18:05	SOUND 2 <= 01:10:40:21
[100] 01:02:08:04 =>	[001] 01:10:38:09 =>	[001] 01:10:20:15 =>	[001] 01:12:15:03 =>
<= 00:13:00:29	<= 00:13:05:21	<= 00:13:19:28	<= 00:13:22:09
[00:00:04:22]	[00:00:14:07]	[00:00:02:11]	[00:01:34:11]
00:04:57:23 =>	00:04:43:16 =>	00:04:41:05 =>	00:03:06:24 =>
CLIP #: 124 CUT ..>>	CLIP #: 125 CUT ..>>	CLIP #: 126 CUT ..>>	CLIP #: 127 CUT ..>>
LEV TRK1 0 dB TRK2 0 dB	LEV TRK1 0 dB TRK2 0 dB	LEV TRK1 0 dB TRK2 0 dB	LEV TRK1 0 dB TRK2 0 dB
TAG: DS-9	TAG: S78/6	TAG: S78/6	TAG: S78/6
SCRIPT:	SCRIPT:	SCRIPT:	SCRIPT:

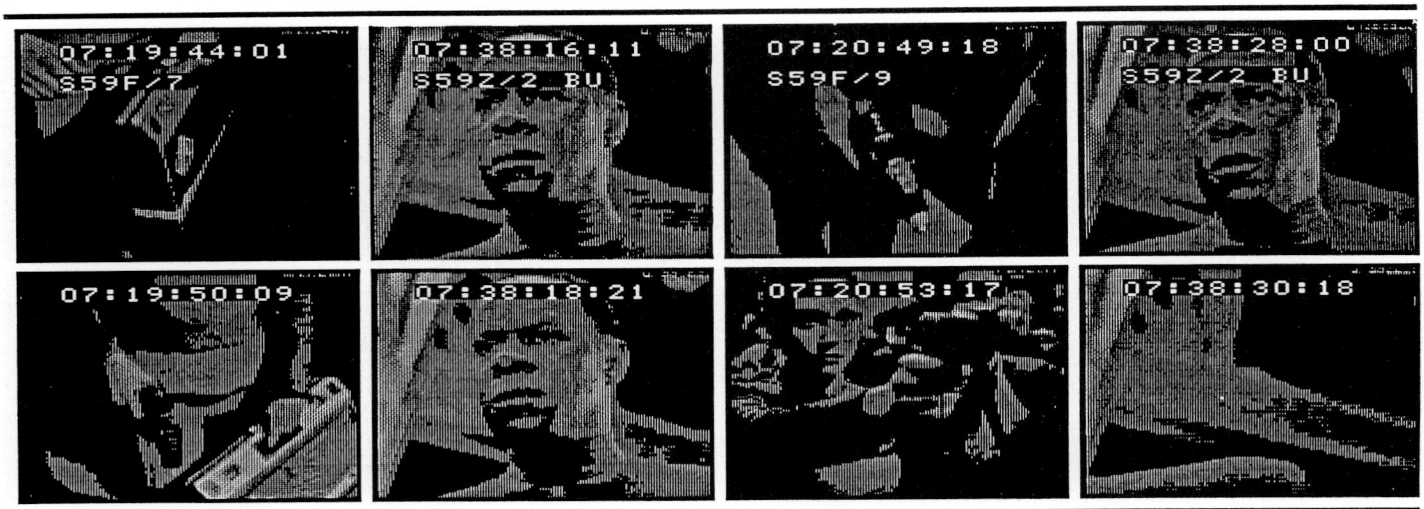

PICTURE <= 07:19:44:01	PICTURE <= 07:38:16:11	PICTURE <= 07:20:49:18	PICTURE <= 07:38:28:00
[007] 07:19:50:09 =>	[007] 07:38:18:21 =>	[007] 07:20:53:17 =>	[007] 07:38:30:18 =>
SOUND 1 <= 07:19:44:01	SOUND 1 <= 07:38:16:11	SOUND 1 <= 07:20:49:18	SOUND 1 <= 07:38:28:00
[007] 07:19:50:09 =>	[007] 07:38:18:21 =>	[007] 07:20:53:17 =>	[007] 07:38:30:18 =>
SOUND 2 <= 07:19:44:01	SOUND 2 <= 07:38:16:11	SOUND 2 <= 07:20:49:18	SOUND 2 <= 07:38:28:00
[007] 07:19:50:09 =>	[007] 07:38:18:21 =>	[007] 07:20:53:17 =>	[007] 07:38:30:18 =>
<= 00:11:39:05	<= 00:11:45:14	<= 00:11:47:25	<= 00:11:51:25
[00:00:06:09]	[00:00:02:11]	[00:00:04:00]	[00:00:02:19]
00:06:18:00 =>	00:06:15:19 =>	00:06:11:19 =>	00:06:09:00 =>
CLIP #: 104 CUT ..>>	CLIP #: 105 CUT ..>>	CLIP #: 106 CUT ..>>	CLIP #: 107 CUT ..>>
LEV TRK1 0 dB TRK2 0 dB	LEV TRK1 0 dB TRK2 0 dB	LEV TRK1 0 dB TRK2 0 dB	LEV TRK1 0 dB TRK2 0 dB
TAG: S59F/7	TAG: S59Z/2 BU	TAG: S59F/9	TAG: S59Z/2 BU
SCRIPT:	SCRIPT:	SCRIPT:	SCRIPT:

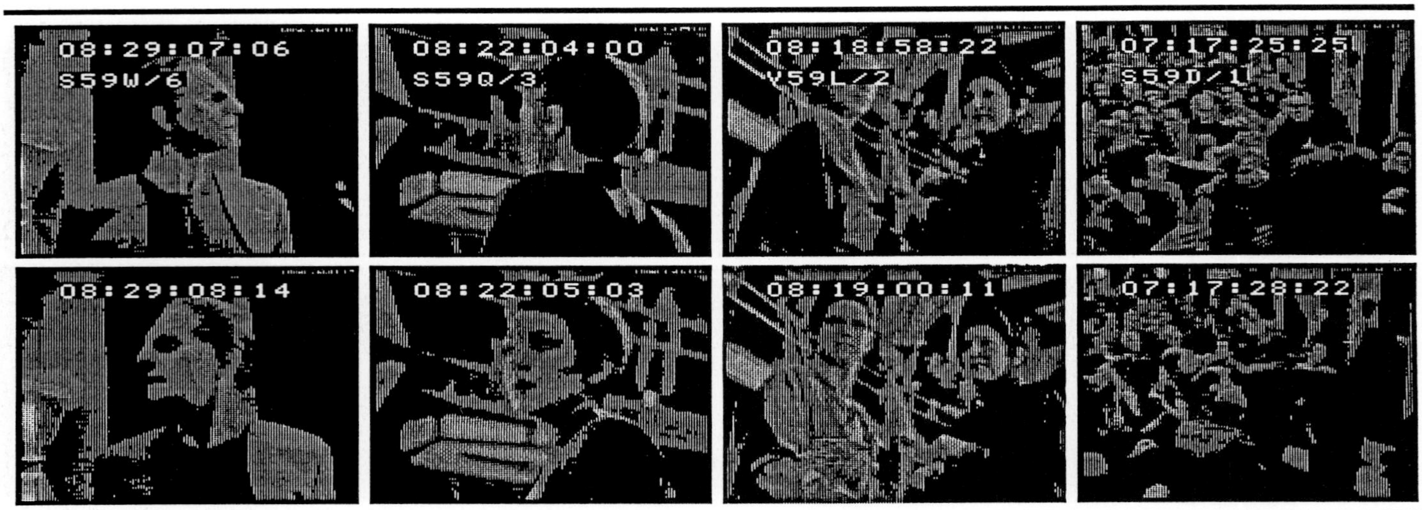

PICTURE <= 08:29:07:06	PICTURE <= 08:22:04:00	PICTURE <= 08:18:58:22	PICTURE <= 07:17:25:25
[008] 08:29:08:14 =>	[008] 08:22:05:03 =>	[008] 08:19:00:11 =>	[007] 07:17:28:22 =>
SOUND 1 <= 08:29:07:06	SOUND 1 <= 08:22:04:00	SOUND 1 <= 08:18:58:22	SOUND 1 <= 07:17:25:25
[008] 08:29:08:14 =>	[008] 08:22:05:03 =>	[008] 08:19:00:11 =>	[007] 07:17:28:22 =>
SOUND 2 <= 08:29:07:06	SOUND 2 <= 08:22:04:00	SOUND 2 <= 08:18:58:22	SOUND 2 <= 07:17:25:25
[008] 08:29:08:14 =>	[008] 08:22:05:03 =>	[008] 08:19:00:11 =>	[007] 07:17:28:22 =>
<= 00:11:54:14	<= 00:11:55:23	<= 00:11:56:27	<= 00:11:58:15
[00:00:01:09]	[00:00:01:04]	[00:00:01:18]	[00:00:02:28]
00:06:07:21 =>	00:06:06:17 =>	00:06:04:29 =>	00:06:02:01 =>
CLIP #: 108 CUT ..>>	CLIP #: 109 CUT ..>>	CLIP #: 110 CUT ..>>	CLIP #: 111 CUT ..>>
LEV TRK1 0 dB TRK2 0 dB	LEV TRK1 0 dB TRK2 0 dB	LEV TRK1 0 dB TRK2 0 dB	LEV TRK1 0 dB TRK2 0 dB
TAG: S59W/6	TAG: S59Q/3	TAG: V59L/2	TAG: S59D/1
SCRIPT:	SCRIPT:	SCRIPT:	SCRIPT:

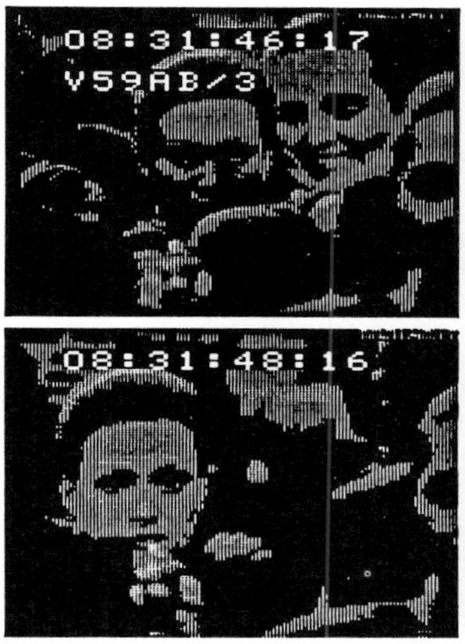

PICTURE <= 08:31:46:17
[008] 08:31:48:16 =>
SOUND 1 <= 08:31:46:17
[008] 08:31:48:16 =>
SOUND 2 <= 08:31:46:17
[008] 08:31:48:16 =>

<= 00:12:01:15
[00:00:02:00]
00:05:59:29 =>
CLIP #: 112 CUT ..>>

LEV TRK1 0 dB TRK2 0 dB

TAG: V59AB/3

SCRIPT:

PICTURE <= 08:25:51:14
[008] 08:25:52:28 =>
SOUND 1 <= 08:25:51:14
[008] 08:25:52:28 =>
SOUND 2 <= 08:25:51:14
[008] 08:25:52:28 =>

<= 00:12:03:15
[00:00:01:15]
00:05:58:14 =>
CLIP #: 113 CJT ..>>

LEV TRK1 0 dB TRK2 0 dB

TAG: S59T/2

SCRIPT:

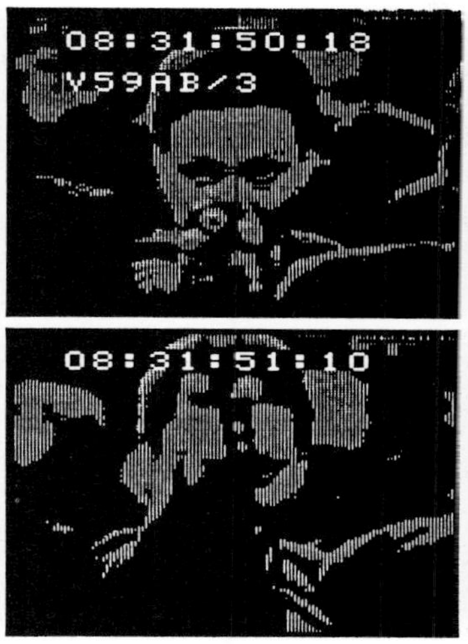

PICTURE <= 08:31:50:18
[008] 08:31:51:10 =>
SOUND 1 <= 08:31:50:18
[008] 08:31:51:10 =>
SOUND 2 <= 08:31:50:18
[008] 08:31:51:10 =>

<= 00:12:05:00
[00:00:00:23]
00:05:57:21 =>
CLIP #: 114 CUT ..>>

LEV TRK1 0 dB TRK2 0 dB

TAG: V59AB/3

SCRIPT:

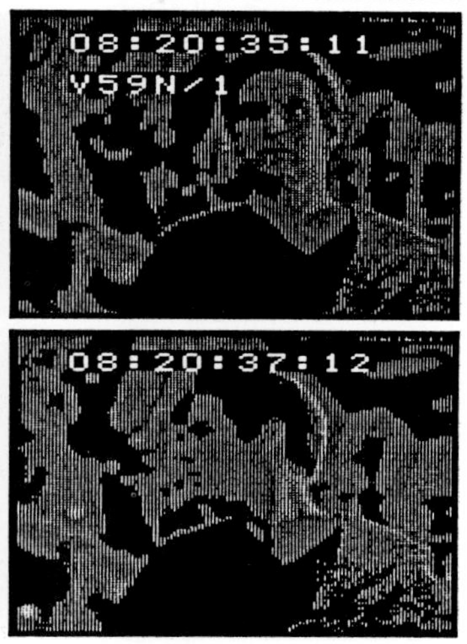

PICTURE <= 08:20:35:11
[008] 08:20:37:12 =>
SOUND 1 <= 08:20:35:11
[008] 08:20:37:12 =>
SOUND 2 <= 08:20:35:11
[008] 08:20:37:12 =>

<= 00:12:05:23
[00:00:02:02]
00:05:55:19 =>
CLIP #: 115 CUT ..>>

LEV TRK1 0 dB TRK2 0 dB

TAG: V59N/1

SCRIPT:

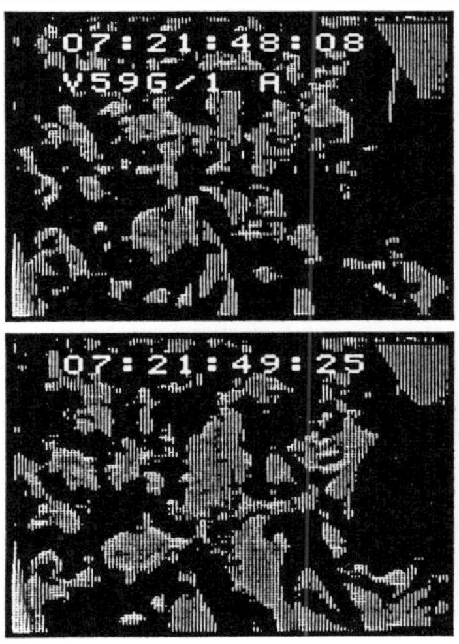

PICTURE <= 07:21:48:08
[007] 07:21:49:25 =>
SOUND 1 <= 07:21:48:08
[007] 07:21:49:25 =>
SOUND 2 <= 07:21:48:08
[007] 07:21:49:25 =>

<= 00:12:07:25
[00:00:01:18]
00:05:54:01 =>
CLIP #: 116 CUT ..>>

LEV TRK1 0 dB TRK2 0 dB

TAG: V59G/1 A

SCRIPT:

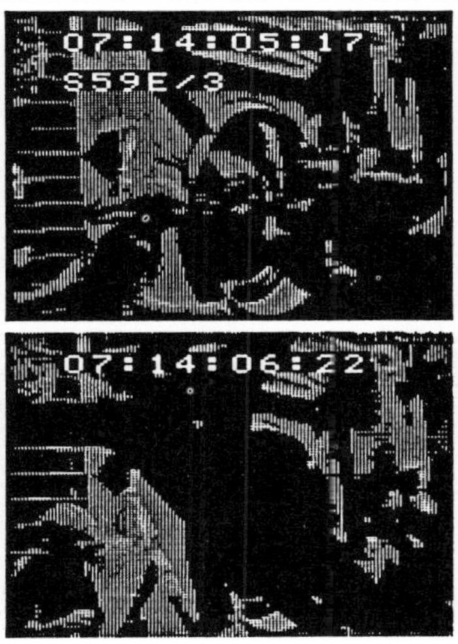

PICTURE <= 07:14:05:17
[007] 07:14:06:22 =>
SOUND 1 <= 07:14:05:17
[007] 07:14:06:22 =>
SOUND 2 <= 07:14:05:17
[007] 07:14:06:22 =>

<= 00:12:09:13
[00:00:01:06]
00:05:52:25 =>
CLIP #: 117 CUT ..>>

LEV TRK1 0 dB TRK2 0 dB

TAG: S59E/3

SCRIPT:

PICTURE <= 07:21:51:05
[007] 07:21:52:26 =>
SOUND 1 <= 07:21:51:05
[007] 07:21:52:26 =>
SOUND 2 <= 07:21:51:05
[007] 07:21:52:26 =>

<= 00:12:10:19
[00:00:01:22]
00:05:51:03 =>
CLIP #: 118 CUT ..>>

LEV TRK1 0 dB TRK2 0 dB

TAG: V59G/1 A

SCRIPT:

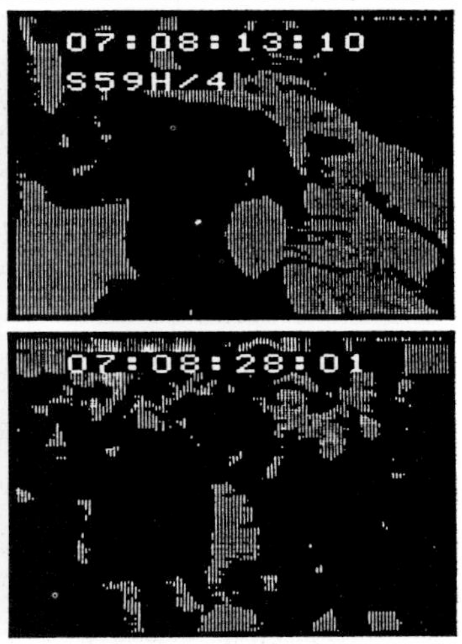

PICTURE <= 07:08:13:10
[007] 07:08:28:01 =>
SOUND 1 <= 07:08:13:10
[007] 07:08:28:01 =>
SOUND 2 <= 07:08:13:10
[007] 07:08:28:01 =>

<= 00:12:12:11
[00:00:14:22]
00:05:36:11 =>
CLIP #: 119 CUT ..>>

LEV TRK1 0 dB TRK2 0 dB

TAG: S59H/4

SCRIPT:

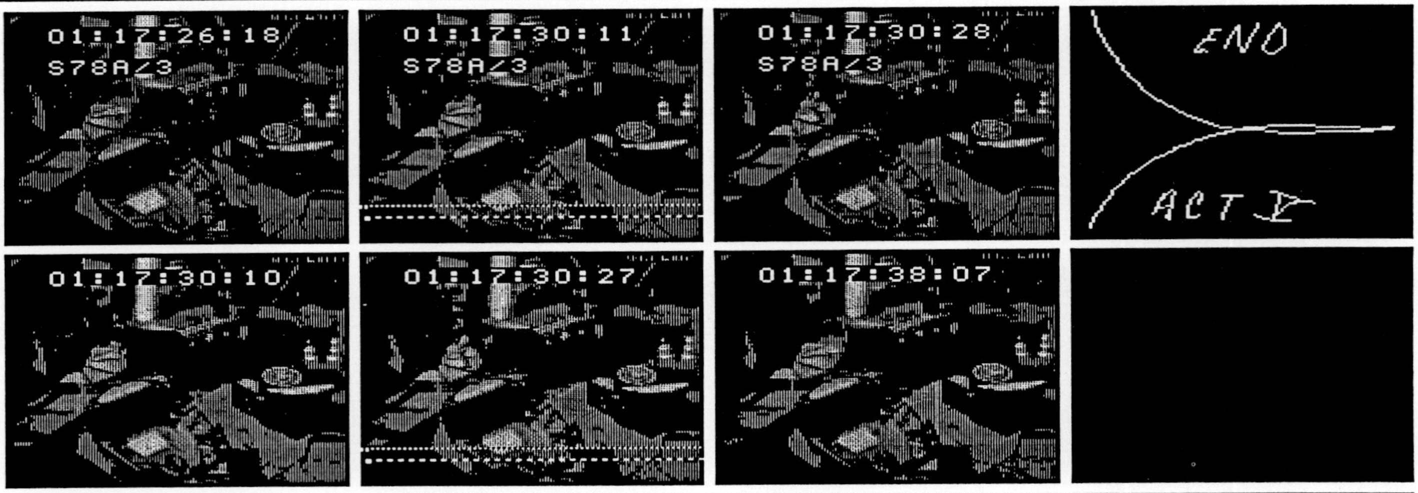

PICTURE <= 01:17:26:18 [001] 01:17:30:10 => SOUND 1 <= 01:17:26:18 [001] 01:17:30:10 => SOUND 2 <= 01:17:26:18 [001] 01:17:30:10 =>	PICTURE <= 01:17:30:11 [001] 01:17:30:27 => SOUND 1 <= 01:17:40:21 [001] 01:17:41:07 => SOUND 2 <= 01:17:40:21 [001] 01:17:41:07 =>	PICTURE <= 01:17:30:28 [001] 01:17:38:07 => SOUND 1 <= 01:17:30:28 [001] 01:17:38:07 => SOUND 2 <= 01:17:30:28 [001] 01:17:38:07 =>	PICTURE <= BLACK BLACK => SOUND 1 <= SILENCE SILENCE => SOUND 2 <= SILENCE SILENCE =>
<= 00:14:56:20 [00:00:03:23] 00:03:03:01 => CLIP #: 128 CUT ..>>	<= 00:15:00:15 [00:00:00:17] 00:03:02:14 => CLIP #: 129 CUT ..>>	<= 00:15:01:02 [00:00:07:10] 00:02:55:02 => CLIP #: 130 DISSOLVE 02:00 ..>>	<= 00:15:08:12 [00:00:02:00] 00:02:53:02 => CLIP #: 131 CUT ..>>
LEV TRK1 0 dB TRK2 0 dB	LEV TRK1 0 dB TRK2 0 dB	LEV TRK1 0 dB TRK2 0 dB	LEV TRK1 0 dB TRK2 0 dB
TAG: S78A/3	TAG: S78A/3	TAG: S78A/3	TAG:
SCRIPT:	SCRIPT:	SCRIPT:	SCRIPT:

PICTURE <= BLACK BLACK => SOUND 1 <= SILENCE SILENCE => SOUND 2 <= SILENCE SILENCE =>	PICTURE <= BLACK BLACK => SOUND 1 <= SILENCE SILENCE => SOUND 2 <= SILENCE SILENCE =>	PICTURE <= BLACK BLACK => SOUND 1 <= SILENCE SILENCE => SOUND 2 <= SILENCE SILENCE =>	PICTURE <= BLACK BLACK => SOUND 1 <= SILENCE SILENCE => SOUND 2 <= SILENCE SILENCE =>
<= 00:15:10:12 [00:00:05:00] 00:02:48:02 => CLIP #: 132 CUT ..>>	<= 00:15:15:12 [00:00:45:00] 00:02:03:02 => CLIP #: 133 CUT ..>>	<= 00:16:00:14 [00:00:15:00] 00:01:48:00 => CLIP #: 134 CUT ..>>	<= 00:16:15:14 [00:00:03:00] 00:01:45:00 => CLIP #: 135 CUT ..>>
LEV TRK1 0 dB TRK2 0 dB	LEV TRK1 0 dB TRK2 0 dB	LEV TRK1 0 dB TRK2 0 dB	LEV TRK1 0 dB TRK2 0 dB
TAG: BLK 5:00	TAG: E.C. 45:00	TAG: E.C. 15:00	TAG: LOGO 3:00
SCRIPT:	SCRIPT:	SCRIPT:	SCRIPT:

Phasen der Nachbearbeitung sie der für alle Serien maßgeblichen Network-Qualität angepaßt.

Nachdem die Länge jeder einzelnen Szene präzise festgelegt worden ist, orchestrieren die Komponisten die Episode gemäß den Entscheidungen, die bei den jeweiligen Besprechungen getroffen wurden (siehe Kapitel 5). Die Aufnahme der Musik für eine Episode kann auf dem Paramount-Gelände an einem Nachmittag erledigt werden.

Sound Effects Cutter gehen an die Arbeit, indem sie Geräusche hinzufügen – Schritte, Phasersalven, das Zischen der sich öffnenden Türen, das Klappern eines Tabletts im Replimat. Wenn der eine oder andere Dialog nicht deutlich genug war, kommen die Schauspieler ins Tonstudio zur Nachsynchronisation.

In der Zwischenzeit schreiben Büroangestellte die Liste der Mitwirkenden und Beteiligten und verteilen sie an praktisch jeden, der an der Produktion beteiligt ist, damit sie auf Tippfehler, neue Berufsbezeichnungen und sogar neue Namen geprüft werden.

In dieser Phase von ›Emissary‹ war das, was fast zweihundert Leute für mehr als fünf Monate beschäftigt hatte, letztlich auf 85 Minuten Videoband komprimiert worden, der Nachspann nicht mitgerechnet. ›Emissary‹ war bereit für die Ausstrahlung in der ersten Woche des Januars 1993.

Und als das geschah, brach STAR TREK zum ersten Mal mit einer Tradition. Erinnern Sie sich an die Kritik zur klassischen Serie in Kapitel 2? Nun, das folgende repräsentiert, wie die Welt im großen und ganzen DEEP SPACE NINE aufnahm (aus Jeff Jarvis' Kritik im TV Guide vom 13. Februar 1993).

> **Brooks hat ein machtvolles Auftreten; dies könnte sein Durchbruch sein... Terry Farrell ist ›cool‹ und verführerisch in der Rolle eines weisen alten Biests, das den Körper einer schönen Frau trägt. Armin Shimerman ist wunderbar als Quark, der Eigentümer des Casinos, der Donald Trump des Weltalls. Diese Besetzung ist mindestens so stark wie die der Next Generation. Aber diese Serie ist viel stärker, weil es mehr als nur ein Ableger ist – es ist eine völlig neue Serie mit einer eigenen Vision und einer eigenen Botschaft für unsere neue Welt.**

Wow.

Wenn es ein Film gewesen wäre, hätte jeder der Beteiligten eine große Party gefeiert und wäre in Urlaub gefahren.

Aber das hier war Fernsehen.

Alles, was die an DEEP SPACE NINE Beteiligten tun konnten, war, nach Hause zu gehen und zu versuchen, ein wenig Schlaf zu bekommen.

Denn am nächsten Morgen müßten sie alle aufstehen und die Maschine von neuem füttern, indem sie alles noch einmal machen würden.

Dieses eine Mal ist Fernsehen so wie das wahre Leben.

Der letzte Satz der ersten Season: »Dann, glaube ich, haben wir doch noch einen kleinen Fortschritt gemacht.« Abblenden.

SECHZEHN

DEEP SPACE NINE, WOHIN?

STAR TREK... hat uns ein Vermächtnis, eine Botschaft, gegeben: Der Mensch[1] kann eine Zukunft schaffen, für die es sich zu leben lohnt... eine Zukunft voller Optimismus, Hoffnung, Aufregung und Herausforderung. Eine Zukunft, die voller Stolz die Fähigkeit des Menschen verkündet, in Frieden zu überleben und zur Belohnung nach den Sternen zu greifen. STAR TREK, wohin? Es ist nicht wirklich wichtig. Wir haben das Vermächtnis... alles, was wir tun müssen, ist, es zu nutzen.

Stephen E. Whitfield

Mit diesen Worten schloß Stephen Whitfield sein Buch *The Making of Star Trek*. Es erschien im September 1968, und Whitfield vermutete, daß STAR TREK ein Jahr später aus dem Programm gestrichen werden könnte.

Das trug sich – wie wir heute wissen – auch exakt so zu.

Was Whitfield sich aber niemals vorstellte – und das tat auch kein anderer, der mit der klassischen Serie zu tun gehabt hatte –, war das erstaunliche Nachleben, das auf die Serie wartete. Die Streichung von STAR TREK war kein Ende, sie war der erste Schritt eines mutigen neuen Anfangs, einer Entwicklung, die bis heute anhält.

Gibt es für uns heute, 1995, wo STAR TREK eine so kraftvolle Präsenz in der populären Kultur demonstriert, irgendeine Zukunftsperspektive, die wir aufzeigen können und die nicht offensichtlich ist?

Vielleicht.

Als ein Medium für das Geschichtenerzählen besitzt STAR TREK derartige Flexibilität, daß kaum Gefahr besteht, die Serie könnte in den nächsten ein oder zwei Jahrzehnten verschwinden. Durch die Entwicklung neuer Rahmenbedingungen und Figuren hat Paramount dafür gesorgt, daß es für jede Generation ein eigenes STAR TREK geben kann – im Fernsehen, im Kino, in Büchern, Hörspielen und Computerspielen, bald auch in der Virtuellen Realität und in interaktiven Abenteuern eines Vergnügungsparks. Mit dieser Art von Perspektive ist es höchst unwahrscheinlich, daß STAR TREK zum Scheitern verurteilt ist.

Wird es weitere Serien geben? Zweifellos. Ob DEEP SPACE NINE sieben Seasons erlebt oder nicht – es gibt bereits STAR TREK – VOYAGER. Und vielleicht könnte es – wenn beide Varianten den Höhepunkt ihrer Attraktivität erreicht haben – an der Zeit sein, zu einer anderen *Enterprise* zurückzukehren, mit einer völlig neuen Besatzung.

1 Bedenken Sie bitte, daß diese Zeilen geschrieben wurden, als der Vorspanntext von STAR TREK noch lautete: »... die noch nie ein *Mensch* zuvor gesehen hat.«

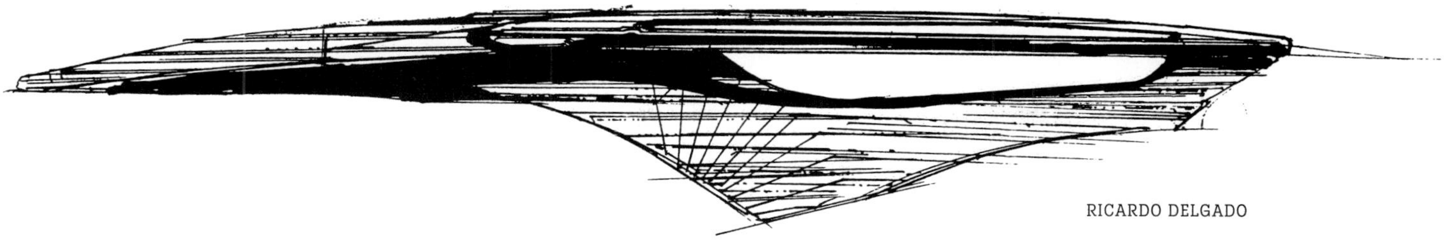

RICARDO DELGADO

Ein künftige Enterprise?

Aber wenn wir schon einen Blick auf die Unterhaltungsmöglichkeiten des nächsten Jahrhunderts werfen, so zeichnet sich ab, daß so, wie THE NEXT GENERATION half, ein neues Gebiet der Fernseh-Syndication einzuleiten, in dem die Macht der traditionellen Networks zerfiel, eine andere STAR TREK-Serie eines Tages der perfekte Wegbereiter für das neue 500-Fernsehkanäle-Universum sein könnte.

Bei unserem ersten Treffen mit Rick Berman sprachen wir über die Zukunft des Fernsehens und über die Möglichkeit des Fernsehens auf Abruf, und er stimmte uns zu, daß irgendwann in der Zukunft sogar ein reiner STAR TREK-Kanal im Bereich des Möglichen liegt.

So wie heute Magazine vertrieben werden, so könnten Abonnenten in der Lage sein, jedes neue Abenteuer einer zukünftigen STAR TREK-Serie nach Veröffentlichung abzurufen. Und zwischen den neuen Abenteuern könnte man das gesamte andere, zur Verfügung stehende STAR TREK-Material Revue passieren lassen.

Die Vielfalt solcher interaktiver Technologie hat einige Futurisen schon jetzt verkünden lassen, daß das 500-Kanäle-Universum überholt und dazu bestimmt ist, von einem *Ein-Kanal*-Universum ersetzt zu werden, *in dem alles für jeden jederzeit auf Abruf verfügbar ist.*

Stellen Sie sich vor, Sie könnten mit Ihrem Fernseh/Computer-Hybriden reden und jede gewünschte Information abfragen, jede Melodie, jede optische Darstellung.

Das klingt vertraut?

Das sollte es auch. Genau diese Art von Technologie ist schon seit einem Vierteljahrhundert Wirklichkeit. Bei STAR TREK.

1966 war STAR TREK ein Traum, der von ein paar Leuten geträumt wurde. Ein Teil der Attraktivität beruhte auf der Science Fiction-Technologie, aber das Herzstück dieses Traums war Gene Roddenberrys Optimismus hinsichtlich der Zukunft.

Heute ist STAR TREK ein Erlebnis, das von Millionen geteilt wird. Sein Jargon hat in unseren Wortschatz Einzug gehalten, die Figuren und die Technologie sind Symbole der Zukunft auf der ganzen Welt. STAR TREK hat in gewisser Weise dazu beigetragen, unsere Gegenwart zu erschaffen, indem es Teil unserer Gesellschaftsstruktur geworden ist.

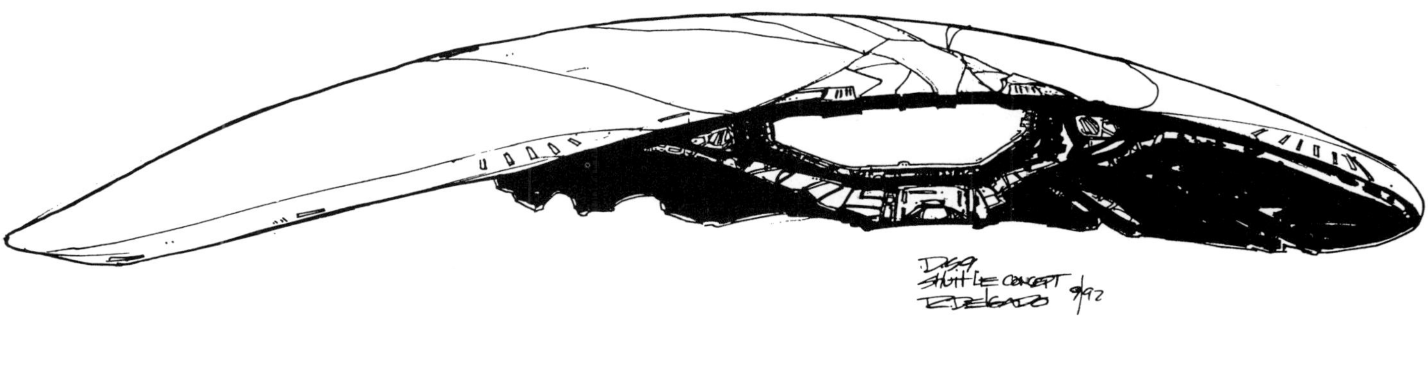

Alles haben wir in DEEP SPACE NINE noch lange nicht gesehen.

Wollen wir hoffen, daß es uns mehr gegeben hat als ein Verständnis für Technologie. Wollen wir hoffen, daß eine Generation von Kindern aufwachsen wird, die ohne jeglichen Zweifel akzeptiert, daß ein Farbiger eine Raumstation befehligen und eine Frau mit ihm gleichgestellt sein kann.

Wollen wir hoffen, daß diese Kinder wissen, was uns zu Menschen macht: nicht die äußeren Unterschiede, sondern das, was uns innerlich verbindet.

DEEP SPACE NINE, wohin?

Das ist nicht mehr die Frage. (Können Sie nicht Michael Piller hören, wie er fragt: Was macht es *persönlich*?)

Die Frage muß richtig lauten: Menschheit, wohin?

Gene Roddenberry hatte darauf eine Antwort, und drei Jahrzehnte später hören und sehen wir immer noch aufmerksam zu, jede Woche, bei jeder Episode.

Vielleicht bedeutet das, daß er die richtige Antwort hatte.

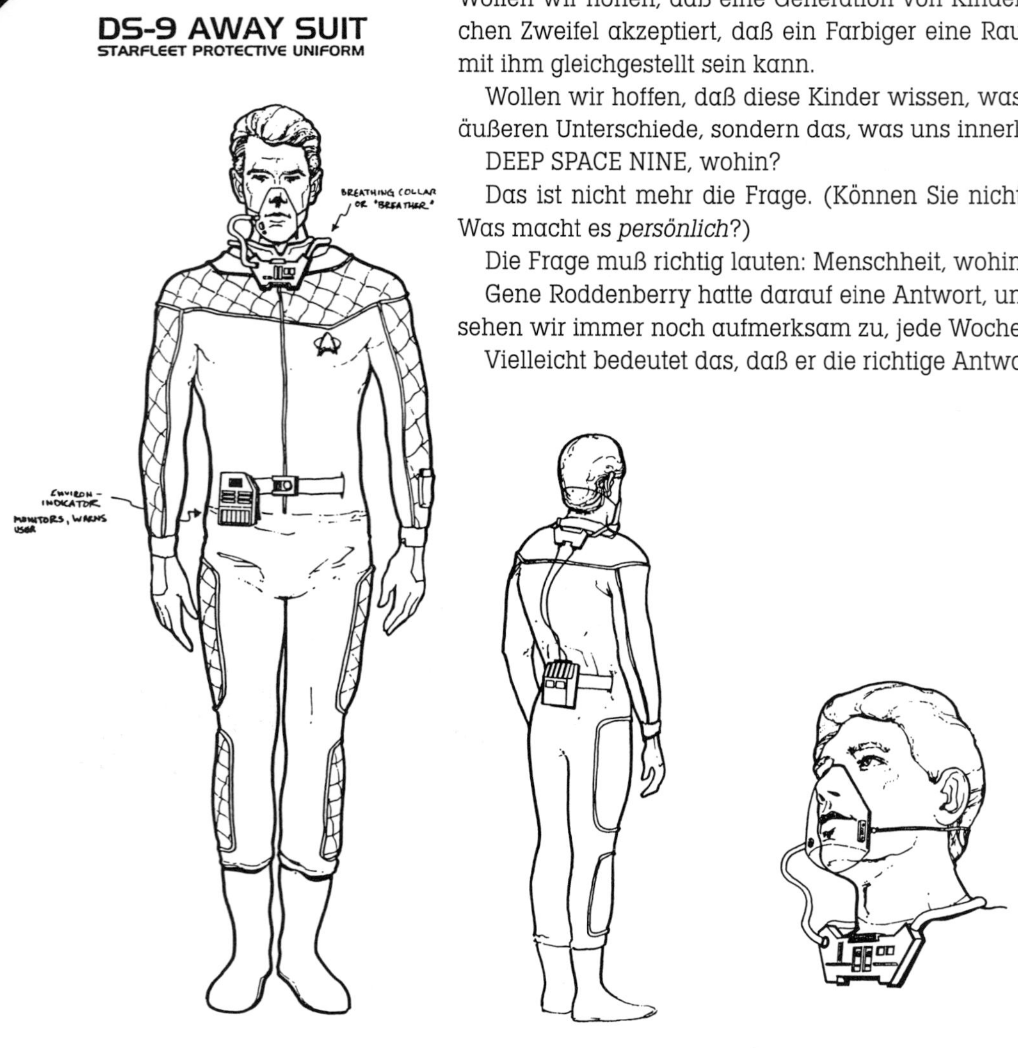

JIM MARTIN

DIE MITWIRKENDEN UND IHRE AUFGABEN

ANHANG I

Verhaften Sie die üblichen Verdächtigen.

Louis Renault

Der Vor- und der Nachspann von DEEP SPACE NINE ändern sich von Episode zu Episode, weil Leute ihren Arbeitsplatz wechseln oder einfach nur weil einige Crewmitglieder, zum Beispiel die Cutter oder die Überwacher der optischen Effekte, an abwechselnden Episoden arbeiten. Dies vorausgeschickt, folgen hier die Nennungen in Titelsequenz, Vor- und Nachspann für die erste Stunde des Pilotfilms, ›Emissary, Part I‹, die bedauerlicherweise in keinem Fall eine komplette Auflistung aller an der Episode oder an der Serie beteiligten Personen darstellt.

Titelsequenz

STAR TREK
DEEP SPACE NINE

Inmitten einer Serie, die so viel von ihrem optischen Flair den Fortschritten der Computertechnik verdankt, wurde das Titellogo von Dan Curry, dem Produzenten der optischen Effekte, in Handarbeit geschaffen. »Ich bin ein Meister des ›Low-Tech‹ und der Technologie des fünfzehnten Jahrhunderts«, sagte er schulterzuckend.

Based upon
›STAR TREK‹
Created by Gene Roddenberry

Das bedeutet nicht nur, daß Roddenberry die Würdigung erfährt, die er verdient hat. Seine Erben erhalten auch eine ›Erfindervergütung‹ sowie einen Teil der Einnahmen der Serie.

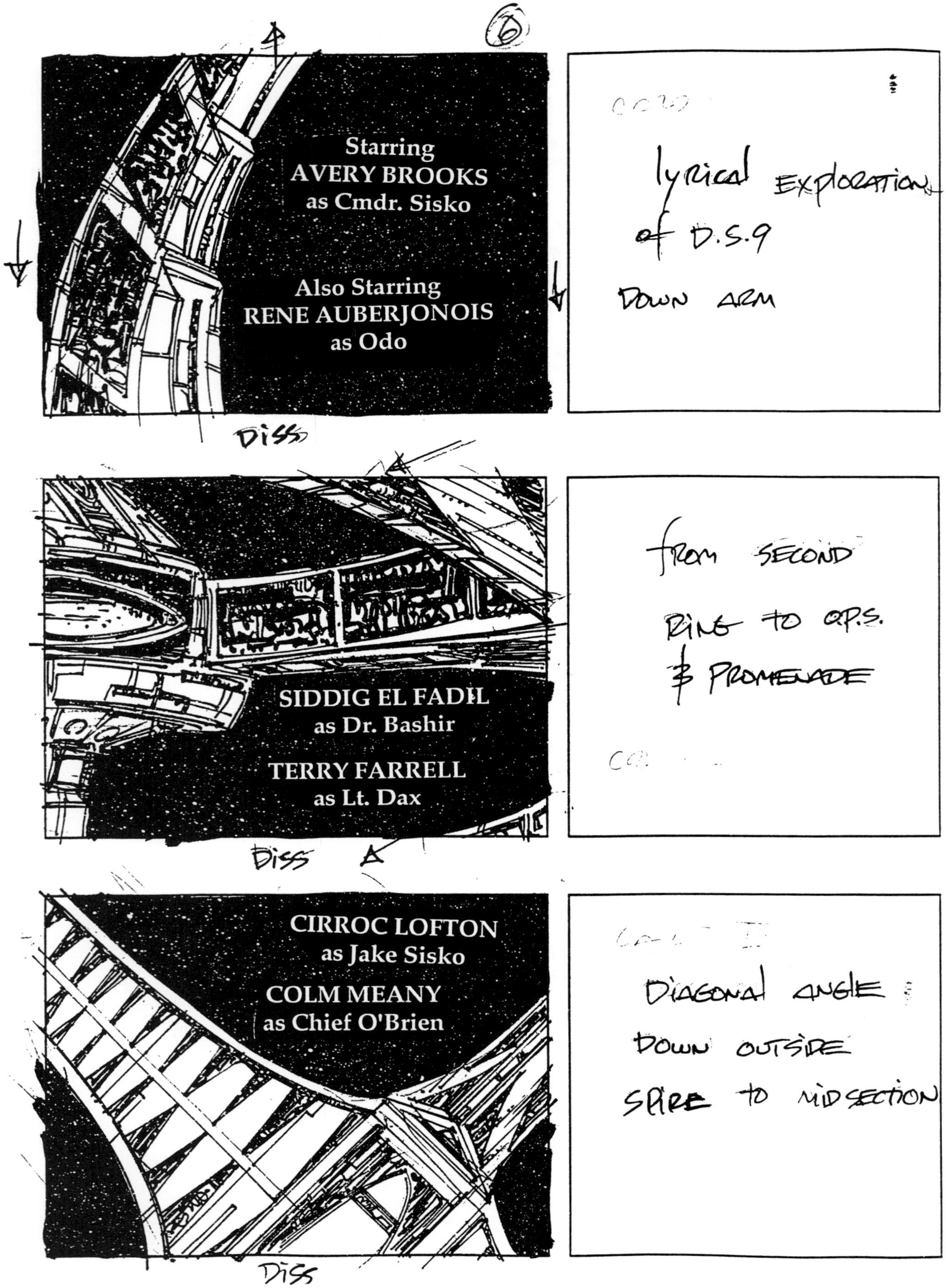

RICARDO DELGADO

Ein erstes Storyboard für die Titelsequenz.

Starring
AVERY BROOKS
as
Commander Sisko

Brooks' Name kommt als erster, alle anderen folgen in alphabetischer Reihenfolge. Immerhin ist er der Commander.

Also Starring
RENE AUBERJONOIS
as Odo

SIDDIG EL FADIL
as
Doctor Bashir

TERRY FARRELL
as
Lieutenant Dax

CIRROC LOFTON
as
Jake Sisko

Das ist eine gute Nennung, denn Lofton spielt nicht in jeder Episode mit. Es bedeutet, daß man ihn als Teil der Stammschauspieler betrachtet, nicht nur als wiederkehrende Figur.

COLM MEANEY
as
Chief O'Brien

ARMIN SHIMERMAN
as
Quark

NANA VISITOR
as
Major Kira

Created By
RICK BERMAN & MICHAEL PILLER

Und mit dieser letzten wichtigen Nennung blendet die Eröffnungssequenz aus, der Bildschirm wird schwarz... und nach dem Werbeblock geht es mit den folgenden Einblendungen über der laufenden Handlung weiter.

Vorspann

›EMISSARY‹

Special Guest Star
PATRICK STEWART

Welch ein Glück, daß er die Produzenten seiner anderen Serie davon überzeugen konnte, ihm ein wenig Freizeit zu gewähren, um diesen Gastauftritt zu absolvieren.

Guest Starring
CAMILLE SAVIOLA

... als Kai Opaka

FELECIA M. BELL

... als Siskos Frau Jennifer

MARC ALAIMO

... als vormaliger Commander von Deep Space Nine, der Cardassianer Gul Dukat. Das ist Alaimos fünfte STAR TREK-Rolle. Seinen ersten Auftritt hatte er als Chefdelegierter der kannibalistischen Anticaner-Gruppe in der NEXT GENERATION-Episode ›Lonely Among Us‹ in der ersten Season. In derselben Season spielte er Tebok, einen der ersten Romulaner, denen Picard und seine Leute in ›The Neutral Zone‹ begegneten. Es schloß sich sein erster Auftritt als Cardassianer an: als Gul Macet in ›The Wounded‹. Dann erst – es muß eine große Erleichterung nach all den Masken gewesen sein, die er in den Jahren zuvor hatte tragen müssen – als Mensch, als Spieler Frederick La Rouque in der fünften Season von THE NEXT GENERATION in der Episode ›Time's Arrow, Part I‹.

Music By
DENNIS McCARTHY

McCarthy schrieb das mit einem Emmy ausgezeichnete Thema der Serie. Weil er zudem auch noch die Musik zu dieser Episode komponiert hat, wird er allein genannt. Da für einzelne Episoden verschiedene Komponisten Musik schreiben, wird die Nennung manchmal so lauten:

Music By
(Name des Komponisten)
Main Title Theme By
Dennis McCarthy

Diese Erwähnung erscheint normalerweise im Nachspann, aber für die zweistündige Pilotfilm-Fassung tauchte sie hier auf.

Edited By
ROBERT LEDERMAN

Lederman ist dafür verantwortlich, daß die vielen verschiedenen Aufnahmen zu einem geschlossenen Ganzen zusammengefügt werden. Verschiedene Cutter werden im Verlauf der Season an dieser Stelle genannt werden, da der hohe Zeitaufwand für den Schnitt einer Episode es erfordert, daß die Produzenten die Episoden an verschiedene Cutter in wechselnder Reihenfolge geben müssen.

Auch hier gilt, daß der Name des Cutters üblicherweise am Ende der Episode genannt wird.

Production Designer
HERMAN ZIMMERMAN

Zimmerman ist verantwortlich für das optische Erscheinungsbild aller auf dem Bildschirm sichtbaren Dinge. Auch diese Nennung befindet sich üblicherweise im Nachspann.

Director of Photography
MARVIN RUSH

Rush ist verantwortlich für das Filmen der Handlung. Auch er gehört normalerweise in den Nachspann.

Producer
PETER LAURITSON

Lauritsons Produzentenrolle überträgt ihm die Verantwortung für den gesamten Prozeß der Nachbearbeitung. Die gleiche Funktion hatte er auch bei THE NEXT GENERATION.

Supervising Producer
DAVID LIVINGSTON

Livingston sagt, daß er in seiner Funktion als Supervising Producer bei DEEP SPACE NINE zuständig ist für logistische und finanzielle Produktionsaspekte sowie für die Festlegung der Zeitpläne. Er ist außerdem ein erfahrener Regisseur und lieferte die Geschichte für ›The Nagus‹.

Teleplay By
MICHAEL PILLER

Während man in Deutschland nur das Drehbuch kennt, unterscheiden die Amerikaner da sehr genau. ›Screenplays‹ werden für das Kino geschrieben, ›Teleplays‹ fürs Fernsehen. Diese Erwähnung besagt, daß Piller das Drehbuch geschrieben hat und daß die Geschichte, auf der das Drehbuch basiert, von einem (oder mehreren) anderen geschrieben wurde. Wenn ein Autor oder ein Autorenteam die Geschichte und das Drehbuch geschrieben hat, heißt es ›Written By‹.

Story By
RICK BERMAN & MICHAEL PILLER

Der inoffizielle Stil der Nennung von Namen und Funktionen besagt folgendes: Wenn zwei Namen durch ein ›&‹ verbunden sind, bedeutet das, daß die beiden Autoren als Team gearbeitet haben. Werden die Namen durch ein ›and‹ verbunden, dann bedeutet das, daß die Autoren unabhängig voneinander am Drehbuch gearbeitet haben, üblicherweise wird der Autor, der als letzter daran gearbeitet hat, auch als letzter genannt.

Die Nennungen befriedigen nicht nur die Eitelkeit der Autoren, sondern sie bestimmen unter Beachtung der Vereinbarungen der Autoreninnung, wieviel Honorar für eine Episode gezahlt wird. Wenn ein Autor ein ›Written By‹ vorweisen kann, dann erhält er 100 % des Honorars. Zusätzliche Autoren an einem Drehbuch vermindern den Prozentsatz entsprechend durch Aufteilung, aber die Innung setzt ein Minimum für die Bezahlung.

Um sicherzustellen, daß alle Autoren gleich behandelt werden, hat die Innung festgelegt, daß jedesmal, wenn ein Produzent die Autorenschaft für ein in den Zuständigkeitsbereich der Innung fallendes Drehbuch für sich beansprucht, dieses Drehbuch Gegenstand eines Schiedsverfahrens sein muß, bei dem ein Gremium erfahrener Autoren alle unterschiedlichen Fassungen eines Drehbuchs und einer Geschichte liest, um unparteiisch zu einer verbindlichen Entscheidung zu gelangen, wie die Nennungen verteilt werden müssen.

Directed By
DAVID CARSON

David Carson ist ein britischer Regisseur, dessen erster Fernsehauftrag in den USA die NEXT GENERATION-Episode der dritten Season war, ›The Enemy‹. Er kam später in der Season zurück, um Regie zu führen bei der Episode, die als eine der besten von THE NEXT GENERATION angesehen wird – ›Yesterday's Enterprise‹.

Dann geht die Handlung weiter und die nächste Nennung erfolgt erst in den letzten Momenten des ersten Akts, wo sie fast wie eine Unterschrift unter alles Vorangegangene erscheint …

Executive Producers
RICK BERMAN & MICHAEL PILLER

Die beiden Personen, die alles kontrollieren. Auf der kreativen Seite entscheiden sie über alles, angefangen bei jedem einzelnen Wort im Drehbuch bis hin zu der Anzahl der bajoranischen Statisten auf der Promenade. Auf der geschäftlichen Seite sind sie zuständig für Entscheidungen über den Mitarbeiterstab und die Hauptdarsteller sowie für alle finanziellen Angelegenheiten, die mit der Produktion der Serie zusammenhängen.

Dann, nach dem Ende der Episode, den letzten Werbespots und der Vorschau auf die Episode der nächsten Woche, kommt der Nachspann.

Nachspann

Associate Producer
STEVE OSTER

Beim Pilotfilm lag Osters Verantwortungsbereich in der Nachbearbeitung und darin, Peter Lauritson zu assistieren. Inzwischen ist er Co-Produzent mit zusätzlichen Verantwortlichkeiten in der Nachbearbeitung, außerdem arbeitete er bei STAR TREK GENERATIONS mit.

Co-Stars

ARON EISENBERG	**Nog**
MAX GRODÉNCHIK	**Ferengi Pit Boss**
STEPHEN DAVIES	**Tactical Officer**

Co-Stars sind die Schauspieler, die bestimmte Rollen spielen, unabhängig davon, ob sie Text zu sprechen haben oder nicht. Statisten, Stand-ins und Stuntdoubles erhalten normalerweise keine Nennung auf dem Bildschirm.

Achten Sie auf Grodénchiks Rollenbezeichnung – Rom war noch nicht erfunden.

LILY MARIYE	**Ops Officer**
CASSANDRA BYRAM	**Conn Officer**
JOAN NOAH HERTZLER	**Vulcan Captain**
PARKER WHITMAN	**Cardassian Officer**

Die ersten drei Schauspieler hatten zwei Rollen. In der Einleitung waren sie als Besatzungsmitglieder der Saratoga zu sehen, später spielten sie die Wurmloch-Wesen.

WILLIAM POWELL-BLAIR	**Cardassian Officer**
FRANK OWEN SMITH	**Curzon**
LYNNDA FERGUSON	**Doran**
STEPHEN ROWE	**Chanting Monk**

Im Drehbuch wurden die Rollen von Whitman und Powell-Blair mit ›Cardassian Officer #1‹ und ›Cardassian Officer #2‹ gekennzeichnet. Jeder hatte Text. In seiner Rolle als Curzon hatte Frank Owen Smith zwar keinen Text, er wird aber hier aufgeführt, weil er eine wesentliche Rolle spielte (er war in der von der Kugel erzeugten Erinnerung von Jadzia Dax zu sehen). Der singende Mönch war eine der ersten Ideen von Michael Piller für die Serie, so wie in seinen Notizen erkennbar, die weiter vorne abgedruckt sind.

THOMAS HOBSON	**Young Jake**
DONALD HOTTON	**Monk # I**
GENE ARMOR	**Bajoran Bereaucrat**
DIANA CIGNONI	**Dabo Girl**
JUDI DURAND	**Computer Voice**

Hobsons Rolle war darauf beschränkt, den bewußtlosen Jake an Bord der Saratoga zu spielen. Majel Barrett hat seit der klassischen Serie die Computerstimmen gesprochen, teilt sich diese Arbeit aber nun oft mit Durand. (In der zweistündigen Fassung von ›Emissary‹, die mit dem Nachspann abschließt, in dem alle Schauspieler aufgeführt werden, die in beiden Teilen mitwirkten, wird Barrett als Computerstimme zusammen mit Durand genannt.)

Casting By
JUNIE LOWRY-JOHNSON, C.S.A.
RON SURMA

Das Besetzungsbüro arbeitet in zwei Richtungen – es schlägt Schauspieler vor, die für eine Rolle geeignet sein könnten, und andere Schauspieler werden auf Vorschlag der Produzenten eingeladen. C.S.A. hinter Lowry-Johnsons Namen steht für Casting Society of America, eine Berufsinnung.

Unit Production Manager
ROBERT della SANTINI

›Bobby D.‹, wie er auch genannt wird, regelt die Koordination von Personal und Ausrüstung, die notwendig ist zwischen dem, was die erste Einheit dreht, und dem, was alle anderen benötigen. Er organisiert auch die Produktionstreffen, die allen Abteilungen die Möglichkeit geben, ihre Anstrengungen zu koordinieren.

First Assistant Director
VENITA OZOLS-GRAHAM

Second Assistant Director
ALISA MATLOVSKY

2nd Second Assistant Director
MICHAEL BAXTER

Der erste Assistant Director (= Regieassistent) ist zuständig für das Set, für die Festlegung der Zeiten, zu denen die einzelnen Schauspieler anwesend sein müssen, außerdem für die Führung der Statisten im Hintergrund sowie fast immer dafür, »Ruhe!« zu rufen. Ozols-Graham war in der Menge stets leicht zu erkennen, da sie eine Kopfhörer-Mikrofon-Kombination trug, um mit allen Bereichen des Produktionsteams in ständigem Kontakt zu sein. Die anderen Assistenten erledigen alles, angefangen dabei, zu den Wohnwagen der Schauspieler zu gehen, um sie ins Studio zu bitten, bis hin zur Erledigung von Botengängen für den Regisseur oder den ersten Regieassistenten.

Costume Designer
ROBERT BLACKMAN

Blackman leitet eine Crew, die andere Designer umfaßt, die verantwortlich sind, alles, was in der Serie getragen wird, herzustellen, zu ändern und zu reparieren. Über den Daumen gepeilt kostet jedes Kostüm rund 1000 $, und das gilt nur für etwas so Einfaches wie Kiras Uniform.

Visual Effects Supervisor
ROBERT LEGATO

Während der ersten Season überwachte Legato all die verschiedenen optischen Effekte, die in der Serie benutzt werden. Außerdem half er bei ihrer Entwicklung mit, indem er auf seine umfassende Erfahrung von THE NEXT GENERATION zurückgriff. Legato verließ die Serie nach der ersten Season, um bei James Camerons Digital Domain als Spezialist für optische Effekte zu arbeiten. Legatos Rolle wurden übernommen von Dan Curry, dem Produzenten der optischen Effekte. Der Arbeitsaufwand für die visuellen Effekte ist so groß, daß zwei Spezialistenteams für ihn arbeiten – ein Team arbeitet an den Episoden mit gerader Nummer, das andere an denen mit ungerader Nummer.

Make-up Designed and Supervised By
MICHAEL WESTMORE

Westmore leitet die Make-up-Abteilung, ebenso versieht er einige der wichtigsten Schauspieler mit ihrem Make-up. Auf dem Gelände von Paramount wurde mittlerweile eine neue

Make-up-Einrichtung für Westmore gebaut, die in der Lage sein wird, für vier große Produktionen gleichzeitig zur Verfügung zu stehen, zwei davon sind DEEP SPACE NINE und STAR TREK – VOYAGER. Die anderen können für Filme oder andere Serien je nach Bedarf genutzt werden.

Scenic Art Supervisor/
Technical Consultant
MICHAEL OKUDA

Senior Illustrator/
Technical Consultant
RICK STERNBACH

Scenic Art ist das, was tatsächlich auf dem Bildschirm erscheint, zum Beispiel Computergrafiken, Zeichen, Ausrüstungs- und Einrichtungsgegenstände. Illustrationen werden vor allem für Requisiten, Raumschiffe und Bühnenbilder gefertigt – also für Sachen, die konstruiert werden müssen und für die die Illustration eine Orientierungshilfe darstellt. Was die zahlreichen Beiträge von Okuda und Sternbach zum Aussehen und zur Kontinuität dieser Serie (und zuvor auch bei THE NEXT GENERATION) angeht, so enthalten die Kapitel 9 und 11 ausführliche Erläuterungen.

In der zweiten Season kam Jim Martin als Junior Illustrator zum DEEP SPACE NINE-Team; viele seiner phantasievollen Entwürfe finden sich in diesem Buch verstreut wieder.

Additional Visual Effects Supervision
GARY HUTZEL

Post Production Supervisor
TERRI MARTINEZ

Hutzel leitet das Team, das für die optischen Effekte der Episoden mit ungerader Nummer zuständig ist. Terri Martinez (mittlerweile als Terri Potts aufgeführt) überwacht, wo all die Bestandteile der Serie sind, während sie sich auf dem Weg durch die Nachbearbeitung befinden.

Art Director	**RANDY McILVAIN**
Set Decorator	**MICKEY S. MICHAELS**
Set Designers	**JOSEPH HODGES**
	ALAN S. KAYE
	NATHAN CROWLEY

McIlvain arbeitet in Zimmermans Abteilung; er ist verantwortlich dafür, daß das Design für Requisiten, Grafiken, Bühnenbilder und Modelle erstellt wird.

Michaels war derjenige, der von Mark Shepherds Gemälden erfuhr und sie benutzte, um Jakes Schlafzimmer wie in Kapitel 1 beschrieben zu dekorieren.

Script Supervisor	**JUDI BROWN**
Special Effects	**GARY MONAK**
Property Master	**JOE LONGO**
Chief Lighting Technician	**WILLIAM PEETS**
First Company Grip	**BOB SORDA**
Wardrobe Supervisor	**CAROL KUNZ**

Ein Script Supervisor achtet auf die Kontinuität, auf alle entwickelten Aufnahmen und darauf, daß die Dialoge so wiedergegeben werden, wie sie im Drehbuch stehen.

Spezialeffekte sind praktische – oder mechanische – Effekte, die sich auf dem Bühnenbild abspielen. Sie umfassen ›Pyros‹ – kurz für pyrotechnische Effekte – und ›Drahttricks‹ – wenn eine Figur zum Beispiel fliegen muß.

Weil Spezialeffekte oft mit optischen Effekten kombiniert werden – zum Beispiel wenn ein Phaserstrahl funkensprühend ein Loch in eine Tür brennt –, ist beträchtliche Koordination zwischen den beiden Abteilungen erforderlich.

Der Property Master kümmert sich um die Herstellung und Beschaffung aller Requisiten, die für eine Szene benötigt werden. Erstaunlich viele Requisiten werden gekauft – beispielsweise die Gläser für Quarks Bar und einige der Dekorationsgegenstände in verschiedenen Mannschaftsquartieren. Aber die meisten Requisiten werden speziell für die Serie entworfen und gebaut, oder sie werden aus dem Lager geholt und umgearbeitet.

Der Chief Lighting Technician ist zuständig für die Beleuchtung des Sets – ein Beruf, in dem man sowohl Wissen hinsichtlich der Ästhetik des Beleuchtens besitzen als auch über die Fertigkeiten eines Elektrikers verfügen muß.

Grips sind zuständig für die Aufstellung und Bewegung der Kamera. Der First Company Grip positioniert und bewegt die Kamera, mit der die Hauptdarsteller vom Regisseur gefilmt werden. Die zweite Einheit, die Großaufnahmen, Einfügungen und andere technische Szenen filmt, wird hier nicht erwähnt, obwohl es eine eigenständige Einheit mit einer kompletten Mannschaft ist.

Carol Kunz, die die Garderobe überwacht, gehört zu Robert Blackmans Team, und sorgt dafür, daß alle an dem jeweiligen Tag an die Garderobe gestellten Anforderungen erfüllt werden.

Hair Designer CANDY NEAL
Make-Up Artist JANNA PHILLIPS
CRAIG REARDON
JILL ROCKOW
Hair Stylist RICHARD SABRE
GERALD SOLOMON

Die Haardesigner arbeiten als Teil von Michael Westmores Team; sie schaffen Frisuren, die Westmores Make-up-Entwürfe ergänzen.

Die Make-up-Künstler legen Make-up und Masken unter der Anleitung von Westmore auf. Jeder aus Westmores Team ist zugleich handwerklich erfahren und in der Lage, Entwürfe zu modellieren und Gußabdrücke herzustellen, solange er nicht in einem Wohnwagen oder am Set benötigt wird.

Die Haarstylisten führen das Haardesign aus, so wie die Make-up-Künstler Westmores Vorgaben folgen.

Sound Mixer BILL GOCKE
Camera Operator JOE CHESS, S.O.C.
Key Costumers MAURICE PALINSKI
PHYLLIS CORCORAN-WOODS
JERRY BONO
PATTY BORGGREBE-TAYLOR

Der Sound Mixer bedient die Aufnahmegeräte, die im Studio benutzt werden.

Camera Operator ist derjenige, der hinter der Kamera sitzt, durch das Objektiv schielt und die Kamera unter der Anleitung des Regisseurs und des Kameramanns auf Herz und Nieren testet. S.O.C. steht für die Gewerkschaft Society of Operating Cameramen.

Visual Effects Coordinators MICHAEL BACKAUSKAS
CARI THOMAS
JUDY ELKINS
MARI HOTAKI
Visual Effects Associate LAURA LANG

Diese Leute sind Teil des Teams, das der Produktion vom Studio zu den externen Unternehmen folgt, um sicherzustellen, daß die Arbeit an den optischen Effekten wie geplant voranschreitet.

Nach ihrer Arbeit für den Pilotfilm wurde Laura Lang, jetzt Laura Lang-Matz, als Koordinatorin der optischen Effekte wieder eingestellt. Sie sagt, daß sie die Serie nur sel-

ten anschaut, aber ihre gesamte Familie verpaßt nicht eine Episode, um ihren Namen auf dem Bildschirm zu lesen.

Scenic Artists	**DOUG DREXLER**
	DENISE OKUDA
Jr. Illustrator	**RICHARD F. DELGADO**
Video Playback Operator	**JOE UNSINN**
Video Consultant	**LIZ RADLEY**

Im wesentlichen schaffen Scenic Artists das, was tatsächlich auf dem Bildschirm zu sehen ist, während Illustratoren das gestalten, was als Grundlage für zu bauende Objekte genommen wird.

Der Video Playback Operator arbeitet außerhalb des Kamerabereichs, um die Monitore der DEEP SPACE NINE-Sets mit Videosignalen zu füttern. Video Consultant Liz Radley half dabei, das sehr komplexe System zu planen, das es ermöglicht, Videomonitore im Bühnenbild ohne Flackern oder andere Störungen zu filmen. »Liz ist unsere Heldin«, sagt Mike Okuda.

Music Editor	**STEPHEN M. ROWE**
Supervising Sound Editor	**BILL WISTROM**
Supervising Sound Effects Editor	**JIM WOLVINGTON**
Re-Recording Mixers	**CHRIS HAIRE, C.A.S.**
	DOUG DAVEY
	RICHARD MORRISON, C.A.S.

Der Soundtrack einer DEEP SPACE NINE-Episode besteht aus dem Dialog, der bei den Dreharbeiten im Bühnenbild aufgenommen wurde, dem Dialog, der in einem Studio aufgenommen wurde (um falsch aufgenommene Texte zu korrigieren, oder für Texte aus dem Off, zum Beispiel die Computerstimme), Musik und Geräuscheffekte. Der Music Editor ist verantwortlich, alle Arten von Geräuschen für eine Episode zusammenzufügen, die aus zwanzig bis dreißig verschiedenen individuellen Aufnahmen bestehen können. Der Supervising Sound Effects Editor trägt dafür Sorge, daß jede Tür von einem Zischen begleitet wird, wenn sie sich öffnet, und daß Tricorder sich nicht wie Phaser anhören.

Die Re-recording Mixers sind die Toningenieure, die alle verschiedenen Tonelemente zu einem vollständigen Soundtrack zusammenführen.

Production Coordinator	**HEIDI JULIAN**
Post Production Coordinator	**DAWN HERNANDEZ**
Assistant Editor	**EUGENE WOOD**
Visual Effects Assistant Editor	**ED HOFFMEISTER**
Pre-Production Associate	**LOLITA FATJO**
Production Associate	**KIM FITZGERALD**

Der Production Coordinator, inzwischen Heidi Smothers, koordiniert die Produktion der ersten Einheit.

Postproduction Coordinator Dawn Hernandez, jetzt Dawn Velazquez, ist Peter Lauritsons Assistentin.

Der Assistant Editor arbeitet für den Cutter, sorgt dafür, daß die Videorecorder geladen sind; er bringt die Computerdisketten mit den Schnittcodierungen zur On-line-Schnitteinrichtung und unterstützt allgemein den Cutter bei seiner Arbeit.

Der Visual Effects Assistant Editor ist zuständig, alle Aufnahmen der ersten Einheit zu erhalten, die für optische Effekte benötigt werden, zum Beispiel Material von Sisko, wie er von einem Flitzer aus spricht, was auf dem Hauptmonitor der OPS zu sehen sein soll. Er überwacht auch das Überspielen der zu begutachtenden Dailies auf Videoband und ist verantwortlich, den Verbleib jedes ins Lager gebrachten Meters Film nachzuvollziehen.

Die Preproduction Associate, die Drehbuchkoordinatorin Lolita Fatjo, verwaltet das Autorenbüro.

Production Associate Kim Fitzgerald ist Michael Pillers Assistentin. Sie kann seine Handschrift auch nicht lesen.

Stunt Coordinator	**DENNIS MADALONE**
Construction Coordinator	**RICHARD J. BAYARD**
Transportation Coordinator	**STEWART SATTERFIELD**
Science Consultant	**NAREN SHANKAR**
Casting Executive	**HELEN MOSSLER, C.S.A.**

Filmed with PANAVISION® Cameras and Lenses

Der Stunt coordinator schließt Verträge mit den Stuntdoubles und plant Stunts, wozu alles gehören kann – der Sturz von einer Klippe, ein Faustkampf oder einfach nur jemand, der sich durch die Menge auf der Promenade drängt.

Der Construction Coordinator stellt sicher, daß alle erforderlichen Bühnenbilder in der gesetzten Frist und innerhalb des vorgegebenen Budgets gebaut werden.

Der Transportation Coordinator ist unter anderem dafür verantwortlich, daß die gesamte erste Einheit mitsamt Ausrüstung zu einem Außendrehort gebracht wird. Er stellt auch sicher, daß die richtigen Requisiten für die ›Motion Control‹-Aufnahmen rechtzeitig verschickt werden.

Der Science Consultant liest Drehbücher und macht Vorschläge, damit deren Inhalt mit dem heutigen Stand der Wissenschaft übereinstimmt und auch mit dem, was bislang für die Wissenschaft des 24. Jahrhunderts festgelegt worden ist.

Der Casting Executive kümmert sich um die geschäftlichen Belange des Besetzungsbüros.

Die meisten Produktionseinrichtungen mieten die Kameraausrüstung, die sie brauchen, so daß sie sich nicht um die Wartung kümmern müssen und stets Zugriff auf die neuesten Ausrüstungen haben. Panavision gehört zu Paramount und *stellt üblicherweise die gesamte Ausrüstung für Paramount-Produktionen.*

Motion Control Photography By	**IMAGE G**
Video Optical Effects By	**DIGITAL MAGIC**
Special Video Compositing	**CIS HOLLYWOOD**
Editing Facilities	**UNITEL VIDEO**
Post Production Sound By	**MODERN SOUND**
	HOLLYWOOD, CA

Dies sind externe Unternehmen, die spezielle Aufgaben für die Serie erledigen.

Motion Control Photography umfaßt alle Modell- und Miniaturaufnahmen. Zu den Video Optical Effects gehören Phasersalven und Transportereffekte. Video Compositing ist der Prozeß, in dessen Verlauf verschiedene optische Elemente in einem einzigen Bild zusammengefaßt werden, zum Beispiel die Kombination der Aufnahme eines Miniaturaußenpostens mit einer Matte-Zeichnung einer öden Planetenlandschaft, während ein Shuttle vorüberfliegt. Editing Facilities sind die Einrichtungen auf dem Studiogelände, in denen die endgültige Fassung der Episode anhand des Off-line-Schnitts zusammengestellt wird.

Postproduction Sound ist die Einrichtung, in der alle akustischen Elemente gemischt werden, um einen gesamten Stereo-Soundtrack zu erhalten.

Main Title Design By	**DAN CURRY**
Matte Painting	**ILLUSION ARTS**
Miniatures	**BRAZIL FABRICATION & DESIGN**
	GREGORY JEIN INC.

Computer Animation **RHYTHM & HUES, INC.**
VISION ART DESIGN & ANIMATION

Major League Baseball Trademarks Licensed By
MAJOR LEAGUE BASEBALL PROPERTIES, INC.

Dan Curry, Produzent der optischen Effekte, überwachte den Entwurf der majestätischen, jede Episode eröffnenden Titelsequenz.

Für den Pilotfilm produzierte Illusion Arts die aus mehreren Ebenen bestehende Matte-Zeichnung der in Schutt und Asche liegenden bajoranischen Hauptstadt. Für die letzte Episode der ersten Season wurde mittels Computergrafik Filmmaterial dieser Szene verändert, um zu zeigen, daß die Stadt sich im Wiederaufbau befand.

Tony Meininger, Eigentümer von Brazil Fabrication & Design, baute das hervorragend detaillierte Modell von DEEP SPACE NINE. Greg Jein baut seit dem Kultklassiker Dark Star *Raumschiffmodelle und ist ein erfahrener Modellbauer, der bei diversen STAR TREK-Produktionen tätig war.*

Rhythm & Hues schufen den Wurmlocheffekt. Vision Arts kümmert sich um Odos Verwandlungsszenen.

Eine Lizenzgebühr wurde an Major League Baseball gezahlt für das Recht, die Trikots der 1920er Cubs zu benutzen, die während Siskos Begegnung mit dem Wurmlochwesen zu sehen sind.

The persons and events in this program are fictitious. Any similarity to actual persons or events is unintentional.

Copyright © MCMXCIII BY PARAMOUNT PICTURES
ALL RIGHTS RESERVED

This motion picture is protected under the laws of the United States and other countries. Unauthorized duplication, distribution or exhibition may result in civil liability and criminal prosecution.

STAR TREK® is a registered trademark of Paramount Pictures registered in the United States Patent and Trademark Office.
STAR TREK: DEEP SPACE NINE™ is a Trademark of PARAMOUNT PICTURES.

Für jedermann verständlich formuliert liest sich diese Passage wie folgt:

- *Paramount hofft, daß man nicht unabsichtlich irgend jemanden beleidigt (als ob irgend jemand in Idaho namens Gul Dukat daran Anstoß nehmen wird, als Mitglied einer brutalen Rasse von Unterdrückern dargestellt zu werden) – und wenn das doch geschieht, dann war es nicht so gemeint.*
- *Paramount besitzt alle Rechte am Inhalt dieser Episode, und wenn jemand versucht, aus dieser Episode einen Vorteil für sich herauszuholen, ohne dafür die Erlaubnis zu besitzen, dann wird Paramount alle rechtlichen Möglichkeiten ausschöpfen, um diesen Versuch zu unterbinden. Notfalls wird Paramount auch strafrechtliche Maßnahmen ergreifen.*
- *Wagen Sie es nicht, auch nur daran zu denken die Worte STAR TREK oder DEEP SPACE NINE in Verbindung mit irgend etwas zu benutzen, denn sie gehören Paramount.*

Diese Warnungen mögen sonderbar klingen, aber Teil der Verantwortung, Inhaber eines Warenzeichens zu sein, bedeutet – für den Fall eines Copyright-Streites – in der Lage zu sein, vor einem Gericht den Beweis erbringen zu können, daß man alle nur denkbaren Schritte unternommen hat, um seine Eigentumsrechte an STAR TREK zu schützen. Aus dem gleichen Grund gerät die Disney Company üblicherweise in die Schlagzeilen, wenn sie Kindertagesstätten verklagen muß, weil Disney-Figuren an die Wände gemalt worden sind. Es ist nicht so, daß die Anwälte von Disney etwas gegen Kindertagesstätten hätten oder daß sie das Gefühl haben, ihre Gesellschaft werde um Einnahmen betrogen. Aber wenn Disney nicht jeden unerlaubten Gebrauch seiner geschützten Eigentumsrechte verfolgt, kann das einen späteren Versuch gefährden, mit Erfolg gegen einen Millionen Dollar schweren Verkauf unauthorisierter Donald-Duck-T-Shirts vorzugehen.

Und genauso muß Paramount manchmal hart durchgreifen bei wohlmeinenden Fans, die ohne Gewinnabsicht auf STAR TREK basierende Waren produzieren. Denn nur so kann sich Paramount für große rechtliche Herausforderungen wappnen, die das Warenzeichen STAR TREK betreffen.

Das Logo I.A.T.S.E. steht für ›International Alliance of Theatrical and Stage Employes‹, die Gewerkschaft, die praktisch alle technischen Berufsgruppen in Film- und Fernsehproduktionen repräsentiert. Die Anwesenheit dieses Logos auf dem Bildschirm sagt aus, daß DEEP SPACE NINE unter den Bedingungen der Gewerkschaft entstanden ist.

DOLBY SURROUND

Dolby and the DD are trademarks of Dolby Laboratories Licensing Corporation.

Das Paramount-Logo besteht aus dem vertrauten Berg, teilweise umringt von Sternen. Es wurde etwa 1912 von W. W. Hodkinson entworfen, einem Filmverleiher von der Ostküste. Eines Tages, während er an seinem Schreibtisch saß und gedankenlos vor sich hinmalte, zeichnete er die erste Version des Bergs und schrieb Paramount darunter, den Namen eines Apartmenthauses, das sich auf seinem Weg zum Büro befand. Die 22 Sterne, die er ihres guten Aussehens wegen hinzufügte, gaben dem Ganzen den letzten Schliff.

Das Dolby Surround-Logo bezeichnet, daß der Soundtrack für diese Episode für Wiedergabe mit dem Dolby-System aufgenommen worden ist. Natürlich nur da, wo eine Dolby-Wiedergabe auch möglich ist.

Die Schauspieler sowie Berman und Piller ausgenommen, sind insgesamt 71 Personen in Vor- und Nachspann von ›Emissary‹ aufgeführt – weniger als die Hälfte der Personen, die tatsächlich zur Produktion der Serie ihren Beitrag leisten.

Nicht berücksichtigt sind dabei viele der Assistenten der Produzenten, der Autorenstab, der noch gebildet werden mußte, die wechselnden Cutter und die wechselnden Teams für die optischen Effekte, außerdem die Mitarbeiter der externen Unternehmen.

Obwohl uns niemand eine genaue Zahl nennen konnte – vor allem, da sie sich von Woche zu Woche ändert –, schätzen wir, daß für eine durchschnittliche Episode bis zu 170 Leute an irgendeinem Punkt an der Produktion beteiligt sind, die Schauspieler nicht mitgerechnet. Nimmt man eine Massenszene mit 40 Schauspielern und den sie begleitenden Kostüm- und Make-up-Leuten hinzu, so kann die an einer Episode arbeitende Mannschaft mit Leichtigkeit 230 Personen erreichen. Als DEEP SPACE NINE produziert wurde, waren gleichzeitig die Arbeiten für STAR TREK GENERATIONS im Gange, und die Vorbereitungen für STAR TREK – VOYAGER liefen an. So wurden durch STAR TREK über 500 Leute auf dem Paramount-Gelände beschäftigt.

Und mit einem Mal erscheint das Budget aus Kapitel 8 gar nicht mehr so hoch, nicht wahr?

ANHANG II

DIE EPISODEN

Episoden der dritten Season ergänzt von Ralph Sander.

Hier ist das Abenteuer. Hier werden Helden gemacht.
Direkt hier. In der Wildnis.

Dr. Julian Bashir

Diese Wildnis ist meine Heimat.

Major Kira Nerys

Die erste Season

Emissary (Der Abgesandte)
Produktionsnummer #721
(Für ›Emissary, Part I‹ und ›Emissary, Part II‹ wurden aus der Produktionsnummer #721 des Pilotfilms die Produktionsnummern #401 und #402)
Buch: Rick Berman & Michael Piller
Drehbuch: Michael Piller
Regie: David Carson

Zweistündige Season-Premiere. Nach dem Rückzug der Cardassianer von Deep Space Nine übernimmt Sisko das Kommando, wobei er erkennen muß, daß er die Vergangenheit hinter sich zurücklassen muß, wenn er sich den Herausforderungen der Zukunft stellen will.

A Man Alone (Unter Verdacht)
Produktionsnummer #403
Buch: Gerald Sanford & Michael Piller
Drehbuch: Michael Piller
Regie: Paul Lynch

Die Integrität des Sicherheitschefs Odo gerät ins Zwielicht, als er des Mordes an einem dubiosen Bajoraner bezichtigt wird.

Past Prologue (Die Khon-Ma)
Produktionsnummer #404
Buch: Kathryn Powers
Regie: Winrich Kolbe

Das Wiedersehen mit einem Mitglied der bajoranischen Untergrundbewegung zwingt Kira, sich zwischen ihren ehemaligen Gefährten und ihren Pflichten als Offizier der Föderation zu entscheiden.

Babel (Babel)
Produktionsnummer #405
Buch: Sally Caves & Ira Steven Behr
Drehbuch: Michael McGreevey & Naren Shankar
Regie: Paul Lynch

Eine mysteriöse Epidemie breitet sich auf Deep Space Nine aus, gegen die Kira ein Heilmittel finden muß.

Captive Pursuit (Tosk, der Gejagte)
Produktionsnummer #406
Buch: Jill Sherman Donner
Drehbuch: Jill Sherman Donner & Michael Piller
Regie: Corey Allen

Durch die Freundschaft mit einem bizarren Alien, Tosk, müssen O'Brien und die anderen Offiziere auf Deep Space Nine erfahren, daß andere Lebewesen das Leben nicht so respektieren, wie sie es tun.

Q-Less (›Q‹ – unerwünscht)
Produktionsnummer #407
Buch: Hannah Louise Shearer
Drehbuch: Robert Hewitt Wolfe
Regie: Paul Lynch

Die regelmäßigen Gäste der Enterprise, Q und Vash, statten Deep Space Nine einen Besuch ab, um sich der Crew vorzustellen, während die Offiziere bemüht sind, die Station vor der bevorstehenden Zerstörung zu bewahren.

Dax (Der Fall ›Dax‹)
Produktionsnummer #408
Buch: Peter Allan Fields
Drehbuch: D. C. Fontana & Peter Allan Fields
Regie: David Carson

Curzon Dax, Jadzias frühere Trill-Identität, wird des Mordes beschuldigt.

The Passenger (Der Parasit)
Produktionsnummer #409
Buch: Morgan Gendel
Drehbuch: Morgan Gendel & Robert Hewitt Wolfe & Michael Piller
Regie: Paul Lynch

Die Bemühungen der Crew, einen Entführungsplan zu vereiteln, werden erschwert, als ein krimineller Alien sein Bewußtsein im Gehirn eines Besatzungsmitglieds der Station versteckt.

Move Along Home (Chula – Das Spiel)
Produktionsnummer #410
Buch: Michael Piller
Drehbuch: Frederick Rappaport und Lisa Rich & Jeanne Carrigan-Fauci
Regie: David Carson

Quarks Versuche, eine bislang unbekannte Rasse zu täuschen, bringen die Offiziere der Station in ein gefährliches Labyrinth.

The Nagus (Die Nachfolge)
Produktionsnummer #411
Buch: David Livingston
Drehbuch: Ira Steven Behr
Regie: David Livingston

Quark wird unerwartet zum Führer des finanziellen Imperiums der Ferengi ernannt und muß feststellen, daß er nicht nur beliebt ist – er ist jetzt auch ein Ziel für Attentäter.

Vortex (Der Steinwandler)
Produktionsnummer #412
Buch: Sam Rolfe
Regie: Winrich Kolbe

Ein krimineller Alien von der anderen Seite des Wurmlochs bringt Odo in Versuchung, als er dem Gestaltwandler erklärt, er könne ihn mit anderen seiner Art zusammenbringen

Battle Lines (Die Prophezeiung)
Produktionsnummer #413
Buch: Hilary Badler
Drehbuch: Richard Danus & Evan Carlos Somers
Regie: Paul Lynch

Sisko, Kira und Bashir sitzen auf einer von Krieg zerrütteten Welt fest, auf der keiner der Krieger sterben kann.

The Storyteller (Die Legende von Dal'Rok)
Produktionsnummer #414
Buch: Kurt Michael Bensmiller
Drehbuch: Kurt Michael Bensmiller & Ira Steven Behr
Regie: David Livingston

Gegen seinen Willen wird O'Brien zum geistigen Führer eines bajoranischen Dorfes gemacht – und zum einzigen Mann, der die Bewohner vor einer zerstörerischen Macht bewahren kann.

Progress (Mulliboks Mond)
Produktionsnummer #415
Buch: Peter Allan Fields
Regie: Les Landau

Ein sturer alter bajoranischer Farmer zwingt Kira dazu, kritisch darüber nachzudenken, wie sehr sie sich seit der Allianz mit der Föderation verändert hat.

If Wishes Were Horses (Macht der Phantasie)
Produktionsnummer #416
Buch: Nell McCue Crawford & William L. Crawford
Drehbuch: Nell McCue Crawford, William L. Crawford & Michael Piller
Regie: Robert Legato

Als Besatzungsmitglieder der Station feststellen, daß ihre Träume Wirklichkeit werden, droht allen eine sehr reale Gefahr.

The Forsaken (Persönlichkeiten)
Produktionsnummer #417
Buch: Jim Trombetta
Drehbuch: Don Carlos Dunaway & Michael Piller
Regie: Les Landau

Während eine fremde Wesenheit den Stationscomputer ins Chaos stürzt, hat Lwaxana entschieden, einem neuen Liebhaber nachzustellen – Odo!

Dramatis Personae (Meuterei)
Produktionsnummer #418
Buch: Joe Menosky
Regie: Cliff Bole

Odo steht zwischen allen Fronten, als ein fremder Einfluß Kira und Sisko in einen todbringenden Machtkampf stürzt.

Duet (Der undurchschaubare Marritza)
Produktionsnummer #419
Buch: Lisa Rich & Jeanne Carrigan-Fauci
Drehbuch: Peter Allan Fields
Regie: James L. Conway

Kira stellt fest, daß ein Cardassianer, der die Station besucht, ein berüchtigter Kriegsverbrecher sein könnte.

In the Hands of the Prophets (Blasphemie)
Produktionsnummer #420
Buch: Robert Hewitt Wolfe
Regie: David Livingston

Als eine bajoranische geistige Führerin sich gegen Keikos weltliche Unterrichtsmethoden ausspricht, droht die Zerstörung der Allianz zwischen Bajor und der Föderation.

Die zweite Season

The Homecoming (Die Heimkehr)
Produktionsnummer #421
Buch: Jeri Taylor und Ira Steven Behr
Drehbuch: Ira Steven Behr
Regie: Winrich Kolbe

Kira setzt ihr Leben aufs Spiel und riskiert einen Krieg mit den Cardassianern, um einen legendären bajoranischen Volkshelden aus einem fernen Gefangenenlager zu befreien.

The Circle (Der Kreis)
Produktionsnummer #422
Buch: Peter Allan Fields
Regie: Corey Allen

Von ihrem Posten entbunden und nach Bajor zurückgeschickt, hilft Kira, die Hintermänner des Kreises zu enttarnen – und zugleich ein Geheimnis zu entdecken, daß für alle zur tödlichen Gefahr werden kann.

The Siege (Die Belagerung)
Produktionsnummer #423
Buch: Michael Piller
Regie: Winrich Kolbe

Während Sisko sich gegen die bajoranischen Besatzungskräfte zur Wehr setzt, begeben sich Kira und Dax auf eine verzweifelte Mission, um die Wahrheit herauszufinden.

Invasive Procedures (Der Symbiont)
Produktionsnummer #424
Buch: John Whelpley
Drehbuch: John Whelpley und Robert Hewitt Wolfe
Regie: Les Landau

Die Besatzung muß um Jadzias Leben kämpfen, als ein verzweifelter Trill die Gruppe als Geiseln nimmt und den Dax-Symbionten in seine Gewalt bringt.

Cardassians (Die Konspiration)
Produktionsnummer #425
Buch: Gene Wolande & John Wright
Drehbuch: James Crocker
Regie: Cliff Bole

Ein junger Cardassianer, der als Kriegswaise von Bajoranern aufgezogen wurde, löst auf der Station Unruhe aus, als sein Volk versucht, ihn für sich zu beanspruchen.

Melora (Das ›Melora‹-Problem)
Produktionsnummer #426
Buch: Evan Carlos Somers
Drehbuch: Evan Carlos Somers und Michael Piller & James Crocker
Regie: Winrich Kolbe

Nachdem Bashir sich in eine Frau verliebt hat, die zu einer Rasse gehört, die bei ›normaler‹ Schwerkraft nicht gehen kann, entwickelt er eine Technik, die sie für immer von ihrem Rollstuhl befreien könnte.

Rules of Acquisition (Profit oder Partner!)
Produktionsnummer #427
Buch: Hilary Badler
Drehbuch: Ira Steven Behr
Regie: David Livingston

Eine Ferengi-Frau, die dem Gesetz zuwiderhandelt und sich als Mann verkleidet hat, setzt alles aufs Spiel, als sie sich in Quark verliebt.

Necessary Evil (Die Ermittlung)
Produktionsnummer #428
Buch: Peter Allan Fields
Regie: James L. Conway

Ein Anschlag auf Quark führt zu einer erneuten Konfrontation mit einem fünf Jahre alten, nie geklärten Mordfall – in dem Kira die Hauptverdächtige war.

Second Sight (Rätselhafte Fenna)
Produktionsnummer #429
Buch: Mark Gerhred-O'Connell
Drehbuch: Mark Gerhred-O'Connell und Ira Steven Behr & Robert Hewitt Wolfe
Regie: Alexander Singer

Sisko verliebt sich zum ersten Mal seit dem Tod seiner Frau, aber die Frau seiner Gunst scheint nicht das zu sein, für was er sie hält.

Sanctuary (Auge des Universums)
Produktionsnummer #430
Buch: Gabe Essoe & Kelley Miles
Drehbuch: Frederick Rappaport
Regie: Les Landau

Kira gerät zwischen die Fronten, als eine verfolgte fremde Rasse auf die Station kommt und Bajor als ihr gelobtes Land bezeichnet.

Rivals (Rivalen)
Produktionsnummer #431
Buch: Jim Trombetta und Michael Piller
Drehbuch: Joe Menosky
Regie: David Livingston

Quark fühlt sich bedroht, als ein charmanter Schwindler auf die Station kommt und eine konkurrierende Bar eröffnet.

The Alternate (Metamorphosen)
Produktionsnummer #432
Buch: Jim Trombetta und Bill Dial
Drehbuch: Bill Dial
Regie: David Carson

Odos Mentor kommt auf die Station und möchte seine Suche nach Odos Herkunft fortsetzen.

Armageddon Game (Das Harvester-Desaster)
Produktionsnummer #433
Buch: Morgan Gendel
Drehbuch: Morgan Gendel und Ira Steven Behr & James Crocker
Regie: Winrich Kolbe

Bashir und O'Brien arbeiten an der Vernichtung todbringender Waffen von zwei ehemals verfeindeten Rassen, ahnen aber nicht, daß ihre Gastgeber beabsichtigen, sie zugunsten des Friedens zu opfern.

Whispers (O'Briens Identität)
Produktionsnummer #434
Buch: Paul Coyle
Drehbuch: Paul Coyle und Michael Piller
Regie: Les Landau

O'Brien kehrt von einer Sicherheitsmission zurück und stellt fest, daß sich offensichtlich die gesamte Besatzung gegen ihn gestellt hat.

Paradise (Das Paradiesexperiment)
Produktionsnummer #435
Buch: Jim Trombetta und James Crocker
Drehbuch: Jeff King und Richard Manning & Hans Beimler
Regie: Corey Allen

Sisko und O'Brien sitzen auf einem Planeten fest, der von Menschen bewohnt wird, die auf jegliche Form der Technologie verzichten.

Shadowplay (Die Illusion)
Produktionsnummer #436
Buch: Robert Hewitt Wolfe
Regie: Robert Scheerer

Odo und Dax versuchen, das Geheimnis eines fremden Planeten zu lösen, dessen Bewohner ohne Erklärung verschwinden.

Playing God (Der Trill-Kandidat)
Produktionsnummer #437
Buch: Jim Trombetta
Drehbuch: Jim Trombetta und Michael Piller
Regie: David Livingston

Während Dax einen Trill-Kandidaten beurteilen soll, entdeckt sie ein kleines, sich entwickelndes Universum, das die Station zu vernichten droht.

Profit and Loss (Profit und Verlust)
Produktionsnummer #438
Buch: Flip Kobler & Cindy Marcus
Regie: Robert Wiemer

Als Quark der Liebe seines Lebens wiederbegegnet, eine Cardassianerin, die nun auf der Flucht ist, ist er bereit, alles zu opfern, um sie zurückzugewinnen.

Blood Oath (Der Blutschwur)
Produktionsnummer #439
Buch: Peter Allan Fields
Regie: Winrich Kolbe

Dax setzt ihr Leben und ihre Zukunft bei Starfleet aufs Spiel, um gegenüber drei alten Klingonen einen Blutschwur zu erfüllen.

The Maquis, Part I (Der Maquis, Teil 1)
Produktionsnummer #440
Buch: Rick Berman & Michael Piller & Jeri Taylor und James Crocker
Drehbuch: James Crocker
Regie: David Livingston

Der Maquis, eine Gruppe abtrünniger Föderationskolonisten, verletzt den mit den Cardassianern geschlossenen Friedensvertrag und riskiert einen interstellaren Krieg.

The Maquis, Part II (Der Maquis, Teil 2)
Produktionsnummer #441
Buch: Rick Berman & Michael Piller & Jeri Taylor und James Crocker
Drehbuch: Ira Steven Behr
Regie: Corey Allen

Ein alter Freund von Commander Sisko wird zum Feind, als er einen Angriff auf eine cardassianische Kolonie anführt.

The Wire (Das Implantat)
Produktionsnummer #442
Buch: Robert Hewitt Wolfe
Regie: Kim Friedman

Dr. Bashir muß um das Leben seines cardassianischen Freundes Garak kämpfen.

Crossover (Die andere Seite)
Produktionsnummer #443
Buch: Peter Allan Fields
Drehbuch: Peter Allan Fields and Michael Piller
Regie: David Livingston

Eine Störung im Wurmloch befördert Kira und Bashir in ein Paralleluniversum, in dem Bajor eine tyrannische Macht ist und die Menschen Sklaven sind.

The Collaborator (Die Wahl des Kai)
Produktionsnummer #444
Buch: Gary Holland
Drehbuch: Gary Holland und Ira Steven Behr & Robert Hewitt Wolfe
Regie: Cliff Bole

Kira soll gegen den Mann den sie liebt, ermitteln.

Tribunal (Das Tribunal)
Produktionsnummer #445
Buch: Bill Dial
Regie: Avery Brooks

O'Brien findet sich vor einem cardassianischen Gericht wieder, die Todesstrafe ist das einzig mögliche Urteil.

The Jem'Hadar (Der Plan des Dominion)
Produktionsnummer #446
Buch: Ira Steven Behr
Regie: Kim Friedman

Ein friedlicher Ausflug in den Gamma-Quadranten führt für die Föderation zu einer Konfrontation mit einem mächtigen neuen Gegner

Die dritte Season

The Search
Produktionsnummer #447
Buch: Ira Steven Behr & Robert Hewitt Wolfe
Drehbuch: Ronald D. Moore
Regie: Kim Friedman

Der Versuch, mit Hilfe der U.S.S. Defiant in Kontakt mit dem mysteriösen Dominion zu kommen, führt für Odo zur Entdeckung seiner Heimatwelt.

The Search, Part II
Produktionsnummer #448
Buch: Ira Steven Behr & Robert Hewitt Wolfe
Drehbuch: Ira Steven Behr
Regie: Jonathan Frakes

Odo sieht sich mit der Tatsache konfrontiert, daß die Gestaltwandler das Dominion sind, das mit brutalen Methoden den Gamma-Quadranten kontrolliert.

The House of Quark
Produktionsnummer #449
Buch: Tom Benko
Drehbuch: Ronald D. Moore
Regie: Les Landau

Ehe Quark sich versieht, hat die Witwe eines angeblich von ihm getöteten Klingonen ihn zu ihrem neuen Ehemann erwählt, der die Ehre des Hauses von Quark verteidigen muß.

Equilibrum
Produktionsnummer #450
Buch: Christopher Teague
Drehbuch: René Echevarria
Regie: Cliff Bole

Von Visionen geplagt, sieht sich Dax mit einer schier unfaßbaren Erkenntnis über einen früheren Wirtskörper konfrontiert.

Second Skin
Produktionsnummer #451
Buch: Robert Hewitt Wolfe
Regie: Les Landau

Nachdem Kira von Cardassianern entführt worden ist, erfährt sie, daß sie angeblich eine Cardassianerin ist, die als Bajoranerin die Widerstandskämpfer unterwandern sollte.

The Abandoned
Produktionsnummer #452
Buch: Thomas Maio & Steve Warnek
Regie: Avery Brooks

Odo versucht, einen zufällig auf die Station gelangten jungen Jem'Hadar-Krieger zu friedvollem Denken und Handeln zu bewegen.

Civil Defense
Produktionsnummer #453
Buch: Mike Krohn
Regie: Reza Badiyi

Ein unabsichtlich aktiviertes Schutzprogramm droht, die gesamte Station binnen kürzester Zeit zu zerstören.

Meridian
Produktionsnummer #454
Buch: Hilary Badler und Evan Carlos Somers
Drehbuch: Mark Gerhred-O'Connell
Regie: Jonathan Frakes

Dax verliebt sich in den Bewohner einer Welt, die nur für wenige Tage Gestalt annimmt, und steht vor der Wahl, ihm zu folgen oder auf Deep Space Nine zu bleiben.

Defiant
Produktionsnummer #455
Buch: Ronald D. Moore
Regie: Cliff Bole

Der zum Maquis gehörende Tom Riker entführt die Defiant und löst eine schwere Krise zwischen der Föderation und den Cardassianern aus.

Fascination
Produktionsnummer #456
Buch: Ira Steven Behr & James Crocker
Drehbuch: Philip Lazebnik
Regie: Avery Brooks

Nach der Ankunft von Lwaxana Troi auf Deep Space Nine spielen die Hormone der Offiziere verrückt, die sich in ungeahnten Kombinationen zueinander hingezogen fühlen.

Past Tense, Part I
Produktionsnummer #457
Buch: Ira Steven Behr & Robert Hewitt Wolfe
Drehbuch: Robert Hewitt Wolfe
Regie: Reza Badiyi

Bei einem Transporterzwischenfall werden Sisko, Bashir und Dax in das frühe 21. Jahrhundert verschlagen, wo ein die Geschichte verändernder Aufstand der Arbeits- und Obdachlosen bevorsteht.

Past Tense, Part II
Produktionsnummer #458
Buch: Ira Steven Behr & Robert Hewitt Wolfe
Drehbuch: Robert Hewitt Wolfe
Regie: Jonathan Frakes

Als der Verlauf der Geschichte sich zu verändern droht, übernimmt Sisko die Rolle eines Rebellenführers, um die Zukunft zu retten.

Life Support
Produktionsnummer #459
Buch: Christian Ford & Roger Soffer
Drehbuch: Ronald D. Moore
Regie: Reza Badiyi

Vedek Bareil wird bei einem Shuttleunfall schwer verletzt und riskiert sein Leben, um die Verhandlungen mit den Cardassianern nicht zu gefährden.

Heart of Stone
Produktionsnummer #460
Buch: Ira Steven Behr & Robert Hewitt Wolfe
Regie: Alexander Singer

Während der Verfolgung eines Maquis-Mitgliedes gerät Kira in einen lebenden Stein. Odos Versuche, ihr Leben zu retten, scheinen erfolglos.

Destiny
Produktionsnummer #461
Buch: David S. Cohen & Martin A. Winer
Regie: Les Landau

Sisko sieht sich bei einer Zusammenarbeit mit den Cardassianern mit den Weissagungen der bajoranischen Propheten konfrontiert, die ein Desaster voraussagen.

Prophet Motive
Produktionsnummer #462
Buch: Ira Steven Behr & Robert Hewitt Wolfe
Regie: René Auberjonois

Quark und Rom müssen entsetzt feststellen, daß der Große Nagus Zek die Erwerbsregeln der Ferengi umgeschrieben hat – sehr zum Nachteil der Ferengi.

Visionary
Produktionsnummer #463
Buch: Ethan C. Kalk
Drehbuch: John Shirley
Regie: Reza Badiyi

Eine Raum-Zeit-Störung bringt O'Brien für Augenblicke in die Zukunft, wo er sieht, wie Deep Space Nine zerstört wird.

Distant Voices
Produktionsnummer #464
Buch: Joe Menosky
Drehbuch: Ira Steven Behr & Robert Hewitt Wolfe
Regie: Alexander Singer

Dr. Bashir liegt im Koma. Er muß mit den verschiedenen Aspekten seines Bewußtseins, das von den Offizieren der Station repräsentiert wird, einen Weg zurück finden.

Through the Looking Glass
Produktionsnummer #465
Buch: Ira Steven Behr & Robert Hewitt Wolfe
Regie: Winrich Kolbe

O'Brien entführt Sisko in das Paralleluniversum, wo er den Platz seines ermordeten Doppelgängers einnehmen soll. Um die Rebellen zu retten, muß er notfalls seine in diesem Universum noch lebende Frau töten.

Improbable Cause
Produktionsnummer #466
Buch: Robert Lederman & David R. Long
Drehbuch: René Echevarria
Regie: Avery Brooks

Eine Explosion in Garaks Geschäft erweist sich als Trick, um mit seinem Mentor Enabran Tain in Kontakt zu kommen, der zusammen mit den Romulanern das Dominion vernichten will.

The Die Is Cast
Produktionsnummer #467
Buch: Ronald D. Moore
Regie: David Livingston

Odo, der Garak gefolgt ist, wird von Tain gefoltert, damit er ihnen über das Dominion berichtet. Als die Flotte den Heimatplaneten erreicht, erleben Tain und seine Leute eine Überraschung.

Explorers
Produktionsnummer #468
Buch: Hilary J. Badler
Drehbuch: René Echevarria
Regie: Cliff Bole

Commander Sisko und sein Sohn begeben sich im Nachbau eines antiken bajoranischen Raumschiffs auf eine Reise mit ungewissem Ziel.

Family Business
Produktionsnummer #469
Buch: Ira Steven Behr & Robert Hewitt Wolfe
Regie: René Auberjonois

Quark sieht sich gezwungen, gegen seine Mutter vorzugehen, da die mit einem Mal begonnen hat, Kleidung zu tragen und Geschäfte zu machen.

Shakaar
Produktionsnummer #470
Buch: Gordon Dawson
Regie: Jonathan West

Kira stellt fest, daß Kai Winn sie für ihre Zwecke mißbraucht, und schlägt sich auf die Seite eines ehemaligen Widerstandsführers.

Facets
Produktionsnummer #471
Buch: René Echevarria
Regie: Cliff Bole

Die Offiziere übernehmen auf Bitten von Jadzia Dax für kurze Zeit die Persönlichkeit der vorangegangenen Wirtskörper. Als Odo an der Reihe ist, kommt es zu Komplikationen.

The Adversary
Produktionsnummer #472
Buch: Ira Steven Behr & Robert Hewitt Wolfe
Regie: Alexander Singer

Ein Starfleet-Admiral entpuppt sich als Gestaltwandler, der einen Krieg vom Zaun brechen wollte. Die Frage stellt sich, wie viele andere Gestaltwandler Starfleet noch unterwandert haben.

ANHANG III

WIE MAN FÜR *DEEP SPACE NINE* SCHREIBT

Instinkt + Gelegenheit = Profit

Die 9. Erwerbsregel der Ferengi

DEEP SPACE NINE ist eine der wenigen Fernsehserien, die Drehbuchvorschläge von jedem akzeptiert, nicht nur von erfahrenen Drehbuchautoren. In der Märzausgabe '94 von *Journal*, dem Organ der Writers Guild of America (West), wird nur bei zwei der 97 Serien aus der TV Market List eine gesonderte Telefonnummer für Drehbuchvorschläge von Autoren ohne Agenten genannt – bei DEEP SPACE NINE und THE NEXT GENERATION. Unter einer Hotline-Telefonnummer erhält man von Paramount über einen Ansagedienst alle notwendigen Informationen, um die erforderlichen Formulare und Richtlinien anzufordern, mit denen man dann bei Paramount das Drehbuch einreichen kann. (Und trotz aller Horrorgeschichten, die Sie möglicherweise über Ideendiebstahl in Hollywood gelesen haben, sollten Sie sich keine Gedanken machen, ein Veröffentlichungsformular für ein DEEP SPACE NINE-Drehbuch zu unterschreiben. Wenn der Autorenstab eine ansprechende Idee entdeckt, dann ist auch das Geld da, sie zu kaufen.)

Warum aber sind die STAR TREK-Produzenten so entgegenkommend, was Beiträge von Neulingen angeht?

Weil sie einen unersättlichen Hunger auf Geschichten haben.

Erinnern Sie sich an Kapitel 3. Es gibt 79 Episoden der klassischen Serie, rund 180 NEXT GENERATION-Episoden, über 70 DEEP SPACE NINE-Episoden, etwa 20 VOYAGER-Episoden und sieben Filme, insgesamt also mehr als 350 STAR TREK-Geschichten. Und wenn DEEP SPACE NINE und VOYAGER den Erfolg von THE NEXT GENERATION wiederholen können, werden es bis zum Jahr 2001 schätzungsweise 300 weitere Geschichten sein!

Und das ist noch nicht alles. Die 350 existierenden STAR TREK-Geschichten sind lediglich die, die es bis zum Drehbuch und zur Produktion geschafft haben. Denken Sie einmal an all die Geschichten, die vorgelegt und abgelehnt wurden. Michael

Piller schätzt die Zahl der für THE NEXT GENERATION vorgelegten Ideen auf mehr als 4000.

Allerdings gehen Drehbuchautoren allgemein davon aus, daß es weniger als 20 grundlegende Handlungsmuster gibt; manche sprechen sogar von weniger als zehn.[1]

Mit anderen Worten: STAR TREK *braucht* Geschichten und wird sie sich da nehmen, wo sie sich anbieten.

Heißt das, daß Sie jetzt nach dem Telefon greifen und einen Termin mit dem Autorenstab vereinbaren sollen, um Ideen vorzulegen? Nein. Jedenfalls so lange nicht, bis Sie diesen Anhang gelesen haben und bereit sind, Arbeit zu investieren.

Wollen wir uns einmal mit dem befassen, was Michael Piller über die Geschichten sagt, nach denen er Ausschau hält.

Wie man eine Geschichte entwickelt

»Das einzige, was ich einem neuen Autor sagen kann, ist, daß wir Geschichten benötigen, die sich nicht mit *Dingen* beschäftigen, sondern mit *Personen*. Sie müssen vom Konzept her originell und frisch sein – wir können nicht einfach das wiederholen, was wir schon hatten.

Die Geschichten müssen sich mit den Hauptpersonen befassen, nicht mit Besuchern der Raumstation. Es können Geschichten sein, die Besucher berücksichtigen, aber die müssen letztendlich Auslöser sein für die Geschichten, die wir über unsere eigenen Figuren erzählen können.

Prämissen, die sich mit der Natur des Menschen befassen, ergeben die besten Episoden. ›Duet‹, die ich für die wohl beste Episode der ersten Season halte, handelte von zwei Personen in einem Raum – sehr einfach und sehr ausdrucksvoll. So etwas gehört zu der Sorte Episoden, die mir am besten gefallen.

»Einer der Aspekte in der zweiten Season von DEEP SPACE NINE, auf die ich sehr stolz bin, ist ein echtes soziales Bewußtsein. Und die Art der Herausforderungen für die Crew von DEEP SPACE NINE ist in mancher Hinsicht schwieriger, als dies bei THE NEXT GENERATION der Fall war. Denn am Ende jeder Episode von THE NEXT GENERATION sattelten sie ihre Pferde und verließen die Stadt. Aber die Leute in DEEP SPACE NINE sind gezwungen, sich Woche für Woche mit den gleichen Problemen zu befassen.

Wenn man eine Parallele zur gegenwärtigen Gesellschaft ziehen möchte und zu den Problemen, mit denen wir leben, dann wird man feststellen, daß man die viel leichter auf DEEP SPACE NINE als auf THE NEXT GENERATION übertragen kann. Es gibt Geschichten und Themen, die wir bei THE NEXT GENERATION jahrelang einbeziehen wollten, bei denen wir aber nie einen Weg fanden, das auch in die Tat umzusetzen: eine Episode über Umweltverschmutzung, über AIDS und andere Themen dieser Art. Die Schwierigkeit, solche Episoden zu entwickeln, besteht darin, daß es nicht so einfach ist, irgendeine Stadt oder irgendeinen Planeten zu besuchen und damit zu beginnen, etwas zu reparieren oder die Leute zu heilen und ihnen zu sagen, was sie tun sollen. Das ist nicht das, worum es bei STAR TREK geht.

Aber wenn man zum Beispiel über den Zustrom von Flüchtlingen durch das Wurmloch auf die Station erzählt, dann ist das ein gegenwärtiges Problem. Da geht es darum, wo wir leben, wo wir uns befinden, und um die Leute, die mit unterschiedlichen Vorstellungen aufeinandertreffen und darüber streiten, was richtig und was falsch ist, und die den Fremden sagen, daß sie hier nicht bleiben können. Für mich hat es etwas

1 Lewis Herman reduziert in seinem Buch *A Practical Manual of Screenplay Writing for Theatre and Television Films* die Zahl der möglichen Handlungsverläufe auf neun grundsätzliche Strukturen. In der Praxis werden diese Strukturen miteinander kombiniert, um dem jeweiligen Drehbuch Dynamik zu geben.

Harris Yulin als Marritza und Nana Visitor als Kira in ›Duet‹ – für Michael Piller eine der besten Episoden der ersten Season.

Heldenhaftes, wenn man sich mit einem Problem konfrontiert sieht und sich damit befaßt. Das ist ein herausragendes Merkmal der Charaktere von DEEP SPACE NINE, etwas, was wir nach und nach festgestellt haben und was das Geschichtenerzählen interessant macht.

So kann man Mittel und Wege finden, um Themen des heutigen Lebens direkt aus der Tageszeitung zu einer DEEP SPACE NINE-Geschichte zu machen, nicht aber zu einer NEXT GENERATION-Geschichte. Dennoch muß genug Abstand bleiben zwischen der Realität und dem, was man davon auf die bajoranischen Verhältnisse überträgt.

Der Zweiteiler der zweiten Season ›The Maquis‹ basiert zu großen Teilen auf den Ereignissen im Westjordanland und im Gaza-Streifen im Nahen Osten.[2] Wir haben einen Weg gefunden, das so auf das Verhältnis zwischen den Cardassianern und den Bajoranern zu übertragen, daß daraus eine Geschichte geworden ist, die wir erzählen können. Wir halten keine Predigten, und wir sagen nichts Spezifisches über die Situation in Israel. Aber aus dieser Art Konflikt kann man ein Verständnis für die Leute entwickeln, die davon betroffen sind.

Wir mögen Geschichten über Personen, und natürlich mögen wir Science Fiction-Geschichten. Wir schicken unsere Leute von der Station immer öfter durch das Wurmloch, um andere Bereiche des Alls zu erforschen. Ich glaube, daß der beste Ratschlag, den ich jedem potentiellen Autor geben kann, der ist, darauf zu achten, *daß sich die Geschichten mit den Personen befassen.*«

2 Der Maquis spielt heute eine große Rolle in STAR TREK – VOYAGER.

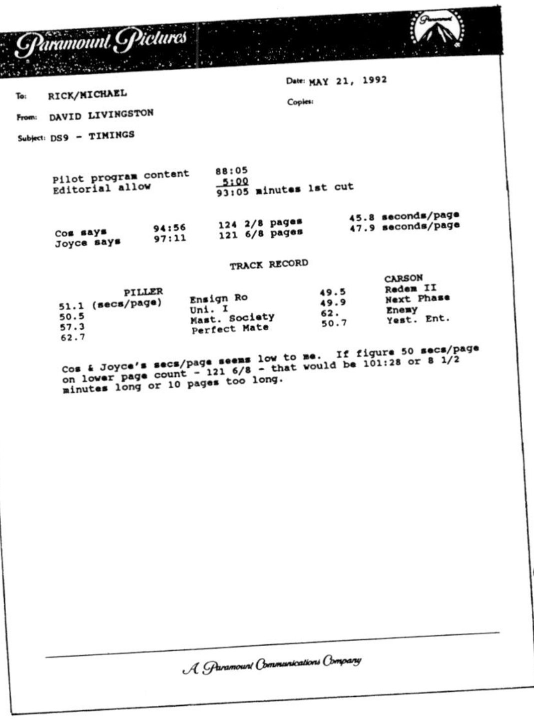

Paramount Pictures

To: RICK/MICHAEL
Date: MAY 21, 1992
From: DAVID LIVINGSTON
Copies:
Subject: DS9 - TIMINGS

Pilot program content	88:05	
Editorial allow	5:00	
	93:05	minutes 1st cut

Cos says	94:56	124 2/8 pages	45.8 seconds/page
Joyce says	97:11	121 6/8 pages	47.9 seconds/page

TRACK RECORD

PILLER			CARSON
51.1 (secs/page)	Ensign Ro	49.5	Redem II
50.5	Uni. I	49.9	Next Phase
57.3	Mast. Society	62.	Enemy
62.7	Perfect Mate	50.7	Yest. Ent.

Cos & Joyce's secs/page seems low to me. If figure 50 secs/page on lower page count - 121 6/8 - that would be 101:28 or 8 1/2 minutes long or 10 pages too long.

A Paramount Communications Company

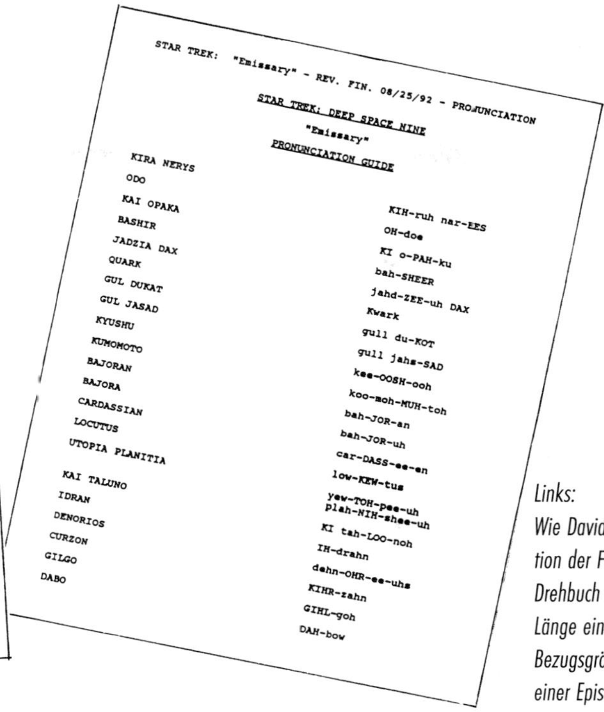

STAR TREK: "Emissary" - REV. FIN. 08/25/92 - PRONUNCIATION

STAR TREK: DEEP SPACE NINE

"Emissary"

PRONUNCIATION GUIDE

KIRA NERYS	KIH-ruh nar-EES
ODO	OH-doe
KAI OPAKA	KI o-PAH-ku
BASHIR	bah-SHEER
JADZIA DAX	jahd-ZEE-uh DAX
QUARK	Kwark
GUL DUKAT	gull du-KOT
GUL JASAD	gull jahs-SAD
KYUSHU	kee-OOSH-ooh
KUMOMOTO	koo-moh-MUH-toh
BAJORAN	bah-JOR-an
BAJORA	bah-JOR-uh
CARDASSIAN	car-DASS-ee-en
LOCUTUS	low-KEW-tus
UTOPIA PLANITIA	yew-TOH-pee-uh plah-NIH-shee-uh
KAI TALUNO	KI tah-LOO-noh
IDRAN	IH-drahn
DENORIOS	dehn-OHR-ee-uhs
CURZON	KIHR-zahn
GILGO	GIHL-goh
DABO	DAH-bow

Links:
Wie David Livingstons mysteriöse Kalkulation der Filmsekunden, die sich aus dem Drehbuch ergeben werden, zeigt, ist die Länge eines Drehbuchs eine wichtige Bezugsgröße für die Produktionsplanung einer Episode.

Rechts:
Autoren für DEEP SPACE NINE haben eine zusätzliche Aufgabe zu erledigen, wenn sie ihr Manuskript abliefern.

Wie man eine Geschichte verkauft

Jetzt haben Sie also in den Schlagzeilen etwas gefunden, woraus man eine Geschichte machen kann, die sich bestens für das STAR TREK-Universum eignet und die so erzählt werden kann, daß sie die Personen von DEEP SPACE NINE einbezieht. Sie haben auch Kopien von DEEP SPACE NINE-Drehbüchern gelesen und wissen alles über die Eröffnung und die Aufteilung in fünf Akte, so daß Sie sie strukturieren können.[3] Was passiert als nächstes? Um eine Geschichte zu verkaufen, kann man grundsätzlich zwei Wege einschlagen.

Der erste besteht darin, auf gut Glück ein Manuskript zu schreiben, daß so gut ist, daß Michael Piller es kauft, sobald er es gelesen hat.[4] Das geschieht zwar selten, aber bei THE NEXT GENERATION war es der Fall: Ronald D. Moores ›The Bonding‹ und Melinda Snodgrass' ›Measure of a Man‹ waren beides solche Manuskripte, und beide Autoren wurden schließlich Mitglieder des Autorenstabs.

Die zweite und üblichere Methode ist die, dem Autorenstab eine Geschichte vorzuschlagen, die dann gekauft wird. Bei einem solchen Treffen setzt sich der Autor mit einem oder mehreren Mitgliedern des Autorenstabs zusammen und erzählt die verschiedenen Ideen. Es ist nicht notwendig, daß eine solche Geschichte bis ins letzte Detail entwickelt ist, aber sie sollte einen beeindruckenden Anfang haben, einige gute Szenen für die Figuren und einige unerwartete Handlungsverläufe aufweisen und ein festgelegtes Ende haben.

Die Idee, Geschichten für die Serie vorzuschlagen, entbindet Sie aber nicht von der Pflicht, ein Manuskript zu schreiben. Bevor die Mitarbeiter von Piller einen Besprechungstermin mit einem Autoren vereinbaren, der nicht von einem Agenten vertreten wird, wollen sie dessen Arbeitsweise beurteilen. Und das ist nur möglich, wenn sie das Manuskript lesen.

Nachdem das Manuskript bewertet worden ist – was zwischen sechs und neun Monaten dauern kann –, gibt es drei mögliche Reaktionen. Erstens kann es sein, daß Pillers Büro das Manuskript mit einer Absage zurückschickt. Die zweite Möglichkeit ist,

3 Im Idealfall sollte der Teaser 3 bis 6 Seiten lang sein, jeder Akt sollte einen Umfang von 10 bis 11 Seiten haben, so daß ein erster Drehbuchentwurf einen Gesamtumfang von 55 oder 56 Seiten hat. Die Drehbuchauszüge, die in diesem Buch abgedruckt sind, zeigen die gleichen Einzüge, Absätze und Satzlänge, die in einem tatsächlichen Drehbuch verwendet werden müssen.
Verständlicherweise kann Paramount nicht jedem, der eine Geschichte für DEEP SPACE NINE schreiben möchte, eine Drehbuchkopie zusenden. Erfahrene Fernsehautoren können Drehbücher von ihren Agenten erhalten.

4 Ein Drehbuch ›auf gut Glück‹ ist ein Drehbuch, das der Autor aus eigener Veranlassung geschrieben hat, ohne daß ihm ein Kaufangebot vorliegt. Kein angesehenes Produktionsunternehmen bittet die Autoren, auf Verdacht zu schreiben, aber alle Unternehmen benötigen normalerweise Arbeitsmuster eines Autors, um ihn einschätzen zu können. Wenn ein Autor die ersten Schritte unternimmt und noch keine Verkäufe vorweisen kann, dann machen ein oder zwei derartige Drehbücher einen guten Eindruck.
Liest Michael Piller wirklich solche auf Verdacht eingereichten Drehbücher? Nur, wenn jemand aus dem Autorenstab ihm eines empfohlen hat. Der Autorenstab nimmt sich Woche für Woche solche Manuskripte vor, um über sie zu entscheiden. Gute Manuskripte werden weitergereicht und dann Piller für eine endgültige Entscheidung vorgelegt.

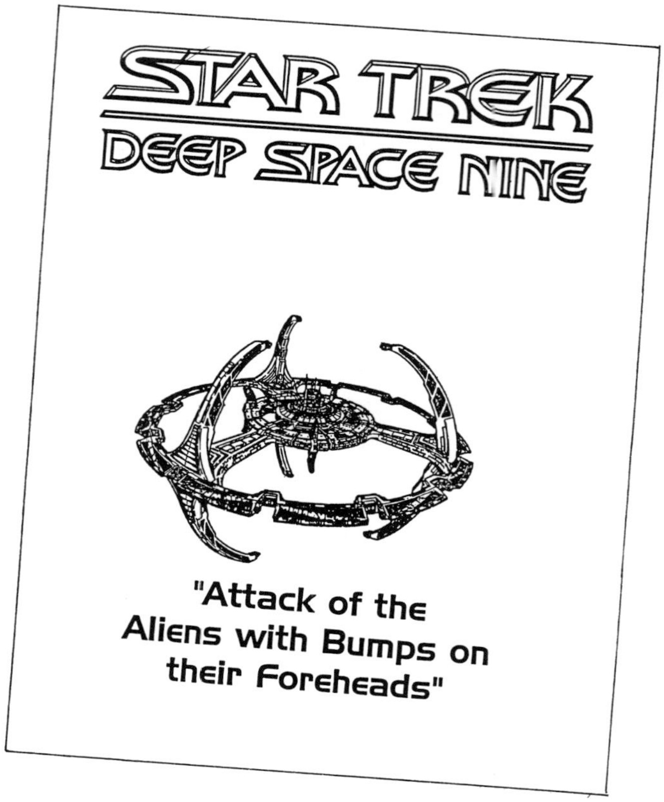

Oben links:
Zum Ende der ersten Season besaßen die DEEP SPACE NINE-Drehbücher ein eigenes Logo und ein eigenständiges Aussehen.

Oben rechts:
Obwohl dieses Titelblatt im Art Department von DEEP SPACE NINE an der Wand hängt, haben wir gewisse Zweifel, daß das dazugehörige Drehbuch jemals in Produktion gehen wird.

daß das Manuskript zurückgeschickt wird, Sie aber eine Einladung zu einem Gespräch erhalten. Und die dritte ist, daß Piller das Manuskript kaufen will. In diesem Fall ist es fast schon sicher, daß Sie dann auch zu einem Gespräch über mögliche andere Ideen eingeladen werden. Bis heute (also bis zum Ende der zweiten Season) wurde noch kein auf gut Glück eingeschicktes Manuskript gekauft. Aber einmal ist immer das erste Mal.

Daß das Manuskript abgelehnt, man aber dennoch zu einem Termin eingeladen wird, ist keineswegs ungewöhnlich. Es gibt viele Gründe für die Ablehnung eines Manuskripts, die nichts damit zu tun haben, wie gut eine Geschichte ist oder wie gut sie geschrieben ist. Der häufigste Grund ist der, daß das Manuskript einer bereits behandelten Thematik ähnelt. (Wir kennen ein Autorenteam, das eine Idee für DEEP SPACE NINE einreichte und erfuhr, daß diese Idee so gut sei, daß man sie bereits am nächsten Tag senden werde! Diese Autoren hatten eine Geschichte geschrieben, die nahezu identisch war mit einer Episode, die gedreht aber noch nicht gesendet worden war. Wenn man bedenkt, daß Geschichten für Fernsehepisoden einem gewissen Aufbau folgen und alle Autoren mit den gleichen Figuren und Beziehungen arbeiten, dann ist es nicht verwunderlich, daß unabhängig voneinander so viele ähnliche Geschichten entstehen. Da aber diese Autoren die Atmosphäre der Serie getroffen hatten, wurden sie eingeladen.)

Die Tatsache, daß ein Autor seine Fähigkeit bewiesen hat, ein den Vorschriften entsprechendes, 56 Seiten langes Manuskript zu schreiben – ohne Tippfehler –, das sich auf die Hauptpersonen konzentriert und Dialoge enthält, die den Personen entsprechen, zeigt dem Autorenstab, daß es keine Zeit- und Geldverschwendung sein wird, diesem Autoren Gelegenheit zu geben, weitere Ideen vorzuschlagen, und ihm den Auftrag zu geben, das Manuskript zu schreiben.

Geld- und Zeitverschwendung sind ein wichtiger Faktor, weil Paramount an die Vorschriften der Autoreninnung, der Writers Guild of America, gebunden ist, die eindeutig bestimmt, daß die Bezahlung für ein Drehbuch niemals davon abhängt, ob es auch verwertbar ist. Die Bezahlung hängt ausschließlich davon ab, daß ein Drehbuch vorgelegt wird. Mit anderen Worten: Wenn Sie eine Idee vorschlagen und den Auftrag erhalten, das Drehbuch zu schreiben, und dabei kommen 100 Seiten in Versform gefaßter Dialoge heraus, die eine 15 Millionen Dollar teure Spezialeffektszene erfordern, dann muß Paramount für diese völlig unbrauchbare Arbeit bezahlen. Wenn der Autorenstab also diesen Auftrag erteilt, dann muß er sicher sein, daß die Person, die ihn erhält, ihn auch in professioneller Art und Weise erledigt. Und darum ist das Manuskript so wichtig.

Angenommen, Sie schreiben ein Manuskript, das eine Einladung nach sich zieht – was erwartet Sie dann? Zunächst einmal eine freundliche und begeisterte Zuhörerschaft. Der Autorenstab braucht Ideen und ist dazu angehalten, die Präsentation eines Autors nicht zu unterbrechen.

Auf der Seite des Autors dagegen ist es wichtig, die Zuhörer nicht hinzuhalten. Bereiten Sie eine kurze und eine längere Version jeder Geschichte vor. Erzählen Sie zuerst die kurze, in der Sie in ein oder zwei Minuten erklären, worum es geht. So kann der Autorenstab rasch die Geschichten abhaken, die offensichtlich nicht funktionieren werden. Falls die kurze Version Anklang findet, gehen Sie ins Detail. Wenn der Autorenstab die Geschichte mag, wird man Fragen stellen oder andere Handlungsverläufe vorschlagen. Beteiligen Sie sich aktiv an diesen Unterhaltungen. Für DEEP SPACE NINE zu schreiben, ist ein Gemeinschaftserlebnis, und Sie stellen nicht nur Ihre Geschichten, sondern sich selbst vor. Immerhin möchte der Autorenstab, wenn er eine Ihrer Ideen kaufen will, wissen, ob er mit Ihnen arbeiten kann. Lassen Sie die anderen wissen, daß das machbar ist.[5]

Eine solche Besprechung kann zwischen zehn Minuten und einer Stunde dauern, wobei der Autor die Möglichkeit hat, sechs bis acht Ideen zu präsentieren, von denen eine Hälfte recht detailliert ausgearbeitet sein kann, die andere Hälfte dagegen nur in groben Zügen. Erfahrene Fernsehautoren bereiten eine Reihe Ideen vor, die nur aus einem Satz bestehen, um zu sehen, ob irgendeine dieser Ideen Eindruck machen kann. Um damit durchzukommen, muß man in der Lage sein, sich aus dem Stand heraus das Zwischenspiel zwischen den Personen und die Struktur der Geschichte auszudenken. Darum ist das für Anfänger nicht zu empfehlen.

Aber selbst wenn dieser Termin gut verläuft, werden Sie keine Zusage erhalten, es sei denn, Michael Piller persönlich ist anwesend – was bei Neulingen aber höchst unwahrscheinlich ist. Die Entscheidung, eine Idee zu kaufen, liegt stets bei Piller, der sich vom Autorenstab über die ansprechenden Ideen berichten läßt. Manchmal weisen Mitarbeiter des Autorenstabs darauf hin, daß ihnen ein bestimmter Aspekt gefällt, daß sie aber das Gefühl haben, daß die Geschichte insgesamt nicht überzeugend ausgearbeitet ist. In diesem Fall geben sie zu verstehen, daß sie daran interessiert wären, sich die Idee noch einmal anzuhören, *wenn* der Autor daran noch ein wenig arbeiten würde. Das ›Wenn‹ muß betont werden, da sie den Autor nicht geradewegs auffordern dürfen, weiter an der Idee zu arbeiten. Dann nämlich würden sie ihm den Bestimmungen der Innung zufolge einen Auftrag erteilen und müßten dafür bezahlen.

Wenn man Sie erneut einlädt, nehmen Sie diese Einladung unbedingt an. Hartnäckigkeit und Enthusiasmus sind zwei Eigenschaften, die bei DEEP SPACE NINE sehr geschätzt werden. Und bei jedem Mal, wenn Sie mit den Mitarbeitern sprechen, erfahren Sie ein wenig genauer, was sie suchen und wie sie über die Entwicklung einzelner Ideen denken. Und beim nächsten Vorschlag wird Ihre Idee dem Gesuchten ein deutliches Stück näher sein.

5 Es ist Ansichtssache, ob ein Autor nach einer solchen Besprechung Notizen hinterlassen soll. Den Richtlinien der Guild entsprechend, darf kein Studio einen Autoren auffordern, etwas niederzuschreiben, ohne dafür zu bezahlen. Es gibt aber andererseits keine Vorschrift, die es dem Autoren verbietet, freiwillig ein paar kurze Anmerkungen über jede besprochene Idee zurückzulassen. Viele Mitarbeiter schätzen eine solche Aufmerksamkeit, da sie zu jedem Vorschlag einen schriftlichen Bericht vorlegen müssen.
Wenn Sie Notizen hinterlassen möchten, dann sagen Sie das den Mitarbeitern zum Beginn der Besprechung, so daß sie sich darauf einrichten können.

Drehbuchdetails werden oft aus produktionstechnischen Gründen geändert. Ursprünglich sollte Kira Quark in dieser Szene aus ›Dramatis Personae‹ an den Ohren über die Theke ziehen – wobei Armin Shimermans Maske abgerissen worden wäre. Eine andere Veränderung, die aus dieser Modifizierung resultierte, ergab sich später im Drehbuch. Quark war mit einer Halskrause zu sehen, nicht mit einem Ohrenverband, wie ursprünglich geplant. Um solche Details ausfindig zu machen, werden vor Produktionsbeginn Besprechungen abgehalten.

Nach dem Verkauf

Wollen wir einmal optimistisch sein und sagen, daß Sie einige Tage nach Vorstellung Ihrer Ideen einen Anruf erhalten und Michael Piller Ihnen sagt, daß er Ihre Idee kaufen möchte. Außerdem lädt er Sie ein zu einem Gespräch über Ihre Geschichte. Ob Sie den Auftrag erhalten, das Drehbuch zu schreiben, oder nicht, kann man nicht im voraus sagen, besonders nicht bei einem Neuling.

Leute, die keine Fernsehautoren sind, glauben im allgemeinen, daß ein Drehbuch zu schreiben nichts anderes ist, als einen Roman zu schreiben. Der Autor setzt sich an den Computer, beginnt mit AUFBLENDE auf Seite 1 und schreibt bis zum ENDE auf Seite 56.

Aber das ist nicht der Fall.

Ein Roman ist die Schöpfung einer oder mehrerer Personen. Man kann ruhigen Gewissens davon ausgehen, daß jedes Wort geschrieben wurde, weil der Autor das so wollte, und daß die Geschichte die Summe dieser Worte ist, weiter nichts. Wie wir aber gesehen haben, ist ein Fernsehdrehbuch nur der Anfang für die kreativen Beiträge Dutzender Personen und für die technischen Fähigkeiten vieler Dutzend anderer. Da die erfolgreiche Vollendung eines DEEP SPACE NINE-Drehbuchs Zeit und Arbeit so vieler Menschen und beträchtliche Geldmittel von Paramount in Anspruch nimmt, ist es nur vernünftig, daß jeder Schritt sorgfältig beobachtet und gegebenenfalls korrigiert wird, bevor der nächste Schritt erfolgen kann.

Der erste Schritt, tatsächlich ein Drehbuch für DEEP SPACE NINE zu schreiben, hat nichts mit dem Format eines Drehbuchs zu tun. Er hat auch nichts damit zu tun, die Geschichte in Akte aufzuteilen. Es ist lediglich eine Geschichte von sieben oder acht Seiten Länge. Der Zweck dieser Übung ist, den gesamten Aufbau der Handlung festzulegen und – nicht zu vergessen – dem Autorenstab etwas zu geben, worauf er reagieren kann.[6]

Um das Ganze nicht zu theoretisch zu belassen, hier nun die ursprüngliche Geschichte, die Robert Hewitt Wolfe für die Abschlußepisode der ersten Season, ›In the Hands of the Prophets‹, schrieb. Sie datiert vom 18. Februar 1993. Sie dient auch der Verdeutlichung, wie detailliert eine Idee ausgearbeitet sein sollte, wenn man sie dem Autorenstab vorschlagen möchte.[7]

STAR TREK: DEEP SPACE NINE

›In the Hands of the Prophets‹

Robert Hewitt Wolfe

Diese Geschichte beschäftigt sich mit dem Konflikt zwischen den Werten der Föderation und der Spiritualität der Bajoraner.

Zu Anfang unterrichtet Keiko ihre Schüler über DNS-Forschung. Die möglichen Ursprünge des Lebens werden behandelt (Aminosäuren? Einzeller? Bitte um Hilfe für Bio-TECH). Sie ist überrascht, als der Abt des bajoranischen Tempels auf Deep Space Nine ihre Klasse besucht. Keiko setzt den Unterricht fort, während sie dem Abt freundlich zunickt, der den Gruß aber nicht erwidert. Nachdem sie den Unterricht eine Zeitlang fortgesetzt hat, beginnt der Abt, Fragen zu stellen – Fragen, die die wissenschaftlichen Fakten herausfordern, indem er ihnen religiöse Ansichten entgegenstellt, die von den Propheten gelehrt, von den Schülern interpretiert und von den Kais seit Jahrhunderten bewahrt werden. Keiko erklärt die wissenschaftlichen

6 Anfänger wollen oft wissen, ob sie auch eine Inhaltsangabe anstelle eines Drehbuchs vorlegen können. Nein, sie können nicht.

7 Weil Wolfe zu dieser Zeit Mitarbeiter des Autorenstabs war (er ist jetzt Story Editor für die Serie), mußte er sein Originalkonzept nicht erst einreichen. Der Ausgangspunkt für die Handlung – eine Kontroverse, die damit beginnt, daß Keiko Themen unterrichtet, die im Widerspruch zum bajoranischen Glauben stehen – befand sich auf der ›Ideentafel‹ in Michael Pillers Büro. Dort finden sich Ideen, die auf einen einzigen Satz reduziert sind und die Piller gerne in Episoden umgesetzt sehen würde. Wolfe, der gerade einen Auftrag erledigt hatte, kam in Pillers Büro und fragte, ob er diese bewußte Idee ausarbeiten dürfe. Piller sagte zu, Wolfe lieferte schließlich das ab, was das Gegenstück zum Pilotfilm wurde.

Theorien, so gut sie kann, erregt damit aber schließlich nur den Zorn des Abts, der wütend die Klasse verläßt und Keiko der Blasphemie bezichtigt.

In der Zwischenzeit hat Odo O'Brien in sein Büro gerufen, da einer seiner Überwachungsmonitore ausgefallen ist. O'Brien beauftragte seine bajoranische Praktikantin Anara mit der Reparatur, aber sie hat den Auftrag offensichtlich nicht erledigt. O'Brien krempelt die Ärmel hoch und begibt sich an die Arbeit. Kurz darauf macht er eine ärgerliche Feststellung. Eines seiner Werkzeuge fehlt ... eines, das er braucht, um die Reparatur durchzuführen. Odo erwägt die Möglichkeit, daß O'Brien es verlegt hat, aber O'Brien verlegt seine Werkzeuge nicht. Er befiehlt dem Computer, den Verbleib festzustellen. Da sich mehrere identische Werkzeuge auf der Station befinden, soll der Computer die Aufenthaltsorte jedes einzelnen Werkzeugs auflisten.

Währenddessen sucht Keiko Sisko auf und berichtet ihm von der Auseinandersetzung mit dem Abt. Sisko erklärt, daß seit dem Verlust von Kai Opaka traditionalistische und fortschrittliche Parteien um die Kontrolle der religiösen Orden Bajors streiten. Die Traditionalisten wollen, daß Bajor zu seinen alten Traditionen zurückkehrt, die die Religion in den Mittelpunkt des täglichen Lebens stellen. Sisko glaubt, daß diese Traditionalisten versuchen, Keiko dazu zu benutzen, um eine Entscheidung in dieser Auseinandersetzung herbeizuführen. Aber er verspricht, sich für Keiko einzusetzen. Als eine Einrichtung der Föderation muß ihre Schule unabhängig von der bajoranischen Regierung und frei von bajoranischen Religionskonflikten bleiben.

Sisko versucht, mit dem Abt zu reden. Niemand wird gezwungen, Keikos Schule zu besuchen. Bajoranischen Eltern ist es freigestellt, ihre Kinder aus der Schule zu nehmen, wenn sie das wünschen. Der Abt teilt diese Ansicht nicht. Dies ist eine bajoranische Station, und die Schule sollte sich den bajoranischen Traditionen fügen. Sisko zitiert die Propheten, um seinen Standpunkt zu untermauern, aber der Abt bleibt unbeeindruckt. Wenn Keiko nicht ihre Blasphemie aufgibt und statt dessen die bajoranische Wahrheit lehrt, kann der Abt keine Verantwortung für die Konsequenzen übernehmen.

Sisko berät sich mit Kira, die befürchtet, daß die Situation trotz Siskos Anstrengungen eskalieren wird.

Während sich die Handlung fortentwickelt, stellen wir fest, daß Kiras schlimmste Befürchtungen Wirklichkeit werden: Vom Abt aufgestachelt verhält sich eine vernehmbare Minderheit der auf der Station lebenden Bajoraner gegenüber dem Starfleet-Personal zunehmend feindlich. Sisko unternimmt alles, um die Situation zu entschärfen, aber seine Anstrengungen scheinen die Sache nur noch schlimmer zu machen.

Während die Spannung zwischen Bajoranern und Föderation steigt, sieht sich O'Brien mit einem immer größer werdenden Rätsel konfrontiert. Nicht nur sein Gerät fehlt, auch andere Werkzeuge sind verschwunden. Und überdies ist Anara, O'Briens Praktikantin, ebenfalls verschwunden. Kira vermutet, daß Anara die Werkzeuge gestohlen und sich abgesetzt hat, aber O'Brien ist nicht sicher. Kira und O'Brien untersuchen die Angelegenheit. Es gibt keine Aufzeichnung, daß die Praktikantin die Station verlassen haben könnte. Schließlich finden sie Anaras Insigniencommunicator, aber immer noch keine Spur von der Praktikantin.

Die Situation auf der Station erreicht schließlich einen Punkt, an dem Sisko sich nach Bajor begibt, um sich mit den geistigen Führern der Bajoraner zu beraten. Aber die Bajoraner mauern. Der einzige Führer, der bereit ist, mit ihm zu reden, ist En-Kai Tyma Ran, eine hochangesehene bajoranische religiöse Persönlichkeit und ein unbescholtener Kandidat für die Nachfolge von Kai Opaka. Tyma ist ein großer, stämmiger Exterrorist, trotz seines Alters vital, der sich kleidet und redet wie ein ganz gewöhnlicher Bajoraner. Als Pazifist und Fortschrittsorientierter befindet er sich im Konflikt mit den Traditionalisten in den bajoranischen Orden. Dennoch besitzt er ein wenig Einfluß und verspricht, alles in seiner Macht Stehende zu tun, um Sisko zu helfen.

Auf der Station wirkt sich der Konflikt zwischen den Bajoranern und der Föderation auf das Verhältnis zwischen Kira und O'Brien aus. Dennoch führen sie mit den Sensoren eine zweite Durchsuchung der Station durch, suchen diesmal aber nicht nach den Werkzeugen, sondern nach den Materialien, aus denen sie bestehen. (Föderationstechnik wie die Werkzeuge und cardassianische Technik wie die Station sind leicht auseinanderzuhalten.) Die Suche führt zu einer unerklärlichen Konzentration von Föderationsmaterial in einer aktiven Energieleitung. O'Brien schaltet die Energiezufuhr ab und prüft das. Er und Kira finden die geschmolzenen Überreste der Werkzeuge, die fast bis zur Unkenntlichkeit vernichtet worden sind. Aber das ist nicht alles. Außer den Werkzeugen entdecken sie auch Zellrückstände von organischem Material ... die verstreuten Überreste eines Leichnams.

Kira und Bashir untersuchen diese Überreste. Das in den Zellen enthaltene genetische Material ist auf molekularer Ebene zerstört worden, eine Folge der starken Mikrowellen-Strahlung der Energieleitung. Anhand des Ausmaßes der Zerstörung schätzt Bashir, daß die Überreste drei oder vier Tage alt sind. Eine Identifizierung bleibt schwierig, aber Bashir ist zuversichtlich, daß er in der Lage sein wird, die DNS zu rekonstruieren und zu identifizieren – die aller Wahrscheinlichkeit nach von Anara stammt.

Die Situation auf der Station verschlechtert sich immer mehr. Einige Bajoraner folgen dem Abt und hetzen gegen die Föderation, wobei sie die anderen Bajoraner unter Druck setzen, sie zu unterstützen. Kinder werden aus Keikos Schule genommen. Bajoranische Hilfskräfte erscheinen nicht zum Dienst. Die Stimmung auf der Station wird schlechter und schlechter. Sisko trifft sich mit dem Abt und versucht, die Streitigkeiten aus der Welt zu schaffen, aber der Abt erklärt scheinheilig, daß er außerstande ist, die rechtschaffenen Gewalttätigkeiten seiner Gemeinde unter Kontrolle zu bekommen.

In der Krankenstation macht Bashir eine beunruhigende Entdeckung. Die Zellen, die Kira gefunden hat, wurden von einem Phaser getroffen, bevor sie der Strahlung der Energieleitung ausgesetzt waren. Wer auch immer sich hinter den Zellen verbirgt, sein Tod war kein Unfall.

Schließlich wird die Situation auf der Station unhaltbar. Keikos Leben ist in Gefahr. Durch Sabotage werden wichtige Ausrüstungsgegenstände der Station zerstört. Sisko hat keine andere Wahl, als En-Kai Tyma zu bitten, nach Deep Space Nine zu kommen ...

In der Zwischenzeit identifiziert Bashir endlich die Zellen ... sie stammen von Anara, jedenfalls einige von ihnen. Damit vermischt waren zwei weitere DNS-Ketten. Drei Personen wurden ermordet, nicht nur eine. Und Bashir hat keine Ahnung, wer die beiden anderen waren.

En-Kai Tyna kommt auf die Station, um den Streit zu schlichten. Sisko betont, daß dies ein entscheidender Test für die Beziehungen zwischen den Bajoranern und der Föderation ist. Wenn Bajor das Gefühl hat, daß seine Kultur und seine Werte nicht respektiert werden, dann wird die Föderation nicht willkommen sein. Auf der anderen Seite wird in der Föderation kein Platz für die Bajoraner sein, wenn diese nicht lernen, Toleranz zu üben. Tyma und Sisko begeben sich zu Quarks Bar, wo sich alle Beteiligten zu Gesprächen treffen wollen.

Kurz nachdem sie gegangen sind, kommt Bashir in die OPS. Er hat seltsame Spurenelemente in den Zellen entdeckt, Fasern einer Wolle, die auf Bajor hergestellt wird ... ein Stoff, der fast ausschließlich von bajoranischen Mönchen getragen wird. Kira fragt den Computer, ob alle Mönche aus dem Tempel registriert sind. Der Computer erwidert, daß alle Mönche registriert sind; sie befinden sich auf der Promenade und warten auf Tyma.

Schnitt zu zwei Mönchen aus der Gruppe. Als sich Tyma nähert, ziehen sie Phaser, die sie auf der Promenade versteckt hatten; sie zielen auf den En-Kai und wollen feuern ... da materialisiert Kira. Sie alarmiert Sisko, die beiden überwältigen die Mönche/Attentäter und retten den En-Kai.

Unglücklicherweise überlebt keiner der beiden Mönche. Sie hatten eine Droge genommen, die einen auf Betäubung gestellten Phaser für sie tödlich werden ließ. Aber es hätte viel schlimmer kommen können. Ohne die sorgfältige Arbeit des bajoranischen und des Föderationspersonals auf der Station wäre der En-Kai jetzt tot.

Später melden sich O'Brien und Kira bei Sisko und dem Abt. Sie bestätigen, daß die fehlenden Werkzeuge benutzt wurden, um die Waffendetektoren der Promenade abzuschalten. Ob Anara freiwillig mitmachte oder ob sie dazu gezwungen wurde, werden sie nie erfahren. Die Attentäter töteten sie und die Mönche, um ihre Spuren zu verwischen. Der Abt bedankt sich bei Sisko und seiner Crew dafür, daß sie das Leben des En-Kai gerettet haben. Die Attentäter wurden operativ verändert, damit man sie von den ermordeten Mönchen nicht unterscheiden konnte. Sisko fragt sich laut, wie die Attentäter wissen konnten, daß der En-Kai auf die Station kommen würde. Alles deutet darauf hin, daß sie den Anschlag schon lange vorbereitet hatten. Welch ein Zufall, daß der Abt gerade diese Zeit auswählte, um sich gegen die Lehrmethoden von Keiko auszusprechen. Der Abt stimmt zu ... ein unglücklicher Zufall.

Die Lage auf der Station normalisiert sich schnell. Aber nicht alle bajoranischen Kinder kehren in die Schule zurück. Auf der Station gibt es immer noch eine unterschwellige Spannung ... und in Quarks Bar nimmt Quark Wetten an, wer der nächste Kai sein wird. Tyma liegt mit einer Quote von vier zu eins vorn.

Es gibt viele Unterschiede zwischen dieser vorläufigen Geschichte und der endgültigen Episode, aber das Handlungsgerüst ist vorhanden. Die Veränderungen sind die Folge eines Prozesses, der dem des permanenten Dialogs zwischen Rick Berman und Michael Piller sehr ähnlich ist, als sie die Handlung für den Pilotfilm entwickelten. Als Berman und Piller das machten, waren sie aber die einzigen daran beteiligten Autoren, und sie hatten relativ viel Zeit. Jetzt, da sich die Serie mitten in der laufenden Produktion befindet, müssen die wechselseitigen Einflüsse, die für die Entwicklung der Geschichte erforderlich sind, viel schneller und wirkungsvoller ablaufen. Und so sind nicht nur zwei Leute beteiligt, sondern der gesamte Autorenstab nimmt an diesem Prozeß teil. Und anstatt ein paar ›preiswerte Hühnchen‹ einzuschieben, folgt der Autorenstab bei der Entwicklung einem formaleren Weg.

Nach den ersten Rückläufen zerlegt der Autor die Geschichte in eine grobe Szenenaufteilung. Nachfolgend nun Wolfes Originalfassung vom 23. Februar 1993.

STAR TREK: DEEP SPACE NINE

›In the Hands of the Prophets‹
Robert Hewitt Wolfe

23. 2. 1993

ERÖFFNUNG

1. O'Briens Quartier
Miles und Keiko verbringen einen typischen Morgen. O'Brien hat eine lange Liste der Projekte, an denen er arbeiten muß. Keiko fragt, ob seine bajoranische Praktikantin eine Hilfe ist. Anara? Sie bemüht sich, aber sie lernt immer noch. Keiko verabschiedet sich von ihm mit einem Kuß und der Ermahnung, kein Glop-am-Stiel mehr zu essen. Er hat ein wenig zugenommen.

2. Promenade
O'Brien geht auf dem Weg zur Arbeit am Kiosk vorbei. Er sieht ein Glop-am-Stiel ... er versucht, sich zu beherrschen ... aber schließlich gibt er nach. »Vielleicht nur ein einziges.« Während er das Glop-am-Stiel kauft, geht eine bajoranische religiöse Führerin an ihm vorbei, begleitet von einer kleinen Gefolgschaft.

3. Keikos Klassenzimmer
Keiko unterrichtet die Klasse; Thema der Stunde: die Entstehung der Aminosäuren. Jake ist anwesend, Nog fehlt. Als sie den Unterricht beginnt, betritt der Vater eines ihrer bajoranischen Schüler den Raum, gefolgt von der bajoranischen religiösen Führerin, die auf der Promenade an O'Brien vorbeigegangen ist. Der Vater stellt sie als Pahr Winn vor und erklärt, daß sie gekommen ist, um dem Unterricht beizuwohnen. Keiko setzt ihren Unterricht fort. Aber schon bald beginnt Winn, ihren Lehrstoff zu hinterfragen. Keiko verteidigt das, was sie lehrt, aber das fordert nur den Zorn von Winn heraus, die Keiko der Blasphemie bezichtigt.

ERSTER AKT

1. Sicherheitsbüro
O'Brien arbeitet an Odos Beobachtungsmonitoren, die gestört sind. Anara sollte sie eigentlich reparieren, aber sie ist nie aufgetaucht. O'Brien entdeckt, daß sein bevorzugter Phasenjustierungsschlüssel fehlt. Odo vermutet, daß er ihn verlegt hat. »Ich ›verlege‹ niemals mein Werkzeug.« O'Brien läßt den Computer nach dem Werkzeug suchen.

2. Siskos Büro
Keiko sucht Sisko auf und berichtet ihm von ihrer Auseinandersetzung mit Pahr Winn. Sisko ist dieser Name geläufig. Winn ist eine wichtige Führerin der bajoranischen Traditionalisten, in etwa vergleichbar mit einem Erzbischof. Sisko erklärt den Konflikt zwischen den Traditionalisten und den Fortschrittsorientierten. Er verspricht, sich für Keiko einzusetzen.

3. Bajoranischer Schrein
Sisko trifft sich mit Winn und versucht, mit ihr vernünftig zu reden. Niemand wird gezwungen, an Keikos Unterricht teilzunehmen. Bajoranische Eltern können ihre Kinder aus der Schule nehmen, wenn sie das möchten. Winn: Das genügt nicht. Das hier ist eine bajoranische

Station, und sie muß den bajoranischen Traditionen folgen. Wenn Keiko ihre Blasphemie nicht aufgeben wird, wird Winn für die Konsequenzen keine Verantwortung übernehmen.

ZWEITER AKT

1. OPS
Sisko berät sich mit Kira, die von Winn voller Bewunderung spricht und die bajoranische Perspektive des Konflikts beschreibt.

1b. Ops
O'Brien meldet Kira ein Problem. Außer seinem Schlüssel fehlen auch noch andere Werkzeuge. Außerdem findet sich auch keine Spur von Anara, O'Briens Praktikantin.

2. KLASSENZIMMER
Der Vater, der Winn in die Schule geführt hat, nimmt seine Tochter aus dem Unterricht. Er verhält sich kleinlaut, abweisend, vielleicht auch ein wenig verängstigt.

3. IM ALL
Logbucheintrag. Auseinandersetzungen zwischen Bajoranern und Mitgliedern der Föderation ereignen sich immer öfter.

4. OPS
Viele bajoranische Hilfskräfte sind nicht zum Dienst erschienen, da sie angeblich gelerianische Grippe haben. Kira erklärt, daß sie ihrem Dienst nicht nachkommen, weil sie entweder damit ihre Unterstützung für Winn ausdrücken wollen oder weil sie Repressalien fürchten. Sisko entschließt sich, Bajor zu besuchen.

4a. OPS
O'Brien und Kira entdecken Spuren der fehlenden Werkzeuge.

5. ENERGIELEITUNG
Kira und O'Brien stoßen auf die geschmolzenen Überreste der Werkzeuge in einer aktiven Energieleitung. Die Werkzeuge sind nahezu bis zur Unkenntlichkeit zerstört worden. Außer den Werkzeugen finden sie auch Zellrückstände von organischem Material ... die verstreuten Überreste eines Leichnams.

DRITTER AKT

1. TEMPEL DES KAI
Sisko stößt bei einem bajoranischen Mönch auf beharrliches Schweigen. Während er am Brunnen wartet, begegnet ihm Pahr Eniyo, ein angesehener, fortschrittlicher Führer. Er hat von der Situation auf der Station gehört und fühlt mit Sisko. Sie sprechen über Pahr Winn und Kai Opaka. Nachdem er Sisko kennengelernt hat, verspricht Eniyo alles zu tun, um zu helfen.

2. BASHIRS LABOR
Kira und Bashir. Eine Analyse der Überreste läßt erkennen, daß die DNS auf Molekularebene durch den Energiefluß in der Leitung zerstört wurde. Es könnte Anara sein. Bashir ist darauf erpicht nachzuforschen. Kira hat kein Vertrauen in ihn, aber Bashir verspricht, Ergebnisse zu liefern.

3. O'Briens Quartier
O'Brien und Keiko unterhalten sich über die Vorkommnisse. Keiko hofft, daß sie das Richtige macht. O'Brien sagt ihr, er wüßte nicht, daß sie jemals etwas anderes als das Richtige getan habe. Sie verbringen einen zärtlichen Augenblick. Keiko sagt Miles, daß sie weiß, daß er wieder Glop gegessen hat. Miles gesteht es ein. »Siehst du, ich habe doch gesagt, daß du immer recht hast.«

4. OPS
Sisko kehrt zurück.

5. Siskos Büro
Kira berichtet Sisko über die jüngsten Entwicklungen. Quark stürmt in das Büro und stellt Sisko zur Rede, da er mit seinem Geschäft Verlust macht. Die meisten Kunden sind Bajoraner, und die bleiben nun scharenweise weg. Sisko sagt, daß er tut, was er kann. Quark geht. Kira vermutet, daß von außerhalb der Station gehetzt wird. Kira und Sisko sprechen über die möglichen Vorgehensweisen. Dann wird Kira in Bashirs Büro gerufen.

6. Bashirs Büro
Bashir hat den Körper noch nicht identifizieren können. Kira will sich über ihn auslassen, als er neue Informationen enthüllt. Der Körper geriet erst nach dem Tod in den Einfluß der Energieleitung. Das Opfer wurde tatsächlich mit einem Phaser getötet.

VIERTER AKT

1. OPS
Besprechung mit Sisko, Kira, O'Brien, Dax, Odo und Bashir. Wer ist Anara? Warum wurde sie ermordet? Weder Odo noch Bashir haben darauf eindeutige Antworten. Man ist nicht einmal sicher, ob es Anaras Körper war. Sie werden unterbrochen, als bekannt wird, daß eine (noch näher zu bestimmende) Sabotage stattgefunden hat.

2. Korridor
Sisko, Kira und O'Brien untersuchen den Schaden, den die Sabotage verursacht hat. Wenn sie nicht so viel Glück gehabt hätten, wäre womöglich jemand verletzt oder sogar getötet worden. Kira identifiziert den Zünder als ein altes Lieblingsmodell der Guerillas.

3. Bajoranischer Schrein
Kira stellt Pahr Winn zur Rede. Sie streitet ab, über die Geschehnisse etwas zu wissen. Kira ist außer sich. Sie hatte immer zu Winn aufgeblickt, die im Kampf der Bajoraner um Unabhängigkeit eine wichtige Rolle gespielt hatte. Aber die Station ist von größter Bedeutung für die Bajoraner. Wenn sie Schaden erleidet, fügt Winn ihrem eigenen Volk Schaden zu. Kira hat ihr gegenüber allen Respekt verloren. Winn rät Kira sicherzustellen, daß sie sich in Anbetracht der kommenden Dinge auf der richtigen Seite befindet.

4. Aussenaufnahme – Weltall
Zeitsprung in der Handlung.

5. Korridor
Miles begleitet Keiko zur Schule. Sie reden darüber, ob es ratsam ist, den Unterricht fortzuführen. Die meisten Kinder sind fort, aber Keiko ist entschlossen weiterzumachen. O'Brien geht.

6. Klassenzimmer
Keiko betritt das Klassenzimmer und befiehlt dem Computer, das Licht anzuschalten. Das aktiviert eine Bombe.

FÜNFTER AKT

1. Krankenstation
Bashir berichtet Sisko und O'Brien, daß Keiko in Ordnung ist. Zum Glück sind ihre Verletzungen nur oberflächlich. O'Brien besucht Keiko und bringt ihr Glop-am-Stiel mit.

2. Bajoranischer Schrein
Sisko stellt Winn zur Rede. Er sagt, daß das Ganze ein Ende haben muß: »Dies ist meine Station. Das ist mein Zuhause. Ich werde mir das nicht länger bieten lassen.« Winn sagt, daß sie nichts damit zu tun hat. Das ist eine Sache zwischen Sisko und den Bajoranern. Sisko verneint. Es ist ein bajoranischer Konflikt. Sisko besteht auf einem Treffen zwischen Kira und Winn, um die Sache zu bereinigen. Um eine Lösung zu finden, die allen gerecht wird. Winn sagt, daß sie sich nur mit einem Gleichrangigen treffen wird, und schlägt Pahr Eniyo vor.

3. Luftschleuse/Promenade
Pahr Eniyo kommt an. Er ist überzeugt, daß alles friedlich gelöst werden kann. Er und Sisko begeben sich zum Schrein. Dort werden sie von Winn und dem Abt begrüßt. Kira wird in die Krankenstation gerufen.

4. Krankenstation
Bashir hat jetzt fast herausgefunden, wer das Opfer ist. Als er die DNS-Ketten rekonstruiert, entdeckt er aber ZWEI verschiedene genetische Muster. Das erste gehört tatsächlich zu Anara. Das andere gehört zu dem Abt des Schreins ... dem gleichen Abt, den Kira eben erst auf der Promenade sah. Bashir: »Das ist nicht möglich. Der Abt ist seit Tagen tot.«

5. Bajoranischer Schrein
Die Unterredung beginnt. Während Winn, Sisko und Eniyo die Verhandlungen aufnehmen, gibt jemand dem falschen Abt einen Phaser.

6. Promenade
Kira drängt sich durch die Massen.

7. Bajoranischer Schrein
Der falsche Abt will auf Eniyo schießen ... Kira kommt im letzten Moment hinzu und rettet Eniyo. Sie überwältigt den falschen Abt, der Selbstmord begeht, um sich der Festnahme zu entziehen.

8. OPS
O'Brien und Kira erstatten Sisko Bericht. Sie bestätigen, daß O'Briens fehlende Werkzeuge benutzt wurden, um die Waffendetektoren der Promenade abzuschalten. Ob Anara freiwillig mitmachte oder ob sie dazu gezwungen wurde, werden sie nie erfahren. Der falsche Abt tötete sie und den echten Abt, um seine Spuren zu verwischen. Pahr Winn tritt ein und bedankt sich bei Sisko und seiner Crew, daß sie Eniyo retteten. Der Attentäter wurde operativ verändert, damit er von dem wirklichen Abt nicht unterschieden werden konnte. Es ist ein Wunder, daß er überhaupt entdeckt wurde. Kira beschuldigt Winn, hinter dem Attentat zu stecken. Sie lockte Eniyo auf die Station, sie brachte die Auseinandersetzungen ins Rollen, um das Attentat

in die Wege zu leiten und ihren Rivalen aus dem Weg zu räumen. Pahr lacht. Diese Anschuldigungen sind unhaltbar. Und wenn man ihr auch nur ein Haar krümmt, wird in den Straßen Bajors Blut fließen. Kira und Sisko haben keine andere Wahl, als Pahr Winn unbehelligt abziehen zu lassen.

In der berüchtigten ›Zerlege‹-Runde wird die ursprüngliche Geschichte vom Autorenstab untersucht. Dabei kommt der gesamte Stab zusammen und geht die Geschichte Stück für Stück durch, wobei die Ergebnisse dieser Bemühungen auf einer Tafel festgehalten werden. Rick Berman erhält alle Geschichten zur gleichen Zeit wie Michael Piller. Obwohl Berman an diesen Runden nicht teilnimmt, hat er alle seine Kommentare und Vorschläge an Piller weitergeleitet, der sie in der Runde zur Sprache bringt.

Eine typische Runde kann mehr als zehn Stunden dauern, verteilt über zwei oder drei Tage – was erklärt, warum der Stab vorzugsweise Geschichten von Leuten kauft, die so viel Zeit und Arbeitseinsatz aufbringen können. Unter der Anleitung von Michael Piller beginnen alle an der Serie beteiligten Autoren – von den Produzenten Ira Steven Behr und Peter Allan Fields über die ›Internen‹[8] der Autoreninnung bis hin zum Episodenautor – mit der Eröffnung der Geschichte, diskutieren über die Entwicklung der Charaktere, über Handlungselemente, die dramatische Entwicklung, die Hauptdirektive, ähnliche Geschichten in anderen Serien und Filmen, Besonderheiten für die Produktion (zum Beispiel die Anzahl der Sets oder der Modelle) sowie die fortwährende Darstellung der Mission von Starfleet im bajoranischen System und über die bei STAR TREK möglichen Beweggründe Fremder für ihr Verhalten.

Dialoge werden vorgeschlagen, über den Zweck bestimmter Requisiten wird diskutiert, die Art der Beziehungen zwischen den Charakteren wird untersucht, und unaufhörlich werden schwierige Fragen gestellt. Auch wenn der Autor der Episode in gewisser Weise auf einem heißen Stuhl sitzt, indem er seine Geschichte verteidigt und versucht, sie überzeugender zu machen, so ist es dennoch keine negative Erfahrung. Jeder der Anwesenden ist ausdrücklich dafür da, die bestmögliche DEEP SPACE NINE-Geschichte zu entwickeln. Jeder kann Vorschläge machen, jeder kann sich für die Vorschläge eines anderen aussprechen, aber wenn die Zeit gekommen ist, um ein Urteil zu fällen, dann blicken alle gebannt auf Michael Piller. Piller hat für jeden Kommentar ein offenes Ohr, er lobt und ermutigt gerne, aber letzten Endes trifft er in seiner Funktion als Ausführender Produzent jede Entscheidung.[9]

Am Ende dieser Runde liegt eine Gliederung der Handlung für die Episode vor, die die Eröffnung, die Zerlegung in Akte und alle wesentlichen Handlungselemente enthält. Nachdem Wolfes Entwurf für ›In the Hands of the Prophets‹ diese ›Zerlege‹-Runde durchlaufen hatte, sah sie folgendermaßen aus.

8 Die Writers Guild of America, West, und die angeschlossenen Einrichtungen haben ein Ausbildungsprogramm eingerichtet für Autoren, die zu sogenannten ›geschützten‹ Kategorien zählen – Frauen, ethnische Minderheiten, Körperbehinderte und Autoren über vierzig. Autoren, die in eine dieser Kategorien gehören, dürfen außerdem niemals zuvor als Autor beschäftigt gewesen sein, auch darf keine Film- oder Fernsehproduktionsgesellschaft jemals von ihnen Material gekauft oder eine Option darauf erworben haben.

Im Rahmen dieses Programms dürfen für Serien, die im zweiten oder in einem späteren Jahr laufen, für eine erste Phase von sechs Wochen Autoren als interne Mitarbeiter unter Vertrag genommen werden, diese Phase darf um 14 Wochen verlängert werden. Die Autoren erhalten pro Woche 520 $. Bei DEEP SPACE NINE wohnen diese ›Internen‹ den Handlungsbesprechungen bei, notieren die Aufteilung der Handlung auf einer Wandtafel, lesen und berichten über unverlangt vorgelegte Drehbücher und helfen allgemein dem Autorenstab, mit der unglaublichen Menge an Informationen zurechtzukommen.

In Anhang IV finden Sie die Adresse der Writers Guild, wo Sie weitere Informationen erhalten.

9 Rick Berman bleibt natürlich am gesamten kreativen Prozeß beteiligt, sowohl bei der Entwicklung von Geschichten und Drehbüchern als auch vor und nach der Zerlegung der Handlung in Akte.

STAR TREK: DEEP SPACE NINE
›In the Hands of the Prophets‹
Überarbeitete Fassung
Robert Hewitt Wolfe
17. März 1993

ERÖFFNUNG

1. O'BRIENS QUARTIER
   Miles und Keiko sind auf dem Weg zur Arbeit. Keiko zieht Miles ein wenig auf, da er zuviel Jumja-Stäbchen ißt, ein bajoranisches Dessert. Miles gesteht ein, daß seine neue bajoranische Praktikantin Neela ihn dazu verleitet hat. Unterschwellige Eifersucht von Keiko.
2. KEIKOS KLASSENZIMMER
   Keiko erklärt der Klasse die physikalische Beschaffenheit des Wurmlochs. Die bajoranische Äbtissin Winn verfolgt den Unterricht, dann beginnt sie, Keiko Fragen über die religiöse Lehre der Bajoraner bezüglich des Wurmlochs zu stellen. Winn weist darauf hin, daß Keikos Unterricht Blasphemie ist und daß sie damit nicht weitermachen darf.

ERSTER AKT

1. SICHERHEITSBÜRO
   O'Brien betritt das Büro, um an einer Verbesserung der Waffensensoren für die Promenade zu arbeiten, muß aber feststellen, daß Neela diese Arbeit bereits erledigt hat. Wir sehen, daß sie eine ausgezeichnete Beziehung haben, sowohl auf beruflicher als auch auf persönlicher Ebene. Es ist erkennbar, daß sich O'Brien sehr zu dieser Frau hingezogen fühlen würde, wäre er nicht verheiratet. Neela schließt die Verkleidung, aber sie benutzt das falsche Werkzeug. O'Brien erinnert sie daran, daß sie an einer Einheit arbeitet, die einen Sicherheitsbereich betrifft, und daß sie ein spezielles Werkzeug – einen EJ-7 Interlock – benötigt, um diese Einheit zu öffnen oder zu verschließen. O'Brien will das Werkzeug holen, aber es fehlt. Neela vermutet, daß er es verlegt hat. »Ich verlege mein Werkzeug nicht.« Odo bringt seine Besorgnis zum Ausdruck. Mit einem solchen Werkzeug könnte man sich Zugang zu jeglichem sensiblen System verschaffen.
2. SISKOS BÜRO
   Keiko sucht Sisko auf und berichtet ihm von ihrer Auseinandersetzung mit Äbtissin Winn. Sisko hatte befürchtet, daß so etwas früher oder später geschehen würde. Er weiß, daß die Situation viel komplizierter sein könnte, als Keiko glaubt. Es ist eines der Themen, die sich in dramatischer Weise auf die Beziehungen zwischen der Föderation und den Bajoranern auswirken könnte. Er ruft Kira zu sich, die seine Befürchtungen bestätigt. Keiko und Sisko überlegt, wie sie beschwichtigend und/oder entschärfend auf Winn einwirken könnten. Kira macht ihnen klar, wie sehr sie dem Blickwinkel der Föderation verhaftet sind. Sie kennt und respektiert Winn. Sie macht darauf aufmerksam, daß dies keine Sache ist, die man einfach unter den Teppich kehren kann.
3. BAJORANISCHER SCHREIN
   Sisko trifft sich mit Winn und versucht, mit ihr vernünftig zu reden. Sie weicht ihm aus. Der in der Offensive befindliche Sisko macht darauf auf-

merksam, daß sie keine große Anhängerschaft auf der Station hat und daß sich niemand zuvor über die Schule beschwert hat. Winn räumt ein, daß ihre Gefolgschaft klein ist, daß dies sie aber nicht davon abhält, ihrer Pflicht nachzukommen, den bajoranischen Glauben zu verteidigen. Keiko hat sich in blasphemischer Weise gegenüber den Propheten geäußert. Wenn sie nicht widerruft, wird Winn für die Konsequenzen keine Verantwortung übernehmen.

ZWEITER AKT

1. OPS
Dax, O'Brien und Neela finden das fehlende Werkzeug. Kira fragt O'Brien nach einem fehlenden Besatzungsmitglied, Fähnrich Aquino, der nicht zum Dienst erschienen ist. O'Brien hat ihn seit gestern morgen nicht mehr gesehen. Sie fragen den Computer, der ihnen mitteilt, daß sich Aquino nicht auf der Station befindet.

2. KLASSENZIMMER
Ein Vater nimmt seine Tochter aus Keikos Unterricht. Er verhält sich kleinlaut, abweisend, vielleicht auch ein wenig verängstigt.

3. PROMENADE
Odo beginnt die Suche nach Aquino. Er nimmt die Ankunft der Mönche von Winn auf der Station zur Kenntnis.

4. KORRIDOR
O'Brien und Neela machen das fehlende Werkzeug in einer Energieleitung ausfindig.

4a. ENERGIELEITUNG
Kira und O'Brien finden das fehlende, halb geschmolzene Werkzeug in der Leitung. Außerdem finden sie verkohltes organisches Material sowie einen geschmolzenen Insignienkommunikator. Offensichtlich haben sie Aquino gefunden. Bashir wird die Analyse durchführen.

5. WELTRAUM – AUSSENAUFNAHME
Zeitsprung in der Handlung.

6. PROMENADE
O'Brien spricht mit Keiko über seine Entdeckung. Laut Aquinos Logbuch wollte er seltsame Anzeigen in der Leitung überprüfen. Etwas ging schief, und er kam ums Leben. Die O'Briens wollen am Kiosk Jumja-Stäbchen kaufen, aber der bajoranische Händler weigert sich, sie ihnen zu verkaufen.

6a. PROMENADE – VOR DER SCHULE
Weitere Mönche, Winn, Kinder und Eltern vor der Schule – Winn zu Keiko: »Vielleicht habe ich es mißverstanden. Bitte erklären Sie mir und diesen Leuten, wie Sie über das Wurmloch denken.« Sie zerpflückt jedes von Keikos Argumenten. Die soll einfach versprechen, nicht weiter über das Wurmloch zu lehren. Keiko weigert sich, zensiert zu werden. Bajoranische Eltern nehmen ihre Kinder aus der Schule. Keiko wird dennoch weiter unterrichten. – Abblende mit dem Bild von Jakes irritiertem Gesichtsausdruck.

DRITTER AKT

1. OPS
Die Crew trägt Hinweise zusammen, um herauszufinden, wie Aquino starb. Sein persönliches Logbuch, das Werkzeug sowie ein durchgebrannter

Sicherungsschaltkreis deuten auf ein technisches Versagen hin. Aber O'Brien hat ernsthafte Zweifel; er glaubt nicht, daß Aquino sein Werkzeug nehmen würde, ohne ihn zu fragen. Jake kommt hinzu. Sisko fragt, was nicht stimmt. Sie gehen in sein Büro.

2. Siskos Büro
   Jake erzählt Sisko, was geschehen ist; er versteht, welches Problem es zwischen den Bajoranern und Keiko gibt. Sisko erklärt ihm den bajoranischen Standpunkt ... und gibt zu verstehen, wie schwierig die Situation ist. »Was wirst du tun?« fragt Jake.

3. Aussenaufnahme von Bajor
   Matteaufnahme.

4. Innenaufnahme – Garten des Tempels
   Daar Bareil trifft sich mit Sisko. Er ist ein sehr frommer, integerer Mann, so wie Gandhi. Und er ist der klare Favorit als nächster Kai. Er weiß, daß Winn eine mögliche Gefahr darstellt, aber es wäre für Bareil unpassend, vor seiner Wahl wie ein Kai aufzutreten. Dennoch sympathisiert er mit Sisko und will sehen, was er für ihn tun kann.

5. OPS
   Sisko kehrt zurück – und stellt fest, daß Winns Anhänger auf die Station kommen und einige der bajoranischen Besatzungsmitglieder nicht zum Dienst erschienen sind. Es ist weiterhin eine Spannung in seinem Verhältnis zu Kira zu erkennen, die darauf aufmerksam macht, daß die abwesenden Besatzungsmitglieder durchaus symptomatisch für die nicht funktionierende Beziehung zwischen der Föderation und den Bajoranern sein könnten. Sisko will sich mit den bajoranischen Führern treffen.

6. Krankenstation
   O'Brien bittet Bashir um einen Gefallen. Er möchte, daß er Aquinos Überreste überprüft. O'Brien vermutet einen Mord. Es ist O'Brien sehr unangenehm, Bashir um Hilfe zu bitten.

7. Replimat
   Sisko und Kira treffen sich mit den bajoranischen Führern. Sisko spricht zu den Bajoranern, eigentlich aber zu Kira; er erinnert sie daran, was sie erreicht haben. Er wird von Winn unterbrochen, die die Stimmung aufheizt. Sie weiß, daß Sisko Bareil um Hilfe gebeten hat. Sie sagt, daß Bareil nichts tun kann und nichts tun wird. Sie spielt mit Siskos Zuhörern und macht seine Bemühungen zunichte. Die Bajoraner gehen. Kira und Sisko sind für einen Moment allein. Bashir und O'Brien kommen hinzu. Sie haben jetzt Beweise, daß Aquino ermordet wurde.

VIERTER AKT

1. Büro des Commanders
   (Alle ranghohen Offiziere.) Odo erstattet über den Tagesablauf von Aquino Bericht. Die Aufzeichnungen der Turbolifte stimmen nicht mit denen von Aquino überein. Odo glaubt den Turbolift-Aufzeichnungen. Aquino überprüfte den neuen Flitzer Orinoco, nicht aber die Energieleitung. O'Brien und Neela werden den Fall untersuchen.

2. Runabout-Plattform
   O'Brien und Neela untersuchen den Fall. Erneut erkennen wir die starke Beziehung zwischen ihnen. Sie sind gute Freunde und arbeiten gern zusammen. Die Untersuchung führt zu nichts. Am Flitzer wurden keine Arbeiten

verrichtet. Es waren auch keine Arbeiten erforderlich. Neela beendet ihre Schicht. O'Brien bleibt zurück und blickt auf die geschlossene Verkleidung. Nach kurzem Nachdenken geht er zum Turbolift und läßt sich zur Flitzer-Plattform 2 bringen.

3. PROMENADE
   Odo und Quark reden über die Neuankömmlinge von Bajor. Quark mag sie nicht. Sie sind für das Geschäft nicht so gut, wie sie aussehen. Odo nutzt die Gelegenheit, um Quark über den Mord an Aquino auszuquetschen. O'Brien kommt hinzu. An der Orinoco fand er nichts, aber er entschloß sich, die anderen Flitzer zu untersuchen. Jemand hat die Ganges manipuliert. Sie wurde derart präpariert, daß sie zu einem späteren Zeitpunkt gestohlen werden konnte. Odo sieht Quark vorwurfsvoll an, der aber jegliche Kenntnis in dieser Sache verneint. O'Brien und Odo versuchen, dem Ganzen einen Sinn zu geben. Warum würde jemand Aquino töten? Warum würde jemand einen Flitzer für einen Diebstahl vorbereiten, ihn aber nicht stehlen? Weil dieser Jemand beabsichtigt, seine Aktion erst später auszuführen, und einen Fluchtweg benötigt. Irgend etwas steht bevor. Aber was? Bevor sie zu einem Ergebnis gelangen, ereignet sich eine Explosion.

4. PROMENADE – VOR DER SCHULE
   Das Klassenzimmer steht in Flammen.

FÜNFTER AKT

1. Promenade
   Das Feuer ist gelöscht. Schaulustige kommen, auch Keiko und Jake sind da. Sisko und seine Leute taxieren den Schaden. Sisko spricht mit der Äbtissin. Er verspricht, daß die Schule wiederaufgebaut wird. Die Föderation wird sich nicht von Terroristen in die Knie zwingen lassen. Winn leugnet jegliche Beteiligung; sie bietet ihm an, daß ihre Anhänger bei den Aufräumungsarbeiten helfen. Sisko wird von der OPS gerufen. Bareil kontaktiert ihn von Bajor aus. Sisko geht. Auch Winn geht, aber während sie durch die Menge wandert, wirft sie Neela einen Blick zu.

2. OPS
   Sisko spricht mit Bareil. Bareil ist zu dem Schluß gekommen, daß die Dinge sich in die falsche Richtung entwickelt haben. Er wird auf die Station kommen, um einen beruhigenden Einfluß auszuüben. Seine Anwesenheit wird die Aufmerksamkeit von Winn ablenken. Außerdem wird er ihr gegenübertreten und sie auf den rechten Pfad zurückbringen.

2a. OPS
   O'Brien macht sich noch immer Gedanken über den Versuch, die Ganges zu stehlen. Könnte das mit der Bombe in Verbindung stehen? Es ergibt keinen Sinn. Aquino wurde getötet, bevor Winn auf die Station kam. Die Schule war da noch kein Thema. Es muß etwas anderes sein. Mit Hilfe des Computers entdeckt O'Brien eine Reihe Sicherheitsanomalien. Verschiedene Sicherheitsfelder sind darauf vorbereitet, abgeschaltet zu werden. Die Vorbereitung des Flitzers war nur der letzte Dominostein in einer Reihe. Aber wo beginnt sie?

3. BAJORANISCHER SCHREIN
   Neela kommt herein. Die Äbtissin fragt: »Was machst du hier?« Neela sagt: »Mein Fluchtweg ist abgeschnitten worden.« Äbtissin: »Die Propheten werden sich deiner annehmen.«

4. AUSSENAUFNAHME – WELTALL
Bareils Schiff kommt an.

5. LUFTSCHLEUSE
Sisko und seine ranghöchsten Offiziere begrüßen Bareil. Sie machen sich auf den Weg.

6. OPS
O'Brien verfolgt die Spur zurück bis in Odos Büro.

7. PROMENADE
Sisko, Bareil und seine Begleiter treten aus der Schleuse heraus und werden von einer großen Menge empfangen. Begleitet von Sicherheitsoffizieren, gehen sie weiter. O'Brien kommt mit dem Turbolift an, er drängt sich durch die Menge zu Odos Büro. Wir sehen, wie Neela sich durch die Menge bewegt.

8. INNENAUFNAHME – ODOS BÜRO
O'Brien ist auf sich gestellt. Er sucht mit seinem Tricorder nach weiteren Anomalien und stellt fest, daß die Waffensensoren der Promenade deaktiviert worden sind. Hier befindet sich zugleich der Ausgangspunkt für den Fluchtweg. Der erste Dominostein in der Reihe. Dieses Dominoprinzip war in einem besonderen System in Odos Büro initiiert worden – in dem System, an dem Neela zuvor gearbeitet hatte.

9. PROMENADE
O'Brien kämpft sich durch die Menge. Neela befindet sich auf Kollisionskurs mit dem Daar. O'Brien warnt über seinen Kommunikator Sisko, daß Neela etwas plant. Sisko bekommt Neela zu fassen, gerade als sie auf den Daar feuert – die Waffe entlädt sich, Bareil ist in Sicherheit. Bareil wird sofort an einen sicheren Ort gebracht. Kira stellt Winn zur Rede. Es ging nur um Bareil, nicht wahr? Die Proteste gegen den Unterricht. Die Bombe. Alles nur, um Bareil auf die Station zu locken, damit er getötet werden konnte. Winn war niemals an den religiösen Themen interessiert. Winn ignoriert sie und geht.

10. OPS
Nachtschicht. Sisko kommt vorbei, um zu sehen, wie es läuft. Kira arbeitet noch. Sie reden darüber, wieviel sie über den jeweils anderen gelernt haben. Sie haben gelernt, sich gegenseitig zu respektieren und zu schätzen, trotz ihrer Unstimmigkeiten. Wir sehen, wie weit sie sich seit ihrem ersten Treffen entwickelt haben.

Jetzt erhält der Autor endlich die Gelegenheit, sich an das Drehbuch zu setzen. Zwei Wochen ist die übliche Zeitspanne; dennoch hat es schon Drehbücher gegeben, die der Autorenstab innerhalb von Tagen fertiggestellt hat, weil der Produktionsablauf es so erforderte.

Nach der vereinbarten Zeit legt der Autor eine erste Fassung des Drehbuchs vor. Dann kommt der Autorenstab zu einer weiteren Besprechung zusammen, in deren Verlauf der Autor die Vivisektion seines Drehbuchs über sich ergehen lassen muß, Satz für Satz, Wort für Wort.[10]

Da wir nicht so viel Platz zur Verfügung haben, um jede weitere Überarbeitung von ›In the Hands of the Prophets‹ durchzugehen, dokumentieren wir auf den folgenden Seiten, wie sich die ersten Seiten von der ersten bis zur letzten Fassung veränderten.

Hier ist die Eröffnungsszene, wie sie sich am 15. März 1993 las.

10 Romane und Filmdrehbücher können einsame Unternehmungen sein, so daß es möglich ist, sie an jedem Punkt der Welt zu betreiben. Da Fernsehen aber ein Gemeinschaftsprozeß ist, der für jeden Auftrag zahlreiche Treffen und Besprechungen erfordert, ist es offensichtlich, warum es für einen Drehbuchautor im Fernsehen fast schon eine Notwendigkeit ist, in Los Angeles oder zumindest in der unmittelbaren Nähe zu wohnen.

STAR TREK: DEEP SPACE NINE
›In the Hands of the Prophets‹
ERÖFFNUNG

AUFBLENDE:

1 INNENAUFNAHME - PROMENADE
O'BRIEN [11] und KEIKO befinden sich mitten in einer Unterhaltung. Sie verlassen den Turbolift und betreten die Promenade. O'Brien ist voller Leben, voller Enthusiasmus.

O'BRIEN
Keiko, ich sage es dir, Anara ist ein Naturtalent. Diese Frau hat ein Gefühl für Maschinen, das ist schon fast instinktiv.

Keiko möchte das nicht hören.

KEIKO
Tatsächlich.

O'Brien führt mehr ein Selbstgespräch, als daß er mit Keiko redet. Er bemerkt nicht den Tonfall in ihrer Stimme.

O'BRIEN
Du hättest sehen müssen, wie sie die Transporterplattform rekonfiguriert hat. Sie hatte noch nie zuvor eine gesehen und erledigte es in der Hälfte der Zeit, die ich erwartet hatte.

KEIKO
Wie nett.

O'Brien wird schließlich auf ihren Tonfall aufmerksam.

O'BRIEN
Stimmt etwas nicht?

Keiko verbirgt ihre Gefühle.

KEIKO
Es ist nichts.
(Sie wechselt das Thema.)
Viel Spaß bei der Arbeit.

Sie gibt ihm einen flüchtigen Kuß.

KEIKO
Und versuch, dich vom Glop-am-Stiel

11 Wenn eine Person zum ersten Mal auftritt, wird der Name in Versalien geschrieben.

fernzuhalten. Du weißt, daß du dir
den Appetit verdirbst.

O'BRIEN
(tut unschuldig)
Glop-am-Stiel? Ich habe das Zeug
noch nie angefaßt.

Keiko lächelt. Ihre schlechte Stimmung (die O'Brien immer noch nicht richtig wahrgenommen hat) verschwindet. Sie gibt O'Brien einen Kuß und geht zur Schule.

2 INNENAUFNAHME – KEIKOS KLASSENZIMMER

Keiko geht zwischen den Bänken hindurch und teilt Konstruktionszeichnungen an ihre Schüler aus. Wie immer sind die meisten ihrer Schüler Bajoraner, dazu eine Handvoll Menschen und andere Aliens. JAKE ist da, aber NOG fehlt.

KEIKO
(während sie das Papier verteilt)
Also gut. Wie gestern bereits
angekündigt, werden wir heute etwas
über das Wurmloch lernen.

Während der Drehbuchbesprechung wurden zu dieser Eröffnung der Episode zahlreiche Vorschläge und Bemerkungen gemacht. Michael Pillers Hauptsorge war, daß der Dialog zwischen O'Brien und Keiko zu offensichtlich war. Das heißt, er baute sofort ein Handlungselement auf, anstatt die Geschichte langsam anlaufen zu lassen.

Piller kommentierte auch, daß der Begriff Glop-am-Stiel für den internen Gebrauch in Ordnung war, daß dennoch ein bajoranischer Name erforderlich sein würde, wenn es im Dialog namentlich genannt würde.

Und so begann die Episode in der letzten Fassung vom 2. April 1993.

STAR TREK: DEEP SPACE NINE
›In the Hands of the Prophets‹
ERÖFFNUNG

AUFBLENDE:

1 INNENAUFNAHME - PROMENADE

am Kiosk - Nahaufnahme des Glop-am-Stiel in der Hand des VERKÄUFERS.

KEIKO (o.c.)
Das ist mir zu früh ...

Die Kamera folgt dem Glop und zeigt O'BRIEN, der das Glop genommen hat.

O'BRIEN
Bist du sicher?

KEIKO
(verzieht das Gesicht)
Es ist so süß.

O'BRIEN
Das ist die natürliche Süße aus dem Saft des Jumja-Baums ... Es enthält mehr Vitamin C als Orangensaft. Eine hervorragende Art, den Tag zu beginnen.

Er leckt am Glop. Sie entfernen sich vom Kiosk.

KEIKO
Seit wann bist du ein Experte für Jumja-Stäbchen?

O'BRIEN
Hmm? Oh, Neela hat mir das erklärt.

Der Name Neela löst bei Keiko eine bestimmte Reaktion aus.

KEIKO
Hat sie das ...

O'BRIEN
Möchtest du probieren ...?

KEIKO
(energischer)
Ich mag wirklich nicht.

O'Brien zuckt mit den Schultern, dann eben nicht. Eine kurze Pause.

KEIKO

Und? Arbeitet sie eine Spur besser als die letzte?

O'BRIEN

Neela? Sie ist phantastisch. Sie hat mir sogar noch das eine oder andere beigebracht.

KEIKO

(sehr trocken)

Ich bin erfreut, daß sich ihre Kenntnisse nicht nur auf Jumja-Stäbchen beschränken.

O'BRIEN

(versteht noch immer nicht)

O ja. Sie eine gute Ma ...

(jetzt versteht er)

Warte mal ...

KEIKO

Was?

O'BRIEN

Du glaubst doch nicht ...

KEIKO

Warum verteidigst du dich dann?

O'BRIEN

Verteidigen? ... ich verteidige mich nicht ... Keiko ...

Sie lächelt, ist zufrieden; sie ist sich ihrer Ehe sicher ...

KEIKO

(teasing)

Ich schaue dir nur auf die Finger, O'Brien.

O'BRIEN

Sehr lustig, O'Brien.

Sie streicht mit dem Finger über das Glop und leckt den Finger genüßlich ab ...

KEIKO

(kokett)

Paß auf, mit wem du deine Jumja-Stäbchen teilst ...

Lächelt verführerisch und geht ... Ausblenden auf O'Briens Reaktion

2a GESTRICHEN [12]

12 In einer früheren Fassung sollte an dieser Stelle eine Szene des sich öffnenden Wurmlochs eingefügt werden. Als das Drehbuch aber dahingehend überarbeitet wurde, daß die folgende Szene mit einem Bild des Wurmlochs in Keikos Klassenzimmer beginnt, wurde diese Szene überflüssig.

3 INNENAUFNAHME KLASSENZIMMER – KEIKO (OPTISCHER EFFEKT)

Keiko steht vor einem großen Monitor, auf dem das Wurmloch zu sehen ist. Wie üblich sind die meisten von Keikos Schülern Bajoraner, dazu eine Handvoll Menschen und andere Aliens. JAKE ist anwesend, Nog dagegen nicht.
Sie bewegt sich von dem Monitor fort ...

KEIKO
(fährt fort)
Weiß jemand, was an diesem
Wurmloch so außergewöhnlich ist?

Haben Sie bemerkt, wie die Eröffnungsszene persönlicher (was sonst) geworden ist? Anstatt Keiko und O'Brien über eine bajoranische Assistentin [13] reden zu lassen, geht es um die *beiden* und um *ihre* Beziehung. Neela ist natürlich ein Teil dieser Unterhaltung, aber im Zusammenhang der Szene ist sie nicht der Hauptgrund für das Gespräch. Das ist wichtig, da man als Zuschauer bei einer Fernsehepisode, in der sich zwei Charaktere in gezwungener Weise über ein Thema unterhalten, sofort denkt: »Das wird für die Geschichte wichtig sein.« Womit die Überraschung, von der der Autor möglicherweise geträumt hat, verdorben wäre.

Aber indem der Autor eine Szene so schreibt, daß sie den Zuschauer von den enthaltenen Erklärungen ablenkt, arbeitet er wie ein Zauberer – er lenkt so sehr ab, daß er später tatsächlich überraschen kann.

Beachten Sie auch, wie die Szene im Klassenzimmer mit einem optischen Knalleffekt beginnt, anstelle einer realistischen, aber zugleich uninteressanten Einleitung von Keiko. Eine alte Faustregel beim Fernsehen ist, eine Szene an einer Stelle zu beginnen, da sie bereits fast zu Ende ist. Und genau das ist auch hier geschehen.

Die Phase des ersten Entwurfs ist der Punkt, an dem die meisten Anfänger gestoppt werden – vorausgesetzt, sie haben es bis dahin geschafft.[14] Gestoppt zu werden, ist nicht unbedingt ein Hinweis, daß das Drehbuch oder die schriftstellerischen Fähigkeiten des Autors in irgendeiner Weise unzulänglich sind. Meistens ist es nur eine Frage der Effizienz. Beispielsweise kann eine Besprechung drei Stunden dauern, um die Überarbeitungen durchzugehen, die für einen zweiten Entwurf notwendig sind. Das ist viel Zeit, wenn man bedenkt, daß der gesamte Autorenstab daran beteiligt ist. Dann, nach einer Verzögerung von einer Woche, in der der Autor den zweiten Entwurf schreibt, wird weitere Zeit benötigt, damit jeder das Manuskript lesen und Notizen machen kann, bevor es zu einem weiteren Treffen kommt. Angesichts dieser möglichen Abläufe ist es manchmal für den Autorenstab einfacher und schneller, sich bei dem Autor zu bedanken und das Manuskript von einem der Produzenten innerhalb von drei Tagen überarbeiten zu lassen, so daß keine langwierigen Treffen angesetzt werden müssen.

Jetzt, da wir den gesamten Prozeß von der ersten Idee bis hin zum fertigen Drehbuch nachvollzogen haben, stellt sich die Frage, wie Ihre Chancen stehen, in diesem Bemühen erfolgreich zu sein?

Nun, jede Season von DEEP SPACE NINE besteht aus 26 Episoden. Davon werden zehn bis 15 vom Autorenstab und von den Ausführenden Produzenten Berman und Piller, den Produzenten Behr und Fields sowie vom Story Editor Wolfe geschrieben.

13 Das ist die lange Geschichte, warum aus ›Anara‹ ›Neela‹ wurde:

Einer der Nachteile in Fernsehserien ist, daß Kriminelle fast immer in den Reihen der Gaststars zu finden sind. Bei ›In the Hands of the Prophets‹ waren die Produzenten besorgt, daß eine neue Assistentin für O'Brien *und* ein mutmaßlicher Attentäter auf der Station in einer Episode die Zuschauer zu schnell zu der Erkenntnis kommen lassen würde, daß die Assistentin auch die Attentäterin war. Um zu verhindern, daß sich das zu früh in der Episode abzeichnete, entschied sich Piller, O'Briens Assistentin einige Episoden früher einzuführen, so daß sie den Stammzuschauern bereits vertraut sein würde. Also tauchte Anara, die für ›In the Hands of the Prophets‹ ins Leben gerufen worden war, bereits in der Episode ›The Forsaken‹ auf.

Unglücklicherweise kamen die Produzenten nach Fertigstellung dieser Episode zu dem Schluß, daß Anara nicht der richtige Typ für eine Attentäterin war. Darum entschieden sie sich für eine andere Schauspielerin. Da der Name Anara bereits vergeben war, erhielt ihre Nachfolgerin den Namen Neela und war zum ersten Mal in ›Duet‹ zu sehen.

Ein Hinweis auf Anara findet sich dennoch in der Episode. Im fünften Akt knacken O'Brien und Dax einen Computercode, der aus den Buchstaben A,N, A,R,A besteht. Wenn Sie einen Videorecorder mit gutem Standbild besitzen, können Sie den Code erkennen.

14 Den Richtlinien der Writers Guild entsprechend wird die Vergütung für das Verfassen der Handlung, für die erste und die letzte Fassung des Drehbuchs für eine einstündige, Nicht-Network-Episode zur Hauptsendezeit in drei Anteile aufgeteilt: 30 % für die Handlung, etwa 60 % für die erste Drehbuchfassung, die verbleibenden 10 % für die letzte Fassung. Gegenwärtig beträgt das Gesamthonorar etwa 14 000 $. (Bei einem Drehbuch für eine Network-Serie beträgt sie etwa 22 000 $.)

Fernsehdrehbücher werden meist stufenweise vergeben. Das bedeutet, daß die Produktionsfirma nach der Bezahlung des Autors für einen bestimmten Arbeitsabschnitt nicht verpflichtet ist, diesen Autor auch für den nächsten Abschnitt in Anspruch zu nehmen. Wenn das Studio der Ansicht ist, daß ein fester Autor für das Drehbuch geeigneter ist, dann erhält der den Vorschlag vorlegende Autor die Bezahlung für die Handlung, hat aber weiter mit dem Drehbuch nichts zu tun.

Genauso kann man sich auch nach der ersten Drehbuchfassung von dem Betreffenden verabschieden, obwohl die meisten Produktionsunternehmen die Restzahlung aus Höflichkeit auch noch leisten. Und selbst wenn ein außenstehender Autor einen letzten Entwurf vorlegt, ist der dann doch nur die vorletzte Fassung, da der Autorenstab noch daran feilen wird bis zu dem Tag, da das Drehbuch in Produktion geht.

Damit bleiben zehn oder elf Drehbücher übrig. Einige davon werden bereits vergeben sein, das heißt, Behr holt sich Autoren, deren Arbeit er kennt, gibt ihnen eine Ausgangsidee und bittet sie, eine Episode zu schreiben. Die restlichen fünf oder sechs Geschichten pro Season kommen von unverlangt eingereichten Vorschlägen oder Drehbüchern.

Wenn DEEP SPACE NINE die Lebensspanne von THE NEXT GENERATION erreicht, dann hat die Serie noch knapp vier Jahre vor sich. Damit bestehen bei 20 bis 25 Episoden Chancen für Neulinge.

Irgend jemand wird diese Episoden schreiben. Warum sollten das nicht Sie sein?

ANHANG IV

WEITERE INFORMATIONEN

Kostenloser Rat ist selten preiswert.

Die 59. Erwerbsregel der Ferengi

Wie man an DEEP SPACE NINE schreibt

Alle Briefe und Päckchen, die an die Privatadressen der Mitarbeiter und Schauspieler von DEEP SPACE NINE geschickt werden, werden automatisch zurückgeschickt oder zerstört. In jedem Fall werden sie nicht geöffnet und nicht gelesen.

Wenn Sie sichergehen möchten, daß Ihr Brief gelesen wird, dann ist der beste Rat der, ihn an das Studio zu schicken.

NAME DES EMPFÄNGERS
c/o DEEP SPACE NINE
Paramount Pictures
5555 Melrose Avenue
Los Angeles, CA 90038, USA.

Karten und Briefe werden von jedem, der an der Serie mitarbeitet, sehr geschätzt. Aber aufgrund der hohen Anzahl von Zuschriften ist es nicht jedem möglich – vor allem den Schauspielern nicht –, auf jeden Brief zu antworten. Wenn Sie Mitarbeiter und Schauspieler der Serie treffen möchten, dann informieren Sie sich in einem Science Fiction-Magazine oder im offiziellen STAR TREK-Fanmagazin, in denen auf STAR TREK-Conventions hingewiesen wird. Oft geben die Gäste nach ihrer Vorstellung eine Autogrammstunde.

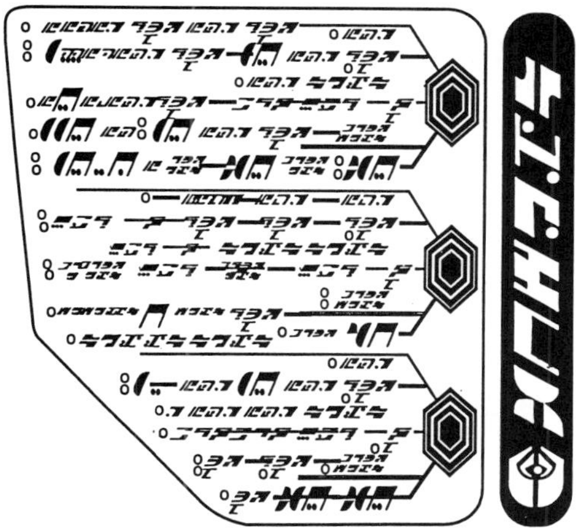

Ferengi.

Klingonisch.

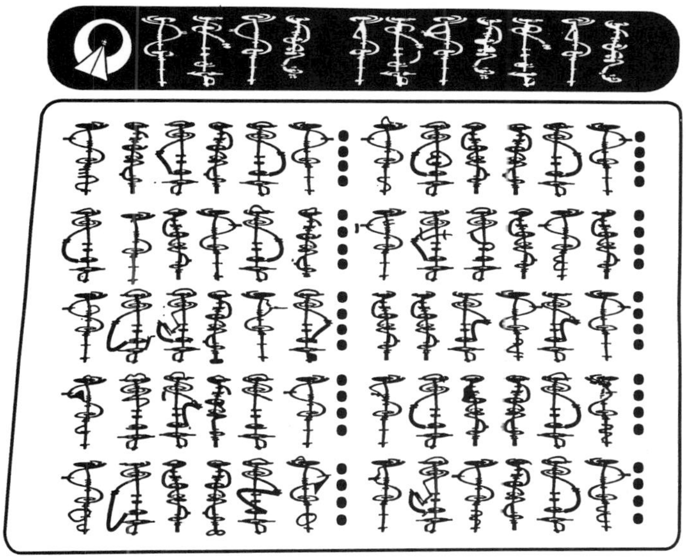

Vulkanisch.

Für den Fall, daß Sie jemals Deep Space Nine besuchen, hier einige Orientierungshilfen. Wer hätte gedacht, daß den Cardassianern Bowling gefallen würde.

Bajoranisch.

Standardenglisch der Föderation.

Wichtige Publikationen

Magazine

The Official STAR TREK: DEEP SPACE NINE Magazine

Dieses Magazin erscheint viermal pro Season; verlegt wird es bei demselben Verlag, der auch STARLOG publiziert. Es hat den Segen von Paramount und enthält Interviews und Artikel über die Serie, ausführliche Inhaltsangaben der Episoden, illustriert mit zahlreichen Farbfotos. Außerdem finden sich darin zahlreiche Anzeigen für serienbezogene Artikel und anstehende Conventions.

Wenn Sie das Magazin abonnieren wollen, schreiben Sie an Starlog Press, 475 Park Avenue South, New York, NY 10016, wegen der Abonnementbedingungen.

Star Trek Communicator (vormals: Star Trek: The Official Fan Club Magazine)

Erscheint sechsmal im Jahr und befaßt sich mit der gesamten Bandbreite der STAR TREK-Produktionen.

Wegen eines Abonnements schreiben Sie an: The Official Fan Club, P.O. Box 111000, Aurora, CO 80042

The Journal of the Writers Guild, West

Elf Ausgaben im Jahr. Dient als Diskussionsforum für Fernseh- und Filmautoren über ihren Berufsstand. Jede Ausgabe enthält eine Liste der jeweils in Produktion befindlichen Fernsehserien und Hinweise, welche der Serien Drehbuchvorschläge akzeptiert. Abonnementinformationen erhalten Sie bei: Writers Guild of America, 8955 Beverly Boulevard, West Hollywood, CA 90048-2456, USA.

Bücher

The Making of Star Trek von Stephen E. Whitfield und Gene Roddenberry.

Ein DelRey-Buch, veröffentlicht von Ballantine Books.

Vielleicht das beste ›Making of‹-Buch, das je geschrieben wurde. Und dazu auch noch über STAR TREK. Ein Muß, das nach bald 30 Jahren immer noch im Verlagsprogramm ist.

Star Trek Chronology: A History of the Future von Michael Okuda und Denise Okuda.
Pocket Books.

Eine umfassende, illustrierte Auflistung der Ereignisse im STAR TREK-Universum, das die klassische Serie, die Filme und THE NEXT GENERATION in chronologischer Reihenfolge enthält. Enthält außerdem unzählige Querverweise.

Star Trek: The Next Generation Technical Manual von Rick Sternbach und Michael Okuda, mit einer Einleitung von Gene Roddenberry.
Pocket Books.

Eine Informationsflut über die Enterprise 1701-D von den technischen Beratern der Serie, die viel zur inneren Geschlossenheit des STAR TREK-Universums beigetragen haben. Ein faszinierender Blick auf die umfangreiche Hintergrundgeschichte von STAR TREK.

Wenn Sie Deep Space Nine besuchen, versäumen Sie nicht, diese Delikatessen zu kosten.

The Star Trek Encyclopedia: A Reference Guide to the Future von Michael Okuda, Denise Okuda und Debbie Mink. Mit Illustrationen von Doug Drexler.
Pocket Books.

Das ultimative STAR TREK-Lexikon, in dem jedes erwähnenswerte Stückchen Information aus der klassischen Serie, den Filmen, aus THE NEXT GENERATION und der ersten Season von DEEP SPACE NINE alphabetisch aufgelistet wird. Durchgehend illustriert und beeindruckend.

Successful Scriptwriting von Jurgen Wolff und Kerry Cox.
Writer's Digest Books.

Wir haben Dutzende Bücher darüber gelesen, wie man fürs Fernsehen schreibt. Dieses ist das verständlichste und ausführlichste. Eine solide Grundlage.

Index

M

N

O

P

Q

R

S